普通高等院校"十三五"规划教材

"互联网＋"汉语言文学立体化教材

古汉语与文学基础（下册）

主编 易 滢

江苏大学出版社
JIANGSU UNIVERSITY PRESS

镇 江

内 容 提 要

　　本教材分上、下两册，共为四编，共计 19 个单元。其中《古汉语与文学基础》（上册）共两编，共计 11 个单元，讲述了从上古到魏晋南北朝的古汉语文学知识；《古汉语与文学基础》（下册）共两编，共计 8 个单元，讲述了从隋唐至清朝的古汉语文学知识。

　　本教材以时间为经，以各个时期主要文学体裁为纬，对原有的《古代汉语》和《古代文学》两门课程的重点内容进行了整合统一。每个单元在"文学作品""古汉语通论"的基础上新增了"文学概说"和"文史拓展"两大知识模块，四大知识模块全面、系统地优化了课程内容。

　　本教材定位科学，结构清晰，系统完整，可作为汉语言文学及人文学科相关专业的课程教材，也可供广大文学爱好者阅读参考。

图书在版编目（C I P）数据

　　古汉语与文学基础. 下册 / 易滢主编. -- 镇江 ：
江苏大学出版社，2018.7
　　ISBN 978-7-5684-0891-2

　　Ⅰ. ①古… Ⅱ. ①易… Ⅲ. ①古汉语－教材②中国文学－古典文学－教材 Ⅳ. ①H109.2②I212.01

　　中国版本图书馆 CIP 数据核字(2018)第 152725 号

古汉语与文学基础（下册）
Guhanyu yu Wenxue Jichu (Xiace)

主　　编 / 易　滢
责任编辑 / 徐子理　董国军
出版发行 / 江苏大学出版社
地　　址 / 江苏省镇江市梦溪园巷 30 号（邮编：212003）
电　　话 / 0511-84446464（传真）
网　　址 / http://press.ujs.edu.cn
排　　版 / 北京金企鹅文化发展有限公司
印　　刷 / 北京谊兴印刷有限公司
开　　本 / 787 mm×1 092 mm　1/16
印　　张 / 20.5
字　　数 / 474 千字
版　　次 / 2018 年 7 月第 1 版　2018 年 7 月第 1 次印刷
书　　号 / ISBN 978-7-5684-0891-2
定　　价 / 65.00 元

如有印装质量问题请与本社营销部联系（电话：0511-84440882）

  《古代汉语》和《古代文学》是我国高等教育体系汉语言文学教学中两门重要的必修课程。在十几年的教学实践过程中，我们对这两门课程的设置与教学产生了一些困惑。一是教材选用问题。长期以来，始终没有一本适合高校实际学习水平和以适应学生未来教学工作为需要的古汉语文学类教材，而是沿用大学传统通用教材，大而无当。二是由于两门课程在教学内容特别是选文上多有重复，不仅使得教学资源严重浪费，使我们本已紧张的师资更显捉襟见肘，也对学生的学习兴趣和学习热情有所影响。

  根据《国家语言文字事业"十三五"发展规划》和教语用〔2017〕1号文件《教育部国家语委关于进一步加强学校语言文字工作的意见》，语言文字教育要从小学抓起，要提高学生语言文字应用能力，要求学生具有与学段相适应的书面写作能力、朗读水平和书写能力。且从2017年9月起，全国中小学统一语文教材，教材中将大量增加文言文和古诗的比例。为此，针对当前教育发展趋势，结合高校小学教育专业的人才培养计划和当前小学教师的职业需求，本着整合优化资源，提高教学效率，适应未来需要的总体方针，我们组织了一批长期从事两门课程教学，并具有丰富经验的中青年教师，经过一年多的艰苦工作，编写了这套《古汉语与文学基础》（上下册）教材。

  本教材有如下显著特点：

1. 结构清晰，内容优化

  本教材共为四编，共计19个单元。教材以时间为经，以各个时期主要文学体裁为纬，对原有的《古代汉语》和《古代文学》两门课程的重点内容进行了整合。每个单元在"文学作品""古汉语通论"的基础上新增了"文学概说"和"文史拓展"两大知识模块，四大知识模块全面、系统地优化了课程内容。

2. 通俗易懂，全面翔实

  本教材是高校小学教育专业古汉语文学基础课程的专属教材，内容浅显易懂，语言深入浅出，使学生能够更加轻松地掌握基础知识点，帮助学生提升自主学习的能力，更适合于自学与初学。

  "文学概说""文学作品""古汉语通论""文史拓展"四个知识模块，全面翔实地阐述了相关内容。其中"文学概说"部分对各个时期主要文学现象、作家和作品做了全面系统的阐述。"文学作品"的选文部分，选取了当时既代表主流文学现象又通俗易懂的作品，对少量古涩又必选的文章做了更为详细的注释。"古汉语通论"部分既有古汉语语法知识的传授，也有古代历史文化常识的补充。"文史拓展"部分则是围绕当时主流文学现

象进行相关内容的引申拓展，以便学生将文学史和文学作品的内容联系起来，既突出了重点，又做到了点面结合，帮助学生进一步掌握古汉语知识，巩固文学基础。

3. 降低难度，易教易学

本教材的编写打破了学科门类的界限，将古汉语学习中的"句读"与"文史"有机结合，使教学内容在整体难度降低的同时，拓展了文史知识面，更加契合当前高校小学教育专业的教学需求，有利于实现教学目标。

4. 以学为主，以教为辅

本教材的编写始终站在学生的角度，以学为主。学习时，参考"文学概说""文学作品""古汉语通论""文史拓展"等模块，学生可以快速了解"古代文学""古代汉语"的相关知识，再经过老师的点拨、指导和启发，学生就能有效地提高学习效率。这种方式既能充分调动了学生的积极性，也有助于其真正体会文学之美，提升语文素养。

此外，在教材的编写过程中我们还注意搜集一些在《古代汉语》和《古代文学》通用教材中不太常见的资料，作为对当时主要文学现象的补充。这既有利于学生自学，拓展视野，亦可作为一种工具书，便于学生在课程学习和将来的教学工作中查阅参考。

5. 注重文史，提升素养

教材内容的设计融入了更多的文史常识和优秀传统文化理念，以全面提升学生的人文素养和文化常识，增强学生对优秀传统文化的认同感和自豪感。

6. 配套微课，资源丰富

科技的发展当紧跟时代，教材也应与时俱进。本教材充分利用最新技术，在文中设置了大量的二维码。读者只需用智能手机或其他移动设备扫码，就能即刻获取相关的教学资源，弥补了纸质书欠缺互动性和立体感的缺陷，使学习能真正寓教于乐，寓学于乐。同时，为了更好地服务师生，本教材配有精美课件等教学资源。

本教材由易滢担任主编，由任玉慧、易新香、陈莉担任副主编，余霞、杨雨参与了编写。在编写过程中，我们得到了学校、师范学院及相关部门领导、专家和老师的大力支持与帮助，同时还汲取了其他同类教材的优秀成果，在此不一一列举，一并感谢。

由于编者水平所限，又是第一次对两门课程的教学内容进行整合研究，加之时间紧、任务重，对于有些问题还无法做深入的思考和细致的推敲，教材肯定存在疏漏和不尽如人意的地方。在此，恳请各位领导、专家学者和老师们不吝赐教，斧削指正，以使我们在今后的再版中及时予以纠正。

《古汉语与文学基础》教材编写委员会
2018 年 6 月

本书编委会

主　编：易　滢

副主编：任玉慧　易新香　陈　莉

参　编：余　霞　杨　雨

总顾问：龚晓明　余达锡

顾　问：（按拼音顺序排列）

目 录

第三编　隋唐、宋、元

目录

第四编　明、清

第三编
隋唐、宋、元

第十二单元 唐 诗

诗歌的繁荣

隋代的文学基本继承了南北朝的浮艳文风。隋代诗歌在边塞诗的写作和形式、格律上有一定成就。有一些诗歌是唐诗的先声，代表人物有杨素和薛道衡。

到了唐朝，诗歌成为唐代文学的最高成就，也是一代文学的标志。唐代诗歌蔚为大观，诗家辈出，名篇浩瀚。据不完全统计，有五万五千多首。诗歌内容丰富，广泛反映社会生活各个层面；诗歌情感饱满，充满豪迈乐观的风格；诗歌技巧纯熟，音律严整和谐，达到了前所未有且后人也难以攀越的高度。值得一提的是，唐代诗歌不仅到达了顶峰，还对近体诗的发展和完善做出了突出的贡献。

总体来说，唐诗的发展经历了以下四个阶段。

一、初唐诗歌——唐初至玄宗先天年间（618—712）

初唐时期是唐诗繁荣到来前的准备阶段。从表现领域来说，这一时期的诗歌逐渐从宫廷台阁走向关山与塞漠，作者群体也从宫廷官吏扩大到一般寒士；从情思格调来说，北朝文学的清刚劲健与南朝文学的清新明媚相融合，走向既有风骨又开朗明丽的境界；从诗的表现形式来说，唐代诗人在永明体的基础上，将四声二元化，并解决了粘式律的问题，从律句律联到构成律篇，摆脱永明诗人种种病犯说的束缚，创造了一种既有程式约束又留有广阔创造空间的新体诗——律诗。

初唐的著名诗人，不少是由陈、隋入唐的。诗坛的创作主体，仍以宫廷为中心，尤其是围绕着帝王的众多重臣和文人学士。唐太宗时的虞世南、高宗时的上官仪，都是皇帝优宠、专写浮艳宫廷诗的代表人物。武后时的沈佺期、宋之问也写了大量宫廷诗，但是他们总结了齐梁以来在诗歌声调、韵律、对仗方面积累的经验，明确了古近体的界限，对律诗的定型及发展做出了贡献。唐代诗风转变的关键，在于代表中下层地主阶级利益的新起诗人和宫廷诗人之间的争斗。高宗时，"初唐四杰"（王勃、杨炯、卢照邻、骆宾王）崛起于诗坛，他们虽然还没有脱尽齐梁诗风的影响，但是已经提出了轻"绮碎"、重"骨气"的主张，对以上官仪为代表的宫廷诗风深表不满。他们的诗或表现从军报国的壮志，或揭发贵族生活的荒淫空虚，或抒发自己怀才不遇的悲愤，丰富了诗歌的题材和内容。他们的诗风，绮丽婉转，不脱六朝；刚健清新，启迪盛唐。武周时期，陈子昂高举诗歌革新的旗帜，有破有立，提出了在复古中实现革新的主张。他批评齐梁诗风的绮靡，明确提倡风雅与兴寄，主张直接继承汉魏风骨与正始之音，而且在创作实践上完全摆脱了齐梁浮艳习气，如他的三十八首《感遇》等诗作展示一种深沉的政治思考，反映了当时社会、政治上存在的种种矛盾，显示了刚健的风骨，改变了齐梁诗风统治的局面，矫正了唐诗发展的方向。陈子昂的《登幽州台歌》，更是以深邃的历史目光和高亢的歌喉，开启了盛唐之音。

二、盛唐诗歌——玄宗开元至代宗永泰年间（713—765）

盛唐诗歌意境及其艺术风貌，最为突出的特点就是阔大、外展，具有雄浑与明朗之美。一方面，其笔力雄壮、气象浑厚、格高气畅，乃是"盛唐气象"的风骨所在，体现了盛唐时期人们昂扬奋发、健康向上的风采，具有恢宏豪宕的气质和雄浑外展的境界。另外一个方面，诗歌的"盛唐气象"还表现为一种万象玲珑的境界与"清水出芙蓉"的自然之美。盛唐时期，唐朝国力强盛、经济繁荣，士大夫满怀希望，情绪乐观，游宦从军，极为活跃，再加上现实生活的无限丰富与广阔，极大地开阔了诗人们的眼界和胸怀。众多著名诗人的同时出现使诗歌创作大放异彩，唐诗进入鼎盛时期。在盛唐前期的诗坛上，出现了四位文词俊秀、名扬京都的诗人，这就是被称为"吴中四士"的张若虚、贺知章、张旭和包融。他们现存的作品虽然不多，但不乏名篇佳作，艺术上也各具特色。其中张若虚的《春江花月夜》，更是被誉为"以孤篇压倒全唐"的杰作。

充满蓬勃向上精神的浪漫主义诗风是这一时期诗坛的主流。其中以高适、岑参为主，并有王昌龄、李颀等人共同形成的边塞诗派，是浪漫主义中一个重要流派。他们的诗作表达了将士们从军报国的英雄气概和不畏边塞艰苦的乐观精神，描绘了雄奇壮丽的边塞风光，也反映了战士们怀土思家的情绪，为唐诗增加了无限新鲜壮丽的光彩。以王维、孟浩然为代表的山水诗派，深受佛老思想的影响，其作品以描写自然风光、农村景物及安逸恬淡的隐居生活为主，诗境优美，风格恬淡，语言清丽，多用白描手法，艺术上很有成就。山水诗派继承并发展了晋宋以来的田园、山水诗，使其内容和形式更加丰富多样，在文学史上具有一定的地位。

标志着盛唐诗歌最高成就的是李白和杜甫。李白是伟大的浪漫主义诗人，有"神仙"之誉。杜甫是伟大的现实主义诗人，被尊称为"诗圣"。他们的创作不仅是唐代诗歌的高峰，也是我国古典诗歌的高峰。李白的诗歌抒写拯物济世的抱负，揭露社会政治的黑暗，反映民众的苦难，蔑视权贵，反抗礼教，成为反映盛唐时期精神风貌的一面镜子。他的诗风豪放飘逸，想象丰富，语言流转自然，音律和谐多变，善于从民歌、神话中汲取营养素材，构成其特有的放浪纵恣的艺术风格。杜甫诗歌忧国伤时，谴责战乱，哀恤民瘼，善于把时代的灾难、民生的艰难和个人的不幸结合起来，用典型事例反映现实，多涉笔社会动荡、政治黑暗、民间疾苦。他的诗歌以古体、律诗见长，风格多样，以沉郁顿挫为主，其诗被誉为"诗史"。

三、中唐诗歌——代宗大历至文宗年间太和（766—835）

中唐时期诗歌流派众多，风格各异，变革与创新的趋势较为明显，出现了继盛唐之后的"中唐之再盛"的中兴局面。这一时期不但诗人和诗作的数量大大超过盛唐，而且流派繁多。在复杂尖锐的社会矛盾下，诗歌创作中的现实主义潮流形成了波澜壮阔的局面。安史之乱后，元结、顾况等人创作的揭发社会矛盾的诗歌，在诗调上与杜甫相同。白居易、元稹、张籍、王建等人在继承杜甫诗风的基础上，进一步主张"文章合为时而著，歌诗合为事而作"，掀起了新乐府运动。他们的新乐府诗揭发了统治阶级的骄奢淫逸、残酷剥削，对百姓的深重疾苦表示同情，对国势的削弱也深感不安，在当时产生了广泛而深刻的影响。除了以白居易为首的现实主义诗派而外，中唐时期的其他的风格流派也精彩纷呈。例如，大历年间，刘长卿、韦应物的山水诗，李益、卢纶的边塞诗，奏响盛唐气象的洪钟余响；贞元、元和之际，韩愈、孟郊以横放杰出的诗笔，开创了奇险生新的新风格；青年诗人李贺更是融合楚辞、乐府的浪漫传统，以浓丽的色彩和出人意表的想象，写出了精神上的种种苦闷和追求；刘禹锡将巴楚民歌入诗，柳宗元借山水以抒幽愤等，他们都取得了非凡的艺术成就。

四、晚唐诗歌——文宗开成元年至唐亡（836—907）

晚唐是唐代诗歌由盛而衰的转变时期。这一时期的代表人物有杜牧、李商隐、温庭筠等。他们的诗歌或隐或显地陈世事、刺时弊，表达忧国伤时之情。其中杜牧的古体诗，感怀时事，抒发襟抱，慷慨激昂。他的律诗，尤其是七律，俊爽不羁，时寓拗峭，以矫圆熟；咏史绝句则精警、婉曲、隽永。其与李商隐并称"小李杜"。李商隐为诗感时伤事，沉郁顿挫，但气魄笔力，略逊杜甫一筹，而寓意深远、思绪绵密、用典精工，则又过之。温庭筠诗的成就逊于李商隐。温长于乐府，李深于七律，两人以诗风秾丽并称。

晚唐社会矛盾复杂尖锐，李唐王朝的统治更加软弱无力。虽然如杜牧、李商隐等人也都具有深沉的忧患意识，但在现实面前，他们没有丝毫作为，而只能反复咏叹着时代的悲哀与绝望，因而这种感伤情绪成为晚唐诗歌的情感基调。此外，晚唐还有一批诗人，如皮日休、陆龟蒙、杜荀鹤等人，继承了中唐元白"新乐府"的传统，对于社会现实有着较为深刻的认识，成就了唐末"一塌糊涂的泥塘里的光彩和锋芒"。从晚唐诗歌的总体发展来看，颇有向齐梁回归的趋势，浮艳之风又再度充斥唐末五代诗坛。

唐诗吸收了它之前诗歌艺术的一切经验，经过进一步的继承、发扬、创造和创新，达到了难以企及的高峰。唐诗是难以模仿的，也是无法代替的。在唐代完成的律诗，成了我国后来诗歌发展的主要体式。唐代的伟大诗人如李白、杜甫，几乎成了唐诗的代名词。唐代散文的文体文风改革，为后来宋代的作家所发扬，深远地影响着散文的发展。唐传奇使我国的文言小说走向成熟，也在人情味、情节构造、人物塑造上影响着宋代的话本小说。晚唐五代词的成就，为宋词的发展奠定了一个很好的开端。

知识链接

繁荣的唐代文学

中国古代文学，到隋唐五代时期，发展到了一个全面繁荣的新阶段，整个文坛出现了百花齐放、万紫千红的局面。隋代三十多年的文学，虽然因国家的统一和南北文风的融合而出现新的气象，但其主要倾向仍沿袭了南朝余风。唐代是我国封建社会的鼎盛时期，也是由盛而衰的转变时期。如果说魏晋南北朝是文学的自觉时代，那么唐代则是我国古典文学成熟、繁荣的时代。

唐代文学的繁荣有其客观和主观上的原因。唐代是我国历史上最为辉煌的一个时期，一百多年的开拓发展，国力的强盛，经济的繁荣，思想的兼容并包，文化上的中外融合，创造了对文化发展极为有利的环境。盛世造就的士人的进取精神、开阔胸怀、恢宏气度，极大地丰富了文学的创造力，也给文学带来了昂扬的精神风貌，创造了被后代一再称道的盛唐气象。同时，安史之乱这一场空前战祸，在士人面前展现了一幅充满杀戮破坏、颠沛流离、灾难深重的现实画面。在大繁荣与大破坏之后唐朝虽力图中兴但始终未能振作。这种高低起伏的历史背景为文学的发展准备了丰厚的土壤，为文学家提供了极为丰富的题材。

从文学自身发展说，唐文学的繁荣乃是魏晋南北朝文学发展的必然结果。中国文学发展到魏晋南北朝，它的艺术特质得到了充分的认识，已经进入文学的自觉时代。这主要表现在它逐步与学术分离，淡化了政教之用的功利目的，自觉地追求审美。在内容上，重视个人情怀的抒发。在形式上，为追求辞采声律之美，表现出技巧的创新。例如，骈体文把散文美的形式推向极致，同时也暴露了弱点。诗歌的声律形式已具雏形，新的诗歌体式呼之欲出。表现领域的扩大和表现技巧的丰富，促进了文章体裁（文类）的变化与扩展。原有的多种文体的写作目的与写作规范正在发生变化，新的文体不断出现。仅刘勰《文心雕龙》论及的文体就有81种。

唐代文学的繁荣，主要体现在四个方面：（1）诗歌的繁荣；（2）古文运动的开展；（3）传奇小说的创作；（4）词从民间到文人的发展。据不完全统计，《全唐诗》收作者2 200余人，《全唐文》收作者3 035人，唐代出现的杰出诗人数量之多，为我国诗歌史上所仅见。当诗歌发展到高峰时，散文开始了它的文体文风改革。就文体文风改革的规模和影响来说，此前还没有任何一个时期可以与之相比。小说从此也开始走向繁荣（唐人小说今天可以找到220多种），而当散文、小说、诗相继进入低潮时，诗的另一种体式——词，登上文坛，焕发光彩。终唐一代，几乎找不到一个文学沉寂的时期。

唐代文学是我国封建社会上升到高峰并由高峰开始下降时期的产物。从总体风貌来看，它富于理想色彩，更抒情而不是更理性，更外向而不是更内敛。从文学自身的发展来说，它是艺术经验充分积累之后的一次大繁荣，为文学的进一步发展开拓出新的领域，为下一次的繁荣做了准备。

文学作品

人日思归[1]

薛道衡

入春才七日，离家已二年。
人归落雁后[2]，思发在花前[3]。

注 释

[1]人日：古代相传农历正月初一为鸡日，初二为狗日，初三为猪日，初四为羊日，初五为牛日，初六为马日，初七为人日。

[2]落：落在……后。

[3]思：思归。传说鸿雁正月从南方返回北方。

作品简析

这是一首思乡诗。这首五言小诗写出了远在他乡的游子在新春佳节时刻渴望回家与亲人团聚的心理，诗人即景生情，以平实自然、精巧委婉的语言，表达出他深刻细腻的情感体验，把思归盼归之情融入九曲柔肠之中，景中寓情，情中带景，情景交融。同时运用了对比映衬手法，叙述中有对比，含蓄婉转地表达了作者急切的思归之情，而且作者将"归"与"思"分别放在两个相对照的句子中，与题目遥相呼应，别具特色。

从军行[1]

杨 炯

烽火照西京[2]，心中自不平。
牙璋辞凤阙[3]，铁骑绕龙城[4]。
雪暗凋旗画[5]，风多杂鼓声。
宁为百夫长[6]，胜作一书生。

注 释

[1]从军行：为乐府《相和歌·平调曲》旧题，多写军旅生活。

[2]西京：长安。

[3]牙璋：古代发兵时所用的兵符，分为两块，相合处成牙状，朝廷和主帅各执其半。这里指代奉命出征的将帅。凤阙：皇宫。汉代建章宫的圆阙上有金凤，故以凤阙指皇宫。

[4] 龙城：汉代匈奴聚会祭天之处，此处指匈奴汇聚处。

[5] 凋：原意指草木枯败凋零，此指失去了鲜艳的色彩。

[6] 百夫长：一百个士兵的头目，泛指下级军官。

《作品简析》

　　本诗借用乐府旧题"从军行"，描写士子从军边塞、参加战斗的全过程。这仅仅的四十个字，既揭示出人物的心理活动，又渲染了环境气氛，笔力极其雄劲。这首短诗，写出书生投笔从戎，出塞参战的全过程。首先，诗人抓住整个过程中最有代表性的片断，做了形象概括的描写，至于书生是怎样投笔从戎的，他又是怎样告别父老妻室的，一路上行军的情况怎样，诗人一概略去不写。其次，诗采取了跳跃式的结构，从一个典型场景跳到另一个典型场景。如第三句刚写了辞京，第四句就已经包围了敌人，接着又展示了激烈战斗的场面。然而这种跳跃显得十分自然，每一个跨度之间又给人留下了丰富的想象余地。同时，这种跳跃式的结构，使诗歌具有明快的节奏，如山崖上飞流惊湍，给人一种一气直下、一往无前的气势，有力地突显出书生强烈的爱国激情和唐军将士气壮山河的精神面貌。

戏说《从军行》

野 望

王 绩

东皋薄暮望[1]，徒倚欲何依[2]。
树树皆秋色[3]，山山唯落晖[4]。
牧人驱犊返[5]，猎马带禽归[6]。
相顾无相识[7]，长歌怀采薇[8]。

《注 释》

　　[1] 东皋（gāo）：山西省河津市的东皋村，诗人隐居的地方。薄暮：傍晚，太阳快落山的时候。薄，迫近。《楚辞·天问》："薄暮雷电，归何忧？厥严不奉，帝何求？"

　　[2] 徒倚（xǐ yǐ）：徘徊，彷徨。《楚辞·远游》："步徒倚而遥思兮，怊惝恍而乖怀。"依：归依。

　　[3] 秋色：一作"春色"。

　　[4] 落晖：落日的余光。晋陆机《拟东城一何高》诗："三闾结飞辔，大耋嗟落晖。"

　　[5] 犊（dú）：小牛，这里指牛群。

　　[6] 禽：鸟兽，这里指猎物。

　　[7] 相顾：相视；互看。南朝梁刘勰《文心雕龙·知音》："乃称史迁著书，咨东方朔，于是桓谭之徒，相顾嗤笑。"

　　[8] 采薇：薇，是一种植物。相传周武王灭商后，伯夷、叔齐不愿做周的臣子，在首阳山上采薇而食，最后饿死。古时"采薇"代指隐居生活。《诗经·召南·草虫》有："陟彼南山，言采其薇。未见君子，我心伤悲。"又《诗经·小雅·采薇》有："采薇采薇，薇亦作止。曰归曰归，岁亦莫止，靡室靡

家，猃狁之故；不遑启居，猃狁之故。"此处暗用二诗的句意，借以抒发自己的苦闷。

《作品简析》

王绩的这首《野望》取境开阔，风格清新，属对工整，格律谐和，是唐初最早的五言律诗之一。本诗写的是山野秋景，在闲逸的情调中，带几分彷徨和苦闷。首联"东皋薄暮望，徙倚欲何依"，借"徙倚"的动作和"欲何依"的心理来抒情。"徙倚"是徘徊的意思。"欲何依"，化用曹操《短歌行》中"月明星稀，乌鹊南飞，绕树三匝，何枝可依"的意思，表现了百无聊赖的彷徨心情。

下面四句写薄暮中所见景物："树树皆秋色，山山唯落晖。牧人驱犊返，猎马带禽归。"举目四望，到处是一片秋色，在夕阳的余晖中越发显得萧瑟。在这静谧的背景之上，牧人与猎马的特写，带着牧歌式的田园气氛，使整个画面活动了起来。这四句诗宛如一幅山家秋晚图，光与色，远景与近景，静态与动态，搭配得恰到好处。然而，王绩还不能像陶渊明那样从田园中找到慰藉，所以最后说："相顾无相识，长歌怀采薇。"说自己在现实中孤独无依，只好追怀古代的隐士，和伯夷、叔齐那样的人交朋友了。

全诗言辞自然流畅，风格朴素清新，摆脱了初唐轻靡华艳的诗风，在当时的诗坛上别具一格。

在狱咏蝉·并序

骆宾王

余禁所，禁垣西，是法厅事也，有古槐数株焉。虽生意可知，同殷仲文之古树[1]；而听讼斯在，即周召伯之甘棠[2]，每至夕照低阴，秋蝉疏引，发声幽息，有切尝闻，岂人心异于曩时[3]，将虫响悲于前听[4]？嗟乎！声以动容，德以象贤。故洁其身也，禀君子达人之高行；蜕其皮也，有仙都羽化之灵姿。候时而来，顺阴阳之数；应节为变，审藏用之机。有目斯开，不以道昏而昧其视；有翼自薄，不以俗厚而易其真。吟乔树之微风，韵姿天纵；饮高秋之坠露，清畏人知。仆失路艰虞，遭时徽纆[5]。不哀伤而自怨，未摇落而先衰。闻蟪蛄之流声[6]，悟平反之已奏；见螳螂之抱影，怯危机之未安。感而缀诗[7]，贻诸知己。庶情沿物应，哀弱羽之飘零；道寄人知，悯余声之寂寞。非谓文墨，取代幽忧云尔。

西陆蝉声唱[8]，南冠客思深[9]。
不堪玄鬓影[10]，来对白头吟[11]。
露重飞难进[12]，风多响易沉[13]。
无人信高洁[14]，谁为表予心[15]。

注 释

[1] "虽生意"两句：东晋殷仲文，见大司马桓温府中老槐树，叹曰："此树婆娑，无复生意。"借此自叹其不得志。这里即用其事。

[2] "而听讼"两句：传说周代召伯巡行，听民间之讼而不烦劳百姓，就在甘棠（即棠梨）下断案，后人因相戒不要损伤这树。召伯，即召公，周代燕国始祖名，因封邑在召（今陕西岐山西南）而得名。

[3] 曩时：前时。

[4] 将：抑或。

[5] 徽纆（mò）：捆绑罪犯的绳索，这里是被囚禁的意思。

[6] 螇蛄（huì gū）：一种小型的蝉。

[7] 缀诗：成诗。

[8] 西陆：指秋天。《隋书·天文志》："日循黄道东行一日一夜行一度，三百六十五日有奇而周天。行东陆谓之春，行南陆谓之夏，行西陆谓之秋，行北陆谓之冬。"

[9] 南冠：楚冠，这里是囚徒的意思。《左传·成公九年》有楚钟仪戴着南冠被囚于晋国军府事。深：一作"侵"。

[10] 玄鬓：指蝉的黑色翅膀，这里比喻自己正当盛年。不堪：一作"那堪"。

[11] 白头吟：乐府曲名。《乐府诗集》解题说是鲍照、张正见、虞世南诸作，皆自伤清直却遭诬谤。

[12] 露重：秋露浓重。飞难进：是说蝉难以高飞。

[13] 响：指蝉声。沉：沉没，掩盖。

[14] 高洁：清高洁白。古人认为蝉栖高饮露，是高洁之物。作者因以自喻。

[15] 予心：我的心。

作品简析

唐高宗仪凤三年（678）诗人迁任侍御史，因上疏论事，触怒武后，被诬下狱，此诗即作于此时。诗人以蝉的高洁喻己的清廉。首联借蝉声起兴，引起客思，由"南冠"切题。颔联以"不堪"和"来对"的流水对，阐发物我之关系，揭露朝政的丑恶和自我的凄伤。颈联运用比喻，以"露重""风多"喻世道污浊、环境恶劣。"飞难进"喻宦海浮沉难进。"响易沉"喻言论受压。尾联以蝉的高洁喻己的品性，结句以设问点出冤狱未雪之恨。这是一首很好的咏物诗，借咏物寓抒情，满腔悲愤，溢于言表。

春江花月夜

张若虚

春江潮水连海平，海上明月共潮生。
滟滟随波千万里[1]，何处春江无月明。

江流宛转绕芳甸[2]，月照花林皆似霰[3]。
空里流霜不觉飞[4]，汀上白沙看不见[5]。
江天一色无纤尘[6]，皎皎空中孤月轮[7]。
江畔何人初见月？江月何年初照人？
人生代代无穷已[8]，江月年年只相似。
不知江月待何人，但见长江送流水[9]。
白云一片去悠悠[10]，青枫浦上不胜愁[11]。
谁家今夜扁舟子[12]？何处相思明月楼[13]？
可怜楼上月徘徊[14]，应照离人妆镜台[15]。
玉户帘中卷不去[16]，捣衣砧上拂还来[17]。
此时相望不相闻[18]，愿逐月华流照君[19]。
鸿雁长飞光不度，鱼龙潜跃水成文[20]。
昨夜闲潭梦落花[21]，可怜春半不还家。
江水流春去欲尽，江潭落月复西斜[22]。
斜月沉沉藏海雾，碣石潇湘无限路[23]。
不知乘月几人归[24]，落月摇情满江树[25]。

注 释

[1] 滟（yàn）滟：波光闪动的光彩。

[2] 芳甸（diàn）：遍生花草的原野。

[3] 霰（xiàn）：雪珠，小冰粒。

[4] 流霜：飞霜，古人以为霜和雪一样，是从空中落下来的，所以叫流霜。这里比喻月光皎洁，月色朦胧、流荡，所以不觉得有霜霰飞扬。

《春江花月夜》朗读欣赏

[5] 汀（tīng）：沙滩。

[6] 纤尘：微细的灰尘。

[7] 月轮：指月亮，因月圆时像车轮，故称月轮。

[8] 穷已：穷尽。

[9] 但见：只见、仅见。

[10] 悠悠：渺茫、深远。

[11] 青枫浦上：青枫浦，地名，今湖南浏阳市境内有青枫浦。这里泛指游子所在的地方。浦上：水边。

[12] 扁舟：孤舟，小船。

[13] 明月楼：月夜下的闺楼。这里指闺中思妇。

[14] 月徘徊：指月光移动。

[15] 离人：此处指思妇。妆镜台：梳妆台。

[16] 玉户：形容楼阁华丽，以玉石镶嵌。

[17] 捣衣砧（zhēn）：捣衣石、捶布石。

[18] 相闻：互通音信。

[19] 逐：跟从、跟随。月华：月光。

[20] 文：同"纹"。

[21] 闲潭：安静的水潭。

[22] 斜：古音 xiá。

[23] 潇湘：湘江与潇水。无限路：言离人相去很远。

[24] 乘月：趁着月光。

[25] 摇情：激荡情思，犹言牵情。

作品简析

此诗题目，以春、江、花、月、夜这五种事物集中体现了最动人的良辰美景，构成了诱人探寻的奇妙的艺术境界。整首诗由景、情、理依次展开，第一部分写了春江的美景。第二部分写了面对江月由此产生的感慨。第三部分写了人间思妇游子的离愁别绪。

全诗紧扣春、江、花、月、夜的背景来写，而又以月为主体。"月"是诗中情景兼融之物，诗人的脉搏随之跳动，在全诗中犹如一条纽带，通贯上下，诗情随着月轮的升落而起伏曲折。月在一夜之间经历了升起—高悬—西斜—落下的过程。在月的照耀下，江水、沙滩、天空、原野、枫树、花林、飞霜、白沙、扁舟、高楼、镜台、砧石、长飞的鸿雁、潜跃的鱼龙、不眠的思妇及漂泊的游子，组成了完整的诗歌形象，展现出一幅充满人生哲理与生活情趣的画卷。这幅画卷在色调上是以淡寓浓，虽用水墨勾勒点染，但"墨分五彩"，从黑白相辅、虚实相生中显出绚烂多彩的艺术效果，宛如一幅淡雅的中国水墨画，体现出春江花月夜清幽的意境美。

出　塞

王昌龄

其一

秦时明月汉时关，万里长征人未还。
但使龙城飞将在[1]，不教胡马度阴山[2]。

其二

骝马新跨白玉鞍[3]，战罢沙场月色寒[4]。
城头铁鼓声犹震[5]，匣里金刀血未干。

注 释

[1] 但使：只要。龙城飞将：《汉书·卫青霍去病传》载，元光六年（前 129 年），卫青为车骑将军，出上谷，至笼城，斩首虏数百。笼城，颜师古注曰："笼"与"龙"同。龙城飞将指的是卫青奇袭龙城的事情。其中，有人认为龙城飞将指的是汉代飞将军李广，龙城是唐代的卢龙城（卢龙城就是汉代的李广练兵之地，在今河北省喜峰口附近一带，为汉代右北平郡所在地），李广一生主要的时间都在抗击匈奴，防止匈奴掠边。每次匈奴重点进攻汉地，天子几乎都是派遣李广为边地太守。

[2] 不教：不叫，不让。教，让。胡马：此指北方少数民族。度：越过。阴山：昆仑山的北支，起自河套西北，横贯绥远、察哈尔及热河北部，是中国北方的屏障。在漫长的边防线上，战争一直没有停止过，去边防线打仗的战士也还没有回来。要是攻袭龙城的大将军卫青和飞将军李广今天还依然健在，绝不会让敌人的军队翻过阴山。

[3] 骝马：黑鬃黑尾巴的红马，骏马的一种。新：刚刚。

[4] 沙场：指战场。

[5] 震：响。

作品简析

戏说《出塞》

《出塞二首》是唐代诗人王昌龄的一组边塞诗。第一首诗以平凡的语言，唱出雄浑豁达的主旨，气势流畅，一气呵成。诗人以雄劲的笔触，对当时的边塞战争生活做了高度的艺术概括，把写景、叙事、抒情与议论紧密结合，在诗里熔铸了丰富复杂的思想感情，使诗的意境雄浑深远，既激动人心，又耐人寻味。第二首诗描写了一场惊心动魄的战斗情景，寥寥数笔，生动地描绘了将士们的英雄气概和胜利者的骄傲神态。全诗意境雄浑，格调昂扬，语言凝炼明快。对《出塞》的评价历来很高。明代诗人李攀龙甚至推崇它是唐人七绝的压卷之作，杨慎编选唐人绝句，也列它为第一。

回乡偶书[1]

贺知章

其一

少小离家老大回[2]，乡音无改鬓毛衰[3]。
儿童相见不相识[4]，笑问客从何处来[5]。

其二

离别家乡岁月多，近来人事半消磨[6]。

惟有门前镜湖水[7]，春风不改旧时波。

注 释

[1] 偶书：随便写的诗。偶，说明诗写作得很偶然，是随时有所见、有所感就写下来的。

[2] 少小离家：贺知章三十七岁中进士，在此以前就离开家乡。老大：年纪大了。

[3] 乡音：家乡的口音。无改：没什么变化。一作"难改"。鬓毛衰（cuī）：老年人须发稀疏变少。鬓毛，额角边靠近耳朵的头发。一作"面毛"。衰，此处应是减少的意思。全句意谓口音未变鬓发却已疏落、减少。

[4] 相见：即看见我。相，带有指代性的副词。不相识：即不认识我。

[5] 笑问：笑着询问。一本作"却问"，一本作"借问"。

[6] 消磨：逐渐消失、消除。

[7] 镜湖：湖泊名，在今浙江绍兴会稽山的北麓，方圆三百余里。贺知章的故乡就在镜湖边上。

戏说《回乡偶书》

唐诗 第十二单元

作品简析

《回乡偶书》二首是唐代诗人贺知章的组诗作品，写于作者晚年辞官还乡之时。第一首诗在抒发作者久客他乡的伤感的同时，也写出了久别回乡的亲切感；第二首诗抓住了家乡的变与不变的对比，流露出作者对生活变迁、岁月沧桑、物是人非的感慨与无奈之情。这两首诗语言朴实无华，感情自然逼真，充满生活情趣。

别董大[1]

高 适

其一

千里黄云白日曛[2]，北风吹雁雪纷纷。

莫愁前路无知己，天下谁人不识君[3]？

其二

六翮飘飖私自怜[4]，一离京洛十余年[5]。

丈夫贫贱应未足，今日相逢无酒钱。

注 释

[1] 董大：指董庭兰，是当时有名的音乐家，在其兄弟中排行第一，故称"董大"。

[2] 黄云：天上的乌云，在阳光下，乌云是暗黄色，所以叫黄云。白日曛（xūn）：太阳黯淡无光。曛，即曛黄，指夕阳西沉时的昏黄景色。

13

[3] 谁人：哪个人。君：你，这里指董大。

[4] 六翮（hé）：谓鸟类双翅中的正羽，用以指鸟的两翼。翮，禽鸟羽毛中间的硬管，代指鸟翼。飘飖（yáo）：飘动。六翮飘飖，比喻四处奔波而无结果。

[5] 京洛：本指洛阳，后多泛指国都。

戏说《别董大》

《作品简析》

　　《别董大》二首是唐代诗人高适的组诗作品。这两首诗是高适与董大久别重逢，经过短暂的聚会以后，又各奔他方的赠别之作。作品勾勒了送别时晦暗寒冷的愁人景色，作者当时处在困顿不达的境遇之中，但没有因此沮丧、沉沦，既表露出作者对友人远行的依依惜别之情，也展现出作者豪迈豁达的胸襟。

过故人庄[1]

孟浩然

故人具鸡黍[2]，邀我至田家[3]。
绿树村边合[4]，青山郭外斜[5]。
开轩面场圃[6]，把酒话桑麻[7]。
待到重阳日[8]，还来就菊花[9]。

《注释》

《过故人庄》解读

[1] 过：拜访。故人庄：老朋友的田庄。庄，田庄。

[2] 具：准备，置办。鸡黍：指农家待客的丰盛饭食（字面指鸡和黄米饭）。黍（shǔ），黄米。

[3] 邀：邀请。至：到。

[4] 合：环绕。

[5] 郭：古代城墙有内外两重，内为城，外为郭。这里指村庄的外墙。斜（xiá）：倾斜。因古诗需与上一句押韵，所以应读 xiá。

[6] 开：打开，开启。轩：窗户。面：面对。场：打谷场、稻场。圃：菜园。

[7] 把酒：端着酒具，指饮酒。把，拿起，端起。话桑麻：闲谈农事。桑麻，桑树和麻。这里泛

指庄稼。

[8] 重阳日：指夏历的九月初九。古人在这一天有登高、饮菊花酒的习俗。

[9] 还（huán）：返，来。就菊花：指饮菊花酒，也是赏菊的意思。就，靠近，指去做某事。

《作品简析》

《过故人庄》是唐代诗人孟浩然创作的一首五言律诗，写的是诗人应邀到一位农村老朋友家做客的经过。在淳朴自然的田园风光之中，主客举杯饮酒，闲谈家常，充满了乐趣，抒发了诗人和朋友之间真挚的友情。这首诗初看似乎平淡如水，细细品味就像是一幅画着田园风光的中国画，将景、事、情完美地结合在一起，具有强烈的艺术感染力。

渭川田家[1]

王 维

斜阳照墟落[2]，穷巷牛羊归[3]。
野老念牧童[4]，倚杖候荆扉[5]。
雉雊麦苗秀[6]，蚕眠桑叶稀[7]。
田夫荷锄至[8]，相见语依依。
即此羡闲逸[9]，怅然吟式微[10]。

《注 释》

[1] 渭川：渭水，源于甘肃鸟鼠山，经陕西，流入黄河。田家：农家。

[2] 墟落：村庄。斜阳：一作"斜光"。

[3] 穷巷：深巷。

[4] 野老：村野老人。牧童：一作"僮仆"。

[5] 倚杖：靠着拐杖。荆扉：柴门。

[6] 雉（zhì）雊（gòu）：野鸡鸣叫。《诗经·小雅·小弁》："雉之朝雊，尚求其雌。"

[7] 蚕眠：蚕蜕皮时，不食不动，像睡眠一样。

[8] 荷（hè）：肩负的意思。至：一作"立"。

[9] 即此：指上面所说的情景。

[10] 式微：《诗经》篇名，其中有"式微，式微，胡不归"之句，表归隐之意。

作品简析

《渭川田家》是唐代诗人王维创作的一首诗。此诗描写的是初夏傍晚农村夕阳西下、牛羊回归、老人倚杖、麦苗吐秀、桑叶稀疏、田夫荷锄一系列宁静和谐的景色，表现了农村平静闲适、悠闲可爱的生活，流露出诗人在官场孤苦郁闷的情绪。开头四句，写田家日暮时分的闲逸景象；五、六两句，写农事；七、八两句，写农夫闲暇；最后两句，写因闲逸而生羡情。全诗不事雕绘，纯用白描，自然清新，诗意盎然。

《渭川田家》解读

山居秋暝[1]

王　维

空山新雨后，天气晚来秋。
明月松间照，清泉石上流。
竹喧归浣女[2]，莲动下渔舟。
随意春芳歇[3]，王孙自可留。

注　释

[1] 暝：夜色。
[2] 浣女：洗衣服的女子。
[3] 春芳：春草。歇：干枯。

戏说《山居秋暝》

作品简析

这是一首山水田园的名诗，于诗情画意中寄托诗人的高洁情怀和对理想的追求。

首联写山居秋日薄暮之景，山雨初霁，幽静闲适，清新宜人。颔联写皓月当空，青松如盖，山泉清冽，流于石上，清幽明净的自然美景。颈联写听到竹林喧声，看到莲叶分披，发现了浣女、渔舟。末联写此景美好，是洁身自好的所在。

全诗通过对山水的描绘寄慨言志，含蕴丰富，耐人寻味。"明月松间照，清泉石上流"实乃千古佳句。

使至塞上[1]

王　维

单车欲问边[2]，属国过居延[3]。
征蓬出汉塞[4]，归雁入胡天[5]。
大漠孤烟直[6]，长河落日圆[7]。
萧关逢候骑[8]，都护在燕然[9]。

注 释

[1] 使至塞上：奉命出使边塞。使：出使。

[2] 单车：一辆车，车辆少，这里形容轻车简从。问边：到边塞去看望，指慰问守卫边疆的官兵。

[3] 属国：有几种解释：一指少数民族附属于汉族朝廷而存其国号者。汉、唐两朝均有一些属国。二指官职，秦汉时有一种官职名为典属国，苏武归汉后即授典属国官职。属国，即典属国的简称，汉代称负责外交事务的官员为典属国，唐人有时以"属国"代称出使边陲的使臣，这里诗人用来指自己使者的身份。居延：地名，汉代称居延泽，唐代称居延海，在今内蒙古额济纳旗北境。又西汉张掖郡有居延县（参见《汉书·地理志》），故城在今额济纳旗东南。又东汉凉州刺史部有张掖居延属国，辖境在居延泽一带。此句一般注本均言王维路过居延。然而王维此次出使，实际上无须经过居延。因而林庚、冯沅君主编的《中国历代诗歌选》认为此句是写唐王朝"边塞的辽阔，附属国直到居延以外"。

[4] 征蓬：随风远飞的枯蓬，此处为诗人自喻。

[5] 归雁：雁是候鸟，春天北飞，秋天南行，这里是指大雁北飞。胡天：胡人的领地。这里是指唐军占领的北方。

[6] 大漠：大沙漠，此处大约是指凉州以北的沙漠。孤烟：赵殿成注有二解：一云古代边防报警时燃狼粪，"其烟直而聚，虽风吹之不散"。二云塞外多旋风，"裊烟沙而直上"。据后人有到甘肃、新疆实地考察者证实，确有旋风如"孤烟直上"。又：孤烟也可能是唐代边防使用的平安火。《通典》卷二一八云："及暮，平安火不至。"胡三省注："《六典》：唐镇戍烽候所至，大率相去三十里，每日初夜，放烟一炬，谓之平安火。"

[7] 长河：即黄河；一说指流经凉州（今甘肃武威）以北沙漠的一条内陆河，这条河在唐代叫马成河，疑即今石羊河。

[8] 萧关：古关名，又名陇山关，故址在今宁夏固原东南。候骑：负责侦察、通讯的骑兵。王维出使河西并不经过萧关，此处大概是用何逊诗"候骑出萧关，追兵赴马邑"之意，非实写。候骑：一作"候吏"。

[9] 都护：唐朝在西北边疆置安西、安北等六大都护府，其长官称都护，每府派大都护一人，副都护二人，负责辖区一切事务。这里指前敌统帅。燕然：古山名，即今蒙古国杭爱山。这里代指前线。

作品简析

《使至塞上》是唐代诗人王维奉命赴边疆慰问将士途中所作的一首纪行诗，记述出使塞上的旅程以及旅程中所见的塞外风光。首联两句交代此行目的和目的地，即诗缘何而作；颔联两句包含多重意蕴，借蓬草自况，写飘零之感；颈联两句描绘了边陲大漠中壮阔雄奇的景象，境界阔大，气象雄浑；尾联两句虚写战争已取得胜利，流露出对都护的赞叹。此诗既反映了边塞生活，同时也表达了诗人由于被排挤而产生的孤独、寂寞、悲伤之情，以及在大漠的雄浑景色中情感得到熏陶、净化、升华后产生的慷慨悲壮之情，显露出一种豁达情怀。

戏说《使至塞上》

白雪歌送武判官归京[1]

岑 参

北风卷地白草折[2]，胡天八月即飞雪[3]。
忽如一夜春风来，千树万树梨花开[4]。
散入珠帘湿罗幕[5]，狐裘不暖锦衾薄[6]。
将军角弓不得控[7]，都护铁衣冷难着[8]。
瀚海阑干百丈冰[9]，愁云惨淡万里凝[10]。
中军置酒饮归客[11]，胡琴琵琶与羌笛[12]。
纷纷暮雪下辕门[13]，风掣红旗冻不翻[14]。
轮台东门送君去[15]，去时雪满天山路[16]。
山回路转不见君[17]，雪上空留马行处。

注 释

[1] 武判官：名不详，当是封常清幕府中的判官。判官，官职名。唐代节度使等朝廷派出的持节大使，可委任幕僚协助判处公事，称判官，是节度使、观察使一类的僚属。

[2] 白草：西北的一种牧草，晒干后变白。

[3] 胡天：指塞北的天空。胡，古代汉民族对北方各民族的通称。

[4] 梨花：这里比喻雪花积在树枝上，像梨花开了一样。

[5] 珠帘：用珍珠串成或饰有珍珠的帘子。形容帘子的华美。罗幕：用丝织品做成的帐幕。形容帐幕的华美。这句说雪花飞进珠帘，沾湿罗幕。"珠帘""罗幕"都属于美化的说法。

[6] 狐裘：狐皮袍子。锦衾：锦缎做的被子。锦衾薄：丝绸的被子（因为寒冷）都显得单薄了。形容天气很冷。

《白雪歌送武判官归京》
朗读欣赏

[7] 角弓：两端用兽角装饰的硬弓，一作"雕弓"。不得控：（天太冷而冻得）拉不开（弓）。控：拉开。

[8] 都护：镇守边镇的长官。此为泛指，与上文的"将军"是互文。铁衣：铠甲。难着：一作"犹着"。着：亦写作"著"。

[9] 瀚海：沙漠。这句说大沙漠里到处都结着很厚的冰。阑干：纵横交错的样子。百丈：一作"百尺"，一作"千尺"。

[10] 惨淡：昏暗无光。

[11] 中军：称主将或指挥部。古时分兵为中、左、右三军，中军为主帅的营帐。饮归客：宴饮归京的人，指武判官。饮，宴饮。

[12] 胡琴琵琶与羌笛：胡琴等都是当时西域地区兄弟民族的乐器。这句说在饮酒时奏起了乐曲。羌笛，羌族的管乐器。

[13] 辕门：军营的门。古代军队扎营，用车环围，出入处以两车车辕相向竖立，状如门。这里

指帅衙署的外门。

[14] 风掣：红旗因雪而冻结，风都吹不动了。一言旗被风往一个方向吹，给人以冻住之感。掣：拉，扯。

[15] 轮台：唐轮台在今新疆维吾尔自治区米泉区境内，与汉轮台不是同一地方。

[16] 满：铺满。形容词活用为动词。天山：一名祁连山，横亘新疆东西，长六千余里。

[17] 山回路转：山势回环，道路盘旋曲折。

作品简析

《白雪歌送武判官归京》是唐代诗人岑参的作品。此诗描写西域八月飞雪的壮丽景色，抒写塞外送别、雪中送客之情，表现离愁和乡思，却充满奇思异想，并不令人感到伤感。诗中所表现出来的浪漫理想和壮逸情怀使人觉得塞外风雪变成了可玩味欣赏的对象。全诗内涵丰富宽广，色彩瑰丽浪漫，气势浑然磅礴，意境鲜明独特，具有极强的艺术感染力，堪称盛世大唐边塞诗的压卷之作。其中"忽如一夜春风来，千树万树梨花开"等诗句已成为千古传诵的名句。

黄鹤楼送孟浩然之广陵[1]

李 白

故人西辞黄鹤楼[2]，烟花三月下扬州[3]。
孤帆远影碧空尽[4]，唯见长江天际流[5]。

注 释

[1] 黄鹤楼：中国著名的名胜古迹，故址在今湖北省武汉市武昌蛇山的黄鹄矶上，属于长江下游地带，传说三国时期的费祎于此登仙乘黄鹤而去，故称黄鹤楼。原楼已毁，现存楼为1985年修葺。孟浩然：李白的朋友。之：往、到达。广陵：即扬州。

[2] 故人：老朋友，这里指孟浩然。其年龄比李白大，在诗坛上享有盛名。李白对他很敬佩，彼此感情深厚，因此称之为"故人"。辞：辞别。

[3] 烟花：形容柳絮如烟、鲜花似锦的春天景物，指艳丽的春景。下：顺流向下而行。

[4] 碧空尽：消失在碧蓝的天际。碧空：一作"碧山"。尽，尽头，消失了。

[5] 唯见：只看见。天际流：流向天边。天际，天边，天边的尽头。

作品简析

《黄鹤楼送孟浩然之广陵》是唐代伟大诗人李白的名篇之一。这是一首送别诗，寓离情于写景。首句点出送别的地点：一代名胜黄鹤楼；二句写送别的时间与去向："烟花三月"的春色和东南形胜的"扬州"；三、四句，写送别的场景：目送孤帆远去，只留一江春水。诗

戏说《黄鹤楼送孟浩然之广陵》

作以绚丽斑驳的烟花春色和浩瀚无边的长江为背景，极尽渲染之能事，绘出了一幅意境开阔、色彩明快的诗人送别画。此诗虽为惜别之作，却写得飘逸灵动，情深而不滞，意永而不悲，辞美而不浮，韵远而不虚。

望天门山[1]

李　白

天门中断楚江开[2]，碧水东流至此回[3]。
两岸青山相对出[4]，孤帆一片日边来[5]。

注　释

[1] 天门山：位于今安徽省和县与芜湖市长江两岸，在江南的为东梁山（又称博望山），在江北的为西梁山（又称梁山）。两山隔江对峙，形同天设的门户，天门由此得名。《江南通志》记云："两山石状晓岩，东西相向，横夹大江，对峙如门。俗呼梁山曰西梁山，呼博望山曰东梁山，总谓之天门山。"

[2] 中断：江水从中间隔断两山。楚江：长江流经旧楚地的一段，当涂在战国时期属楚国，故流经此地的长江称楚江。开：劈开，断开。

[3] 至此回：意为东流的江水在这儿转向北流。一作"直北"，一作"至北"。回，回旋，回转。指这一段江水由于地势险峻方向有所改变，并更加汹涌。

[4] 两岸青山：分别指东梁山和西梁山。出：突出，出现。

[5] 日边来：指孤舟从天水相接处的远方驶来，远远望去，仿佛来自日边。

作品简析

戏说《望天门山》

《望天门山》是唐代大诗人李白于开元十三年（725）赴江东途中行至天门山时所创作的一首七绝。此诗描写了诗人舟行江中顺流而下远望天门山的情景：前两句用铺叙的方法，描写天门山的雄奇壮观和江水浩荡奔流的气势；后两句描绘出从两岸青山夹缝中望过去的远景，显示了一种动态美。全诗通过对天门山景象的描述，赞美了大自然的神奇壮丽，表达了作者初出巴蜀时乐观豪迈的感情，展示了作者自由洒脱、无拘无束的精神风貌。作品意境开阔，气象雄伟，动静虚实，相映成趣，并能化静为动，化动为静，表现出一种新鲜的意趣。

行路难

李　白

金樽清酒斗十千[1]，玉盘珍羞直万钱[2]。
停杯投箸不能食[3]，拔剑四顾心茫然。
欲渡黄河冰塞川，将登太行雪满山。

闲来垂钓碧溪上，忽复乘舟梦日边[4]。

行路难！行路难！多歧路，今安在[5]？

长风破浪会有时[6]，直挂云帆济沧海[7]。

《行路难》朗读欣赏

注　释

[1] 樽（zūn）：古代盛酒的器具，以金为饰。清酒：清醇的美酒。斗十千：一斗值十千钱（即万钱），形容酒美价高。

[2] 珍羞：珍贵的菜肴。羞，同"馐"，美味的食物。直：通"值"，价值。

[3] 箸（zhù）：筷子。

[4] "闲来"二句：表示诗人对自己从政仍有所期待。这两句暗用典故：姜太公吕尚曾在渭水的磻溪上钓鱼，得遇周文王，助周灭商；伊尹曾梦见自己乘船从日月旁边经过，后被商汤聘请，助商灭夏。碧，一作"坐"。

[5] "多歧路"二句：岔道这么多，如今身在何处？岐，一作"歧"。安，哪里。

[6] 长风破浪：比喻实现政治理想。据《宋书·宗悫传》载：宗悫少年时，叔父宗炳问他的志向，他说："愿乘长风破万里浪。"

[7] 云帆：高高的船帆。船在海里航行，因天水相连，船帆好像出没在云雾之中。

作品简析

《行路难》是李白的作品，共有三首，本首为其一。这三首诗抒写了诗人在政治道路上遭遇艰难后的感慨，反映了诗人在思想上既不愿同流合污又不愿独善一身的矛盾。正是这种无法解决的矛盾所激起的感情波涛使这组诗气象非凡。诗中跌宕起伏的感情，跳跃式的思维，以及高昂的气势，又使作品具有独特的艺术魅力，而成为后人广为传诵的千古名篇。

将进酒[1]

李　白

君不见[2]，黄河之水天上来[3]，奔流到海不复回。

君不见，高堂明镜悲白发[4]，朝如青丝暮成雪[5]。

人生得意须尽欢[6]，莫使金樽空对月。

天生我材必有用，千金散尽还复来。

烹羊宰牛且为乐，会须一饮三百杯[7]。

岑夫子，丹丘生[8]，将进酒，杯莫停[9]。

与君歌一曲[10]，请君为我倾耳听[11]。

钟鼓馔玉不足贵[12]，但愿长醉不复醒[13]。

古来圣贤皆寂寞，唯有饮者留其名。

陈王昔时宴平乐[14]，斗酒十千恣欢谑[15]。

主人何为言少钱[16]，径须沽取对君酌[17]。

五花马[18]，千金裘，呼儿将出换美酒，与尔同销万古愁[19]。

《注 释》

[1] 将进酒：请饮酒。乐府古题，原是汉乐府短箫铙歌的曲调。《乐府诗集》卷十六引《古今乐录》曰："汉鼓吹铙歌十八曲，九曰《将进酒》。"《敦煌诗集残卷》三个手抄本此诗均题作"惜罇空"。《文苑英华》卷三三六题作"惜空罇酒"。将，请。

《将进酒》朗读欣赏

[2] 君不见：乐府诗常用作提醒人语。

[3] 天上来：黄河发源于青海，因那里地势极高，故称。

[4] 高堂：房屋的正室厅堂。一说指父母，不合诗意。一作"床头"。

[5] 青丝：喻柔软的黑发。一作"青云"。成雪：一作"如雪"。

[6] 得意：适意高兴的时候。

[7] 会须：正应当。

[8] 岑夫子：岑勋。丹丘生：元丹丘。二人均为李白的好友。

[9] 杯莫停：一作"君莫停"。

[10] 与君：给你们，为你们。君，指岑、元二人。

[11] 倾耳听：一作"侧耳听"。

[12] 钟鼓：富贵人家宴会中奏乐使用的乐器。馔（zhuàn）玉：形容食物如玉一样精美。

[13] 不复醒：也有版本为"不用醒"或"不愿醒"。

[14] 陈王：指陈思王曹植。平乐（lè）：观名。在洛阳西门外，为汉代富豪显贵的娱乐场所。

[15] 恣：纵情任意。谑（xuè）：戏。

[16] 言少钱：一作"言钱少"。

[17] 径须：干脆，只管。沽：通"酤"，买。

[18] 五花马：指名贵的马。一说毛色作五花纹，一说颈上长毛修剪成五瓣。

[19] 尔：你。

《作品简析》

《将进酒》是李白沿用乐府古题创作的一首诗。此诗为李白长安放还以后所作，思想内容非常深沉，艺术表现非常成熟，在同题作品中影响最大。诗人豪饮高歌，借酒消愁，抒发了忧愤深广的人生感慨。诗中交织着失望与自信、悲愤与抗争的情怀，体现出豪纵狂放的个性。全诗情感饱满，无论喜怒哀乐，其奔涌迸发均如江河流泻，不可遏止，且起伏跌宕，变化剧烈；在手法上多用夸张，且往往以巨额数量词进行修饰，既表现出诗人豪迈洒脱的情怀，又使诗作本身显得笔墨酣畅，抒情有力；在结构上大开大阖，充分体现了李白七言歌行的特色。

宣州谢朓楼饯别校书叔云[1]

李 白

弃我去者，昨日之日不可留；

乱我心者，今日之日多烦忧。

长风万里送秋雁[2]，对此可以酣高楼[3]。

蓬莱文章建安骨[4]，中间小谢又清发[5]。

俱怀逸兴壮思飞[6]，欲上青天览明月[7]。

抽刀断水水更流，举杯销愁愁更愁[8]。

人生在世不称意[9]，明朝散发弄扁舟[10]。

注 释

[1] 宣州：今安徽省宣城市一带。谢朓（tiǎo）楼：又名北楼、谢公楼，在陵阳山上，是南齐诗人谢朓任宣城太守时所建，并改名为叠嶂楼。李白曾多次登临，并且写过一首《秋登宣城谢朓北楼》。饯别：以酒食送行。校（jiào）书：官名，即秘书省校书郎，掌管朝廷的图书整理工作。叔云：李白的叔叔李云。

[2] 长风：远风，大风。

[3] 此：指上句的长风秋雁的景色。酣（hān）：畅饮。高楼：指谢朓楼。

[4] 蓬莱文章：借指李云的文章。蓬莱，此指东汉时藏书之东观。《后汉书》卷二三《窦融列传》附窦章传："是时学者称东观为老氏藏室，道家蓬莱山"。李贤注："言东观经籍多也。蓬莱，海中神山，为仙府，幽经秘籍并皆在也。"建安骨：指刚健道劲的诗文风格。汉末建安（汉献帝年号，196—220）年间，"三曹"和"七子"等作家所作之诗风骨遒劲，后人称之为"建安风骨"。

[5] 小谢：指谢朓，字玄晖，南朝齐诗人。后人将他和谢灵运并称为大谢、小谢。这里用以自喻。清发（fā）：指清新秀发的诗风。发，诗文俊逸。

[6] 俱怀：两人都怀有。逸兴（xìng）：飘逸豪放的兴致，多指山水游兴，超迈的意兴。王勃《滕王阁序》："遥襟甫畅，逸兴遄飞"。李白《送贺宾客归越》："镜湖流水漾清波，狂客归舟逸兴多。"壮思飞：卢思道《卢记室诔》："丽词泉涌，壮思云飞。"壮思，雄心壮志，豪壮的意思。

[7] 览：通"揽"，摘取。一本作"揽"。

[8] 销：一本作"消"。更：一本作"复"。

[9] 称（chèn）意：称心如意。

[10] 明朝（zhāo）：明天。散发（fà）：去冠披发，指隐居不仕。这里是形容狂放不羁。古人束发戴冠，散发表示闲适自在。弄扁（piān）舟：乘小舟归隐江湖。扁舟，小舟，小船。春秋末年，范蠡辞别越王勾践，"乘扁舟浮于江湖"（《史记·货殖列传》）。散发弄扁舟：一作"举棹还沧州"。

《宣州谢朓楼饯别校书叔云》
朗读欣赏

《作品简析》

《宣州谢朓楼饯别校书叔云》是李白在宣城（今属安徽省）与李云相遇并同登谢朓楼时创作的一首送别诗。此诗共九十二字，并不直言离别，而是重笔抒发诗人自己怀才不遇的激烈愤懑，灌注了慷慨豪迈的情怀，表达了对黑暗社会的强烈不满和对光明世界的执着追求。诗虽极写烦忧苦闷，却并不阴郁低沉。全诗语言明朗朴素，音调激越高昂，如歌如诉，强烈的思想情感起伏涨落，一波三折，如奔腾的江河瞬息万变，波澜迭起，和腾挪跌宕、跳跃发展的艺术结构完美结合，韵味深长，断续无迹，达到了豪放与自然和谐统一的境界。明人评此诗"如天马行空，神龙出海"。

赠汪伦[1]

李 白

李白乘舟将欲行[2]，忽闻岸上踏歌声[3]。
桃花潭水深千尺[4]，不及汪伦送我情[5]。

《注 释》

戏说《赠汪伦》

[1] 汪伦：李白的朋友。

[2] 将欲行：敦煌写本《唐人选唐诗》作"欲远行"。

[3] 踏歌：唐代民间流行的一种手拉手、两足踏地为节拍的歌舞形式，可以边走边唱。

[4] 桃花潭：在今安徽省泾县西南一百里。《一统志》谓其深不可测。深千尺：诗人用潭水深千尺比喻汪伦与他的友情，运用了夸张的手法。

[5] 不及：不如。

《作品简析》

《赠汪伦》是李白于泾县（今安徽皖南地区）游历桃花潭时写给当地好友汪伦的一首留别诗。此诗前两句描绘李白乘舟欲行时，汪伦踏歌赶来送行的情景，朴素自然地体现出汪伦对李白那种朴实、真诚的情感；后两句先用"深千尺"赞美桃花潭水的深湛，紧接"不及"两个字笔锋一转，用衬托的手法，把无形的情谊化为有形的千尺潭水，生动形象地表达了汪伦对李白那份真挚深厚的友情。全诗语言清新自然，想象丰富奇特，虽仅四句二十八字，却是李白诗中流传最广的佳作之一。

兵车行[1]

杜 甫

车辚辚[2]，马萧萧[3]，行人弓箭各在腰[4]。
耶娘妻子走相送[5]，尘埃不见咸阳桥[6]。

牵衣顿足拦道哭，哭声直上干云霄[7]。
道旁过者问行人[8]，行人但云点行频[9]。
或从十五北防河[10]，便至四十西营田[11]。
去时里正与裹头[12]，归来头白还戍边[13]。
边庭流血成海水[14]，武皇开边意未已[15]。
君不闻，汉家山东二百州[16]，千村万落生荆杞[17]。
纵有健妇把锄犁，禾生陇亩无东西[18]。
况复秦兵耐苦战[19]，被驱不异犬与鸡。
长者虽有问[20]，役夫敢申恨[21]？
且如今年冬，未休关西卒[22]。
县官急索租[23]，租税从何出？
信知生男恶[24]，反是生女好。
生女犹得嫁比邻[25]，生男埋没随百草。
君不见，青海头[26]，古来白骨无人收。
新鬼烦冤旧鬼哭[27]，天阴雨湿声啾啾[28]。

注 释

[1] 兵车行：是杜甫自创的乐府新题。行，本是乐府歌曲中的一种体裁。

[2] 辚（lín）辚：车行走时的声音。

[3] 萧萧：马蹄声。

[4] 行人：从军出征的人。

[5] 耶娘妻子：父亲、母亲、妻子、儿女的并称。从军的人既有十几岁的少年，也有四十多岁的成年人，所以送行的人有出征者的父母，也有妻子和孩子。耶，同"爷"，父亲。

[6] 咸阳桥：又叫便桥，汉武帝时建，唐代称咸阳桥，后来称渭桥，在咸阳城西渭水上，是长安西行必经的大桥。

[7] 干（gān）：冲。

[8] 过者：路过的人。这里指诗人自己。

[9] 点行：按户籍依次点名，强行征调。频：多次。

[10] 或从十五北防河：有的人从十五岁就从军到西北区防河。唐玄宗时，吐蕃常于秋季入侵，抢掠百姓的收获。为抵御侵扰，唐王朝每年征调大批兵力驻扎河西（今甘肃河西走廊）一带，叫"防秋"或"防河"。

[11] 营田：即屯田。戍守边疆的士卒，不打仗时须种地以自给，称为营田。

[12] 里正与裹头：里正，唐制凡百户为一里，置里正一人管理。与裹头，给他裹头巾。新兵入伍时须着装整，因年纪小，自己还裹不好头巾，所以里正帮他裹头。

[13] 戍边：守卫边疆。

[14] 边庭流血成海水：边庭，即边疆。血流成海水，形容战死者之多。

[15] 武皇开边意未已：武皇扩张领土的意图仍没有停止。武皇，汉武帝，这里借指唐玄宗。唐诗中借武皇代指玄宗。开边，用武力扩张领土。

《兵车行》朗读欣赏

[16] 汉家山东二百州：汉朝秦地以东的二百个州。汉家，汉朝，这里借指唐朝。山东，古代秦居西方，秦地以东（或函谷关以东）统称"山东"。唐代函谷关以东共217州，这里说"二百州"是举其整数。

[17] 千村万落生荆杞：成千上万的村落灌木丛生。这里形容村落的荒芜。荆杞，荆棘和枸杞，泛指野生灌木。

[18] 禾生陇亩无东西：庄稼长在田地里不成行列。陇亩，田地。陇，同"垄"。无东西，不成行列。

[19] 况复秦兵耐苦战：更何况关中兵能经受艰苦的战斗。况复，更何况。秦兵，关中兵，即这次出征的士兵。

[20] 长者：对老年人的尊称。这里是说话者对杜甫的称呼。

[21] 役夫敢申恨：我怎么敢申诉怨恨呢？役夫，应政府兵役的人，这里是说话者的自称之词。敢，副词，用于反问，这里是"岂敢"的意思。申恨，诉说怨恨。

[22] 关西卒：函谷关以西的士兵，即秦兵。

[23] 县官：这里指官府。

[24] 信知：确实知道。

[25] 犹得嫁比邻：还能够嫁给同乡。得，能够。比邻，同乡。

[26] 青海头：指今青海省青海湖边。唐和吐蕃的战争，经常在青海湖附近进行。

[27] 烦冤：不满、愤懑。

[28] 啾（jiū）啾：象声词，形容凄厉的叫声。

作品简析

《兵车行》是唐代诗人杜甫创作的叙事诗。全诗以"道旁过者问行人"为界分为两段：首段摹写送别的凄惨，是纪事；次段传达征夫的诉苦，是纪言。此诗具有深刻的思想内容，借征夫对老人的答话，倾诉了人民对战争的痛恨，揭露了唐玄宗长期以来的穷兵黩武、连年征战给人民造成了巨大的灾难。全诗寓情于叙事之中，在叙述次序上参差错落前后呼应，变化开阖井然有序，并巧妙运用过渡句和习用词语，渲染了回肠荡气的艺术效果。诗人自创乐府新题写时事，为中唐时期兴起的新乐府运动做出了开创性的贡献。

春夜喜雨

杜 甫

好雨知时节[1]，当春乃发生[2]。
随风潜入夜[3]，润物细无声[4]。
野径云俱黑[5]，江船火独明[6]。
晓看红湿处[7]，花重锦官城[8]。

注 释

[1] 知：明白，知道。说雨知时节，是一种拟人化的写法。
[2] 乃：就。发生：萌发生长。

[3] 潜（qián）：暗暗地，悄悄地。这里指春雨在夜里悄悄地随风而至。

[4] 润物：使植物受到雨水的滋养。

[5] 野径：田野间的小路。

[6] 这两句意谓满天黑云，连小路、江面、江上的船只都看不见，只能看见江船上的点点灯火，暗示雨意正浓。

[7] 晓：天刚亮的时候。红湿处：雨水湿润的花丛。

[8] 花重（zhòng）：花因为饱含雨水而显得沉重。锦官城：故址在今成都市南，亦称锦城。三国蜀汉时管理织锦之官驻此，故名。后人有用作成都的别称。此句是写露水盈花的美景。

作品简析

《春夜喜雨》解读

这首诗写于唐肃宗上元二年（761）春。杜甫在经过一段时间的流离转徙的生活后，终因陕西旱灾而来到四川成都定居，开始了在蜀中的一段较为安定的生活。作此诗时，他已在成都草堂定居两年。他亲自耕作，种菜养花，与农民交往，对春雨之情很深，因而写下了这首描写春夜降雨、润泽万物的美景诗作。此诗运用拟人手法，以极大的喜悦之情细致地描绘了春雨的特点和成都夜雨的景象，热情地讴歌了来得及时、滋润万物的春雨。诗中对春雨的描写，体物精微，细腻生动，绘声绘形。全诗意境淡雅，意蕴清幽，诗境与画境浑然一体，是一首传神入化、别具风韵的咏雨诗。

石壕吏

杜 甫

暮投石壕村[1]，有吏夜捉人[2]。老翁逾墙走[3]，老妇出门看。
吏呼一何怒[4]！妇啼一何苦[5]。听妇前致词[6]，三男邺城戍[7]。
一男附书至[8]，二男新战死[9]。存者且偷生[10]，死者长已矣[11]！
室中更无人[12]，惟有乳下孙[13]。有孙母未去[14]，出入无完裙[15]。
老妪力虽衰[16]，请从吏夜归[17]。急应河阳役[18]，犹得备晨炊[19]。
夜久语声绝[20]，如闻泣幽咽[21]。天明登前途[22]，独与老翁别[23]。

注 释

[1] 暮：傍晚。投：投宿。石壕村：现名干壕村，在今河南省陕县东七十里。

[2] 吏：官吏，低级官员，这里指抓壮丁的差役。夜：时间名词作状语，在夜里。

[3] 逾（yú）：越过；翻过。走：跑，这里指逃跑。

[4] 呼：叫喊。一何：何其、多么。怒：恼怒，凶猛，粗暴，这里指凶狠。

[5] 啼：哭啼。苦：凄苦。

[6] 前致词：指老妇走上前去（对差役）说话。前，上前，向前。致，对……说。

[7] 邺城：即相州，在今河南省安阳市。戍（shù）：防守，这里指服役。

[8] 附书至：捎信回来。书，书信。至，回来。

[9] 新：刚刚。

[10] 存：活着，生存着。且偷生：姑且活一天算一天。且，姑且，暂且。偷生，苟且活着。

[11] 长已矣：永远完了。已，停止，这里引申为完结。

[12] 室中：家中。更无人：再没有别的（男）人了。更，再。

[13] 惟：只，仅。乳下孙：正在吃奶的孙子。

《石壕吏》朗读欣赏

[14] 未：还没有。去：离开，这里指改嫁。

[15] 完裙：完整的衣服。"有孙"两句一作"孙母未便出，见吏无完裙"。

[16] 老妪（yù）：老妇人。衰：弱。

[17] 请从吏夜归：请让我和你晚上一起回去。请，请求。从，跟从，跟随。

[18] 急应河阳役：赶快到河阳去服役。应，响应。河阳，今河南省孟州市，当时唐王朝官兵与叛军在此对峙。

[19] 犹得：还能够。得，能够。备：准备。晨炊：早饭。

[20] 夜久：夜深了。绝：断绝；停止。

[21] 如：好像，仿佛。闻：听。泣幽咽：低微断续的哭声。有泪无声为"泣"，哭声哽塞低沉为"咽"。

[22] 明：天亮之后。登前途：踏上前行的路。登，踏上。前途，前行的道路。

[23] 独：唯独、只有。

作品简析

　　《石壕吏》是杜甫著名的"三吏三别"之一。"三吏三别"即《新安吏》《石壕吏》《潼关吏》《新婚别》《无家别》《垂老别》，深刻写出了民间疾苦及在乱世之中身世飘荡的孤独，表达了作者对备受战祸摧残的老百姓的同情。本首五言古诗通过作者亲眼所见的石壕吏乘夜捉人的故事，揭露封建统治者的残暴，反映了"安史之乱"给广大人民带来的深重灾难，表达了诗人对劳动人民的深切同情。此诗在艺术上的一大特点是精炼，把抒情和议论寓于叙事之中，爱憎分明。场面和细节描写自然真实。善于裁剪，中心突出。诗风明白晓畅又悲壮沉郁，是现实主义文学的典范之作。

登 高[1]

杜 甫

风急天高猿啸哀[2]，渚清沙白鸟飞回[3]。

无边落木萧萧下[4]，不尽长江滚滚来。

万里悲秋常作客[5]，百年多病独登台[6]。

艰难苦恨繁霜鬓[7]，潦倒新停浊酒杯[8]。

注　释

[1] 登高：农历九月九日为重阳节，历来有登高的习俗。

[2] 猿啸哀：指长江三峡中猿猴凄厉的叫声。《水经注·江水》引民谣云："巴东三峡巫峡长，猿鸣三声泪沾裳。"

[3] 渚（zhǔ）：水中的小洲；水中的小块陆地。鸟飞回：鸟在急风中飞舞盘旋。回，回旋。

[4] 落木：指秋天飘落的树叶。萧萧：风吹落叶的声音。

[5] 万里：指远离故乡。常作客：长期漂泊他乡。

[6] 百年：犹言一生，这里借指晚年。

[7] 艰难：兼指国运和自身命运。苦恨：极恨，极其遗憾。苦，极。繁霜鬓：增多了白发，如鬓边着霜雪。繁，这里作动词，增多。

[8] 潦倒：衰颓，失意。这里指衰老多病，志不得伸。新停：新近停止。重阳登高，例应喝酒。杜甫晚年因肺病戒酒，所以说"新停"。

《登高》朗读欣赏

作品简析

《登高》是杜甫于大历二年（767）秋天在夔州所作的一首七律。前四句写景，述登高见闻，紧扣秋天的季节特色，描绘了江边空旷寂寥的景致。首联为局部近景，颔联为整体远景。后四句抒情，写登高所感，围绕作者自己的身世遭遇，抒发了穷困潦倒、年老多病、流寓他乡的悲哀之情。颈联自伤身世，将前四句写景所蕴含的比兴、象征、暗示之意揭出；尾联再作申述，以哀愁病苦的自我形象收束。此诗语言精练，通篇对偶，一二句尚有句中对，充分显示了杜甫晚年对诗歌语言声律的把握运用已达圆通之境。

登岳阳楼

杜　甫

昔闻洞庭水[1]，今上岳阳楼[2]。

吴楚东南坼[3]，乾坤日夜浮[4]。

亲朋无一字[5]，老病有孤舟[6]。

戎马关山北[7]，凭轩涕泗流[8]。

注　释

[1] 洞庭水：即洞庭湖，在今湖南省南北部，长江南岸，是中国第二大淡水湖。

[2] 岳阳楼：即岳阳城西门楼，在湖南省岳阳市，下临洞庭湖，为游

《登岳阳楼》朗读欣赏

览胜地。

[3] 吴楚：吴楚两地在我国东南。坼（chè）：分裂。

[4] 乾坤：指日、月。浮：日月星辰和大地昼夜都飘浮在洞庭湖上。

[5] 无一字：音讯全无。字，这里指书信。

[6] 老病：杜甫时年五十七岁，身患肺病、风痹，右耳已聋。有孤舟：唯有孤舟一叶飘零无定。

[7] 戎马：指战争。关山北：北方边境。

[8] 凭轩：靠着窗户。涕泗（sì）流：眼泪禁不住地流淌。

作品简析

《登岳阳楼》是杜甫于大历三年（768）创作的一首五律。这首诗是一首即景抒情之作，诗人在作品中描绘了岳阳楼的壮观景象，反映了诗人晚年生活的不幸，抒发了诗人忧国忧民的情怀。全诗表现了杜甫得偿多年夙愿，即登楼赏美景，同时仍牵挂着国家的百感交集之情。

游子吟[1]

孟 郊

慈母手中线，游子身上衣[2]。
临行密密缝[3]，意恐迟迟归[4]。
谁言寸草心[5]，报得三春晖[6]。

注 释

[1] 游子：古代称远游旅居的人。吟：诗体名称。

[2] 游子：指诗人自己，以及各个离乡的游子。

[3] 临：将要。

[4] 意恐：担心。归：回来，回家。

[5] 谁言：一作"难将"。言，说。寸草：小草。这里比喻子女。心：语义双关，既指草木的茎干，也指子女的心意。

[6] 报得：报答。三春晖：春天灿烂的阳光，指慈母之恩。三春，旧称农历正月为孟春，二月为仲春，三月为季春，合称三春。晖，阳光。形容母爱如春天温暖、和煦的阳光照耀着子女。

戏说《游子吟》

作品简析

《游子吟》是唐代诗人孟郊创作的一首五言古体诗。这是一首母爱的颂歌。全诗共六句三十字，采用白描的手法，通过回忆一个看似平常的临行前缝衣的场景，凸显并歌颂了母爱的伟大与无私，表达了诗人对母爱的感激及对母亲深深的爱与尊敬。此诗情感真挚自然，千百年来广为传诵。

江 雪

柳宗元

千山鸟飞绝[1]，万径人踪灭[2]。
孤舟蓑笠翁[3]，独钓寒江雪[4]。

戏说《江雪》

《 注 释 》

[1] 绝：无，没有。

[2] 万径：虚指，指千万条路。人踪：人的脚印。

[3] 孤：孤零零。蓑笠（suō lì）：蓑衣和斗笠。笠：用竹篾编成的帽子。
（"蓑"，古代用来防雨的衣服；"笠"，古代用来防雨的帽子。）

[4] 独：独自。

《 作品简析 》

　　《江雪》是唐代诗人柳宗元的一首山水诗，描述了一幅江乡雪景图。山山是雪，路路皆白。飞鸟绝迹，人踪湮没。遐景苍茫，迩景孤冷。意境幽僻，情调凄寂。渔翁形象，精雕细琢，清晰明朗，完整突出。诗采用入声韵，韵促味永，刚劲有力。

长恨歌

白居易

汉皇重色思倾国[1]，御宇多年求不得[2]。
杨家有女初长成，养在深闺人未识[3]。
天生丽质难自弃[4]，一朝选在君王侧。
回眸一笑百媚生，六宫粉黛无颜色[5]。
春寒赐浴华清池[6]，温泉水滑洗凝脂[7]。
侍儿扶起娇无力[8]，始是新承恩泽时[9]。
云鬓花颜金步摇[10]，芙蓉帐暖度春宵[11]。
春宵苦短日高起[12]，从此君王不早朝。
承欢侍宴无闲暇，春从春游夜专夜。
后宫佳丽三千人[13]，三千宠爱在一身。
金屋妆成娇侍夜[14]，玉楼宴罢醉和春。
姊妹弟兄皆列土[15]，可怜光彩生门户[16]。
遂令天下父母心，不重生男重生女[17]。
骊宫高处入青云[18]，仙乐风飘处处闻。
缓歌慢舞凝丝竹[19]，尽日君王看不足。
渔阳鼙鼓动地来[20]，惊破霓裳羽衣曲[21]。

九重城阙烟尘生[22]，千乘万骑西南行[23]。
翠华摇摇行复止，西出都门百余里[24]。
六军不发无奈何[25]，宛转蛾眉马前死[26]。
花钿委地无人收[27]，翠翘金雀玉搔头[28]。
君王掩面救不得，回看血泪相和流。
黄埃散漫风萧索，云栈萦纡登剑阁[29]。
峨眉山下少人行[30]，旌旗无光日色薄。
蜀江水碧蜀山青，圣主朝朝暮暮情。
行宫见月伤心色[31]，夜雨闻铃肠断声[32]。
天旋地转回龙驭[33]，到此踌躇不能去。
马嵬坡下泥土中，不见玉颜空死处[34]。
君臣相顾尽沾衣，东望都门信马归[35]。
归来池苑皆依旧，太液芙蓉未央柳[36]。
芙蓉如面柳如眉，对此如何不泪垂？
春风桃李花开日，秋雨梧桐叶落时。
西宫南内多秋草[37]，落叶满阶红不扫。
梨园弟子白发新[38]，椒房阿监青娥老[39]。
夕殿萤飞思悄然，孤灯挑尽未成眠[40]。
迟迟钟鼓初长夜[41]，耿耿星河欲曙天[42]。
鸳鸯瓦冷霜华重[43]，翡翠衾寒谁与共[44]？
悠悠生死别经年，魂魄不曾来入梦。
临邛道士鸿都客[45]，能以精诚致魂魄[46]。
为感君王辗转思，遂教方士殷勤觅[47]。
排空驭气奔如电[48]，升天入地求之遍。
上穷碧落下黄泉[49]，两处茫茫皆不见。
忽闻海上有仙山[50]，山在虚无缥缈间。
楼阁玲珑五云起[51]，其中绰约多仙子[52]。
中有一人字太真，雪肤花貌参差是[53]。
金阙西厢叩玉扃[54]，转教小玉报双成[55]。
闻道汉家天子使，九华帐里梦魂惊[56]。
揽衣推枕起徘徊，珠箔银屏迤逦开[57]。
云鬓半偏新睡觉[58]，花冠不整下堂来。
风吹仙袂飘飖举[59]，犹似霓裳羽衣舞。
玉容寂寞泪阑干[60]，梨花一枝春带雨。
含情凝睇谢君王[61]，一别音容两渺茫。
昭阳殿里恩爱绝[62]，蓬莱宫中日月长[63]。
回头下望人寰处[64]，不见长安见尘雾。
惟将旧物表深情[65]，钿合金钗寄将去[66]。

钗留一股合一扇，钗擘黄金合分钿[67]。

但教心似金钿坚，天上人间会相见。

临别殷勤重寄词[68]，词中有誓两心知[69]。

七月七日长生殿[70]，夜半无人私语时。

在天愿作比翼鸟[71]，在地愿为连理枝[72]。

天长地久有时尽，此恨绵绵无绝期[73]。

《 注 释 》

[1]汉皇：原指汉武帝刘彻。此处借指唐玄宗李隆基。唐人文学创作常以汉称唐。重色：爱好女色。倾国：绝色女子。汉代李延年对汉武帝唱了一首歌："北方有佳人，绝世而独立。一顾倾人城，再顾倾人国。宁不知倾国与倾城，佳人难再得。"后来，"倾国倾城"就成为美女的代称。

[2]御宇：驾御宇内，即统治天下。汉贾谊《过秦论》："振长策而御宇内"。

[3]"杨家有女"两句：蜀州司户杨玄琰，有女杨玉环，自幼由叔父杨玄珪抚养，十七岁（开元二十三年）被册封为玄宗之子寿王李瑁之妃。二十七岁被玄宗册封为贵妃。白居易此谓"养在深闺人未识"，是作者有意为帝王避讳的说法。

[4]丽质：美丽的姿质。

[5]六宫粉黛：指宫中所有嫔妃。古代皇帝设六宫，正寝（日常处理政务之地）一，燕寝（休息之地）五，合称六宫。粉黛：粉黛本为女性化妆用品，粉以抹脸，黛以描眉。此代指六宫中的女性。无颜色：意谓相形之下，都失去了美好的姿容。

[6]华清池：即华清池温泉，在今西安市临潼区南的骊山下。唐贞观十八年（644）建汤泉宫，咸亨二年（671）改名温泉宫，天宝六载（747）扩建后改名华清宫。唐玄宗每年冬、春季都到此居住。

[7]凝脂：形容皮肤白嫩滋润，犹如凝固的脂肪。《诗经·卫风·硕人》语"肤如凝脂"。

[8]侍儿：宫女。

[9]新承恩泽：刚得到皇帝的宠幸。

[10]云鬓：《木兰诗》："当窗理云鬓，对镜贴花黄"。形容女子鬓发盛美如云。金步摇：一种金首饰，用金银丝盘成花之形状，上面缀着垂珠之类，插于发鬓，走路时摇曳生姿。

[11]芙蓉帐：绣着莲花的帐子。形容帐之精美。萧纲《戏作谢惠连体十三韵》：珠绳翡翠帷，绮幕芙蓉帐。

[12]春宵：新婚之夜。

[13]佳丽三千：《后汉书·皇后纪》：自武元之后，世增淫费，乃至掖庭三千。言后宫女子之多。据《旧唐书·宦官传》等记载，开元、天宝年间，长安大内、大明、兴庆三宫，皇子十宅院，皇孙百孙院，东都大内、上阳两宫，大率宫女四万人。

[14]金屋：《汉武故事》记载，武帝幼时，他姑妈将他抱在膝上，问他要不要她的女儿阿娇做妻子。他笑着回答说："若得阿娇，当以金屋藏之。"

[15]列土：分封土地。据《旧唐书·后妃传》等记载，杨贵妃有姊三人，玄宗并封国夫人之号。

父玄琰，累赠太尉、齐国公。母封凉国夫人。叔玄珪，为光禄卿。再从兄铦，为鸿胪卿。锜，为侍御史，尚武惠妃女太华公主。从祖兄国忠，为右丞相。姊妹，姐妹。

[16]可怜：可爱，值得羡慕。

[17]不重生男重生女：陈鸿《长恨歌传》云，当时民谣有"生女勿悲酸，生男勿喜欢"，"男不封侯女作妃，看女却为门上楣"等。

[18]骊宫：骊山华清宫。骊山在今陕西临潼。

[19]凝丝竹：指弦乐器和管乐器伴奏出舒缓的旋律。

[20]渔阳：郡名，辖今北京市平谷区和天津市的蓟县等地，当时属于平卢、范阳、河东三镇节度使安禄山的辖区。天宝十四载（755）冬，安禄山在范阳起兵叛乱。鼙鼓：古代骑兵用的小鼓，此借指战争。

[21]霓（ní）裳羽衣曲：舞曲名，据说为唐开元年间西凉节度使杨敬述所献，经唐玄宗润色并制作歌词，改用此名。乐曲着意表现虚无缥缈的仙境和仙女形象。

[22]九重城阙：九重门的京城，此指长安。烟尘生：指发生战事。阙，意为古代宫殿门前两边的楼，泛指宫殿或帝王的住所。《楚辞·九辩》：君之门以九重。

[23]千乘万骑西南行：天宝十五载（756）六月，安禄山破潼关，逼近长安。玄宗带领杨贵妃等出延秋门向西南方向逃走。当时随行护卫并不多，"千乘万骑"是夸大之词。乘，一人一骑为一乘。

[24]翠华两句：李隆基西奔至距长安百余里的马嵬驿（在今陕西兴平），扈从禁卫军发难，不再前行，请诛杨国忠、杨玉环兄妹以平民怨。玄宗为保自身，只得照办。翠华：用翠鸟羽毛装饰的旗帜，皇帝仪仗队用。司马相如《上林赋》：建翠华之旗，树灵鼍之鼓。百余里：指到了距长安一百多里的马嵬坡。

[25]六军：指天子军队。《周礼·夏官·司马》：王六军。据新旧《唐书·玄宗纪》《资治通鉴》等记载：天宝十五载（756）六月，哥舒翰至潼关，为其帐下火拔归仁执之降安禄山，潼关不守，京师大骇。玄宗谋幸蜀，乃下诏亲征，仗下后，士庶恐骇。乙未日凌晨，玄宗自延秋门出逃，扈从唯宰相杨国忠、韦见素，内侍高力士及太子、亲王、妃主，皇孙已下多从之不及。丙辰日，次马嵬驿（在兴平市北，今属陕西），诸军不进。龙武大将军陈玄礼奏：逆胡指阙，以诛国忠为名，然中外群情，不无嫌怨。今国步艰阻，乘舆震荡，陛下宜徇群情，为社稷大计，国忠之徒，可置之于法。会吐蕃使遮国忠告诉于驿门，众呼曰：杨国忠连蕃人谋逆！兵士围驿四合，及诛杨国忠、魏方进一族，兵犹未解。玄宗令高力士诘之，回奏曰：诸将既诛国忠，以贵妃在宫，人情恐惧。玄宗即命力士赐贵妃自尽。

[26]宛转：形容美人临死前哀怨缠绵的样子。蛾眉：古代美女的代称，此指杨贵妃。《诗经·卫风·硕人》："螓首蛾眉"。

[27]花钿：用金翠珠宝等制成的花朵形首饰。委地：丢弃在地上。

[28]翠翘：首饰，形如翡翠鸟尾。金雀：金雀钗，钗形似凤（古称朱雀）。玉搔头：玉簪。《西京杂记》卷二：武帝过李夫人，就取玉簪搔头。自此后宫人搔头皆用玉。

[29]云栈：高入云霄的栈道。萦纡（yíng yū）：萦回盘绕。剑阁：又称剑门关，在今四川剑阁县北，是由秦入蜀的要道。此地群山如剑，峭壁中断处，两山对峙如门。诸葛亮相蜀时，凿石驾凌空栈道以通行。

[30] 峨眉山：在今四川峨眉山市。唐玄宗奔蜀途中，并未经过峨眉山，这里泛指蜀中高山。

[31] 行宫：皇帝离京出行在外的临时住所。

[32] 夜雨闻铃：《明皇杂录·补遗》："明皇既幸蜀，西南行。初入斜谷，霖雨涉旬，于栈道雨中闻铃音与山相应。上既悼念贵妃，采其声为《雨霖铃曲》以寄恨焉。"这里暗指此事。后《雨霖铃》成为宋词词牌名。

[33] 天旋地转：指时局好转。唐肃宗至德二年（757），郭子仪军收复长安。回龙驭：皇帝的车驾归来。

[34] 不见玉颜空死处：据《旧唐书·后妃传》载：玄宗自蜀还，令中使祭奠杨贵妃，密令改葬于他所。初瘗时，以紫褥裹之，肌肤已坏，而香囊仍在，内官以献，上皇视之凄婉，乃令图其形于别殿，朝夕视焉。

[35] 信马：意思是无心鞭马，任马前进。

[36] 太液：汉宫中有太液池。未央：汉有未央宫。此皆借指唐长安皇宫。

[37] 西宫南苑：皇宫之内称为大内。西宫即西内太极宫，南内为兴庆宫。玄宗返京后，初居南内。上元元年（760），权臣李辅国假借肃宗名义，胁迫玄宗迁往西内，并流贬玄宗亲信高力士、陈玄礼等人。

[38] 梨园弟子：指玄宗当年训练的乐工舞女。梨园：据《新唐书·礼乐志》：唐玄宗时宫中教习音乐的机构，曾选"坐部伎"三百人教练歌舞，随时应诏表演，号称"皇帝梨园弟子"。

[39] 椒房：后妃居住之所，因以花椒和泥抹墙，故称。阿监：宫中的侍从女官。青娥：年轻的宫女。据《新唐书·百官志》，内官宫正有阿监、副监，视七品。

[40] 孤灯挑尽：古时用油灯照明，为使灯火明亮，过了一会儿就要把浸在油中的灯草往前挑一点。挑尽，说明夜已深。按，唐时宫廷夜间燃烛而不点油灯，此处旨在形容玄宗晚年生活环境的凄苦。

[41] 迟迟：迟缓。报更钟鼓声起止原有定时，这里用以形容玄宗长夜难眠时的心情。

[42] 耿耿：微明的样子。欲曙天：长夜将晓之时。

[43] 鸳鸯瓦：屋顶上俯仰相对合在一起的瓦。《三国志·魏书·方技传》：文帝梦殿屋两瓦堕地，化为双鸳鸯。房瓦一俯一仰相合，称阴阳瓦，亦称鸳鸯瓦。霜华：霜花。

[44] 翡翠衾：布面绣有翡翠鸟的被子。《楚辞·招魂》：翡翠珠被，烂齐光些。言其珍贵。谁与共：与谁共。

[45] 临邛道士鸿都客：意谓有个从临邛来长安的道士。临邛：今四川邛崃市。鸿都：东汉都城洛阳的宫门名，这里借指长安。《后汉书·灵帝纪》：光和元年二月，始置鸿都门学士。

[46] 致魂魄：招来杨贵妃的亡魂。

[47] 方士：有法术的人。这里指道士。殷勤：尽力。

[48] 排空驭气：即腾云驾雾。

[49] 穷：穷尽，找遍。碧落：即天空。黄泉：指地下。

[50] 海上仙山：《史记·封禅书》：自威、宣、燕昭使人人海求蓬莱、方丈、瀛洲，此三神山者，其传在渤海中。

[51] 玲珑：华美精巧。五云：五彩云霞。

[52] 绰约：体态轻盈柔美。《庄子·逍遥游》：藐姑射之山，有神人居焉，肌肤若冰雪，绰约如处子。

［53］参差：仿佛，差不多。

［54］金阙：《太平御览》卷六六。引《大洞玉经》：上清宫门中有两阙，左金阙，右玉阙。西厢：《尔雅·释宫》：室有东西厢曰庙。西厢在右。玉扃：玉门。即玉阙之变文。

［55］转教小玉报双成：意谓仙府庭院重重，须经辗转通报。小玉，吴王夫差女。双成，传说中西王母的侍女。这里皆借指杨贵妃在仙山的侍女。

［56］九华帐：绣饰华美的帐子。九华，重重花饰的图案。言帐之精美。《宋书·后妃传》：自汉氏昭阳之轮奂，魏室九华之照耀。

［57］珠箔：珠帘。银屏：饰银的屏风。迤逦：接连不断地。

［58］新睡觉：刚睡醒。觉，醒。

［59］袂（mèi）：衣袖。

［60］玉容寂寞：此指神色黯淡凄楚。阑干：纵横交错的样子。这里形容泪痕满面。

［61］凝睇（dì）：凝视。

［62］昭阳殿：汉成帝宠妃赵飞燕的寝宫。此借指杨贵妃住过的宫殿。

［63］蓬莱宫：传说中的海上仙山。这里指贵妃在仙山的居所。

［64］人寰（huán）：人间。

［65］旧物：指生前与玄宗定情的信物。

［66］寄将去：托道士带回。

［67］"钗留"二句：把金钗、钿盒分成两半，自留一半。擘：分开。合分钿：将钿盒上的图案分成两部分。

［68］重：反覆。

［69］两心知：只有玄宗、贵妃二人心里明白。

［70］长生殿：在骊山华清宫内，天宝元年（742）造。按"七月"以下六句为作者虚拟之词。陈寅恪在《元白诗笺证稿·长恨歌》中云："长生殿七夕私誓之为后来增饰之物语，并非当时真确之事实"。"玄宗临幸温汤必在冬季、春初寒冷之时节。今详检两唐书玄宗记无一次于夏日炎暑时幸骊山。"而所谓长生殿者，亦非华清宫之长生殿，而是长安皇宫寝殿之习称。

［71］比翼鸟：传说中的鸟名，据说只有一目一翼，雌雄并在一起才能飞。

［72］连理枝：两株树木树干相抱。古人常用此二物比喻情侣相爱、永不分离。

［73］恨：遗憾。绵绵：连绵不断。

作品简析

　　《长恨歌》是一首抒情成分很浓的叙事诗，诗人在叙述故事和人物塑造上，采用了我国传统诗歌擅长的抒写手法，将叙事、写景和抒情和谐地结合在一起，形成诗歌抒情上回环往复的特点。诗人时而把人物的思想感情注入景物，用景物的折光来烘托人物的心境；时而抓住人物周围富有特征性的景物、事物，通过人物对它们的感受来表现内心的感情，层层渲染，恰如其分地表达人物蕴蓄在内心深处的难达之情。

琵琶行

元和十年，予左迁九江郡司马[1]。明年秋，送客湓浦口，闻舟中夜弹琵琶者，听其音，铮铮然有京都声[2]。问其人，本长安倡女[3]，尝学琵琶于穆、曹二善才[4]，年长色衰，委身为贾人妇[5]。遂命酒[6]，使快弹数曲[7]。曲罢悯然，自叙少小时欢乐事，今漂沦憔悴[8]，转徙于江湖间。予出官二年[9]，恬然自安[10]，感斯人言，是夕始觉有迁谪意[11]。因为长句[12]，歌以赠之[13]，凡六百一十六言[14]，命曰《琵琶行》[15]。

浔阳江头夜送客[16]，枫叶荻花秋瑟瑟[17]。
主人下马客在船[18]，举酒欲饮无管弦。
醉不成欢惨将别，别时茫茫江浸月。
忽闻水上琵琶声，主人忘归客不发。
寻声暗问弹者谁？琵琶声停欲语迟。
移船相近邀相见，添酒回灯重开宴[19]。
千呼万唤始出来，犹抱琵琶半遮面。
转轴拨弦三两声，未成曲调先有情。
弦弦掩抑声声思[20]，似诉平生不得志。
低眉信手续续弹[21]，说尽心中无限事。
轻拢慢捻抹复挑[22]，初为《霓裳》后《六幺》[23]。
大弦嘈嘈如急雨[24]，小弦切切如私语[25]。
嘈嘈切切错杂弹，大珠小珠落玉盘。
间关莺语花底滑[26]，幽咽泉流冰下难[27]。
冰泉冷涩弦凝绝[28]，凝绝不通声暂歇。
别有幽愁暗恨生[29]，此时无声胜有声。
银瓶乍破水浆迸[30]，铁骑突出刀枪鸣。
曲终收拨当心画[31]，四弦一声如裂帛[32]。
东船西舫悄无言[33]，唯见江心秋月白。
沉吟放拨插弦中，整顿衣裳起敛容[34]。
自言本是京城女，家在虾蟆陵下住[35]。
十三学得琵琶成，名属教坊第一部[36]。
曲罢曾教善才服，妆成每被秋娘妒[37]。
五陵年少争缠头[38]，一曲红绡不知数[39]。
钿头银篦击节碎[40]，血色罗裙翻酒污。
今年欢笑复明年，秋月春风等闲度[41]。
弟走从军阿姨死，暮去朝来颜色故[42]。
门前冷落鞍马稀，老大嫁作商人妇。
商人重利轻别离，前月浮梁买茶去[43]。

去来江口守空船[44]，绕船月明江水寒。

夜深忽梦少年事，梦啼妆泪红阑干[45]。

我闻琵琶已叹息，又闻此语重唧唧[46]。

同是天涯沦落人，相逢何必曾相识！

我从去年辞帝京，谪居卧病浔阳城。

浔阳地僻无音乐，终岁不闻丝竹声。

住近湓江地低湿，黄芦苦竹绕宅生。

其间旦暮闻何物？杜鹃啼血猿哀鸣。

春江花朝秋月夜，往往取酒还独倾。

岂无山歌与村笛？呕哑嘲哳难为听[47]。

今夜闻君琵琶语[48]，如听仙乐耳暂明[49]。

莫辞更坐弹一曲，为君翻作琵琶行。

感我此言良久立，却坐促弦弦转急[50]。

凄凄不似向前声[51]，满座重闻皆掩泣[52]。

座中泣下谁最多？江州司马青衫湿[53]。

注 释

[1] 左迁：贬官，降职。与下文所言"迁谪"同义。古人尊右卑左，故称降职为左迁。

[2] 铮铮：形容金属、玉器等相击声。京都声：指唐代京城流行的乐曲声调。

[3] 倡女：歌女。倡，古时歌舞艺人。

[4] 善才：当时对琵琶师或曲师的通称。是"能手"的意思。

[5] 委身：托身，这里指嫁的意思。为：做。贾（gǔ）人：商人。

[6] 命酒：叫（手下人）摆酒。

[7] 快：畅快。

[8] 漂沦：漂泊沦落。

[9] 出官：（京官）外调。

[10] 恬然：淡泊宁静的样子。

[11] 迁谪（zhé）：贬官降职或流放。

[12] 为：创作。长句：指七言诗。

[13] 歌：作歌，动词。

[14] 凡：总共。言：字。

[15] 命：命名，题名。

[16] 浔阳江：据考究，为流经浔阳城中的湓水，即今江西省九江市中的龙开河（1997 年被人工填埋），经湓浦口注入长江。

[17] 荻（dí）花：多年生草本植物，生在水边，叶子长形，似芦苇，秋天开紫花。瑟瑟：形容枫树、芦荻被秋风吹动的声音。

[18] 主人：诗人自指。

[19] 回灯：重新拨亮灯光。回，再。一说移灯。

［20］掩抑：掩蔽，遏抑。思：悲伤的情思。

［21］信手：随手。续续弹：连续弹奏。

［22］拢：左手手指按弦向里（琵琶的中部）推。捻：揉弦的动作。抹：顺手下拨的动作。挑：反手回拨的动作。

［23］《霓裳》：即《霓裳羽衣曲》，本为西域乐舞，唐开元年间西凉节度使杨敬述依声创声后流入中原。《六幺》：大曲名，又叫《乐世》《绿腰》《录要》，为歌舞曲。

［24］大弦：琵琶上最粗的弦。嘈嘈：声音沉重抑扬。

［25］小弦：琵琶上最细的弦。切切：形容声音急切细碎。

［26］间关：象声词，这里形容"莺语"声（鸟鸣婉转）。

［27］幽咽：遏塞不畅状。冰下难：泉流冰下阻塞难通，形容乐声由流畅变为冷涩。难，与滑相对，有涩之意。

［28］凝绝：凝滞。

［29］暗恨：内心的怨恨。

［30］迸：溅射。

［31］曲终：乐曲结束。当心画：用拨子在琵琶的中部划过四弦，是一曲结束时经常用到的右手手法。

［32］帛：古时对丝织品的总称。

［33］舫：船。

［34］敛容：收敛（深思时悲愤深怨的）面部表情。

［35］虾（há）蟆陵："虾"通"蛤"。在长安城东南，曲江附近，是当时有名的游乐地区。

［36］教坊：唐代管理宫廷乐队的官署。第一部：如同说第一团、第一队。

［37］秋娘：唐时歌舞伎常用的名字。泛指当时貌美艺高的歌伎。

［38］五陵：在长安城外，指长陵、安陵、阳陵、茂陵、平陵五个汉代皇帝的陵墓，是当时富豪居住的地方。缠头：用锦帛之类的财物送给歌舞伎。指古代赏给歌舞女子的财礼，唐代用帛，后代用其他财物。

［39］红绡：一种生丝织物。绡，精细轻美的丝织品。

［40］钿（diàn）头：两头装着花钿的发篦；银篦（bì）：一说"云篦"，用金翠珠宝装点的首饰。击节：打拍子。

［41］等闲：随随便便，不重视。

［42］颜色故：容貌衰老。

［43］浮梁：古县名，唐属饶州。在今江西省景德镇市，盛产茶叶。

［44］去来：离别后。来，语气词。

［45］梦啼妆泪：梦中啼哭，匀过脂粉的脸上带着泪痕。红阑干：泪水融和脂粉流淌满面的样子。

［46］重：重新，重又之意。唧唧：叹声。

［47］呕哑嘲哳（zhāo zhā）：呕哑，拟声词，形容单调的乐声；嘲哳，形容声音繁杂，也作啁哳。

［48］琵琶语：琵琶声，琵琶所弹奏的乐曲。

［49］暂：突然，一下子。

[50] 却坐：退回到原处。促弦：把弦拧得更紧。

[51] 向前声：刚才奏过的单调。

[52] 掩泣：掩面哭泣。

[53] 青衫：唐朝八品、九品文官的服色。白居易当时的官阶是将侍郎，从九品，所以服青衫。

作品简析

这是一首脍炙人口的现实主义杰作，全文以人物为线索，既写琵琶女的身世，又写诗人的感受，然后在"同是天涯沦落人"二句上会合。歌女的悲惨遭遇写得很具体，可算是明线；诗人的感情渗透在字里行间，随琵琶女弹的曲子和她身世的不断变化而荡起层层波浪，可算是暗线。这一明一暗，一实一虚，使情节波澜起伏。它所叙述的故事曲折感人，抒发的情感能引起人的共鸣，语言美而不浮华，精而不晦涩，内容贴近生活而又有广阔的社会性，雅俗共赏。

寻隐者不遇[1]

贾　岛

松下问童子[2]，言师采药去[3]。

只在此山中，云深不知处[4]。

注　释

[1] 寻：寻访。隐者：隐士，隐居在山林中的人。古代指不肯做官而隐居在山野之间的人。一般指的是贤士。不遇：没有遇到，没有见到。

[2] 童子：没有成年的人，小孩。在这里是指"隐者"的弟子、学生。

[3] 言：回答，说。

[4] 云深：指山上的云雾。处：行踪，所在。

作品简析

《寻隐者不遇》是唐代诗僧贾岛的作品。此诗首句写寻者问童子，后三句都是童子的答话，诗人采用了寓问于答的手法，把寻访不遇的焦急心情描绘得淋漓尽致。诗中以白云比隐者的高洁，以苍松喻隐者的风骨，写寻访不遇，愈衬出寻者对隐者的钦慕高仰之情。全诗遣词通俗清丽，言繁笔简，情深意切，白描无华，是一首难得的言简意丰之作。

《寻隐者不遇》朗读欣赏

无题·相见时难别亦难

李商隐

相见时难别亦难，东风无力百花残[1]。

春蚕到死丝方尽[2]，蜡炬成灰泪始干[3]。
晓镜但愁云鬓改[4]，夜吟应觉月光寒[5]。
蓬山此去无多路[6]，青鸟殷勤为探看[7]。

注 释

[1] 东风：春风。残：凋零。

[2] 丝方尽：这里以"丝"喻"思"，含相思之意。

[3] 蜡炬：蜡烛。蜡烛燃烧时流下的蜡油称烛泪。泪：指蜡泪，隐喻相思泪水。

[4] 晓：早晨。镜：照镜，用作动词。但：只。云鬓：青年女子的头发，代指青春年华。

[5] 夜吟：夜晚吟诗。

[6] 蓬山：指海上仙山蓬莱山。此指想念对象的住处。

[7] 青鸟：传说中西王母的使者，有意为情人传递消息。殷勤：情谊深厚。看：探望。

作品简析

晚唐诗坛上，李商隐是一位大家，与杜牧齐名。不过，若就对后世的影响而言，他是超过杜牧的。李商隐在诗歌史上的一个重要贡献，是创造性地丰富了诗的抒情艺术。他的诗歌创作，常以清词丽句构造优美的形象，寄情深微，意蕴幽隐，富有朦胧婉曲之美。最能表现这种风格特色的作品，是他的七言律绝，其中又以《无题》诸作（多为七言近体）堪称典型。诗以"无题"命篇，是李商隐的创造。这类诗作并非成于一时一地，多数描写爱情，其内容或因不便明言，或因难用一个恰当的题目表现，所以命为"无题"。其中有的可能别有寄寓，也可能有恋爱本事作为依托，虽有不少学者对此进行考索，但是在没有确凿的证据以证明确有寄托或确依何事之前，主要应该以诗歌形象所构成的意境为依据，把它们作为一般爱情诗对待，这并不妨碍认识它们的艺术价值。

在李商隐众多无题诗中，这首诗比较通俗易懂。诗中几乎没有用典，唯第三句化用汉乐府西曲歌："春蚕不应老，昼夜常怀丝。何惜微躯尽，缠绵自有时。"第六句化用杜甫月夜诗："香雾云鬓湿，清辉玉臂寒。"以此表达对恋人的关爱。尾联的"蓬山""青鸟"皆为李商隐玉阳恋诗中常用的符号，一望可知这首诗是写给宋华阳的。诗中用深情的语句抒写了与恋人分手之际哀怨、无奈的心情。所谓"相见时难别亦难"，表明这是一段聚少离多、难以舍弃的恋情。诗中最可注意的是次联两句："春蚕到死丝方尽，蜡炬成灰泪始干。"这两句是李商隐恋诗中传诵千古的名句，现已成为经典，是恋人们起誓把爱进行到底的最佳誓言，此联比喻之妙之切独步千古。

《无题·相见时难别亦难》
朗读欣赏

锦 瑟[1]

李商隐

锦瑟无端五十弦[2]，一弦一柱思华年。
庄生晓梦迷蝴蝶[3]，望帝春心托杜鹃[4]。
沧海月明珠有泪[5]，蓝田日暖玉生烟[6]。
此情可待成追忆，只是当时已惘然[7]。

注 释

[1] 锦瑟：装饰华美的瑟。瑟，拨弦乐器，通常二十五弦。

[2] 无端：犹何故。怨怪之词。五十弦：这里是托古之词。作者的原意，当也是说锦瑟本应是二十五弦。

[3] "庄生"句：《庄子·齐物论》："庄周梦为蝴蝶，栩栩然蝴蝶也；自喻适志与！不知周也。俄然觉，则蘧蘧然周也。不知周之梦为蝴蝶与，蝴蝶之梦为周与？"李商隐此引庄周梦蝶故事，以言人生如梦，往事如烟之意。

[4] "望帝"句：《华阳国志·蜀志》："杜宇称帝，号曰望帝。……其相开明，决玉垒山以除水害，帝遂委以政事，法尧舜禅授之义，遂禅位于开明。帝升西山隐焉。时适二月，子鹃鸟鸣，故蜀人悲子鹃鸟鸣也。"子鹃即杜鹃，又名子规。

[5] 珠有泪：《博物志》："南海外有鲛人，水居如鱼，不废绩织，其眼泣则能出珠。"

[6] 蓝田：《元和郡县志》："关内道京兆府蓝田县：蓝田山，一名玉山，在县东二十八里。"

[7] 只是：犹"止是""仅是"，有"就是""正是"之意。

作品简析

《锦瑟》是唐代诗人李商隐的代表作之一。诗题"锦瑟"，但并非咏物，不过是按古诗的惯例以篇首二字为题，实是借瑟以隐题的一首无题诗。此诗是李商隐最难索解的作品之一，诗家素有"一篇《锦瑟》解人难"的慨叹。作者在诗中追忆了自己的青春年华，伤感自己不幸的遭遇，寄托了悲慨、愤懑的心情，大量借用庄生梦蝶、杜鹃啼血、沧海珠泪、良玉生烟等典故，采用比兴手法，运用联想与想象，把听觉感受转化为视觉形象，以片段意象的组合，创造朦胧的境界，从而借助可视可感的诗歌形象来传达其真挚浓烈而又幽约深曲的深思。全诗词藻华美，含蓄深沉，情真意长，感人至深。

《锦瑟》朗读欣赏

清 明

杜 牧

清明时节雨纷纷[1]，路上行人欲断魂[2]。
借问酒家何处有[3]，牧童遥指杏花村[4]。

注 释

[1] 清明：二十四节气之一，在阳历四月五日前后。旧俗当天有扫墓、踏青、插柳等活动。宫中以当天为秋千节，坤宁宫及各后宫都安置秋千，嫔妃做秋千之戏。纷纷：形容多。

[2] 欲断魂：形容伤感极深，好像灵魂要与身体分开一样。断魂，神情凄迷，烦闷不乐。这两句是说，清明时候，阴雨连绵，飘飘洒洒下个不停；如此天气，如此节日，路上行人情绪低落，神魂散乱。

[3] 借问：请问。

[4] 杏花村：杏花深处的村庄。受此诗影响，后人多用"杏花村"做酒店名。

作品简析

清明节，传统上有与亲友结伴踏青、祭祖扫墓的习俗。可是诗中的"行人"却独自在他乡的旅途上，心中的感受是很孤独、凄凉的，再加上春雨绵绵不绝，更增添了"行人"莫名的烦乱和惆怅。然而"行人"不甘沉湎在孤苦忧愁之中，赶快打听哪儿有喝酒的地方，让自己能置身于人和酒的热流之中。于是，春雨中的牧童便指点出那远处的一片杏花林。诗歌的结句使人感到悠远而富有诗意，又显得非常清新、明快。

雁门太守行[1]

李 贺

黑云压城城欲摧[2]，甲光向日金鳞开[3]。
角声满天秋色里[4]，塞上燕脂凝夜紫[5]。
半卷红旗临易水[6]，霜重鼓寒声不起[7]。
报君黄金台上意[8]，提携玉龙为君死[9]！

注 释

[1] 雁门太守行：古乐府曲调名。雁门，郡名。古雁门郡大约在今山西省西北部，是唐王朝与北方突厥部族的边境地带。

[2] 黑云：此形容战争烟尘铺天盖地，弥漫在边城附近，气氛十分紧张。摧：毁。

[3] 甲光：铠甲迎着太阳闪出的光。甲，指铠甲，战衣。向日：迎着太阳。亦有版本写作"向月"。向：向着，对着。金鳞开：（铠甲）像金色的鱼鳞一样闪闪发光。金，像金子一样的颜色和光泽。开：打开，铺开。

[4] 角：古代军中一种吹奏乐器，多用兽角制成，也是古代军中的号角。

[5]塞上燕脂凝夜紫：燕脂，即胭脂，这里指暮色中塞上泥土有如胭脂凝成。凝夜紫，在暮色中呈现出暗紫色。凝，凝聚。"燕脂""夜紫"暗指战场血迹。

[6]临：逼近，到，临近。易水：河名，大清河上游支流，源出今河北省易县，向东南流入大清河。易水距塞上尚远，此借荆轲故事以言悲壮之意。战国时荆轲前往刺秦王，燕太子丹及众人送至易水边，荆轲慷慨而歌："风萧萧兮易水寒，壮士一去兮不复还！"不起：是说鼓声低沉不扬。

[7]霜重鼓寒：天寒霜降，战鼓声沉闷而不响亮。声不起：形容鼓声低沉；不响亮。此句一作"霜重鼓声寒不起"。

[8]报：报答。黄金台：故址在今河北省易县东南，相传为战国燕昭王所筑。《战国策·燕策》载：燕昭王求士，筑高台，置黄金于其上，广招天下人才。意：信任，重用。

[9]玉龙：此处为宝剑的代称。君：君王。

作品简析

《雁门太守行》是唐代诗人李贺运用乐府古题创作的一首描写战争场面的诗歌。此诗用浓艳斑驳的色彩描绘了悲壮惨烈的战斗场面，奇异的画面准确地表现了特定时间、特定地点的边塞风光和瞬息万变的战争风云。首联写景又写事，渲染兵临城下的紧张气氛和危急形势，并借日光显示守军的威武雄壮；颔联从听觉和视觉两方面渲染战场的悲壮气氛和战斗的残酷；颈联写部队夜袭和浴血奋战的场面；尾联引用典故写出将士誓死报效国家的决心。全诗意境苍凉，格调悲壮，具有强烈的震撼力和艺术魅力。

《雁门太守行》朗读欣赏

古汉语通论

诗的格律

诗和词都是韵文。格律诗词，顾名思义就是遵循一定格式和规则的韵文。从格律上看，诗可以分成古体诗和近体诗。古体诗又称古诗或古风；近体诗又称今体诗，包括律诗和绝句。从字数上看，可以分成四言诗、五言诗、六言诗（六言诗很少见）和七言诗。唐代以后，四言诗也很少见了，所以一般诗集只分成五言和七言两类。

诗的格式和规则都是通过诗词中的字、词、句表现出来的。字有音、形、义三要素，格律诗词对字的要求主要是指字音。字音由音节和声调组成，音节构成韵，声调体现平仄。词则通过词性和构词方式表现对仗，比如名词对名词、动词对动词等。句式表现在一个句子中的字数多少与节奏，比如诗是整齐的句式，一首诗中或五字一句，或七字一句。词是长短句，每句字数不一样，但哪句长哪句短是有规则的。这些字词句的格式和规则组成格律诗词的基本要素，我们通常把押韵、四声、平仄、对仗称为诗词的四大要素。

一、押韵

韵是诗词格律的基本要素之一，诗人在诗词中用韵，叫作押韵或压韵。押韵，是指在韵文的创作中，在某些句子的最后一个字，都使用韵母相同或相近的字，平仄统一，使朗诵或咏唱时，产生铿锵和谐感。这些使用了同一韵母字的地方，称为韵脚。从《诗经》到后代的诗词，差不多没有不押韵的。民歌也没有不押韵的。在北方戏曲中，韵又叫辙，押韵叫合辙。

诗词中的韵，大致类同于汉语拼音中韵母。汉语拼音一个字是一个音节，一个音节由声母和韵母两部分组成。一种韵母就是一种韵，韵母相同的字就是同韵字。如"东"dōng、"同"tóng、"隆"lóng、"宗"zōng、"聪"cōng 等，它们的韵母都是 ong，所以它们是同韵字。凡是同韵的字都可以押韵。试看下面的一个例子：

南歌子
张 泌

柳色遮楼暗，桐花落砌香（xiāng）。
画堂开处晚风凉（liáng），高卷水晶帘额、衬斜阳（yáng）。

这里"香""凉""阳"押韵，因为它们的韵母都是 ang。

在汉语拼音中，韵腹 a、o、e 前面可能还有 i、u、ü 组成另一个韵母，如 ia、ua、iao、ian、uan、üan、iang、uang、ie、üe、iong、uen 等，i、u、ü 叫作韵头，不同韵头的字，如果韵尾相同也算是同韵字，可以押韵。例如："麻（má）""家（jiā）""瓜（guā）"的韵母虽不完全相同，但它们的韵腹相同，且都是平声韵，押起来是同样和谐的。

押韵的目的是为了声韵的和谐。同类的音在同一位置上的重复，这就构成了声音的回环美。

但是，当我们读古人的诗词的时候，为什么常常觉得它们的韵并不十分和谐，甚至很不和谐呢？这是因为时代不同的缘故。语言发展了，语音也起了变化，我们拿现代的语音去读它们，自然不能完全适合了。例如：

山 行
杜 牧

远上寒山石径斜（xié），白云深处有人家（jiā）。
停车坐爱枫林晚，霜叶红于二月花（huā）。

这里的"斜"字在唐代读作 sia（s 读浊音），和现代上海方言中的"斜"字的读音一样。因此，这首诗在当时读起来是和谐的。今天我们当然不可能（也不必要）按照古音去读古人的诗词。

古人押韵是依照韵书的。古人所谓"官韵"，就是朝廷颁布的韵书。这种韵书，和唐代口语基本上一致，也是比较合理的。宋代以后，虽然语音变化较大，诗人们仍旧依照韵书来押韵。今天我们如果要倚声填词作诗，不一定要依照古代韵书来押韵。不过，当我们读古人的诗词时，还是应该知道古人的诗韵。

二、四声

四声，这里指的是古代汉语的四种声调。要知道四声，必须先知道声调是怎么形成的。

声调，这是汉语的特点之一。语音的高低、升降、长短构成了汉语的声调，其中高低、升降是主要的因素。拿普通话的声调来说，共有四个声调：阴平是一个高平调（不升不降叫平）；阳平是一个中升调（不高不低叫中）；上声是一个低升调（有时是低平调）；去声是一个高降调。

古代汉语也有四个声调，但是和今天普通话的声调种类不完全一样。古代的四声是以下四种：

（1）平声。这个声调到后代分化为阴平和阳平。

（2）上声。这个声调到后代有一部分变为去声。

（3）去声。这个声调到后代仍是去声。

（4）入声。这个声调是一个短促的调子，入声发展逐渐消失，分别演变派入平（包括阴平、阳平）、上声、去声三个声调中去。

现在江浙、福建、广东、广西、江西等处都还保存着入声。北方也有不少地方（如山西、内蒙古）保存着入声。湖南的入声不是短促的了，但也保存着入声这一个调类。北方的大部分和西南的大部分的口语里，入声已经消失了。北方的入声字，有的变为阴平，有的变为阳平，有的变为上声，有的变为去声。就普通话来说，入声字变为去声的最多，其次是阳平；变为上声的最少。西南方言（从湖南到云南）的入声字一律变成了阳平。

古代的四声高低升降的形成是怎样的，现在不能详细知道了。依照传统的说法，平声应该是一个中平调，上声应该是一个升调，入声应该是一个短调。《康熙字典》载有一首歌诀，名为《分四声法》：

平声平道莫低昂，上声高呼猛烈强。

去声分明哀远道，入声短促急收藏。

这种叙述是不够科学的，但是它能让我们知道古代四声的大概。

四声和韵的关系是很密切的。在韵书中，不同的声调的字不能算是同韵。在近体诗中，不同声调的字一般不能押韵。

什么字归什么声调，在韵书中是很清楚的。在今天还保存着入声的汉语方言里，某字属某声也还相当清楚。这里应该特别注意一字两读的情况。有时候，一个字有两种意义（往往词性也不同），同时也有两种读音。例如"为"字，用作动词的时候解作"做"，读平声（阳平）；用作介词的时候解作"因为""为了"，读去声。在古代汉语里，这种情况比现代汉语多得多。下面举一些例子：

骑，平声，动词，骑马；去声，名词，骑兵。

思，平声，动词，思念；去声，名词，思想，情怀。

誉，平声，动词，称赞；去声，名词，名誉。

污，平声，形容词，污秽；去声，动词，弄脏。

数，上声，动词，计算；去声，名词，数目，命运；入声（读如朔），形容词，频繁。

教，去声，名词，教化，教育；平声，动词，使，让。

令，去声，名词，命令；平声，动词，使，让。

禁，去声，名词，禁令，宫禁；平声，动词，堪，经得起。

杀，入声，及物动词，杀戮；去声（读如晒），不及物动词，衰落。

有些字，本来是读平声的，后来变为去声，但是意义词性都不变。例如，"望"和"叹"在唐诗中已经有读去声的了，"看"字直到近代律诗中，往往也还读平声（读如刊）。在现代汉语中，除了"看守"的"看"读平声以外，"看"字总是读去声了。也有比较复杂的情况，如"过"字用作动词时有平去两读，至于用作名词，解作"过失"时，就只有去声一读了。

辨别四声，是辨别平仄的基础。

三、平仄

平仄是诗词格律的一个术语。平就是平声；仄，按字义解释，就是不平的意思。诗歌中的"平仄"是指汉字的声调。普通话中的汉字有四个声调：阴平、阳平、上声、去声。汉字注音符号分别用"ˉ""ˊ""ˇ"和"ˋ"表示四种声调。

阴平和阳平是平声，上声和去声是仄声。因此可以用拼音声调来辨认字的平仄。

古代为什么来分平仄两大类呢？因为平声是没有升降的，较长的，而其他三声是有升降的（入声也可能是微升或微降），较短的，这样，它们就形成了两大类型。如果让这两类声调在诗词中交错着，那就使声调多样化，而不至于单调。古人所谓"声调铿锵"，虽然有很多讲究，但是平仄和谐也是其中的一个重要因素。

平仄在诗词中又是怎么样交错的呢？可以概括为两句话：（1）平仄在本句中是交替的；（2）平仄在对句中是对立的。这种平仄规则在律诗中表现得特别明显。例如毛泽东《长征》诗第五、六两句：

金沙水拍云崖暖，
大渡桥横铁索寒。

这两句诗的平仄是：

平平仄仄平平仄，
仄仄平平仄仄平。

就本句来说，每两个字一个节奏。平起句平平后面跟着的是仄仄，仄仄后面跟着的是平平，最后一个又是仄。仄起句仄仄后面跟着的是平平，平平后面跟着的是仄仄，最后一个又是平。这就是交替。就对句来说，"金沙"对"大渡"，是平平对仄仄，"水拍"对"桥横"，是仄仄对平平，"云崖"对"铁索"，是平平对仄仄，"暖"对"寒"，是仄对平。这就是对立。

在诗歌的创作中，归纳出一个平仄规律。

五律平起：首句第一第二字均为平声。

五律仄起：首句第一第二字均为仄声。

七律平起：首句第二字必用平声。

七律仄起：首句第二字必用仄声。

对联：（联尾）上仄下平。

但是值得注意的是，凡韵尾是-n 或-ng 的字，不会是入声字。如果就湖北、四川、云南、贵州和广西北部来说，ai、ei、ao、ou 等韵基本上也没有入声字。

四、对仗

诗词中的对偶，又叫作对仗。古代的仪仗队是两两相对的，这是"对仗"这个术语的来历。

对偶就是把同类的概念或对立的概念并列起来，例如"抗美援朝"，"抗美"与"援朝"形成对偶。对偶可句中自对，又可两句相对。例如"抗美援朝"是句中自对，"抗美援朝，保家卫国"是两句相对。一般讲对偶，指的是两句相对。上句叫出句，下句叫对句。

对偶的一般规则，是名词对名词，动词对动词，形容词对形容词，副词对副词。仍以"抗美援朝，保家卫国"为例，"抗""援""保""卫"都是动词相对，"美""朝""家""国"都是名词相对。实际上，名词还可以细分为若干类，同类名词相对被认为是工整的对偶，简称"工对"。这里"美"与"朝"都是专名，而且都是简称，所以是工对；"家"和"国"都是人的集体，所以也是工对。"保家卫国"对"抗美援朝"也算工对，因为句中自对工整了，两句相对就不要求同样工整了。

对偶是一种修辞手段，它的作用是形成整齐的美。汉语的特点特别适宜于对偶，因为汉语单音词较多，即使是复音词，其中的词素也有相对的独立性，容易形成对偶。对偶既然是修辞手段，在散文与诗词都会使用。例如《易经》说："同声相应，同气相求"；《诗经》说："昔我往矣，杨柳依依；今我来思，雨雪霏霏。"这些对偶都是适应修辞的需要的。

对偶是古代诗歌中很重要的一种修辞格式，在先秦的诗歌中就已存在了，它体现了诗歌均衡美的特色。对仗是律诗有别于绝句的重要标志。

律诗与绝句

近体诗以律诗为代表，源于南朝。齐永明时沈约等讲究声律、对偶的新体诗，至初唐沈佺期、宋之问时正式定型，成熟于盛唐时期。律诗要求诗句字数整齐划一，每首分别为五言、六言、七言句，简称五律、六律、七律，其中六律较少见。通常律诗规定每首 8 句。如果仅 6 句，则称为小律或三韵律诗；超过 8 句，即 10 句以上的，则称排律或长律。

以 8 句完篇的律诗，通常每 2 句成一联，计四联，习惯上称第一联为首联，第二联为颔联，第三联为颈联，第四联为尾联。每首的二、三两联（即颔联、颈联）的上下句必须是对偶句。排律除首末两联不对外，中间各联必须上下句对偶。小律对偶要求较宽。律诗要求全首通押一韵，限平声韵；第二、四、六、八句押韵，首句可押可不押，律诗每句中用字平仄相间。上下句中的平仄相对，有"仄起"与"平起"两式。另外，律诗的格律要求也适用于绝句。通常来说，律诗有以下特点：（1）每首限定八句，五律共四十字，七律共五十六字；（2）押平声韵；（3）每句平仄都有规定；（4）每篇必须有对仗，对仗的位置也有规定。

律诗要求颔联（三、四句）、颈联（五、六句）对仗，要使相应词语的词性相同或相近，要平仄相反。试举两个典型的例子：

春日忆李白
杜　甫

白也诗无敌，飘然思不群。清新庾开府，俊逸鲍参军。

渭北春天树，江东日暮云。何时一尊酒，重与细论文。

其中，"开府"对"参军"，是官名对官名；"渭"对"江"，是水名对水名。

观　猎
王　维

风劲角弓鸣，将军猎渭城。草枯鹰眼疾，雪尽马蹄轻。

忽过新丰市，还归细柳营。回看射雕处，千里暮云平。

其中，"新丰"对"细柳"，是地名对地名。

有一种超过八句的律诗，称为"长律"。长律自然也是近体诗。长律一般是五言，也有七言的，往往在题目上标明韵数，如杜甫的《风疾舟中伏枕书怀三十六韵》，就是三百六十字。这种长律除了尾联（或除了首尾两联）以外，一律用对仗，所以又叫排律。

绝句又称截句、断句、绝诗。每首四句，通常有五言、七言两种，简称五绝、七绝，也偶有六绝。它源于汉及魏晋南北朝歌谣。"绝句"这一名称大约起于南朝。梁、陈时，已较普遍地用绝句泛指四句短诗，其押韵、平仄都较自由，或称古绝句。唐以后盛行近体绝句，格律同于八句律诗中的前、后或中间四句。所以，唐人有的在诗集中把绝句归于律诗。后来也有学者认为绝句是截于律诗之半而成。绝句灵活轻便，适于表现一瞬即逝的意念和感受，广为诗人所采用，创作之繁荣超过其他各体诗。宋代洪迈曾辑录唐人绝句万首，约占现存唐诗总数 1/5。

绝句比律诗字数少一半，五绝只有二十字，七绝只有二十八字。绝句实际可以分成律绝和古绝两类。古绝可以用仄韵，即使用平韵，也不受近体诗格律的束缚，这可以归入古体诗一类。律绝不但押平声韵，而且依照近体诗的平仄规则。在形式上相当于半首律诗，所以可以归入近体诗。

总括起来，一般古风属于古体诗，而律诗（包括长律）则属于近体诗。绝句里律绝属于近体诗，古绝属于古体诗。

那么，怎样区分律诗和绝句呢？首先，律诗一般每首八句，每句五个字的律诗叫五言律诗，简称五律（如孟浩然的《过故人庄》）；每句七个字的律诗叫七言律诗，简称七律（如陆游的《游山西村》）。

其次，绝句每首四句，每句五个字的叫五言绝句，简称五绝（如李白的《静夜思》）；每句七个字的叫七言绝句，简称七绝（如王安石的《书湖阴先生壁》）。

此外，律诗偶句句末必须押韵，如陆游的《游山西村》押韵的字是"豚""村""存""门"，李白的《静夜思》押韵的字是"霜""乡"。七言律诗的三、四句和五、六句要对仗，《游山西村》中的"山重水复疑无路，柳暗花明又一村"和"箫鼓追随春社近，衣冠简朴古风存"，就是对偶句。

文史拓展

李白与杜甫

　　李白和杜甫是中国唐代诗歌乃至中国古代文学的两座高峰，被人尊称为"诗仙"和"诗圣"。两位诗人共同经历了唐王朝由极盛到动乱的历史却形成了迥然不同的个人性格与诗歌艺术风格。李白是浪漫主义诗歌最高成就者，而杜甫则成了现实主义诗歌的代表人物。作为唐代诗坛上两颗最璀璨的巨星，他们对后代文学的发展产生了极为深远的影响。

一、李、杜不同的人生经历

（一）李白

　　李白（701—762），字太白，号青莲居士，祖籍陇西成纪（今甘肃省秦安县），他的家世至今还是个谜。大约五岁时，随家迁居蜀之绵州昌隆县（今四川省江油市）。他的家境殷实，因而他早期受过很好的教育。少年时代，游历青城、峨眉等地，这一时期道教对他产生了深刻的影响。18岁时，他往来旁郡，游剑阁、梓州，20岁游成都等地。李白的一生，绝大部分在漫游中度过。天宝元年（742），因道士吴筠的推荐，被召至长安，供奉翰林。因其文章风采，名动一时，颇为玄宗所赏识。后因不能见容于权贵，在京仅三年，就弃官而去，继续他飘荡四方的流浪生活。安史之乱发生的第二年，他感愤时艰，曾参加了永王李璘的幕府。不幸的是，永王与后来的唐肃宗发生了争夺帝位的斗争，永王兵败，李白受牵累，流放夜郎（今贵州境内），途中遇赦。晚年漂泊东南一带，依附族侄当涂县令李阳冰，不久即病卒。

　　李白年少时博览群书，"五岁诵六甲，十岁观百家"，"十五观奇书，作赋凌相如"。他还仗剑任侠，"十五好剑术，遍于诸侯"。这一切都对李白自由奔放的性格和浪漫主义诗风的形成有着重大影响。李白的人生理想既是超脱又是积极入世的，他的人格魅力也是别人所不能及的。李白是个功名心很强的人，有着强烈的"济苍生""安社稷"的儒家入世思想。但他既看不起白首死章句的儒生，不愿走科举入仕之路，又不愿从军边塞；而是寄希望于风云际会，始终幻想着"平交王侯""一匡天下"而"立抵卿相"，建立盖世功业之后功成身退，归隐江湖。他仰慕传说中做过小贩、屠夫，80岁在渭水边上遇文王的姜子牙；90岁封为齐侯，建立了不世功业的吕望；仰慕鲁仲连、宁戚、范蠡。而事实上他所面对的现实与他所仰慕的这些带着传奇色彩的人物所处的环境已经完全不同。所以李白的一生徘徊于出仕与高蹈之间。

　　李白的乐府、歌行及绝句成就最高。他的歌行完全打破诗歌创作的固有格式，空无依傍，笔法多端，达到了随性而变幻莫测、摇曳多姿的神奇境界。李白的绝句自然明快，飘逸潇洒，能以简洁明快的语言表达出无尽的情思。在盛唐诗人中，王维、孟浩然长于五绝，王昌龄等七绝写得很好，兼长五绝与七绝而且同臻极境的，只有李白一人。

豪放是李白诗歌的主要特征。除了思想、性格、才情、遭际诸因素外，李白诗歌采用的艺术表现手法和体裁结构也是形成其豪放飘逸风格的重要原因。善于凭借想象，以主观表现客观是李白诗歌浪漫主义艺术手法的重要特征。他的诗作几乎篇篇有想象，甚至有的通篇运用多种多样的想象。现实事物、自然景观、神话传说、历史典故、梦中幻境，无不成为他想象的媒介。他常借助想象，超越时空，将现实与梦境、仙境，把自然界与人类社会交织一起，再现客观现实。他笔下的形象不是客观现实的直接反映，而是其内心主观世界的外化和艺术的真实。他被贺知章称为"谪仙人"，其诗具有"笔落惊风雨，诗成泣鬼神"的艺术魅力，这也是他的诗歌中最鲜明的艺术特色。

李白的诗歌对后代产生了极为深远的影响。中唐的韩愈、孟郊、李贺，宋代的苏轼、陆游、辛弃疾，明清的高启、杨慎、龚自珍等著名诗人，都受到李白诗歌的巨大影响。

（二）杜甫

杜甫（712—770），字子美，京兆杜陵人（今陕西省西安市西南）人。杜甫出身于官宦世家，其祖父杜审言是初唐重要诗人，所以对杜甫来说入仕与诗歌都是家业。他曾对儿子说"诗是吾家事"。杜甫深受儒家文化教养，终身都有辅佐君王的愿望，又加上自身一生的穷困潦倒，从而形成了他忧国忧民、悲天悯人的性格。他经历了唐朝由盛转衰的过程，历尽人生辛酸，看尽生民疾苦，关心国家安危。

杜甫一生都在谋求官位，正所谓"奉儒守官，未坠素业"（《进雕赋表》）。35 岁左右，杜甫来到长安求取官职。开始，他满怀信心，"自谓颇挺出，立登要路津"，并相信自己能"致君尧舜上，再使风俗淳"（《奉赠韦左丞丈二十二韵》），但滞留十年却一再碰壁。为了生存，为了求官做，杜甫不得不奔走于权贵门下，作诗投赠，希望得到他们的引荐。他还多次向玄宗皇帝献赋，如《雕赋》《三大礼赋》等，指望玄宗对他的文才投以青睐。直到天宝十四载他才获得右卫率府胄曹参军这样一个卑微的官职，而这已是安史之乱的前夕。天宝后期，唐代社会虽维持着表面的繁盛，却已处处埋伏危机。处在逆境中的人最容易看到现实中的弊病，当一场大崩溃即将到来时，杜甫透过个人的不幸看到了国家的不幸，人民的不幸。天宝十一载（752），杜甫写下了他的名篇《兵车行》，以严肃的态度，真实地记录下人民被驱送战场的悲惨图景。这首诗是杜甫诗歌风格转变的标志。此后，他又写了《前出塞》九首，继续对灾难性的开边战争提出质疑；《丽人行》则揭露了玄宗宠妃杨玉环亲族的穷奢极欲的生活。而长诗《自京赴奉先咏怀五百字》，更把最高统治集团醉生梦死的情状与民间饥寒交迫的困境加以尖锐地对照，以"朱门酒肉臭，路有冻死骨"这样震撼人心的诗句概括了社会的黑暗和不合理。

安史之乱爆发后，杜甫一度被困于叛军占据下的长安。后来只身逃出，投奔驻在凤翔的唐肃宗，被任为左拾遗。这是一个从八品的谏官，地位虽不高，却是杜甫仅有的一次在中央任职的经历。但不久就因上疏申救房琯而触怒肃宗，后于乾元初被贬斥为华州司功参军。由于战乱和饥荒，杜甫无法养活他的家庭，加之对仕途的失望，他在乾元二年（759）弃了官职，进入在当时尚为安定富足的蜀中。从安史之乱爆发到杜甫入川的四年，整个国家处在剧烈的震荡中，王朝倾危，人民朝不保夕，杜甫本人的生活也充满危险和艰难。他的诗歌创作，也因有了血与泪的滋养，达到了巅峰状态。

杜甫人格高尚，诗艺精湛，其诗被称为"诗史"。他以古体、律诗见长，"沉郁顿挫"是其作品的突出风格。他的诗反映了当时的社会矛盾和人民疾苦，记录了唐代由盛转衰的历史巨变，表达了崇高的儒家仁爱精神和强烈的忧患意识。杜甫一生写诗1500多首，其中很多是传颂千古的名篇，对后世影响深远，比如"三吏"和"三别"。

二、李、杜不同的诗歌创作方法

李白是中国文学史上继屈原之后又一卓越的浪漫主义诗人。他生活的时代，主要是开元、天宝的四十多年，即所谓的"盛唐时期"。这是唐代空前强盛而又潜伏着各种社会矛盾和危机的时代，结合他的人生经历和思想性格，其诗篇呈现出与杜甫迥然不同的浪漫主义风格。杜甫是中国文学史上伟大的现实主义诗人。他生活的时代，是唐代由盛转衰的剧变时期，尖锐的阶级矛盾、民族矛盾及统治阶级内部的矛盾，造成了国家的灾难和人民的苦难，诗人亦置身其中。他用笔描绘出那个苦难时代的生活画卷，逐步攀上现实主义高峰。其高度成熟的现实主义创作方法，主要体现在诗人的叙事诗上。

总体来说，李、杜二人在创作上主要有以下不同。

首先，李白的诗歌具有强烈的主观色彩。他那炽热的感情和强烈的个性，在他的诗篇中烙下了不可磨灭的印迹，处处留下浓厚的主观色彩。他要入京求官，就宣称："仰天大笑出门去，我辈岂是蓬蒿人！"政治失意了，就大呼："大道如青天，我独不得出！"他要控诉自己的冤屈，就说："我欲攀龙见明主，雷公砰訇震天鼓。"他想念长安，就说："狂风吹我心，西挂咸阳树。"他登上太白峰，就说："太白与我语，为我开天关。"他要求仙，就说："仙人抚我须，结发受长生。"他要饮酒，就有"忆昔洛阳董糟丘，为余天津桥南造酒楼。"他悼念宣城善酿纪叟，就问："夜台无李白，沽酒与何人？"就是写历史人物如严子陵、诸葛亮、谢安等，也往往把他们当作自己的化身，这种强烈的主观感情色彩，使诗增添了一种排山倒海的气势和先声夺人的力量，让读者感到热情亲切，而杜甫常寓主观于客观。

杜甫的诗歌，善于把主观的思想内容融于客观的事实描述中，让人物和事实本身"说话"，这是杜甫诗的最大特点，也是杜甫最大的本领。如《丽人行》，作者从头到尾都用严肃认真的态度来描写场面和情节，让诗人的感情和倾向从场面、情节中自然而然地流露出来，"无一刺讥语，描摹处语语刺讥；无一慨叹语，点逗处声声慨叹。"

其次，李白的诗句具有夸张色彩。"白发三千丈，缘愁是个长""燕山雪花大如席"等诗句，早已成为文学描写中夸张的典型。他饮酒是"会须一饮三百杯""愁来饮酒二千石"。他登高竟然达到"连峰去天不盈尺""举手可近月"的地步。这些"笔落惊风雨，诗成泣鬼神"的夸张诗句，在李白那些气势雄壮、豪放不羁的诗篇里，比比皆是，使人惊叹不已。

杜甫则注重细节描写。杜甫善于捕捉富于表现力的、能够显示人物本身特质和精神面貌的细节来塑造人物形象。如《兵车行》中的"长者虽有问，役夫敢生恨？"这一细节，不仅揭示了役夫敢怒不敢言的痛苦心情，也揭露了封建统治的残酷压迫，深寓着作者的同情和愤慨。又如《石壕吏》用"夜久语声绝，如闻泣幽咽"这一细节描写。这些生动传神的细节描写，源于作者对现实生活细致入微地观察和体验。

再次，在诗歌语言方面，李、杜也各领风骚。"清水出芙蓉，天然去雕饰"是对李白诗歌语言最生动形象的概括，特别是一些五言、七言绝句，非常朴素简洁，流畅自然。无论是《渌水曲》，还是《黄鹤楼送孟浩然之广陵》皆清新自然，珠圆玉润，确有芙蓉出水之美。同时，李白的另一些诗，如《行路难》《古风》等，语言豪放雄健，长短错落，龙吟虎啸，又有俊逸的风貌。杜甫在《春日李白》中说："白也诗无敌，飘然思不群。清新庾开府，俊逸鲍参军。"正是对李白诗歌语言两种主要风格的精确概括。

杜甫则是"为人性僻耽佳句，语不惊人死不休"，十分重视诗歌语言的锤炼，其诗语言准确，富有创新性。

当然，李、杜都很善用各种体裁，无论古体还是绝句、律诗，都写得有声有色，妙趣横生。在各种体裁中，两者都善于写古体。李白的古体诗代表作有《古风》（其十五）、《子夜吴歌》、《月下独酌》等。七言诗以《蜀道难》《将进酒》《行苦难》等为代表作。杜甫的五言古诗，如《北征》、"三吏"、"三别"为空前杰作，均大开大合。七言古诗，更是纵横变化，姿态万千，既有流利自然的《醉时歌》，也有辞藻富丽的《丽人行》，还有淋漓潇洒的《饮中八仙歌》，更有沉痛凄绝的《哀江头》，真可谓汪洋海河，蔚为大观。

一般说来，李白不喜欢写律诗，尤不喜写七律，或许是格律太严有缚于自由的天性。但他的五律却天姿秀丽，亦多佳作。杜甫长于律诗。他的五言律诗，用事工巧，气象宏大，以《月夜》《春望》《登岳阳楼》等为代表。七言律诗更是杜甫驰骋的天地，如《蜀相》《狂夫》《登高》等，皆字工辞对，声律和谐，于气象雄伟之中，饶富韵外之致，堪称唐代的上乘佳作。但五言、七言绝句的成就却不如李白。

三、李、杜的友谊

天宝三年（744）的夏天，李白到了东都洛阳。在杜甫父亲杜闲的家里与杜甫相识。此时，李白已名扬全国，而杜甫风华正茂，却困守洛阳。李白比杜甫年长十一岁，但他并没有以自己的才名而倨傲。而"性豪也嗜酒""结交皆老苍"的杜甫，也没有在李白面前一味低头称颂。两人以平等的身份，建立了深厚的友情。在洛阳时，他们约好下次在梁宋（今开封、商丘一带）会面，访道求仙。同年秋天，两人如约到了梁宋。两人在此抒怀遣兴，借古评今。他们还在这里遇到了诗人高适，高适此时也还没有禄位。然而，三人各有大志，理想相同。三人畅谈甚欢，评文论诗，纵谈天下大势，都为国家的前途而担忧。这时的李、杜都值壮年，此次两人的切磋对他们今后的创作产生了积极影响。

天宝四年（745）秋天，李白与杜甫在东鲁第三次会见。短短一年多的时间，他们两次相约，三次会见，知交之情不断加深。他们一道寻访隐士高人，也偕同去齐州拜访过当时驰名天下的文章家、书法家李邕。就在这年冬天，李、杜两人分离。

李、杜书信往来的赠寄诗充满了真挚的情谊。杜甫在《与李十二白同寻范十隐居》中说："余亦东蒙客，怜君如弟兄。醉眠秋共被，携手日同行。"他还写下了《赠李白》《春日忆李白》《冬日有怀李白》《天末怀李白》《梦李白》等诗，盼望着"何时一樽酒，重与细论文""三夜频梦君，情亲见君意"。杜甫时常挂念着李白的衣食住行，担心他被贬逐以后的安全，"江湖多风波，舟楫恐失坠""水深波浪阔，无使蛟龙得"，这些诗句对李白遭诬受害表示了极大的关心。

李白虽比杜甫年长十一岁，但对杜甫非常敬重。他曾写下《沙丘城下寄杜甫》一诗："我来竟何事，高卧沙丘城。城边有古树，日夕连秋声。鲁酒不可醉，齐歌空复情。思君若汶水，浩荡寄南征。"由于杜甫不在身边同游，"齐歌"引不起李白的感情，"鲁酒"也提不起酒兴，思友之情就像永不停息的汶河水。

诚然，这两位诗坛巨匠间的忘年之谊是毋庸质疑的。杜甫对于李白诗歌的推崇扩大了李白诗歌的影响，而且对后人欣赏李白的诗歌指明了方向。虽然当时杜甫的名望不及李白，但是后人对杜甫诗歌的评价上升到和李白同样的高度。而且两人虽然在文学道路上的追求与探索各不相同，却能惺惺相惜，肝胆相照。李白是诗仙，杜甫是诗圣。仙出世，李白一生都在浪漫的想象中飞行；圣入世，杜甫一生都在现实的荆棘与泥水中行走跋涉。李白写幻想，杜甫写现实；李白写过往未来，杜甫写当今时事；李白写梦中世界，杜甫写梦醒时分；李白写复杂为单纯，杜甫写单纯为复杂；李白近道，杜甫为儒；李白是传奇，杜甫是诗史；李白是天之骄子，杜甫是国之人杰；李白诗秀在神，杜甫诗美在骨。两人都以他们超凡的诗才和博大的胸襟，撑起了唐代诗坛一片"高不可及"的瑰丽天空；二人都以其高贵的人格和真挚的友情，谱出了文学史上一段"文人相重"的千古佳话。

李白与杜甫虽在同一时代，却有不同的影响，不同的诗风，而为同一高度，可谓松柏异心而异负，珠玉疏质而皆宝。他们的诗歌在艺术特色上各具风格，李诗的豪放飘逸，杜诗的沉郁顿挫，然而他们在诗歌中都表现了非同一般的人格力量和个人魅力，李、杜二人都为唐诗的发展做出了重要的贡献，因此对后世诗歌中的影响，可以说是千年不衰，延续今日。

第十三单元 宋 词

文学概说

宋词的兴起

一、词与宋词

（一）词的发展

词，诗歌的一种，因是合乐的歌词，故又称曲子词、乐府、乐章、长短句、诗余、琴趣等。其中 58 字以内为小令，59～90 字为中令，91 字以上为长调。它始于唐，定型于五代，盛于宋。

词源于民间，词的发展历史可上溯至南北朝，甚至更早，不过真正作为一种文体出现则始于唐，《旧唐书》记载："自开元（唐玄宗年号）以来，歌者杂用胡夷里巷之曲。"由于燕乐的广泛流传，人们根据唱词和音乐节拍配合的需要，创作或改编出一些长短参差的曲词，之后又出现了"敦煌曲子词"，这大概就是最早的词了。

在唐初，词作为一种新文体，并没有像诗歌那样受到文人的重视，但到了中晚唐时期还是有了一定的发展，一些著名诗人，诸如李白、白居易、温庭筠等，尽管他们中大部分人的造诣主要体现在诗歌上，但对于词的创作，也都做了尝试，特别是白居易，虽然词量不多，但首首脍炙人口，如《忆江南》三首。这时候的词带有诗歌的韵味，侧重于描述浪漫文风，语言上接近民间口语。

《忆江南》朗读欣赏

宋初的词人继承晚唐五代婉约绮丽的词风，随着北宋封建文化的高涨和文人政治地位的提高，词作品中已呈现不同的气象。词在晚唐五代尚被视为小道，到宋代才逐渐与五言、七言诗相提并论。宋词流派众多，名家辈出，自成一家的词人就有几十位，如柳永、张先、苏轼、晏几道、秦观、贺铸、周邦彦、李清照、朱敦儒、张元干、张孝祥、辛弃疾、刘过、姜夔、吴文英、王沂孙、蒋捷、张炎等人，都取得了非凡的艺术成就。

（二）宋词兴起的原因

词在宋朝能成为一个时代的文化代表，有其自身发展的历史原因。

首先，宋朝经济上的繁荣。宋初社会相对稳定，城市经济也颇为繁荣，市民阶层兴起，艺术文化也迅速地发展起来。词的形式简短，以歌唱为特色，且容易被市民阶层所

接受，就如同盛唐之诗，因此得到了非常突出的发展。

其次，教坊与歌楼的设立。为了适应当时统治者娱宾遣兴和歌舞升平的需要，宫廷内设有教坊，大城市中都有歌楼妓馆，贵族豪绅家中也多有歌妓舞女，这都促使以曲为调的宋词更加普及并易于接受。

最后，文学本身的发展是宋词兴起的根本原因。诗歌发展到唐末，无论长篇短制，古体律绝，都进入了成熟的阶段，作家很难有新的突破，以另一种文体代之而兴，是顺应了文学本身发展的需要，而词正是代诗而起的新形式。词在晚唐五代专门描写闺情，到了宋代，词则成为士大夫游乐闲趣的一部分。此外，晚唐五代的词境界狭窄，这给宋代作家留下充分驰骋才情的广阔天地。他们运用自然而通俗的腔调，表达真挚而坦率的感情，使词的题材愈加丰富，词的体制也逐渐完备，艺术风格上也呈现多样化，可谓进入词的黄金时代。

（三）宋词的突出成就

在词史上，宋词占有无与伦比的巅峰地位。宋词的总体成就十分突出。首先，它完成了词体的建设，艺术手段日益成熟。无论是小令还是长调，最常用的词调都定型于宋代。在词的过片、句读、字声等方面，宋词建立了严格的规范。由于词与音乐关系密切，词在声律、章法和句法上也格外细密、讲究。其次，宋词在题材和风格倾向上，开拓了广阔了领域。晚唐五代词，大多是风格柔婉的艳词，宋代词人继承并改造了这个传统，创作出大量抒情意味更浓的、美丽动人的爱情词，弥补了古代诗歌爱情题材的不足。此外，经过苏、辛等人的努力，宋词的题材范围，几乎达到了与五言、七言诗同样广阔的程度，咏物词、咏史词、田园词、爱情词、赠答词、送别词、谐谑词，应有尽有。艺术风格上，也是争奇斗艳，婉约与豪放并存，清新与浓丽相竞。无论是题材还是风格，后代词人很少能超出宋词的范围。宋词为丰富古典诗歌的艺术性做出了独特的贡献。

二、婉约词与豪放词

宋词大致可分为婉约派和豪放派两大风格流派。婉约派、豪放派的概念首先是明人张綖在《诗余图谱》中提出的："词体大略有二，一体婉约，一体豪放。婉约者欲其词调蕴藉，豪放者欲其气象恢宏。"婉约词的风格是典雅委婉、曲尽情态，如柳永的"今宵酒醒何处？杨柳岸，晓风残月"，晏殊的"无可奈何花落去，似曾相识燕归来"等名句，均为情景交融的抒情杰作。豪放词是由苏轼开创的，他把词从娱宾遣兴中解放出来，发展成独立的抒情艺术，山川胜迹、农舍风光、优游放怀、报国壮志都成了词的题材，使词从花前月下走向了更广阔的社会生活。

宋词之所以会形成婉约与豪放两种创作倾向，是由多种原因决定的。首先，这两种创作倾向的形成具有深刻的社会根源。婉约词风的定型时期，正是中国封建社会从繁盛走向衰落的晚唐五代。当时政治黑暗，战乱频繁，时运衰颓，人们朝不保夕。这使文人们"致君尧舜"、建功立业的人生理想失去了实现的外部条件，他们由追求社会政治价值转而追求自我价值，追求内在情感的满足和审美快感。晚唐诗人李商隐就公开批评"周公孔子之道"，进而提出文学的功能在于独抒"性灵"，张扬人性。那种外在的"政教人伦、修齐治平"，在他们看来，远不如"痴男怨女"们的缠绵悱恻，歌宴舞席上的声色之娱更令人销魂荡魄。文学回归到人本身，人的"七情"成为文学的真正主题。

其次，城市经济的持续繁荣，使宋代成了一个表面上具有"升平气象"，而本质上却软弱保守的社会。这从宋与辽、西夏、金、元的关系上就可以得到说明。时代精神由唐代的开拓进取变为退缩和保守。北宋一百六十余年当中，无论黄阁钜公，或者乌衣华胄，大都寄情声色，歌舞作乐。南宋虽然偏安江南，但仍是"满城钱痴买娉婷，风卷画楼丝竹声"。这就是宋代婉约词大盛的社会根源。但从词家的整体看，绝大多还是属于士大夫阶层。当社会矛盾激化、危及统治阶级的根本利益时，他们便肩负起"治国、平天下"的责任，而不满于婉约词的"淫哇之声"，力求"以诗为词"，使词和诗一样成为补察时政、言志述怀的工具。所谓"豪放"词，就是这种"诗化"词。从词史的发展看，豪放词的兴起和繁荣都与社会矛盾的激化有关。在北宋中期社会矛盾激化、竞争日烈之际，苏轼首先贬斥柳永的浮艳之词，摒弃"柳七郎风味"，追踪"诗人之雄"而"自是一家"。苏词淡化了柳词的市民情调，主要表达士君子之"志"。很显然，苏轼所开创的"指出向上一路"的"豪放"词风，就是要打通词与诗的界限，就是"以诗为词"。

再次，历史转折时期，人们人生价值观念的矛盾，是形成词婉约与豪放两种创作倾向的另一原因。在中国封建社会，儒家注重社会政治伦理的人生价值观对文人影响颇大。正统文人的一切活动都与社会政治有关。文要"载道"，诗要"言志"，是正统文人牢不可破的文学观念。除了偶尔作词的名公巨卿外，婉约词的代表作家几乎无一不是非正统士大夫。诸如柳永、晏几道、秦观、周邦彦、姜夔、吴文英等人，他们的人生遭遇和歌词创作尽管千差万别，但对社会政治价值的淡漠，对个性、真情、声色之美的追求，是他们的共同特点。婉约词正是这种新的人生价值观念的体现。豪放词的代表词人与此恰恰相反，他们大都表现出正统士大夫的人生理想，体现出对社会政治价值的热烈追求，他们的词也成为这种人生价值观的外化。例如，范仲淹、王安石是著名的政治改革家，苏轼"奋励有当世志"，辛弃疾、陈亮、刘过、刘克庄等人"以气节自负，以功业自诩"，充满着追求事功的激情。他们的豪放词创作，就是要用"诗教"精神改造词体，黜浮艳、崇雅正，使词纳入"载道""言志"的传统，与诗异曲而同工。

最后，宋代词人对音律的不同态度，也是形成词中婉约与豪放两种创作倾向的重要原因。词是随着隋唐燕乐的兴盛而起的音乐文学，它是配合燕乐曲调的歌词，其特质很大程度上受燕乐情调的影响。因而，倚声填词、恪守音律成为本色词人共同的词学主张和创作原则。柳永的创作，因实现了歌词与民间燕乐杂曲的完美结合，而"一时动听，传播四方"，赢得了"凡有井水饮处，即能歌柳词"的盛誉，形成了北宋歌坛的"柳永热"。秦观词因"语工而入律，知乐者谓之作家歌"，而被推尊为婉约词的正宗。而豪放词的作者在对待词与音乐的关系上，不主张歌词依附音乐，以歌词为主体，试图摆脱燕乐情调对歌词的影响，使歌词创作向"诗言志"的传统回归。

总而言之，婉约词与豪放词有以下三个方面的不同。

（一）题材内容不同

婉约词在题材内容方面，以儿女情长、欢爱离别为第一主题，不太涉及民生大计，而是歌咏那些在正统地位的"诗"中不宜歌唱的主题。豪放派词作题材广阔。它不仅描写花间月下、男欢女爱，也摄取军情国事那样的重大题材，使词能像诗文一样地反映生活，所谓"无言不可入，无事不可入"。

（二）艺术表达方式不同

婉约词在表达上侧重含蓄婉约，并不像豪放词那样直抒胸臆，这主要是与其题材内容有关。婉约词适宜和于音乐，演唱男女情爱的内容，婉转柔美，轻歌曼舞，这样才能更好地把它的艺术美展示出来。豪放词则喜欢直抒胸臆，开门见山地切入主题。对于"有触于中而发于咏叹"的豪放词来说，其深邃的思想，高雅的情趣，引人深思的哲理，"端庄杂流丽，刚健含婀娜"的艺术风格，足以使人倾倒，故无暇无需做太多的辞藻修饰。这两种表达方式，无所谓孰优孰劣，都是为其主题而服务的，各有各的长处。

（三）意境味道不同

婉约词结构深细缜密，重视音律谐婉，语言圆润，清新绮丽，具有一种柔婉之美。消遣娱乐的性质注定了婉约词要和音律结合起来，和着节拍唱和，因此比较柔美，甚至奢华。内容上强调对风花雪月，离别伤感，故国情怀的表达，使得婉约词必须敏感细致，崇尚艺术的美的境界。豪放词给人的感觉是大气磅礴，像一个铁骨铮铮的硬汉；创作视野较为广阔，气象恢宏雄放；喜用诗文的手法、句法和字法写词，语词宏博，用事较多；它不像婉约词那样重视音律的谐婉，内容比较充实。

三、柳永的词

柳永（987？—1053？）原名三变，字耆卿，崇安（今福建省武夷山市）人，是工部侍郎柳宜的少子。他是北宋第一个专力写词的作家，也是真正开启北宋词新天地的作家。柳永对五代词风进行革新、创造多于因循，创作了大量的慢词长调，为此后宋词的发展开辟了广阔的道路。柳永少年时曾到汴京应试，由于擅长词曲，认识了许多歌伎，并替她们填词作曲，以多才浪子面貌混迹于教坊歌楼。当时有人在宋仁宗面前举荐他，仁宗批了四个字说："且去填词"。柳永在受到这种打击之后，别无出路，就只好以开玩笑的态度，自称"奉旨填词柳三变"，在汴京、苏州、杭州等都市过着一种流浪的生活。在浙江的桐庐、定海等处做过几任小官，晚年死于润州（今江苏省镇江市）。

整个晚唐五代时期，词的体式以小令为主，慢词总共不过十多首。到了宋初，词人擅长和习用的仍是小令。据《全宋词》统计，张先存词 165 首，晏殊存词 140 首，欧阳修存词 242 首，他们三人所写的慢词，仅分别占其词作总数的 10.3%、2.13%和 5.4%，而柳永慢词则占其词作总数（213 首）的 57%。柳永大力创作慢词，从根本上改变了晚唐五代以来词坛上小令一统天下的格局，使慢词与小令两种体式平分秋色，齐头并进。小令的体制短小，一首多则五六十字，少则二三十字，容量有限。而慢词的篇幅较大，一调少则八九十字，多则一二百字。柳永最长的慢词《戚氏》长达 212 字。慢词篇幅体制的扩大，相应地扩充了词的内容含量，也提高了词的表现能力。

柳永著名的长调如《望海潮》《八声甘州》，以赋体的手法铺写都市生活和送别的场面，洋洋百余言，充分体现了慢词篇幅宏大、适于铺陈的特点，使宋词在唐代近体诗长于比兴的特点之外别树一帜。

在两宋词坛上，柳永是创用词调最多的词人。他现存 213 首词，用了 133 种词调。宋词所用 880 多种词调中，有 100 多种词调是柳永首创或首次使用的。词至柳永，体制始备。形式体制的完备，为宋词的发展和后继者在内容上的开拓提供了前提条件。如果没有柳永对慢词的探索创造，后来的苏轼、辛弃疾等人或许只能在小令世界里左冲右突，而难以创造出像《水调歌头》（明月几时有）、《念奴娇·赤壁怀古》、《水龙吟·登建康赏心亭》那样辉煌的慢词篇章。

柳永不仅从音乐体制上改变和发展了词的声腔体式，而且从创作方向上改变了词的审美内涵和审美趣味，即变"雅"为"俗"，把词的描写范围由士大夫的小庭深院引向市中都会，着意运用通俗化的语言表现世俗化的市民生活情调。他一改文人词的创作路数，而迎合、满足市民大众的审美需求，用他们容易理解的语言、易于接受的表现方式，着力表现他们所熟悉的人物、所关注的情事。如世俗女性大胆而泼辣的爱情意识、被遗弃的或失恋的平民女子的痛苦心声、北宋繁华富裕的都市生活和丰富多彩的市井风情，等等。词的体式和内容的变化，要求表现方法也要做相应的变革。柳永为适应慢词长调体式的需要和市民大众欣赏趣味的需求，创造性地运用了铺叙和白描的手法。

在词的语言表达方式上，柳永也进行了大胆的革新。他不像晚唐五代以来的文人那样只是从书面的语汇中提炼高雅绮丽的语言，而是充分运用现实生活中的日常口语和俚语。诸如副词"恁""怎""争"等，代词"我""你""伊""自家""伊家""阿谁"等，动词"看承""都来""抵死""消得"等，柳永词都反复使用。

作为第一位对宋词进行全面革新的大词人，柳永对后来词人影响甚大。柳词在词调的创用、章法的铺叙、景物的描写、意象的组合和题材的开拓上都给苏轼以启示，故苏轼作词，一方面力求在"柳七郎风味"之外，自成一家；另一方面，又充分吸取了柳词的表现方法和革新精神，从而开创出词的一代新风。黄庭坚和秦观的俗词与柳词更是一脉相承。秦观的雅词长调，其铺叙点染之法，也是从柳词变化而出，只是因吸取了小令的含蓄蕴藉而情韵更隽永深厚。周邦彦慢词的章法结构，同样是从柳词脱胎。北宋中后期，苏轼和周邦彦各开一派，而追根溯源，都是从柳词分化而出，犹如一水中分，分流并进。

四、苏轼的词

继柳永之后第二位对宋词有重大影响的人物便是苏轼。苏轼（1037—1101），字子瞻，号东坡居士，眉州眉山（今属四川省）人。他的家庭富有文学传统，祖父苏序好读书，善作诗。父亲苏洵是古文名家，曾对苏轼和其弟苏辙悉心指导。母亲程氏有知识且深明大义，曾为幼年的苏轼讲述《后汉书·范滂传》，以古代志士的事迹勉励儿子砥砺名节。苏轼学识渊博，思想通达，在北宋三教合一的思想氛围中如鱼得水。苏轼不仅对儒、释、道三种思想都欣然接受，而且认为它们本来就是相通的。这种以儒学体系为根本而浸染释、道的思想是苏轼人生观的哲学基础。

自晚唐五代以来，词一直被视为"小道"。诗人墨客只是以写诗的余力和游戏态度来填词，写成之后"随亦自扫其迹，曰谑浪游戏而已"。词在宋初文人心目中的地位，是"方之曲艺，犹不逮焉"，不能与"载道""言志"的诗歌等量齐观。虽然柳永一生专力写词，推进了词体的发展，但他未能提高词的文学地位。继柳永之后，苏轼对词体进行了全面的改革，最终突破了词为"艳科"的传统观念，提高了词的文学地位，使词从音乐的附属品转变为一种独立的抒情诗体，从根本上改变了词史的发展方向。

苏轼首先在理论上破除了诗尊词卑的观念。他认为诗词同源，本属一体，诗与词虽有外在形式上的差别，但它们的艺术本质和表现功能应是一致的，因此他常常将诗与词相提并论。由于他从文体观念上将词提高到与诗同等的地位，这就为词向诗风靠拢、实现词与诗的相互沟通渗透提供了理论依据。为了使词的美学品位真正能与诗并驾齐驱，苏轼还提出了词须"自是一家"的创作主张。这种"自是一家"之说，其内涵包括：追求壮美的风格和阔大的意境；词品应与人品相一致；作词应像写诗一样，抒发自我的真实性情和独特的人生感受。

其次，扩大词的表现功能，开拓词境，是苏轼改革词体的主要方向。他将传统的表现女性化的柔情之词扩展到表现男性化的豪情之词，将传统上只表现爱情之词变革为表现性情之词，使词像诗一样可以充分表现作者的性情怀抱和人格个性。苏轼用自己的创作实践表明：词是无事不可写，无意不可入的。词与诗一样，具有充分表现社会生活和现实人生的功能。由于苏轼扩大了词的表现功能，丰富了词的情感内涵，拓展了词的时空场景，从而提高了词的艺术品位，把词堂堂正正地引入文学殿堂，使词从"小道"上升为一种与诗具有同等地位的抒情文体。

再次，苏轼在柳永开创的慢词长调的基础上，进一步"以诗入词"，完全突破了词的传统题材和传统风格，提升了词的境界，提高了词的品格，使之成为一种可以表现多方面内容的新诗体，为宋词的发展开辟了一个积极向上的新方向。苏轼写词，主要是供人阅读，而不求人演唱，故注重抒情言志的自由，虽也遵守词的音律规范但不为音律所拘。苏词中较成功的表现是用题序和用典故两个方面。苏轼之前的词，大多是应歌而作的代言体，词有调名表明其唱法即可，所以绝大多数词作并无题序。苏轼把词变为缘事而发、因情而作的抒情言志之体，所以词作所抒的是何种情志或因何事生发，必须有所交代和说明。然而词体长于抒情，不宜叙事。为解决这一矛盾，苏轼在词中大量采用标题和小序的形式，使词的题序和词本文构成不可分割的有机统一体。

在词中大量使事用典，也始于苏轼。词中使事用典，既是一种替代性、浓缩性的叙事方式，也是一种曲折深婉的抒情方式。例如，《江城子·密州出猎》具有较浓厚的叙事性和纪事性，但写射猎打虎的过程非三言两语所能形容，而作者用孙权射虎的典故来做替代性的概括描写，就一笔写出了太守一马当先、亲身射虎的英姿。词的下阕用冯唐故事，既表达了作者的壮志，又蕴含着历史人物和自身怀才不遇的隐痛，增强了词的历史感和现实感。苏词大量运用题序和典故，丰富和发展了词的表现手法，对后来词的发展产生了重大影响。在当时的科举考试中，流传着这样的谚语："苏文熟，吃羊肉；苏文生，吃菜羹。"由此足见苏轼被崇拜的程度。正是全社会的认同和推崇，宋词才得以佳篇迭出，影响久远。

词的出现虽早，但也只有到了宋代才"别是一家"。柳永、苏轼在形式与内容上所进行的新的开拓，以及秦观、李清照、辛弃疾等人的艺术创造，促使宋词出现风格竞相多样、发展的繁荣局面，使得宋词成为中国古代文学皇冠上光辉夺目的一颗巨钻，它以姹紫嫣红、千姿百态的风韵，与唐诗争奇，与元曲斗艳，与唐诗并称"双绝"，代表了一代文学之盛。

文学作品

忆江南[1]

白居易

其一

江南好，风景旧曾谙[2]；日出江花红胜火[3]，春来江水绿如蓝[4]。能不忆江南？

其二

江南忆，最忆是杭州；山寺月中寻桂子[5]，郡亭枕上看潮头[6]。何日更重游！

其三

江南忆，其次忆吴宫[7]；吴酒一杯春竹叶[8]，吴娃双舞醉芙蓉[9]。早晚复相逢[10]。

注 释

[1] 忆江南：唐教坊曲名。作者题下自注说："此曲亦名'谢秋娘'，每首五句。"按，《乐府诗集》："'忆江南'一名'望江南'，因白氏词，后改名'江南好'。"至晚唐五代成为词牌名。这里所指的江南主要是长江下游的江浙一带。

[2] 谙（ān）：熟悉。作者年轻时曾三次到过江南。

[3] 江花：江边的花朵。一说指江中的浪花。红胜火：颜色鲜红胜过火焰。

[4] 绿如蓝：绿得比蓝还要绿。如，用法犹"于"，有胜过的意思。蓝，蓝草，其叶可制青绿染料。

[5] "山寺"句：作者《东城桂》诗自注说："旧说杭州天竺寺每岁中秋有月桂子堕。"桂子，桂花。柳永《望海潮·东南形胜》词："有三秋桂子，十里荷花。"

[6] 郡亭：疑指杭州城东楼。看潮头：钱塘江入海处，有二山南北对峙如门，水被夹束，势极凶猛，为天下名胜。

[7] 吴宫：指吴王夫差为西施所建的馆娃宫，在苏州西南灵岩山上。

[8] 竹叶：酒名，即竹叶青，亦泛指美酒。《文选·张协〈七命〉》："乃有荆南乌程，豫北竹叶，浮蚁星沸，飞华萍接。"

[9] 吴娃：原为吴地美女名。《文选·枚乘〈七发〉》："使先施、徵舒、阳文、段干、吴娃、闾嫚、傅予之徒……嫔服而御。"此词泛指吴地美女。醉芙蓉：形容舞伎之美。

[10] 早晚：犹言何日，几时。北齐颜之推《颜氏家训·风操》："尝有甲设宴席，请乙为宾；而旦于公庭见乙之子，问之曰：'尊侯早晚顾宅？'"

作品简析

《忆江南》三首是唐代诗人白居易的组词作品。第一首词总写对江南的回忆，选择了江花和江水，衬以日出和春天的背景，显得十分鲜艳绮丽，生动地描绘出江南春意盎然的大好景象；第二首词描绘杭州之美，通过山寺寻桂和钱塘观潮的画面来验证"江南好"，表达了作者对杭州的忆念之情；第三首词描绘苏州之美，诗人以美妙的诗笔，简洁地勾勒出苏州的旖旎风情，表达了作者对苏州的忆念与向往。这三首词各自独立而又互为补充，分别描绘了江南的景色美、风物美及女性之美，艺术概括力强，意境奇妙。

菩萨蛮·小山重叠金明灭

温庭筠

小山重叠金明灭[1]，鬓云欲度香腮雪[2]。懒起画蛾眉[3]，弄妆梳洗迟[4]。

照花前后镜，花面交相映。新帖绣罗襦[5]，双双金鹧鸪[6]。

注 释

[1] 小山：眉妆的名目，指小山眉，弯弯的眉毛。另外一种理解为：小山是指屏风上的图案，由于屏风是折叠的，所以说小山重叠。金明灭：形容阳光照在屏风上金光闪闪的样子。一说描写女子头上插戴的饰金小梳子重叠闪烁的情形，或指女子额上涂成梅花图案的额黄有所脱落而或明或暗。金：指唐时妇女眉际妆饰之"额黄"。明灭：隐现明灭的样子。

[2] 鬓云：像云朵似的鬓发。形容发髻蓬松如云。度：覆盖，过掩，形容鬓角延伸向脸颊，逐渐轻淡，像云影轻度。欲度：将掩未掩的样子。香腮雪：香雪腮，雪白的面颊。

[3] 蛾眉：女子的眉毛细长弯曲像蚕蛾的触须，故称蛾眉。一说指元和以后叫浓阔的时新眉式"蛾翅眉"。

[4] 弄妆：梳妆打扮，修饰仪容。

[5] 罗襦：丝绸短袄。

[6] 鹧鸪：贴绣上去的鹧鸪图，这说的是当时的衣饰，就是用金线绣好花样，再绣贴在衣服上，谓之"贴金"。

作品简析

《菩萨蛮·小山重叠金明灭》是唐代文学家温庭筠的代表词作。此词写女子起床梳洗时的娇慵姿态，以及妆成后的情态，暗示了人物孤独寂寞的心境。全词把妇女的容貌写得很美丽，服饰写得很华贵，体态也写得十分娇柔，仿佛描绘了一幅唐代仕女图。

词中委婉含蓄地揭示了人物的内心世界，并成功地运用反衬手法。鹧鸪双双，反衬人物的孤独；容貌服饰的描写，反衬人物内心的寂寞空虚。作品充分体现了作者的词风。

蝶恋花·遥夜亭皋闲信步[1]

李 煜

遥夜亭皋闲信步[2]，乍过清明[3]，渐觉伤春暮[4]。数点雨声风约住[5]，朦胧淡月云来去[6]。桃李依依春暗度[7]，谁在秋千[8]，笑里轻轻语。一片芳心千万绪[9]，人间没个安排处[10]。

注 释

[1] 蝶恋花：词牌名，出自唐教坊曲，双调六十字，上下片各四仄韵。

[2] 遥夜：长夜，深夜。亭皋（gāo）：水边的亭子。皋，水边地。信步：随意行走，漫步。

[3] 乍过：刚过，才过。一作"才过"。

[4] 渐觉：一作"早觉"。春暮：春日晚暮。

[5] 约：约束，约住。住：遮拦住。

[6] 淡月：不太明亮的月亮或月光。云来去：指云彩飘浮不定。

[7] 桃李：桃花和李花，一作"桃杏"。《诗·召南》中有："何彼矣，华如桃李。"之句。后以"桃李"形容人的容貌姣美。依依：形容鲜花盛开的样子。春暗度：指春光在不知不觉之中悄然而过。

[8] 秋千：运动和游戏用具，架子上系两根长绳，绳端拴一块板，人在板上前后摆动。

[9] 芳心：即花蕊。这里指女人的心。

[10] 安排：安置排解。

作品简析

《蝶恋花·遥夜亭皋闲信步》是南唐后主李煜（存疑）创作的一首词。词的上片写主人公闲情信步、伤春感怀的情形，下片写主人公感慨春去、无以自慰的悲愁情怀。这首词多用白描手法，质朴无华，淡雅疏朗，含蓄悠远。

相见欢·林花谢了春红

李 煜

林花谢了春红[1]，太匆匆[2]。无奈朝来寒雨晚来风[3]。胭脂泪[4]，相留醉[5]，几时重[6]。自是人生长恨水长东[7]。

注 释

[1] 谢：凋谢。春红：春天的花朵。

[2] 匆匆：一作"忽忽"。

[3] 无奈：一作"常恨"。寒雨：一作"寒重"。晚：一作"晓"。

[4] 胭脂泪：原指女子的眼泪，女子脸上搽有胭脂，泪水流经脸颊时沾上胭脂的红色，故云。在这里，胭脂是指林花着雨的鲜艳颜色，指代美好的花。胭脂，一作"臙脂"，又作"燕支"。

[5] 相留醉：一作"留人醉"，意为令人陶醉。留，遗留，给以。醉，心醉。

[6] 几时重（chóng）：何时再度相会。

[7] 自是：自然是，必然是。

作品简析

《相见欢·林花谢了春红》是李煜即景抒情的典范之作，他将人生失意的无限怅恨寄寓在对暮春残景的描绘中，表面上是伤春咏别，实质上是抒写"人生长恨水长东"的深切悲慨。这种悲慨不仅是抒写一己的失意情怀，而且是涵盖了整个人类所共有的生命的缺憾，是一种融汇和浓缩了无数痛苦的人生体验的浩叹。

八声甘州·对潇潇暮雨洒江天[1]

柳 永

对潇潇暮雨洒江天，一番洗清秋[2]。渐霜风凄紧[3]，关河冷落[4]，残照当楼[5]。是处红衰翠减[6]，苒苒物华休[7]。惟有长江水，无语东流。

不忍登高临远，望故乡渺邈[8]，归思难收[9]。叹年来踪迹，何事苦淹留[10]。想佳人妆楼颙望[11]，误几回[12]、天际识归舟。争知我[13]，倚栏杆处[14]，正恁凝愁[15]！

注 释

[1] 八声甘州：词牌名，原为唐边塞曲。简称"甘州"，又名"潇潇雨""宴瑶池"。全词共八韵，所以叫"八声"。词分上下两片，上片写景，下片抒情，脉络十分清晰。

[2]"对潇潇"二句：写眼前的景象。潇潇暮雨在辽阔江天飘洒，经过一番雨洗的秋景分外清朗寒凉。潇潇，下雨声。一说雨势急骤的样子。一作"萧萧"，义同。清秋，清冷的秋景。

[3] 霜风：指秋风。凄紧：凄凉紧迫。

[4] 关河：关塞与河流，此指山河。

[5] 残照：落日余光。当，对。

[6] 是处：到处。红衰翠减：指花叶凋零。红，代指花。翠，代指绿叶。此句为借代用法。

[7] 苒（rǎn）苒：同"荏苒"，形容时光消逝，渐渐（过去）的意思。物华：美好的景物。休：这里是衰残的意思。

[8] 渺邈（miǎo）：远貌，渺茫遥远。一作"渺渺"，义同。

《八声甘州·对潇潇暮雨洒江天》
朗读欣赏

[9] 归思（sì）：渴望回家团聚的心思。

[10] 淹留：长期停留。

[11] 佳人：美女。古诗文中常用佳人代指自己所怀念的对象。颙（yóng）望：抬头凝望。颙，一作"长"。

[12] 误几回：多少次错把远处驶来的船只当作心上人的归舟。语意出自温庭筠《望江南》词："过

尽千帆皆不是，斜晖脉脉水悠悠，肠断白蘋洲。"天际，指目力所能达到的极远之处。

[13] 争：怎。

[14] 处：这里表示时间。"倚栏杆处"即"倚栏杆时"。栏，一作"阑"。

[15] 恁（nèn）：如此。凝愁：愁苦不已，愁恨深重。凝，表示一往情深，专注不已。

《作品简析》

《八声甘州·对潇潇暮雨洒江天》是宋代词人柳永的作品。此词抒写了作者漂泊江湖的愁思和仕途失意的悲慨。上片描绘了雨后清秋的傍晚，关河冷落、夕阳斜照的凄凉之景；下片抒写词人久客他乡急切的思归之情。全词语浅而情深，融写景、抒情为一体，通过描写羁旅行役之苦，表达了强烈的思归情绪，写出了封建社会知识分子怀才不遇的心理感受，从而成为传诵千古的名篇。

浣溪沙·一曲新词酒一杯[1]

晏 殊

一曲新词酒一杯[2]，去年天气旧亭台[3]。夕阳西下几时回[4]？
无可奈何花落去[5]，似曾相识燕归来[6]。小园香径独徘徊[7]。

《注 释》

[1] 浣溪沙：唐玄宗时教坊曲名，后用为词调。沙，一作"纱"。

[2] 一曲新词酒一杯：此句化用白居易《长安道》诗意："花枝缺入青楼开，艳歌一曲酒一杯。"一曲，一首。因为词是配合音乐唱的，故称"曲"。新词，刚填好的词，意指新歌。酒一杯，一杯酒。

[3] 去年天气旧亭台：是说天气、亭台都和去年一样。此句化用五代郑谷《和知己秋日伤怀》诗："流水歌声共不回，去年天气旧池台。"晏词"亭台"一本作"池台"。去年天气，跟去年此日相同的天气。旧亭台，曾经到过的或熟悉的亭台楼阁。旧，旧时。

[4] 夕阳：落日。西下：向西方地平线落下。几时回：什么时候回来。

[5] 无可奈何：不得已，没有办法。

[6] 似曾相识：好像曾经认识。形容见过的事物再度出现，后用作成语。燕归来：燕子从南方飞回来。燕归来，春中常景，在有意无意之间。

[7] 小园香径：花草芳香的小径，或指落花散香的小径。因落花满径，幽香四溢，故云香径。香径，带着幽香的园中小径。独：副词，用于谓语前，表示"独自"的意思。徘徊：来回走。

戏说《浣溪沙·一曲新词酒一杯》

《作品简析》

《浣溪沙·一曲新词酒一杯》是宋代词人晏殊的代表作。此词虽含伤春惜时之意，却实为感慨抒怀之情，悼惜残春，感伤年华的飞逝，又暗寓怀人之意。词之上片缩合今昔，叠印时空，重在思昔；下片则巧借眼前景物，重在伤今。全词语言圆转流利，通俗晓畅，清丽自然，意蕴深沉，启人神智，耐人寻味。词中对宇宙人生的深思，给人以哲理性的启迪和美的艺术享受。其中"无可奈何花落去，似曾相识燕归来"两句历来为人称道。

江城子·乙卯正月二十日夜记梦[1]

苏　轼

十年生死两茫茫[2]，不思量[3]，自难忘。千里孤坟[4]，无处话凄凉。纵使相逢应不识[5]，尘满面，鬓如霜[6]。

夜来幽梦忽还乡[7]，小轩窗[8]，正梳妆。相顾无言[9]，惟有泪千行。料得年年肠断处[10]，明月夜，短松冈[11]。

注 释

[1] 江城子：词牌名。乙卯（mǎo）：公元1075年，即北宋熙宁八年。

[2] 十年：指结发妻子王弗去世已十年。

[3] 思量：想念。"量"按格律应念平声 liáng。

[4] 千里：王弗葬地四川眉山与苏轼任所山东密州，相隔遥远，故称"千里"。孤坟：孟棨《本事诗·微异第五》载张姓妻孔氏赠夫诗："欲知肠断处，明月照孤坟。"其妻王氏之墓。

[5] 纵使：即使。

[6] 尘满面，鬓如霜：形容饱经沧桑，面容憔悴。

[7] 幽梦：梦境隐约，故云幽梦。

[8] 小轩窗：指小室的窗前。小轩：有窗槛的小屋。

[9] 顾：看。

[10] 料得：料想，想来。肠断处：一作"断肠处"。

[11] 明月夜，短松冈：苏轼葬妻之地。短松：矮松。

《江城子·乙卯正月
二十日夜记梦》
朗读欣赏

作品简析

《江城子·乙卯正月二十日夜记梦》是宋代大文学家苏轼为悼念原配妻子王弗而写的一首悼亡词，表现了绵绵不尽的哀伤和思念。此词情意缠绵，字字血泪。上阕写词人对亡妻的深沉的思念，写实；下阕记述梦境，抒写了词人对亡妻执着不舍的深情，写虚。上阕纪实，下阕记梦，虚实结合，衬托出对亡妻的思念，加深全词的悲伤基调。词中采用白描手法，出语如话家常，却字字从肺腑镂出，自然而又深刻，平淡中寄寓着真淳。全词思致委婉，境界层出，情调凄凉哀婉，为脍炙人口的名作。

江城子·密州出猎[1]

苏 轼

老夫聊发少年狂[2]，左牵黄，右擎苍[3]，锦帽貂裘[4]，千骑卷平冈[5]。为报倾城随太守[6]，亲射虎，看孙郎[7]。

酒酣胸胆尚开张[8]，鬓微霜[9]，又何妨？持节云中，何日遣冯唐[10]？会挽雕弓如满月[11]，西北望，射天狼[12]。

《 注 释 》

[1] 江城子：原作《江神子》。密州：在今山东省诸城市。

[2] 老夫：作者自称，时年四十。聊：姑且，暂且。狂：狂妄。

[3] 左牵黄，右擎苍：左手牵着黄狗，右臂托起苍鹰，形容围猎时用以追捕猎物的架势。

[4] 锦帽貂裘：名词做动词，头戴着华美鲜艳的帽子。貂裘，身穿貂鼠皮衣。这是汉羽林军穿的服装。

[5] 千骑卷平冈：形容马多尘土飞扬，把山冈像卷席子一般掠过。千骑（jì）：形容从骑之多。平冈：指山脊平坦处。

[6] 为报：为了报答。太守：古代州府的行政长官。

[7] 孙郎：三国时期东吴的孙权，这里是作者自喻。《三国志·吴志·孙权传》载："二十三年十月，权将如吴，亲乘马射虎于凌亭，马为虎伤。权投以双戟，虎却废。常从张世击以戈，获之。"

[8] 酒酣胸胆尚开张：尽情畅饮，胸怀开阔，胆气豪壮。尚：更。

[9] 鬓：额角边的头发。霜：白。

[10] 持节云中，何日遣冯唐：朝廷何日派遣冯唐去云中郡赦免魏尚的罪呢？典出《史记·冯唐列传》。汉文帝时，魏尚为云中（汉时的郡名，在今内蒙古自治区托克托县一带，包括山西西北部分地区）太守。他爱惜士卒，优待军吏，匈奴远避。匈奴曾一度来犯，魏尚亲率车骑出击，所杀甚众。后因报功文书上所载杀敌的数字与实际不合（虚报了六个），被削职。经冯唐代为辩白后，认为判得过重，文帝就派冯唐"持节"（带着传达圣旨的符节）去赦免魏尚的罪，让魏尚仍然担任云中郡太守。苏轼此时因政治上处境不好，调密州太守，故以魏尚自许，希望能得到朝廷的信任。持节：是奉有朝廷重大使命的人。节：兵符，带着传达命令的符节。

戏说《江城子·密州出猎》

[11] 会挽雕弓如满月：会，应当。挽，拉。雕弓，弓背上有雕花的弓。满月：圆月。

[12] 天狼：星名，一称犬星，旧说指侵掠，这里引指西夏。《楚辞·九歌·东君》："长矢兮射天狼。"《晋书·天文志》云："狼一星在东井南，为野将，主侵掠。"词中以之隐喻侵犯北宋边境的辽国与西夏。

《 作品简析 》

《江城子·密州出猎》是宋代文学家苏轼于密州知州任上所作的一首词。此词表达了强国抗敌的政治主张，抒写了渴望报效朝廷的壮志豪情。首三句直出会猎题意，次写围猎时的装束和盛况，然后转写自己的感想：决心亲自射杀猛虎，答谢全城军民的深情厚谊。下片叙述猎后的开怀畅饮，并以魏尚自比，希望能够承担卫国守边的重任。结尾直抒胸臆，抒发杀敌报国的豪情。全词"狂"态毕露，虽不乏慷慨激愤之情，但气象恢宏，一反词作柔弱的格调，充满阳刚之美。

定风波·莫听穿林打叶声[1]

苏 轼

三月七日，沙湖道中遇雨[2]。雨具先去，同行皆狼狈[3]，余独不觉，已而遂晴[4]，故作此词。

莫听穿林打叶声[5]，何妨吟啸且徐行[6]。竹杖芒鞋轻胜马[7]，谁怕？一蓑烟雨任平生[8]。

料峭春风吹酒醒[9]，微冷，山头斜照却相迎[10]。回首向来萧瑟处[11]，归去，也无风雨也无晴[12]。

注 释

[1] 定风波：词牌名。

[2] 沙湖：在今湖北省黄冈市东南三十里，又名螺丝店。

[3] 狼狈：进退皆难的困顿窘迫之状。

[4] 已而：过了一会儿。

[5] 穿林打叶声：指大雨点透过树林打在树叶上的声音。

[6] 吟啸：放声吟咏。

[7] 芒鞋：草鞋。

[8] 一蓑烟雨任平生：披着蓑衣在风雨里过一辈子也处之泰然。蓑（suō）：蓑衣，草或棕毛制成的防雨用具。

[9] 料峭：微寒的样子。

[10] 斜照：偏西的阳光。

《定风波·莫听穿林打叶声》
朗读欣赏

[11] 向来：方才。萧瑟：风雨吹打树叶声。

[12] 也无风雨也无晴：意谓既不怕雨，也不喜晴。

作品简析

《定风波·莫听穿林打叶声》是宋代文学家苏轼的词作。深得道家旷达豪放的精神。此词通过野外途中偶遇风雨这一生活中的小事，于简朴中见深意，于寻常处生奇景，表现出旷达超脱的胸襟，寄寓着超凡脱俗的人生理想。上片着眼于雨中，下片着眼于雨后，全词体现出一个正直文人在坎坷人生中力求解脱之道的过程，篇幅虽短，但意境深邃，内蕴丰富，诠释着作者的人生信念，展现着作者的精神追求。

六丑·蔷薇谢后作[1]

周邦彦

正单衣试酒[2]，怅客里、光阴虚掷。愿春暂留，春归如过翼[3]，一去无迹。为问花何在？夜来风雨，葬楚宫倾国[4]。钗钿堕处遗香泽[5]，乱点桃蹊[6]，轻翻柳陌[7]。多情为谁追惜[8]？但蜂媒蝶使，时叩窗槅。

东园岑寂，渐蒙笼暗碧。静绕珍丛底[9]，成叹息。长条故惹行客[10]，似牵衣待话，别情无极。残英小、强簪巾帻[11]。终不似一朵，钗头颤袅，向人欹侧[12]。漂流处、莫趁潮汐。恐断红、尚有相思字[13]，何由见得？

注 释

[1] 六丑：词牌名。周邦彦创调。

[2] 试酒：宋代风俗，农历三月末或四月初尝新酒。周密《武林旧事》卷三："户部点检所十三酒库，例于四月初开煮，九月初开清，先至提领所呈样品尝，然后迎引至诸所隶官府而散。"这里用以指时令。

[3] 过翼：飞过的鸟。

[4] 楚宫倾国：楚王宫里的美女，喻蔷薇花。倾国，美人，这里以之比落花。

[5] 钗钿（diàn）堕处：花落处。白居易《长恨歌》："花钿委地无人收，翠翘金雀玉搔头。"

[6] 桃蹊（xī）：桃树下的路。

[7] 柳陌：绿柳成荫的路。

[8] 多情为谁追惜：即"为谁多情追惜"，意即还有谁多情（似我）地痛惜花残春逝呢？

[9] 珍丛：花丛。

[10] 惹：挑逗。

[11] 强簪巾帻（zé）：勉强插戴在头巾上。巾帻：头巾。

[12] 向人欹侧：向人表示依恋媚态。

[13] 恐断红、尚相思字：意指红花飘零时，对人间充满了依恋之情。用唐人卢渥和宫女在红叶上题诗的典故。见范摅《云溪友议》：唐卢渥到长安应试，拾得沟中漂出的红叶，上有宫女题诗。后娶遣放宫女为妻，此女恰好是题诗者。

作品简析

《六丑·蔷薇谢后作》是宋代词人周邦彦的作品。这首词描写游子思念佳人，以美人喻鲜花，用爱的柔笔抒发自己的迟暮之感，使花园的寂寞与人世的幽独有机地结合在一起，词人惜花伤春的同时，也在自怜自伤。"惜花"更"惜人"。上片抒写春归花谢之景象；下片着意刻画人惜花、花恋人的生动情景。全词笔触细腻，融情于景，构思精巧，回环曲折，与苏轼《水龙吟·次韵章质夫杨花词》有异曲同工之妙。

声声慢·寻寻觅觅

李清照

寻寻觅觅[1]，冷冷清清，凄凄惨惨戚戚[2]。乍暖还寒时候[3]，最难将息[4]。三杯两盏淡酒，怎敌他、晚来风急[5]？雁过也，正伤心，却是旧时相识。

满地黄花堆积。憔悴损[6]，如今有谁堪摘[7]？守着窗儿[8]，独自怎生得黑[9]？梧桐更兼细雨[10]，到黄昏、点点滴滴。这次第[11]，怎一个愁字了得[12]！

注 释

[1] 寻寻觅觅：意谓想把失去的一切都找回来，表现非常空虚怅惘、迷茫失落的心态。

[2] 凄凄惨惨戚戚：忧愁苦闷的样子。

[3] 乍暖还寒：指秋天的天气，忽然变暖，又转寒冷。

[4] 将息：旧时方言，休养调理之意。

[5] 怎敌他：对付，抵挡。晚：一本作"晓"。

[6] 损：表示程度极高。

[7] 堪：可。

[8] 著：一作"着"。

戏说《声声慢·寻寻觅觅》

[9] 怎生：怎样的。生：助词。

[10] 梧桐更兼细雨：暗用白居易《长恨歌》"秋雨梧桐叶落时"的诗意。

[11] 这次第：这光景、这情形。

[12] 怎一个愁字了得：一个"愁"字怎么能概括得尽呢？

作品简析

《声声慢·寻寻觅觅》是宋代女词人李清照的作品。作品通过描写残秋所见、所闻、所感，抒发自己因国破家亡、天涯沦落而产生的孤寂落寞、悲凉愁苦的心绪，具有浓厚的时代色彩。此词在结构上打破了上下片的局限，一气贯注，着意渲染愁情，如泣如诉，感人至深。开头连下十四个叠字，形象地抒写了作者的心情；下文"点点滴滴"又前后照应，表现了作者孤独寂寞的忧郁情绪和动荡不安的心境。全词一字一泪，风格深沉凝重，哀婉凄苦，极富艺术感染力。

醉花阴·薄雾浓云愁永昼[1]

李清照

薄雾浓云愁永昼[2]，瑞脑消金兽[3]。佳节又重阳[4]，玉枕纱厨[5]，半夜凉初透[6]。东篱把酒黄昏后[7]，有暗香盈袖[8]。莫道不销魂[9]，帘卷西风[10]，人比黄花瘦[11]。

注 释

[1]醉花阴：词牌名，又名"九日"，双调小令，仄韵格，五十二字，上下阕各五句三仄韵。

[2]云：一作"雾"，一作"阴"。愁永昼：愁难排遣，觉得白天太长。永昼，漫长的白天。

[3]瑞脑：一种薰香名。又称龙脑，即冰片。消金兽：香炉里香料逐渐燃尽。消，一作"销"，一作"喷"。金兽，兽形的铜香炉。

[4]重阳：农历九月九日为重阳节。《周易》以"九"为阳数，日月皆值阳数，并且相重，故名。这是个古老的节日。南朝梁庾肩吾《九日侍宴乐游苑应令诗》："秋晖逐行漏，朔气绕相风。献寿重阳节，回銮上苑中。"

[5]纱厨：即防蚊蝇的纱帐。周邦彦《浣溪沙》："薄薄纱厨望似空，簟纹如水浸芙蓉。"厨，一作"窗"。

[6]凉：一作"秋"。

[7]东篱：泛指采菊之地。东晋陶渊明《饮酒》："采菊东篱下，悠然见南山。"为古今之名句，故"东篱"亦成为诗人惯用之咏菊典故。

[8]暗香：这里指菊花的幽香。盈袖：满袖。《古诗十九首·庭中有奇树》："攀条折其荣，将以遗所思。馨香盈怀袖，路远莫致之。"这里用其意。

[9]销魂：形容极度忧愁、悲伤。南朝江淹《别赋》："黯然销魂者，惟别而已矣。"销，一作"消"。

[10]帘卷西风：秋风吹动帘子。西风，秋风。

[11]比：一作"似"。黄花：指菊花。《礼记·月令》："鞠有黄华。"鞠，本用菊。唐王绩《九月九日》："忽见黄花吐，方知素节回。"

戏说《醉花阴·薄雾浓云愁永昼》

作品简析

　　《醉花阴·薄雾浓云愁永昼》是宋代女词人李清照的作品。这首词是作者婚后所作，通过描述作者重阳节把酒赏菊的情景，烘托了一种凄凉寂寥的氛围，表达了作者思念丈夫的孤独与寂寞的心情。上片咏节令，写别愁；下片写赏菊情景。作者在自然景物的描写中，加入自己浓重的感情色彩，使客观环境和人物内心的情绪融合交织。尤其是结尾三句，用黄花比喻人的憔悴，以瘦暗示相思之深，含蓄深沉，言有尽而意无穷，历来广为传诵。

渔家傲·秋思[1]

范仲淹

塞下秋来风景异[2]，衡阳雁去无留意[3]。四面边声连角起[4]。千嶂里[5]，长烟落日孤

城闭。

浊酒一杯家万里，燕然未勒归无计[6]。羌管悠悠霜满地[7]。人不寐[8]，将军白发征夫泪。

注 释

[1] 渔家傲：词牌名，又名"吴门柳""忍辱仙人""荆溪咏""游仙关"。

[2] 塞：边界要塞之地，这里指西北边疆。

[3] 衡阳雁去：传说秋天北雁南飞，至湖南衡阳回雁峰而止，不再南飞。

[4] 边声：边塞特有的声音，如大风、号角、羌笛、马啸的声音。

[5] 千嶂：绵延而峻峭的山峰，崇山峻岭。

戏说《渔家傲·秋思》

[6] 燕然未勒：指战事未平，功名未立。燕然：即燕然山，今名杭爱山，在今蒙古国境内。据《后汉书·窦宪传》记载，东汉窦宪率兵追击匈奴单于，去塞三千余里，登燕然山，刻石勒功而还。

[7] 羌管：即羌笛，出自古代西部羌族的一种乐器。悠悠：形容声音飘忽不定。

[8] 寐：睡，不寐就是睡不着。

作品简析

《渔家傲·秋思》是由范仲淹创作，是范仲淹任陕西经略副使兼知延州（今陕西省延安市）时写的一首抒怀词。整首词表现将士们的英雄气概及艰苦生活，意境开阔苍凉，形象生动鲜明。上片描绘边地的荒凉景象，下片写戍边战士厌战思归的心情。范仲淹的《渔家傲》变低沉婉转之调为慷慨雄放之声，把有关国家、社会的重大问题反映到词里，可谓大手笔。从词史上说，此词沉雄开阔的意境和苍凉悲壮的气概，对苏轼、辛弃疾等也有影响。

满江红·怒发冲冠

岳 飞

怒发冲冠[1]，凭栏处、潇潇雨歇[2]。抬望眼，仰天长啸[3]，壮怀激烈。三十功名尘与土[4]，八千里路云和月[5]。莫等闲、白了少年头，空悲切[6]！

靖康耻[7]，犹未雪。臣子恨，何时灭！驾长车，踏破贺兰山缺[8]。壮志饥餐胡虏肉，笑谈渴饮匈奴血。待从头、收拾旧山河，朝天阙[9]。

注 释

[1] 怒发冲冠：气得头发竖起，以至于将帽子顶起。形容愤怒至极，冠是指帽子而不是头发竖起。

[2] 潇潇：形容雨势急骤。

[3] 长啸：大声呼叫。汉司马相如《上林赋》："长啸哀鸣，翩幡互经。"许地山《空山灵雨·生》：

"它在竹林里长着的时候，许多好鸟歌唱给它听，许多猛兽长啸给它听。"

[4] 三十功名尘与土：三十年来，建立了一些功名，如同尘土。

[5] 八千里路云和月：形容南征北战、路途遥远、披星戴月。

[6] 等闲：轻易，随便。

[7] 靖康耻：宋钦宗靖康二年（1127），金兵攻陷汴京，虏走徽、钦二帝。

[8] 贺兰山：贺兰山脉位于宁夏回族自治区与内蒙古自治区交界处。一说是位于邯郸市磁县境内的贺兰山。

戏说《满江红·怒发冲冠》

[9] 朝天阙：朝见皇帝。天阙：本指宫殿前的楼观，此指皇帝生活的地方。又，明王熙书《满江红》词碑作"朝金阙"。

《作品简析》

《满江红·怒发冲冠》是南宋抗金名将岳飞创作的一首词。表现了作者抗击金兵、收复故土、统一祖国的强烈的爱国精神。这首词体现了岳飞"精忠报国"的英雄之志，表现出一种浩然正气，表现了报国立功的信心和乐观主义精神。词里句中无不透出雄壮之气，充分表现作者忧国报国的壮志胸怀。这首爱国将领的抒怀之作，情调激昂，慷慨壮烈，充分表现了中华民族不甘屈辱、奋发图强、雪耻若渴的精神，从而成为反侵略战争的名篇。

青玉案·元夕[1]

辛弃疾

东风夜放花千树[2]。更吹落、星如雨[3]。宝马雕车香满路[4]。凤箫声动[5]，玉壶光转[6]，一夜鱼龙舞[7]。

蛾儿雪柳黄金缕[8]。笑语盈盈暗香去[9]。众里寻他千百度[10]。蓦然回首[11]，那人却在，灯火阑珊处[12]。

注 释

[1] 青玉案：词牌名，取于东汉张衡《四愁诗》："美人赠我锦绣段，何以报之青玉案"一诗。又名"横塘路""西湖路"，双调六十七字，上下阕各四仄韵，上去通押。元夕：夏历正月十五日为上元节，元宵节，此夜称元夕或元夜。

戏说《青玉案·元夕》

[2] "东风"句：形容元宵夜花灯繁多。花千树，花灯之多如千树开花。

[3] 星如雨：指焰火纷纷，乱落如雨。星，指焰火。形容满天的烟花。

[4] 宝马雕车：豪华的马车。

[5] "凤箫"句：指笙、箫等乐器演奏。凤箫，箫的美称。

[6] 玉壶：比喻明月。亦可解释为指灯。

[7] 鱼龙舞：指舞动鱼形、龙形的彩灯，如鱼龙闹海一样。

[8] "蛾儿"句：写元夕的妇女装饰。蛾儿、雪柳、黄金缕，皆古代妇女元宵节时头上佩戴的各种装饰品。这里指盛装的妇女。

[9] 盈盈：声音轻盈悦耳，亦指仪态娇美的样子。暗香：本指花香，此指女人身上散发出来的香气。

[10] 他：泛指第三人称，古时就包括"她"。千百度：千百遍。

[11] 蓦（mò）然：突然，猛然。

[12] 阑珊：零落稀疏的样子。

《作品简析》

《青玉案·元夕》为宋代词人辛弃疾的作品。此词从极力渲染元宵节绚丽多彩的热闹场面入手，反衬出一个孤高淡泊、超群拔俗、不同于金翠脂粉的女性形象，寄托着作者政治失意后不愿与世俗同流合污的孤高品格。全词采用对比手法，上阕极写花灯耀眼、乐声盈耳的元夕盛况，下阕着意描写主人公在好女如云之中寻觅一位立于灯火零落处的女子，构思精妙，语言精致，含蓄婉转，余味无穷。

破阵子·为陈同甫赋壮词以寄[1]

辛弃疾

醉里挑灯看剑[2]，梦回吹角连营[3]。八百里分麾下炙[4]，五十弦翻塞外声[5]。沙场秋点兵[6]。

马作的卢飞快[7]，弓如霹雳弦惊[8]。了却君王天下事[9]，赢得生前身后名[10]。可怜白发生[11]！

注 释

[1] 破阵子：词牌名。原为唐玄宗时教坊曲名，出自《破阵乐》。陈同甫：陈亮（1143—1194），字同甫（一作同父），南宋婺州永康（今浙江省永康市）人。与辛弃疾志同道合，结为挚友。其词风格与辛词相似。

[2] 挑灯：把灯芯挑亮。看剑：抽出宝剑来细看。刘斧《青锁高议》卷三载高言《干友人诗》："男儿慷慨平生事，时复挑灯把剑看。"

[3] 梦回：梦里遇见，说明下面描写的战场场景，不过是作者旧梦重温。吹角连营：各个军营里接连不断地响起号角声。角，军中乐器，长五尺，形如竹筒，用竹、木、皮、铜制成，外加彩绘，名目画角。始仅直吹，后用以横吹。其声哀厉高亢，闻之使人振奋。

[4] 八百里：牛名。《世说新语·汰侈》篇："王君夫（恺）有牛，名八百里驳，常莹其蹄角。王武子（济）语君夫：'我射不如卿，今指赌卿牛，以千万对之。'君夫既恃手快，且谓骏物无有杀理，便

相然可，令武子先射。武子一起便破的，却据胡床，叱左右：'速探牛心来！'须臾炙至，一脔便去。"韩愈《元和圣德诗》："万牛脔炙，万瓮行酒。"苏轼《约公择饮是日大风》诗："要当啖公八百里，豪气一洗儒生酸。"分麾（huī）下炙（zhì）：把烤牛肉分赏给部下。麾下，部下。麾，军中大旗。炙，烤肉。

[5] 五十弦：原指瑟，此处泛指各种乐器。《史记·封禅书》："太帝使素女鼓五十弦瑟，悲，帝禁不止，故破其瑟为二十五弦。"李商隐《锦瑟》诗："锦瑟无端五十弦，一弦一柱思华年。"翻：演奏。塞外声：指悲壮粗犷的战歌。

[6] 沙场：战场。秋：古代点兵用武，多在秋天。点兵：检阅军队。

[7] "马作"句：战马像的卢马那样跑得飞快。作：像……一样。的卢：良马名，一种烈性快马。《相马经》："马白额入口齿者，名曰榆雁，一名的卢。"《三国志·蜀志·先主传》注引《世语》："刘备屯樊城，刘表惮其为人，不甚信用。曾请备宴会，蒯越、蔡瑁欲因会取备，备觉之，潜遁出。所乘马名的卢，骑的卢渡襄阳城西檀溪水中，溺不得出，备急曰：'的卢，今日厄矣，可努力！'的卢乃一踊三丈，遂得过。"

[8] "弓如"句：《南史·曹景宗传》："景宗谓所亲曰：'我昔在乡里，骑快马如龙，与年少辈数十骑，拓弓弦作霹雳声，箭如饿鸱叫，……此乐使人忘死，不知老之将至。'"霹雳，本是疾雷声，此处比喻弓弦响声之大。

[9] 了却：了结，把事情做完。君王天下事：统一国家的大业，此特指恢复中原事。

[10] 赢得：博得。身后：死后。

[11] 可怜：可惜。

戏说《破阵子·为陈同甫赋
壮词以寄》

《作品简析》

《破阵子·为陈同甫赋壮词以寄》是宋代词人辛弃疾的作品。此词通过对作者早年抗金部队豪壮的阵容和气概及自己沙场生涯的追忆，表达了作者杀敌报国、收复失地的理想，抒发了壮志难酬、英雄迟暮的悲愤心情；通过创造雄奇的意境，生动地描绘出一位披肝沥胆、忠一不二、勇往直前的将军形象。全词在结构上打破成规，前九句为一意，末一句另为一意，以末一句否定前九句，前九句写得酣恣淋漓，正为加重末五字失望之情，这种艺术手法体现了辛词的豪放风格和独创精神。

永遇乐·京口北固亭怀古[1]

辛弃疾

千古江山，英雄无觅，孙仲谋处[2]。舞榭歌台[3]，风流总被雨打风吹去。斜阳草树，寻常巷陌[4]，人道寄奴曾住[5]。想当年，金戈铁马，气吞万里如虎[6]。

元嘉草草[7]，封狼居胥[8]，赢得仓皇北顾[9]。四十三年[10]，望中犹记，烽火扬州路[11]。可堪回首[12]，佛狸祠下[13]，一片神鸦社鼓[14]。凭谁问，廉颇老矣，尚能饭否[15]？

注 释

[1] 京口：古城名，即今江苏省镇江市。因临京岘山、长江口而得名。

[2] 孙仲谋：三国时的孙权，字仲谋，曾建都京口。孙权（182—252），东吴大帝，三国时期吴国的开国皇帝。吴郡富春县（今浙江省杭州市富阳区）人。长沙太守孙坚次子，幼年跟随兄长吴侯孙策平定江东，汉献帝建安五年（200）孙策早逝。孙权继位为江东之主。

[3] 舞榭歌台：演出歌舞的台榭，这里代指孙权故宫。榭，建在高台上的房子。

[4] 寻常巷陌：极窄狭的街道。寻常，古代指长度，八尺为寻，倍寻为常，形容窄狭。引申为普通、平常。巷、陌，这里都指街道。

[5] 寄奴：南朝宋武帝刘裕小名。

[6] "想当年"三句：刘裕曾两次领兵北伐，收复洛阳、长安等地。金戈，用金属制成的长枪。铁马，披着铁甲的战马。都是当时精良的军事装备。这里指代精锐的部队。

[7] 元嘉草草：元嘉是刘裕子刘义隆年号。草草：轻率。南朝宋刘义隆好大喜功，仓促北伐，反而让北魏主拓跋焘抓住机会，以骑兵集团南下，兵抵长江北岸而返，遭到对手的重创。

[8] 封狼居胥：狼居胥山，在内蒙古自治区西北部。汉武帝元狩四年（前119）霍去病远征匈奴，歼敌七万余，于是"封狼居胥山，禅于姑衍"。积土为坛于山上，祭天曰封，祭地曰禅，古时用这个方法庆祝胜利。南朝宋文帝刘义隆命王玄谟北伐，玄谟陈说北伐的策略，文帝说："闻王玄谟陈说，使人有封狼居胥意"。词中用"元嘉北伐"失利事，以影射南宋"隆兴北伐"。

[9] 赢得仓皇北顾：即落得仓皇与北顾。宋文帝刘义隆命王玄谟率师北伐，为北魏太武帝拓跋焘击败，魏趁机大举南侵，直抵扬州，吓得宋文帝亲自登上建康幕府山向北观望形势。赢得，剩得，落得。

[10] 四十三年：作者于宋高宗赵构绍兴三十二年（1162），从北方抗金南归，至宋宁宗赵扩开禧元年（1205），任镇江知府登北固亭写这首词时，前后共四十三年。

[11] 烽火扬州路：指当年扬州地区，到处都是抗击金兵南侵的战火烽烟。路，宋朝时的行政区划，扬州属淮南东路。

《永遇乐·京口北固亭怀古》
朗读欣赏

[12] 可堪：表面意为可以忍受得了，实则犹"岂堪""那堪"，即怎能忍受得了。堪，忍受。

[13] 佛（bì）狸祠：北魏太武帝拓跋焘小名佛狸。公元450年，他曾反击刘宋，两个月的时间里，兵锋南下，五路远征军分道并进，从黄河北岸一路穿插到长江北岸。在长江北岸瓜步山建立行宫，即后来的佛狸祠。

[14] 神鸦：指在庙里吃祭品的乌鸦。社鼓：祭祀时的鼓声。
整句话的意思是，到了南宋时期，当地老百姓只把佛狸祠当作供奉神祇的地方，而不知道它过去曾是一个皇帝的行宫。

[15] 廉颇：战国时赵国名将。《史记·廉颇蔺相如列传》记载，廉颇被免职后，跑到魏国，赵王想再用他，派人去看他的身体情况，廉颇的仇人郭开贿赂使者，使者看到廉颇，廉颇为之米饭一斗，肉十斤，被甲上马，以示尚可用。使者回来报告赵王说："廉颇将军虽老，尚善饭，然与臣坐，顷之三遗矢（通假字，即屎）矣。"赵王以为廉颇已老，遂不用。

作品简析

《永遇乐·京口北固亭怀古》是南宋词人辛弃疾于1205年所作。作者是怀着深重的忧虑和一腔悲愤写这首词的。上片赞扬在京口建立霸业的孙权和率军北伐、气吞胡虏的刘裕，表示要像他们一样征战沙场为国立功。下片借讽刺刘义隆表明自己坚决主张抗金但反对冒进误国的立场和态度。该词抒发感慨连连用典，中间稍加几句抒情性议论以见，不仅体现了辛弃疾词好用典的特点，也可窥见"词论"的风格。

钗头凤·红酥手

陆　游

红酥手，黄縢酒[1]，满城春色宫墙柳[2]。东风恶[3]，欢情薄。一怀愁绪，几年离索[4]。错、错、错。

春如旧，人空瘦，泪痕红浥鲛绡透[5]。桃花落，闲池阁[6]。山盟虽在[7]，锦书难托[8]。莫、莫、莫[9]！

注 释

[1] 黄縢（téng）：此处指美酒。宋代官酒以黄纸为封，故以黄封代指美酒。

[2] 宫墙：南宋以绍兴为陪都，绍兴的某一段围墙，故有宫墙之说。

[3] 东风：喻指陆游的母亲。

[4] 离索：离群索居的简括。

[5] 浥（yì）：湿润。鲛绡（jiāo xiāo）：神话传说鲛人所织的绡，极薄，后用以泛指薄纱，这里指手帕。绡，生丝，生丝织物。

[6] 池阁：池上的楼阁。

[7] 山盟：旧时常用山盟海誓，指对山立盟，指海起誓。

[8] 锦书：写在锦上的书信。

[9] 莫、莫、莫：相当于今"罢了"意。

作品简析

《钗头凤·红酥手》是南宋诗人、词人陆游的词作。此词描写了词人与原配唐氏的爱情悲剧。全词记述了词人与唐氏被迫分开后，在禹迹寺南沈园的一次偶然相遇的情景，表达了他们的眷恋之深和相思之切，抒发了作者怨恨愁苦而又难以言状的凄楚痴情，是一首别开生面、催人泪下的作品。

卜算子·咏梅[1]

陆 游

驿外断桥边[2]，寂寞开无主[3]。已是黄昏独自愁，更著风和雨[4]。

无意苦争春[5]，一任群芳妒[6]。零落成泥碾作尘[7]，只有香如故[8]。

《 注 释 》

[1] 卜算子：词牌名，又名"百尺楼""眉峰碧""楚天遥"，双调四十四字，上下片各两仄韵。

[2] 驿（yì）外：指荒僻、冷清之地。驿，驿站，供驿马或官吏中途休息的专用建筑。断桥：残破的桥。一说"断"通"簖"，簖桥乃是古时在为拦河捕鱼蟹而设簖之处所建之桥。

[3] 无主：自生自灭，无人照管和玩赏。

[4] 更：又，再。著（zhuó）：同"着"，遭受，承受。

[5] 苦：尽力，竭力。争春：与百花争奇斗艳。

戏说《卜算子·咏梅》

[6] 一任：全任，完全听凭。群芳：群花，这里借指苟且偷安的主和派。

[7] 碾（niǎn）：轧烂，压碎。作尘：化作灰土。

[8] 香如故：香气依旧存在。故：指花开时。

《 作品简析 》

《卜算子·咏梅》是南宋词人陆游创作的一首词。这是一首咏梅词，上片集中写了梅花的困难处境，下片写梅花的灵魂及气节追求。词人以物喻人，托物言志，以清新的情调写出了梅花的傲然不屈，暗喻了自己虽终生坎坷却坚贞不屈，达到了物我融一的境界，笔致细腻，意味深隽，是咏梅词中的绝唱。

词、词牌与平水韵

一、词的相关知识

词，是格律诗的一种延伸，相对格律诗而言，在韵脚要求上比较宽，填词有词韵，词韵的划分比诗韵（平水韵）要宽一些。

（一）词调

词是曲子词的简称，最初是配乐的歌词，有自己的乐谱，写词必须词调对照字、句、声、韵的要求填写，要做到"调有定句、句有定字、字有定声"，有时还要区别四声，所以称之为填词，又叫"倚声"。词调同宫调有密切的联系，填词必须根据所要表达的内容来选择合适的宫调。

（二）词牌

词调的名称叫作词牌。词牌代表一定的词律格式。但不少词牌有别名，即调同名异，如《念奴娇》，又称《大江东去》《酹江月》《赤壁赋》等；也有的词牌名称相同却不是同一词调，即调异名同，如《忆江南》别名《步虚声》，也有《西江月》别名《步虚声》者。

根据表达情感的不同，在选择词牌上也有一定的要求。例如，《金缕曲》（也就是《贺新郎》）一般都只适合抒发心中郁结，而不适合写喜庆之事。贺新郎虽然是喜庆名，可不是用来写喜庆事的。再如《寿楼春》是用来悼亡的等。所以，作词、选择词牌名有讲究，不能乱用。

（三）词谱

每一词牌的格式，叫作词谱。依照词谱所规定的字说、平仄及其他格式来写词，叫作"填词"。现存最早的词谱是明朝张延的《诗余图谱》，比较完备的词谱有清朝万树的《词律》和康熙时期陈廷敬、王奕清奉敕编撰的《钦定词谱》，简称《词谱》。清朝舒梦兰编《白香词谱》四卷，选录历代名作一百首，附注平仄声调，适合初学者填词参考，还有龙榆生的《唐宋词格律》简明适用，潘慎主编的《词律辞典》是迄今收罗最完备的词谱。

（四）词韵

诗有诗韵，词有词韵，前面讲了，词韵的划分比诗韵（平水韵）要宽一些。一般作词，大多以《词林正韵》为用韵工具书，划分平仄韵律及韵脚。就如同作诗，（旧韵）多以平水韵作为用韵工具书一样。

（五）词律

词律，顾名思义就是词的格律。词牌中有所谓的添字、摊破、减字、偷声等说法，添字、减字单指字数的增减而已，添字后引起句式的变化，一句破成两句，称"摊破"，偷声与之相反。

一首词的下阕起头句式不同于上阕的起头处称"换头"，又叫"过变"，常见的有：《忆秦娥》《贺新郎》等。三段的词叫三叠词，前二段句式完全相同又比第三段短的称"双拽头"，常见的有《瑞龙吟》等。非双拽头的词有《兰陵王》《夜半乐》等。四叠的词仅有《胜州令》《莺啼序》两调。

词，相对于诗而言，比较口语化，词句常常使用领字，即在一句开头的一个字、两个字（如"莫是""还又""哪堪"等）、三个字（如"最无端""更能消""又却是"等），语气上稍作停顿又不点断，语义上领起下文。领字中最主要的是一字豆（又作"逗""读"）一字豆多数是虚词，如：正、但、又、更、况、且、方、应、甚等。也有些是动词，如望、问、怕、料、想、看、叹、念等。

（六）对仗

词的对仗没有具体的规定，比诗的对仗要宽，相连两句字数相同，就可以构成对仗，一字豆后面的句子也可以对仗，且不限平仄相对，也不忌同字相对。

（七）韵式

词的韵式从整体上看具有不规则性，用韵没有固定的位置。但就一个词调来说却有严格的规定。词的韵式有平韵式、仄韵式，仄韵中上、去可通押，入声韵单押。还有平仄转韵式、平仄同协式。韵字也不避同字。

（八）作词工具书

作词工具书有《词林正韵》《白香词谱》《钦定词谱》。《词林正韵》，是检查每个字的平仄声律及韵脚的词韵工具书。词韵比诗韵（平水韵）用韵要宽很多。词韵可以把平水韵的几个韵部归为一个韵，比如平水韵的"一东"和"二冬"，就可以归为一个韵。

《白香词谱》或《钦定词谱》是词牌格式对照表。作词，都要遵从《白香词谱》或《钦定词谱》中的词牌既定格式，比如每首词字数的多少、平仄关系、是否对仗、平韵脚还是仄韵脚，都有一定的限制，不能随心所欲地乱填。

二、词牌概说

词牌，就是词的格式的名称。词的格式和律诗不同，律诗只有四种，词总共有两千多种（按钦定词谱）。

关于词牌的来源，大概有下面三种情况：

（1）本来是乐曲的名称。如《菩萨蛮》《西江月》《风入松》《蝶恋花》等。这些有的来自于民间，有的来自于宫廷或官方。

（2）摘取一首词中的几个字作为词牌。例如《忆秦娥》，因为依照这个格式写出的最早一首词的开头两句是"箫声咽，秦娥梦断秦楼月"，所以词牌叫《忆秦娥》，又叫《秦楼月》。《忆江南》本名《望江南》，因为白居易的一首咏"江南好"的词，最后一句是"能不忆江南"，所以又叫《忆江南》。《念奴娇》又叫《大江东去》，这由于苏轼一首《念奴娇》的第一句是"大江东去"；其又叫《酹江月》，因为这首词的最后三个字是"酹江月"。

（3）本来就是词的题目。《浪淘沙》咏浪淘沙，《更漏子》咏夜，《抛球乐》咏抛球，等等。这是最普遍的。凡是词牌下面注明"本意"的，就是说，词牌同时是词题，不另设题目了。但是，绝大多数的词都不是用"本意"的，因此，词牌之外还有词题。一般在词牌下面或后面注明词题。这时词题和词牌没有任何联系。一首《浪淘沙》可以完全不提到浪和沙；一首《忆江南》也可以完全不提到江南。这样，词牌只不过是词谱的代号罢了。

常用的词牌名有以下四类：

1. 压抑凄凉类

《河传》悲切。

《金人捧露盘》苍凉凄楚。

《钗头凤》声情凄紧。

《祝英台近》宛转凄抑。

《剑器近》低回掩抑。

《西吴曲》苍凉凄楚。

《雨霖铃》缠绵哀怨。

《摸鱼儿》苍凉郁勃。

《菩萨蛮》紧促转低沉。

《天仙子》伤春伤别，情急调苦。

《蝶恋花》《青玉案》幽咽情调。

《卜算子》婉曲哀怨而略带几分激切。

《南乡子》适宜抒写缠绵低抑情调。

《忆旧游》《高阳台》忧婉凄抑。

《阮郎归》情急凄苦，凄婉欲绝。

《生查子》比较谐婉、怨抑。

《一斛珠》婉转凄抑，不宜表达壮烈豪迈之志。

《风入松》轻柔婉转、掩抑低回，适宜表达和婉情调。

《忆旧游》《扬州慢》《高阳台》音调缠绵，适宜表达凄抑情调。

《何满子》哀歌愤懑，悲凉凄怨的哀曲，"一声何满子，双泪落君前"。

《寿楼春》凄音哀乐，抑郁悲哀，原是悼亡之作，宜寄托哀思。不可顾名思义用来祝寿。

《千秋岁》凄凉幽怨、声情幽咽，宜表达悲伤感抑之情，绝不能祝寿喜庆。

《凄凉犯》《惜分飞》不宜用于祝贺之词。这种词牌与内容相符合的只是少数。

2. 缠绵婉转类

《洞仙歌》音节舒徐。

《调笑令》多演唱故事。

《最高楼》轻松流美。

《鹊桥仙》多用于男女相会。

《一剪梅》等细腻轻扬的词调。

《浣溪沙》上半阕急，下半阕缓和。

《鹧鸪天》宜哀怨思慕、柔婉风丽之情。

《暗香》《疏影》音节和婉，古人多以咏梅。

《木兰花慢》和谐婉转，宜于写缠绵悱恻之情。

《桃园忆故人》一般抒发情感，表现友情。

《长相思》多写男女情爱，以声助情得其双美。

《满庭芳》《凤凰台上忆吹箫》和谐婉约，轻柔婉转，宜表达缠绵情绪。

《小重山》《定风波》《临江仙》感情细腻，宜表现细腻婉约之情调。

《忆江南》《浣溪沙》《浪淘沙》《少年游》音节流丽谐婉，用来表达不同的思想情感。

3. 豪放激壮类

《永遇乐》激越情感。

《好事近》表达激越不平的情调。

《兰陵王》表达拗怒激越声情。

《水龙吟》表达凄壮'郁勃'激越情感。

《清平乐》上片感情拗怒，下片转为和婉。

《南浦》高昂欢乐，不宜表达凄凉悲伤送别之情。

《破阵子》为军乐，适合抒发激昂雄壮情绪。

《渔家傲》拗怒，表达兀傲凄壮、爽朗襟怀的情调。

《沁园春》《风流子》壮阔豪迈，显示宽宏器宇和雍容气度。

《念奴娇》多表达雄壮豪迈情感，不宜形容女性娇弱婉曲心态。

《六州歌头》音调苍凉悲壮，适于表达慷慨悲壮的声情，多言古兴亡之事。

《贺新郎》调高昂，宜表达慷慨激昂、豪迈雄壮的英雄情感。不宜作催妆喜庆的祝贺曲词。

《钗头凤》《更漏子》《调笑令》《憾庭秋》《盐角儿》适宜表达激昂慷慨壮烈情感。

《水调歌头》《满江红》调子较高，感情激烈，声情俱壮，适宜于表达慷慨悲壮、豪放雄浑激情的词。一般不宜写委婉柔情的思想情感。

4. 其他

《六么》欢快爽利。

《忆余杭》因描写杭州而来，最宜描写风景。

《八声甘州》摇筋转骨，刚柔相济，最使人荡气回肠。

《霓裳中序第一》音节娴雅。

《江神子》为祀神之乐，宜于庄严。

三、平水韵

写诗填词都离不开韵。古人科举以诗赋取仕，如果考生所操方音不同，作诗韵脚也会各不相同，这给考官阅卷带来了很大的麻烦。为了建立全国统一的用韵标准，唐朝以后出现了一系列官方刊定的以审音为主要任务的字典，如《切韵》《唐韵》《广韵》《集韵》等，即所谓"官韵"。唐开元年间，由礼部颁行了《礼部韵略》。《礼部韵略》在唐宋两朝又经过了几次修订，其中最著名的修订本是南宋淳祐壬子年刊行的《壬子新刊礼部韵略》，由于编者刘渊是山西平水人，所以这部书也称《平水韵》，后人说的诗韵即指《平水韵》。

《平水韵》分为上平声、下平声、上声、去声、入声五卷，每卷又按韵母的异同，把汉字分为 106 类，即 106 韵。写诗填词只许用同韵字，无论哪个时代的、操哪种方言的人都必须严格遵守。这样一来，《平水韵》就成了中国古代知识分子的必读书，从而在历史上产生了极大的影响。

平水韵的 106 韵中，分为平声 30 韵，其中上平声 15 韵，下平声 15 韵。上声 29 韵，去声 30 韵，入声 17 韵。所谓上平声、下平声，是平声上卷、平声下卷的意思。

（一）诗韵

根据平水韵分类，诗韵共 106 个韵：平声 30 韵，上声 29 韵，去声 30 韵，入声 17 韵。律诗一般只用平声韵，古体诗则可用仄声韵。诗韵如下：

1. 上平声 15 韵

一东，二冬，三江，四支，五微，六鱼，七虞，八齐，九佳，十灰，十一真，十二文，十三元，十四寒，十五删。

2. 下平声 15 韵

一先，二萧，三肴，四豪，五歌，六麻，七阳，八庚，九青，十蒸，十一尤，十二侵，十三覃，十四盐，十五咸。

3. 上声 29 韵

一董，二肿，三讲，四纸，五尾，六语，七麌（音语），八荠，九蟹，十贿，十一轸，十二吻，十三阮，十四旱，十五潸（音闪），十六铣，十七篠（音小），十八巧，十九皓，二十哿，二十一马，二十二养，二十三梗，二十四迥，二十五有，二十六寝，二十七感，二十八俭，二十九豏（音现）。

4. 去声 30 韵

一送，二宋，三绛，四寘（音置），五未，六御，七遇，八霁，九泰，十卦，十一队，十二震，十三问，十四愿（音愿），十五翰，十六谏，十七霰，十八啸，十九效，二十号，二十一箇（音个），二十二祃（音骂），二十三漾，二十四敬，二十五径，二十六宥，二十七沁，二十八勘，二十九艳，三十陷。

5. 入声 17 韵

一屋，二沃，三觉，四质，五物，六月，七曷，八黠，九屑，十药，十一陌，十二锡，十三职，十四缉，十五合，十六葉（音叶），十七洽。

"东""冬"等字都只是韵的代表字，他们只表示韵母的种类。至于"东""冬"这两个韵（以及其他相似的韵）读音上有什么分别，现在我们不需要追究它。我们只需要知道：最初时候可能是有区别的，后来混而为一了，但是古代诗人们依照韵书，写律诗时还不能把它们混用。但是在古体诗和词里，可以把近似的韵（称为邻韵）合并使用。

（二）词韵

词韵则将诗韵合并成 19 部。

第 一 部　平声：一东二冬通用

　　　　　仄声：上声一董二肿

　　　　　去声：一送二宋通用

第 二 部　平声：三江七阳通用

　　　　　仄声：上声三讲二十二养

　　　　　去声：三绛二十三漾通用

第 三 部　平声：四支五微八齐十灰［半］通用

　　　　　仄声：上声四纸五尾八荠十贿［半］通用

　　　　　去声：四寘五未八霁九泰［半］十一队［半］通用

第 四 部　平声：六鱼七虞通用

　　　　　仄声：上声六语七虞

　　　　　去声：六御七遇通用

第 五 部　平声：九佳（半）十灰（半）通用

　　　　　仄声：上声九蟹十贿（半）

　　　　　去声：九泰（半）十卦（半）十一队（半）通用

第 六 部　平声：十一真十二文十三元（半）通用

　　　　　仄声：上声十一轸十二吻十三阮（半）

　　　　　去声：十二震十三问十四愿（半）通用

第 七 部　平声：十三元（半）十四寒十五删一先通用

　　　　　仄声：上声十三阮（半）十四旱十五潸十六铣

　　　　　去声：十四愿（半）十五翰十六谏十七霰通用

第 八 部　平声：二萧三肴四豪通用

　　　　　仄声：上声十七篠十八巧十九皓

　　　　　去声：十八啸十九效二十号通用

第 九 部　平声：五歌［独用］

　　　　　仄声：上声二十哿

　　　　　去声：二十一箇［独用］

第 十 部　平声：九佳（半）六麻通用

　　　　　仄声：上声二十一马

　　　　　去声：十卦（半）二十二祃通用

第十一部　平声：八庚九青十蒸通用

　　　　　仄声：上声二十三梗二十四迥

　　　　　去声：二十四敬二十五径通用

第十二部　平声：十一尤［独用］

　　　　　仄声：上声二十五有

　　　　　去声：二十六宥［独用］

第十三部　平声：十二侵［独用］

　　　　　　仄声：上声二十六寝

　　　　　　去声：二十七沁［独用］

第十四部　平声：十三覃十四盐十五咸通用

　　　　　　仄声：上声二十七感二十八俭二十九豏

　　　　　　去声：二十八勘二十九艳三十陷通用

第十五部　入声：一屋二沃通用

第十六部　入声：三觉十药通用

第十七部　入声：四质十一陌十二锡十三职十四缉通用

第十八部　入声：五物六月七曷八黠九屑十六叶通用

第十九部　入声：十五合十七洽通用

文史拓展

宋词中的爱国主义

　　宋朝时期的爱国词，早在北宋时期就已经出现，因两宋之交的国家支离破碎、统治阶级腐朽懦弱、民族危在旦夕的时代背景而被文坛所接受，成为一种文学潮流。

一、爱国主题产生的历史原因

　　从宋太祖赵匡胤在陈桥兵变黄袍加身到忽必烈南下攻下临安的三百多年间，整个宋代，一直饱受边疆战乱的困扰。面对北方的强敌辽国、西夏，北宋的统治者无论是出兵征讨还是捐钱纳贡都没有能将这种危机解除，以致整个北宋时期都没能摆脱积贫积弱的局面。经历了靖康之难后，南宋对北方的强敌金国更加无计可施了，只能以岁输金帛、粉饰太平为计，苟安于临安。面对外敌的虎视眈眈，一大批具有强烈爱国忧民精神的文人骚客却无路请缨的士大夫们就以词这种文学形式抒发自己要求抵御外辱、恢复失地的强烈呼声。然而在统治阶级无能腐朽、奸佞当道的时代背景下，忧国忧民之臣或遭贬谪或远离庙堂，无处施展豪情壮志，无法挽回积贫积弱之颓势。

　　特别是公元1126年，金兵南下入侵中原，徽宗、钦宗不做抵抗，终于沦为阶下囚，北宋灭亡，同年赵构偏安杭州，南宋建立。这个时期，社会面貌发生了巨变，民族矛盾空前激化，而在风雨漂泊中的南宋朝廷，却不吸取北宋灭亡的教训，非但不奋发图强，还继续采取屈膝投降的政策，换来的只有可耻的苟延残喘的偏安局面，国家朝不保夕，百姓家破人亡。在这民族危机四伏的时刻，主战派和投降派进行着激烈的斗争，主战派要求挥师北上，收复失地，迎回二圣，恢复中原，并为此进行了英勇卓绝的斗争。然而，他们当中的大多数爱国将领及士大夫遭到迫害，如首相李纲被贬，抗金名将岳飞被冤杀，胡铨上书为民请命被革职，张元干也因作词送别胡铨而被革职。此时，不得志的文人们将满腔的热血、悲愤、痛苦，化作慷慨悲歌、融入词曲的创作当中，这便是宋词中爱国主题突显的深层历史因素。

据统计，现存北宋词爱国词现存仅有十余首，靖康之难后的南宋爱国词派崛起，宋朝的爱国词才汇成江河，响彻整个中华文学史。

二、北宋的爱国词

文学作品往往是表现现实生活的最好形式，同时也深受社会生活状况的影响，文学样式、风格也在发生着悄无声息的变化。北宋词中充满爱国情怀的杰作中当首推范仲淹的《渔家傲》（塞下秋来风景异）和贺铸的《六州歌头》（少年侠气）。范仲淹的词开创了后世豪放爱国词的先声，贺铸则在《六州歌头》中抒发了无路请缨、报国无门的悲壮，悲切地控诉了投降派，犹如撞金击石般振聋发聩。

早期的爱国词并不是由专职的词人所创作的，随着时间的流逝，北宋积贫积弱的政策已渐显弊端。范仲淹在边疆亲临一线，深切感受到边塞的荒凉和守军的艰苦。康定元年（1040）八月，他在受命为陕西经略安抚副使、兼知延州时创作了《渔家傲》一词：

塞下秋来风景异，衡阳燕去无留意。四面边声连角起。千嶂里，长河落日孤城闭。

浊酒一杯家万里，燕然未勒归无计。羌管悠悠霜满地。人不寐，将军白发征夫泪。

词中描写了边地荒凉，大军戍守的艰苦。"燕然未勒归无计"道出自己灭敌的雄心壮志。而"羌管悠悠霜满地。人不寐，将军白发征夫泪。"则是对戍边将士的深切同情。正是由于范仲淹有这样的胸襟抱负和生活实践，同时又有文学才华与修养，才能写出这首词。可以说这首词开了宋朝爱国词的先河。

北宋词的爱国精神集中体现在苏轼的豪放词中，他在《江城子·密州出猎》中写道："老夫聊发少年狂，左牵黄、右擎苍。"以一种不服老的口吻抒发了自己的豪情壮志，写出了射猎的壮观。词的下阕以"会挽雕弓如满月，西北望，射天狼"的万丈雄心，抒发了强烈的爱国主义激情。词中以"持节云中，何日遣冯唐？"的问句，自比冯唐，希冀得到为国效力的机会；也深寓着"冯唐易老，李广难封"的感慨。

该词抒发了苏轼对雄伟壮阔的祖国山河的热爱，对历史英雄的向往，以及对自己功业未就，早生华发的感慨。通过对周郎好整以暇、从容克敌的英雄气概的热切歌颂，反映了作者热切要求保卫祖国，消灭入侵之敌的爱国思想。全词境界开阔，豪情激荡。其中虽有"人生如梦"的感慨，不过是词人被贬黄州，感叹岁月蹉跎，壮志未酬的自我慰藉和牢骚。这类的爱国词，在苏轼的创作中数量虽不多，却为宋词的发展开辟了新道路，并被南宋辛弃疾等人所继承和发展。

北宋后期的贺铸继续扛起爱国词这面大旗，他虽不属苏门，作品却深受苏轼豪放词的影响，如《六州歌头》中的"笳鼓动、渔阳弄，思悲翁不请长缨，系取天骄种，剑吼西风。恨登山临水，手寄七弦桐，目送归鸿。"该词反映了国家正当多事之秋，虽有请缨却敌、投笔从戎的壮志雄心，却苦于报国无门。整首词显得豪壮而悲凉。

从整体上来说，北宋虽有边患之忧，但终能守住疆土。从中国史来看，只有到了民族存亡的危急关头，才会爆发异乎寻常的爱国力量，这也可能是北宋爱国词没能达到一种高度的原因。从整个文学史来看，北宋时期的爱国词属于酝酿和发展阶段。从范仲淹到苏轼，爱国词都是一些个别的作品，他们走入仕途后，站在一定的高度对北宋命运的担忧，从而以词的形式来抒发内心深层次的爱国情感。虽有苏轼对词风的转变，但从整个北宋词史来看，爱国词无论是数量和质量都没能达到一个相当的高度。

三、南宋初期的爱国词

公元 1127 年，"靖康之变"致使"徽、钦"二帝被掳，北宋灭亡。同年五月赵构称帝于南京应天府，改元建炎，随即南渡。"靖康之变"像空前巨大的雪崩一样，将无穷的灾难降临到宋室臣民的身上。词人也随宋室纷纷南渡。当时金兵入侵，徽钦被掳，眼见大好河山沦落。一时爱国志士群起，所谓豪杰者流，痛祖国之丧乱，哀君王之遭遇，投鞭中流，击楫浩歌，其护爱国家的热忱，怀抱的伟大，胸襟之宏阔，性情之壮美，发为词歌，岂独豪放而已？

在民族存亡之际，南宋统治集团却推行妥协退让的卖国政策，不少爱国士大夫和爱国将帅不断被迫害，如李刚被谪、赵鼎被贬死、岳飞被诬陷死于狱中、胡铨被长期流放，政治空前黑暗。这时郁积在爱国词人心中的无限悲痛和痛苦如火山喷发，化作了悲歌慷慨、壮怀激烈的爱国词章。他们念念不忘失陷的中原，在梦里都惦记着"怅望关河空吊影""老来常是清梦，宛在旧神州""惊回千里梦，已三更""梦绕神州路"；同时对奴颜媚骨的卖国贼、投降派进行了痛斥和鞭笞，把批判的锋芒直指皇帝"天意从来高难问"；对那些只把目力和心力放在极猥琐庸俗的个人生活圈子的狭隘囚笼中吟风弄月、流连光景的文恬武嬉之辈，进行了辛辣地冷讽热嘲，时而怒吼"有豺狼当辙"，时而厉斥"若为情"。

这些锋芒毕露的词句中流动着词人们沸腾的爱国热情，充满了对苟安投降的极大愤慨，尤其是岳飞的《满江红》表现出坚决反对投降辱国的严正立场和歼灭敌人的钢铁意志，与高宗、秦桧之流向金国乞怜求降的行径形成了强烈的对比。《满江红》发出了我国封建时代激情最充沛、调子最高昂的爱国主义强音。这首词与他的爱国战功一样名垂千古。

《满江红》

怒发冲冠，凭栏处、潇潇雨歇。抬望眼，仰天长啸，壮怀激烈。三十功名尘与土，八千里路云和月。莫等闲、白了少年头，空悲切。

靖康耻，犹未雪。臣子恨，何时灭！驾长车，踏破贺兰山缺。壮志饥餐胡虏肉，笑谈渴饮匈奴血。待从头、收拾旧山河，朝天阙。

这首词开头便是一个"怒"字，词人一怒南宋当局卖国偏安、压制抗金，使自己纵有虎将雄兵，却不能在"潇潇雨歇"之际北伐中原，收复国土；二怒南宋当局在即将光复中原剿灭敌寇之际，强令岳家军退守鄂州，竟使岳飞十四年征战成绩化为尘土，将岳飞"八千里路"收复的失地捧送给金国入侵者。南宋当局奉行的投降路线，逼得百战百胜的岳家军不能动弹，无所作为，岳飞岂能不怒！

"莫等闲、白了少年头，空悲切。"是自勉，更是抗争。高宗之流忘却了靖康年间的奇耻大辱，但岳飞对金国入侵者的痛恨却是不能消除的，他渴望"驾长车，踏破贺兰山缺"穷追猛打侵犯者，直抵黄龙府，并发出了决心为国报仇雪耻而奋战到底的气宇轩昂的庄严誓词："壮志饥餐胡虏肉，笑谈渴饮匈奴血。"张元干高声吟诵："倚高寒、愁生故国，气吞骄虏。要斩楼兰三尺剑。"可是他们的一腔爱国热情并不被朝廷理解，上书奏议也不被采纳，南宋当局依然推行投降路线。

词人们抚着锈蚀的宝剑，面对猖獗的骄虏，空有杀敌之心，而无报国之门！词人张孝祥在他的《六州歌头》中悲吟到：

长淮望断，关塞莽然平。征尘暗，霜风劲，悄边声。黯销凝。追想当年事，殆天数，非人力，洙泗上，弦歌地，亦膻腥。隔水毡乡，落日牛羊下，区脱纵横。看名王宵猎，骑火一川明。笳鼓悲鸣。遣人惊。

念腰间箭，匣中剑，空埃蠹，竟何成。时易失，心徒壮，岁将零。渺神京。干羽方怀远，静烽燧，且休兵。冠盖使，纷驰骛，若为情。闻道中原遗老，常南望、羽葆霓旌。使行人到此，忠愤气填膺。有泪如倾。

词一开头就指出由于南宋当局的屈辱，长淮千里，关塞已荡然无存，边防松弛，人声悄然。追忆往事，词人慨叹靖康之耻未雪，中原久陷，连孔子讲学的文明之地，如今也为敌人所占领。凄凉景象已令人目不忍睹，而现在强敌仅隔一水，他们正在为进犯江南而磨刀霍霍。在这国难当头之际，爱国志士腰间带羽箭，匣中藏宝刀，为保卫祖国，决心杀上战场，然而他们空有雄心壮志，因当局畏敌如虎，不设防、不抵抗，致使他们的武器白白地被尘埃、蠹虫腐蚀，光阴虚掷，报国无路。想到沦陷区的父老乡亲日夜盼望王师北伐，光复国土，投降派却加紧媚敌求和，词人虽"忠愤气填膺"，也只能长歌当哭，泪如雨下了！词中字字闪耀作者至死不渝的爱国真情，难怪主战派首领张浚听了，竟流涕罢席，可见其感人力量！

南宋初期的爱国词，风格遒劲，悲壮慷慨，铿如金石，闪烁着爱国主义光辉，他们将豪放词风与爱国精神结合，唱响了爱国词的高歌，对后面辛弃疾等词人产生了重大影响，为辛弃疾把爱国词推向高峰做了充分的准备。

四、南宋中期的爱国词

辛弃疾是南宋中期的著名词人，他的词饱含着强烈的爱国主义情怀，表现了对收复失地、恢复中原，实现祖国统一的强烈感情，表达了对南宋当权者苟且偷安局面的强烈不满和对妥协投降主义的批判，以及对主张抗金斗争的高度赞扬；同时也抒发了深沉的壮志未酬的愤慨之情。他的词具有深刻的社会意义，把爱国词推向了高峰。

辛弃疾的词继承了苏轼的豪放词风，作品中有一种慷慨激昂、豪情万丈的格调，形成了昂扬卓越、雄浑壮阔的豪放风格。例如，《鹧鸪天》上阕："壮岁旌旗拥万夫，锦襜突骑渡江初。燕兵夜娖银胡䩮，汉箭朝飞金仆姑。"第一句描写词人青年时率领义士举旗抗金的光辉历史，第二句讲述擒获叛徒带领义军南下归于朝廷的义举，豪迈气概在此一览无余。后两句描写南下时突破金兵的重重防线，和金兵英勇周旋的过程。整首词生动地描写了义军整齐盛大的军容和南下时的紧张战斗情形，分别从旌旗、军装、兵器上加以烘托，词风昂扬激烈、雄伟豪壮。再如《破阵子》上阕："醉里挑灯看剑，梦回吹角连营。八百里分麾下炙，五十弦翻塞外声。沙场秋点兵。"这首词描写意气风发、豪情满怀的抗金战斗岁月，气势豪迈，境界开阔宏大。

辛弃疾的词一方面继承了苏轼词的豪放词风，作品始终贯彻着一种慷慨激昂的格调；另一方面由于国家危亡的特殊社会环境，使辛词在充满豪放的同时兼有沉郁悲壮的特点。

辛弃疾一生"三仕三已"，他力主挥师北上恢复中原，与朝廷中的妥协投降派政见相左，致使他不但不受重用，甚至还一度受到迫害、排挤，报国无门、请缨无路的境遇使得辛弃疾悲痛不已，悲愤、忧伤、孤独之情便被淋漓尽致地融入词中，便形成了豪放中兼有沉郁悲壮之气的风格。如《水龙吟·过南剑双溪楼》：

举头西北浮云，倚天万里须长剑。人言此地，夜深长见，斗牛光焰。我觉山高，潭空水冷，月明星淡。待燃犀下看，凭栏却怕，风雷怒，鱼龙惨。

峡束苍江对起，过危楼、欲飞还敛。元龙老矣。不妨高卧，冰壶凉簟。千古兴亡，百年悲笑，一时登览。问何人又卸，片帆沙岸。系斜阳缆。

这首词是辛弃疾路过南剑州府城东的双溪桥时所作。词的一开始："举头西北浮云，倚天万里须长剑。"不是简单直白地说要收复失地，而是十分巧妙地运用大自然的景象作为喻托，大自然浮云的景象变成一个象征或一个隐喻了，他心中所想的是那北方沦陷的故土家国和那尚未收复的失地。"倚天万里须长剑"，要是能有万里长的倚天宝剑，就可以把西北浮云全都扫除殆尽，把北方沦陷的故土家国全部收复。"元龙老矣，不妨高卧，冰壶凉簟"，更写出了词人内心深处的浓浓忧愁。"千古兴亡，百年悲笑，一时登览"，千百年来，许多朝代都这样更替。南渡宋朝未来的命运又将何去何从，北方沦陷的国土是否还能够光复，词人心中郁郁成结、内心无比痛苦纠结。最后"问何人又卸，片帆沙岸，系斜阳缆"。在这里词人借景抒情，感慨南宋初年还有一些爱国志士提出力抗金兵、收回失地，现在连这样的呼声都很少听到了，同时用斜阳暗喻着国势的衰败和没落。整首词都是对国事的感慨，但又没有直接地说出来，使得词作在豪放中充斥着沉郁悲壮之气。

综上所述，辛弃疾的爱国词无论是思想上，还是内容上都具有强烈的爱国情怀，他为爱国词的发展做出了不了磨灭的贡献，给人以激励并留下了众多宝贵的财富，对后世有着极其重要的影响。同时作为一名英勇抵抗侵略的名将，他为国家的统一事业做出了卓越的功绩。

与辛弃疾同时代的另一位爱国诗人陆游在他的创作生涯中亦有大量的爱国诗词。和他的诗一样，陆游的词也洋溢着强烈的爱国精神，体现了他一生不忘的匡复之志，也反映了南宋爱国志士遭受压抑，不能尽展其才的悲剧。如他的《诉衷情》：

当年万里觅封侯，匹马戍梁州。关河梦断何处？尘暗旧貂裘。胡未灭，鬓先秋，泪空流。此生谁料，心在天山，身老沧州！

词中抒写了一生郁郁不得志，空负凌云壮志，报国无门的悲哀！与其说这是陆游的悲哀，不如说是那个时代的悲哀！陆游的其他作品，如《谢春池》《秋波媚》《汉宫春》《夜游宫》等，描写了从戎南郑的军旅生活，慷慨悲壮，抒发了强烈的爱国情思。

南宋中期是爱国词发展的顶峰，除辛弃疾、陆游之外，相继出现了陈亮、刘过、刘克庄等著名爱国词人，他们都有渴望收复中原的壮志，指责南宋统治集团不真正抗金，轻视人民力量，讽刺统治集团只知苟安，置沦陷区人民于不顾的种种行径，同时慨叹自己不为朝廷所用，壮志难酬的窘况。

五、南宋后期的爱国词

南宋中期之后，经过长期的激烈对抗，宋金和议已定，南宋形成了较为持久的偏安局面。在朝廷主和派势力的把持下，抗战派力量受到了严重的挫折，一度高涨的爱国主义热情已大大降温，表现真情实感、关心国家民族命运、抒发襟怀抱负的辛派词分遭到冷遇。这个时期以姜夔为代表的格律派成为词坛的主流。尽管他们受社会环境、生活情趣、艺术观点的制约，不能像其他爱国词人那样奋笔疾书、直抒胸臆、表达抗战的豪情壮志、倾吐国破家亡的忧伤和痛楚，但他们也不是完全脱离现实、"不食人间烟火"的局外人。因此，值国难当头、民族多事之秋，他们岂能无动于衷，丝毫不受时代风云变化影响？所以爱国思想在他们的词作中，仍或多或少得到反映。如姜夔的《永遇乐·次稼轩北固楼词韵》：

云隔迷楼，苔封很石，人向何处。数骑秋烟，一篙寒汐，千古空来去。使君心在，苍厓绿嶂，苦被北门留住。有尊中酒差可饮，大旗尽绣熊虎。

前身诸葛，来游此地，数语便酬三顾。楼外冥冥，江皋隐隐，认得征西路。中原生聚，神京耆老，南望长淮金鼓。问当时、依依种柳，至今在否。

姜夔深感稼轩老当益壮的壮志雄心，以诸葛亮北伐曹魏的宏图比喻他，也借此寄托自己心系天下的宿志。词的上片由眼前江山风物引出对人事兴亡的感慨，并对稼轩寄以深切的期望，同时也颂扬了将士之豪迈，军容之盛大。下片称赞稼轩才略非凡，部署北伐必能成功，又以中原父老之殷切期盼，激励其早日行程，旗开得胜。

到了南宋灭亡前夕，尖锐的民族矛盾促使爱国主义精神又复高扬，出现了文天祥等人的激动人心的爱国主义作品。

文天祥的重要作品都收在他的《指南录》《指南后录》中，记录了他在国家民族危亡之际九死一生的艰难经历和艰苦卓绝的斗争生涯，体现了他的至死不渝的民族气节和顽强斗志，慷慨悲壮，感人至深。如他的词《沁园春·题潮阳张许公庙》：

为子死孝，为臣死忠，死又何妨。自光岳气分，士无全节，君臣义缺，谁负刚肠。骂贼睢阳，爱君许远，留取声名万古香。后来者，无二公之操，百炼之钢。

人生翕歘云亡。好烈烈轰轰做一场。使当时卖国，甘心降虏，受人唾骂，安得流芳。古庙幽沈，仪容俨雅，枯木寒鸦几夕阳。邮亭下，有奸雄过此，仔细思量。

此词大声裂石，正气凌霄，表现了铮铮铁汉的劲节丹心，与《正气歌》同为彪炳千秋之作。词人以古喻今，表达了自己对祖国的一片丹心。这首词是文天祥的一首不朽杰作。文天祥有古人之气节和忠义精神，他被执大都之后，从容就义。

综上所述，两宋的爱国词作为中国古代文学史上爱国词的发展高峰，以外反侵略、内斥奸邪、奋发图强、抨击暴政、感伤国难、悲悯民情为主要内容，唱响了那个国殇民难的时代强音，词风雄豪激越，有开金裂石之力量，为后世留下了宝贵的精神财富。每当民族蒙难，国土沦丧的危急时刻，这些词就成了最有力的战歌！

第十四单元　唐宋散体文

古文运动

　　古文运动是指唐代中期及宋朝以提倡古文、反对骈文为特点的文体改革运动。因其涉及文学思想的内容，所以兼有思想运动和社会运动的性质。"古文"这一概念是韩愈最先提出的，指的是上继三代两汉的质朴自由、以散行单句为主的散文，与六朝以来的骈文相对。这个运动是在儒学旗帜下发展起来的。它提出"文以明道"的主张，强调学古文应从实际出发，"因事陈词""文从字顺"，自创新意新词，开拓了散文新天地。

　　所谓"骈文"，是始于汉朝，盛行于南北朝的文体。骈文讲究排偶、辞藻、音律和典故。自南北朝以来，骈文中虽有优秀作品，但大多是形式僵化、内容空虚的文章。流于对偶、声律、典故、辞藻等形式，华而不实，不适用。骈文作为一种文体，发展到南北朝时期逐渐成了文学发展的障碍。西魏苏绰曾仿《尚书》作《大诰》，提倡商朝、周朝古文以改革文体，未有成效。隋文帝时下诏禁止"文表华艳"，李谔上书请革文华，都没有扭转颓风。唐朝初期，骈文仍占主要地位。唐太宗为文也尚浮华。史学家刘知几曾在《史通》中提出"言必近真""不尚雕彩"的主张；王勃提议改革文弊，但他们自己的作品，仍用骈体；陈子昂也高举复古的旗帜。唐玄宗天宝年间至中唐前期，萧颖士、李华、元结、独孤及、梁肃、柳冕，先后提出"宗经明道"的主张，并用散体作文，成为古文运动的先驱。韩愈提倡古文，目的在于恢复古代的儒学道统，使改革文风与复兴儒学两者相辅相成，进一步强调要以文明道。除唐代的韩愈、柳宗元外，宋代的欧阳修、王安石、曾巩、苏洵、苏轼、苏辙等人也是古文运动的代表。

一、唐代的古文运动

　　历时八年的安史之乱，使盛唐时代强大繁荣、昂扬阔大的气象一去不返，代之而起的，是藩镇割据、佛老蕃滋、宦官专权、民贫政乱，以及吏治日坏、士风浮薄等一系列问题，整个社会已处于一种表面稳定实则动荡不安的危险状态。面对严峻的现实，一部分士人怀着强烈的忧患意识，慨然奋起，思欲变革，以期王朝中兴。与强烈的中兴愿望相伴而来的，是复兴儒学的思潮。

　　韩愈、柳宗元将复兴儒学思潮推向高峰。韩愈最突出的主张是重新建立儒家的道统，越过西汉以后的经学而复归孔、孟。他以孔孟之道的继承者和捍卫者自居，声言："使其道由愈而粗传，虽灭死而万万无恨。"（《与孟尚书书》）在韩愈看来，当时最大的现实危难乃是藩镇割据和佛老蕃滋，前者导致中央皇权的极大削弱，后者作为儒家思想的对立面，以紫乱朱，使得人心不古，同时寺庙广占良田，僧徒不纳赋税，严重影响了国家的财政收入，因而都在扫荡之列。围绕这一核心，韩愈撰写了以《原道》为代表的大量政治论文，明君臣之义，严华夷之防，对藩镇尤其是对佛、老进行不遗余力的抨击。柳宗元也是重新阐发儒家义理的重要理论家，与韩愈有所不同的是，他对所谓儒家"道统"没有多大兴趣，也不排斥佛教，他更重视的，乃是不拘空名、从宜救乱的经世儒学。中兴的愿望促成了儒学的复兴，促成了政治改革。正是在这样的背景下，文体文风的改革得到了发展。换言之，是经世致用的需要促成了文体文风改革高潮的到来。

韩愈等人举起"复古"的旗帜，提倡学古文，习古道，以此宣传自己的政治主张和儒家思想。这些主张得到了柳宗元等人的大力支持和社会上的广泛响应，其影响逐渐压倒了骈文，形成一次影响深远的"运动"。这一运动有其发展过程，韩愈和柳宗元是唐代古文运动的代表，他们倡导古文是为了继承孔孟道统，复兴儒学。在继承前人的基础上，韩愈、柳宗元提出了更为明确、更具有现实针对性的古文理论。概括来讲，韩、柳的古文理论有如下内容：

其一，是"文以明道"。出于相同的政治目的，韩、柳二人不约而同地走向了"以文明道"、反对不切实际的文体文风。他们将文体文风的改革作为其政治实践的组成部分，赋予文以强烈的政治色彩和鲜明的现实品格，去其浮靡空洞而返归质实真切，创作了大量饱含政治激情、具有强烈针对性和感召力的古文杰作。李汉《昌黎先生集序》记载当时的情况是："时人始而惊，中而笑且排"，但"先生益坚，终而翕然随以定。"由此可见韩愈力倡古文宁为流俗所非也绝不改弦易辙的胆力和气魄。在这一过程中，韩愈还以文坛盟主的地位，对从事古文写作的人予以大力扶持和称赞，在他周围，聚集了张籍、李翱、李汉、皇甫湜、樊宗师、侯喜等一批古文作者，声势颇为强盛。柳宗元当时身在南方贬所，创作古文的声势和影响虽不及韩愈，却也不是默默无闻。据《旧唐书本传》载："江岭间为进士者，不远数千里皆随宗元师法，凡经其门，必为名士。着述之盛，名动于时。"至此，由儒学复兴和政治改革所触发、以复古为新变的文体文风改革高潮便到来了。

其二，在倡导"文以明道"的同时，也充分意识到"文"的作用，为写好文章而博采前人之精华。韩愈多次提到："愈之志在古道，又甚好其言辞。"（《答陈生书》）"沉潜乎训义，反复乎句读，砻磨乎事业，而奋发乎文章。"（《上兵部李侍郎书》）柳宗元也说："言而不文则泥，然则文者固不可少耶！"（《答吴武陵论非国语书》）这种重道亦重文的态度，已与他们之前的古文家有了明显的区别。由此出发，他们进一步主张广泛学习经书以外的各种文化典籍，对《庄》、《骚》、《史记》、子云、相如之赋等"百氏之书，未有闻而不求，得而不观者"（韩愈《答侯继书》）。并借此"旁推交通而以为之文也"（柳宗元《答韦中立论师道书》）。即使对他们一再指斥的"骈四俪六，锦心绣口"（柳宗元《乞巧文》）的骈文，也未全予否定，而注意吸取其有益成分。这种文学观较之此前古文家将屈、宋以后文学一并排斥的极端态度来，无疑有了长足的进步。

其三，为文宜"自树立，不因循"，贵在创新。韩愈认为学习古文辞应"师其意不师其辞”，“若皆与世浮沉，不自树立，虽不为当时所怪，亦必无后世之传也”（《答刘正夫书》）。在文章体式上，他主张写“古文”，但在具体写法上，却坚决反对模仿因袭。在《答李翊书》中，韩愈概括了他追求创新的三个阶段：开始学习古人时，虽欲力去“陈言”，却感到颇为不易；接下来渐有心得，对古书有所去取，“当其取于心而注于手也，汩汩然来矣”；如此坚持下去，对古人之言“迎而距之，平心而察之”，最后达到随心所欲、“浩乎其沛然”的自由境界。倡导复古而能变古，反对因袭而志在创新，乃是韩愈古文理论超越前人的一大关键。柳宗元提倡创新的力度虽不及韩愈，但也一再反对“渔猎前作，戕贼文史”（《与友人论为文书》），这正说明他与韩愈的主张是一致的。

其四，韩愈论文非常重视作家的道德修养和文章的情感力量，认为这是写好文章的关键。他一再指出：“夫所谓文者，必有诸其中，是故君子慎其实。”（《答尉迟生书》）“有诸其中”指道德修养，有了良好的道德修养，文章才能充实，才能光大。在此基础上，韩愈还发展了孟子的“养气说”和梁肃的“文气说”，提出了一条为文的普遍原则：“气盛则言之长短与声之高下者皆宜。”（《答李翊书》）“气”是修养的结果，其中既有“仁义之途”“诗书之源”等道德因素的贯注，又有源于个性禀赋和社会实践的精神气质、情感力量，而且在某种程度上讲，后者的比重要更大一些。当这种“气”极度充盈喷薄而出时，文章就会写得好，就有动人的力量。与韩愈相同，柳宗元也主张人的气质“独要谨充之”，情感要“引笔行墨，快意累累”（《复杜温夫书》）地尽兴抒发，并认为“君子遭世之理，则呻吟踊跃以求知于世。……于是感激愤悱，思奋其志略以效于当世，必形于文字，伸于歌咏”。（《娄二十四秀才花下对酒唱和诗序》）这里的“感激愤悱”与韩愈的“不平则鸣”有着内在的统一性，作为一种高度重视个人情感的理论主张，二者均具有不容忽视的价值和意义。

韩、柳理论的核心是“文以明道”说，他们倡导的文体文风改革也是以这个口号为主要标志的。从这一主张与现实政治紧密相关的实践性品格看，是有积极意义的；但就这一主张尤其是韩愈“明道”说的内涵来看，却没有比它之前的理论家提供更多的东西；而且一旦脱离了它产生的具体环境作为一种普遍理论存在时，便会成为一种束缚，成为宣传封建伦理道德观念的理论依据，常常使得文章缺乏真情实感，充满道学气。

古文运动提倡“道”和“道统”，维护封建统治，为历代统治阶级及其文士所利用，这使古文即散文蒙上浓厚的封建说教的色彩，逐渐走上陈陈相因，腐朽僵化的道路。但是韩柳的创作实践，不仅是为了“传道”或“明道”，更重要的还是以古文鸣不平，反映一定的现实社会内容，这样就起了积极的影响。韩柳以后古文有了更广阔的园地，许多古文家用它来叙事、写景、抒情和议论，为日常生活所必需，而且也使之成为中国文学史上源远流长的一种重要的形式。

唐代古文运动在中国古代散文发展史上的主要贡献，就是扭转了长期统治文坛的形式主义潮流，继承了早期散文的优良传统并有所创新和发展，从而开创了散文写作的新局面，拨正了古代散文的发展方向。古文运动的理论，特别是韩愈所提出的文道合一、气盛言宜、务去陈言、文从字顺等论点，指导了后来无数古文家的写作，直到今天，仍有借鉴意义。宋代及宋以后的散文，其主流就是在唐代古文运动所奠定的基础上继续发展起来的。然而，随着韩愈及其同道的相继谢世，古文领域已没有力能扛鼎的领袖人物了，剩下的一些韩门弟子如李翱、皇甫湜、孙樵等人，则片面地发展了韩愈提倡的创新主张，追求奇异怪僻，使得散体文创作的道路越走越窄，逐渐丧失了内在的生命力。尽管在唐宣宗、唐懿宗年间及以后的文坛上，还有杜牧、刘蜕等少数作家敢于藐视末俗，继续创作散体文，并取得了一定成就，但古文渐趋衰落的大势却难以逆转。直至晚唐，出现皮日休、陆龟蒙、罗隐等人的小品文，短小精悍，笔锋犀利，为晚唐文坛增添了光彩。

二、宋代的古文运动

宋代的古文运动，大致可分为以下三个阶段：

第一阶段从宋太祖立国至真宗朝，约为 10 世纪 70 年代至 11 世纪初，这一阶段是初发阶段，先驱者有柳开、王禹偁、穆修、石介及姚铉、孙复等人。柳开首举"尊韩"的旗帜，提出重道致用、尚朴崇散、宣扬教化等主张，反对当时的华靡文风。王禹偁也主张宗经复古，倡导写作"传道明心"的古文，强调韩愈文论"文从字顺"的一面。他推崇李白、杜甫、白居易反映现实的诗歌，反对晚唐以来淫放颓靡的诗风，并在创作上实践了自己的主张，他的诗文具有现实内容，语言平易近人，风格清新悦目，显示了诗文革新运动的最初成绩。但是，王禹偁他们对文学改革的倡导，在当时影响不大，而以杨亿、刘筠和钱惟演为首的西昆派华靡文风却开始泛滥。继起的穆修提倡为道而学文，极力反对骈文的章句声偶。他不顾流俗的诋毁，刻印韩柳集数百部在京师出售，以提倡韩柳文自任。稍后的石介，在《怪说》中指名抨击杨亿"缀风月，弄花草""蠹伤圣人之道"。但他们在诗文理论方面未能提出新颖切实的见解，又重道轻文，忽视文章的语言形式。除王禹偁外，这些人的散文大都有辞涩言苦之病，创作成就不高。

第二阶段在宋仁宗朝，从 11 世纪 20 年代至 11 世纪 50 年代左右，这一时期是运动形成高潮的阶段，主要代表作家先后有范仲淹、李觏、尹洙、石延年、苏舜钦、梅尧臣、宋祁、欧阳修和苏氏父子、王安石、曾巩等人。先是范仲淹在仁宗天圣三年（1025）提出的改革时弊政纲中，主张改革文风。天圣七年（1029）、明道二年（1033），朝廷两次下诏申戒浮华，提倡散文。由于朝廷表态，主张改革文风之士接踵涌现。他们频繁往来，相互唱和，一齐向文坛积弊发起了空前有力的冲击，声势浩大。李觏要求文以经世，发挥"治物之器"的作用，反对拟古和"雕镂以为丽"。尹洙摒弃骈文，致力写作简而有法、辞约理精的古文。苏舜钦高度评价了古代设官采风的重大作用，认为写作诗文的根本目的是"警时鼓众""补世救失"，反对以藻丽为胜，提倡"道德胜而后振"（《上孙冲谏议书》）。梅尧臣论诗强调《诗经》《离骚》传统，重视比兴，力贬浮艳堆砌恶习，要求诗叙人情、状物态，意新语工，景与意会，达到"平淡"高境。苏、梅二人的诗风有豪放和淡远之别，但都注重反映现实的社会生活，有力地打击了西昆体无病呻吟的浮艳诗风。他们在诗文革新运动中做出了重大贡献。

稍后于苏、梅的欧阳修，则是这一阶段乃至整个诗文革新运动的领袖。他在运动中的杰出作用是：第一，有意把诗文革新同范仲淹领导的政治改革结合起来，使古文、诗歌和文学理论批评为现实政治斗争服务，从而把运动更加引向了自觉和深入。第二，阐明理论，指引革新。他提出了"道胜者，文不难而自至"；又认为道可充实文，而不能代替文，主张作文须简而有法，流畅自然，反对模拟与古奥。他论诗重视美刺劝惩，触事感物，提出"诗穷而后工"的著名论点，强调诗人的生活际遇对于创作的重要作用。他推崇杜甫，赞赏李白，首创"诗话"这一评论诗文的新体式，其在《六一诗话》发表了不少精辟的文论、诗论见解。他的诗文理论，指导了作家的创作实践，指引着革新运动。第三，改革科场积弊，罢黜四六时文。欧阳修在嘉祐二年（1057）权知礼部贡举，严格规定应试文章必须采用平实朴素的散文，坚决贬斥险怪奇涩和空洞浮华的文风。第四，大兴创作之风，努力提举后进。欧阳修积极创作了许多优秀散文作品，内容充实，形式新颖，平易自然，流畅宛转，曲畅旁通地叙事、说理、抒情，从而开辟了一条散文创作的通衢大道。他的诗歌在艺术上吸收了韩愈诗散文化的特点，也避免了韩诗的险怪和生僻，他的创作在诗文革新运动中起了典范作用。欧阳修爱惜人才，把一大批新老作家团结在周围。特别是他推重王安石、曾巩和苏氏父子，作为诗文革新的中坚力量，鼓励他们积极创作，保证了运动继续蓬勃发展，使革新运动达到高潮，取得胜利。

第三阶段从宋英宗朝至哲宗朝，约 11 世纪 50 年代至 11 世纪末，这是运动的完成阶段，主要代表作家是王安石、曾巩、苏轼、苏辙及黄庭坚、秦观等人。王安石把诗文革新作为推行"新法"的一个重要组成部分，提出文章的内容应有关"礼教治政"，"务为有补于世"，"以适用为本"（《上人书》等）。他一再痛斥"章句声病，苟尚文辞"（《取材》）的倾向，在诗歌方面独尊杜甫。曾巩、苏辙、王令等人，也各自以其文学理论和创作实践，在运动的深入发展中发挥了骨干作用。而领导这次运动取得全胜的是苏轼。苏轼是继欧阳修之后的文坛领袖。他提出诗文应"有为而作"，"言必中当世之过"（《凫绎先生诗集叙》），号召作家要"缘诗人之义，托事以讽，庶几有补于国"（苏辙《东坡先生墓志铭》）。但他很重视文学艺术的特征，一再指出文学本身有如精金美玉，自有定价（见《答刘沔都曹书》等）。他又提出了"随物赋形""辞达""胸有成竹""传神写意""诗中有画"等著名论点，指导当时的创作。他的诗文词赋，都体现了北宋文学的最高成就。苏轼也重视人才。被称为"苏门四学士"的黄庭坚、秦观、张耒、晁补之，以及陈师道等人，都成了北宋后期杰出的作家，对北宋文学繁荣都做出了贡献。

宋代古文运动的主要特点，概括起来有以下几个方面：第一是主张明道。欧阳修说："道胜者，文不难而自至。"（《答吴充秀才书》）苏轼说："吾所为文必与道俱。"（《朱子语类》引）这一点继承了唐代古文运动的传统。第二是不高谈学习先秦两汉而直接取法韩愈。王禹偁说："近世为古文之主者，韩吏部而已。"（《答张扶书》）他们学韩愈的共同点，是学韩文"文从字顺"，平易近人的作风，而不学他追求奇古奥僻的偏向。因此，宋代散文的文体出现了多样化的趋势。欧、苏等人并不绝对摒弃骈文，他们的古文注意吸收骈文在辞采、声调等方面的长处，以构筑古文的节奏韵律之美。同时，他们又借鉴古文手法，对骈文进行改造，创造出参用散体单行的四六文和文赋。这样，古文和骈文经过取长补短而各自获得了新的活力。此外，宋代散文中还出现了独具一格的笔记文。这种文体长短不拘，轻松活泼，是古文文体解放的重要标志。

宋代的古文运动，是继唐代古文运动之后，又一次把古代文学、特别是散文及文论的发展推进了一大步。此后，以"唐宋八大家"为代表的古文传统，一直为元明清散文家奉为正宗，而明清散文更多取法于欧阳修、曾巩、苏轼等作家。

文学作品

滕王阁序

王 勃

　　豫章故郡[1]，洪都新府[2]。星分翼轸[3]，地接衡庐[4]。襟三江而带五湖[5]，控蛮荆而引瓯越[6]。物华天宝[7]，龙光射牛斗之墟[8]；人杰地灵，徐孺下陈蕃之榻。雄州雾列，俊采星驰[9]。台隍枕夷夏之交，宾主尽东南之美。都督阎公之雅望，棨戟遥临；宇文新州之懿范[10]，襜帷暂驻。十旬休假，胜友如云；千里逢迎，高朋满座。腾蛟起凤，孟学士之词宗；紫电青霜，王将军之武库。家君作宰[11]，路出名区；童子何知，躬逢胜饯。

　　时维九月，序属三秋。潦水尽而寒潭清，烟光凝而暮山紫。俨骖騑于上路，访风景于崇阿；临帝子之长洲，得天人之旧馆。层峦耸翠，上出重霄；飞阁流丹，下临无地。鹤汀凫渚，穷岛屿之萦回；桂殿兰宫，即冈峦之体势。

　　披绣闼，俯雕甍，山原旷其盈视，川泽纡其骇瞩。闾阎扑地，钟鸣鼎食之家；舸舰迷津，青雀黄龙之舳。云销雨霁，彩彻区明。落霞与孤鹜齐飞，秋水共长天一色。渔舟唱晚，响穷彭蠡之滨；雁阵惊寒，声断衡阳之浦。

　　遥襟甫畅，逸兴遄飞[12]。爽籁发而清风生，纤歌凝而白云遏。睢园绿竹，气凌彭泽之樽；邺水朱华[13]，光照临川之笔。四美具，二难并。穷睇眄于中天[14]，极娱游于暇日。天高地迥，觉宇宙之无穷；兴尽悲来，识盈虚之有数。望长安于日下，目吴会于云间。地势极而南溟深，天柱高而北辰远。关山难越，谁悲失路之人？萍水相逢，尽是他乡之客。怀帝阍而不见，奉宣室以何年？

　　嗟乎！时运不齐，命途多舛。冯唐易老，李广难封。屈贾谊于长沙，非无圣主；窜梁鸿于海曲，岂乏明时？所赖君子见机，达人知命。老当益壮，宁移白首之心？穷且益坚，不坠青云之志。酌贪泉而觉爽[15]，处涸辙以犹欢[16]。北海虽赊，扶摇可接；东隅已逝，桑榆非晚[17]。孟尝高洁[18]，空余报国之情；阮籍猖狂[19]，岂效穷途之哭！

　　勃，三尺微命[20]，一介书生[21]。无路请缨，等终军之弱冠[22]；有怀投笔[23]，慕宗悫之长风[24]。舍簪笏于百龄[25]，奉晨昏于万里[26]。非谢家之宝树[27]，接孟氏之芳邻[28]。他日趋庭，叨陪鲤对[29]；今兹捧袂[30]，喜托龙门[31]。杨意不逢，抚凌云而自惜[32]；钟期既遇，奏流水以何惭[33]？

　　呜乎！胜地不常，盛筵难再[34]；兰亭已矣[35]，梓泽丘墟[36]。临别赠言[37]，幸承恩于伟饯；登高作赋，是所望于群公。敢竭鄙怀，恭疏短引[38]；一言均赋[39]，四韵俱成[40]。请洒潘江，各倾陆海云尔[41]：

　　滕王高阁临江渚，佩玉鸣鸾罢歌舞[42]。画栋朝飞南浦云，珠帘暮卷西山雨。闲云潭影日悠悠，物换星移几度秋。阁中帝子今何在？槛外长江空自流。

《 注 释 》

[1] 豫章：滕王阁在今江西省南昌市。南昌，为汉豫章郡治。唐代宗当政之后，为了避讳唐代宗的名（李豫），"豫章故郡"被替换为"南昌故郡"。所以现存滕王阁内的石碑以及苏轼的手书都称作"南昌故郡"。故：以前的。

[2] 洪都：汉豫章郡，唐改为洪州，设都督府。

[3] 星分翼轸：古人习惯以天上星宿与地上区域对应，称为"某地在某星之分野"。据《晋书·天文志》，豫章属吴地，吴越扬州当牛斗二星的分野，与翼轸二星相邻。翼、轸，星宿名，属二十八宿。

[4] 衡：衡山，此代指衡州（治所在今湖南省衡阳市）。庐：庐山，此代指江州（治所在今江西省九江市）。

[5] 襟：以……为襟。因豫章在三江上游，如衣之襟，故称。三江：太湖的支流松江、娄江、东江，泛指长江中下游的江河。带：以……为带。五湖在豫章周围，如衣束身，故称。五湖：一说指太湖、鄱阳湖、青草湖、丹阳湖、洞庭湖，又一说指菱湖、游湖、莫湖、贡湖、胥湖，皆在鄱阳湖周围，与鄱阳湖相连。以此借指南方大湖的总称。

[6] 蛮荆：古楚地，今湖北、湖南一带。引：连接。瓯越：古越地，即今浙江南部地区。古东越王建都于东瓯（今浙江省永嘉县），境内有瓯江。

[7] 物华天宝：物的精华就是天上的珍宝。

[8] 龙光射牛斗之墟：龙光，指宝剑的光辉。牛、斗，星宿名。墟，所在之处。据《晋书·张华传》，晋初，牛、斗二星之间常有紫气照射。张华请教精通天象的雷焕，雷焕称这是宝剑之精，上彻于天。张华命雷焕为丰城令寻剑，果然在丰城（今江西省丰城市，古属豫章郡）牢狱的地下，掘地四丈，得一石匣，内有龙泉、太阿二剑。后这对宝剑入水化为双龙。

[9] 俊采：指人才。

[10] 懿范：美好的风范。

[11] 宰：县令。

[12] 遄：迅速。

[13] 朱华：荷花。

[14] 睇眄：看。

《滕王阁序》朗读欣赏

[15] 酌贪泉而觉爽：贪泉，在广州附近的石门，传说饮此水会贪得无厌，吴隐之喝下此水操守反而更加坚定。据《晋书·吴隐之传》，廉官吴隐之赴广州刺史任，饮贪泉之水，并作诗说："古人云此水，一歃怀千金。试使（伯）夷（叔）齐饮，终当不易心。"

[16] 处涸辙：干涸的车辙，比喻困厄的处境。《庄子·外物》有鲋鱼处涸辙的故事。

[17] 东隅已逝，桑榆非晚：早年的时光消逝，如果珍惜时光，发愤图强，晚年并不晚。东隅，日出处，表示早晨，引申为"早年"。桑榆，日落处，表示傍晚，引申为"晚年"。《后汉书·冯异传》："失之东隅，收之桑榆。"

[18] 孟尝：据《后汉书·孟尝传》，孟尝字伯周，东汉会稽上虞人。曾任合浦太守，以廉洁奉公著称，后因病隐居。汉桓帝时，虽有人屡次荐举，终不见用。

[19] 阮籍：字嗣宗，晋代名士，不满世事，佯装狂放，常驾车出游，路不通时就痛哭而返。《晋书·阮籍传》："籍时率意独驾，不由径路。车迹所穷，辄恸哭而反。"

[20] 三尺：衣带下垂的长度，指幼小。古时服饰制度规定束在腰间的绅的长度，因地位不同而有所区别，士规定为三尺。古人称成人为"七尺之躯"，称不大懂事的小孩儿为"三尺童儿"。微命：即"一命"，周朝官阶制度是从一命到九命，一命是最低级的官职。

[21] 一介：一个。

[22] 终军：据《汉书·终军传》，终军字子云，汉代济南人。武帝时出使南越，自请"愿受长缨，必羁南越王而致之阙下"，时仅二十余岁。等：相同，用作动词。弱冠：古人二十岁行冠礼，表示成年，称"弱冠"。

[23] 投笔：事见《后汉书·班超传》，出自汉班超投笔从戎的典故。

[24] 宗悫：据《宋书·宗悫传》，宗悫字元干，南朝宋南阳人，年少时向叔父自述志向，云"愿乘长风破万里浪"。后因战功受封。

[25] 簪笏：冠簪、手版。官吏用物，这里代指官职地位。百龄：百年，犹"一生"。

[26] 奉晨昏：侍奉父母。《礼记·曲礼上》："凡为人子之礼……昏定而晨省。"

[27] 非谢家之宝树：宝树，指谢玄，比喻好子弟。《世说新语·言语》："谢太傅（安）问诸子侄'子弟亦何预人事，而正欲使其佳？'诸人莫有言者。车骑（谢玄）答曰：'譬如芝兰玉树，欲使其生于庭阶耳。'"

[28] 接孟氏之芳邻："接"通"结"，结交。见刘向《列女传·母仪篇》。据说孟轲的母亲为教育儿子而三迁择邻，最后定居于学宫附近。

[29] 他日趋庭，叨陪鲤对：鲤，孔鲤，孔子之子。趋庭，受父亲教诲。《论语·季氏》："（孔子）尝独立，（孔）鲤趋而过庭。（子）曰：'学诗乎？'对曰：'未也。''不学诗，无以言。'鲤退而学诗。他日，又独立，鲤趋而过庭。（子）曰：'学礼乎？'对曰：'未也。''不学礼，无以立。'鲤退而学礼。闻斯二者。"

[30] 捧袂：举起双袖，表示恭敬的姿势。

[31] 喜托龙门：《后汉书·李膺传》："膺以声名自高，士有被其容接者，名为登龙门。"

[32] 杨意不逢，抚凌云而自惜：杨意，杨得意的省称。凌云，指司马相如作《大人赋》。据《史记·司马相如列传》，司马相如经蜀人杨得意引荐，方能入朝见汉武帝。又云："相如既奏《大人》之颂，天子大悦，飘飘有凌云之气。"

[33] 钟期既遇，奏流水以何惭：钟期，钟子期的省称。《列子·汤问》："伯牙善鼓琴，钟子期善听。伯牙鼓琴……志在流水，钟子期曰：'善哉！洋洋兮若江河。'"

[34] 胜地不常，盛筵难再：指繁华终歇，胜景无常。胜：名胜。不：不能。常：长存。难：难以。再：再次遇到。

[35] 兰亭：在今浙江省绍兴市。晋穆帝永和九年（353）三月三日上巳节，王羲之与群贤宴集于此，行修禊礼，祓除不祥。

[36] 梓泽：即晋朝石崇的金谷园，故址在今河南省洛阳市西北。

[37] 临别赠言：临别时赠送正言以互相勉励，在此指本文。

[38] 恭疏短引：恭敬地写下一篇小序，在此指本文。

[39] 赋：铺陈。

[40] 四韵俱成：（我的）四韵一起写好了。四韵，八句四韵诗，指王勃此时写下的《滕王阁诗》："滕王高阁临江渚，佩玉鸣鸾罢歌舞。画栋朝飞南浦云，珠帘暮卷西山雨。闲云潭影日悠悠，物换星

移几度秋。阁中帝子今何在？槛外长江空自流。"

[41] 请洒潘江，各倾陆海云尔：钟嵘《诗品》："陆（机）才如海，潘（岳）才如江。"这里形容各宾客的文采。

[42] 佩玉鸣鸾：舞女身上的装饰，代指舞女。

《作品简析》

《滕王阁序》全称《秋日登洪府滕王阁饯别序》，唐王勃作，作亦名《滕王阁诗序》，骈文篇名。王勃（649—676），唐代诗人，字子安，绛州龙门（今山西省河津市）人。王勃与杨炯、卢照邻、骆宾王以诗文齐名，并称"王杨卢骆"，亦称"初唐四杰"。《滕王阁序》以语言流光溢彩、美不胜收而成为千古传诵的佳作。文中铺叙滕王阁一带形势景色和宴会盛况，抒发了作者"无路请缨"之感慨。对仗工整，言语华丽，情理中又包含着深蕴，可以说是"文""质"相得益彰，"情""理"珠联璧合，这也是本文最大的特点。

师　说

韩　愈

古之学者必有师[1]。师者，所以传道受业解惑也[2]。人非生而知之者[3]，孰能无惑？惑而不从师，其为惑也[4]，终不解矣。生乎吾前[5]，其闻道也固先乎吾[6]，吾从而师之[7]；生乎吾后，其闻道也亦先乎吾，吾从而师之。吾师道也[8]，夫庸知其年之先后生于吾乎[9]？是故无贵无贱[10]，无长无少，道之所存师之所存也[11]。

嗟乎！师道之不传也久矣[12]！欲人之无惑也难矣！古之圣人，其出人也远矣[13]，犹且从师而问焉[14]；今之众人[15]，其下圣人也亦远矣[16]，而耻学于师[17]。是故圣益圣，愚益愚[18]。圣人之所以为圣，愚人之所以为愚，其皆出于此乎？爱其子，择师而教之；于其身也[19]，则耻师焉，惑矣[20]。彼童子之师[21]，授之书而习其句读者[22]，非吾所谓传其道解其惑者也。句读之不知[23]，惑之不解，或师焉，或不焉[24]，小学而大遗[25]，吾未见其明也。巫医乐师百工之人[26]，不耻相师[27]。士大夫之族[28]，曰师曰弟子云者[29]，则群聚而笑之。问之，则曰："彼与彼年相若也[30]，道相似也，位卑则足羞，官盛则近谀[31]。"呜呼！师道之不复可知矣[32]。巫医乐师百工之人，君子不齿[33]，今其智乃反不能及[34]，其可怪也欤[35]！

圣人无常师[36]。孔子师郯子、苌弘、师襄、老聃[37]。郯子之徒[38]，其贤不及孔子。孔子曰："三人行，则必有我师"[39]。是故弟子不必不如师[40]，师不必贤于弟子。闻道有先后，术业有专攻[41]，如是而已。

李氏子蟠[42]，年十七，好古文，六艺经传皆通习之[43]，不拘于时[44]，学于余。余嘉其能行古道[45]，作《师说》以贻之[46]。

《注　释》

[1] 学者：求学的人。

[2] 师者，所以传道受业解惑也：老师，是用来传授道理、教授学业、解释疑难问题的人。所以，用来……的。道，指儒家之道。受，通"授"，传授。业，泛指古代经、史、诸子之学及古文写作。惑，疑难问题。

[3] 人非生而知之者：人不是生下来就懂得道理。之，指知识和道理。《论语·季氏》："生而知之者，上也；学而知之者，次也；困而学之，又其次也；困而不学，民斯为下矣。"知，懂得。

[4] 其为惑也：他所存在的疑惑。

[5] 生乎吾前：即生乎吾前者。乎：相当于"于"，与下文"先乎吾"的"乎"相同。

[6] 闻：听见，引申为知道，懂得。

[7] 从而师之：跟从（他），拜他为老师。师，意动用法，以……为师。

[8] 吾师道也：我（是向他）学习道理。师，用作动词。

[9] 夫庸知其年之先后生于吾乎：哪里去考虑他的年龄比我大还是小呢？庸，发语词，难道。知，了解、知道。之，取消句子独立性。

[10] 是故：因此，所以。无：无论、不分。

[11] 道之所存师之所存也：哪里有道存在，哪里就有我的老师存在。

[12] 师道：从师的传统。即上文所说的"古之学者必有师"。

[13] 出人：超出于众人之上。

[14] 犹且：尚且。

[15] 众人：普通人，一般人。

[16] 下：不如，名做动。

[17] 耻学于师：以向老师学习为耻。耻，以……为耻。

[18] 是故圣益圣，愚益愚：因此圣人更加圣明，愚人更加愚昧。益，更加、越发。

[19] 于其身：对于他自己。身，自身、自己。

[20] 惑矣：（真是）糊涂啊！

[21] 彼童子之师：那些教小孩子的（启蒙）老师。

[22] 授之书而习其句读（dòu）：教给他书，（帮助他）学习其中的文句。之，指童子。习，使……学习。其，指书。句读，也叫句逗，古人指文辞休止和停顿处。文辞意尽处为句，语意未尽而需停顿处为读（逗）。古代书籍上没有标点，老师教学童读书时要进行句读（逗）的教学。

[23] 句读之不知：不知断句。与下文"惑之不解"结构相同。之，提宾标志。

[24] 或师焉，或不焉：有的（指"句读之不知"这样的小事）从师，有的（指"惑之不解"这样的大事）不从师。不，通"否"。

[25] 小学而大遗：学了小的（指"句读之不知"）却丢了大的（指"惑之不解"）。遗，丢弃，放弃。

[26] 巫医：古时巫、医不分，指以看病和降神祈祷为职业的人。百工：各种手艺。

[27] 相师：拜别人为师。

[28] 族：类。

[29] 曰师曰弟子云者：说起老师、弟子的时候。

[30] 年相若：年岁相近。

[31] 位卑则足羞，官盛则近谀：以地位低的人为师就感到羞耻，以高官为师就近乎谄媚。足，

可，够得上。盛，高大。谀，谄媚。

[32] 复：恢复。

[33] 君子：即上文的"士大夫之族"。不齿：不屑与之同列，即看不起。或作"鄙之"。

[34] 乃：竟，竟然。

[35] 其可怪也欤：难道值得奇怪吗。其，难道，表反问。欤，语气词，表感叹。

[36] 圣人无常师：圣人没有固定的老师。常，固定的。

[37] 郯（tán）子：春秋时郯国（今山东省郯城县境）的国君，相传孔子曾向他请教官职。苌（cháng）弘：东周敬王时候的大夫，相传孔子曾向他请教古乐。师襄：春秋时鲁国的乐官，名襄，相传孔子曾向他学琴。老聃（dān）：即老子，姓李名耳，春秋时楚国人，思想家，道家学派创始人。相传孔子曾向他学习周礼。聃是老子的字。

[38] 之徒：这类。

[39] 三人行，则必有我师：三人同行，其中必定有我的老师。《论语·述而》原话："子曰：'三人行，必有我师焉。择其善者而从之，其不善者而改之。'"

[40] 不必：不一定。

[41] 术业有专攻：在业务上各有自己的专门研究。攻，学习、研究。

[42] 李氏子蟠（pán）：李家的孩子名蟠。李蟠，韩愈的弟子，唐德宗贞元十九年（803）进士。

[43] 六艺经传（zhuàn）皆通习之：六艺的经文和传文都普遍的学习了。六艺，指六经，即《诗》《书》《礼》《乐》《易》《春秋》六部儒家经典。《乐》已失传，此为古说。经，两汉及其以前的散文。传，古称解释经文的著作为传。通，普遍。

[44] 不拘于时：指不受当时以求师为耻的不良风气的束缚。时，时俗，指当时士大夫中耻于从师的不良风气。于，被。

[45] 余嘉其能行古道：赞许他能遵行古人从师学习的风尚。嘉，赞许，嘉奖。

[46] 贻：赠送，赠予。

《作品简析》

韩愈（768—824），字退之，唐代文学家、哲学家、思想家，河南河阳（今河南省孟州市）人，祖籍昌黎（今辽宁省义县），世称"韩昌黎"，又称"韩吏部""韩文公"。韩愈25岁中进士，曾任监察御史、刑部侍郎、潮州（今广东省潮州市潮安区）刺史、国子博士、吏部侍郎等职。他与柳宗元同为唐代古文运动的倡导者，主张学习先秦两汉的散文语言，破骈为散，扩大文言文的表达功能。宋代苏轼称他"文起八代之衰"，明人列他为唐宋八大家之首。韩愈与柳宗元并称"韩柳"，有"文章巨公"和"百代文宗"之名，其作品都收录在《昌黎先生集》里。

《师说》作于唐贞元十八年（802）韩愈任四门博士时，这篇文章是韩愈写给他的学生李蟠的。《师说》是一篇说明教师的重要作用、从师学习的必要性及择师的原则的论说文。此文抨击当时"士大夫之族"耻于从师的错误观念，倡导从师而学的风气，同时，也是对那些诽谤者的一个公开答复和严正的驳斥。作者表明任何人都可以做自己的老师，不应因地位贵贱或年龄差别，就不肯虚心学习。文末以孔子言行作证，申明求师重道是自古已然的做法，时人实不应背弃古道。

进学解

韩 愈

国子先生晨入太学[1]，招诸生立馆下，诲之曰："业精于勤，荒于嬉；行成于思，毁于随[2]。方今圣贤相逢，治具毕张[3]。拔去凶邪，登崇畯良[4]。占小善者率以录，名一艺者无不庸[5]。爬罗剔抉，刮垢磨光[6]。盖有幸而获选，孰云多而不扬[7]？诸生业患不能精，无患有司之不明[8]；行患不能成，无患有司之不公。"

言未既，有笑于列者曰[9]："先生欺余哉！弟子事先生，于兹有年矣[10]。先生口不绝吟于六艺之文，手不停披于百家之编[11]。记事者必提其要，纂言者必钩其玄[12]。贪多务得，细大不捐[13]。焚膏油以继晷，恒兀兀以穷年[14]。先生之业，可谓勤矣。抵排异端，攘斥佛老[15]。补苴罅漏，张皇幽眇[16]。寻坠绪之茫茫，独旁搜而远绍[17]。障百川而东之，回狂澜于既倒[18]。先生之于儒，可谓有劳矣[19]。沉浸醲郁，含英咀华[20]；作为文章，其书满家[21]。上规姚姒，浑浑无涯[22]；周诰、殷《盘》，佶屈聱牙[23]；《春秋》谨严，《左氏》浮夸；《易》奇而法[24]，《诗》正而葩[25]；下逮《庄》、《骚》，太史所录[26]；子云、相如，同工异曲[27]。先生之于文，可谓闳其中而肆其外矣[28]。少始知学，勇于敢为[29]；长通于方，左右具宜[30]。先生之于为人，可谓成矣[31]。然而公不见信于人，私不见助于友[32]。跋前踬后[33]，动辄得咎，暂为御史，遂窜南夷[34]。三年博士，冗不见治[35]。命与仇谋，取败几时[36]。冬暖而儿号寒，年丰而妻啼饥。头童齿豁，竟死何裨[37]。不知虑此，而反教人为[38]？"

先生曰："吁，子来前[39]！夫大木为杗，细木为桷，欂栌、侏儒，椳、闑、扂、楔，各得其宜，施以成室者，匠氏之工也[40]。玉札、丹砂，赤箭、青芝，牛溲、马勃，败鼓之皮，俱收并蓄，待用无遗者，医师之良也[41]。登明选公，杂进巧拙，纡余为妍，卓荦为杰，校短量长，惟器是适者，宰相之方也[42]。昔者孟轲好辩，孔道以明，辙环天下，卒老于行[43]。荀卿守正，大论是弘，逃谗于楚，废死兰陵[44]。是二儒者，吐辞为经，举足为法，绝类离伦，优入圣域，其遇于世何如也[45]？今先生学虽勤而不繇其统[46]，言虽多而不要其中，文虽奇而不济于用，行虽修而不显于众。犹且月费俸钱，岁靡廪粟[47]；子不知耕，妇不知织；乘马从徒，安坐而食。踵常途之役役，窥陈编以盗窃[48]。然而圣主不加诛，宰臣不见斥，兹非其幸欤？动而得谤，名亦随之。投闲置散，乃分之宜。若夫商财贿之有亡，计班资之崇庳[49]，忘己量之所称，指前人之瑕疵[50]，是所谓诘匠氏之不以杙为楹，而訾医师以昌阳引年，欲进其豨苓也[51]。"

《注 释》

[1] 国子先生：韩愈自称，唐宪宗元和七年（812）他始任国子博士。唐朝时，国子监是设在京都的最高学府，下面有国子学、太学等七学，各学置博士为教授官。国子学是为高级官员子弟而设的。太学：这里指国子监。唐朝国子监相当于汉朝的太学，古时对官署的称呼常有沿用前代旧称的习惯。

[2] 嬉：戏乐，游玩。随：因循随俗。

《进学解》朗读欣赏

［3］治具：治理的工具，主要指法令。《史记·酷吏列传》："法令者，治之具。"毕：全部。张：指建立、确立。

［4］畯（jùn）：通"俊"，才智出众。

［5］率：都。庸：通"用"，采用、录用。

［6］爬罗剔抉：意指仔细搜罗人才。爬罗，爬梳搜罗。剔抉，剔除挑选。刮垢磨光：意指精心造就人才。刮垢：刮去污垢。磨光：磨出光亮。

［7］孰云多而不扬：谁说有才能的人多了，就出头不易呢！

［8］有司：负有专责的部门及其官吏。

［9］言未既：话没有说完。既，完，尽。列：队列。这里指诸生的行列。

［10］有年：多年。

［11］口不绝吟：口里不断诵读。六艺：指儒家六经，即《诗》《书》《礼》《乐》《易》《春秋》六部儒家经典。百家之编：指儒家经典以外各学派的著作。《汉书·艺文志》把儒家经典列入《六艺略》中，另外在《诸子略》中著录先秦至汉初各学派的著作："凡诸子百八十九家，四千三百二十四篇。"春秋战国时期，各种学派兴起，著书立说，故有"百家争鸣"之称。披：分开，这里指翻阅。编：本指穿联竹简的绳子，这里指书籍、著作。

［12］纂（zuǎn）：编集。纂言者，指言论集、理论著作。

［13］贪多务得：贪图多学，务求有收获。捐：放弃。

［14］膏油：油脂，指灯烛。晷（guǐ）：日影。恒：经常。兀（wù）兀：辛勤不懈的样子。穷：终、尽。

［15］异端：儒家称儒家以外的学说、学派为异端。《论语·为政》："攻乎异端，斯害也已。"朱熹集注："异端，非圣人之道，而别为一端，如杨、墨是也。"焦循补疏："异端者，各为一端，彼此互异。"攘（rǎng）：排除。老：老子，道家的创始人，这里借指道家。

［16］苴（jū）：鞋底中垫的草，这里用作动词，是填补的意思。罅（xià）：裂缝。皇：大。幽：深。眇：微小。

［17］坠：衰落。绪：前人留下的事业，这里指儒家的道统。韩愈《原道》认为，儒家之道从尧舜传到孔子、孟轲，之后就失传了，而他以继承这个传统自居。茫茫：远貌。绍：继承。

［18］障：防堵。东之：使之东流。这里指阻挡百川水势乱流，使它们向东流去。

［19］劳：功劳。

［20］沉浸醲（nóng）郁：沉浸在内容醇厚的古籍中。含英咀华：细嚼体味文章的精华。英、华：都是花的意思，这里指文章中的精华。

［21］满家：形容著作很多。

［22］姚姒（sì）：《尚书》中的《虞书》《夏书》。姚：虞舜的姓；姒：夏禹的姓。浑浑无涯：指内容深远而没有边际。浑浑，广大深厚的样子。

［23］周诰（gào）：《周书》。殷盘：《商书》。佶（jí）屈聱（áo）牙：文句艰涩生硬，念起来不顺口。佶屈，屈曲的样子，引申为不通顺；聱牙，文辞艰涩，念起来不顺口。

［24］奇：奇妙，指卦的变化而言；法：法则，指它的内在规律而言。

［25］正而葩（pā）：内容纯正言词华美。

［26］太史所录：指司马迁所写的《史记》。

[27] 子云、相如：扬雄和司马相如。同工异曲：比喻文章不同却同样精妙。

[28] 闳（hóng）其中而肆其外：内容广博而言辞恣肆奔放。

[29] 少始知学，勇于敢为：年轻时刚懂得学习，就敢作敢为。

[30] 方：方术，道理。左右：各方面。具：全部。

[31] 成：完备。

[32] 见信、见助：被信任、被帮助。"见"在动词前表示被动。

[33] 跋（bá）：踩。疐（zhì）：绊。《诗经·豳风·狼跋》："狼跋其胡，载疐其尾。"意思是说，狼向前走就踩着颔下的悬肉（胡），后退就绊倒在尾巴上。形容进退都有困难。辄：常常。

[34] 窜：窜逐，贬谪。南夷：阳山在今广东，故称南夷。韩愈于贞元十九年（803）授四门博士，次年转监察御史，冬，上书论宫市之弊，触怒德宗，被贬为连州阳山令。

[35] 三年博士：韩愈曾在唐宪宗元和元年（806年）六月至四年（809年）任国子博士。一说"三年"当作"三为"。冗（rǒng）：闲散之意。见：通"现"，表现，显露。

[36] 几时：不时，不一定什么时候，也即随时。

[37] 头童齿豁：头颓齿落。山无草木称为童山，头童即头上秃顶无发。齿豁，牙齿脱落，齿列露出豁口。裨（bì）：补益。

[38] 为：语气助词，表示疑问、反诘。

[39] 吁（xū）：叹词。

[40] 宋（máng）：屋梁。桷（jué）：屋椽。欂栌（bó lú）：斗栱，柱顶上承托栋梁的方木。侏（zhū）儒：梁上短柱。椳（wēi）：门枢臼。闑（niè）：门中央所竖的短木，在两扇门相交处。扂（diàn）：门闩之类。楔（xiè）：门两旁长木柱。

[41] 玉札：地榆。丹砂：朱砂。赤箭：天麻。青兰：龙兰。以上四种都是名贵药材。牛溲（sōu）：牛尿，一说为车前草。马勃：马屁菌。以上两种及"败鼓之皮"都是贱价药材。

[42] 纡（yū）余：委婉从容的样子。妍：美。卓荦（luò）：突出，超群出众。校（jiào）：比较。

[43] 孟轲好辩：孟子有好辩的名声，他说："予岂好辩哉！予不得已也。"《孟子·滕文公下》意思是说：自己因为捍卫圣道，不得不展开辩论。辙（zhé）：车轮痕迹。

[44] 荀卿：即荀况，战国后期时儒家大师，时人尊称为卿。曾在齐国做祭酒，被人谗毁，逃到楚国。楚国春申君任他做兰陵（今属山东省临沂市）令。春申君死后，他也被废，死在兰陵，著有《荀子》。

[45] 离、绝：都是超越的意思。伦、类：都是"类"的意思，指一般人。

[46] 繇（yóu）：通"由"。

[47] 靡（mǐ）：浪费，消耗。廪（lǐn）：粮仓。

[48] 踵（zhǒng）：脚后跟，这里是跟随的意思。促促：拘谨局促的样子。一说当作"役役"，指劳苦。窥：从小孔、缝隙或隐僻处察看。陈编：古旧的书籍。

[49] 财贿：财物，这里指俸禄。亡：通"无"。班资：等级、资格。庳（bēi）：通"卑"，低。

[50] 前人：指职位在自己前列的人。瑕（xiá）：玉石上的斑点。疵（cī）：病。瑕疵，比喻人的缺点。如上文所说"不公""不明"。

[51] 杙（yì）：小木桩。楹（yíng）：柱子。訾（zǐ）：毁谤非议。昌阳：菖蒲。药材名，相传久服可以长寿。豨（xī）苓：又名猪苓，利尿药。这句意思是说：自己小材不宜大用，不应计较待遇的多少、高低，更不该埋怨主管官员的任使有什么问题。

作品简析

《进学解》是唐代文学家韩愈创作的一篇古文，是作者假托向学生训话借以抒发牢骚之作。全文可分三大段：第一段写国子先生解析进学正义，向诸生陈明形势，正面得出"业患不能精，无患有司之不明；行患不能成，无患有司之不公"的结论；第二段写学生进行辩解，以先生在"学""言""文""行"四个方面的努力、成就与自身遭遇对照，先扬后抑，驳斥先生的结论；第三段写先生再做自我解嘲，针对学生之意申说发挥，表明随意而安的态度，对朝廷隐含讥刺。文章构思别出心裁，语言新颖、形象，在技巧上吸收了辞赋体的铺叙、排偶、藻饰、用韵等形式，又加以革新改造，富于整饬之美。名言"业精于勤，荒于嬉；行成于思，毁于随"即出于此文。

小石潭记

柳宗元

从小丘西行百二十步，隔篁竹[1]，闻水声，如鸣佩环[2]，心乐之。伐竹取道，下见小潭，水尤清冽。全石以为底，近岸，卷石底以出，为坻，为屿，为嵁，为岩[3]。青树翠蔓[4]，蒙络摇缀，参差披拂[5]。

潭中鱼可百许头，皆若空游无所依[6]。日光下澈，影布石上[7]，怡然不动[8]，俶尔远逝[9]，往来翕忽[10]。似与游者相乐。

潭西南而望，斗折蛇行，明灭可见。其岸势犬牙差互[11]，不可知其源。

坐潭上，四面竹树环合，寂寥无人，凄神寒骨，悄怆幽邃[12]。以其境过清，不可久居，乃记之而去。

同游者：吴武陵[13]，龚古[14]，余弟宗玄[15]。隶而从者，崔氏二小生[16]：曰恕己，曰奉壹。

注 释

[1] 篁（huáng）竹：成林的竹子。

[2] 如鸣佩环：好像身上佩戴的佩环相碰击发出的声音。鸣：使……发出声音。佩与环都是玉质装饰物。

[3] 为坻（chí），为屿，为嵁（kān），为岩：成为坻、屿、嵁、岩各种不同的形状。坻：水中高地。屿：小岛。嵁：不平的岩石。岩：悬崖。

[4] 翠蔓：翠绿的藤蔓。

[5] 蒙络摇缀，参差披拂：覆盖缠绕，摇动下垂，参差不齐，随风飘动。

[6] 皆若空游无所依：都好像在空中游动，什么依托也没有。空：在空中，名词作状语。皆：全，都。

[7] 日光下澈，影布石上：阳光向下直照到水底，鱼的影子好像映在水底的石头上。下：向下照射。布：照映，分布。澈：穿透，一作"彻"。

[8] 怡然不动：（鱼影）呆呆地一动不动。怡（yǐ）然：呆呆的样子。

[9] 俶（chù）尔远逝：忽然间向远处游去了。俶尔：忽然。

[10] 往来翕（xī）忽：来来往往，轻快敏捷。翕忽：轻快敏捷的样子。翕：迅疾。

[11] 犬牙差（cī）互：像狗的牙齿那样互相交错。犬牙：像狗的牙齿一样。差互：互相交错。

[12] 凄神寒骨，悄（qiǎo）怆（chuàng）幽邃（suì）：使人感到心神凄凉，寒气透骨，幽静深远，弥漫着忧伤的气息。凄、寒，使动用法，使……感到凄凉，使……感到寒冷。悄怆，寂静得让人感到忧伤。

[13] 吴武陵：作者的朋友，也被贬在永州。

[14] 龚古：作者的朋友。

[15] 宗玄：作者的堂弟。

[16] 隶而从者，崔氏二小生：跟着我一同去的，有姓崔的两个年轻人。隶而从，跟着同去的。隶，作为随从，动词。崔氏，指柳宗元姐夫崔简。小生，年轻人。

《小石潭记》朗读欣赏

《 作品简析 》

　　柳宗元的《小石潭记》是一篇文质精美、情景交融的山水游记。全文用移步换景、特写、变焦等手法，有形、有声、有色地刻画出小石潭的动态美，写出了小石潭环境景物的幽美和静穆，抒发了作者贬官失意后的孤凄之情。

　　《小石潭记》第一段写作者如何发现小石潭及小石潭的概貌。作者采用"移步换景"的写法，写发现小石潭之经过及小石潭的景物特征，在移动变换中引导我们去领略各种不同的景致，很像一部山水风光影片，具有极强的动态画面感。第二段采用"定点特写"的方法，直接把镜头对准潭中的鱼，描写其动静状态，间接突现潭水的清澈透明，着重表现一种游赏的乐趣。以静衬动，写潭中小鱼。这是本文的最精彩之笔。第三段用变焦的手法，把镜头推向远方，探究小石潭的水源及潭上的景物。第四段写作者对小石潭总的印象和感受。第五段记下与作者同游小石潭的人。

　　《小石潭记》保持了《永州八记》一贯的行文风格，察其微，状其貌，传其神。是一篇充满诗情画意、情景交融的山水游记散文。

陋室铭[1]

刘禹锡

　　山不在高[2]，有仙则名[3]。水不在深，有龙则灵[4]。斯是陋室[5]，惟吾德馨[6]。苔痕上阶绿，草色入帘青[7]。谈笑有鸿儒[8]，往来无白丁[9]。可以调素琴[10]，阅金经[11]。无丝竹之乱耳[12]，无案牍之劳形[13]。南阳诸葛庐[14]，西蜀子云亭[15]，孔子云[16]：何陋之有[17]？

《 注 释 》

　　[1] 陋室：简陋的屋子。铭：古代刻在器物上用来警诫自己或称述功德的文字，叫"铭"，后来就成为一种文体。这种文体一般都是用骈句，句式较为整齐，朗朗上口。

　　[2] 在：在于，动词。

[3] 名：出名，著名，名词用作动词。

[4] 灵：神奇，灵异。

[5] 斯是陋室：这是简陋的屋子。斯：指示代词，此，这。是：表肯定的判断动词。陋室：简陋的屋子，这里指作者自己的屋子。

《陋室铭》朗读欣赏

[6] 惟吾德馨：只因为（陋室铭）的铭文（就不感到简陋了）。惟：只。吾：我，这里是指（陋室铭）的铭文。馨：散布很远的香气，这里指（品德）高尚。《尚书·君陈》："黍稷非馨，明德惟馨。"

[7] 苔痕上阶绿，草色入帘青：苔痕碧绿，长到阶上；草色青葱，映入帘里。上：长到；入：映入。

[8] 鸿儒：大儒，这里指博学的人。鸿：同"洪"，大。儒，旧指读书人。

[9] 白丁：平民。这里指没有什么学问的人。

[10] 调素琴：弹奏不加装饰的琴。调：调弄，这里指弹（琴）。素琴：不加装饰的琴。

[11] 金经：现今学术界仍存在争议，有学者认为是指佛经（《金刚经》），也有人认为是儒家经典。江苏教育出版社的语文书则指的是佛经（《金刚经》），而安徽省的教材主要考察后者。金，珍贵的。金者贵义，是珍贵的意思，儒释道的经典都可以说是金经。

[12] 丝竹：琴瑟、箫管等乐器的总称，"丝"指弦乐器，"竹"指管乐器。这里指奏乐的声音。之：语气助词，不译。用在主谓间，取消句子的独立性。乱耳：扰乱双耳。乱，形容词的使动用法，使……乱。

[13] 案牍（dú）：（官府的）公文，文书。劳形：使身体劳累（"使"动用法）。劳，形容词的使动用法，使……劳累。形，形体、身体。

[14] 南阳：地名，今河南省南阳市。诸葛亮在出山之前，曾在南阳卧龙岗中隐居躬耕。

[15] 南阳诸葛庐，西蜀子云亭：南阳有诸葛亮的草庐，西蜀有扬子云的亭子。这两句是说，诸葛庐和子云亭都很简陋，因为居住的人很有名，所以受到人们的景仰。诸葛亮，字孔明，三国时蜀汉丞相，著名的政治家和军事家，出仕前曾隐居南阳卧龙岗中。扬雄，字子云，西汉时文学家，蜀郡成都人。庐：简陋的小屋子。

[16] 孔子云：孔子说，云在文言文中一般都指说。

[17] 何陋之有：即"有何陋"，属于宾语前置。之，助词，表示强烈的反问，宾语前置的标志，不译。全句译为：有什么简陋的呢？孔子说的这句话见于《论语·子罕》篇："君子居之，何陋之有？"这里以孔子之言，亦喻自己为"君子"，点明全文，这句话也是点睛之笔，全文的文眼。

《作品简析》

《陋室铭》选自《全唐文》卷六百○八集，为唐代诗人刘禹锡所作。刘禹锡（772—842），字梦得，唐朝洛阳（今河南省洛阳市）人，唐朝文学家，哲学家。《陋室铭》集描写、抒情、议论于一体，通过具体描写"陋室"恬静、雅致的环境和主人高雅的风度来表述自己两袖清风的情怀。文章运用了对比、白描、隐喻、用典等手法，而且语句押韵，韵律感极强，读来金石掷地又自然流畅，一曲既终，余音绕梁，让人回味无穷。文章表现了作者不与世俗同流合污，洁身自好、不慕名利的生活态度，表达了作者高洁傲岸的情操安贫乐道的隐逸情趣。

岳阳楼记[1]

范仲淹

庆历四年春[2]，滕子京谪守巴陵郡[3]。越明年[4]，政通人和[5]，百废具兴[6]。乃重修岳阳楼[7]，增其旧制[8]，刻唐贤今人诗赋于其上[9]。属予作文以记之[10]。

予观夫巴陵胜状[11]，在洞庭一湖。衔远山[12]，吞长江[13]，浩浩汤汤[14]，横无际涯[15]；朝晖夕阴，气象万千[16]。此则岳阳楼之大观也[17]，前人之述备矣[18]。然则北通巫峡[19]，南极潇湘[20]，迁客骚人[21]，多会于此[22]，览物之情，得无异乎[23]？

若夫淫雨霏霏[24]，连月不开[25]，阴风怒号[26]，浊浪排空[27]；日星隐曜[28]，山岳潜形[29]；商旅不行[30]，樯倾楫摧[31]；薄暮冥冥[32]，虎啸猿啼。登斯楼也，则有去国怀乡[33]，忧谗畏讥[34]，满目萧然[35]，感极而悲者矣[36]。

至若春和景明[37]，波澜不惊[38]，上下天光[39]，一碧万顷；沙鸥翔集[40]，锦鳞游泳；岸芷汀兰[41]，郁郁青青[42]。而或长烟一空[43]，皓月千里[44]，浮光跃金[45]，静影沉璧[46]，渔歌互答[47]，此乐何极[48]！登斯楼也，则有心旷神怡[49]，宠辱偕忘[50]，把酒临风[51]，其喜洋洋者矣[52]。

嗟夫[53]！予尝求古仁人之心[54]，或异二者之为[55]。何哉？不以物喜，不以己悲[56]；居庙堂之高则忧其民[57]；处江湖之远则忧其君[58]。是进亦忧，退亦忧。然则何时而乐耶？其必曰："先天下之忧而忧，后天下之乐而乐"乎[59]。噫！微斯人，吾谁与归[60]？

时六年九月十五日。

注 释

[1] 记：一种文体。可以写景、叙事，多为议论。一般用于抒发作者的情怀和政治抱负（阐述作者的某些观念）。

[2] 庆历四年：公元 1044 年。庆历，宋仁宗赵祯的年号。本文末句中的"时六年"，指庆历六年（1046），点明作文的时间。

[3] 滕子京谪（zhé）守巴陵郡：滕子京降职任岳州太守。滕子京，名宗谅，子京是他的字，范仲淹的朋友。谪守，把被革职的官吏或犯了罪的人充发到边远的地方。在这里作为动词，解释为被贬官，降职。谪，封建王朝官吏降职或远调。守，做郡的长官。汉朝"守某郡"，就是做某郡的太守；宋朝废郡称州，应说"知某州"。巴陵郡，即岳州，治所在今湖南岳阳，这里沿用古称。"守巴陵郡"就是"守岳州"。

[4] 越明年：有三说，其一指庆历五年，为针对庆历四年而言；其二指庆历六年，此"越"为经过、经历；其三指庆历七年，针对作记时间庆历六年而言。

[5] 政通人和：政事顺利，百姓和乐。政，政事。通，通顺。和，和乐。这是赞美滕子京的话。

[6] 百废具兴：各种荒废的事业都兴办起来了。百，不是确指，形容其多。废，这里指荒废的事业。具，通"俱"，全，皆。兴，复兴。

[7] 乃：于是。

[8] 制：规模。

〔9〕唐贤今人：唐代和当代名人。贤，形容词用作名词。

〔10〕属（zhǔ）：通"嘱"，嘱托，嘱咐。予：我。作文：写文章。以：连词，用来。记：记述。

〔11〕夫：那。胜状：胜景，好景色。

〔12〕衔：包含。

〔13〕吞：吞吐。

〔14〕浩浩汤汤（shāng）：水波浩荡的样子。汤汤，水流大而急。

〔15〕横无际涯：宽阔无边。横，广远。际涯，边。（际专指陆地边界，涯专指水的边界。）

〔16〕朝晖夕阴，气象万千：或早或晚（一天里）阴晴多变化。朝，在早晨，名词做状语。晖，日光。气象，景象。万千，千变万化。

〔17〕此则岳阳楼之大观也：这就是岳阳楼的雄伟景象。此，这。则，就。大观，雄伟景象。

〔18〕前人之述备矣：前人的记述很详尽了。前人之述，指上面说的"唐贤今人诗赋"。备，详尽，完备。矣，语气词"了"。之，助词，的。

〔19〕然则：虽然如此，那么。

〔20〕南极潇湘：南面直到潇水、湘水。湘水流入洞庭湖，潇水是湘水的支流。南，向南。极，尽，最远到达。

〔21〕迁客：谪迁的人，指降职远调的人。骚人：诗人。战国时屈原作《离骚》，因此后人也称诗人为骚人。

〔22〕多：大多。会：聚集。

〔23〕览物之情，得无异乎：看到自然景物而引发的情感，怎能不有所不同呢？览，观看，欣赏。得无……乎，能不……吗。

〔24〕若夫：用在一段话的开头以引起下文。下文的"至若"，同此。"若夫"近似"像那"。"至若"近似"至于"。淫雨，连绵不断的雨。霏霏，雨或雪（繁密）的样子。

〔25〕开：（天气）放晴。

〔26〕阴：阴冷。

〔27〕排空：冲向天空。

〔28〕日星隐曜：太阳和星星隐藏起光辉。曜（不为耀，古文中以此曜做日光），光辉，日光。

〔29〕山岳潜形：山岳隐没了形体。岳，高大的山。潜，隐没。形，形迹。

〔30〕行：走，此指前行。

〔31〕樯（qiáng）倾楫（jí）摧：桅杆倒下，船桨折断。樯，桅杆。倾，倒下。楫，船桨。摧，折断。

〔32〕薄暮冥冥：傍晚天色昏暗。薄，迫近。冥冥，昏暗的样子。

〔33〕则：就。有：产生……的（情感）。

〔34〕去国怀乡，忧谗畏讥：离开京都，怀念家乡，担心（人家）说坏话，惧怕（人家）批评指责。去，离开。国，国都，指京城。忧，担忧。谗，谗言。畏，害怕，惧怕。讥，嘲讽。

〔35〕萧然：凄凉冷落的样子。

〔36〕感极：感慨到了极点。而，连词，表顺接。

〔37〕至若春和景明：至于到了春天气候暖和，阳光普照。至若，至于。春和，春风和煦。景，

日光。明，明媚。

[38] 波澜不惊：湖面平静，没有惊涛骇浪。惊，这里有"起""动"的意思。

[39] 上下天光，一碧万顷：天色湖面光色交映，一片碧绿，广阔无边。一，一片。万顷，极言其广。

[40] 沙鸥翔集，锦鳞游泳：沙鸥时而飞翔，时而停歇，美丽的鱼在水中游来游去。沙鸥，沙洲上的鸥鸟。翔集，时而飞翔，时而停歇。集，栖止，鸟停息在树上。锦鳞，指美丽的鱼。鳞，代指鱼。游泳，或浮或沉。游，贴着水面游。泳，潜入水里游。

[41] 岸芷（zhǐ）汀（tīng）兰：岸上的小草，小洲上的兰花。芷，香草的一种。汀，小洲，水边平地。

[42] 郁郁：形容草木茂盛。

[43] 而或长烟一空：有时大片烟雾完全消散。或，有时。长，大片。一，全。空，消散。

[44] 皓月千里：皎洁的月光照耀千里。

[45] 浮光跃金：湖水波动时，浮在水面上的月光闪耀起金光。这是描写月光照耀下的水波。有些版本作"浮光耀金"。

[46] 静影沉璧：湖水平静时，明月映入水中，好似沉下一块玉璧。这里是写无风时水中的月影。璧，圆形正中有孔的玉。沉璧，像沉入水中的璧玉。

[47] 互答：一唱一和。

[48] 何极：哪有穷尽。何，怎么。极，穷尽。

[49] 心旷神怡：心情开朗，精神愉快。旷，开阔。怡，愉快。

[50] 宠辱偕忘：荣耀和屈辱一并都忘了。宠，荣耀。辱，屈辱。偕，一起，一作"皆"。

[51] 把酒临风：端酒面对着风，就是在清风吹拂中端起酒来喝。把，持，执。临，面对。

[52] 洋洋：高兴的样子。

[53] 嗟（jiē）夫：唉。嗟夫为两个词，皆为语气词。

[54] 尝：曾经。求：探求。古仁人：古时品德高尚的人。心：思想（感情心思）。

[55] 或异二者之为：或许不同于（以上）两种心情。或，近于"或许""也许"的意思，表委婉口气。为，这里指心理活动，即两种心情。二者，这里指前两段的"悲"与"喜"。

[56] 不以物喜，不以己悲：不因为外物好坏和自己得失而或喜或悲（此句为互文）。以，因为。

[57] 居庙堂之高则忧其民：在朝中做官就担忧百姓。居庙堂之高：处在高高的庙堂上，意为在朝中做官。庙堂：指朝廷。庙，宗庙。堂，殿堂。下文的"进"，即指"居庙堂之高"。

[58] 处江湖之远则忧其君：处在僻远的地方做官就为君主担忧。处江湖之远：处在偏远的江湖间，意思是不在朝廷上做官。之：定语后置的标志。是，这样。下文的"退"，即指"处江湖之远"。

[59] 先天下之忧而忧，后天下之乐而乐：在天下人担忧之前先担忧，在天下人享乐之后才享乐。先，在……之前。后，在……之后。其，指"古仁人"。

[60] 微斯人，吾谁与归：（如果）没有这种人，那我同谁一道呢？微，（如果）没有。斯人，这种人（指前文的"古仁人"）。谁与归，就是"与谁归"。归，归依。

《作品简析》

《岳阳楼记》是北宋文学家范仲淹应好友巴陵郡太守滕子京之请，于北宋庆历六年（1046）九月十五日为重修岳阳楼写的。范仲淹（989—1052），字希文。死后谥号文正，史称范文正公。为北宋名臣，政治家，军事家，文学家，思想家，祖籍邠州（今陕西省彬县），后迁居苏州吴县。文中的诗句"先天下之忧而忧，后天下之乐而乐""不以物喜，不以己悲"是较为出名的句子。文章通过对洞庭湖的侧面描写衬托岳阳楼。滕子京是被诬陷擅自动用官钱而被贬的，范仲淹正是借作记之机，含蓄规劝他要"不以物喜，不以己悲"，试图以自己"先天下之忧而忧，后天下之乐而乐"的济世情怀和乐观精神感染老友。这是本文命意之所在，也决定了文章叙议结合的风格。《岳阳楼记》超越了单纯写山水楼观的狭境，将自然界的晦明变化、风雨阴晴和"迁客骚人"的"览物之情"结合起来写，从而将全文的重心放到了纵议政治理想方面，扩大了文章的境界。

醉翁亭记

欧阳修

第十四单元　唐宋散体文

环滁皆山也[1]。其西南诸峰[2]，林壑尤美[3]。望之蔚然而深秀者[4]，琅琊也。山行六七里[5]，渐闻水声潺潺而泻出于两峰之间者[6]，酿泉也[7]。峰回路转[8]，有亭翼然、临于泉上者[9]，醉翁亭也。作亭者谁[10]？山之僧智仙也。名之者谁[11]？太守自谓也[12]。太守与客来饮于此，饮少辄醉[13]，而年又最高[14]，故自号曰醉翁也[15]。醉翁之意不在酒[16]，在乎山水之间也[17]。山水之乐，得之心而寓之酒也[18]。

若夫日出而林霏开[19]，云归而岩穴暝[20]，晦明变化者[21]，山间之朝暮也。野芳发而幽香[22]，佳木秀而繁阴[23]，风霜高洁，水落而石出者[24]，山间之四时也。朝而往，暮而归，四时之景不同，而乐亦无穷也。

至于负者[25]歌于途，行者休于树[26]，前者呼，后者应，伛偻提携[27]，往来而不绝者，滁人游也。临溪而渔[28]，溪深而鱼肥。酿泉为酒[29]，泉香而酒洌[30]；山肴野蔌[31]，杂然而前陈者[32]，太守宴也。宴酣之乐[33]，非丝非竹[34]，射者中[35]，弈者胜[36]，觥筹交错[37]，起坐而喧哗者，众宾欢也。苍颜白发[38]，颓然乎其间者[39]，太守醉也。

已而夕阳在山[40]，人影散乱，太守归而宾客从也[41]。树林阴翳[42]，鸣声上下[43]，游人去而禽鸟乐也。然而禽鸟知山林之乐，而不知人之乐；人知从太守游而乐，而不知太守之乐其乐也[44]。醉能同其乐，醒能述以文者[45]，太守也。太守谓谁[46]？庐陵欧阳修也[47]。

《 注 释 》

[1] 环滁：环绕着滁州城。环：环绕。滁（chú）：滁州，今安徽省东部。皆：副词，都。

[2] 其：代词，它，指滁州城。

[3] 壑（hè）：山谷。尤：格外，特别。

[4] 蔚然而深秀者，琅琊也：树木茂盛，又幽深又秀丽的，是琅琊山。蔚然：草木繁盛的样子。

[5] 山：名词做状语，沿着山路。

[6] 潺潺（chán）：流水声。

[7] 酿泉：泉的名字。因水清可以酿酒，故名。

[8] 峰回路转：山势回环，路也跟着拐弯。比喻事情经历挫折失败后，出现新的转机。回：回环，曲折环绕。

戏说《醉翁亭记》

[9] 翼然：四角翘起，像鸟张开翅膀的样子。然：……的样子。临：靠近。于：在。

[10] 作：建造。

[11] 名：名词做动词，命名。

[12] 自谓：自称，用自己的别号来命名。

[13] 辄（zhé）：就，总是。

[14] 年又最高：年纪又是最大的。

[15] 号：名词做动词，取别号。曰：叫作。

[16] 意：这里指情趣。"醉翁之意不在酒"，后来用以比喻本意不在此而另有目的。

[17] 乎：相当于"于"。

[18] 得：领会。寓：寄托。

[19] 夫（fú）：语气助词，无实意，多用于句首。林霏：树林中的雾气。霏，原指雨、雾纷飞，此处指雾气。开：消散，散开。

[20] 归：聚拢。暝（míng）：昏暗。

[21] 晦明：指天气阴晴昏暗。晦：昏暗。

[22] 芳：花草发出的香味，这里引申为"花"，名词。发：开放。

[23] 秀：植物开花结实，这里有繁荣滋长的意思。繁阴：一片浓密的树荫。意思是说美好的树木繁荣滋长，（树叶）茂密成荫。

[24] 风霜高洁，水落而石出者：秋风高爽，霜色洁白，溪水滴落，山石显露。水落石出，原指一种自然景象，大多比喻事情终于真相大白。

[25] 至于：连词，多用于句首，表示两段的过渡，提起另事。负者：背着东西的人。

[26] 休于树：倒装，"于树休"在树下休息。

[27] 伛偻（yǔ lǚ）：腰背弯曲的样子，这里指老年人。提携：小孩子被大人领着走，这里指小孩子。

[28] 临：来到。渔：捕鱼。

[29] 酿泉：泉水名，原名玻璃泉，在琅琊山醉翁亭下，因泉水很清可以酿酒而得名。

[30] 洌（liè）：清澈。

[31] 山肴：用从山野捕获的鸟兽做成的菜。野蔌（sù）：野菜。蔌，菜蔬的总称。

[32] 杂然：杂乱的样子。陈：摆开，陈列。

[33] 酣：尽情地喝酒。

[34] 非丝非竹：不是音乐。丝：弦乐器的代称。竹：管乐器的代称。

[35] 射：这里指投壶，古人宴饮时的一种游戏，把箭向壶里投，投中多的为胜，负者照规定的杯数喝酒。

[36] 弈：下棋。这里用作动词，下围棋。

[37] 觥筹交错：酒杯和酒筹交互错杂。觥（gōng），酒杯。筹，行酒令的筹码，用来记饮酒数。

[38] 苍颜：容颜苍老。

[39] 颓然乎其间：醉醺醺地坐在宾客中间。颓然，原意是精神不振的样子，这里是醉醺醺的样子。

[40] 已而：随后，不久。

[41] 归：返回，回家。

[42] 阴翳：形容枝叶茂密成荫。

[43] 鸣声上下：意思是鸟到处叫。上下，指高处和低处的树林。

[44] 乐①其乐②：乐他所乐的事情。乐①：以……为乐。乐②：乐事。

[45] 醉能同其乐，醒能述以文者：醉了能够同大家一起欢乐，醒来能够用文章记述这乐事的人。

[46] 谓：为，是。

[47] 庐陵：古郡名，庐陵郡，宋代称吉洲，今江西省吉安市。欧阳修先世为庐陵大族。

作品简析

《醉翁亭记》是宋代文学家欧阳修创作的一篇文章。欧阳修（1007—1072），北宋文学家、史学家。字永叔，号醉翁，晚号六一居士。庐陵（今江西省吉安市）人。天圣八年（1030）进士。累擢知制诰、翰林学士，历枢密副使、参知政事。宋神宗朝，迁兵部尚书，以太子少师致仕。卒谥文忠。政治上曾支持过范仲淹等人的革新主张，文学上主张明道、致用，对宋初以来靡丽、险怪的文风表示不满，并积极培养后进，是北宋古文运动的领袖。

宋仁宗庆历五年（1045），参知政事范仲淹等人遭谗离职，欧阳修上书替他们分辩，被贬到滁州做了两年知州。到任以后，他内心抑郁，但还能发挥"宽简而不扰"的作风，取得了某些政绩。《醉翁亭记》就写在这个时期。文章描写了滁州一带朝暮四季自然景物不同的幽深秀美，滁州百姓和平宁静的生活，特别是作者在山林中与民一齐游赏宴饮的乐趣。全文贯穿一个"乐"字，其中则包含着比较复杂曲折的内容。一则暗示出一个封建地方长官能"与民同乐"的情怀，一则在寄情山水背后隐藏着难言的苦衷。正当四十岁的盛年却自号"醉翁"，而且经常出游，加上他那"饮少辄醉""颓然乎其间"的种种表现，都表明欧阳修是借山水之乐来排遣谪居生活的苦闷。作者醉在两处：一是陶醉于山水美景之中，二是陶醉于与民同乐之中。

石钟山记[1]

苏 轼

《水经》云："彭蠡之口有石钟山焉[2]。"郦元以为下临深潭[3]，微风鼓浪[4]，水石相搏[5]，声如洪钟[6]。是说也[7]，人常疑之。今以钟磬置水中[8]，虽大风浪不能鸣也，而况石乎！至唐李渤始访其遗踪[9]，得双石于潭上，扣而聆之，南声函胡[10]，北音清越[11]，桴止响腾[12]，余韵徐歇[13]。自以为得之矣[14]。然是说也，余尤疑之[15]。石之铿然有声者[16]，所在皆是也[17]，而此独以钟名，何哉？

元丰七年六月丁丑[18]，余自齐安舟行适临汝[19]，而长子迈将赴饶之德兴尉[20]，送之至湖口[21]，因得观所谓石钟者。寺僧使小童持斧，于乱石间择其一二扣之，硿硿焉[22]，余固笑而不信也。至莫夜月明[23]，独与迈乘小舟，至绝壁下。大石侧立千尺，如猛兽奇鬼，森然欲搏人[24]；而山上栖鹘[25]，闻人声亦惊起，磔磔云霄间[26]；又有若老人咳且笑于山谷中者，或曰此鹳鹤也[27]。余方心动欲还[28]，而大声发于水上，噌吰如钟鼓

113

不绝[29]。舟人大恐[30]。徐而察之，则山下皆石穴罅[31]，不知其浅深，微波入焉，涵澹澎湃而为此也[32]。舟回至两山间，将入港口，有大石当中流[33]，可坐百人，空中而多窍[34]，与风水相吞吐，有窾坎镗鞳之声[35]，与向之噌吰者相应，如乐作焉。因笑谓迈曰："汝识之乎[36]？噌吰者，周景王之无射也[37]；窾坎镗鞳者，魏庄子之歌钟也[38]。古之人不余欺也[39]！"

事不目见耳闻，而臆断其有无[40]，可乎？郦元之所见闻，殆与余同[41]，而言之不详；士大夫终不肯以小舟夜泊绝壁之下[42]，故莫能知；而渔工水师虽知而不能言[43]。此世所以不传也[44]。而陋者乃以斧斤考击而求之[45]，自以为得其实[46]。余是以记之，盖叹郦元之简，而笑李渤之陋也。

注 释

[1] 石钟山：在江西湖口鄱阳湖东岸，有南、北二山，在县城南边的叫上钟山，在县城北边的叫下钟山。明清时有人认为苏轼关于石钟山得名由来的说法也是错误的，正确的说法是："盖全山皆空，如钟覆地，故得钟名。"今人经过考察，认为石钟山之所以得名，是因为它具有钟之"声"，又具有钟之"形"。

《石钟山记》解读

[2] 彭蠡：鄱阳湖的别称。

[3] 郦元：即郦道元，《水经注》的作者。

[4] 鼓：振动。

[5] 搏：击，拍。

[6] 洪钟：大钟。

[7] 是说：这个说法。

[8] 磬（qìng）：古代打击乐器，形状像曲尺，用玉或石制成。

[9] 李渤：唐朝洛阳人，写过一篇《辨石钟山记》。遗踪：旧址，陈迹。这里指所在地。

[10] 南声函胡：南边（那座山石）的声音重浊而模糊。函胡，通"含糊"。

[11] 北音清越：北边（那座山石）的声音清脆而响亮。越，高扬。

[12] 桴（fú）止响腾：鼓槌停止了（敲击），声音还在传播。腾，传播。

[13] 余韵徐歇：余音慢慢消失。韵，这里指声音。徐，慢。

[14] 得之：找到了这个（原因）。之，指石钟山命名的原因。

[15] 尤：更加。

[16] 铿（kēng）然：敲击金石所发出的响亮的声音。

[17] 所在皆是：到处都（是）这样。是，这样。

[18] 元丰：宋神宗的年号。六月丁丑：这里指农历六月初九。

[19] 齐安：在今湖北省黄冈市黄州区。临汝：即汝州（今河南省临汝县）。

[20] 赴：这里是赴任、就职的意思。

[21] 湖口：今江西省湖口县。

[22] 硿（kōng）硿焉：硿硿地（发出响声）。焉，相当于"然"。

[23] 莫（mù）夜：晚上。莫，通"暮"。

[24] 森然：形容繁密直立。搏人：捉人，打人。

[25] 栖鹘（hú）：宿巢的老鹰。鹘，鹰的一种。

[26] 磔（zhé）磔：鸟鸣声。

[27] 鹳鹤：水鸟名，似鹤而顶不红，颈和嘴都比鹤长。

[28] 心动：这里是心惊的意思。

[29] 噌（chēng）吰（hóng）：这里形容钟声洪亮。

[30] 舟人：船夫。

[31] 罅（xià）：裂缝。

[32] 涵澹澎湃：波浪激荡。涵澹，水波动荡。澎湃，波浪相激。为此：形成这种声音。

[33] 中流：水流的中心。

[34] 空中：中间是空的。窍：窟窿。

[35] 窾（kuǎn）坎镗（táng）鞳（tà）：窾坎，击物声。镗鞳，钟鼓声。

[36] 汝识（zhì）之乎：你知道那些（典故）吗？识，知道。

[37] 周景王之无射（yì）：《国语》记载，周景王二十三年（前522）铸成"无射"钟。

[38] 魏庄子之歌钟：《左传》记载，鲁襄公十一年（前561）郑人以歌钟和其他乐器献给晋侯，晋侯分一半赐给晋大夫魏绛。庄子，魏绛的谥号。歌钟，古乐器。

[39] 古之人不余欺也：古人（称这山为"石钟山"）没有欺骗我啊！不余欺，就是"不欺余"。

[40] 臆断：根据主观猜测来判断。臆，胸。

[41] 殆：大概。

[42] 终：终究。

[43] 渔工水师：渔人（和）船工。言：指用文字表述、记载。

[44] 此世所以不传也：这（就是）世上没有流传下来（石钟山得名由来）的缘故。

[45] 陋者：浅陋的人。以斧斤考击而求之：用斧头敲打石头的办法来寻求（石钟山得名的）原因。考，敲击。

[46] 实：指事情的真相。

作品简析

苏轼（1037—1101），字子瞻，又字和仲，号东坡居士，文学家，宋代文学最高成就的代表。北宋眉州眉山（今属四川省眉山市）人。嘉祐年间（1056—1063）进士。其诗题材广阔，清新豪健，善用夸张比喻，独具风格，与黄庭坚并称"苏黄"。词开豪放一派，与辛弃疾同是豪放派代表，并称"苏辛"。又工书画。有《东坡七集》《东坡易传》《东坡乐府》等。

《石钟山记》是苏轼于宋神宗元丰七年（1084）游石钟山后所写的一篇考察性游记。这篇文章通过记叙作者对石钟山得名由来的探究，说明要认识事物的真相必须"目见耳闻"，切忌主观臆断的道理。全文可分为三段：第一段提出石钟山得名由来的两种说法，以及对这两种说法的怀疑；第二段记叙实地考察石钟山，得以探明其名由来的经过；第三段写探明石钟山得名由来的感想，表明写作意图。在艺术上，此文具有结构独特、行文曲折、修饰巧妙、语言灵活等特色。

前赤壁赋

苏 轼

壬戌之秋[1]，七月既望[2]，苏子与客泛舟，游于赤壁之下。清风徐来[3]，水波不兴[4]。举酒属客[5]，诵明月之诗[6]，歌窈窕之章[7]。少焉[8]，月出于东山之上，徘徊于斗牛之间[9]。白露横江[10]，水光接天。纵一苇之所如，凌万顷之茫然[11]。浩浩乎如冯虚御风[12]，而不知其所止；飘飘乎如遗世独立[13]，羽化而登仙[14]。

于是饮酒乐甚，扣舷而歌之[15]。歌曰："桂棹兮兰桨[16]，击空明兮溯流光[17]。渺渺兮予怀[18]，望美人兮天一方[19]。"客有吹洞箫者，倚歌而和之[20]。其声呜呜然，如怨如慕[21]，如泣如诉；余音袅袅[22]，不绝如缕[23]。舞幽壑之潜蛟[24]，泣孤舟之嫠妇[25]。

苏子愀然[26]，正襟危坐[27]，而问客曰："何为其然也[28]？"客曰："'月明星稀，乌鹊南飞。'[29]此非曹孟德之诗乎？西望夏口[30]，东望武昌[31]，山川相缪[32]，郁乎苍苍[33]，此非孟德之困于周郎者乎[34]？方其破荆州，下江陵，顺流而东也[35]，舳舻千里[36]，旌旗蔽空，酾酒临江[37]，横槊赋诗[38]，固一世之雄也，而今安在哉？况吾与子渔樵于江渚之上，侣鱼虾而友麋鹿[39]，驾一叶之扁舟[40]，举匏尊以相属[41]。寄蜉蝣于天地[42]，渺沧海之一粟[43]。哀吾生之须臾[44]，羡长江之无穷。挟飞仙以遨游，抱明月而长终[45]。知不可乎骤得[46]，托遗响于悲风[47]。"

苏子曰："客亦知夫水与月乎？逝者如斯[48]，而未尝往也；盈虚者如彼[49]，而卒莫消长也[50]。盖将自其变者而观之，则天地曾不能以一瞬[51]；自其不变者而观之，则物与我皆无尽也，而又何羡乎！且夫天地之间，物各有主，苟非吾之所有，虽一毫而莫取。惟江上之清风，与山间之明月，耳得之而为声，目遇之而成色，取之无禁，用之不竭。是造物者之无尽藏也[52]，而吾与子之所共食[53]。"

客喜而笑，洗盏更酌。肴核既尽，杯盘狼藉。相与枕藉乎舟中，不知东方之既白。

《 注 释 》

[1] 壬戌（rén xū）：宋神宗元丰五年，岁次壬戌。古代以干支纪年，该年为壬戌年。
[2] 既望：农历每月十六。农历每月十五日为"望日"，十六日为"既望"。
[3] 徐：缓缓地。
[4] 兴：起。
[5] 属（zhǔ）：通"嘱"，致意，引申为劝酒。
[6] 明月之诗：指《诗经·陈风·月出》。
[7] 窈窕（yǎo tiǎo）之章：《诗经·陈风·月出》："月出皎兮，佼人僚兮，舒窈纠兮，劳心悄兮。""窈纠"同"窈窕"。
[8] 少焉：一会儿。
[9] 斗牛：星座名，即斗宿（南斗）、牛宿。
[10] 白露：白茫茫的水气。横江：笼罩江面。
[11] 此二句意谓：任凭小船在宽广的江面上飘荡。纵，任凭。一苇，比喻极小的船。《诗经·卫

《前赤壁赋》朗读欣赏

风·河广》："谁谓河广，一苇杭（航）之。"如，往。凌，越过。万顷，极为宽阔的江面。茫然，旷远的样子。

[12]冯（píng）虚御风：乘风腾空而遨游。冯虚：凭空，凌空。冯，通"凭"，乘。人教版改为"凭"，但原文应为"冯"。虚，太空。御，驾御。

[13]遗世：离开尘世。

[14]羽化：传说成仙的人能像长了翅膀一样飞升。登仙：登上仙境。

[15]扣舷（xián）：敲打着船边，指打节拍。

[16]桂棹（zhào）兮兰桨：桂树做的棹，兰木做的桨。

[17]空明：月亮倒映水中的澄明之色。溯：逆流而上。流光：在水波上闪动的月光。

[18]渺渺：悠远的样子。

[19]美人：比喻心中美好的理想或好的君王。

[20]倚歌：按照歌曲的声调节拍。和：同声相应，唱和。

[21]怨：哀怨。慕：眷恋。

[22]余音：尾声。袅袅（niǎo）：形容声音婉转悠长。

[23]缕：细丝。

[24]幽壑：深谷，这里指深渊。此句意谓：潜藏在深渊里的蛟龙为之起舞。

[25]嫠（lí）妇：寡妇。白居易《琵琶行》写孤居的商人妻云："去来江口守空船，绕船月明江水寒。夜深忽梦少年事，梦啼妆泪红阑干。"这里化用其事。

[26]愀（qiǎo）然：容色改变的样子。

[27]正襟危坐：整理衣襟，（严肃地）端坐着。

[28]何为其然也：箫声为什么会这么悲凉呢？

[29]月明星稀，乌鹊南飞：引自曹操《短歌行》中的诗句。

[30]夏口：故城在今湖北武昌。

[31]武昌：今湖北鄂州市。

[32]缪（liáo）：通"缭"，盘绕。

[33]郁：茂盛的样子。

[34]孟德之困于周郎：指汉献帝建安十三年（208），吴将周瑜在赤壁之战中击溃曹操号称八十万大军。周郎：周瑜二十四岁为中郎将，吴中皆呼为周郎。

[35]以上三句指建安十三年刘琮率众向曹操投降，曹军不战而占领荆州、江陵。方，当。荆州，辖南阳、江夏、长沙等八郡，今湖南、湖北一带。江陵，当时的荆州首府，今湖北县名。

[36]舳舻（zhú lú）：战船前后相接，这里指战船。

[37]酾（shī）酒：滤酒，这里指斟酒。

[38]横槊（shuò）：横执长矛。槊，长矛。

[39]侣：以……为伴侣，这里为意动用法。麋（mí）：鹿的一种。

[40]扁（piān）舟：小舟。

[41]匏尊（páo zūn）：用葫芦做成的酒器。匏，葫芦。尊，同"樽"。

[42]寄：寓托。蜉蝣（fú yóu）：一种朝生暮死的昆虫。此句比喻人生之短暂。

[43]渺：小。沧海：大海。此句比喻人类在天地之间极为渺小。

[44] 须臾：片刻，形容生命之短。

[45] 长终：至于永远。

[46] 骤：多。

[47] 遗响：余音，指箫声。悲风：秋风。

[48] 逝者如斯：流逝的像这江水。《论语·子罕》："子在川上曰：'逝者如斯夫，不舍昼夜。'"逝：往。斯：斯，指水。

[49] 盈虚者如彼：指月亮的圆缺。

[50] 卒：最终。消长：增减。

[51] 曾（zēng）不能：固定词组，连……都不够。曾：连……都……。一瞬：一眨眼的工夫。

[52] 是：这。造物者：天地自然。无尽藏（zàng）：无穷无尽的宝藏。

[53] 食：享用。《释典》谓六识以六入为养，其养也胥谓之食，目以色为食，耳以声为食，鼻以香为食，口以味为食，身以触为食，意以法为食。清风明月，耳得成声，目遇成色。故曰"共食"。易以"共适"，则意味索然。当时有问轼"食"字之义，轼曰："如食吧之'食'，犹共用也。"轼盖不欲以博览上人，故权词以答，古人谦抑如此。明代版本将"共食"妄改为"共适"，以致现行人教版高中语文教科书误从至今。

《作品简析》

《前赤壁赋》是宋代文学家苏轼于宋神宗元丰五年（1082）贬谪黄州（今湖北省黄冈市）时所作的赋。此赋记叙了作者与朋友们月夜泛舟游赤壁的所见所感，以作者的主观感受为线索，通过主客问答的形式，反映了作者由月夜泛舟的舒畅，到怀古伤今的悲咽，再到精神解脱的达观。全赋在布局与结构安排中体现了其独特的艺术构思，情韵深致、理意透辟，在中国文学上有着很高的文学地位，并对之后的赋、散文、诗产生了重大影响。

贾谊论

苏 轼

非才之难，所以自用者实难。惜乎！贾生[1]，王者之佐，而不能自用其才也。

夫君子之所取者远[2]，则必有所待；所就者大[3]，则必有所忍。古之贤人，皆负可致之才[4]，而卒不能行其万一者，未必皆其时君之罪，或者其自取也。

愚观贾生之论[5]，如其所言，虽三代何以远过？得君如汉文[6]，犹且以不用死。然则是天下无尧、舜，终不可有所为耶？仲尼圣人，历试于天下，苟非大无道之国，皆欲勉强扶持，庶几一日得行其道。将之荆，先之以冉有，申之以子夏。君子之欲得其君，如此其勤也。孟子去齐，三宿而后出昼[7]，犹曰："王其庶几召我。"君子之不忍弃其君，如此其厚也。公孙丑问曰："夫子何为不豫？[8]"孟子曰："方今天下，舍我其谁哉？而吾何为不豫？"君子之爱其身，如此其至也。夫如此而不用，然后知天下果不足与有为，而可以无憾矣。若贾生者，非汉文之不能用生，生之不能用汉文也。

夫绛侯亲握天子玺而授之文帝[9]，灌婴连兵数十万，以决刘、吕之雌雄[10]，又皆高帝之旧将，此其君臣相得之分，岂特父子骨肉手足哉[11]？贾生，洛阳之少年。欲使其一朝之间，尽弃其旧而谋其新[12]，亦已难矣。为贾生者，上得其君，下得其大臣，如绛、灌之属，优游浸渍而深交之[13]，使天子不疑，大臣不忌，然后举天下而唯吾之所欲为，不过十年，可以得志。安有立谈之间，而遽为人"痛哭"哉[14]！观其过湘为赋以吊屈原[15]，萦纡郁闷[16]，趯然有远举之志[17]。其后以自伤哭泣，至于夭绝[18]。是亦不善处穷者也。夫谋之一不见用，则安知终不复用也？不知默默以待其变，而自残至此。呜呼！贾生志大而量小，才有余而识不足也。

古之人，有高世之才，必有遗俗之累[19]。是故非聪明睿智不惑之主[20]，则不能全其用。古今称符坚得王猛于草茅之中[21]，一朝尽斥去其旧臣，而与之谋。彼其匹夫略有天下之半[22]，其以此哉！愚深悲生之志，故备论之。亦使人君得如贾生之臣，则知其有狷介之操[23]，一不见用，则忧伤病沮[24]，不能复振。而为贾生者，亦谨其所发哉[25]！

《 注 释 》

[1] 贾生：即贾谊。汉代的儒者称为"生"，如贾生、董生（董仲舒）。贾谊（前200—前168），世称贾太傅、贾长沙、贾生，洛阳（今河南省洛阳市东）人。西汉初期的政论家、文学家。年少即以育诗属文闻于世人。后见用于汉文帝，力主改革，被贬为长沙王太傅（因当时长沙王不受汉文帝宠爱，故有被贬之意）。后改任梁怀王太傅。梁怀王堕马而死，自伤无状，忧愤而死。

[2] 所取者：指功业、抱负。

[3] 所就者：也是指功业。

[4] 可致之才：能够实现功业，抱负的才能。致，指致功业。

[5] 贾生之论：指贾谊向汉文帝提出的《治安策》。

[6] 汉文：汉文帝刘恒，西汉前期最有作为的君主之一。

[7] 昼：齐地名，在今山东省淄博市临淄区。孟子曾在齐国为卿，后来见齐王不能行王道，便辞官而去，但是在齐地昼停留了三天，想等齐王改过，重新召他入朝。事见《孟子·公孙丑下》。

[8] 豫：喜悦。《孟子·公孙丑下》：孟子去齐，充虞路问曰："夫子若不豫色然，前日虞闻诸夫子曰：'君子不怨天，不尤人。'"曰："……夫天未欲平治天下也，如欲平治天下，当今之世，舍我其谁也？吾何为不豫哉？"充虞，孟子弟子，苏轼这里误为公孙丑。

[9] "夫绛侯亲握天子玺"句：绛侯：周勃，汉初大臣。汉文帝刘恒是刘邦第二子，初封为代王。吕后死后，诸吕想篡夺刘家天下，于是以周勃、陈平、灌婴为首的刘邦旧臣共诛诸吕，迎立刘恒为皇帝。刘恒回京城路过渭桥时，周勃曾向他跪上天子玺。

[10] 诸吕作乱，齐哀王听到了消息，便举兵讨伐。吕禄等派灌婴迎击，灌婴率兵到荥阳（今河南荥阳）后，不击齐王，而与周勃等共谋，并屯兵荥阳，与齐连和，为齐王助威。周勃等诛诸吕后，齐王撤兵回国。灌婴便回到长安，与周勃、陈平等共立文帝。

[11] 这是说他们君臣之间，比父子兄弟还亲。

[12] 贾谊为太中大夫时，曾向文帝提出"改正朔，易服色，法制度，定官名，兴礼乐"及列侯就国、更改律令等一系列建议，得罪了周勃、灌婴等人。他做梁怀王太傅时，又向文帝献治安策，对治国、御外等方面提出了建议。

[13] 优游浸渍：从容不迫，逐渐渗透。优游，叠韵联绵字，从容不迫的样子。浸渍（zì），双

声联绵字，渐渐渗透的样子。

[14]遽：副词，急速，骤然，迫不及待。贾谊在《治安策》的序中说："臣窃惟事势，可为痛哭者一，可为流涕者二，可为长太息者六。"

[15]过湘为赋以吊屈原：此指贾谊因被朝中大臣排挤，贬为长沙王太傅，路过湘水，作赋吊屈原。

[16]萦纡（yíng yū）：双声联绵字，缭绕的样子。这里比喻心绪不宁。

[17]趯然：超然的样子。远举，原指高飞，这里比喻退隐。贾谊《吊屈原赋》："见细德之险徵兮，遥曾击而去之。"正是远举的意思。

[18]贾谊在做梁怀王太傅时，梁怀王骑马摔死，他自伤未能尽职，时常哭泣，一年多后就死了。天绝，指贾谊早死。

[19]累：忧虑。

[20]睿（ruì），智慧通达。

[21]符坚：晋时前秦的国君。王猛：字景略，初隐居华山，后受符坚召，拜为中书侍郎。王猛被用后，受到符坚的宠信，屡有升迁，权倾内外，遭到旧臣仇腾、席宝的反对。符坚大怒，贬黜仇、席二人，于是上下皆服。（见《晋书·载记·王猛传》）

[22]匹夫：指符坚。略：夺取。当时前秦削平群雄，占据着北中国，与东晋对抗，所以说"略有天下之半"。

[23]狷（juàn）介：孤高，性情正直，不同流合污。

[24]病沮：困顿灰心。沮（jǔ），颓丧。

[25]发：泛指立身处世，也就是上文所谓自用其才。

作品简析

《贾谊论》是北宋文学家苏轼创作的一篇人物评论文，评论对象为西汉初年文帝时期的政治家贾谊。全文紧扣贾谊失意而终展开，对贾谊的人格特质进行了深入分析，同时剖析当时的历史背景，虚实结合、正反对比，用逐层推进的方式与坚定的语气来凸显贾谊的个性，认为贾谊悲剧的原因在于不能"自用其才""不善处穷""志大而量小"，并强调"有所待""有所忍"的生命修养。末段总结文章目的：劝说人君遇到贾谊这样的人才，要大胆使用，不要错过时机；劝解贾生式的人，要自爱其身，要善于自用其才。论证有理有据、层次分明。

游褒禅山记

王安石

褒禅山亦谓之华山，唐浮屠慧褒始舍于其址[1]，而卒葬之；以故其后名之曰"褒禅"。今所谓慧空禅院者，褒之庐冢也。距其院东五里，所谓华山洞者，以其乃华山之阳名之也[2]。距洞百余步，有碑仆道[3]，其文漫灭[4]，独其为文犹可识，曰"花山"。今言"华"如"华实"之"华"者，盖音谬也[5]。

其下平旷，有泉侧出，而记游者甚众，所谓"前洞"也。由山以上五六里，有穴窈然[6]，入之甚寒，问其深，则其好游者不能穷也，谓之"后洞"。余与四人拥火以入，入之愈深，其进愈难，而其见愈奇。有怠而欲出者，曰："不出，火且尽。"遂与之俱出。盖余所至，比好游者尚不能十一[7]，然视其左右，来而记之者已少。盖其又深，则其至又加少矣。方是时，余之力尚足以入，火尚足以明也。既其出，则或咎其欲出者，而余亦悔其随之，而不得极夫游之乐也[8]。

于是余有叹焉。古人之观于天地、山川、草木、虫鱼、鸟兽，往往有得，以其求思之深而无不在也。夫夷以近，则游者众；险以远，则至者少。而世之奇伟瑰怪非常之观，常在于险远，而人之所罕至焉。故非有志者，不能至也。有志矣，不随以止也，然力不足者，亦不能至也。有志与力，而又不随以怠，至于幽暗昏惑，而无物以相之[9]，亦不能至也。然力足以至焉，于人为可讥，而在己为有悔；尽吾志也而不能至者，可以无悔矣，其孰能讥之乎？此余之所得也！

余于仆碑，又以悲夫古书之不存，后世之谬其传而莫能名者，何可胜道也哉[10]！此所以学者不可以不深思而慎取之也。

四人者：庐陵萧君圭君玉，长乐王回深父、余弟安国平父、安上纯父[11]。至和元年七月某日，临川王某记。

注 释

[1] 浮屠：梵（fàn）语（古印度语）音译词，也写作"浮图"或"佛图"，本意是佛或佛教徒，这里指和尚。慧褒：唐代高僧。舍：名词活用作动词，建舍定居。址：地基，基部，基址，这里指山脚。

[2] 乃：表示判断，有"为""是"的意思。阳：山的南面。古代称山的南面、水的北面为"阳"，山的背面、水的南面为"阴"。名：命名，动词。

[3] 仆道："仆（于）道"的省略，倒在路旁。

[4] 文：碑文，与下文"独其为文（碑上残存的文字）"的"文"不同。漫灭：指因风化剥落而模糊不清。

[5] 今言"华"（huā）如"华（huá）实"之"华（huá）"者，盖音谬也：汉字最初只有"华（huā）"字，没有"花"字，后来有了"花"字，"华""花"分家，"华"才读为 huá。（王安石认为碑文上的"花"是按照"华"的古音而写的今字，仍应读 huā，而不应读"华（奢侈、虚浮）实"的 huá。按，这里说的不是五岳中的"华（huà）山"）。言，说。盖，承接上文，解释原因，有"大概因为"的意思。谬，错误。

[6] 上：名词活用作动词，向上走。窈（yǎo）然：深远幽暗的样子。

[7] 盖：表猜测的发语词，大概。尚：还。不能十一：不及十分之一。不能，不及，不到。

[8] 其：第一人称代词，指自己。而：连词，表结果，以致，以至于。不得：不能。极：尽，这里有尽情享受的意思，形容词活用作动词。夫：这，那，指示代词。

[9] 至于：这里是抵达、到达的意思，不同于现代汉语用在下文开头，表示提出另一话题。幽暗昏惑：幽深昏暗，叫人迷乱（的地方）。昏惑，迷乱。以：连词，表目的。相（xiàng）：帮助，辅助。

[10] 何可胜道：怎么能说得完。胜，尽。

[11] 庐陵：今江西省吉安市。萧君圭，字君玉。长乐：今福建省福州市长乐区。王回，字深父。父，通"甫"，下文的"平父""纯父"的"父"同。安国平父、安上纯父：王安国，字平父。王安上，字纯父。

第十四单元 唐宋散体文

121

《作品简析》

《游褒禅山记》是北宋的政治家、思想家王安石在辞官归家途中游览了褒禅山后，以追忆形式写下的一篇游记。该篇游记因事见理，夹叙夹议，其中阐述的诸多思想，不仅在当时难能可贵，在当今社会也具有极其深远的现实意义。"世之奇伟瑰怪非常之观，常在险远"更成为世人常用的名言。

从篇首至"盖音谬也"，记述褒禅山命名的由来。从"其下平旷，有泉侧出"至"而不得极夫游之乐也"，记叙游览褒禅山后洞的情形。从"于是余有叹焉"至"此余之所得也"，写未能深入华山后洞所产生的感想和体会。从"余于仆碑"至"此所以学者不可以不深思而慎取之也"，写由于仆碑而引起的联想。从"四人者"至篇末，记同游者姓名和写作时间。

本文虽以游记命题，但所写重点却不在于记游，而在于游览中的心得和体会，本文着重写了两点：一是写华山山名的本末；一是写游览华山后洞的经过。

墨池记

曾 巩

临川之城东[1]，有地隐然而高[2]，以临于溪，曰新城。

新城之上，有池洼然而方以长[3]，曰王羲之之墨池者。荀伯子《临川记》云也。羲之尝慕张芝[4]，临池学书，池水尽黑，此为其故迹，岂信然邪[5]？

方羲之之不可强以仕[6]，而尝极东方[7]，出沧海[8]，以娱其意于山水之间。岂有徜徉肆恣，而又尝自休于此邪？羲之之书晚乃善，则其所能，盖亦以精力自致者，非天成也。然后世未有能及者，岂其学不如彼邪？则学固岂可以少哉！况欲深造道德者邪[9]？

墨池之上，今为州学舍[10]。教授王君盛恐其不章也[11]，书'晋王右军墨池'之六字于楹间以揭之[12]。又告于巩曰："愿有记"。推王君之心[13]，岂爱人之善，虽一能不以废[14]，而因以及乎其迹邪？其亦欲推其事以勉其学者邪？夫人之有一能，而使后人尚之如此，况仁人庄士之遗风余思[15]，被于来世者何如哉[16]！

庆历八年九月十二日，曾巩记。

《注 释》

[1] 临川：宋朝的抚州临川郡（今江西省抚州市临川区）。

[2] 隐然而高：微微地高起。隐然，不显露的样子。

[3] 洼然：低深的样子。方以长：方而长，就是长方形。

[4] 张芝：东汉末年书法家，善草书，世称"草圣"。王羲之"曾与人书云：'张芝临池学书，池水尽黑，使人耽（dān，酷爱）之若是，未必后之也。'"（《晋书·王羲之传》）

[5] 信然：果真如此。邪：吗，同"耶"。

[6] 强以仕：勉强要（他）做官。王羲之原与王述齐名，但他轻视王述，两人感情不好。后羲之

任会稽内史时，朝廷任王述为扬州刺史，管辖会稽郡。羲之深以为耻，称病去职，誓不再仕，从此"遍游东中诸郡，穷诸名山，泛沧海"。

[7] 极东方：游遍东方。极，穷尽。

[8] 出沧海：出游东海。

[9] 深造道德：在道德修养上深造。指在道德修养上有很高的成就。

[10] 州学舍：指抚州州学的校舍。

[11] 教授：官名。宋朝在路学、府学、州学都置教授，主管学政和教育所属生员。

[12] 揭：挂起，标出。

[13] 推：推测。

[14] 一能：一技之长，指王羲之的书法。

[15] 仁人庄士：指品德高尚、行为端庄的人。遗风余思：遗留下来令人思慕的美好风范。余思，指后人的怀念。余，也是"遗"的意思。

[16] 被于来世：对于后世的影响。被，影响。何如哉：会怎么样呢？这里是"那就更不用说了"的意思。

《墨池记》朗读欣赏

《作品简析》

《墨池记》是北宋散文家曾巩的代表作品。文章从记叙墨池遗迹入手，紧密联系王羲之苦练书法的故事，着重阐明勤学苦练出才能的道理，勉励人们刻苦学习，提高道德修养，这就使得这篇短文超出了记叙古迹的范畴，成为一篇寓意深长的"劝学篇"。

古汉语通论

古文的文体分类

古人很早就注意到各种文体的特点。例如曹丕在《典论·论文》中说："夫文本同而末异。盖奏议宜雅，书论宜理，铭诔尚实，辞赋欲丽。"他的意思是说：奏议应该做到雅，雅就是擅于运用经典；书信和铭说应该做到理，理就是条理明畅；铭诔应该做到实，实就是切实而不浮夸；诗赋应该做到丽，丽就是敷陈辞藻。此外，陆机《文赋》刘勰《文心雕龙》也讲到各种文体的特点，《文心雕龙》的前二十五篇，可以说是当时论述文体的集大成的著作。

一、文体十三类

姚鼐《古文辞类纂》把文章分为论辩、序跋、奏议、书说（shuì）、赠序、诏令、传（zhuàn）状、碑志、杂记、箴铭、颂赞、辞赋、哀祭十三类。这十三类文体各有其特点。

（一）论辩类

论辩类就是论说文，包括哲学论文、政治论文、史论、文论等。先秦诸子书，一般都可认为是论文集。单篇论文则以贾谊《过秦论》为最早。论辩类或者是发表自己的主张，阐明一个道理（论）；或者是辨别事理的是非，驳斥别人的言论（辨）。举例来说，《淮南子》是论，而《论衡》则是辨；《过秦论》是论，而《神灭论》则是辨。

（二）序跋类

序跋类是一部书（或一篇文章）的序言或后序。序（叙）是一般的序言，放在书的前面；跋则放在书的后面，即后序。上古时代的序都是放在后面的。有人认为《庄子·天下》篇就是《庄子》的序。至于《淮南子·要略》篇，《论衡·自纪》篇，《史记·太史公自序》，《汉书·叙传》等，更显然都是序言，它们都是在书的后面。《说文解字》的序也在后面。后来像萧统《文选》等书，序文才移到前面。

（三）奏议类

奏议类是臣子上给皇帝的书信，包括《文心雕龙》所说的章表、奏启、议对三类。《文心雕龙·章表》篇说："章以谢恩，奏以按劾，表以陈请，议以执异。"可见较古的时候（汉代）四者是有分别的；后来逐渐变为没有多大分别了。此外还有疏、上书、封事。疏的本意是条陈（逐条陈说），封事是预防泄漏的意思，是一种秘密的奏议。对策（简称策），是奏议的一个附类。《文心雕龙·议对》篇说："对策者，应诏而陈政也。"这是应举时由皇帝出题目，写在简上，叫作策问；应举者按题陈述自己的意见，叫作对策。汉代晁错、董仲舒都以对策著名。

（四）书说类

书说类包括书和说。书指一般的书信，说大多是游士说别国人君的言辞。

（五）赠序类

赠序类是一种特殊的文体。古人有所谓"赠言"。到了唐初，赠言才成为一种文体，叫作"序"。韩愈所作的赠序最多，也被认为最好。

（六）诏令类

诏令类是皇帝对臣下的书信。诏令和奏议本来都是书信，但因封建时代最高统治者被认为与一般人不同，所以臣子给皇帝的书信叫奏议，皇帝给臣下的书信叫诏令。檄（xí），是诏令的一个附类。它被用来晓谕、或者用来声讨罪恶。檄，不一定是皇帝发出的，有时候，也可能是敌国互相声讨，或者是所谓"讨贼"。由于封建社会很少有正义战争，互相攻击的人往往是一丘之貉。所谓檄，往往是强词夺理，或者是捏造事实。

（七）传状类

传状类是记述个人生平事迹的文章，一般是记述死者的事迹。传指传记，状指行状。传来源于《史记》《汉书》。拿《史记》来说，《项羽本纪》《孔子世家》《淮阴侯列传》《魏其武安侯列传》等，都应该属于传。（注：姚鼐以为正史的传不算传状类，所以《古文辞类纂》只收韩愈《圬者王承福传》、柳宗元《种树者郭橐驼传》等，那是错误的。）"行状"又称"行述""行略""事略"等。行状本来是提供给礼官为死者议定谥号或提供给史官采择立传的书面材料。又，请人写墓志铭碑表之类（见后），也往往提供行状。有的行状实际上就是一篇很好的传记，柳宗元的《段太尉逸事状》被认为是传状类的名篇。（注：徐师曾《文体明辨》说："逸事状则但录其逸者，其所已载，不必详焉，乃状之变体也。"）传奇小说，如《霍小玉传》《李娃传》《莺莺传》等，可归入传状一类。

（八）碑志类

碑志类包括碑铭和墓志铭。碑铭的范围颇广，有封禅和纪功的刻文，例如秦始皇《泰山刻文》、班固《封燕然山铭》、韩愈《平淮西碑》等；有寺观、桥梁等建筑物的刻文，例如王简栖《头陀寺碑文》，韩愈《南海神庙碑》等；此外还有墓碑，这是记载死者生前事迹的，文章最后有铭（韵语）。封建时代大官的墓碑是树立在墓前道路（神道）上的，所以叫作神道碑，官阶低的则树立墓碣。碑碣的文体没有什么差别，只是碑碣本身的形制有所不同。（注：《唐六典》卷四载碑碣之制说："五品以上立碑，螭首龟趺（碑首盘螭，碑座龟形），趺上高不过九尺。七品以上立碣，圭首方趺（碣首圭形，碣座方形），趺上高不过四尺。若隐论道素，孝义著闻，虽不仕亦立碣。"明代三品以上立神道碑。）此外还有一种墓表，无论死者入仕与否都可以树立。墓表也是立在神道上的，所以又称为神道表。墓表一般没有铭（韵语）。

墓志铭（墓志）也是记载死者生前事迹的，前有志，后有铭。它一般是两块方石，一底一盖，底刻志铭，盖刻标题（某朝某官某人墓志），安葬时埋在墓圹里，据说是防备陵谷变迁，以便后人辨认的，所以后来又称为埋铭、圹铭、圹志等。

（九）杂记类

杂记类包括除传状、碑志以外的一切记叙文。有刻石的，有不刻石的。刻石的如柳宗元的《永州韦使君新堂记》，不刻石的如柳宗元的山水游记。杂记文的特点是叙事，但唐宋古文家的杂记往往是叙中夹论。像苏辙的《快哉亭记》、范仲淹的《岳阳楼记》则是议论多于记事。

（十）箴铭类

箴铭类是用于规诚的文章，大多是用来诫勉自己的。刘禹锡的《陋室铭》属于这一类。

（十一）颂赞类

颂赞类是用于颂赞的文章，一般是对别人的歌颂和赞扬。韩愈的《子产不毁乡校颂》属于这一类。

（十二）辞赋类

辞赋类近似于长诗，可以抒情，可以咏物。

（十三）哀祭类

哀祭类包括哀辞和祭文。二者都是哀吊死者的文章，但祭文则是设祭时拿来宣读的。诔，就内容来说，介于碑志与哀辞之间。《文心雕龙·诔碑》篇说："大夫之材，临丧能诔。诔者，累也；累其德行，旌之不朽也。"由此看来，诔就很像碑志，只是不刻石罢了。颜延年作《陶徵士诔》，就是叙述陶渊明的德行的。后来诔和哀辞没有多大的差别。

二、十三类文体的论说

有些类文体的界限不是十分清楚的。就名称来看，有的是同名而异实：序跋的序和赠序的序完全不同；座右铭的铭和墓志铭的铭也完全不同。就内容来看，有些作品可能跨类。例如贾谊的《论积贮疏》虽属奏议类，但通篇是发议论，很像一篇论说文；韩愈的《送孟东野序》虽属赠序类，但通篇是说理，也很像一篇论说文。扬雄的《解嘲》、萧统《文选》把它归入"设论"类，《古文辞类纂》则归入辞赋类，因为就内容说应该属论辩，就形式说则应该属辞赋。韩愈的《进学解》是仿照《解嘲》的体裁的，《古文辞类纂》也把它归入辞赋类。

再从用韵的角度来看文体。辞赋、颂赞、箴铭、碑志、哀祭，这五类一般都是有韵的文章，我们把它叫作"韵文"。但是，有完全的韵文，有不完全的韵文。个别的也有完全不用韵的。五类用韵的情况又各有不同，所以必须分别加以讨论。

辞赋类是完全的韵文，从头到尾都是有韵的。（注：赋的前头如有序，序文当然不用韵。）所以古人往往把诗赋并称。班固《两都赋序》说："赋者，古诗之流也"，《文选》也把赋与诗放在一起（赋在诗前），可见一向认为赋是接近诗的。姚鼐在《古文辞类纂序目》中说："辞赋固当有韵，然古人亦有无韵者。"这话不合事实。枚乘《七发》不完全用韵，正因为它不是纯粹的赋体。扬雄《解嘲》、韩愈《进学解》等，基本上是用韵的，只不过稍有变通罢了。

颂赞类也是完全的韵文。虽然有些颂赞也容许有序（散文），如柳宗元的《伊尹五就桀赞》，但是这种颂赞仍属韵文，因为韵语是全篇的主体。一般颂赞是没有序的，从头到尾都用韵，如韩愈的《子产不毁乡校颂》。另有一种赞与颂赞不同，那只是几句结论性的话，通常是四字一句，如《文心雕龙》每篇后面的赞。但是，这种赞也是从头到尾用韵的。

箴铭类也是完全的韵文。刘禹锡《陋室铭》一开头就有韵，而且是以"名、灵、馨、青、丁、经、形、亭"一韵到底。只有最后一句是不入韵的。

碑志类的情况稍有不同。封禅的刻文还是自首至尾用韵的。但是，纪功的刻文就不一定完全用韵，特别是唐代以后，碑文往往是序长于铭，也就是散文部分长于韵文部分。如韩愈的《平淮西碑》有大半篇幅是序。墓碑和墓志铭的韵文部分更少。（注：这是就唐以后的情况说的。《文选》载有任昉所作的一篇墓志，与此恰恰相反，那是一篇完全的韵文。）一般情况是叙述占了大部分的篇幅，略等于一篇行状，最后才是几句铭，以欧阳修《祖徕石先生墓志铭》为例。墓志铭的铭也有不用韵的，如韩愈的《柳子厚墓志铭》，但那是很少的例外。

哀祭类是接近辞赋类的。《古文辞类纂》把贾谊的《吊屈原赋》归入哀祭类，《文选》

认为《吊屈原赋》是"吊文"，把它和"祭文"平列。祭文一般是完全的韵文，所以和辞赋是同一性质的（从语言角度看）。韩愈《祭柳子厚文》，除开头几句外，完全用韵。李翱《祭韩侍郎文》则自首至尾全部用韵。祭文中长距离押韵，而且句子长短参差，这是宋人的一种风气。王安石《祭欧阳文忠公文》可以作为代表。祭文中也有完全不押韵的，这种情况极为少见。韩愈《祭十二郎文》便是一例。祭文与哀辞（或诔）都可能有序。但是唐以后的祭文就不再有序；相反地，唐以后的哀辞一般都有长序。因此，哀辞在形式上近似碑志。

除了以上五类之外，别的文体也可能用韵。比如柳宗元的《愚溪诗序》，就体裁说，是完全可以不用韵的，但其中却有韵语："以愚辞歌愚溪，则茫然而不违，昏然而同归。超鸿蒙，混希夷，寂寥而莫我知也。"其中"违"和"归"押韵，"夷"和"知"押韵（也可以认为四字一起押韵，算是支微通押）。

此外，杂记中也经常可以见到一些押韵的情况。如范仲淹《岳阳楼记》中的一段："若夫淫雨霏霏，连月不开。阴风怒号，浊浪排空；日星隐曜，山岳潜形。商旅不行，樯倾楫摧。薄暮冥冥，虎啸猿啼。登斯楼也，则有去国怀乡，忧谗畏讥，满目萧然，感极而悲者矣。至若春和景明，波澜不惊。上下天光，一碧万顷。沙鸥翔集，锦鳞游泳。岸芷汀兰，郁郁青青。而或长烟一空，皓月千里，浮光耀金，静影沉璧。渔歌互答，此乐何极！登斯楼也，则有心旷神怡，宠辱皆忘，把酒临风，其喜洋洋者矣！"其中"霏"和"开"押韵（不完全韵），"空"和"形"押韵（不完全韵），"摧"和"啼"押韵（不完全韵），"讥"和"悲"押韵，"明""惊"和"顷""泳""青"押韵（平仄通押），"璧"和"极"押韵，"忘"和"洋"押韵。这是自由式的韵文，它的押韵在有意无意之间不受任何格律的约束，所以可以用不完全韵，可以平仄通押，可以不遵守韵书的规定（如"讥"和"悲"押，"明""惊"和"青"押，"璧"和"极"押）。其所以这样做，是使读者朗诵起来觉得有声调铿锵之美。

文史拓展

唐宋八大家

唐宋八大家，又称唐宋古文八大家，是唐代韩愈、柳宗元和宋代欧阳修、苏轼、苏洵、苏辙、王安石、曾巩八位散文家的合称。其中韩愈、柳宗元是唐代古文运动的领袖，欧阳修、"三苏"等四人是宋代古文运动的核心人物，王安石、曾巩是临川文学的代表人物。韩愈是"古文运动"的倡导者，他们先后掀起了古文革新浪潮，使诗文的陈旧面貌焕然一新。

一、韩愈、柳宗元

韩愈和柳宗元都是唐代杰出的散文家，是古文运动的领导者，他们以鲜明的古文理论及丰富的创作，创立了有别于充满浮艳之气的六朝骈文的新散文，主张"文道合一"，以此撼动了骈文一统文坛的牢固地位，对中国古代散文的革新、发展，做出了重要贡献。韩、柳的出现，使得散体文的创作别开生面，气象一变。

韩愈（768—824），字退之，河南河阳（今河南省孟州市）人，唐代杰出的文学家、思想家、哲学家、政治家，自称"郡望昌黎"，世称"韩昌黎""昌黎先生"。韩愈是唐代古文运动的倡导者，被后人尊为"唐宋八大家"之首，与柳宗元并称"韩柳"，有"文章巨公"和"百代文宗"之名。

唐宋八大家简介

韩愈一生，积极求官，努力为文。韩愈主张"文以明道"，这是古文运动的纲领，也是韩愈古文理论的基石。他的"道"是指儒家的孔孟之道，推崇儒学，要求复兴儒学传统。同时，韩愈强调写文章在重视表现儒家思想内涵的同时，也不应该忽视语言的重要性，提倡文章要华而有实，主张"文道合一"。他把"道"和"文"分别看作内容和形式，认为实用性和艺术性不是相互排斥而是相辅相成的，文章不仅要言之有物还要言之有序。在写作过程中，韩愈主张学古创新，革新文体。对此他提出了"陈言之务去"，即语言上"不蹈袭前人"，进行词汇创新，他在散文创作中身体力行这一主张，他的文章中给后人留下了很多经典成语，有"痛定思痛""蝇营狗苟""垂头丧气"等。最后，韩愈主张"不平则鸣"，这是古文写作和古文创作的基本原则。他的杂文是"不平则鸣"的工具，后来的施耐庵在《水浒传》将其用"路见不平一声吼"来诠释。他主张在文章中宣泄受压迫、受伤害的下层文人的怨刺之情，或是统治阶级在内部矛盾斗争中的失意与不平，此理论主张具有深远的现实意义，有利于社会的稳定和发展，也影响了一大批文人的创作。但由于韩愈矫枉过正，也曾有些冷僻艰涩的作品，加之后人曲解，只在字句上求奇涩，而置韩愈"文从字顺各识其职"的理念于不顾，继韩愈之后有的韩门弟子一度流入求奇求怪的艰涩境界，古文运动以致消声匿迹。

柳宗元（773—819），字子厚，河东（现山西省运城市永济市一带）人，唐代文学家、哲学家、散文家和思想家，世称"柳河东""河东先生"，因官终柳州刺史，又称"柳柳州"。

纵观柳宗元的散文作品，无论是山水游记、传记散文，还是寓言故事，都体现了儒家民本思想，直接或间接地表达了对社会现实的不满和抗议。他的散文或正话反说，如《答问》《起废答》《愚溪对》等作品，或借形似之物来抨击现实，如《骂尸虫文》《斩曲几文》等。他一改前人的陈规，将浓郁的情感融入散文之中，彰显了文学作品的抒情特征和艺术魅力，使古文上升到真正的文学境地。他重视文章的内容，主张文以明道，为"道"应于国于民有利，切实可行。他注重文学的社会功能，强调文须有益于世。他提倡思想内容与艺术形式的完美结合，指出写作必须持认真严肃的态度，强调作家道德修养的重要性。他推崇先秦两汉文章，提出要向儒家经典及《老子》《庄子》《离骚》《史记》等学习借鉴，博观约取，以为我用，但又不能厚古薄今。柳宗元的散文特点，概括起来有以下几点：第一，风格沉郁，冷峻奇诡；第二，结构密致，千回百转；第三，语言精练，生动形象。

二、欧阳修及"三苏"

欧阳修（1007—1072），北宋时期政治家、文学家、史学家和诗人。字永叔，号醉翁，晚年又号六一居士，吉州永丰人，出生于绵州（今四川省绵阳市）。天圣进士。宋仁宗时，累擢知制诰、翰林学士；宋英宗时官至枢密副使、参知政事；宋神宗朝，迁兵部尚书，以太子少师致仕。卒谥文忠。欧阳修既是范仲淹庆历新政的支持者，也是北宋诗文革新运动的领导者。又喜奖掖后进，苏轼兄弟及曾巩、王安石皆出其门下。他的诗、词、散文均为一时之冠。诗文说理畅达，抒情委婉，为"唐宋八大家"之一；诗风与散文近似，重气势而流畅自然；其词深婉清丽，承袭南唐余风。曾与宋祁合修《新唐书》，并独撰《新五代史》，又喜收集金石文字，编为《集古录》。著有《欧阳文忠公文集》。

欧阳修是宋代文学的一代宗师，他继承了韩愈古文运动的精神，在散文理论上，提出了文以明道的主张。他所讲的道，主要不在于伦理纲常，而在于关心百事。他取韩愈"文从字顺"的精神，大力提倡简而有法、流畅自然的文风，反对浮靡雕琢和怪僻晦涩。他不仅能够从实际出发，提出平实的散文理论，而且又以其造诣很高的创作实绩起了示范作用。

欧阳修的创作使散文的体裁更加丰富，功能更加完备，时人称赞他："文备众体，变化开合，因物命意，各极其工。"欧阳修的语言简洁流畅，文气纤徐委婉，创造了一种平易自然的新风格，例如《醉翁亭记》的开头一段。欧阳修散文创作的高度成就与其正确的古文理论相辅相成，从而开创了一代文风。他的散文创作特点有三：第一，文体多样，议论、叙事和抒情兼备；第二，采"古文"与骈文之长，融成新的风格；第三，富于变化，开阖自如，具有和谐的韵律感。简约有法的叙事、迂徐有致的议论、曲折变化的章法、圆融轻快而无窘迫滞涩之感的语句，构成了欧阳修散文含蓄委婉的总体风格。

苏轼（1037—1101）与其父苏洵（1009—1066）、其弟苏辙（1039—1112）皆以文学名世，世称"三苏"。

苏轼的文学观点和欧阳修一脉相承，但更强调文学的独创性、表现力和艺术价值。"随物赋形"是其散文的一大特色。他的文学思想强调"有为而作"，崇尚自然，摆脱束缚，"出新意于法度之中，寄妙理于豪放之外"。他认为作文应达到"如行云流水，初无定质，但常行于所当行，常止于所不可不止。文理自然，姿态横生"（《答谢民师书》）的艺术境界。苏轼散文著述宏富，与韩愈、柳宗元和欧阳修三家并称。文章风格平易流畅，豪放自如。苏轼与韩愈的散文并称"韩潮苏海"，与欧阳修并称"欧苏"，是宋代散文最高成就的代表。

苏洵的散文论点鲜明，论据有力，语言锋利，纵横恣肆，具有雄辩的说服力。欧阳修称赞他"博辩宏伟""纵横上下，出入驰骤，必造于深微而后止"（《故霸州文安县主簿苏君墓志铭》）。艺术风格以雄奇为主，而又富于变化。一部分文章又以曲折多变、纡徐宛转见长。苏洵在《上田枢密书》中也自评其文兼得"诗人之优柔，骚人之清深，孟、韩之温淳，迁、固之雄刚，孙、吴之简切"。他的文章语言古朴简劲、凝练隽永；但有时又能铺陈排比，尤善做形象生动的妙喻，如《仲兄字文甫说》。

苏辙的散文表现出淡泊平和的风格和秀杰深醇之气，他在古文写作上有自己的主张。

其在《上枢密韩太尉书》中提出了"文气"说，所谓"文者，气之所形"，并论及"养气"之法。他擅长政论和史论，在政论中纵谈天下大事，如《新论》《上皇帝书》《六国论》《三国论》等，皆能以古鉴今，针砭时弊，在革新政事上颇有见地。此外，赋也写得相当出色，如《墨竹赋》，描摹竹子的情态细致逼真，富于诗意。

三、王安石、曾巩

王安石（1021—1086），字介甫，晚年号半山，小字獾郎，封荆国公，世人又称王荆公，北宋临川人（今江西省抚州市东乡区上池村），北宋杰出的政治家、思想家、文学家、改革家。

王安石不仅是一位杰出的政治家和思想家，同时也是一位卓越的文学家。他为了实现自己的政治理想，把文学创作和政治活动密切地联系起来，强调文学的作用首先在于为社会服务，强调文章的现实功能和社会效果，主张文道合一。他的散文雄健简练、奇崛峭拔，大都是书、表、记、序等体式的论说文，阐述政治见解与主张，为变法革新服务。这些文章针对时政或社会问题，观点鲜明，分析深刻，长篇则横铺而不力单，短篇则纡折而不味薄。

曾巩（1019—1083），字子固，世称"南丰先生"，建昌南丰（今属江西省）人，后居临川（今江西抚州市西）。曾致尧之孙，曾易占之子。嘉祐二年（1057）进士。北宋政治家、散文家，"唐宋八大家"之一，为"南丰七曾"（曾巩、曾肇、曾布、曾纡、曾纮、曾协、曾敦）之一。

曾巩的散文成就很高，是北宋诗文革新运动的积极参与者，宋代新古文运动的重要骨干。作为欧阳修的积极追随者和支持者，几乎全部接受了欧阳修在古文创作上的主张，在古文理论方面主张先道后文，文道结合，主张"文以明道"。其文风则源于六经，又集司马迁、韩愈两家之长，古雅本正，温厚典雅，章法严谨，长于说理，为时人及后辈所师范。其文自然淳朴，不甚讲究文采。在八大家中，他是情致较少的一个。他的文章绝少抒情作品，多为议论文和记叙文。他的散文以议论见长，立论精策。如《上欧阳舍人书》《上蔡学士书》论历代治乱得失，感慨深切。《赠黎安二生序》《王平甫文集序》，倾吐怀才不遇的愤懑不平，文风质朴，纵横开阖，有摇曳曲尽之妙。《越州赵公救灾记》将纷繁杂乱的事项写得条理分明，练达晓畅。其记叙文中偶有写景之作，刻画极工。如《道山亭记》述山川之险，精雕细刻。《墨池记》谈古论今，不无卓见。《宋史·曾巩传》评其文"立言于欧阳修、王安石间，纡徐而不烦，简奥而不晦，卓然自成一家，可谓难矣"。

第十五单元　唐传奇与宋元话本

唐传奇与宋元话本

一、唐传奇

唐传奇是指唐代流行的文言小说，作者大多以记、传名篇，以史家笔法，传奇闻逸事。"传奇"之名，起于晚唐裴铏小说集《传奇》，宋人尹师鲁也将"用对语说时景，世以为奇"的《岳阳楼记》称为"传奇体"。发展到后来，传奇才逐渐被认为是一种小说的体裁，如元代陶宗仪《辍耕录》将唐传奇与宋金戏曲、院本等相并列。明代胡应麟《少室山房笔丛》更将所分六类小说的第二类亦即《莺莺传》《霍小玉传》等定名为"传奇"。于是，传奇成为唐人文言小说的通称，"传奇"主要指唐代文言小说，但后世也将宋元南戏、明清戏剧统称为"传奇"。

唐传奇的发展大致经历了三个阶段。初、盛唐时期为发轫期，也是由六朝志怪小说到唐传奇之间的一个过渡阶段，作品数量少，艺术表现上也不够成熟。现存的几篇主要作品，如王度的《古镜记》以古镜为线，将十二个小故事连缀在一起，记此镜伏妖等灵异事迹；无名氏的《补江总白猿传》写梁将欧阳纥之妻被白猿掠去，纥入山历险，杀死白猿，救回妻子，后其妻生子类猿。从故事内容看，这两篇作品还明显残存着搜奇志怪的倾向，但在人物刻画和结构安排上却已有了较大提高，描写也更为生动。《游仙窟》是唐传奇中字数最多的一篇，也是此阶段传奇作品中艺术成就较高的一篇。作者张鷟，高宗时进士，卒于开元中。该文以第一人称自述奉使河源，途中投宿神仙窟，与女主人十娘、五嫂宴饮欢乐之事，所谓"神仙窟"不过是娱乐场所的代称而已。文中诗文交错，韵散相间，于华丽的文风中杂有俚俗气息，已经颇具后来成熟期传奇作品的体貌了。

中唐时代是传奇发展的兴盛期，从唐代宗到宣宗这一百年间，名家名作蔚起，唐传奇的大部分作品都产生在这个时期。这一方面是小说本身由低级向高级不断演进的结果，另一方面也得益于蓬勃昌盛的文学在表现手法上所提供的丰富借鉴，如诗歌的抒情写意、散文的叙事状物、辞赋的虚构铺排等艺术技巧在传奇作品中屡见不鲜，而诗歌向传奇的渗入尤为明显，使得诸多传奇作品都具有诗意化特点。元稹、白居易、白行简、陈鸿、李绅等人更以诗人兼传奇家的身份，将歌行与传奇配合起来，用不同体裁不同方式来描写同一事件（如元稹的《莺莺传》、白行简的《李娃传》、陈鸿的《长恨歌传》，都有与之相配的长篇歌行），从而既提高了传奇的地位，也扩大了传奇的影响。而传奇在叙事上，则与古文的兴盛有一定关系。此期不少传奇作家本身就是享有盛名的古文大家，韩愈写过《毛颖传》《石鼎联句诗序》，柳宗元写过《河间传》《李赤传》，这些作品在构思和技巧上已近于传奇小说的作品均具有古文的笔法和风格。

唐传奇的创作特点

传奇在中唐的繁荣，还与此期特殊的社会文化风尚紧相关联。中唐时期，通俗的审美趣味由于变文、俗讲的兴盛而进入士人群落，传奇在很大程度上已为人们接受和欣赏，已经有了广大的受众。传奇的受众是伴随着贞元、元和之际由雅入俗的浪潮而日趋壮大的。元稹《酬翰林白学士代书一百韵》诗云："翰墨题名尽，光阴听话移。"句下自注："乐天每与予游，从无不书名屋壁。又尝于新昌宅（听）说《一枝花》话，自寅至卯未毕词也。"元稹、白居易一大早即起来听说"话"，以至长达两个时辰，足见当时士大夫阶层的好尚。这种好尚反映了一种新的审美要求，一种与传统心理迥然不同的期待视野，正是为了满足这种审美要求和期待视野，以重叙事、重情节为特征的传奇才会在中唐时代如雨后春笋般涌现出来。

中唐传奇所存完整作品近四十种，题材多取自现实生活，涉及爱情、历史、政治、豪侠、梦幻、神仙等诸多方面，其中以爱情小说的成就最为突出。陈玄佑的《离魂记》是传奇步入兴盛期的标志性作品。该作约产生于大历末年，写的是张倩娘为追求自由爱情，冲破封建家庭的阻挠，灵魂离躯体而去，终得与情人结合；后返归故里，与在闺房病卧数年的倩娘身躯"翕然而合为一体"。小说幻设奇妙情节，赞扬婚姻自主，谴责背信负约，对自由爱情的主题进行了突出的渲染描绘。李朝威的《柳毅传》写人神相恋故事而"风华悲壮"，别具特色。其中男主角柳毅的形象最为丰满，性格豪侠刚烈，当他于泾阳邂逅远嫁异地、被逼牧羊的洞庭龙女，得知她的悲惨遭遇后，毅然为之千里传书。钱塘君将龙女救归洞庭、威令柳毅娶她时，柳毅昂然不屈，严词拒绝。其自尊自重的凛然正气，赢得了龙王的敬佩，并在几经曲折后，最终与龙女成婚。总之，《柳毅传》通过形神兼具的人物形象塑造和波澜起伏的情节描写，将灵怪、侠义、爱情三者成功地结合在一起，展现出奇异浪漫的色彩和清新峻逸的风神，堪称不可多得的佳作。

从贞元中期到元和末的二十年间，小说领域又崛起了白行简、元稹、蒋防三位传奇大家，他们创作的《李娃传》《莺莺传》《霍小玉传》完全摆脱了神怪之事，而以生动的笔墨、动人的情感来全力表现人世间的男女之情，取得了极大的成功。

《李娃传》写荥阳生赴京应试，与名妓李娃相恋，资财耗尽后，被鸨母设计逐出，流浪街头，后与其父荥阳公相遇，痛遭鞭笞，几至于死，沦为乞丐，为李娃所救。在李娃的护理和勉励下，发愤读书，终于登第为官，李娃也被封为汧国夫人。这是一篇以大团圆方式结局的作品。与《李娃传》的由悲到喜不同，元稹的《莺莺传》由喜到悲，凄婉动人地描写了莺莺与张生相见、相悦、相欢，而以张生的"始乱终弃"作结的爱情悲剧的全过程，细致地展现了莺莺具有鲜明个性特征和深刻社会内涵的典型性格，塑造了一个冲破封建礼教樊篱、争取爱情自由的"叛逆"女性。《霍小玉传》是继《莺莺传》之后的又一部爱情悲剧，也是中唐传奇的压卷之作。小说中的霍小玉是作者描写最生动、最有光彩的人物形象，她原为霍王之女，只因其母是霍王侍婢，地位低下，小玉终被众兄弟赶出王府，沦为妓女。她与出身名门望族的陇西才子李益相爱，后李益背信弃约，另娶她人。小玉相思成疾，李益避不见面。最后一黄衫豪士，将李益强拉到小玉处，小玉悲愤交集，义正词严怒斥李益，之后小玉"长恸号哭数声而绝"。这是悲剧的终点，也是悲剧的高潮。

除了上述以爱情为题材的作品外，中唐传奇还有一些借寓言、梦幻以讽刺社会的佳作，《枕中记》和《南柯太守传》最具代表性。《枕中记》写自叹贫困而又热衷功名的卢生路遇吕翁，并在他授予的青瓷枕上入梦，梦中娶高门女，又中进士，出将入相，享尽了人间的荣华富贵，醒来方知是大梦一场，而店主所蒸黄粱犹自未熟。《南柯太守传》的命意与《枕中记》相似，写游侠淳于棼梦游"槐安国"，做了驸马，又任南柯太守，因有政绩而位居台辅。后失宠遭谗，被遣返故里。一梦醒来，才发现所游之处原为屋旁古槐下一蚁穴。这两篇作品借梦境凝缩了唐代士子的情志欲望，又借梦境的破灭说明功名富贵的虚幻，由此对汲汲于名利富贵的士子予以讽刺，对官场的黑暗予以揭露。

此期还有不少以历史故事为题材的传奇作品，如《长恨歌传》《开元升平源》《东城老父传》《高力士外传》《上清传》《安禄山事迹》等，其中以陈鸿的《长恨歌传》较为突出。元和元年冬白居易为盩厔尉时与陈鸿、王质夫游仙游寺，作《长恨歌》，又使陈鸿作传，即《长恨歌传》。作者为此文的目的，是要"惩尤物，窒乱阶，垂于将来"。

唐传奇在经过发轫期的准备、兴盛期的火爆之后，终于在晚唐时代开始退潮，出现了由盛转衰的局面。此期作品数量虽然不少，而且出现了不少传奇专集，如袁郊的《甘泽谣》、皇甫枚的《三水小牍》、裴铏的《传奇》、薛用弱的《集异记》、李复言的《续玄怪录》等，但这些作品大多篇幅短小，内容单薄，或搜奇猎异，或言神志怪，思想和艺术成就都失去了前一个时期的光彩。晚唐传奇也有自己的特色。随着中唐以后游侠之风的盛行，涌现出一批描写豪侠之士及其侠义行为的传奇作品，内容涉及扶危济困、除暴安良、快意恩仇、安邦定国等方面，突出豪侠人格的贤韧刚毅和卓然不群，武功的出神入化，功业的惊世骇俗，由此展现出一种奔腾流走的生命情调。《传奇》之《聂隐娘》《昆仑奴》，《集异记》之《贾人妻》等，都是较有代表性的作品。

二、唐传奇的艺术特点

唐代传奇的艺术成就斐然可观。与传录异事、粗陈梗概的六朝小说相比，传奇作者更注重作品的审美价值，注重小说愉悦性情的功用，形成"作意好奇""始有意为小说"（鲁迅《中国小说史略》）的特点。

（一）有意为小说，注重文采和想象

唐传奇作家对各种传说闻见除艺术加工外，还在其基础上进行杜撰，亦即有闻加工，无闻虚构，从而使小说所传之"奇"，成为有意为之之奇、大加渲染发挥后之奇。那些以神怪、异梦为题材的作品讲的本就是虚幻无稽之事，虚构想象自然成为其基本手法。即使以历史和现实生活为题材的作品，如《长恨歌传》《霍小玉传》等，作者也并不拘泥于史实、传闻，而是根据创作的需要，因文生事，幻设情节，多方描绘环境，巧妙编织对话，深深探寻人物的内心隐秘，有目的地进行再创作。在结构布局上，传奇往往采用史

第十五单元 唐传奇与宋元话本

133

传的表现方法，明确交代故事发生的时间、地点，甚至标注年号，故意给读者造成心理上的真实感觉，但这种结构布局不过是一个外在的框架，而在故事展开的过程中，则绝不受其限制，既大量使用虚构想象以求奇，又致力于细节描写以求真，在真假实幻之间，创造出情韵盎然、文采斐然的艺术作品，从而在小说这一文体的独立历程上迈出了关键性的一步。

（二）篇幅较短，构思新颖

现存传奇的篇幅一般不长，短的仅有几百字，长的也没有超过一万字，但在艺术构思上大都奇异新颖、富于变化，使有限的文字生出无限的波澜，以曲折委婉的情节引人入胜。如《李娃传》《莺莺传》《柳毅传》几篇描写爱情的佳作都善于选择一个有典型意义的事件，展开矛盾冲突，但其构思方式和情节结构却各不相同，《李娃传》情节跌宕起伏，充满戏剧性的变化，最后以大团圆结局，颇具世俗气息；《莺莺传》则以"始乱终弃"为线索，叙述描写中不时杂以短小精当的诗作，穿针引线，醒目提神，强化了作品的抒情性和悲剧效果。至于《柳毅传》的构思和情节，又以离奇变幻、巧妙曲折为特色。在柳毅为龙女传书的使命已经完成，准备离开龙宫之际，突然插入钱塘君逼婚一节，使得波澜再起；柳毅回家后两次所娶之妻均夭折，最后与卢氏成婚，而当谜底揭开后，方知这位卢氏正是龙女的化身。情节安排环环相扣，一转再转，既在意料，又在情理之中。

（三）刻画人物，飞笔传神

不少传奇作者还是人物写生的好手，他们不仅善于以精湛的细节描写来揭示人物的心理活动，用对比、衬托手法来表现人物的性格特点，而且工于白描式的肖像摹写，往往三言两语，即飞笔传神。如莺莺初见张生时，是"常服晬容，不加新饰，垂鬟接黛，双脸销红而已"；而李娃与郑生初次相会时，却是"回眸凝睇，情甚相慕"，至再会时，再整装易服而出，"明眸皓腕，举步艳冶"。两人虽同是妙龄女郎，但一为大家闺秀，一为娼门妓女，举止、情态判然不同。霍小玉也很美，但美到什么程度呢？作者未正面描写，而是从李益的感觉着笔："小玉自堂东阁子中而出，生即拜迎，但觉一室之中，若琼林玉树，互相照耀，转盼精彩射人。"笔致空灵飘逸，令人于诗化的境界中感到不可方物的女性美。

（四）语言丰富，巧用修辞

在修辞手法的使用中，唐传奇也取得了突出的成就：叙述事件简洁明快，人物对话生动传神，词汇丰富，句式多变。有些作品虽施以藻绘，却无繁缛之弊而有明丽之美，一些佳作更善于用诗化语言营造含蓄优美的情境，在描写景物、渲染气氛时，或简笔勾勒，或浓墨重染，极富艺术表现力和感染力。

三、宋元话本

宋元通俗文学影响最大、流布最广的是说话艺术及其文本形式——话本。"说话"在古代是一种民间伎艺的名称，即用口语讲说故事，略相当于后来的说书。话本属于随说话艺术发展起来的一种文学形式。它原指说话人使用的底本。包括小说、讲史、说经等说话艺人的底本，诸宫调、影戏、傀儡戏的脚本也可以称作话本。唐话本尚处于初创阶段，数量不多，情节松散，语言也不够通俗。进入宋代，随着说话艺术的发展，话本的数量和质量都有了很大的提高。话本的出现是中国小说史上的一件大事。它大大拓展了小说表现生活的领域，普及了小说这一文学样式的读者群，艺术手法也在文言小说的基础上有了提高。

（一）小说话本

目前存留下来的宋代小说话本很少，而且大多经过了元人的修订，所以一般称"宋元话本"。实际上，元代刊刻的小说话本现在也极为罕见，只有近年来发现的《红白蜘蛛》一篇的残页。根据文献对宋元小说话本的记载，再和明人刊印的有关作品相互参证，目前能够肯定为宋元小说话本的作品大约有四十篇。

宋元小说话本有一定的体制。其文本大体由入话、正话、结尾几个部分构成。入话是小说话本的开端部分，它有时以一首或若干首诗词"起兴"，说风景，道名胜，往往与故事的发生地点相联系，或与故事的主人公相关联；有时先以一首诗点出故事题旨，然后叙述一个与题旨相关的小故事，其行话是"权做个'得胜头回'"，实则这个小故事与将要细述的故事有着某种类比关系。显然，入话的设置，乃是说话人为安稳入座听众、等候迟到者的一种特意安排，也含有引导听众领会"话意"的动机。正话，则是话本的主体，情节曲折，细节丰富，人物形象鲜明突出。正话之后，往往以一首诗总结故事主题，或以"话本说彻，权做散场"之类套话作结。

小说话本所讲述的基本上都是市民阶层的故事，其中的主人翁多数为普通的市民。小说话本的题材十分丰富，据罗烨《醉翁谈录》所言，有灵怪、烟粉、传奇、公案、朴刀、杆棒、妖术、神仙等种类。

爱情故事最受听众和读者的欢迎，而话本中所讲述的爱情跟封建礼教规定的父母之命、媒妁之言的两性结合完全不同，它带有强烈的张扬本能欲望、憧憬新生活的理想和反对封建礼教束缚的倾向。这些故事当中，过去一直处于从属位置的女性形象往往占据了主要的地位，这也是一个值得注意的现象。比如《闹樊楼多情周胜仙》，讲述泛海商人的女儿周胜仙和东京樊楼酒馆老板范大郎兄弟范二郎的爱情经历，女主人公周胜仙是追求爱情的主动方。作品生动地反映了女性为追求个人幸福而不屈不挠、死不罢休的人生态度。另一部爱情小说《碾玉观音》也非常经典。

公案类的小说反映的是复杂的社会矛盾，情况形形色色，不一而足。这一类型的代表作有《错斩崔宁》《简帖和尚》《宋四公大闹禁魂张》等。这些作品总的来说都是站在市民的立场上对封建统治表示不满，属于"不平则鸣"之作。从宋元小说话本开始，浅显的白话文小说正式登上了文坛，它的出现，开启了中国小说史上的一个新纪元。

（二）讲史话本

宋元时期的讲史话本，元代称"平话"，它是从唐代民间讲说历史故事的基础上发展起来的。唐代有《韩擒虎话本》，讲述隋代名将韩擒虎征战南北的故事，取一人一事的形式，相当于人物传记。到了宋代，历史故事发展成为铺叙一朝一代的史事，并从前到后贯穿下来，于是形成了说话中的一大宗，与小说分庭抗礼。讲史是包括"新话"和"旧话"的，旧话指讲述前代的故事，新话则指讲本朝发生的故事。

宋代的讲史类说话已经发展得相当完备，从远古伏羲创世直到南宋临安建都，各代皆有，段段齐全。由于历史年代的久远，人物事件的繁多，讲史一门的说话人需要长期锻炼和培养，方能独当一面。宋元时期有很多的讲史话本，《永乐大典》便有"平话"门，收录二十六种。可惜流传至今的讲史话本只有《梁公九谏》《五代史平话》《宣和遗事》《全相平话五种》和《薛仁贵征辽事略》。

总的来说，讲史平话乃是依据历代史书编写而成的，其中也吸收了不少民间传说，与小说话本相比，它的情节描写更为简略，语言文白相间，艺术成就方面显然不及小说话本，但它是后代英雄传奇和历史演义类长篇小说的前身，其在文学史上的价值是不容忽视的。

（三）讲经话本

讲经话本是记述与佛教有关的故事的，现今流传下来的只有《大唐三藏取经诗话》一种。该话本共分三卷十七章，讲述唐代高僧玄奘到西方天竺国取经的经过，其中每话夹有诗，故称"诗话"。作品中塑造了一位"白衣秀才"的形象，自称"花果山紫云洞八万四千铜头铁额猕猴王"，在上路之初，他便主动前来护送唐僧西行。此人武艺高强，神通广大，是《西游记》孙悟空形象的前身。根据这个话本，可以知道猴行者的形象至少在南宋就已经家喻户晓了。

（四）诸宫调

诸宫调也属于瓦舍伎艺中的一种，其形式有说有唱，以唱为主，是宋金元时代讲唱文学的一支。它使用的底本亦称"话本"，可见与说话之间有着密切的关系。

诸宫调最初在北方流传，南宋时期又传入南方，形成了南北两种演唱方式。北方的诸宫调以琵琶和筝伴奏，说唱人自己敲打鼓点为节拍，又称"弦索"或"（掐）弹词"；南方则用笛子伴奏，演唱人敲鼓板或敲水盏为节拍。

诸宫调的规模庞大，套曲众多，一般每部作品有一百数十套，篇幅又灵活，可以自由伸缩，因此特别适合于讲述曲折跌宕的长篇故事。从北宋时期一直到元前期二百年左右的时间，诸宫调的创作处于繁盛时期，涌现出大量的作品。今天我们所知道的诸宫调名字已经不多了，总共只有十九种。诸宫调既有爱情婚姻方面的作品，也有灵怪神仙方面的作品，还有史传类的作品，题材略同于说话中的小说和讲史两类。元代中期以后，随着元杂剧的兴盛和传播，诸宫调伎艺日渐衰落，不复往日之繁盛。到了元末，《西厢记诸宫调》已"罕有人能解之者"。

四、宋元话本的艺术特点

第一，注重趣味性和虚构。"说话"是"说话人"赖以养家活口的职业，所以必须尽一切可能来吸引听众。而听众听"说话"是为了娱乐，要讲得有趣味才留得住他们。因此，趣味性就成了"说话"的第一原则。"说话"主要是叙述故事，而事实不一定有趣味，更不可能有充分的趣味性。"讲史"所说，有许多都出于虚构，其故即在于此。所以，"说话"追求趣味性是以虚构为基础的。

第二，思想感情与市井民众相通。由于要使听众——市井民众感兴趣，"说话人"不能采取说教的态度，并且不能使话本中人物的言行、感情"高雅"得让市井民众无法理解和接受，而必须使听众对话本里的人物产生深刻共鸣，感同身受地关注其命运，从而兴味盎然地倾听"说话人"的演述。因此，话本中人物（除了大奸大恶者以外）的言行和感情也正是市井民众在类似情况下所可能产生或向往的言行和感情。

第三，描写趋于细腻。现在所见元代刊印或编定的话本，有的叙事粗疏，只能勉强达意甚或词不达意；有的则能显示出大致的轮廓，偶尔也注意到细部；有的描写相当细腻，但可能已经过明代人的加工。

文学作品

柳毅传

李朝威

仪凤中，有儒生柳毅者，应举下第，将还湘滨。念乡人有客于泾阳者，遂往告别。至六七里，鸟起马惊，疾逸道左。又六七里，乃止。见有妇人，牧羊于道畔。毅怪视之，乃殊色也。然而蛾脸不舒，巾袖无光，凝听翔立，若有所伺。毅诘之曰："子何苦而自辱如是？"妇始楚而谢，终泣而对曰："贱妾不幸，今日见辱问于长者。然而恨贯肌骨，亦何能愧避？幸一闻焉。妾，洞庭龙君小女也。父母配嫁泾川次子，而夫婿乐逸，为婢仆所惑，日以厌薄。既而将诉于舅姑，舅姑爱其子，不能御。迨诉频切，又得罪舅姑。舅姑毁黜以至此。"言讫，歔欷流涕，悲不自胜。又曰："洞庭于兹，相远不知其几多也？长天茫茫，信耗莫通。心目断尽，无所知哀。闻君将还吴，密通洞庭。或以尺书寄托侍者，未卜将以为可乎？"毅曰："吾义夫也。闻子之说，气血俱动，恨无毛羽，不能奋飞，是何可否之谓乎！然而洞庭深水也。吾行尘间，宁可致意耶？惟恐道途显晦，不相通达，致负诚托，又乖恳愿。子有何术可导我邪？"女悲泣且谢，曰："负载珍重，不复言矣。脱获回耗，虽死必谢。君不许，何敢言。既许而问，则洞庭之与京邑，不足为异也。"毅请闻之。女曰："洞庭之阴，有大橘树焉，乡人谓之'社橘'。君当解去兹带，束以他物。然后叩树三发，当有应者。因而随之，无有碍矣。幸君子书叙之外，悉以心诚之话倚托，千万无渝！"毅曰："敬闻命矣。"女遂于襦间解书，再拜以进。东望愁泣，若不自胜。毅深为之戚，乃致书囊中，因复谓曰："吾不知子之牧羊，何所用哉？神祇岂宰杀乎？"女曰："非羊也，雨工也。""何为雨工？"曰："雷霆之类也。"毅顾视之，则皆矫顾怒步，饮龁甚异，而大小毛角，则无别羊焉。毅又曰："吾为使者，他日归洞庭，幸勿相避。"女曰："宁止不避，当如亲戚耳。"语竟，引别东去。不数十步，回望女与羊，俱亡所见矣。

其夕，至邑而别其友，月余到乡，还家，乃访友于洞庭。洞庭之阴，果有社橘。遂易带向树，三击而止。俄有武夫出于波间，再拜请曰："贵客将自何所至也？"毅不告

137

其实，曰："走谒大王耳。"武夫揭水止路，引毅以进。谓毅曰："当闭目，数息可达矣。"毅如其言，遂至其宫。始见台阁相向，门户千万，奇草珍木，无所不有。夫乃止毅，停于大室之隅，曰："客当居此以俟焉。"毅曰："此何所也？"夫曰："此灵虚殿也。"谛视之，则人间珍宝毕尽于此。柱以白璧，砌以青玉，床以珊瑚，帘以水精，雕琉璃于翠楣，饰琥珀于虹栋。奇秀深杳，不可殚言。然而王久不至。毅谓夫曰："洞庭君安在哉？"曰："吾君方幸玄珠阁，与太阳道士讲《火经》，少选当毕。"毅曰："何谓《火经》？"夫曰："吾君，龙也。龙以水为神，举一滴可包陵谷。道士，乃人也。人以火为神圣，发一灯可燎阿房。然而灵用不同，玄化各异。太阳道士精于人理，吾君邀以听焉。"语毕而宫门辟，景从云合，而见一人，披紫衣，执青玉。夫跃曰："此吾君也！"乃至前以告之。

君望毅而问曰："岂非人间之人乎？"对曰："然。"毅而设拜，君亦拜，命坐于灵虚之下。谓毅曰："水府幽深，寡人暗昧，夫子不远千里，将有为乎？"毅曰："毅，大王之乡人也。长于楚，游学于秦。昨下第，闲驱泾水右涘，见大王爱女牧羊于野，风鬟雨鬓，所不忍睹。毅因诘之，谓毅曰：'为夫婿所薄，舅姑不念，以至于此'。悲泗淋漓，诚怛人心。遂托书于毅。毅许之，今以至此。"因取书进之。洞庭君览毕，以袖掩面而泣曰："老父之罪，不能鉴听，坐贻聋瞽，使闺窗孺弱，远罹构害。公，乃陌上人也，而能急之。幸被齿发，何敢负德！"词毕，又哀咤良久。左右皆流涕。时有宦人密侍君者，君以书授之，令达宫中。须臾，宫中皆恸哭。君惊，谓左右曰："疾告宫中，无使有声，恐钱塘所知。"毅曰："钱塘，何人也？"曰："寡人之爱弟，昔为钱塘长，今则致政矣。"毅曰："何故不使知？"曰："以其勇过人耳。昔尧遭洪水九年者，乃此子一怒也。近与天将失意，塞其五山。上帝以寡人有薄德于古今，遂宽其同气之罪。然犹縻系于此，故钱塘之人日日候焉。"语未毕，而大声忽发，天拆地裂。宫殿摆簸，云烟沸涌。俄有赤龙长千余尺，电目血舌，朱鳞火鬣，项掣金锁，锁牵玉柱。千雷万霆，激绕其身，霰雪雨雹，一时皆下。乃擘青天而飞去。毅恐蹶仆地。君亲起持之曰："无惧，固无害。"毅良久稍安，乃获自定。因告辞曰："愿得生归，以避复来。"君曰："必不如此。其去则然，其来则不然，幸为少尽缱绻。"因命酌互举，以款人事。

俄而祥风庆云，融融怡怡，幢节玲珑，箫韶以随。红妆千万，笑语熙熙。中有一人，自然蛾眉，明珰满身，绡縠参差。迫而视之，乃前寄辞者。然若喜若悲，零泪如丝。须臾，红烟蔽其左，紫气舒其右，香气环旋，入于宫中。君笑谓毅曰："泾水之囚人至矣。"君乃辞归宫中。须臾，又闻怨苦，久而不已。有顷，君复出，与毅饮食。又有一人，披紫裳，执青玉，貌耸神溢，立于君左。君谓毅曰："此钱塘也。"毅起，趋拜之。钱塘亦尽礼相接，谓毅曰："女侄不幸，为顽童所辱。赖明君子信义昭彰，致达远冤。不然者，是为泾陵之土矣。飨德怀恩，词不悉心。"毅撝退辞谢，俯仰唯唯。然后回告兄曰："向者辰发灵虚，巳至泾阳，午战于彼，未还于此。中间驰至九天，以告上帝。帝知其冤，而宥其失。前所谴责，因而获免。然而刚肠激发，不遑辞候，惊扰宫中，复忤宾客。愧惕惭惧，不知所失。"因退而再拜。君曰："所杀几何？"曰："六十万。""伤稼乎？"曰："八百里。""无情郎安在？"曰："食之矣。"君忾然曰：

"顽童之为是心也，诚不可忍，然汝亦太草草。赖上帝显圣，谅其至冤。不然者，吾何辞焉？从此以去，勿复如是。"钱塘君复再拜。是夕，遂宿毅于凝光殿。

明日，又宴毅于凝碧宫。会友戚，张广乐，具以醪醴，罗以甘洁。初，笳角鼙鼓，旌旗剑戟，舞万夫于其右。中有一夫前曰："此《钱塘破阵乐》。"旌杰气，顾骤悍栗。座客视之，毛发皆竖。复有金石丝竹，罗绮珠翠，舞千女于其左，中有一女前进曰："此《贵主还宫乐》。"清音宛转，如诉如慕，坐客听下，不觉泪下。二舞既毕，龙君大悦。锡以纨绮，颁于舞人，然后密席贯坐，纵酒极娱。酒酣，洞庭君乃击席而歌曰："大天苍苍兮，大地茫茫，人

戏说《柳毅传》

各有志兮，何可思量，狐神鼠圣兮，薄社依墙。雷霆一发兮，其孰敢当？荷贞人兮信义长，令骨肉兮还故乡，齐言惭愧兮何时忘！"洞庭君歌罢，钱塘君再拜而歌曰："上天配合兮，生死有途。此不当妇兮，彼不当夫。腹心辛苦兮，泾水之隔。风霜满鬓兮，雨雪罗襦。赖明公兮引素书，令骨肉兮家如初。永言珍重兮无时无。"钱塘君歌阕，洞庭君俱起，奉觞于毅。毅跪踏而受爵，饮讫，复以二觞奉二君，乃歌曰："碧云悠悠兮，泾水东流。伤美人兮，雨泣花愁。尺书远达兮，以解君忧。哀冤果雪兮，还处其休。荷和雅兮感甘羞。山家寂寞兮难久留。欲将辞去兮悲绸缪。"歌罢，皆呼万岁。洞庭君因出碧玉箱，贮以开水犀；钱塘君复出红珀盘，贮以照夜玑：皆起进毅，毅辞谢而受。然后宫中之人，咸以绡彩珠璧，投于毅侧。重叠焕赫，须臾埋没前后。毅笑语四顾，愧谢不暇。洎酒阑欢极，毅辞起，复宿于凝光殿。

翌日，又宴毅于清光阁。钱塘因酒作色，踞谓毅曰："不闻猛石可裂不可卷，义士可杀不可羞耶？愚有衷曲，欲一陈于公。如可，则俱在云霄；如不可，则皆夷粪壤。足下以为何如哉？"毅曰："请闻之。"钱塘曰："泾阳之妻，则洞庭君之爱女也。淑性茂质，为九姻所重。不幸见辱于匪人，今则绝矣。将欲求托高义，世为亲戚，使受恩者知其所归，怀爱者知其所付，岂不为君子始终之道？"毅肃然而作，欻然而笑曰："诚不知钱塘君孱困如是！毅始闻跨九州，怀五岳，泄其愤怒；复见断金锁，擎玉柱，赴其急难。毅以为刚决明直，无如君者。盖犯之者不避其死，感之者不爱其生，此真丈夫之志。奈何萧管方洽，亲宾正和，不顾其道，以威加人？岂仆人素望哉！若遇公于洪波之中，玄山之间，鼓以鳞须，被以云雨，将迫毅以死，毅则以禽兽视之，亦何恨哉！今体被衣冠，坐谈礼义，尽五常之志性，负百行怵之微旨，虽人世贤杰，有不如者，况江河灵类乎？而欲以蠢然之躯，悍然之性，乘酒假气，将迫于人，岂近直哉！且毅之质，不足以藏王一甲之间。然而敢以不伏之心，胜王不道之气。惟王筹之！"钱塘乃逡巡致谢曰："寡人生长宫房，不闻正论。向者词述疏狂，妄突高明。退自循顾，戾不容责。幸君子不为此乖问可也。"其夕，复饮宴，其乐如旧。毅与钱塘遂为知心友。

明日，毅辞归。洞庭君夫人别宴毅于潜景殿，男女仆妾等悉出预会。夫人泣谓毅曰："骨肉受君子深恩，恨不得展愧戴，遂至睽别。"使前泾阳女当席拜毅以致谢。夫人又曰："此别岂有复相遇之日乎？"毅其始虽不诺钱塘之情，然当此席，殊有叹恨之色。宴罢，辞别，满宫凄然。赠遗珍宝，怪不可述。毅于是复循途出江岸，见从者十余人，担囊以随，至其家而辞去。毅因适广陵宝肆，鬻其所得。百未发一，财已盈兆。故

第十五单元 唐传奇与宋元话本

139

淮右富族，咸以为莫如。遂娶于张氏，亡。又娶韩氏。数月，韩氏又亡。徙家金陵。常以鳏旷多感，或谋新匹。有媒氏告之曰："有卢氏女，范阳人也。父名曰浩，尝为清流宰。晚岁好道，独游云泉，今则不知所在矣。母曰郑氏。前年适清河张氏，不幸而张夫早亡。母怜其少，惜其慧美，欲择德以配焉。不识何如？"毅乃卜日就礼。既而男女二姓俱为豪族，法用礼物，尽其丰盛。金陵之士，莫不健仰。居月余，毅因晚入户，视其妻，深觉类于龙女，而艳逸丰厚，则又过。因与话昔事。妻谓毅曰："人世岂有如是之理乎？"

经岁余，有一子。毅益重之。既产，逾月，乃秾饰换服，召毅于帘室之间，笑谓毅曰："君不忆余之于昔也？"毅曰："夙为姻好，何以为忆？"妻曰："余即洞庭君之女也。泾川之冤，君使得白。衔君之恩，誓心求报。洎钱塘季父论亲不从，遂至睽违。天各一方，不能相问。父母欲配嫁于濯锦小儿某。遂闭户剪发，以明无意。虽为君子弃绝，分见无期。而当初之心，死不自替。他日父母怜其志，复欲驰白于君子。值君子累娶，当娶于张，已而又娶于韩。迨张、韩继卒，君卜居于兹，故余之父母乃喜余得遂报君之意。今日获奉君子，咸善终世，死无恨矣。"因呜咽，泣涕交下。对毅曰："始不言者，知君无重色之心。今乃言者，知君有感余之意。妇人匪薄，不足以确厚永心，故因君爱子，以托相生。未知君意如何？愁惧兼心，不能自解。君附书之日，笑谓妾曰：'他日归洞庭，慎无相避。'诚不知当此之际，君岂有意于今日之事乎？其后季父请于君，君固不许。君乃诚将不可邪，抑忿然邪？君其话之。"毅曰："似有命者。仆始见君子，长泾之隔，枉抑憔悴，诚有不平之志。然自约其心者，达君之冤，余无及也。以言'慎无相避'者，偶然耳，岂有意哉。洎钱塘逼迫之际，唯理有不可直，乃激人之怒耳。夫始以义行为之志，宁有杀其婿而纳其妻者邪？一不可也。某素以操真为志尚，宁有屈于己而伏于心者乎？二不可也。且以率肆胸臆，酬酢纷纶，唯直是图，不遑避害。然而将别之日，见君有依然之容，心甚恨之。终以人事扼束，无由报谢。吁，今日，君，卢氏也，又家于人间。则吾始心未为惑矣。从此以往，永奉欢好，心无纤虑也。"妻因深感娇泣，良久不已。有顷，谓毅曰："勿以他类，遂为无心，固当知报耳。夫龙寿万岁，今与君同之。水陆无往不适。君不以为妄也。"毅嘉之曰："吾不知国客乃复为神仙之饵！"乃相与觌洞庭。既至，而宾主盛礼，不可具纪。

后居南海仅四十年，其邸第、舆马、珍鲜、服玩，虽侯伯之室，无以加也。毅之族咸遂濡泽。以其春秋积序，容状不衰。南海之人，靡不惊异。

洎开元中，上方属意于神仙之事，精索道术。毅不得安，遂相与归洞庭。凡十余岁，莫知其迹。

至开元末，毅之表弟薛嘏为京畿令，谪官东南。经洞庭，晴昼长望，俄见碧山出于远波。舟人皆侧立，曰："此本无山，恐水怪耳。"指顾之际，山与舟相逼，乃有彩船自山驰来，迎问于嘏。其中有一人呼之曰："柳公来候耳。"嘏省然记之，乃促至山下，摄衣疾上。山有宫阙如人世，见毅立于宫室之中，前列丝竹，后罗珠翠，物玩之盛，殊倍人间。毅词理益玄，容颜益少。初迎毅于砌，持毅手曰："别来瞬息，而发毛已黄。"毅笑曰："兄为神仙，弟为枯骨，命也。"毅因出药五十丸遗毅，曰："此药一丸，可增一岁耳。岁满复来，无久居人世以自苦也。"欢宴毕，毅乃辞行。自是已后，遂绝影响。毅常以是事告于人世。殆四纪，毅亦不知所在。

陇西李朝威叙而叹曰："五虫之长，必以灵者，别斯见矣。人，裸也，移信鳞虫。洞庭含纳大直，钱塘迅疾磊落，宜有承焉。毅咏而不载，独可邻其境。愚义之，为斯文。"

《作品简析》

该篇是唐代爱情小说中的上乘之作。虽然故事还没有脱离六朝小说鬼神志怪的传统，但充满了人间社会的清新气息，两人的情操和爱情即使在今天也不无教益。小说既富于浪漫气氛，同时表现出的现实意义又极为深刻。它所概括出的问题，如家庭矛盾，妇女和封建社会的矛盾，以及现实生活中所存在的其他具体矛盾，处处都和现实生活的发展变化分不开，是一篇具有一定进步意义的作品。

李娃传

白行简

汧国夫人李娃，长安之倡女也。节行瑰奇，有足称者。故监察御史白行简为传述。

天宝中，有常州刺史荥阳公者，略其名氏，不书，时望甚崇，家徒甚殷。知命之年，有一子，始弱冠矣，隽朗有词藻，迥然不群，深为时辈推伏。其父爱而器之，曰："此吾家千里驹也。"应乡赋秀才举，将行，乃盛其服玩车马之饰，计其京师薪储之费。谓之曰："吾观尔之才，当一战而霸。今备二载之用，且丰尔之给，将为其志也。"生亦自负视上第如指掌。自毗陵发，月余抵长安，居于布政里。尝游东市还，自平康东门入，将访友于西南。至鸣珂曲，见一宅，门庭不甚广，而室宇严邃，阖一扉。有娃方凭一双鬟青衣立，妖姿要妙，绝代未有。生忽见之，不觉停骖久之，徘徊不能去。乃诈坠鞭于地，候其从者，敕取之，累眄于娃，娃回眸凝睇，情甚相慕，竟不敢措辞而去。生自尔意若有失，乃密徵其友游长安之熟者以讯之。

友曰："此狭邪女李氏宅也。"曰："娃可求乎？"对曰："李氏颇赡，前与通之者，多贵戚豪族，所得甚广，非累百万，不能动其志也。"生曰："苟患其不谐，虽百万，何惜！"他日，乃洁其衣服，盛宾从而往。扣其门，俄有侍儿启扃。生曰："此谁之第耶？"侍儿不答，驰走大呼曰："前时遗策郎也。"娃大悦曰："尔姑止之，吾当整妆易服而出。"生闻之，私喜。乃引至萧墙间，见一姥垂白上偻，即娃母也。生跪拜前致词曰："闻兹地有隙院，愿税以居，信乎？"姥曰："惧其浅陋湫隘，不足以辱长者所处，安敢言直耶？"延生于迟宾之馆，馆宇甚丽。与生偶坐，因曰："某有女娇小，技艺薄劣，欣见宾客，愿将见之。"乃命娃出，明眸皓腕，举步艳冶。生遂惊起，莫敢仰视。与之拜毕，叙寒燠，触类妍媚，目所未睹。

复坐，烹茶斟酒，器用甚洁。久之日暮，鼓声四动。姥访其居远近。生绐之曰："在延平门外数里。"冀其远而见留也。姥曰："鼓已发矣，当速归，无犯禁。"生曰："幸接欢笑，不知日之云夕。道里辽阔，城内又无亲戚，将若之何？"娃曰："不见责僻陋，方将居之，宿何害焉。"生数目姥，姥曰："唯唯。"生乃召其家僮，持双缣，请以备一宵之馔。娃笑而止之曰："宾主之仪，且不然也。今夕之费，愿以贫窭之家，随其粗粝以进之。其余以俟他辰。"固辞，终不许。

俄徙坐西堂，帷幙帘榻，焕然夺目；妆奁衾枕，亦皆侈丽。乃张烛进馔，品味甚盛。彻馔，姥起。生娃谈话方切，诙谐调笑，无所不至。生曰："前偶过卿门，遇卿适在屏间。厥后心常勤念，虽寝与食，未尝或舍。"娃答曰："我心亦如之。"生曰："今之来，非直求居而已，愿偿平生之志。但未知命也若何。"言未终，姥至，询其故，具以告。姥笑曰："男女之际，大欲存焉。情苟相得，虽父母之命，不能制也。女子固陋，曷足以荐君子之枕席！"生遂下阶，拜而谢之曰："愿以己为厮养。"姥遂目之为郎，饮酣而散。

及旦，尽徙其囊橐，因家于李之第。自是生屏迹戢身，不复与亲知相闻，日会倡优侪类，狎戏游宴。囊中尽空，乃鬻骏乘及其家童。岁余，资财仆马荡然。迩来姥意渐急，娃情弥笃。他日，娃谓生曰："与郎相知一年，尚无孕嗣。常闻竹林神者，报应如响，将致荐酹求之，可乎？"生不知其计，大喜。乃质衣于肆，以备牢醴，与娃同谒祠宇而祷祝焉，信宿而返。策驴而后，至里北门，娃谓生曰："此东转小曲中，某之姨宅也，将憩而觐之，可乎？"生如其言，前行不逾百步，果见一车门。窥其际，甚弘敞。其青衣自车后止之曰："至矣。"生下，适有一人出访曰："谁？"曰："李娃也。"乃入告。俄有一姬至，年可四十余，与生相迎曰："吾甥来否？"娃下车，姬逆访之曰："何久踈绝？"相视而笑。娃引生拜之，既见，遂偕入西戟门偏院。中有山亭，竹树葱蒨，池榭幽绝。生谓娃曰："此姨之私第耶？"笑而不答，以他语对。

俄献茶果，甚珍奇。食顷，有一人控大宛，汗流驰至曰："姥遇暴疾颇甚，殆不识人，宜速归。"娃谓姨曰："方寸乱矣，某骑而前去，当令返乘，便与郎偕来。"生拟随之，其姨与侍儿偶语，以手挥之，令生止于户外，曰："姥且殁矣，当与某议丧事，以济其急，奈何遽相随而去？"乃止，共计其凶仪斋祭之用。日晚，乘不至。姨言曰："无复命何也？郎骤往觇之，某当继至。"生遂往，至旧宅，门扃钥甚密，以泥缄之。生大骇，诘其邻人。邻人曰："李本税此而居，约已周矣。第主自收，姥徙居而且再宿矣。"徵徙何处，曰："不详其所。"生将驰赴宣阳，以诘其姨，日已晚矣，计程不能达。乃弛其装服，质馔而食，赁榻而寝，生愤怒方甚，自昏达旦，目不交睫。

至明，乃策蹇而去。既至，连扣其扉，食顷无人应。生大呼数四，有宦者徐出。生遽访之："姨氏在乎？"曰："无之。"生曰："昨暮在此，何故匿之？"访其谁氏之第，曰："此崔尚书宅。昨者有一人税此院，云迟中表之远至者，未暮去矣。"生惶惑发狂，罔知所措，因返访布政旧邸。邸主哀而进膳。生怨懑，绝食三日，遘疾甚笃，旬余愈甚。邸主惧其不起，徙之于凶肆之中。绵缀移时，合肆之人，共伤叹而互饲之。后稍愈，杖而能起。由是凶肆日假之，令执繐帷，获其直以自给。累月，渐复壮，每听其哀歌，自叹不及逝者，辄呜咽流涕，不能自止。归则效之。生聪敏者也，无何，曲尽其妙，虽长安无有伦比。

初，二肆之佣凶器者，互争胜负。其东肆车舆皆奇丽，殆不敌。唯哀挽劣焉。其东肆长知生妙绝，乃赂钱二万索顾焉。其党者旧，共较其所能者，阴教生新声，而相赞和。累旬，人莫知之。其二肆长相谓曰："我欲各阅所佣之器于天门街，以较优劣。不胜者，罚直五万，以备酒馔之用，可乎？"二肆许诺，乃邀立符契，署以保证，然后阅之。士女大和会，聚至数万。于是里胥告于贼曹，贼曹闻于京尹。四方之士，尽赴趋焉，巷无居人。自旦阅之，及亭午，历举辇舆威仪之具，西肆皆不胜，师有惭色。乃置层榻于南隅，有长髯者，拥铎而进，翊卫数人，于是奋髯扬眉，扼腕顿颡而登，乃歌《白马》之词。恃其夙胜，顾眄左右，旁若无人。齐声赞扬之，自以为独步一时，不可得而屈也。有顷，东肆长于北隅上设连榻，有乌巾少年，左右五六人，秉翣而至，即生也。整衣服，俯仰甚徐，申喉发调，容若不胜。乃歌《薤露》之章，举声清越，响振林木。曲度未终，闻者歔欷掩泣。

西肆长为众所诮，益惭耻，密置所输之直于前，乃潜遁焉。四座愕眙，莫之测也。先是天子方下诏，俾外方之牧，岁一至阙下，谓之入计。时也，适遇生之父在京师，与同列者易服章，窃往观焉。有小竖，即生乳母婿也，见生之举措辞气，将认之而未敢，乃泫然流涕。生父惊而诘之，因告曰："歌者之貌，酷似郎之亡子。"父曰："吾子以多财为盗所害，奚至是耶？"言讫，亦泣。及归，竖间驰往，访于同党曰："向歌者谁，若斯之妙欤？"皆曰："某氏之子。"徵其名，且易之矣，竖凛然大惊。徐往，迫而察之。生见竖，色动回翔，将匿于众中。竖遂持其袂曰："岂非某乎？"相持而泣，遂载以归。

至其室，父责曰："志行若此，污辱吾门，何施面目，复相见也？"乃徒行出，至曲江西杏园东，去其衣服。以马鞭鞭之数百。生不胜其苦而毙，父弃之而去。其师命相狎昵者，阴随之，归告同党，共加伤叹。令二人赍苇席瘗焉。至则心下微温，举之良久，气稍通。因共荷而归，以苇筒灌勺饮，经宿乃活。月余，手足不能自举，其楚挞之处皆溃烂，秽甚。同辈患之，一夕弃于道周。行路咸伤之，往往投其余食，得以充肠。十旬，方杖策而起。被布裘，裘有百结，褴褛如悬鹑。持一破瓯巡于闾里，以乞食为事。自秋徂冬，夜入于粪壤窟室，昼则周游廛肆。

一旦大雪，生为冻馁所驱。冒雪而出，乞食之声甚苦，闻见者莫不凄恻。时雪方甚，人家外户多不发。至安邑东门，循里垣，北转第七八，有一门独启左扉，即娃之第也。生不知之，遂连声疾呼："饥冻之甚。"音响凄切，所不忍听。娃自阁中闻之，谓侍儿曰："此必生也，我辨其音矣。"连步而出。见生枯瘠疥疠，殆非人状。娃意感焉，乃谓曰："岂非某郎也？"生愤懑绝倒，口不能言，颔颐而已。娃前抱其颈，以绣襦拥而归于西厢。失声长恸曰："令子一朝及此，我之罪也。"绝而复苏。姥大骇奔至，曰："何也？"娃曰："某郎。"姥遽曰："当逐之，奈何令至此。"娃敛容却睇曰："不然，此良家子也，当昔驱高车，持金装，至某之室，不逾期而荡尽。且互设诡计，舍而逐之，殆非人行。令其失志，不得齿于人伦。父子之道，天性也。使其情绝，杀而弃之，又困踬若此。天下之人，尽知为某也。生亲戚满朝，一旦当权者熟察其本末，祸将及矣。况欺天负人，鬼神不佑，无自贻其殃也。某为姥子，迨今有二十岁矣。计其赀，不啻直千金。今姥年六十余，愿计二十年衣食之用以赎身，当与此子别卜所诣。所诣非遥，晨昏得以温清，某愿足矣。"姥度其志不可夺，因许之。给姥之余，有百金。北隅四五家，税一隙院。乃与生沐浴，易其衣服，为汤粥通其肠，次以酥乳润其脏。旬余，方荐水陆之馔。头巾屦袜，皆取珍异者衣之。未数月，肌肤稍腴。卒岁，平愈如初。

异时，娃谓生曰："体已康矣，志已壮矣。渊思寂虑，默想曩昔之艺业，可温习乎？"生思之曰："十得二三耳。"娃命车出游，生骑而从。至旗亭南偏门鬻坟典之肆，令生拣而市之，计费百金，尽载以归。因令生斥弃百虑以志学，俾夜作昼，孜孜矻矻。娃常偶坐，宵分乃寐。伺其疲倦，即谕之缀诗赋。二岁而业大就，海内文籍，莫不该览。生谓娃曰："可策名试艺矣。"娃曰："未也，且令精熟，以俟百战。"更一年，曰："可行矣。"于是遂一上登甲科，声振礼闱。虽前辈见其文，罔不敛衽敬美，愿友之而不可得。娃曰："未也。今秀士苟获擢一科第，则自谓可以取中朝之显职，擅天下之美名。子行秽迹鄙，不侔于他士。当砻淬利器，以求再捷，方可以连衡多士，争霸群英。"生由是益自勤苦，声价弥甚。

其年遇大比，诏徵四方之隽。生应直言极谏策科，名第一，授成都府参军。三事以降，皆其友也。将之官，娃谓生曰："今之复子本躯，某不相负也。愿以残年，归养小姥。君当结媛鼎族，以奉蒸尝。中外婚媾，无自黩也。勉思自爱，某从此去矣。"生泣曰："子若弃我，当自刭以就死。"娃固辞不从，生勤请弥恳。娃曰："送子涉江，至于剑门，当令我回。"生许诺。月余，至剑门。

未及发而除书至，生父由常州诏入，拜成都尹，兼剑南采访使。浃辰，父到。生因投刺，谒于邮亭。父不敢认，见其祖父官讳，方大惊，命登阶，抚背恸哭移时。曰："吾与尔父子如初。"因诘其由，具陈其本末。大奇之，诘娃安在。曰："送某至此，当令复还。"父曰："不可。"翌日，命驾与生先之成都，留娃于剑门，筑别馆以处之。明日，命媒氏通二姓之好，备六礼以迎之，遂如秦晋之偶。娃既备礼，岁时伏腊，妇道甚修，治家严整，极为亲所眷尚。

后数岁，生父母偕殁，持孝甚至。有灵芝产于倚庐，一穗三秀，本道上闻。又有白燕数十，巢其层甍。天子异之，宠锡加等。终制，累迁清显之任。十年间，至数郡。娃封汧国夫人，有四子，皆为大官，其卑者犹为太原尹。弟兄姻媾皆甲门，内外隆盛，莫之与京。

嗟乎，倡荡之姬，节行如是，虽古先烈女，不能逾也。焉得不为之叹息哉！予伯祖尝牧晋州，转户部，为水陆运使，三任皆与生为代，故谙详其事。贞元中，予与陇西公佐，话妇人操烈之品格，因遂述汧国之事。公佐拊掌竦听，命予为传。乃握管濡翰，疏而存之。时乙亥岁秋八月，太原白行简云。

《李娃传》又称《汧国夫人传》，作者白行简，是优秀的传奇小说之一，为唐传奇中的名篇。《李娃传》通篇故事如春云舒卷，层出不穷；结构布局，又极严整细密，丝丝入扣，铺垫烘托到位，细节描写极为传神。这样高超的艺术手法正是唐人有意识创作小说的例证，也是小说这门艺术逐渐成熟的体现。

错斩崔宁

佚 名

聪明伶俐自天生，懵懂痴呆未必真。嫉妒每因眉睫浅，戈矛时起笑谈深。

九曲黄河心较险，十重铁甲面堪憎。时因酒色亡家国，几见诗书误好人！

这首诗，单表为人难处。只因世路窄狭，人心叵测。大道既远，人情万端。熙熙攘攘，都为利来；蚩蚩蠢蠢，皆纳祸去。持身保家，万千反覆。所以古人云：颦有为颦，笑有为笑。颦笑之间，最宜谨慎。这回书，单说一个官人，只因酒后一时戏笑之言，遂至杀身破家，陷了几条性命。且先引下一个故事来，权做个德胜头回。

错斩崔宁——十五贯

却说故宋朝中，有一个少年举子，姓魏，名鹏举，字冲霄，年方一十八岁，娶得一个如花似玉的浑家。未及一月，只因春榜动，选场开，魏生别了妻子，收拾行囊，上京取应。临别时，浑家分付丈夫："得官不得官，蚤蚤回来，休抛闪了恩爱夫妻！"魏生答道："功名二字，是俺本领前程，不索贤卿忧虑。"别后登程到京，果然一举成名，除授一甲第二名榜眼及第，在京甚是华艳动人。少不得修了一封家书，差人接取家眷入京。书上先叙了寒温及得官的事，后却写下一行，道是："我在京中早晚无人照管，已讨了一个小老婆，专候夫人到京，同享荣华。"家人收拾书程，一径到家，见了夫人，称说贺喜，因取家书呈上。夫人拆开看了，见是如此如此，这般这般，便对家人道："官人直恁负恩！甫能得官，便娶了二夫人。"家人便道："小人在京，并没见有此事，想是官人戏谑之言。夫人到京，便知端的，休得忧虑。"夫人道："恁地说，我也罢了！"却因人身未便，一面收拾起身，一面寻觅便人，先寄封平安家书到京中去。那寄书人到了京中，寻问新科魏榜眼寓所，下了家书，管待酒饭自回，不题。

却说魏生接书拆开来看了，并无一句闲言闲语，只说道："你在京中娶了一个小老婆，我在家中也嫁了一个小老公，早晚同赴京师也！"魏生见了，也只道是夫人取笑的说话，全不在意。未及收好，外面报说："有个同年相访！"京邸寓中，不比在家宽转，那人又是相厚的同年，又晓得魏生并无家眷在内，直到里面坐下，叙了些寒温。魏生起身去解手，那同年偶翻桌上书帖，看见了这封家书，写得好笑，故意朗诵起来，魏生措手不及，通红了脸，说道："这是没理的事！因是小弟戏谑了他，他便取笑写来的。"那同年呵呵大笑道："这节事却是取笑不得的！"别了就去。那人也是一个少年，喜谈乐道，把这封家书一节，顷刻间遍传京邸。也有一班妒忌魏生少年登高科的，将这桩事只当做风闻言事的一个小小新闻，奏上一本，说这魏生年少不检，不宜居清要之职，降处外任。魏生懊恨无及。后来毕竟做官蹭蹬不起，把锦片也似一段美前程，等闲放过去了。这便是一句戏言，撒漫了一个美官。今日再说一个官人，也只为酒后一时戏言，断送了堂堂七尺之躯，连累三个人，枉屈害了性命。却是为着甚的？有诗为证：

世路崎岖实可哀，傍人笑口等闲开。白云本是无心物，又被狂风引出来。

却说南宋时，建都临安，繁华富贵，不减那汴京故国。去那城中箭桥左侧，有个官人姓刘，名贵，字君荐。祖上原是有根基的人家，到得君荐手中，却是时乖运蹇。先前读书，后来看看不济，却去改业做生意，便是半路上出家的一般。买卖行中，一发不是本等伎俩，又把本钱消折了去。渐渐大房改换小房，赁得两三间房子，与同浑家王氏，年少齐眉。后因没有子嗣，娶下一个小娘子，姓陈，是陈卖糕的女儿，家中都呼为二姐。这也是先前不十分穷薄的时做下的勾当。至亲三口，并无闲杂人在家。那刘君荐，极是为人和气，乡里见爱，都称他刘官人。"你是一时运限不好，如此落莫，再过几时，定时有个亨通的日子！"说便是这般说，那得有些些好处？只是在家纳闷，无可奈何！

却说一日闲坐家中，只见丈人家里的老王，年近七旬，走来对刘官人说道："家间老员外生日，特令老汉接取官人娘子，去走一遭。"刘官人便道："便是我日逐愁闷过日子，连那泰山的寿诞，也都忘了。"便同浑家王氏，收拾随身衣服，打叠个包儿，交与老王背了，分付二姐："看守家中，今日晚了，不能转回，明晚须索来家。"说了就去。离城二十余里，到了丈人王员外家，叙了寒温。当日坐间客众，丈人女婿，不好十分叙述许多穷相。到得客散，留在客房里宿歇。直到天明，丈人却来与女婿攀话，说道："姐夫，你须不是这般算计，坐吃山空，立吃地陷。咽喉深似海，日月快如梭。你须计较一个常便！我女儿嫁了你，一生也指望丰衣足食，不成只是这等就罢了。"刘官人叹了一口气道："是！泰山在上，道不得个上山擒虎易，开口告人难。如今的时势，再有谁似泰山这般怜念我的。只索守困，若去求人，便是劳而无功。"丈人便道："这也难怪你说。老汉却是看你们不过，今日贵助你些少本钱，胡乱去开个柴米店，撰得些利息来过日子，却不好么？"刘官人道："感蒙泰山恩顾，可知是好。"当下吃了午饭，丈人取出十五贯钱来，付与刘官人道："姐夫，且将这些钱去，收拾起店面，开张有日，我便再应付你十贯。你妻子且留在此过几日，待有了开店日子，老汉亲送女儿到你家，就来与你作贺，意下如何？"刘官人谢了又谢，驮了钱一径出门。到得城中，天色却早晚了，却撞着个相识，顺路在他家门首经过。"那人也要做经纪的人，就与他商量一会，可知是好。"便去敲那人门时，里面有人应喏，出来相揖，便问："老兄下顾，有何见教？"刘官人一一说知就里。那人便道："小弟闲在家中，老兄用得着时，便来相帮。"刘官人道："如此甚好！"当下说了些生意的勾当。那人便留刘官人在家，现成杯盘，吃了三杯两盏。刘官人酒量不济，便觉有些朦胧起来，抽身作别，便道："今日相扰，明早就烦老兄过寒家，计议生理。"那人又送刘官人至路口，作别回家，不在话下。若是说话的同年生，并肩长，拦腰抱住，把臂拖回，也不见得受这般灾悔！却教刘官人死得不如：《五代史》李存孝，《汉书》中彭越。

却说刘官人驮了钱，一步一步捱到家中。敲门已是点灯时分，小娘子二姐独自在家，没一些事做，守得天黑，闭了门，在灯下打瞌睡，刘官人打门，他那里便听见。敲了半晌，方才知觉，答应一声："来了！"起身开了门。刘官人进去，到了房中，二姐替刘官人接了钱，放在桌上，便问："官人何处那移这项钱来，却是甚用？"那刘官人一来有了几分酒，二来怪他开得门迟了，且戏言吓他一吓，便道："说出来，又恐你见怪；不说时，又须通你得知。只是我一时无奈，没计可施，只得把你典与一个客人，又因舍不得你，只典得十五贯钱。若是我有些好处，加利赎你回来；若是照前这般不顺溜，只索罢了！"那小娘子听了，欲待不信，又见十五贯钱堆在面前；欲待信来，他平白与我没半句言语，大娘子又过得好，怎么便下得这等狠心辣手！疑狐不决。只得再问道："虽然如此，也须通知我爹娘一声。"刘官人道："若是通知你爹娘，此事断然不成。你明日且到了人家，我慢慢央人与你爹娘说通，他也须怪我不得。"小娘子又问："官人今日在何处吃酒来？"刘官人道："便是把你典与人，写了文书，吃他的酒才来的。"小娘子又问："大姐姐如何不来？"刘官人道："他因不忍见你分离，待得你明日出了门才来。这也是我没计奈何，一言为定。"说罢，暗地忍不住笑。不脱衣裳，睡在床上，不觉睡去了。那小娘子好生摆脱不下："不知他卖我与甚色样人家？我须先去爹娘家里说知。就是他明日有人来要我，寻到我家，也须有个下落。"沉吟了一会，却把这十五贯钱，一垛儿堆在刘官人脚后边。趁他酒醉，轻轻的收拾了随身衣服，款款的开了门出去，拽上了门。却去左边一个相熟的邻舍，叫做朱三老儿家里，与朱三妈宿了一夜，说道："丈夫今日无端卖我，我须先去与爹娘说知。烦你明日对他说一声，既有了主顾，可同我丈夫到爹娘家中来，讨个分晓，也须有个下落。"那邻舍道："小娘子说得有理，你只顾自去，我便与刘官人说知就理。"过了一宵，小娘子作别去了，不题。正是：

鳌鱼脱却金钩去，摆尾摇头再不回。

放下一头。却说这里刘官人一觉直至三更方醒，见桌上灯犹未灭，小娘子不在身边。只道他还在厨下收拾家火，便唤二姐讨茶吃。叫了一回，没人答应，却待挣扎起来，酒尚未醒，不觉又睡了去。不想却有一个做不是的，日间赌输了钱，没处出豁，夜间出来掏摸些东西。却好到刘官人门首，因是小娘子出去了，门儿拽上不关，那贼略推一推，豁地开了。捏手捏脚，直到房中，并无一人知觉。到得床前，灯火尚明。周围看时，并无一物可取。摸到床上，见一人朝着里床睡去，脚后却有一堆青钱，便去取了几贯。不想惊觉了刘官人，起来喝道："你须不近道理！我从丈人家借办得几贯钱来，养身活命，不争你偷了我的去，却是怎的计结！"那人也不回话，照面一拳，刘官人侧身躲过，便起身与这人相持。那人见刘官人手脚活动，便拔步出房。刘官人不舍，抢出门来，一径赶到厨房里。恰待声张邻舍起来捉贼，那人急了，正好没出豁，却见明晃晃一把劈柴斧头，正在手边，也是人急计生，被他绰起一斧，正中刘官人面门，扑地倒了，又复一斧，斫倒一边。眼见得刘官人不活了，呜呼哀哉，伏惟尚飨！那人便道："一不做，二不休，却是你来赶我，不是我来寻你。"索性翻身入房，取了十五贯钱，扯条单被，包裹得停当，拽扎得爽俐，出门，拽上了门就走。不题。

次早邻舍起来，见刘官人家门也不开，并无人声息，叫道："刘官人，失晓了。"里面没人答应。捱将进去，只见门也不关。直到里面，见刘官人劈死在地。"他家大娘子两日前已自往娘家去了，小娘子如何不见？"免不得声张起来。却有昨夜小娘子借宿的邻家朱三老儿说道："小娘子昨夜黄昏时，到我家宿歇，说道刘官人无端卖了他，他一径先到爹娘家里去了。教我对刘官人说，既有了主顾，可同到他爹娘家中，也讨得个分晓。今一面着人去追他转来，便有下落。一面着人去报他大娘子到来，再作区处。"众人都道："说得是！"先着人去到王老员外家报了凶信。老员外与女儿大哭起来，对那人道："昨日好端端出门，老汉赠他十五贯钱，教他将来作本，如何便恁的被人杀了？"那去的人道："好教老员外、大娘子得知，昨日刘官人归时，已自昏黑，吃得半醺，我们都不晓得他有钱没钱，归迟归早。只是今早刘官人家门儿半开，众人推将进去，只见刘官人杀死在地，十五贯钱一文也不见，小娘子也不见踪迹。声张起来，却有左邻朱三老儿出来，说道：'他家小娘子昨夜黄昏时分，借宿他家。小娘子说道：刘官人无端把他典与人了，小娘子要对爹娘说一声。住了一宵，今日径自去了。'如今众人计议，一面来报大娘子与老员外，一面着人去追小娘子。若是半路里追不着的时节，直到他爹娘家中，好歹追他转来，问个明白。老员外与大娘子，须索去走一遭，与刘官人执命。"老员外与大娘子急急收拾起身，管待来人酒饭，三步做一步，赶入城中。不题。

却说那小娘子清早出了邻舍人家，挨上路去，行不上一二里，早是脚疼走不动，坐在路旁。却见一个后生，头带万字头巾，身穿直缝宽衫，背上驮了一个搭膊，里面却是铜钱，脚下丝鞋净袜，一直走上前来。到了小娘子面前，看了一看，虽然没有十二分颜色，却也明眉皓齿，莲脸生春，秋波送媚，好生动人。正是：

野花偏艳日，村酒醉人多。

那后生放下搭膊，向前深深作揖："小娘子独行无伴，却是往那里去的？"小娘子还了万福，道："是奴家要往爹娘家去，因走不上，权歇在此。"因问："哥哥是何处来？今要往何方去？"那后生叉手不离方寸："小人是村里人，因往城中卖了丝帐，讨得些钱，要往褚家堂那边去的。"小娘子道："告哥哥则个，奴家爹娘也在褚家堂左侧。若得哥哥带挈奴家，同走一程，可知是好。"那后生道："有何不可！既如此说，小人情愿伏侍小娘子前去。"两个厮赶着，一路正行，行不到二三里田地，只见后面两个人脚不点地赶上前来，赶得汗流气喘，衣襟敞开。连叫："前面小娘子慢走！我却有话说知。"小娘子与那后生见得赶得蹊跷，都立住了脚。后边两个赶到跟前，见了小娘子与那后生，不容分说，一家扯了一个，说道："你们干得好事！却走往那里去？"小娘子吃了一惊，举眼看时，却是两家邻舍，一个就是小娘子昨夜借宿的主人。小娘子便道："昨夜也须告过公公得知，丈夫无端卖我，我自去对爹娘说知。今日赶来，却有何说？"朱三老道："我不管闲帐，只是你家里有杀人公事，你须回去对理。"小娘子道："丈夫卖我，昨日钱已驮在家中，有甚杀人公事？我只是不去。"朱三老道："好自在性儿，你若真个不去，叫起地方有杀人贼在此，烦为一捉。不然，须要连累我们，你这里地方也不得清净。"那个后生见不是话头，便对小娘子道："既如此说，小娘子只索回去，小人自家去休！"那两个赶来的邻舍，齐叫起来说道："若是没有你在此便罢，既然你与小娘子同行同止，你须也去不得！"那后生道："却也作怪，我自半路遇见小娘子，偶然伴他行一程路儿，却有甚皂丝麻线，要勒掯我回去？"朱三老道："他家有了杀人公事，不争放你去了，却打没对头官司！"当下不容小娘子和那后生做主。看的人渐渐立满，都道："后生你去不得！你日间不作亏心事，半夜敲门不吃惊。便去何妨！"那赶来的邻舍道："你若不去，便是心虚；我们却和你罢休不得！"四个人只得厮挽着一路转来。

到得刘官人门首，好一场热闹！小娘子入去看时，只见刘官人斧劈倒在地死了，床上十五贯钱分文也不见。开了口合不得，伸了舌缩不上去。那后生也慌了，便道："我恁的晦气！没来由和那小娘子同走一程，却做了干连人。"众人都和哄着。正在那里分豁不开，只见王老员外和女儿一步一攧走回家来，见了女婿身尸，哭了一声，便对小娘子道："你却如何杀了丈夫，劫了十五贯钱，逃走出去？今日天理昭然，有何理说！"小娘子道："十五贯钱委是有的。只是丈夫昨晚回来，说是无计奈何，将奴家典与他人，典得十五贯身价在此，说过今日便要奴家到他家去。奴家因不知他典与甚色样人家，先去与爹娘说知，故此趁他睡了，将这十五贯钱一垛儿堆在他脚后边，拽上门，到朱三老家住了一宵，今早自去爹娘家里说知。临去之时，也曾央朱三老对我丈夫说，既然有了主顾，可同到我爹娘家里来交割。却不知因甚杀死在此？"那大娘子道："可又来！我的父亲昨日明明把十五贯钱与他驮来作本，养赡妻小，他岂有哄你说是典来身价之理？这是你两日因独自在家，勾搭上了人；又见家中好生不济，无心守耐；又见了十五贯钱，一时见财起意，杀死丈夫，劫了钱。又使见识，往邻舍家借宿一夜，却与汉子通同计较，一处逃走。现今你跟着一个男子同走，却有何理说，抵赖得过！"众人齐声道："大娘子之言，甚是有理。"又对那后生道："后生，你却如何与小娘子谋杀亲夫？却暗暗约定在僻静处等候，一同去逃奔他方，却是如何计结？"那人道："小人自姓崔，名宁，与那小娘子无半面之识。小人昨晚入城，卖得几贯丝钱在这里，因路上遇见小娘子，小人偶然问起往哪里去的，却独自一个行走。小娘子说起是与小人同路，以此作伴同行，却不知前后因依。"众人那里肯听他分说，搜索他搭膊中，恰好是十五贯钱，一文也不多，一文也不少。众人齐发起喊来道："是天网恢恢，疏而不漏。你却与小娘子杀了人，拐了钱财，盗了妇女，同往他乡，却连累我地方邻里打没头官司！"

当下大娘子结扭了小娘子，王老员外结扭了崔宁，四邻舍都是证见，一哄都入临安府中来。那府尹听得有杀人公事，即便升厅。便叫一干人犯，逐一从头说来。先是王老员外上去，告说："相公在上，小人是本府村庄人氏，年近六旬，只生一女，先年嫁与本府城中刘贵为妻。后因无子，取了陈氏为妾，呼为二姐。一向三口在家过活，并无片言。只因前日是老汉生日，差人接取女儿、女婿到家，住了一夜。次日，因见女婿家中全无活计，养赡不起，把十五贯钱与女婿作本，开店养身。却有二姐在家看守。到得昨夜，女婿到家时分，不知因甚缘故，将女婿斧劈死了！二姐却与一个后生，名唤崔宁，一同逃走，被人追捉到来。望相公可怜见老汉的女婿，身死不明；奸夫淫妇，赃证现在，伏乞相公明断！"府尹听得如此如此，便叫陈氏上来："你却如何通同奸夫，杀死了亲夫，劫了钱，与人一同逃走，是何理说？"二姐告道："小妇人嫁与刘贵，虽是个小老婆，却也得他看承得好，大娘子又贤慧，却如何肯起这片歹心？只是昨晚丈夫回来，吃得半酣，驮了十五贯钱进门。小妇人问他来历，丈夫说道：为因养赡不周，将小妇人典与他人，典得十五贯身价在此。又不通我爹娘得知，明日就要小妇人到他家去。小妇人慌了，连夜出门，走到邻舍家里，借宿一宵。今早一径先往爹娘家去，教他对丈夫说，既然卖我有了主顾，可到我爹妈家里来交割。才走得到半路，却见昨夜借宿的邻家赶来，捉住小妇人回来，却不知丈夫杀死的根由。"那府尹喝道："胡说！这十五贯钱分明是他丈人与女婿的，你却说是典你的身价，眼见的没巴臂的说话了。况且妇人家如何黑夜行走？定是脱身之计。这桩事须不是你一个妇人家做的，一定有奸夫帮你谋财害命，你却从实说来。"那小娘子正待分说，只见几家邻舍一齐跪上去告道："相公的言语，委是青天。他家小娘子昨夜果然借宿在左邻第二家的，今早他自去了。小的们见他丈夫杀死，一面着人去赶，赶到半路，却见小娘子和那一个后生同走，苦死不肯回来。小的们勉强捉他转来，却又一面着人去接他大娘子与他丈人，到时，说昨日有十五贯钱付与女婿做生理的。今者女婿已死，这钱不知从何而去。再三问那小娘子时，说道：他出门时，将这钱一堆儿堆在床上。却去搜那后生身边，十五贯钱分文不少。却不是小娘子与那后生通同作奸？赃证分明，却如何赖得过？"府尹听他们言言有理，就唤那后生上来道："帝辇之下，怎容你这等胡行？你却如何谋了他小老婆，劫了十五贯钱，杀死了亲夫？今日同往何处？从实招来！"那后生道："小人姓崔，名宁，是乡村人氏。昨日往城中卖了丝，卖得这十五贯钱。今早偶然路上撞着这小娘子，并不知他姓甚名谁，那里晓得他家杀人公事？"府尹大怒，喝道："胡说！世间不信有这等巧事！他家失去了十五贯钱，你却卖的丝恰好也是十五贯钱，这分明是支吾的说话了。况且他妻莫爱，他马莫骑，你既与那妇人没甚首尾，却如何与他同行共宿？你这等顽皮赖骨，不打如何肯招？"当下众人将那崔宁与小娘子，死去活来拷打一顿。那边王老员外与女儿并一干邻佑人等，口口声声，咬他二人。府尹也巴不得结了这段公案。拷讯一回，可怜崔宁和小娘子受刑不过，只得屈招了，说是一时见财起意，杀死亲夫，劫了十五贯钱，同奸夫逃走是实。左邻右舍都指画了十字，将两人大枷枷了，送入死囚牢里。将这十五贯钱给还原主，也只好奉与衙门中人做使用，也还不勾哩。府尹叠成文案，奏过朝廷，部覆申详，倒下圣旨，说："崔宁不合奸骗人妻，谋财害命，依律处斩。陈氏不合通同奸夫，杀死亲夫，大逆不道，凌迟示众。"当下读了招状，大牢内取出二人来，当厅判一个斩字，一个剐字，押赴市曹，行刑示众。两人浑身是口，也难分说。正是：

　　　　哑子谩尝黄檗味，难将苦口对人言。

　　看官听说，这段公事，果然是小娘子与那崔宁谋财害命的时节，他两人须连夜逃走他方，怎的又去邻舍人家借宿一宵？明早又走到爹娘家去，却被人捉住了？这段冤枉，仔细可以推详出来。谁想问官糊涂，只图了事，不想捶楚之下，何求不得。冥冥之中，积了阴骘，远在儿孙近在身。他两个冤魂，也须放你不过。所以做官的，切不可率意断狱，任情用刑，也要求个公平明允。道不得个死者不可复生，断者不可复续，可胜叹哉！

　　闲话休题。却说那刘大娘子到得家中，设个灵位，守孝过日。父亲王老员外劝她转身，大娘子说道："不要说起三年之久，也须到小祥之后。"父亲应允自去。光阴迅速，大娘子在家巴巴结结，将近一年。父亲见她守不过，便叫家里老王去接她来，说："叫大娘子收拾回家，与刘官人做了周年，转了身去罢！"大娘子没计奈何，细思："父言亦是有理。"收拾了包裹，与老王背了，与邻舍家作别，暂去再来。

　　一路出城，正值秋天，一阵乌风猛雨，只得落路，往一所林子去躲，不想走错了路。正是：猪羊走屠宰之家，一脚脚来寻死路。

　　走入林子里去，只听他林子背后，大喝一声："我乃静山大王在此！行人住脚，须把买路钱与我。"大娘子和那老王吃那一惊不小，只见跳出一个人来：头带乾红四面巾，身穿一领旧战袍，腰间红绢搭膊裹肚，脚下蹬一双乌皮皂靴，手执一把朴刀，舞刀前来。那老王该死，便道："你这剪径的毛团！我须是认得你，做这老性命着与你兑了罢！"一头撞去，被他闪过空。老人家用力猛了，扑地便倒。那人大怒道："这牛子好生无礼！"连搠一两刀，血流在地，眼见得老王养不大了。那刘大娘子见他凶猛，料道脱身不得，心生一计，叫做脱空计。拍手叫道："杀得好！"那人便住了手睁员怪眼，喝道："这是你甚么人？"那大娘子虚心假气的答道："奴家不幸丧了丈夫，却被媒人哄诱，嫁了这个老儿，只会吃饭。今日却得大王杀了，也替奴家除了一害！"那人见大娘子如此小心，又生得有几分颜色，便问道："你肯跟我做个压寨夫人么？"大娘子寻思，无计可施，便道："情愿伏侍大王。"那人回嗔作喜，收拾了刀杖，将老王尸首撺入涧中。领了刘大娘子到一所庄院前来，甚是委曲。只见大王向那地上，拾些土块，抛向屋上去，里面便有人出来开门。到得草堂之上，分付杀羊备酒，与刘大娘子成亲。两口儿且是说得着。正是：

> 明知不是伴，事急且相随。

不想那大王自得了刘大娘子之后，不上半年，连起了几主大财，家间也丰富了。大娘子甚是有识见，早晚用好言语劝他："自古道：瓦罐不离井上破，将军难免阵中亡。你我两人下半世也勾吃用了，只管做这没天理的勾当，终须不是个好结果！却不道是梁园虽好，不是久恋之家。不若改行从善，做个小小经纪，也得过养身活命。"那大王早晚被他劝转，果然回心转意，把这门道路撇了。却去城市间赁下一处房屋，开了一个杂货店。遇闲暇的日子，也时常去寺院中，念佛持斋。忽一日在家闲坐，对那大娘子道："我虽是个剪径的出身，却也晓得冤各有头，债各有主。每日间只是吓骗人东西，将来过日子。后来得有了你，一向买卖顺溜。今已改行从善，闲来追思既往，止曾枉杀了两个人，又冤陷了两个人，时常挂念，思欲做些功德，超度他们，一向未曾对你说知。"大娘子便道："如何是枉杀了两个人？"那大王道："一个是你的丈夫，前日在林子里的时节，他来撞我，我却杀了他。他须是个老人家，与我往日无仇，如今又谋了他老婆，他死也是不甘心的。"大娘子道："不恁地时，我却那得与你厮守？这也是往事，休题了！"又问："杀那一个，又是甚人？"那大王道："说起来这个人，一发天理上放不过去，且又带累了两个人，无辜偿命。是一年前，也是赌输了，身边并无一文，夜间便去掏摸些东西。不想到一家门首，见他门也不闩，推进去时，里面并无一人。摸到门里，只见一人醉倒在床，脚后却有一堆铜钱，便去摸他几贯。正待要走，却惊醒了。那人起来说道：这是我丈人家与我做本钱的，不争你偷去了，一家人口都是饿死。起身抢出房门，正待声张起来。是我一时见他不是话头，却好一把劈柴斧头在我脚边，这叫做人急计生，绰起斧来，喝一声道：不是我，便是你。两斧劈倒。却去房中将十五贯钱，尽数取了。后来打听得他，却连累了他家小老婆，与那一个后生，唤做崔宁，说他两人谋财害命，双双受了国家刑法。我虽是做了一世强人，只有这两桩人命，是天理人心打不过去的！早晚还要超度他，也是该的。"那大娘子听说，暗暗地叫苦："原来我的丈夫也吃这厮杀了，又连累我家二姐与那个后生无辜被戮。思量起来，是我不合当初执证他两人偿命。料他两人阴司中，也须放我不过。"当下权且欢天喜地，并无他说。

明日捉个空，便一径到临安府前，叫起屈来。那时换了一个新任府尹，才得半月。

正值升厅，左右捉将那叫屈的妇人进来。刘大娘子到于阶下，放声大哭。哭罢，将那大王前后所为：怎的杀了我丈夫刘贵，问官不肯推详，含糊了事，却将二姐与那崔宁，朦胧偿命。后来又怎的杀了老王，奸骗了奴家。今日天理昭然，一一是他亲口招承。伏乞相公高抬明镜，昭雪前冤！说罢又哭。府尹见他情词可悯，即着人去捉那静山大王到来，用刑拷讯，与大娘子口词一些不差。即时问成死罪，奏过官里。待六十日限满，倒下圣旨来："勘得静山大王谋财害命，连累无辜。准律：杀一家非死罪三人者，斩加等，决不待时。原问官断狱失情，削职为民。崔宁与陈氏枉死可怜，有司访其家，谅行优恤。王氏既系强徒威逼成亲，又有伸雪夫冤，着将贼人家产，一半没入官，一半给与王氏养赡终身。"刘大娘子当日往法场上，看决了静山大王，又取其头去祭献亡夫，并小娘子及崔宁，大哭一场。将这一半家私，舍入尼姑庵中，自己朝夕看经念佛，追荐亡魂，尽老百年而终。有诗为证：

　　善恶无分总丧躯，只因戏语酿殃危。
　　劝君出话须诚信，口舌从来是祸基。

《作品简析》

　　《错斩崔宁》是宋代话本小说，作者不详，最早收录在《京本通俗小说》，后被明末冯梦龙选入《醒世恒言》。这篇小说故事情节曲折巧妙，细节描写真实细致，人物性格生动鲜明，批判封建官吏草菅人民，率意断狱，是一篇具有现实主义色彩的文学作品。

快嘴李翠莲

佚　名

入话：
出口成章不可轻，开言作对动人情；
虽无子路才能智，单取人前一笑声。
此四句单道：昔日东京有一员外，姓张名俊，家中颇有金银。所生二子，长曰张虎，次曰张狼。大子已有妻室，次子尚未婚配。本处有个李吉员外，所生一女，小字翠莲，年方二八。姿容出众，女红针指，书史百家，无所不通。只是口嘴快些，凡向人前，说成篇，道成溜，问一答十，问十道百。有诗为证：
问一答十古来难，问十答百岂非凡。
能言快语真奇异，莫作寻常当等闲。
话说本地有一王妈妈，与二边说合，门当户对，结为姻眷，选择吉日良时娶亲。三日前，李员外与妈妈论议，道："女儿诸般好了，只是口快，我和你放心不下。打紧她公公难理会，不比等闲的，婆婆又兜答，人家又大，伯伯、姆姆，手下许多人，如何是好？"妈妈道："我和你也须分付她一场。"只见翠莲走到爹妈面前，观见二亲满面忧愁，双眉不展，就道：
爷是天，娘是地，今朝与儿成婚配。男成双，女成对，大家欢喜要吉利。人人说道好女婿，有财有宝又豪贵；又聪明，又伶俐，双六、象棋六艺；吟得诗，做得对，经商买卖诸般会。这门女婿要如何？愁得苦水儿滴滴地。"

员外与妈妈听翠莲说罢，大怒曰："因为你口快如刀，怕到人家多言多语，失了礼节，公婆人人不喜欢，被人笑耻，在此不乐。叫你出来，分付你少作声，颠倒说出一篇来，这个苦怹的好！"

翠莲道：

"爷开怀，娘放意。哥宽心，嫂莫虑。女儿不是夸伶俐，从小生得有志气。纺得纱，续得芒，能裁能补能能绣刺；做得粗，整得细，三茶六饭一时备；推得磨，捣得碓，受得辛苦吃得累。烧卖、匾食有何难，三汤两割我也会。到晚来，能仔细，大门关了小门闭；刷净锅儿掩厨柜，前后收拾自用意。铺了床，伸开被，点上灯，请婆睡，叫声'安置'进房内。如此伏侍二公婆，他家有甚不欢喜？爹娘且请放心宽，舍此之外值个屁！"

翠莲说罢，员外便起身去打。妈妈劝住，叫道："孩儿，爹娘只因你口快了愁！今番只是少说些。古人云：'多言众所忌。'到人家只是谨慎言语，千万记着！"翠莲曰："晓得。如今只闭着口儿罢。"

妈妈道："隔壁张太公是老邻舍，从小儿看你大，你可过去作别一声。"员外道："也是。"翠莲便走将过去，进得门槛，高声便道：

"张公道，张婆道，两个老的听禀告：明日寅时我上轿，今朝特来说知道。年老爹娘无倚靠，早起晚些望顾照！哥嫂倘有失礼处，父母分上休计较。待我满月回门来，亲自上门叫聒噪。"

张太公道："小娘子放心，令尊与我是老兄弟，当得早晚照管；令堂亦当着老妻过去陪伴，不须挂意！"作别回家，员外与妈妈道："我儿，可收拾早睡休，明日须半夜起来打点。"翠莲便道：

"爹先睡，娘先睡，爹娘不比我班辈。哥哥、嫂嫂相傍我，前后收拾自理会。后生家熬夜有精神，老人家熬了打盹睡。"

翠莲道罢，爹妈大恼曰："罢，罢，说你不改了！我两口自去睡也。你与哥嫂自收拾，早睡早起。"

翠莲见爹妈睡了，连忙走到哥嫂房门口高叫：

"哥哥、嫂嫂休推醉，思量你们忒没意。我是你的亲妹妹，止有今晚在家中。亏你两口下着得，诸般事儿都不理。关上房门便要睡，嫂嫂，你好不贤惠。我在家，不多时，相帮做些道怎地？巴不得打发我出门，你们两口得伶俐？"

翠莲道罢，做哥哥的便道："你怎生还是这等的？有父母在前，我不好说你。你自先去安歇，明日早起。凡百事，我自和嫂嫂收拾打点。"翠莲进房去睡。兄嫂二人，无多时，前后俱收拾停当，一家都安歇了。

员外、妈妈一觉睡醒，便唤翠莲问道："我儿，不知甚么时节了？不知天晴天雨？"翠莲便道：

"爹慢起，娘慢起，不知天晴是下雨。更不闻，鸡不语，街坊寂静无人语。只听得：隔壁白嫂起来磨豆腐，对门黄公春糕米。若非四更时，便是五更矣。且把锅儿刷洗起。烧些脸汤洗一洗，梳个头儿光光地。大家也是早起些，娶亲的若来慌了腿！"

员外、妈妈并哥嫂一齐起来，大怒曰："这早晚，东方将亮了，还不梳妆完，尚兀

153

自调嘴弄舌！"翠莲又道：

"爹休骂，娘休骂，看我房中巧妆画。铺两鬓，黑似鸦，调和脂粉把脸搽。点朱唇，将眉画，一对金环坠耳下。金银珠翠插满头，宝石禁步身边挂。今日你们将我嫁，想起爹娘撇不下；细思乳哺养育恩，泪珠儿滴湿了香罗帕。猛听得外面人说话，不由我不心中怕；今朝是个好日头，只管都噜都噜说甚么！"

翠莲道罢，妆办停当，直来到父母跟前，说道：

"爹拜禀，娘拜禀，蒸了馒头索了粉，果盒肴馔件件整。收拾停当慢慢等，看看打得五更紧。我家鸡儿叫得准，送亲从头再去请。姨娘不来不打紧，舅母不来不打紧，可耐姑娘没道理，说的话儿全不准。昨日许我五更来，今朝鸡鸣不见影。歇歇进门没得说，赏她个漏风的巴掌当邀请。"

员外与妈妈敢怒而不敢言。妈妈道："我儿，你去叫你哥嫂及早起来，前后打点。娶亲的将次来了。"翠莲见说，慌忙走去哥嫂房门口前，叫曰：

"哥哥、嫂嫂你不小，我今在家时候少。算来也用起个早，如何睡到天大晓？前后门窗须开了，点些蜡烛香花草。里外地下扫一扫，娶亲轿子将来了。误了时辰公婆恼，你两口儿讨分晓！"

哥嫂两个忍气吞声，前后俱收拾停当。员外道："我儿，家堂并祖宗面前，可去拜一拜，作别一声。我已点下香烛了。趁娶亲的未来，保你过门平安！"翠莲见说，拿了一炷，走到家堂面前，一边拜，一边道：

"家堂，一家之主；祖宗，满门先贤：今朝我嫁，未敢自专。四时八节，不断香烟。告知神圣，万望垂怜！男婚女嫁，理之自然。有吉有庆，夫妇双全。无灾无难，永保百年。如鱼似水，胜蜜糖甜。五男二女，七子团圆。二个女婿，达礼通贤；五房媳妇，孝顺无边。孙男孙女，代代相传。金珠无数，米麦成仓。蚕桑茂盛，牛马挨肩。鸡鹅鸭鸟，满荡鱼鲜。丈夫惧怕，公婆爱怜。妯娌和气，伯叔忻然。奴仆敬重，小姑有缘。"

翠莲祝罢，只听得门前鼓乐喧天，笙歌聒耳，娶亲车马，来到门首。张宅先生念诗曰：

"高卷珠帘挂玉钩，香车宝马到门头。
花红、利市多多赏，富贵荣华过百秋。"

李员外便叫妈妈将钞来，赏赐先生和媒妈妈，并车马一干人。只见妈妈拿出钞来，翠莲接过手，便道："等我分！"

"爹不惯，娘不惯，哥哥、嫂嫂也不惯。众人都来面前站，合多合少等我散。抬轿的合五贯，先生、媒人两贯半。收好些，休嚷乱，掉下了时休埋怨！这里多得一贯文，与你这媒人婆买个烧饼，到家哄你呆老汉。"

先生与轿夫一干人听了，无不吃惊，曰："我们见千见万，不曾见这样口快的！"大家张口吐舌，忍气吞声，簇拥翠莲上轿。一路上，媒妈妈分付："小娘子，你到公婆门首，千万不要开口。"

不多时，车马一到张家前门，歇下轿子，先生念诗曰：

鼓乐喧天响汴州，今朝织女配牵牛。
本宅亲人来接宝，添妆含饭古来留。"

且说媒人婆拿着一碗饭，叫道："小娘子，开口接饭。"只见翠莲在轿中大怒，便道：

　　"老泼狗，老泼狗，叫我闭口又开口。正是媒人之口无量斗，怎当你没的翻做有。你又不曾吃早酒，嚼舌嚼黄胡张口。方才跟着轿子走，分付叫我休开口。甫能住轿到门首，如何又叫我开口？莫怪我今骂得丑，真是白面老母狗！"

　　先生道："新娘子息怒。她是个媒人，出言不可太甚。自古新人无有此等道理！"翠莲便道：

　　"先生你是读书人，如何这等不聪明？当言不言谓之讷，信这虔婆弄死人！说我婆家多富贵，有财有宝有金银，杀牛宰马做茶饭，苏木、檀香做大门，绫罗缎匹无算数，猪羊牛马赶成群。当门与我冷饭吃，这等富贵不如贫。可耐伊家忒恁村，冷饭将来与我吞。若不看我公婆面，打得你眼里鬼火生！"

　　翠莲说罢，恼得那媒婆一点酒也没吃，一道烟先进去了；也不管她下轿，也不管她拜堂。

　　本宅众亲簇拥新人到了堂前，朝西立定。先生曰："请新人转身向东，今日福禄喜神在东。"翠莲便道：

　　"才向西来又向东，休将新妇便牵笼。转来转去无定相，恼得心头火气冲。不知哪个是妈妈？不知哪个是公公？诸亲九眷闹丛丛，姑娘小叔乱哄哄。红纸牌儿在当中，点着几对满堂红。我家公婆又未死，如何点盏随身灯？"

　　张员外与妈妈听得，大怒曰："当初只说要选良善人家女子，谁想娶这个没规矩、没家法、长舌顽皮村妇！"

　　诸亲九眷面面相觑，无不失惊。先生曰："人家孩儿在家中惯了，今日初来，须慢慢的调理她。且请拜香案，拜诸亲。"

　　合家大小俱相见毕。先生念诗赋，请新人入房，坐床撒帐：

　　"新人挪步过高堂，神女仙郎入洞房。

　　花红利市多多赏，五方撒帐盛阴阳。"

　　张狼在前，翠莲在后，先生捧着五谷，随进房中。新人坐床，先生拿起五谷念道：

　　撒帐东，帘幕深围烛影红。佳气郁葱长不散，画堂日日是春风。

　　撒帐西，锦带流苏四角垂。揭开便见嫦娥面，输却仙郎捉带枝。

　　撒帐南，好合情怀乐且耽。凉月好风庭户爽，双双绣带佩宜男。

　　撒帐北，津津一点眉间色。芙蓉帐暖度春宵，月娥苦邀蟾宫客。

　　撒帐上，交颈鸳鸯成两两。从今好梦叶维熊，行见（虫宾）珠来入掌。

　　撒帐中，一双月里玉芙蓉。恍若今宵遇神女，红云簇拥下巫峰。

　　撒帐下，见说黄金光照社。今宵吉梦便相随，来岁生男定声价。

　　撒帐前，沉沉非雾亦非烟。香里金虬相隐映，文箫今遇彩鸾仙。

　　撒帐后，夫妇和谐长保守。从来夫唱妇相随，莫作河东狮子吼。"

　　说那先生撒帐未完，只见翠莲跳起身来，摸着一条面杖，将先生夹腰两面杖，便骂道：

　　"你娘的臭屁！你家老婆便是河东狮子！"一顿直赶出房门外去，道：

　　"撒甚帐？撒甚帐？东边撒了西边样。豆儿米麦满床上，仔细思量象甚样？公婆性儿又莽撞，只道新妇不打当。丈夫若是假乖张，又道娘子垃圾相。你可急急走出门，饶你几下擀面杖。"

那先生被打，自出门去了。张狼大怒曰："千不幸，万不幸，娶了这个村姑儿！撒帐之事，古来有之。"翠莲便道：

丈夫，丈夫，你休气，听奴说得是不是？多想那人没好气，故将豆麦撒满地。倒不叫人扫出去，反说奴家不贤惠。若还恼了我心儿，连你一顿赶出去，闭了门，独自睡，晏起早眠随心意。阿弥陀佛念几声，耳伴清宁到伶俐。"张狼也无可奈何，只得出去参筵劝酒。至晚席散，众亲都去了。翠莲坐在房中自思道："少刻丈夫进房来，必定手之舞之的，我须做个准备。"起身除了首饰，脱了衣服，上得床，将一条绵被裹得紧紧地，自睡了。

且说张狼进得房，就脱衣服，正要上床，被翠莲喝一声，便道：

"堪笑乔才你好差，端的是个野庄家。你是男儿我是女，尔自尔来咱是咱。你道我是你媳妇，莫言就是你浑家。那个媒人那个主？行甚么财礼下甚么茶？多少猪羊鸡鹅酒？甚么花红到我家？多少宝石金头面？几匹绫罗几匹纱？镯缠冠钗有几付？将甚插戴我奴家？黄昏半夜三更鼓，来我床前做甚么？及早出去连忙走，休要恼了我们家！若是恼咱性儿起，揪住耳朵采头发，扯破了衣裳抓破了脸，漏风的巴掌顺脸括，扯碎了网巾你休要怪，摛了你四（鬃下换共）怨不得咱。这里不是烟花巷，又不是小娘儿家，不管三七二十一，我一顿拳头打得你满地爬。"

那张狼见妻子说这一篇，并不敢近前，声也不作，远远地坐在半边。将近三更时分，且说翠莲自思："我今嫁了他家，活是他家人，死是他家鬼。今晚若不与丈夫同睡，明日公婆若知，必然要怪。罢，罢，叫他上床睡罢。"便道：

"痴乔才，休推醉，过来与你一床睡。近前来，分付你，叉手站着莫弄嘴。除网巾，摘帽子，靴袜布衫收拾起。关了门，下幔子，添些油在晏灯里。上床来，悄悄地，同效鸳鸯偕连理。束着脚，拳着腿，合着眼儿闭着嘴。若还蹬着我些儿，那时你就是个死！"

说那张狼果然一夜不敢作声。睡至天明，婆婆叫言："张狼，你可叫娘子早起些梳妆，外面收拾。"翠莲便道：

"不要慌，不要忙，等我换了旧衣裳。菜自菜，姜自姜，各样果子各样妆；肉自肉，羊自羊，莫把鲜鱼搅白肠；酒自酒，汤自汤，腌鸡不要混腊獐。日下天色且是凉，便放五日也不妨。待我留些整齐的，三朝点茶请姨娘。总然亲戚吃不了，剩与公婆慢慢（口童）。"

婆婆听得，半晌无言，欲待要骂，恐怕人知笑话，只得忍气吞声。耐到第三日，亲家母来完饭。两亲家相见毕，婆婆耐不过，从头将打先生、骂媒人、触夫主、毁公婆，一一告诉一遍。李妈妈听得，羞惭无地，径到女儿房中，对翠莲道："你在家中，我怎生分付你来？叫你到人家，休要多言多语，全不听我。今朝方才三日光景，适间婆婆说你许多不是，使我惶恐万千，无言可答。"翠莲道：

"母亲，你且休吵闹，听我一一细禀告。女儿不是村夫乐，有些话你不知道。三日媳妇要上灶，说起之时被人笑。两碗稀粥把盐蘸，吃饭无茶将水泡。今日亲家初走到，就把话儿来诉告，不问青红与白皂，一味将奴胡厮闹。婆婆性儿忒急躁，说的话儿不大妙。我的心性也不弱，不要着了我圈套。寻条绳儿只一吊，这条性命问他要！"

妈妈见说，又不好骂得，茶也不吃，酒也不尝，别了亲家，上轿回家去了。再说张虎在家叫道："成甚人家？当初只说娶个良善女子，不想讨了个无量店中过卖来家，终朝四言八句，弄嘴弄舌，成何以看！"翠莲闻说，便道：

"大伯说话不知礼，我又不曾惹着你。顶天立地男子汉，骂我是个过卖嘴！"

张虎便叫张狼道："你不闻古人云：'教妇初来。'虽然不至乎打她，也须早晚训诲；再不然，去告诉她那老虔婆知道！"翠莲就道：

"阿伯三个鼻子管，不曾捺着你的碗。媳妇虽是话儿多，自有丈夫与婆婆。亲家不曾惹着你，如何骂她老虔婆？等我满月回门去，到家告诉我哥哥。我哥性儿烈如火，那时叫你认得我。巴掌拳头一齐上，着你旱地乌龟没处躲！"

张虎听了大怒，就去扯住张狼要打。只见张虎的妻施氏跑将出来，道："各人妻小各自管，干你甚事？自古道：'好鞋不踏臭粪！'"翠莲便道：

"姆姆休得要惹祸，这样为人做不过。尽自伯伯和我嚷，你又走来添些言。自古妻贤夫祸少，做出事比天来大。快快夹了里面去，窝风所在坐一坐。阿姆我又不惹你，如何将我比臭污？左右百岁也要死，和你两个做一做。我若有些长和短，阎罗殿前也不放过！"

女儿听得，来到母亲房中，说道："你是婆婆，如何不管？尽着她放泼，象甚模样？被人家笑话！"翠莲见姑娘与婆婆说，就道：

"小姑，你好不贤良，便去房中唆调娘。若是婆婆打杀我，活捉你去见阎王！我爷平素性儿强，不和你们善商量。和尚、道士一百个，七日七夜做道场。沙板棺材罗木底，公婆与我烧钱纸。小姑姆姆戴盖头，伯伯替我做孝子。诸亲九眷抬灵车，出了殡儿从新起。大小衙门齐下状，拿着银子无处使。任你家财万万贯，弄得你钱也无来人也死！"

张妈妈听得，走出来道："早是你才来得三日的媳妇，若做了二三年媳妇，我一家大小俱不要开口了！"翠莲便道：

"婆婆休得要水性，做大不尊小不敬。小姑不要忒侥幸，母亲面前少言论。訾些轻事重报，老蠢听得便就信。言三语四把吾伤，说的话儿不中听。我若有些长和短，不怕婆婆不偿命！"

妈妈听了，径到房中，对员外道："你看那新媳妇，口快如刀，一家大小，逐个都伤过。你是个阿公，便叫将出来，说她几句，怕甚么！"员外道："我是她公公，怎么好说她？也罢，待我问她讨茶吃，且看怎的。"妈妈道："她见你，一定不敢调嘴。"只见员外分付："叫张狼娘子烧中茶吃！"

那翠莲听得公公讨茶，慌忙走到厨下，刷洗锅儿，煎滚了茶，复到房中，打点各样果子，泡了一盘茶，托至堂前，摆下椅子，走到公婆面前，道："请公公、婆婆堂前吃茶。"又到姆姆房中道："请伯伯、姆姆堂前吃茶。"员外道："你们只说新媳妇口快，如今我唤她，却怎地又不敢说甚么？"妈妈道："这番，只是你使唤她便了。"

少刻，一家儿俱到堂前，分大小坐下，只见翠莲捧着一盘茶，口中道：

"公吃茶，婆吃茶，伯伯、姆姆来吃茶。姑娘、小叔若要吃，灶上两碗自去拿。两个拿着慢慢走，泡了手时哭喳喳。此茶唤作阿婆茶，名实虽村趣味佳。两个初煨黄粟子，半抄新炒白芝麻。江南橄榄连皮核，塞北胡桃去壳（木且）。二位大人慢慢吃，休得坏了你们牙！"

员外见说，大怒曰："女人家须要温柔稳重，说话安详，方是做媳妇的道理。那曾见这样长舌妇人！"翠莲应曰：

"公是大，婆是大，伯伯、姆姆且坐下。两个老的休得骂，且听媳妇来禀话：你儿媳妇也不村，你儿媳妇也不诈。从小生来性刚直，话儿说了心无挂。公婆不必苦憎嫌，十分不然休了罢。也不愁，也不怕，搭搭凤子回去罢。也不招，也不嫁，不搽胭粉不妆画。上下穿件缟素衣，侍奉双亲过了罢。记得几个古贤人：张良、蒯文通说话，陆贾、萧何快掉文，子建、杨修也不亚，苏秦、张仪说六国，晏婴、管仲说五霸，六计陈平、李佐车，十二甘罗并子夏。这些古人能说话，齐家治国平天下。公公要奴不说话，将我口儿缝住罢！"

张员外道："罢，罢，这样媳妇，久后必被败坏门风，玷辱上祖！"便叫张狼曰："孩儿，你将妻子休了罢！我别替你娶一个好的。"张狼口虽应承，心有不舍之意。张虎并妻俱劝员外道："且从容教训。"翠莲听得，便曰：

"公休怨，婆休怨，伯伯、姆姆都休劝。丈夫不必苦留恋，大家各自寻方便。快将纸墨和笔砚，写了休书随我便。不曾殴公婆，不曾骂亲眷，不曾欺丈夫，不曾打良善，不曾走东家，不曾西邻串，不曾偷人财，不曾被人骗，不曾说张三，不与李四乱，不盗不妒与不淫，身无恶疾能书算，亲操井臼与庖厨，纺织桑麻拈针线。今朝随你写休书，搬去妆奁莫要怨。手印缝中七个字：'永不相逢不见面。'恩爱绝，情意断，多写几个弘誓愿。鬼门关上若相逢，别转了脸儿不厮见！"

张狼因父母作主，只得含泪写了休书，两边搭了手印，随即讨乘轿子，叫人抬了嫁妆，将翠莲并休书送至李员外家。父母并兄嫂都埋怨翠莲嘴快的不是。翠莲道：

"爹休嚷，娘休嚷，哥哥、嫂嫂也休嚷。奴奴不是自夸奖，从小生来志气广。今日离了他门儿，是非曲直俱休讲。不是奴家牙齿痒，挑描刺绣能绩纺。大裁小剪我都会，浆洗缝联不说谎。劈柴挑水与庖厨，就有蚕儿也会养。我今年小正当时，眼明手快精神爽。若有闲人把眼观，就是巴掌脸上响。"

李员外和妈妈道："罢，罢，我两口也老了，管你不得，只怕有些一差二误，被人耻笑，可怜！可怜！"翠莲便道：

"孩儿生得命里孤，嫁了无知村丈夫。公婆利害犹自可，怎当姆姆与姑姑？我若略略开得口，便去搬唆与舅姑。且是骂人不吐核，动脚动手便来拖。生出许多情切话，就写离书休了奴。指望回家图自在，岂料爹娘也怪吾。夫家、娘家着不得，剃了头发做师姑。身披直裰挂葫芦，手中拿个大木鱼。白日沿门化饭吃，黄昏寺里称念佛祖念南无，吃斋把素用工夫。头儿剃得光光地，那个不叫一声小师姑。"

哥嫂曰："你既要出家，我二人送你到前街明音寺去。"翠莲便道：

"哥嫂休送我自去，去了你们得伶俐。曾见古人说得好：'此处不留有留处。'离了俗家门，便把头来剃。是处便为家，何但明音寺？散淡又逍遥，却不倒伶俐！"

不恋荣华富贵，一心情愿出家，身披一领锦袈裟，常把数珠悬挂。每日持斋把素，终朝酌水献花。纵然不做得菩萨，修得个小佛儿也罢。

作品简析

这是我国较早的一篇白话小说。作者不可考，可能是宋元时人。《清平山堂话本》收录了这篇小说。主人公李翠莲心直口快，出口成骂，见谁不顺眼就骂谁，其骂人的语言艺术堪称一绝。《快嘴李翠莲记》塑造了一个敢于向既定统治秩序挑战、敢于蔑视封建礼教、敢于争取独立人格的光辉女性形象。

古汉语通论

古书的句读

古书一般是不断句的，前人读书时要自己断句。古代断句用"、"作为标志。《说文解字》说："、（zhǔ），有所绝止而识之也。"有人认为这就是句读（dòu）的"读"的本字（注：见杨树达《古书句读释例·叙论》）。前人在语意未完而需要停顿的地方，点在两个字的中间；在句终的地方，点在字的旁边。后来用圈号作为句终的标志。古代又有一个"し（jué）"字，《说文解字》说："し，钩识也。"这也是古人读书时所用的句读标志。

古人很重视句读的训练，因为明辨句读是读懂古书的起点。假使断句没有错误，也就可以证明对古书有了初步的了解。所以《礼记·学记》说："一年视离经辨志。"这就是说，小孩读书一年以后，要考查"离经辨志"，所谓"离经"，就是句读经典的能力。

当然，能点句无误，还不能说就是完全了解了，但是，反过来说，如果点句有误，那就一定是对古书某些词句没有读懂。现存的古书，经过标点的只是一小部分。我们要具备阅读古书的能力，首先就要培养句读的能力。

在阅读古书时怎样才能不断错句，不用错标点呢？这先要研究错误的原因。原因是多方面的。归纳起来大致可以分为三个方面：一是意义不明，二是语法不明，三是音韵不明。

一、意义不明

词和句子的意义有未了解清楚的地方，这是弄错句读最主要的原因。不明词义、不通文理、缺乏古代文化常识、不知出典等，都容易导致句读错误。

（一）不明词义，不通文理

有时是不明了一个单音节词的意义，有时是不明了一个复音节词的意义，有时是把甲义误认为乙义。这些情况都会把句子断错。有时，读者并不是不明词义，而是不能把上下文连贯起来，不能串讲；读时不求甚解，不从上下文仔细体会古人的用意，也可以说是不通文理。这样，拿起笔来断句，就容易产生错误。

例一

（正）收天下之兵，聚之咸阳，销锋镝，铸以为金人十二，以弱天下之民。（贾谊《过

秦论》)

（误）收天下之兵。聚之咸阳。销锋鍉铸。以为金人十二。以弱天下之民。（注：引自商务印书馆出版的《国学基本丛书简编》本《文选》；下引《文选》，版本同此，不再注明。）

"鍉"又作"镝"，就是箭镞。"铸"是"熔铸"的意思。《文选》的断句者将"销锋鍉铸"连读，这是讲不通的。《汉书·项羽传》载贾谊《过秦论》，如淳、颜师古诸家皆读"鍉"字断句（注：他们虽没有断句，但是在"鍉"字下面加注，依《汉书》注的规矩，必须在断句处加注，所以知道是这里断句。）为什么《文选》的断句者会断错句呢？因为《史记·秦始皇本纪》所载贾谊《过秦论》在这里作"销锋铸锯"，（锯，钟类）（注：《古文辞类纂》根据《史记》，也作"销锋铸锯"。）断句者大约受了这个影响，没有仔细考虑"鍉""铸"两字的意义，就把"铸"字归到上句去了。

例二

（正）洪于大义，不得不死；念诸君无事空与此祸，可先城未败，将妻子出。

（误）洪于大义，不得不死；念诸君无事，空与此祸，可先城未败，将妻子出。（注：引自吕叔湘《"通鉴"标点琐议》（见《中国语文》1979 年第 2 期）。）

这段文章是写臧洪守东郡，粮尽援绝，叫部下将士和百姓弃城逃命。断句者没有弄懂这段话中的复音词"无事"是"没有必要""犯不上"的意思，并不是现代汉语"无事生非"中"无事"的意思，因此把句子断错了。

例三

（正）使尽之，而为之箪食与肉，置诸橐以与之。（《左传·宣公二年》）

（误）使尽之，而为之箪食，与肉，置诸橐以与之。（注：参看王伯祥《春秋左传读本》201 页。）

这里是说，"给他预备一筐饭和肉，放在口袋里给他"。标点者把连词"与"看成动词"给予"的"与"，就和后面"以与之"的"与"重复了。

例四

（正）世儒学者，好信师而是古，以为贤圣所言皆无非，专精讲习，不知难问。（《论衡·问孔篇》）

（误）世儒学者，好信师而是古，以为贤圣所言，皆无非专精讲习，不知难问（注：以下所引《论衡》的例子，都是采自中华书局出版的《诸子集成》本，国学整理社整理，其中标点错误很多。）

这里的"非"字应当作"错误"讲，《诸子集成》本《论衡》的标点者误认为否定副词，所以弄错了。

例五

（正）今往仆少小所著辞赋一通相与。夫街谈巷说，必有可采……（曹植《与杨德祖书》）

（误）今往仆少小。所著辞赋一通。相与夫街谈巷说。必有可采。

第一句意思是说，"现在送我少年时代所著的辞赋一篇给你。"《文选》的断句者不懂"往"是"送往"的意思，"相与"的"与"是"给予"的意思，"少小"一词也不懂，这就全句不了解了。"少小"指少年时代,这是古人常用的词语。曹植自己在《白马篇》就说"少小去乡邑,扬声沙漠垂"。像上述的《文选》标点者断句为"今往仆少小"还成什么话呢?

例六

（正）时人始而惊,中而笑且排,先生益坚,终而翕然随以定。（李汉《韩昌黎集序》）

（误）时人始而惊。中而笑。且排先生益坚。终而翕然随以定。（注:参看商务印书馆出版的《国学基本丛书简编》本《韩昌黎集》。）

"笑且排",意思是"嘲笑而且排斥";"先生益坚",意思是"韩愈受到嘲笑和排斥以后,不但不气馁,而且更加坚定"。这才显出了韩愈的战斗精神。如果把"且排先生益坚"读成一句,那是说"时人更坚决地排斥韩愈",和作者的原意正相违反了。

例七

（正）或时贤而辅恶;或以大才从于小才;或俱大才,道有清浊;或无道德,而以技合;或无技能,而以色幸。（《论衡·逢遇篇》）

（误）或时贤而辅恶,或以大才从于小才,或俱大才。道有清浊。或无道德而以技合,或无技能而以色幸。

假使用旧式点句法,这里的错误就显露不出来。现在用的是新式标点,错误就很明显了。"或俱大才,道有清浊"本是"或俱大才而道有清浊"的意思。现在把"道有清浊"独立成句,上下文都讲不通了。

例八

（正）綦毋张丧车,从韩厥曰:"请寓乘。"从左右,皆肘之,使立于后。（《左传·成公二年》）

（误）綦母（毋）张丧车,从韩厥曰:"请寓乘,从左右。"皆肘之,使立于后。

这里是说綦毋张站在左边和右边,韩厥都用手肘制止他,让他站在后面。如果把"从左右"看成是綦毋张说的话,那么"皆肘之"就无所系属,上下文的意思都说不通了。杜预和孔颖达都是把"从左右"和"皆肘之"连起来解释的。

（二）缺乏古代文化知识,不知出典

缺乏古代天文、地理、典章制度等方面的常识,就影响对某些特定词语的了解。不知出典,就容易用错引号。

例一

（正）《史记·天官书》云:"牵牛为牺牲,其北河鼓。河鼓:大星,上将;左右,左右将。"（胡仔《苕溪渔隐丛话·后集》卷七）

（误）史记天官书云。牵牛为牺牲。其北河鼓。河鼓大星。上将左右。左右将。

《史记》张守节《正义》说:"河鼓三星,（注:河鼓三星即我国民间所说的扁担星,中央大星即牛郎星。）在牵牛北,主军鼓。盖天子三将军:中央大星,大将军;其南左星,左将军;其北右星,右将军。所以备关梁而拒难也。"这就是说,"河鼓"有三颗星,中间的大星为上将,左右二星为左右将。（注:古人迷信,有所谓占星术,把天上的某些星和人间的某些职官联系起来,认为河鼓三星"明大光润,将军吉;动摇差戾,乱兵起;

直，将有功；曲则将失计"）《万有文库》本《苕溪渔隐丛话》的断句者没有这种古代的天文常识，把句子断得完全不可理解。

例二

（正）彗星复见西方十六日。夏太后死。（《史记·秦始皇本纪》）

（误）彗星复见西方。十六日，夏太后死。

这里是说彗星又在西方出现，一共经过十六天；不是说夏太后死在十六日那天。因为古人是用干支记日的，《史记》也是这样。就以《秦始皇本纪》来说，凡记日都用干支。如四年十（七）月"庚寅"，九年四月"己酉"，三十七年十月"癸丑"，三十七年七月"丙寅"，二世三年八月"己亥"等。在《史记》中，数字和"日"连用总是说多少天，而不是说某月某日。（注：《史记·孟尝君列传》："文以五月五日生，其父勿举。"这是一个特殊的例子。）用数字记日，大概起自东汉，但史书和其他正式的文件中，一般仍用干支记日。《史记会注考证》的断句者没有细心考察中国古代的记日制度，因而弄错了。

例三

（正）泰山耸左为龙，华山耸右为虎，嵩为前案，淮南诸山为第二重案。（《朱子语类》）

（误）泰山耸左为龙华山。耸右为虎嵩。为前案。淮南诸山。为第二重案。（注：参看中华书局 1959 年版《听雨丛谈》。）

泰山、华山、嵩山都是属于五岳的。泰山是东岳，在北京之左，所以说耸左为龙；华山是西岳，在北京之右，所以说耸右为虎；嵩山是中岳，在北京之前，所以说嵩为前案。断句的人没有弄清楚这一地理关系，错误很大，这话变得完全不可理解。

例四

（正）冬，十一月，初令郡国举孝廉各一人，从董仲舒之言也。

（误）冬，十一月，初令郡国举孝、廉各一人，从董仲舒之言也。（注：引自吕叔湘《"通鉴"标点琐议》。）

孝、廉分科，古代不曾有过。这里"孝廉"不宜断开。"各一人"是说各郡或国分别推举一人。

例五

（正）凡他宫入院，未除学士，谓之直院。学士俱阙，他官暂行文书，谓之权直。（《历代职官表·卷二十三》引《山堂考索》）

（误）凡他官入院未除学士。谓之直院学士。俱阙他官。暂行文书。谓之权直。（注：引自丛书集成本《历代职官表》。）

宋代翰林学士院有翰林学士等掌管起草制诰诏令，别的官到翰林学士院没有被任命为翰林学士时，叫作"直院"（直学士院）（注：《文献通考》卷十一"职官八"："资浅者为直院，暂行者为权直。"）；翰林学士院一时阙员暂由别的官掌管文书，叫作"权直"（翰林权直、学士院直）。《丛书集成》本《历代职官表》的断句者不懂宋代翰林学士院的官制，断句就完全弄错了。宋代翰林学士院没有"直院学士"衔。"俱阙他官"，在意思上也讲不通。

例六

（正）故有所览，辄省记。通籍后，俸去书来，落落大满。（袁枚《黄生借书说》）

（误）故有所览，辄省记通籍。后俸去书来，落落大满。

"省记"等于说"记得"，这里是把它记在脑子里的意思。"通籍后，俸去书来"，是说通籍后有俸可以买书。过去中了进士的，他的名字就上通到朝廷了，叫作"通籍"。标点者不知道什么是通籍，所以弄错了。

例七

（正）传书曰："……是夕也，火星果徙三舍。"如子韦之言……则必得景公祐矣。（《论衡·变虚篇》）

（误）传书曰："……是夕也，火星果徙三舍。如子韦之言……则必得景公祐矣。"

"传书"，指的是《史记》等书。《史记·宋微子世家》所载，与此大同小异，最后一句是"果徙三度"。可见引号应该放在"果徙三舍"后面。至于"如子韦之言"以下，那是《论衡》作者的话了。标点者不明出典，把作者的话也归到引文里去了。

二、语法方面

语句总是按照一定的规则组织起来的，语法就是组词造句的规则。不通语法，自然也容易弄错句读。在这个题目下，附带讨论由于不了解对偶和文体而产生的句读错误。

例一

（正）夫拜谒，礼义之效，非益身之实也。（《论衡·非韩篇》）

（误）夫拜谒礼义之效，非益身之实也。

这句话的意思应该是，"拜谒是礼义之效，而不是益身之实"。判断句在古代一般不用系词，依传统的句读法，"拜谒"后面应该断句，依新式标点用法也应该用逗号。这里是动词用作主语，标点者没有弄清，所以错了。

例二

（正）焚，子退朝，曰："伤人乎？"不问马。（《论语·乡党》）

（误）焚。子退朝。曰。伤人乎不。问马。

一般都是在"乎"字断句。陆德明《经典释文》说，"一读至不字绝句"。王若虚在《溏南遗老集》卷五《论语辨惑》中就曾批评这种断法。他说，这样断句，意谓"圣人至仁，必不至贱畜而无所恤也。义理之是非，姑置勿论，且道世之为文者，有如此语法乎？故凡解经，其论虽高，其于文势语法不顺者，亦未可遽从，况未高乎！"王若虚的意见无疑是正确的。古汉语没有这种在疑问语气词后再加"不"字的疑问句。不问语法规律而去推求"义理"，这种义理是主观的产物，不可能不错。

例三

（正）且夫天者，气邪？体也？（《论衡·谈天篇》）

（误）且夫天者，气邪？体也。

这是说，"再说，天是气呢？还是实体呢？"这是选择性问句，这种句子往往用"邪"字和"也"字相呼应。标点者不懂这个规则，所以不知道在"也"字后面也要用疑问号。

例四

（正）是故治世之音安以乐，其政和；乱世之音怨以怒，其政乖；亡国之音哀以思，其民困。（《礼记·乐记》）

（误）是故治世之音安。以乐其政和。乱世之音怨。以怒其政乖。亡国之音哀。以思其民困。

《礼记·乐记》这一段话，从唐代起就有几种不同的断句法。《经典释文》载："雷读上至安绝句，乐音岳，二字为句。崔读上句依雷，下'以乐其政和'，总为一句。下'乱世''亡国'各放此。"雷读、崔读都是错误的。因为这里的"以"字是连词，正如《经传释词》所指出的，它和"而"字的作用相同。"安以乐"就是"安而乐"，"怨以怒"就是"怨而怒"，"哀以思"就是"哀而思"。下文"其政""其民"是主语，"和""乖""困"都是形容词作谓语。按照崔读断句，"以"只能看作介词，"乐""怒""思"是动词谓语，"其政""其民"是宾语，"和""乖""困"无所隶属。汉语没有这种句法结构，因此"以乐""以怒""以思"只能属上。

例五

（正）问今是何世，乃不知有汉，无论魏晋。此人一一为具言所闻，皆叹惋。（陶渊明《桃花源记》）

（误）问今是何世，乃不知有汉，无论魏晋。此人一一为具言，所闻皆叹惋。

"所闻"，"所"指代"闻"的对象，即渔人闻知的汉和魏晋间的情况。它不可能指代"闻"这一行为的主动者——听渔人说话的村中人。如果指村中人，就只能说"闻者"。《古文观止》的断句者不懂"者""所"的用法的不同，误将"所闻"属下。

例六

（正）夫王者有过，异见于国。不改，灭见草木；不改，灭见于五谷；不改，灭至身。（《论衡·异虚篇》）

（误）夫王者有过，异见于国，不改；灭见草木，不改；灭见于五谷，不改，灭至身。

假设句不用连词，在现代汉语里也不是罕见的，在古代汉语里更是常见。特别是否定的假设，往往不用"如""若"等字。这里标点者不懂"不改"是一种假设，等于说"如果再不改"，因而把分号用错了。

例七

（正）虞舜为父弟所害，几死再三，有遇唐尧，尧禅舜，立为帝。尝见害，未有非；立为帝，未有是。前时未到，后则命时至也。（《论衡·祸虚篇》）

（误）……尧禅舜立为帝。尝见害，未有非；立为帝，未有是前时未到，后则命时至也。

"尧禅舜"不断句，不对。"未有是"不断句，更不对。作者明显地以"未有是"和"未有非"相对，意思是说，"虞舜被谋害的时候，他并没有做错什么；他立为帝的时候，也没有做对什么"。古人行文，往往爱用对偶。了解这一点，有助于我们识辨古书的句读。

例八

（正）维是子产，执政之式。维其不遇，化止一国。诚率是道，相天下君。交畅旁

达，施及无垠。于虖！四海所以不理，有君无臣。（韩愈《子产不毁乡校颂》）

（误）……于虖四海。所以不理。有君无臣。

这是一篇颂赞体的文章，每句四字（"四海所以不理"六字），两句一换韵，中间插入一个"于虖"（呜呼），算是外加的。如果按照后一种句读法，就失其韵读，与文体不合了。而且，"四海所以不理"等于说"四海之所以不理"，"四海"断句是不通的。

例九

（正）……自作清歌传皓齿，风起，雪飞炎海变清凉。……试问岭南应不好，欲道，此心安处是吾乡。（苏轼《定风波》）

（误）……自作清歌传皓齿。风起雪飞。炎海变清凉。……试问岭南应不好。却道此心安处是吾乡。"定风波"这一词牌分前后两阕，最后三句的字数都是七、二、七，而且二字句与前面七字句还要押仄声韵。这里前阕应该在"风起"处断句，后阕应该在"却道"后断句。《苕溪渔隐丛话·后集》卷第四十引用了苏东坡这首词，《万有文库》本的断句者不懂"定风波"词牌的格律，把它断错了。

三、音韵方面

不懂音韵，也可能影响到句读的正确性。虽然这方面的情况比较少见，但也值得注意。

例一

（正）卫侯贞卜，其繇曰："如鱼窥尾，衡流而方羊，裔焉大国，灭之将亡。阖门塞窦，乃自后逾。"（《左传·哀公十七年》）

（误）卫侯贞卜。其繇曰，如鱼窥尾。衡流而方羊裔焉。大国灭之。将亡。阖门塞窦。乃自后逾。

世界书局铜版《四书五经》这样断句，大概是根据杜注孔疏。杜预和孔颖达以"衡流而方羊裔焉"为句，顾炎武、王引之、武亿等都不同意。顾炎武《杜解补正》说："当以'裔焉大国'为句。言其边于大国，将见灭而亡。"这是对的。孔颖达认为"繇词之例，未必皆韵"，"或韵或不韵，理无定准"；因而说"窦""逾"不与"将亡"为韵。实际上"窦""逾"两字虽不与"将亡"押韵，但是"羊"字与"亡"字押韵（古音同在阳部），"窦"字与"逾"字押韵（古音同在侯部）。这是换韵，不能说是"或韵或不韵"。

例二

（正）养气自守，适食则酒。闭明塞聪，爱精自保。适辅服药引导，庶冀性命可延，斯须不老。既晚无还，垂书示后。（《论衡·自纪篇》）

（误）养气自守，适食则酒，闭明塞聪，爱精自保。适辅服药引导，庶冀性命可延。斯须不老，既晚无还，垂书示后。

"守""酒""保""导""老""后"都是韵脚。"延"字后面用句号是不对的，因为"延"字不是韵脚；"老"字是韵脚，句号应该移到"老"字后面。"斯须不老"是"暂时不老"的意思，和"性命可延"的意思是连贯的。

由上所述，可见造成句读错误的原因是复杂的。今人整理的古籍常常有标点错误的地方，我们必须注意；就是古代的注疏家，对某些文句，也有不同的句读法，需要有审辨能力。古代不同的句读，有的是某一注疏家弄错了，如上面所举《左传·哀公十七年》

一例。有的是数读皆可通的。其实数读皆可通，也可分为两种情况：一种只是不同的断法，如《论语·季氏》："君子疾夫，舍曰欲之，而必为之辞。"一读"夫"字后不断句，还有一读"欲之"后也不读断。无论哪一读法，意思都是一样。另一种情况则是因为时代久远，目前无法确定作者的原意，暂时数读皆可通，如《论语·公治长》："愿车马，衣轻裘，与朋友共，敝之而无憾。"《白虎通》引作"愿车马轻裘与朋友共敝之"，无"衣"字，从"敝之"断句；《一切经音义》引作"共敝之而无憾"，是以"共"与"敝之而无憾"连为一句。"共"字属下不属下，意思稍有区别，现在还无从确定哪一断法符合作者的原意。

总之，正确地标点古书不是十分容易的事情，要避免标点古书的错误，是没有简单的办法的。一方面要重视词义、语法、音韵及古代文化等各方面的知识；另一方面还要多读古书，多掌握材料，并进行适当的句读练习。等到词义、语法、音韵、文化常识等各方面的知识都具备了，又读了一定数量的古文，自然就不至于不会断句了。

文史拓展

唐传奇与宋话本小说中的女性形象

如果说唐传奇是小说史上的第一次转折，这次转折的重要意义是"始有意为小说"，那么宋元话本则是第二次转折。在语言形式上，它完成了文言到白话的转变；在作者与受众对象上，完成了由贵族到平民的转化。通过考察唐传奇和宋话本中的女性形象，可以清楚地看出这一转变过程。女性形象一直是文学作品描写、叙述的焦点。综观文学画廊，可以看到众多栩栩如生、熠熠生辉的女性形象。女性本身所具有的温柔、感性、浪漫的性别特征，更容易与爱情婚姻联系在一起。

一、唐传奇中的女性形象

在唐传奇出现之前，女性主要以三类形象出现在文学作品中。一是宋玉的巫山神女，曹植的洛神，汉诗中的阿娇、昭君，基本上是没有女性真实自我生存价值与生命意义的能指符号。二是如妲己、褒姒、赵飞燕等，是让帝王误国、男人遭难的意象符号。三是从《氓》《谷风》到汉乐府古诗的《陌上桑》《羽林郎》，再到南北朝《焦仲卿》《木兰诗》中比较贴近现实的女性形象。

而唐传奇中的大多数女性，则是姿容绝代且色艺双全，即使沦落风尘，也往往出身高贵。在这里，容貌的娇艳与否是获得异性青睐和幸福婚姻的第一砝码，作者往往不惜笔墨来描写。如柳氏"艳绝一时，喜谈谑，善歌咏"（《柳氏传》）；步飞烟"容止纤丽，若不胜绮罗""善秦声，好文笔，尤善击缶，其与韵丝竹和"（《飞烟传》）；霍小玉"若琼林玉树，互相照耀，转盼间精彩照人""资质浓艳，一生未见；高情逸态，事事过人；音乐诗书，无不通解"（《霍小玉传》）；无双"端丽聪慧""资质明艳，如神仙中人"（《无双传》）。《任氏传》中更有七处直接、间接描写任氏"此色只应天上有，人间那得几回见"

的绝美容貌。

唐传奇中的女性往往痴情总被痴情误。这一形象主要见于《莺莺传》《霍小玉传》《任氏传》《李张武氏传》《飞烟传》等作品中。她们在初见心上人时的故作矜持，欲迎还却，在对对方钟情的期待中也隐含着担忧，在向往美满姻缘时却遭到背叛。莺莺与张生欢愉月余，也只是张生见莺莺美貌后不能自持，暂时忘却求功名的大业，而一旦激情过后，张生便忘却这段爱情，另娶任氏，重走"正道"。飞烟与赵象郎情妾意一年有余，东窗事发后，飞烟被鞭笞而死，而她至死不肯说出的情郎却早已逃之夭夭，远走江湖。在面对爱情婚姻的失败时，唐传奇中女性的反抗是软弱的。霍小玉化为鬼魂后也只是把怨气发泄在李生的妻妾身上，甚至当李生多次在墓前嗟叹流泪也现身相对流泪，似乎已经忘了他的负心。张生另娶后，莺莺也只是作了一首讽喻诗而已。

唐传奇中女性的爱情往往历经波折。这类女性形象以《无双传》《李娃传》《裴航》《离魂》《柳毅传》《长恨歌传》为典型。李娃出身娼门，将荥阳生骗得资财丧尽，沦为乞丐，终于良心发现，决心救护荥阳生，以数年的殷勤看护，使荥阳生功成名就。小说的深刻之处，在于李娃立此巨功，并不求嫁于荥阳生，而是"愿以残年，归养老姥"。这一思想，形象反映了封建礼教对妇女的毒害之深。最后两人得以结合，是因为李娃使他光宗耀祖，这在等级森严的社会，已帮李娃攒够了资本。在唐传奇中，男性在爱情婚姻中始终占据主导地位，女性只是作为隐形配角，烘托的是男性的执着。

唐传奇中有些女性的形象颇具"侠骨"。这类女性形象以《谢小蛾》《红线》为代表，两者都是以豪侠形象出现的。在古代的文学传统中，具有扶危济困、伸张正义的豪侠形象，通常都由须眉男子来担当的。而这两篇传奇，对男尊女卑的观念是一个突破。但是，有所突破并不是超越，红线未走出封建等级制度，谢小蛾的形象也是根据封建的妇德礼教来塑造的。豪侠身份没有公开之前，红线完全是封建社会有教养的闺阁女子的形象。在主子薛嵩面前，毕恭毕敬。盗取合金，很大程度上是出于对主子的报恩。在离别宴会上，她连连跪拜，哽咽哭泣，是封建义仆的形象写照。与此类似的还有谢小蛾的只身报仇。这些精神品质的动力与前提乃是为父为男人，其核心价值是由此而体现的节与贞。在传奇的篇尾明确强调"女子之行，唯贞与节能始终全而已。如谢小蛾，足以做天下逆道乱常之心。足以观天下贞夫孝妇之节"。

综观整个唐传奇中的女性形象，不难得出这样的结论：女性始终未冲破礼教和阶级的樊篱，几乎从未和封建礼教发生过抗争，就连英勇如女侠的女性形象也让位给了义妇、烈妇的角色定位。

二、宋元话本中的女性形象

相对于唐传奇的中的女性形象概念的明确，宋元话本中女性形象则略显模糊。宋元话本小说中女性形象深受作者所处的市民阶层的影响，主要表现为较少受到封建礼教的侵蚀，并具有几分泼辣的性格。

宋元话本小说中女性形象对爱情的追求是执着的。如《碾玉观音》《闹樊楼周胜仙》《志诚张主管》《金明池吴清逢爱爱》中的女性形象。在秀秀和崔宁的爱情中，秀秀始终是主动的、大胆的，正是秀秀的大胆才促成了这段爱情。在生命消失之后，秀秀的鬼魂依然痴心不改，勇敢地惩罚了恶人之后，终于拉了崔宁的鬼魂到阴间做了夫妻。周胜仙为了范二郎死过两次，在被情郎误伤后，不但没有怨恨，鬼魂反而追到狱中，"了其心愿"，并求五道将军救出了范二郎。小夫人爱上了张胜，致诚的张主管却不敢接受，并因此离开。后小夫人因失窃案被迫自杀，死后魂灵不灭，又找到了张主管家中。酒家女卢爱爱对吴清甚为钟情，吴清去后竟相思而死，死后鬼魂与吴清做了夫妻。吴清取洛阳避邪，爱爱鬼魂一路相随，后鬼魂又与吴清在狱中相会，并赠予二粒玉清丹。一粒为情郎治病，一粒为情郎撮合与另一位爱爱的婚事。这种直叫人生死相许的爱情颇为让人动容。

宋元话本小说中女性敢于冲破封建礼教的束缚。如《风月瑞仙亭》《刎颈鸳鸯会》《白娘子永镇雷峰塔》《快嘴李翠莲》中的女性形象。卓文君是深居闺阁的淑女，为了爱情，大胆地与司马相如私会瑞仙亭，这在传统封建礼教的束缚中是不可想象的。有人认为蒋淑珍毁灭的原因在于她的"淫荡"，但也可以这样认为，蒋淑珍的形象正是对封建礼教的挑战。蒋淑珍冲破禁欲主义的束缚，正是因为那个束缚在扼杀人。白娘子对许仙的爱情坦诚而执着，就是被法海的钵盂罩住现了原形，"兀自昂着头望着许仙"，其中既有恋情也有怨恨。李翠莲更是大胆与封建礼教做斗争的典型。面对封建礼教对妇女的歧视和压迫，她嘴巴如刀，寸步不让，"公公要奴不说话，将我口儿缝住罢"；被休后又遭娘家人的排挤，她愤然出家，以这种方式斗争到底。

宋元话本小说中女性对于男性的背叛不再是一味地容忍。如《杨思温燕山逢故人》《宿香亭张浩遇莺莺》中的女性形象。和唐传奇中的女性形象不同，宋话本小说中的女性能理直气壮地维护自己的利益，大胆地惩罚负心汉。郑意娘被掳后，不从撒八太尉所逼，自刎而死。丈夫韩思厚后来却负心另娶，郑意娘没有像霍小玉一样，把怒气转移到他妻妾的身上，而是直指负心郎，向其索命于江中。李莺莺借故到张浩园中看牡丹，与张浩在花园中私订终身，然后又私通于园中的宿香亭。后张浩由叔父做主联姻孙氏，李莺莺没有像崔莺莺一样作讽喻诗，而是状告河南府。在府尹的干预下，维护了自己的婚姻和尊严。

三、女性形象发生转变的原因

对比唐传奇中的女性形象和宋元话本中的女性形象，不难看出，在贵族文学向平民文学的转变过程中，女性形象发生了明显的变化。宋话本小说中的女性不再是温良恭顺的淑女，而是大胆泼辣、敢于冲破封建礼教、勇于追求爱情的女子；遇到阻挠时，不再委曲求全，而是愤然反抗；被抛弃时，不再是束手惋叹，而是严正地捍卫自己的婚姻，惩罚负心汉时绝不手软。

之所以发生这样的变化，首先是由创作者的身份决定性的。唐传奇的作者多是士这个阶层，有的甚至是高层官僚。《枕中记》的作者沈既济，《柳氏传》的作者许尧佐，《南柯太守传》《谢小娥传》的作者李公佐，《李娃传》的作者白行简，《唐国史补》的作者李肇……几乎都是清一色的进士出身，位居高官；《莺莺传》的作者元稹，《玄怪录》的作者牛僧孺更是官至宰相。而宋话本小说的编写者和说唱者多是卖艺人、落第书生，《东京梦华录》《梦粱录》《武林旧事》均有记载。如宋代说书艺人张山人、张本、酒李郎、故衣毛二、枣儿徐荣、张黑踢……从这些姓名即可知，他们的身份应是下层市民。宋元时代编写话本的，一般是"书会"中的才人、科举失意的文人、低级官吏（如王伯成、沈和甫）、医生（如萧德祥）、商人（如施惠）等。"贵族文人周旋于上流社会，追求高雅、新奇，说书艺人、没落文人生活于市民之间，讲求通俗。唐传奇与宋元话本作家队伍的不同。决定了他们对于婚姻、门第、女性等问题的看法必然出现分歧。"

其次是社会原因。唐朝的社会风气是较为开放的，"唐朝的社会，色情意味非常浓厚。尤其在大都会中，歌台妓馆，到处林立，当时一般文人墨客，进士新贵，多以风流相尚，歌舞流连，不足为怪。"但是风流归风流，世子的婚姻多跟晋升之间紧密联系在一起。《隋唐嘉话》卷中记载高宗朝官至中书令的薛元超，就曾将"始不以进士擢第，娶五姓女，不得修国史"引为终身憾事。元稹之所以要舍双文而娶韦氏。是因为韦氏出生公卿贵族家庭，能助其升官。他所作的《莺莺传》，很大程度上是他的自传。宋话本小说创作者绝大多数是下层人民，而受众又是广大的市民阶层。在宋代，门阀制度已不如唐朝森严，因此，女子对婚姻的追求已没有了像唐代那样令人窒息的束缚，创作者的阶级归属决定了宋话本小说的通俗性，进而决定了其中女性形象多是大胆泼辣的市井女子，而受众的审美又引导了这一特性不断明显化。

第十六单元 元 曲

元曲的盛行

元曲概述

　　元朝的建立，结束了中国境内宋、辽、夏、金及吐蕃、大理等政权长期并立的局面。元朝幅员辽阔，"北逾阴山，西极流沙、东尽辽左，南越海表"，统一扫除了各民族之间交往的地域障碍。随着各民族文化的融合，中原地区形成了以大都（北京）及周围地区流行的汉语为主体的新文学语言体系。自蒙古族的统治者入主中原后，社会形态出现了变化，市民阶层对通俗文化的需求增强。在元代，叙事性文学万紫千红，呈现一派兴盛的局面，成为当时创作的主流，元杂剧在短时间内走向了繁荣。一些具有高度文化修养的作家，加入叙事性文学的创作队伍中，使文坛的格局发生了重大变化。至于抒情性文学，在元代也有所发展，例如"散曲"的创作给诗坛带来了新的气象，代表了元代诗歌创作的最高成就。

　　在元代，登坛树帜、独领风骚的文学样式是元曲。人们通常所说的元曲，包括剧曲与散曲。剧曲指的是杂剧的曲辞，它是戏剧密不可分的组成部分；散曲则是韵文大家族中的新成员，是继诗、词之后兴起的新诗体。元曲的兴起与发展，其原因可概括为以下几点：首先，元代的社会现实是元曲兴起的基础，元朝疆域辽阔，城市经济繁荣，宏大的剧场，活跃的书会和日夜不绝的观众，为元曲的兴起奠定了基础；其次，元代各民族文化相互交流和融合，促进元曲的形成；再次，元曲是诗歌本身的内在规律及文学传统继承、发展的必然结果。

一、元代杂剧、南戏的兴起及发展

　　我国的戏剧，其起源、形成，经历了漫长的时期。从先秦歌舞、汉魏百戏、隋唐戏弄，发展到宋代院本，表演要素日臻完善。金末元初，文坛在唐代变文、说唱诸宫调等叙事性体裁的浸润和启示下，找到了适合于表演故事的载体，并与舞蹈、说唱、伎艺、科诨等表演要素结合为一体，发展成戏剧，作为一门独立的艺术脱颖而出。由于宋金对峙，南北阻隔，元杂剧可分杂剧和南戏两种类型，它们各有自己的表演特色，分别在北方和南方臻于成熟。当时，许多文人积极参与剧本的创作，使这种叙事性的文学体裁成为文坛的主干。

元代创作的剧本，数量颇多。据统计，现存剧本名目，杂剧有五百三十多种，南戏有二百一十多种，可惜大部分均已散失。从现存的剧本看，元代戏剧的题材，包括爱情婚姻、历史、公案、豪侠、神仙道化等许多方面。涉及的层面异常广阔，"上则朝廷君臣政治之得失，下则闾里市井父子兄弟夫妇朋友之厚薄，以至医药卜巫释道商贾之人情物性，殊方异域语言之不同，无一物不得其情，不穷其态。"许多剧本，塑造了性格鲜明的人物形象，揭露了现实生活中封建制度的弊陋丑恶，歌颂了被迫害者的反抗精神。剧作家们以各具个性的艺术格调和蘸满激情的笔墨，展示出元代丰富多彩的生活和人物复杂微妙的精神世界。

杂剧和南戏的剧本虽都包括曲词、宾白、科（介）三个部分，但体制又有不同。杂剧一般由四折组成一个剧本，每折相当于今天的一幕；演剧角色可分末、旦、净三类。末分正末、小末；旦分帖旦、搽旦、小旦。在音乐上，一折只采用一个宫调，不相重复。而全剧只能由正末或正旦一人主唱，正末主唱的称"末本"，正旦主唱的称"旦本"。南戏流行于东南沿海。剧本由若干"出"组成，"出"数不作规定。曲词的宫调也没有规定。南戏角色分为生、旦、净、末、丑等各类，南戏的生，即杂剧的末。南戏的末多演老生、须生，均可歌唱。歌唱形式多种多样，既有独唱，又可对唱、合唱、轮唱，不似杂剧只能由一人独唱到底。

杂剧和南戏的剧本，都有完整的故事情节，在戏剧冲突中刻画人物形象。剧本的唱词，则更多用以表现人物在特定场景中的思想情绪，甚至直接透露作者的心声，具有强烈的抒情性。可以说，唱词往往就是诗，这一点，构成了我国戏剧文学的特色，也说明了我国叙事文学与抒情文学之间互补共生的关系。至于杂剧和南戏的演员，既要善于说白、歌唱，也要掌握科（介）亦即舞蹈、武打乃至杂耍的技巧。因此，元代的戏剧是综合性的艺术。

杂剧和南戏在唱腔上有明显的区别。杂剧的曲调是由北方民间歌曲、少数民族的乐曲和中原传统的曲调（包括宫廷、寺庙、民间音乐）结合而成；南戏的曲调则由东南沿海的民间音乐与中原传统的音乐结合而成。由于杂剧、南戏在音乐文化系统方面均由中原传统衍繁，彼此同源，易于沟通互补，它们的一些曲牌、名称相同，或者品味相同。至于杂剧和南戏在音乐上的差别，实际上是南北方言差异的表现。我国地域广袤，语言系统在文化发展过程中不断发生变化，形成了许多方言区。例如在宋代甚至更早，北方语音中入声消失，而南方语音入声依然保留。戏曲音乐与语言密不可分，杂剧与南戏产生、流行于不同的方言区，加上区域生活习俗等文化上的差异，从而形成两大音乐系统。明代戏剧家王骥德说："南北二曲，譬如同一师承，而顿渐分教；俱为国臣，而文武异科。"明代文学家王世贞则谓："北字多而调促，促处见筋；南字少而调缓，缓处见眼。北则辞情多而声情少，南则辞情少而声情多。"他们的判断，是符合元代戏曲发展的实际的。

元代的戏剧活动，实际上形成两个戏剧圈。

北方戏剧圈以大都为中心，包括长江以北的大部分地区，流行杂剧。在大都，"南北二城，行院、社直、杂戏毕集"（刘祁《析津志》），涌现了大批杂剧艺人。许多杰出的剧作家像关汉卿、王实甫、马致远、纪君祥、张国宾、杨显之等，或是大都人，或在这里活动。这里"歌棚舞榭，星罗棋布"，杂剧演出频繁，为剧作家提供了施展才华的园地。

在当时经济比较发达的城邑，如东平、汴梁、真定、平阳等地，也是作家云集。而生活于同一地域的作家，或是受地区风气的熏陶，或是旨趣相投，或是背景相近，自觉或不自觉地形成了不同的群体。观众的喜好，也作为一种市场需要，对作家产生了一定影响，使不同地区的创作呈现出不同的特色。例如，传说宋江、李逵等好汉在山东梁山泊啸聚，于是许多有关水浒的杂剧，便以东平为背景；曾经在东平生活的作家，也写了众多的水浒剧目，东平便成了杂剧水浒戏的发源地。一般说来，北方戏剧圈的剧作，较多以水浒故事、公案故事、历史传说为题材，有较多作家敢于直面现实的黑暗，渴望有清官廉吏或英雄豪杰为被压迫者撑腰。至于各个作家的艺术风格，则绚丽多彩。他们以不同的风情，不同的韵味，缔造出灿烂辉煌的剧坛。就总体来看，北方戏剧圈的作品，更多给人以激昂、明快的感觉。明代文学家徐渭在《南词叙录》中曾说："听北曲使人神气飞扬，毛发洒渐，足以作人勇往之志。"

南方戏剧圈以杭州为中心，包括温州、扬州、建康、平江、松江乃至江西、福建等东南地区。和北方情况不同，这里的城乡舞台，既流行南戏，也演出从北方传来的杂剧，呈现出两个剧种相互辉映的局面。南戏产生于浙江永嘉（今温州市）一带，所以又被称为"永嘉杂剧"。它形成于南宋初年，在东南地区广泛流传，并渐渐进入杭州。据刘一清说，"戊辰（1268）、己巳（1269）间，《王焕》戏文盛行于都下"。许多艺人在这里创作、演出、出版南戏，使这座繁华的城市成了南戏的中心。

南方戏剧圈的杂剧活动，大致可以分为三个发展阶段。第一阶段是从元世祖至元十三年（1276）至大德年间。这期间杂剧初入南方，一些在北方已经享有盛名的作家不仅带来了已在北方流传的名剧，还继续写作新篇。像身为"杂剧班头"的关汉卿，在《望江亭》杂剧中插入了南戏片段，表明这部喜剧极有可能作于南方。至于马致远、尚仲贤、戴善夫等，均出任过江浙行省务官，他们的许多杂剧作品，正是在南方撰写并在南方流传的。这一批杂剧名家，继续保持着北方杂剧初兴时期那种生气勃勃的精神，以关怀现实的充沛感情，为杂剧赢得南方观众的喜爱奠定了基础。第二阶段为元武宗至大（1308—1311）到元文宗天历（1328—1330）至顺（1331—1332）年间。这时，关汉卿等杂剧名家陆续退出舞台，代领风骚的是郑光祖、乔吉、宫大用、秦简夫等人，他们虽然来自北方，但主要创作活动是在南方。同时，南方籍杂剧作家如金仁杰、杨梓、朱凯、沈和、范康、王晔、屈子敬、鲍天佑等也崭露头角，成为杂剧创作的生力军。这期间，杂剧及散曲已被奉为"乐府"正宗，如江西周德清撰写了总结北曲音韵的《中原音韵》，而祖籍大梁、久住杭州的钟嗣成，则撰写了记述杂剧作家作品的《录鬼簿》，开始了对杂剧的总结与评论。人们对理论和经验的探索，也表明杂剧活动进入了一个新的时期。就杂剧创作而言，这一时期的作品明显体现出南方的人文色彩，创作风格趋向典雅，创作题材多为文人韵事和仙道隐逸；宣扬伦理的题旨日益加强，而积极的精神日渐消退。原先"本色"与"当行"并重的做法，转为侧重辞藻的华美，而剧作的舞台性则有所忽视；就某些剧本的单折而言，虽不乏佳篇，可作诗读，但从整本来看，则缺乏佳构，不太适于场上演出。这便为杂剧的衰落种下了基因。一旦时势变迁，文人参与减少，杂剧创作便出现危机。第三阶段，为元顺帝时期（1331—1368）到明初，这一时期，在北方戏剧圈，杂剧创作日见沉寂，而处于南方戏剧圈的杂剧，也是萎靡不振。于是，杂剧便走向衰落了。体制上的缺陷，是导致它日益衰微的重要原因。

二、散曲的兴起及发展

散曲，元人称为"乐府"或"今乐府"。散曲之名最早见之于文献，是明初朱有燉的《诚斋乐府》，不过该书所说的散曲专指小令，尚不包括套数。明代中叶以后，散曲的范围逐渐扩大，把套数也包括了进来。至20世纪初，吴梅、任讷等曲学家的一系列论著问世以后，散曲作为包容小令和套数的完整的文体概念，最终被确定了下来。

散曲最初产生于民间的俗谣俚曲。宋金之际，北方少数民族如契丹、女真、蒙古相继入据中原，他们带来的胡曲番乐与汉族地区原有的音乐相结合，孕育出一种新的乐曲。这样，逐渐和音乐脱离并且只能适应原有乐曲的词，在新的乐曲面前，既显得苍白无力，又显得很不合拍。在这种情况下，一种新的诗歌形式即散曲，便应运而生。

散曲的体制主要有小令、套数，以及介于两者之间的带过曲等几种。小令，又称"叶儿"，是散曲体制的基本单位，其名称源自唐代的酒令。单片只曲，调短字少是其最基本的特征。但小令除了单片只曲外，还有一种联章体，又称重头小令，它由同题同调的数支小令组成，最多可达百支，用以合咏一事或分咏数事。套数，又称"套曲""散套""大令"，是从唐宋大曲、宋金诸宫调发展而来。套数的体式特征最主要的有三点，即它由同一宫调的若干首曲牌连缀而生，各曲同押一部韵，通常在结尾部分还有〔尾声〕。小令和套数是散曲最主要的两种体制，它们一为短小精练，一为富赡雍容，各具不同的表现功能。除此之外，散曲体制中还有一种带过曲。带过曲由同一宫调的不同曲牌组成，如〔雁儿落带得胜令〕〔骂玉郎带感皇恩采茶歌〕等，曲牌最多不能超过三首。带过曲属小型组曲；与套数比较，其容量要小得多，且没有尾声。可见，带过曲乃是介于小令和套数之间的一种特殊体式。

散曲作为继诗、词之后出现的新诗体，在它身上显然流动着诗、词等韵文文体的血脉，继承了它们的优秀传统。然而，它更有着不同于传统诗、词的鲜明独特的艺术个性和表现手法，这主要表现在以下三个方面：第一，灵活多变伸缩自如的句式。散曲与词一样，采用长短句句式，但句式更加灵活多变。散曲采用了特有的"衬字"方式。所谓衬字，指的是曲中句子本格以外的字。增加衬字，突破了词的字数限制，使得曲调的字数可以随着旋律的往复而自由伸缩增减，较好地解决了诗的字数整齐单调与乐的节奏、旋律繁复变化之间的矛盾。同时，在艺术上，衬字还明显具有让语言口语化、通俗化，并使曲意诙谐活泼、穷形尽相的作用。第二，以俗为尚和口语化、散文化的语言风格。传统的抒情文学诗、词的语言以典雅为尚，讲究庄雅工整，精骛细腻，一般来讲，是排斥通俗的。散曲的语言虽也不乏典雅的一面，但从总体倾向来看，却是以俗为美。第三，明快显豁、自然酣畅的审美取向。在我国古代抒情性文学的创作中，尽管存在着各种风格争奇斗妍、各逞风骚的情况，但含蓄蕴藉始终是抒情性文学审美取向的主流，这一点在诗、词创作中表现得尤为明显。散曲在审美取向上当然也不排斥含蓄蕴藉一格，这在小令一体中表现得还比较突出，但从总体上说，它崇尚的是明快显豁、自然酣畅之美，与诗、词大异其趣。

从上述散曲的特点可见，比之传统的抒情文学样式诗、词，散曲身上刻有较多的俗文学的印记。它是金元之际民族大融合所带来的乐曲的变化；传统思想、观念的相对松弛；知识分子由于地位的下降更加接近民间，以及市民阶层的壮大，他们的欣赏趣味反馈于文学创作等一系列因素合力的产物。散曲以其散发着泥土气息的清新形象，迅速风靡了元代文坛，也使得中国文学的百花园里又增添了一朵艳丽的奇葩。

三、元曲四大家

我国戏曲艺术经历了一个漫长的孕育过程，到宋金时期渐趋成熟，元代杂剧兴盛，成为我国戏曲史上的黄金时代。当时有姓名记载的杂剧作家就有八十余人，关汉卿、白朴、马致远、郑光祖四位元代杂剧作家，代表了元代不同时期、不同流派的杂剧创作成就，因此后人称他们为"元曲四大家"。

（一）关汉卿

关汉卿，号己斋，亦作一斋，汉卿是他的字，是元代著名的戏剧大师。大约生于金代末年（约 1229—1241），关于关汉卿的籍贯，有元大都（今北京市）（《录鬼簿》）、解州（在今山西省运城市）（《元史类编》卷三十六）、祁州（在今河北省）（《祁州志》卷八）等不同说法。《录鬼簿》悼词称他为"驱梨园领袖，总编修师首，捻杂剧班头"，可见他在元代剧坛上的地位。

元灭金后，定都大都（今北京市），关汉卿来到当时政治、经济、文化的中心，并在这里专事戏剧活动。由于他写了一个名叫《伊尹扶汤》的剧本，经过认真排演后，拿到宫廷献演，得到了皇帝和官员们的称赞，关汉卿由此声名大振。关汉卿以他的多才多艺，成为当时戏剧界的领袖。他一生编有杂剧 67 部，还有不少散曲和套曲，至今仍有他的18 个剧本和一百多首散曲流传下来。这十八个剧本是：《温太真玉镜台》《赵盼儿风月救风尘》《钱大尹智宠谢天香》《包待制三勘蝴蝶梦》《包待制智斩鲁斋郎》《杜蕊娘智赏金线池》《感天动地窦娥冤》《望江亭中秋切脍旦》《关张双赴西蜀梦》《闺怨佳人拜月亭》《关大王单刀会》《诈妮子调风月》《山神庙裴度还带》《邓夫人苦痛器存孝》《状元堂陈母教子》《刘夫人庆赏五侯宴》《钱大尹智勘绯衣梦》《谢天香》。关汉卿的散曲全收在《金元散曲》中。《窦娥冤》《救风尘》《单刀会》是他的代表作。

（二）白朴

白朴，原名恒，字仁甫，后改名朴，字太素，号兰谷，陕州（今山西省河曲县），生于金哀宗正大三年（1226），至元成宗大德十年（1306）在世，此后行踪不详。祖籍陕州（今山西省河曲县），后徙居真定（今河北省正定县），晚岁寓居金陵（今南京市）。他是元代著名的文学家、杂剧家。据元人钟嗣成《录鬼簿》著录，白朴写过 15 种剧本，这15 种是：《唐明皇秋夜梧桐雨》《董秀英花月东墙记》《唐明皇游月宫》《韩翠颦御水流红叶》《薛琼夕月夜银筝怨》《汉高祖斩白蛇》《苏小小月夜钱塘梦》《祝英台死嫁梁山伯》《楚庄王夜宴绝缨会》《崔护谒浆》《高祖归庄》《鸳鸯间墙头马上》《秋江风月凤凰船》《萧翼智赚兰亭记》《阎师道赶江江》。加上《盛世新声》著录的《李克用箭射双雕》残折，共 16 本。如今仅存《唐明皇秋夜梧桐雨》《董秀英花月东墙记》《裴少俊墙头马上》

3 种，以及《韩翠颦御水流红叶》《李克用箭射双雕》的残折，均收入王文才《白朴戏曲集校注》一书中。

在元代杂剧的创作中，白朴更具有重要的地位。白朴的剧作，题材多出历史传说，剧情多为才人韵事。现存的《唐明皇秋夜梧桐雨》，写的是唐明皇与杨贵妃的爱情故事，《鸳鸯间墙头马上》，描写的是一个"志量过人"的女性李千金冲破名教，自择配偶的故事。前者是悲剧，写得悲哀怛恻，雄浑悲壮；后者是喜剧，写得起伏跌宕，热情奔放。这两部作品，历来被认为是爱情剧中的成功之作，具有极强的艺术生命力，对后代戏曲的发展产生了深远的影响。与关汉卿相比，白朴的生活圈子比较局限，因此，他不可能从社会下层提炼素材，写出像关汉卿那感天动地的《窦娥冤》。然而，他善于利用历史题材，渲染故事，因旧题，创新意，词采优美，情意深切绵长，又是关汉卿所不及的。他在文学史和戏曲史上的地位和作用，以及他的剧作的艺术成就，早已成为文学艺术上的重要研究课题。

（三）马致远

马致远，生于公元 1250 年，约卒于公元 1321 年，晚号"东篱"，以示效陶渊明之志，是元代著名的杂剧家。大都（今北京市）人。他的年辈晚于关汉卿、白朴等人，曾任江浙行省务官。他的作品以反映退隐山林的田园题材为多，风格兼有豪放、清逸的特点。有描述王昭君传说的《汉宫秋》及《任风子》等。《汉宫秋》被后人称作元曲的最佳杰作，作品收入《东篱乐府》。

《汉宫秋》是马致远早期的作品，也是马致远杂剧中最著名的一种，讲的是王昭君出塞和亲故事。马致远的《汉宫秋》在传说的基础上再加虚构，把汉和匈奴的关系写成衰弱的汉王朝为强大的匈奴所压迫；把昭君出塞的原因，写成毛延寿求贿不遂，在画像时丑化昭君，事败后逃往匈奴，引兵来攻，强索昭君；把元帝写成一个软弱无能、为群臣所挟制而又多愁善感、深爱王昭君的皇帝；把昭君的结局，写成在汉与匈奴交界处的黑龙江投江自杀。这样，《汉宫秋》成了一种假借一定的历史背景而加以大量虚构的宫廷爱情悲剧。

在马致远生活的年代，蒙古统治者开始注意到"遵用汉法"和任用汉族文人，却又未能普遍实行，这给汉族文人带来一丝幻想和更多的失望。在众多的元杂剧作家中，马致远的创作最集中地表现了当代文人的内心矛盾和思想苦闷，并由此反映了一个时代的文化特征。与此相关联，马致远的剧作，大抵写实的能力并不强，人物形象的塑造也不怎么突出，戏剧冲突通常缺乏紧张性，而自我表现的成分却很多。马致远大多数杂剧的戏剧效果不是很强的。前人对他的杂剧评价很高，主要有两个原因：一是剧中所抒发的人生情绪容易引起旧时代文人的共鸣；二是语言艺术的高超，马致远杂剧的语言偏于典丽，但又不像《西厢记》《梧桐雨》那样华美，而是把比较朴实自然的语句锤炼得精致而富有表现力。

马致远著有杂剧 16 种，存世的有《江州司马青衫泪》《破幽梦孤雁汉宫秋》《吕洞宾三醉岳阳楼》《半夜雷轰荐福碑》《马丹阳三度任风子》《开坛阐教黄粱梦》《西华山陈抟高卧》7 种。马致远的散曲作品也负盛名，现存辑本《东篱乐府》一卷，收录小令 104 首，套数 17 套。其杂剧内容以神化道士为主，剧本全都涉及全真教的故事，元末明初贾仲明在诗中说："万花丛中马神仙，百世集中说致远""姓名香贯满梨园"。

（四）郑光祖

郑光祖，字德辉，平阳襄陵（今山西省襄汾县）人，生卒年不详，他是元代著名的杂剧家和散曲家。有关郑光祖的生平事迹没有留下多少记载，钟嗣成《录鬼簿》记载，他早年习儒为业，后来补授杭州路为吏，因而南居。他"为人方直"，不善与官场人物相交往，因此，官场诸公很瞧不起他。可以想见，他的官场生活是很艰难的。杭州的美丽风景，和那里的伶人歌女，不断地触发着他的感情，他本就颇具文学才情，于是开始了杂剧创作。据学者考证，郑光祖一生写过 18 种杂剧剧本，全部保留至今的，有《迷青琐倩女离魂》《㑇梅香骗翰林风月》《醉思乡王粲登楼》《辅成王周公摄政》《虎牢关三战吕布》等。

从这些保留的剧目中，可以看出，他的剧目主要两个主题，一个是青年男女的爱情故事，另一个是历史题材故事。这说明，在选择主题方面他不像关汉卿敢于面对现实、揭露现实，他的剧目主题离现实较远。他写剧本，大多是艺术的需要，而不是政治的需要。郑光祖一生从事于杂剧的创作，把他的全部天才贡献于这一民间艺术，在当时的艺术界享有很高的声誉。伶人都尊称他为郑老先生，他的作品通过众多伶人的传播，在民间产生了广泛的影响。他与苏杭一带的伶人有着紧密的联系，他死后，就是由伶人火葬于杭州的灵隐寺中的。

除了杂剧外，郑光祖还写过一些曲词，留至今日的，有小令六首，套数二曲。这些散曲的内容，包括对陶渊明的歌颂，即景抒怀，对故乡的思念，以及江南荷塘山色的描绘。无论写景还是抒情，这些作品都是清新流畅，婉转妩媚，在文学艺术的研究上有很高的价值。

四、元曲的文学史地位

元曲是中华民族灿烂文化宝库中的一朵奇葩，它在思想内容和艺术成就上都体现了独有的特色，和唐诗、宋词鼎足并举，成为我国文学史上三座重要的里程碑。

元曲中历来较为著名的有四大悲剧和四大爱情剧。元曲四大悲剧分别是关汉卿的《窦娥冤》，白朴的《梧桐雨》，马致远的《汉宫秋》，还有纪君祥的《赵氏孤儿》。元曲四大爱情剧分别是关汉卿的《拜月亭》，王实甫的《西厢记》，白朴的《墙头马上》，还有郑光祖的《倩女离魂》。相比起北方戏剧圈，南方戏剧圈同样涌现出许多优秀作品，流传较广的四大南戏分别是《荆钗记》《白兔记》《拜月亭》《杀狗记》在明清时期传演甚广，影响深远。

继唐诗、宋词之后蔚为一文学之盛的元曲有着它独特的魅力：一方面，元曲继承了诗词的清丽婉转；另一方面，元代社会使读书人位于"八娼九儒十丐"的地位，政治专权，社会黑暗，因而使元曲放射出极为夺目的战斗的光彩，透出反抗的情绪；锋芒直指社会弊端，直斥"不读书最高，不识字最好，不晓事倒有人夸俏"的社会，直指"人皆嫌命窘，谁不见钱亲"的世风。元曲中描写爱情的作品也比历代诗词来得泼辣、大胆。

这些均足以使元曲永葆其艺术魅力。

元曲的盛行对于我国民族诗歌的发展、文化的繁荣有着深远的影响和卓越的贡献，它不仅是文人咏志抒怀得心应手的工具，而且为反映元代社会生活提供了崭新的艺术形式。

文学作品

窦娥冤（第二折）

关汉卿

〔赛卢医上，诗云〕小子太医出身，也不知道医死多人，何尝怕人告发，关了一日店门？在城有个蔡家婆子，刚少他二十两花银，屡屡亲来索取，争些捻断脊筋。也是我一时智短，将他赚到荒村，撞见两个不识姓名男子，一声嚷道："浪荡乾坤，怎敢行凶撒泼，擅自勒死平民！"吓得我丢了绳索，放开脚步飞奔。虽然一夜无事，终觉失精落魂；方知人命关天关地，如何看作壁上灰尘。从今改过行业，要得灭罪修因，将以前医死的性命，一个个都与他一卷超度的经文。小子赛卢医的便是。只为要赖蔡婆婆二十两银子，赚他到荒僻去处，正待勒死他，谁想遇见两个汉子，救了他去。若是再来讨债时节，教我怎生见他？常言道的好："三十六计，走为上计。"喜得我是孤身，又无家小连累，不若收拾了细软行李，打个包儿，悄悄的躲到别处，另做营生，岂不干净？〔张驴儿上，云〕自家张驴儿，可奈那窦娥百般的不肯随顺我；如今那老婆子害病，我讨服毒药与他吃了，药死那老婆子，这小妮子好歹做我的老婆。〔做行科，云〕且住，城里人耳目广，口舌多，倘见我讨毒药，可不嚷出事来？我前日看见南门外有个药铺，此处冷静，正好讨药〔做到科，叫云〕太医哥哥，我来讨药的。〔赛卢医云〕你讨什么药？〔张驴儿云〕我讨服毒药。〔赛卢医云〕谁敢合毒药与你[1]？这厮好大胆也。〔张驴儿云〕你真个不肯与我药么？〔赛卢医云〕我不与你，你就怎地我？〔张驴儿做拖卢云〕好呀，前日谋死蔡婆婆的，不是你来？你说我不认的你哩？我拖你见官去。〔赛卢医做慌科，云〕大哥，你放我，有药有药。〔做与药科，张驴儿云〕既然有了药，且饶你罢。正是：得放手时须放手，得饶人处且饶人。〔下〕〔赛卢医云〕可不悔气！刚刚讨药的这人，就是救那婆子的。我今日与了他这服毒药去了，以后事发，越越要连累我；趁早儿关上药铺，到涿州卖老鼠药去也[2]。〔下〕〔卜儿上，做病伏几科〕〔孛老同张驴儿上，云〕老汉自到蔡婆婆家来，本望做个接脚，却被他媳妇坚执不从。那婆婆一向收留俺爷儿两个在家同住，只说好事不在忙，等慢慢里劝转他媳妇，谁想他婆婆又害起病来。孩儿，你可曾算我两个的八字，红鸾天喜几时到命哩[3]？〔张驴儿云〕要看什么天喜到命！只赌本事，做得去自去做。〔孛老云〕孩儿也，蔡婆婆害病好几日了，我与你去问病波。〔做见卜儿问科，云〕婆婆，你今日病体如何？〔卜儿云〕我身子十分不快哩。〔孛老云〕你可想些什么吃？〔卜儿云〕我思量些羊肚儿汤吃。〔孛老云〕孩儿，你对窦娥说，做些羊肚儿汤与婆婆吃。〔张驴儿向古门云〕窦娥，婆婆想羊肚儿汤吃，快安排将来。〔正旦持汤上，云〕妾身窦娥是也。有俺婆婆不快，想羊肚汤吃，我亲自安排了与婆婆吃去。婆婆也，我这寡妇人家，凡事也要避些嫌疑，怎好收留那张驴儿父子两个？非亲非眷的，一家儿同住，岂不惹外人谈议？婆婆也，你莫要背地里许了他亲事，连累我也做不清不洁的。我想这妇人心好难保也啊。〔唱〕

【南吕·一枝花】他则待一生鸳帐眠，那里肯半夜空房睡；他本是张郎妇，又做了李郎妻。有一等妇女每相随，并不说家克计，则打听些闲是非；说一会不明白打凤的机关，使了些调虚嚣捞龙的见识。

【梁州第七】这一个似卓氏般当垆涤器[4]，这一个似孟光般举案齐眉；说的来藏头盖脚多伶俐，道着难晓，做出才知。旧恩忘却，新爱偏宜；坟头上土脉犹湿，架儿上又换新衣。那里有奔丧处哭倒长城[5]？那里有浣纱时甘投大水？那里有上山来便化顽石？可悲可耻，妇人家直恁的无仁义[6]，多淫奔，少志气；亏杀前人在那里，更休说本性难移。

《窦娥冤》影视片段欣赏

〔云〕婆婆，羊肚儿汤做成了，你吃些儿波。〔张驴儿云〕等我拿去。〔做接尝科，云〕这里面少些盐醋，你去取来。〔正旦下〕〔张驴儿放药科〕〔正旦上，云〕这不是盐醋？〔张驴儿云〕你倾下些。〔正旦唱〕

【隔尾】你说道少盐欠醋无滋味，加料添椒才脆美。但愿娘亲早痊济，饮羹汤一杯，胜甘露灌体，得一个身子平安倒大来喜。

孩儿，羊肚汤有了不曾？〔张驴儿云〕汤有了，你拿过去。〔孛老将汤云〕婆婆，你吃些汤儿。〔卜儿云〕有累你。〔做呕科，云〕我如今打呕，不要这汤吃了，你老人家吃罢。〔孛老云〕这汤特做来与你吃的，便不要吃，也吃一口儿。〔卜儿云〕我不吃了，你老人家请吃。〔孛老吃科〕〔正旦唱〕

【贺新郎】一个道你请吃，一个道婆先吃，这言语听也难听，我可是气也不气！想他家与咱家有甚的亲和戚？怎不记旧日夫妻情意，也曾有百纵千随？婆婆也，你莫不为黄金浮世宝，白发故人稀，因此上把旧恩情全不比新知契。则待要百年同墓穴，那里肯千里送寒衣。〔孛老云〕我吃下这汤去，怎觉昏昏沉沉的起来？〔做倒科〕〔卜儿慌科，云〕你老人家放精神着，你紧挣着些儿。〔做哭科，云〕兀的不是死了也！〔正旦唱〕

【斗虾（虫麻）】空悲戚，没理会，人生死是轮回。感着这般病疾，值着这般时势；可是风寒暑湿，或是饥饱劳役；各人证候自知，人命关天关地；别人怎生替得，寿数非干今世。相守三朝五夕，说甚一家一计。又无羊酒段匹，又无花红财礼；把手为活过日，撒手如同休弃。不是窦娥忤逆，生怕旁人议论。不如听咱劝你，认个自家悔气，割舍的一具棺材停置，几件布帛收拾，出了咱家门里，送入他家坟地。这不是你那从小儿年纪指脚的夫妻，我其实不关亲无半点恓惶泪。休得要心如醉，意似痴，便这等嗟嗟怨怨，哭哭啼啼。

〔张驴儿云〕好也罗！你把我老子药死了，更待干罢！〔卜儿云〕孩儿，这事怎了也？〔正旦云〕我有什么药在那里？都是他要盐醋时，自家倾在汤儿里的。〔唱〕

【隔尾】这厮搬调咱老母收留你，自药死亲爷待要唬吓谁？

〔张驴儿云〕我家的老子，倒说是我做儿子的药死了，人也不信。〔做叫科，云〕

四邻八舍听着：窦娥药杀我家老子哩。〔卜儿云〕罢么，你不要大惊小怪的，吓杀我也。〔张驴儿云〕你可怕么？〔卜儿云〕可知怕哩。〔张驴儿云〕你要饶么？〔卜儿云〕可知要饶哩。〔张驴儿云〕你教窦娥随顺了我，叫我三声嫡嫡亲亲的丈夫，我便饶了他。〔卜儿云〕孩儿也，你随顺了他罢。〔正旦云〕婆婆，你怎说这般言语？〔唱〕我一马难将两鞍鞴。想男儿在日，曾两年匹配，却教我改嫁别人，其实做不得。〔张驴儿云〕窦娥，你药杀了俺老子，你要官休？要私休？〔正旦云〕怎生是官休？怎生是私休？〔张驴儿云〕你要官休呵，拖你到官司，把你三推六问，你这等瘦弱身子，当不过拷打，怕你不招认药死我老子的罪犯！你要私休呵，你早些与我做了老婆，倒也便宜了你。〔正旦云〕我又不曾药死你老子，情愿和你见官去来。〔张驴儿拖正旦、卜儿下〕〔净扮孤引祗候上，诗云〕我做官人胜别人，告状来的要金银；若是上司当刷卷，在家推病不出门。下官楚州太守桃杌是也。今早升厅坐衙，左右，喝撺厢。〔祗候吆喝科〕〔张驴儿拖正旦、卜儿上，云〕告状，告状。〔祗候云〕拿过来。〔做跪见，孤亦跪科，云〕请起。〔祗候云〕相公，他是告状的，怎生跪着他？〔孤云〕你不知道，但来告状的，就是我的衣食父母。〔祗候吆喝科，孤云〕那个是原告？那个是被告？从实说来。〔张驴儿云〕小人是原告张驴儿，告这媳妇儿，唤做窦娥，合毒药下在羊肚汤儿里，药死了俺的老子。这个唤做蔡婆婆，就是俺的后母。望大人与小人做主咱。〔孤云〕是那一个下的毒药？〔正旦云〕不干小妇人事。〔卜儿云〕也不干老妇人事。〔张驴儿云〕也不干我事。〔孤云〕都不是，敢是我下的毒药来？〔正旦云〕我婆婆也不是他后母，他自姓张，我家姓蔡。我婆婆因为与赛卢医索钱，被他赚到郊外勒死；我婆婆却得他爷儿两个救了性命，因此我婆婆收留他爷儿两个在家，养膳终身，报他的恩德。谁知他两个倒起不良之心，冒认婆婆做了接脚，要逼勒小妇人作他媳妇。小妇人元是有丈夫的，服孝未满，坚执不从。适值我婆婆患病，着小妇人安排羊肚汤儿吃。不知张驴儿那里讨得毒药在身，接过汤来，只说少些盐醋，支转小妇人，暗地倾下毒药。也是天幸，我婆婆忽然呕吐，不要汤吃，让与他老子吃，才吃的几口，便死了。与小妇人并无干涉，只望大人高抬明镜，替小妇人做主咱。〔唱〕

【牧羊关】大人你明如镜，清似水，照妾身肝胆虚实。那羹本五味俱全，除了此百事不知。他推道尝滋味，吃下去便昏迷。不是妾讼庭上胡支对，大人也，却教我平白地说甚的？

〔张驴儿云〕大人详情：他自姓蔡，我自姓张，他婆婆不招俺父亲接脚，他养我父子两个在家做甚么？这媳妇年纪儿虽小，极是个赖骨顽皮，不怕打的。〔孤云〕人是贱虫，不打不招。左右，与我选大棍子打着。

〔祗候打正旦，三次喷水科〕〔正旦唱〕

【骂玉郎】这无情棍棒教我捱不的。婆婆也，须是你自做下，怨他谁？劝普天下前婚后嫁婆娘每，都看取我这般傍州例。

【感皇恩】呀！是谁人唱叫扬疾，不由我不魄散魂飞。恰消停，才苏醒，又昏迷。捱千般打拷，万种凌逼，一杖下，一道血，一层皮。

【采茶歌】打的我肉都飞，血淋漓，腹中冤枉有谁知！则我这小妇人毒药来从何处也？天哪！怎么的覆盆不照太阳晖[7]！

〔孤云〕你招也不招？〔正旦云〕委的不是小妇人下毒药来。〔孤云〕既然不是你，与我打那婆子。〔正旦忙云〕住住住，休打我婆婆，情愿我招了罢。是我药死公公来。〔孤云〕既然招了，着他画了伏状，将枷来枷上，下在死囚牢里去。到来日判个斩字，押付市曹典刑。〔卜儿哭科，云〕窦娥孩儿，这都是我送了你性命，兀的不痛杀我也！〔正旦唱〕

【黄钟尾】我做了个衔冤负屈没头鬼，怎肯便放了你好色荒淫漏面贼！想人心不可欺，冤枉事天地知，争到头，竟到底，到如今待怎的？情愿认药杀公公，与了招罪。婆婆也，我怕把你来便打的，打的来恁的。我若是不死呵，如何救得你？

〔随祗候押下〕〔张驴儿做叩头科，云〕谢青天老爷做主！明日杀了窦娥，才与小人的老子报的冤。〔卜儿哭科，云〕明日市曹中杀窦娥孩儿也，兀的不痛杀我也！〔孤云〕张驴儿，蔡婆婆，都取保状，着随衙听候。左右，打散堂鼓，将马来，回私宅去也。

注　释

[1] 合：配置。

[2] 涿州：故址在今河北省涿州市。

[3] 红鸾：旧时迷信说法。天喜，凡日支与月建相合，如卯月逢亥日，谓之"天喜"。

[4] 卓氏：指卓文君。

[5] 奔丧处哭倒长城：民间传说，秦始皇帝时大兴徭役，孟姜女的丈夫范喜良被逼遣筑长城，殒葬长城之下。孟姜女寻求不得，哭之甚丧，城墙为之倒塌一大片，终于发现了丈夫的尸骨。

[6] 恁的：那样的。

[7] 覆盆不照太阳晖：意谓不见光明。此处用喻官府衙门暗无天日，故被屈判的常称为"覆盆之冤"。

作品简析

《窦娥冤》是元代戏曲家关汉卿的杂剧代表作，也是元杂剧悲剧的典范。此剧讲述了一位穷书生窦天章为还高利贷将女儿窦娥抵给蔡婆婆做童养媳，不出两年窦娥的夫君早死。张驴儿要蔡婆婆将窦娥许配给他不成，将毒药下在汤中要毒死蔡婆婆结果误毒死了张父。张驴儿反而诬告窦娥毒死了其父，昏官桃杌最后做成冤案将窦娥处斩，窦娥临终发下"血染白绫、天降大雪、大旱三年"的誓愿。窦天章最后科场中第荣任高官，回到楚州听闻此事，最后为窦娥平反昭雪。

汉宫秋

马致远

（番使拥旦上，奏胡乐科，旦云）妾身王昭君，自从选入宫中，被毛延寿将美人图点破，送入冷宫；甫能得蒙恩幸，又被他献与番王形象。今拥兵来索，待不去，又怕江山有失；没奈何将妾身出塞和番。这一去，胡地风霜，怎生消受也！自古道："红颜胜人多薄命，莫怨春风当自嗟。"（驾引文武内官上[1]，云）今日灞桥饯送明妃，却早来到

也。（唱）

【双调·新水令】锦貂裘生改尽汉宫妆，我则索看昭君画图模样[2]。旧恩金勒短，新恨玉鞭长。本是对金殿鸳鸯，分飞翼，怎承望！

（云）您文武百官计议，怎生退了番兵，免明妃和番者。（唱）

【驻马听】宰相每商量，大国使还朝多赐赏。早是俺夫妻悒怏，小家儿出外也摇装[3]。尚兀自渭城衰柳助凄凉，共那灞桥流水添惆怅。偏您不断肠，想娘娘那一天愁都撮在琵琶上。

（做下马科）（与旦打悲科）（驾云）左右慢慢唱者，我与明妃饯一杯酒。（唱）

【步步娇】您将那一曲阳关休轻放，俺咫尺如天样，慢慢地捧玉觞。朕本意待尊前捱些时光，且休问劣了宫商，您则与我半句儿俄延着唱。

（番使云）请娘娘早行，天色晚了也。（驾唱）

【落梅风】可怜俺别离重，你好是归去的忙。寡人心先到他李陵台上？回头儿却才魂梦里想，便休题贵人多忘。

（旦云）妾这一去，再何时得见陛下？把我汉家衣服都留下者。（诗云）正是：今日汉宫人，明朝胡地妾；忍着主衣裳，为人作春色！（留衣服科）（驾唱）

【殿前欢】则什么留下舞衣裳，被西风吹散旧时香。我委实怕宫车再过青苔巷，猛到椒房，那一会想菱花镜里妆，风流相，兀的又横心上。看今日昭君出塞，几时似苏武还乡？

（番使云）请娘娘行罢，臣等来多时了也。（驾云）罢罢罢！明妃，你这一去，休怨朕躬也。（做别科，驾云）我那里是大汉皇帝！（唱）

【雁儿落】我做了别虞姬楚霸王，全不见守玉关征西将。那里取保亲的李左车，送女客的萧丞相？

（尚书云）陛下不必挂念。（驾唱）

【得胜令】他去也不沙架海紫金梁[4]，枉养着那边庭上铁衣郎。您要左右人扶持，俺可甚糟糠妻下堂！您但提起刀枪，却早小鹿儿心头撞。今日央及煞娘娘，怎做的男儿当自强！

（尚书云）陛下，咱回朝去罢。（驾唱）

【川拨棹】怕不待放丝缰，咱可甚鞭敲金镫响。你管燮理阴阳，掌握朝纲，治国安邦，展土开疆；假若俺高皇，差你个梅香，背井离乡，卧雪眠霜，若是他不恋恁春风画堂，我便官封你一字王。

（尚书云）陛下，不必苦死留他，着他去了罢。（驾唱）

【七弟兄】说什么大王、不当、恋王嫱，兀良！怎禁他临去也回头望。那堪这散风雪旌节影悠扬，动关山鼓角声悲壮。

【梅花酒】呀！俺向着这迥野悲凉。草已添黄，兔早迎霜[5]。犬褪得毛苍，人搠起缨枪，马负着行装，车运着糇粮，打猎起围场。他、他、他，伤心辞汉主；我、我、我，携手上河梁。他部从入穷荒；我銮舆返咸阳。返咸阳，过宫墙；过宫墙，绕回廊；绕回廊，近椒房；近椒房，月昏黄；月昏黄，夜生凉；夜生凉，泣寒螀；泣寒螀，绿纱窗；绿纱窗，不思量！

【收江南】呀！不思量，除是铁心肠；铁心肠，也愁泪滴千行。美人图今夜挂昭阳，我那里供养，便是我高烧银烛照红妆。（尚书云）陛下，回銮罢，娘娘去远了也。（驾唱）

【鸳鸯煞】我索大臣行说一个推辞谎，又则怕笔尖儿那伙编修讲。不见他花朵儿精神，怎趁那草地里风光？唱道伫立多时，徘徊半晌，猛听的塞雁南翔，呀呀的声嘹亮，却原来满目牛羊，是兀那载离恨的毡车半坡里响。（下）

（番王引部落拥昭君上，云）今日汉朝不弃旧盟，将王昭君与俺番家和亲。我将昭君封为宁胡阏氏，坐我正宫。两国息兵，多少是好。众将士，传下号令，大众起行，望北而去。（做行科）（旦问云）这里甚地面了？（番使云）这是黑江，番汉交界去处。南边属汉家，北边属我番国。（旦云）大王，借一杯酒望南浇奠，辞了汉家，长行去罢。（做奠酒科，云）汉朝皇帝，妾身今生已矣，尚待来生也。（做跳江科）（番王惊救不及，叹科，云）嗨！可惜，可惜！昭君不肯入番，投江而死。罢罢罢！就葬在此江边，号为青冢者。我想来，人也死了，枉与汉朝结下这般仇隙，都是毛延寿那厮搬弄出来的。把都儿[6]，将毛延寿拿下，解送汉朝处治，我依旧与汉朝结和，永为甥舅，却不是好？（诗云）则为他丹青画误了昭君，背汉主暗地私奔；将美人图又来哄我，要索取出塞和亲。岂知道投江而死，空落的一见消魂。似这等奸邪逆贼，留着他终是祸根；不如送他去汉朝哈喇，依还的甥舅礼，两国长存。

注 释

[1] 驾：元剧中皇帝的代称，所谓"驾头杂剧"即扮演帝王的杂剧。

[2] 则索：只得。则，同"只"。

[3] 摇装：本作"遥装"，南北朝相沿下来的习俗，凡遇远行，必择一吉日先期出门，家人亲友亦须饯送如仪，旋即返回，改日正式出发，或寓此行必定平安之意。

[4] 不沙：不是那。架海紫金梁，喻国家所倚重的文武大臣。

[5] 兔：原作"色"。

[6] 把都儿：蒙古语"勇士"的音译，元杂剧中多作武士、兵士和将军解。

作品简析

《汉宫秋》为马致远作的历史剧，全名《破幽梦孤雁汉宫秋》，是一部著名的历史悲剧。该剧写西汉元帝受匈奴威胁，被迫送爱妃王昭君出塞和亲，歌颂了真挚的爱情，同时突出地表现了王昭君的民族气节与对祖国、家乡的深刻怀念。作者把导致悲剧的原因，归结为统治集团的腐败无能和国力的衰微。作品美化了汉元帝的感情，夸大了毛延寿个人的作用，表现了作者思想的局限性。

西厢记

王实甫

[夫人、长老上，开] 今日送张生赴京，十里长亭，安排下筵席。我和长老先行，

不见张生小姐来到。［旦、末、红同上、旦云］今日送张生上朝取应，早是离人伤感，况值那暮秋天气，好烦恼人也呵！悲欢聚散一杯酒，南北东西万里程。

【正宫】【端正好】碧云天，黄花地，西风紧。北雁南飞。晓来谁染霜林醉？总是离人泪。

【滚绣球】恨相见得迟，怨归去得疾。柳丝长玉骢难系[1]，恨不倩疏林挂住斜晖。马儿迍迍的行，车儿快快的随，却告了相思回避，破题儿又早别离[2]。听得道一声去也，松了金钏；遥望见十里长亭，减了玉肌：此恨谁知？

［红云］姐姐今日怎么不打扮？［旦云］你那知我的心里呵？

【叨叨令】见安排着车儿、马儿，不由人熬熬煎煎的气；有甚么心情花儿、靥儿，打扮得娇娇滴滴的媚；准备着被儿、枕儿，则索昏昏沉沉的睡；从今后衫儿、袖儿，都揾做重重叠叠的泪。兀的不闷杀人也么哥！兀的不闷杀人也么哥！久已后书儿、信儿，索与我凄凄惶惶的寄。

［做到了科，见夫人了］［夫人云］张生和长老坐，小姐这壁坐，红娘将酒来。张生，你向前来，是自家亲眷，不要回避。俺今日将莺莺与你，到京师休辱没了俺孩儿，挣揣一个状元回来者。［末云］小生托夫人余荫，凭着胸中之才，视官如拾芥耳。［洁云］夫人主见不差，张生不是落后的人。［把酒了，坐］［旦长吁科］

【脱布衫】下西风黄叶纷飞，染寒烟衰草萋迷。酒席上斜签着坐的，蹙愁眉死临侵地[3]。

【小梁州】我见他阁泪汪汪不敢垂，恐怕人知；猛然见了把头低，长吁气，推整素罗衣。

【幺】虽然久后成佳配，奈时间怎不悲啼。意似痴，心如醉，昨宵今日，清减了小腰围。

［夫人云］小姐把盏者！［红递酒，旦把盏长吁科云］请吃酒！

【上小楼】合欢未已，离愁相继。想着俺前暮私情，昨夜成亲，今日别离。我谂知这几日相思滋味，却原来此别离情更增十倍。

【幺】年少呵轻远别，情薄呵易弃掷。全不想腿儿相挨，脸儿相偎，手儿相携。你与俺崔相国做女婿，妻荣夫贵，但得一个并头莲，煞强如状元及第。

［红云］姐姐不曾吃早饭，饮一口儿汤水。［旦云］红娘，甚么汤水咽得下！

【满庭芳】供食太急，须臾对面，顷刻别离。若不是酒席间子母每当回避，有心待与他举案齐眉。虽然是厮守得一时半刻，也合着俺夫妻每共桌而食。眼底空留意，寻思起就里，险化作望夫石。

【快活三】将来的酒共食，尝着似土和泥；假若便是土和泥，也有些土气息，泥滋味。

【朝天子】暖溶溶玉杯，白泠泠似水，多半是相思泪。眼面前茶饭怕不待要吃，恨塞满愁肠胃。"蜗角虚名，蝇头微利"，拆鸳鸯在两下里。一个这壁，一个那壁，一递一声长吁气[4]。

[夫人云]辆起车儿，俺先回去，小姐随后和红娘来。　[下][末辞洁科][洁云]此一行别无话儿，贫僧准备买登科录看，做亲的茶饭少不得贫僧的。先生在意，鞍马上保重者！从今经忏无心礼，专听春雷第一声。　[下][旦唱]

【四边静】霎时间杯盘狼籍，车儿投东，马儿向西，两意徘徊，落日山横翠。知他今宵宿在那里？在梦也难寻觅。

[旦云]张生，此一行得官不得官，疾便回来。[末云]小生这一去白夺一个状元，正是"青霄有路终须到，金榜无名誓不归"。[旦云]君行别无所谓，口占一绝，为君送行："弃掷今何在，当时且自亲。还将旧来意，怜取眼前人。"[末云]小姐之意差矣，张珙更敢怜谁？谨赓一绝，以剖寸心："人生长远别，孰与最关亲？不遇知音者，谁怜长叹人？"[旦唱]

戏说《西厢记》

【耍孩儿】淋漓襟袖啼红泪，比司马青衫更湿[5]。伯劳东去燕西飞，未登程先问归期。虽然眼底人千里，且尽生前酒一杯。未饮心先醉，眼中流血，心内成灰。

【五煞】到京师服水土，趁程途节饮食，顺时自保揣身体。荒村雨露宜眠早，野店风霜要起迟！鞍马秋风里，最难调护，最要扶持。

【四煞】这忧愁诉与谁？相思只自知，老天不管人憔悴。泪添九曲黄河溢，恨压三峰华岳低。到晚来闷把西楼倚，见了些夕阳古道，衰柳长堤。

【三煞】笑吟吟一处来，哭啼啼独自归。归家若到罗帏里，昨宵个绣衾香暖留春住，今夜个翠被生寒有梦知。留恋你别无意，见据鞍上马，阁不住泪眼愁眉。

[末云]有甚言语嘱咐小生咱？[旦唱]

【二煞】你休忧"文齐福不齐"，我则怕你"停妻再娶妻"。休要"一春鱼雁无消息"！我这里青鸾有信频须寄，你却休"金榜无名誓不归"。此一节君须记，若见了那异乡花草，再休似此处栖迟。

[末云]再谁似小姐？小生又生此念？[旦唱]

【一煞】青山隔送行，疏林不做美，淡烟暮霭相遮蔽。夕阳古道无人语，禾黍秋风听马嘶。我为甚么懒上车儿内，来时甚急，去后何迟？

[红云]夫人去好一会，姐姐，咱家去！[旦唱]

【收尾】四围山色中，一鞭残照里。遍人间烦恼填胸臆，量这些大小车儿如何载得起？

[旦、红下]

注　释

[1]玉骢：马的代称，原指青白色的马。

[2]破题儿：开头。唐宋文人称诗赋起首几句为破题。明清小说中常有"破题儿第一遭"，有"头一次"的含义。

[3] 死临侵地：临侵，指憔悴无力。"死"字此处疑做程度副词，言极憔悴也。

[4] 一递一声：指莺莺与张生两人不断地呼叹。

[5] "比司马青衫更湿"一句：言别离之凄苦。白居易《琵琶行》："江州司马青衫湿。"

《作品简析》

《西厢记》全名《崔莺莺待月西厢记》，又称"北西厢"，元代中国戏曲剧本，王实甫撰。书中的男女主角是张君瑞和崔莺莺。《西厢记》中无不体现出素朴之美、追求自由的思想，它的曲词华艳优美，富于诗的意境，是我国古典戏剧的现实主义杰作，对后来以爱情为题材的小说、戏剧创作影响很大。第四本第三折写的是在崔、张的婚事确定下来后，老夫人又提出张生必须进京应试，中得状元方能成亲的条件。这一折写崔、张的离别，全折情意缠绵，词句华美，为古代批评家所称道。

天净沙·秋思[1]

马致远

枯藤老树昏鸦[2]，
小桥流水人家[3]，
古道西风瘦马[4]。
夕阳西下，
断肠人在天涯[5]。

《天净沙·秋思》朗读欣赏

《注 释》

[1] 天净沙：曲牌名。

[2] 枯藤：枯萎的枝蔓。昏鸦：黄昏时归巢的乌鸦。昏，傍晚。

[3] 人家：农家。此句写出了诗人对温馨家庭的渴望。

[4] 古道：古老破旧荒凉的道路。西风：寒冷、萧瑟的秋风。瘦马：瘦骨如柴的马。

[5] 断肠人：形容伤心悲痛到极点的人，此处指漂泊天涯、极度忧伤的旅人。天涯：远离家乡的地方。

《作品简析》

《天净沙·秋思》是元曲作家马致远创作的小令，是一首著名的散曲作品。此曲以多种景物并置，组合成一幅秋郊夕照图，让天涯游子骑一匹瘦马出现在一派凄凉的背景上，从中透出令人哀愁的情调，它抒发了一个游子的凄苦愁楚之情。这支小令句法别致，前三句全由名词性词组构成，一共列出九种景物，言简而意丰。全曲仅五句二十八字，语言极为凝练却容量巨大，意蕴深远，结构精巧，顿挫有致，被后人誉为"秋思之祖"。

山坡羊·潼关怀古[1]

张养浩

峰峦如聚[2]，波涛如怒[3]，山河表里潼关路[4]。望西都[5]，意踟蹰[6]。
伤心秦汉经行处，宫阙万间都做了土[7]。兴，百姓苦；亡，百姓苦[8]！

《 注 释 》

[1] 山坡羊：曲牌名，决定这首散曲的格式；"潼关怀古"是标题。

[2] 峰峦如聚：形容群峰攒集，层峦叠嶂。聚，聚拢；包围。

[3] 波涛如怒：形容黄河波涛的汹涌澎湃。怒，指波涛汹涌。

[4] "山河"句：外面是山，里面是河，形容潼关一带地势险要。具体指潼关外有黄河，内有华山。表里：即内外。《左传·僖公二十八年》："表里山河，必无害也。"（注："晋国外河而内山。"）潼关：古关口名，在今陕西省西安市临潼区，关城建在华山山腰，下临黄河，扼秦、晋、豫三省要冲，非常险要，为古代入陕门户，是历代的军事重地。

[5] 西都：指长安（今陕西省西安市）。这是泛指秦汉以来在长安附近所建的都城。秦、西汉建都长安，东汉建都洛阳，因此称洛阳为东都，长安为西都。

《山坡羊·潼关怀古》朗读欣赏

[6] 踟蹰：犹豫、徘徊不定，心事重重，此处形容思潮起伏，感慨万端陷入沉思，表示心里不平静。一作"踟蹰（chí chú）"。

[7] "伤心"二句：谓目睹秦汉遗迹，旧日宫殿尽成废墟，内心伤感。伤心：令人伤心的事，形容词做动词。秦汉经行处：秦朝（前221—前206）都城咸阳和西汉（前208—8）的都城长安都在陕西省境内潼关的西面。经行处，经过的地方。指秦汉故都遗址。宫阙：宫，宫殿；阙，皇宫门前面两边的楼观。

[8] 兴：指政权的统治稳固。兴、亡指朝代的盛衰更替。

《 作品简析 》

《山坡羊·潼关怀古》是元曲作家张养浩的散曲作品。这是他赴陕西救灾途经潼关所作的。此曲抚今追昔，从历代王朝的兴衰更替，想到人民的苦难，一针见血地点出了封建统治与人民的对立，表现了作者对历史的思考和对人民的同情。这种同情与关怀的出发点是儒家经世济民的思想，在传统的五七言诗歌中本为常见，但在元代散曲中却是少有。全曲采用的是层层深入的方式，由写景而怀古，再引发议论，将苍茫的景色、深沉的情感和精辟的议论三者完美结合，具有强烈的感染力，字里行间中充满着历史的沧桑感和时代感，既有怀古诗的特色，又有与众不同的沉郁风格。

满庭芳·渔父词

乔 吉

【其一】

扁舟最小。纶巾蒲扇，酒瓮诗瓢。樵青拍手渔童笑，回首金焦。箬笠底风云缥缈[1]，钓竿头活计萧条。船轻棹[2]，一江夜潮，明月卧吹箫。

【其二】

扁舟棹短。名休挂齿，身不属官。船头酒醒妻儿唤，笑语团圞[3]。锦画图芹香水暖，玉围屏雪急风酸。清江畔。闲愁不管。天地一壶宽。

【其三】

江声撼枕，一川残月，满目遥岑[4]。白云流水无人禁，胜似山林。钓晚霞寒波濯锦[5]，看秋潮夜海镕金[6]。村醪窨[7]，何人共饮，鸥鹭是知心[8]。

【其四】

秋江暮景，胭脂林障，翡翠山屏。几年罢却青云兴[9]，直泛沧溟[10]。卧御榻弯的腿痛，坐羊皮惯得身轻。风初定，丝纶慢整[11]，牵动一潭星。

元曲　第十六单元

注 释

[1] 箬（ruò）笠：箬竹的篾或叶子制成的帽子，用来遮雨和遮阳光。

[2] 棹（zhào）：船桨。

[3] 圞（luán）：圆。

[4] 遥岑：远山。岑，小而高的山。

[5] 濯锦：形容江水映着晚霞有如被濯洗的锦缎一样闪闪发光。

[6] 镕金：形容日落入海时海面上一片金色。

[7] 醪（láo）：浊酒。窨（yīn）：窨藏。

[8] 鸥鹭：《列子·黄帝》中载："海上之人有好沤鸟者，每旦之海上，从沤鸟游，沤鸟之至者百住而不止。其父曰：'吾闻沤鸟皆从汝游，汝取来，吾玩之。'明日之海上，沤鸟舞而不下也。"

[9] 青云兴：指对于平步青云的兴趣。

[10] 沧溟（míng）：指江海。

[11] 丝纶：指垂钓的丝线。

作品简析

《满庭芳·渔父词》是元曲作家乔吉创作的一组同题小令。作品主要是通过对渔父生活的描写，抒发作者厌倦功名、向往隐逸的情怀。

第一首《满庭芳·渔父词》可作抒怀之作来读。作者在生计艰难中，仍吹箫自娱，表现出文人绝不与俗世同流合污的乐观向上的精神。"箬笠"两句写手头活计萧条，一"轻"字，写出作者达观之情，"一江夜潮，明月卧吹箫"勾勒出明净疏朗的氛围。

第二首《满庭芳·渔父词》同样是作者厌恶功名的体现。"名休挂齿，身不属官"句写自己不求官职与功名，追求的是浮名尽去后在大自然中的放任自由。这和"常恨此身非吾有""大患在吾有身"等渴望自由的名句有异曲同工之妙。作者追求的是与妻儿尽享天伦之乐，醉酒赏月，心无他念。虽追求自由，但又不是那种超脱人间亲情的忘情，而是执着于人间的现世幸福与自由。在一壶酒中，感觉天宽地阔，颇富生活气息，隐含着作者对官场与名利的厌弃与自我安慰。

第三首《满庭芳·渔父词》是一首写渔父生活的小令。不同的是，少了口腹之乐的描绘，多了观赏山水的乐趣。当然，也还是少不了酒。只是，有酒无人对饮，只得引鸥鹭为知音。从这里也可以反映出作者的一份孤独。写渔父生活，其实也是作者心目中理想生活的写照，起码表现了作者的思想倾向和向往。

第四首《满庭芳·渔父词》是写渔父垂钓的生活。前三句写景，色彩斑斓。接着描述自己的心态，表示失去了对仕途的兴趣，只一心想着泛舟江海。"卧御榻弯的腿疼，坐羊皮惯得身轻"，是描绘两种不同生活的感受对比，褒扬了山野水上生活的乐趣，贬抑宫廷生活的无益。最后一句写下的"牵动一潭星"，尤为精彩，使人联想到在晚秋的水面上，渔竿收放，泛起的涟漪，摇动潭面浮着星星倒影的景象，写得十分形象。

古汉语通论

元曲的体制

元曲是盛行于元代的一种文艺形式，包括杂剧和散曲。杂剧，宋代以滑稽搞笑为特点的一种表演形式，元代发展成戏曲形式。每本以四折为主，在开头或折间另加楔子，每折由同宫调同韵的北曲套曲和宾白组成，如关汉卿的《窦娥冤》等，流行于大都（今北京市）一带。明清两代也有杂剧，但每本不限四折。散曲，盛行于元、明、清三代且没有宾白的曲子形式，内容以抒情为主，有小令和散套两种。

一、元杂剧的体制

元杂剧具有完整、严密的结构体制。具体来说可分为以下几点：

（1）"四折一楔子"是元杂剧最常见的剧本结构形式，合为一本。每个剧本一般由四折戏组成，有时再加一个楔子，演述一个完整的故事。少数作品也有一本分为五折或六折的，还有用两个楔子的。通常一本就是一部戏，个别情节过长的戏，可写成多本，如王实甫《西厢记》共五本二十一折，杨景贤《西游记》六本二十四折，每本戏仍是四折。这很像后世的连台本戏或连续剧。一本戏限定由男主角（正末）或女主角（正旦）一个人歌唱，其他配角一般都只能道白不能唱。由男主角主唱的叫末本戏，女主角主唱的叫旦本戏。

所谓的"折"相当于我们所说的"幕"，四折即是开端、发展、高潮、结尾四个阶段，每折由一个有严格程序的套数构成。元杂剧在四折戏外，为了交代情节或贯穿线索，往往在全剧之首或折与折之间，加上一小段独立的戏，称为"楔子"。安排在第一折之前的，称为开场楔子；置于在各折之间的，称为过场楔子。楔子本义是木器榫合处为弥缝填裂而楔入的小木片，在元杂剧中它所起的是绵密针线或承前启后的作用。一本四折的形式并不是一成不变的，如《赵氏孤儿》五折，《秋千记》六折，《西厢记》五本二十一折，杨景贤的《西游记》六本二十四折。此外在剧本的开头或结尾，还有"题目正名"就是用两句话或者四句话，标明剧情提要，确定剧本名称。如《窦娥冤》的题目正名为两句："秉鉴持衡廉访法，感天动地窦娥冤。"

（2）音乐曲调方面元杂剧以北方音乐为基础，因此有别称"北杂剧"，采用的是北曲联套的形式。每一折用一个套曲，每一个套曲一般都连缀同一宫调的若干支曲牌组成。每折一个套曲，常见的是第一折用仙吕，第二折用南吕，第三折用中吕，第四折用双调。少数剧本的各折，也有使用其他宫调的。在每一宫调之内，各有数十支曲牌。曲词就是按曲牌填写，一折之中的每支曲牌都押同一韵脚，不可换韵。有时又有向其他宫调借用一支或几支曲牌的情况，称为借宫。

（3）杂剧角色分为旦、末、净、杂。旦包括正旦、外旦、小旦、大旦、老旦、搽旦。正旦：歌唱的主要女演员。外旦、贴旦次要女演员。末包括正末、小末、冲末、副末。正末是歌唱的主要男演员，外末、副末是次要的男演员。冲末是首次上场的男演员。净是地位低下的喜剧性人物。杂是除以上三类外的演员。有孤（当官）、驾（皇帝）、卜儿（老妇人）、俫儿（小厮）、细酸（读书人）等。

（4）主唱元杂剧一般是一人主唱或男、女主角唱，主唱的角色不是正末，就是正旦，正旦主唱称旦本，如《窦娥冤》窦娥主唱。正末主唱的称为末本，如《汉宫秋》，汉元帝主唱。一般来说，一剧中一人主唱到底，这是通例。但也有少数剧本，随着剧情的发展，人物也有所变化。如《赚蒯通》，第一折正末扮张良，二、三、四折正末扮蒯通。这就出现了主唱人物的变换。

（5）宾白在后世的戏曲中也叫道白或说白，前人对元杂剧的宾白大致有两种解释：徐渭《南词叙录》："唱为主，白为宾，故曰宾白，言其明白易晓也。"单宇《菊坡丛话》："北曲中有全宾全白。两人对说曰宾，一人自说曰白。"后者从训诂角度说明可能更准确些。它是曲词外演员说的话、包括人物的对白和独白，由白话和部分韵语组成，又称韵白和散白。对白与话剧的对话相似，独白兼有叙述的性质，在情节的发展和人物的塑造上起着重要的作用。

（6）科介也称科范、科、介，指唱、白以外的动作，元杂剧中指示人物动作和表情的术语。一般来说，元杂剧剧本中的科表示四个方面的意思。一是人物一般的动作，如《汉宫秋》第一折写王嫱迎接汉元帝，注明"趋接科"；二是表示人物的表情，一折毛延寿定计，注明"做忖科"；三是表示武打动作，高文秀《襄阳会》四折"四将做混战科"；四是指剧中穿插的歌舞动作。《梧桐雨》二折玉环舞蹈，"正旦做舞科"有时也表示剧中的舞台效果。

二、散曲的体制

小令和套数是散曲最主要的两种体制，前者短小精悍，是单个的只曲；后者富赡雍容，是由同一宫调的若干支曲子按照一定的规律连缀而成的组曲，它们各具不同的表现功能。此外，散曲体制中还有一种带过曲，属小型组曲，是介于小令和套数之间的一种特殊体式。

（1）所谓小令又叫"叶儿"，其名称源自唐代的酒令。单片只曲，调短字少是其基本特征。但还有一种联章体又称"重头小令"，则是由数支小令联合而成，此等小令应该是同题同调，内容相连，首尾句法相同，每首小令可以单独成韵，最多可以达百支。《录鬼簿》记载乔吉有咏西湖的〔梧叶儿〕百首，是重头小令之最长者。

（2）至于"套数"，又称"套曲"、"散套"或"大令"，是从唐宋大曲，宋金诸宫调发展而来。其定制一般有三个特征：一是全套必须押韵相同；二是有〔尾声〕；三是同宫调的两个以上的只曲连缀而成。套曲以其较长的篇幅表达相对复杂之内容，或抒情，或叙事，或抒情叙事兼而有之。

（3）带过曲是由同一宫调的不同曲牌组成，如〔雁儿落带得胜令〕〔骂玉郎带感皇恩采茶歌〕等，曲牌最多不超过三首。带过曲属于小型曲组，与套数比，容量小得多，且没有〔尾声〕。它只是小令与套数之间的特殊形式。

文史拓展

王实甫与《西厢记》

一、王实甫生平

王实甫（1260—1336），名德信，大都（今北京市）人，祖籍河北省保定市定兴（今定兴县）。元代著名戏曲作家，杂剧《西厢记》的作者，生平事迹不详。王实甫与关汉卿齐名，《录鬼簿》把他列入"前辈已死名公才人"而位于关汉卿之后，其作品全面地继承了唐诗宋词精美的语言艺术，又吸收了元代民间生动活泼的口头语言，创造了文采璀璨的元曲词汇，成为中国戏曲史上"文采派"的杰出代表。

王实甫创作的杂剧计有 14 种。完整保留下来的，除《西厢记》外，还有《破窑记》四折和《贩茶船》《芙蓉亭》曲文各一折。至于其他剧作，均已散佚不传。在《贩茶船》中，王实甫写妓女苏小卿怨恨书生双渐负心，痛责茶商王魁"使了些精银夯钞买人嫌"，要"把这厮剔了髓挑了筋剐了肉不伤廉"，她敢爱敢恨，是个敢于为自己命运抗争的女性；《芙蓉亭》中的韩彩云，"夜深私出绣房来，实丕丕提着利害"，主动到书斋追求所爱的书生，也是个敢作敢为的姑娘。在她们身上，可以隐隐约约地看到《西厢记》中崔莺莺的面影。

二、《西厢记》的创作

作为戏剧，《西厢记》杂剧的结撰和表现方式，不同于董解元《西厢记诸宫调》那种由说唱艺人从头到尾的自弹自唱。同时，它也不同于其他的元人杂剧。元人杂剧一般以四折来表现一个完整的故事，而王实甫的《西厢记》则有五本二十折，竟像是由几个杂剧连接起来演出的一个故事的连台本。在每一本第四折的末尾，既有"题目正名"，标志着故事情节到了一个转折性的段落；又有很特别的〔络丝娘煞尾〕一曲，起着上联下启沟通前后两本的作用。有些折段，《西厢记》还突破了元杂剧一人主唱的通例，例如第一本第四折，张生唱了多首曲词后，〔锦上花〕一曲由莺莺唱，〔么篇〕则由红娘唱。整折戏，实际上由末与旦轮番主唱。这说明王实甫在创作《西厢记》时，突破了杂剧的规矩，吸取和借鉴过院本、南戏的演出形式。体制上的创新，丰富了艺术表现能力，为更细腻地塑造人物性格，更完美地安排戏剧冲突，提供了有利的条件。

为了适合戏剧的演出，王实甫把董解元所改编的莺莺故事重新调整。其中最重要的，是对故事的题旨作了新的改造。董解元的《西厢记诸宫调》，把唐传奇《会真记》改写为青年男女为了争取婚姻自由大胆地和封建家长展开斗争的作品。董解元强调："自今至古，自是佳人，合配才子。"他把莺莺对张生的爱，与"报德"连在一起。莺莺的自我表白是"报德难从礼，裁诗可作媒；高唐休咏赋，今夜雨云来。"董解元歌颂年轻人对爱情的追求，竭力表明他们的越轨行为有其合理的一面。他所塑造的莺莺是深受封建思想束缚，而又羞羞答答地追求爱情的大家闺秀。在王实甫笔下，张生、莺莺固然是才子佳人，但才与貌并非是他们结合的唯一纽带。王实甫强调，这一对青年一见钟情，"情"一发难收，受到封建家长的阻梗，他们便做出冲破礼教樊篱的举动。对真挚的爱情，王实甫给予充分的肯定，认为它纯洁无邪，不必涂上"合礼""报恩"之类保护色。如在第五本第四折的〔清江引〕一曲中，他鲜明地提出："永志无别离，万古常完聚，愿普天下有情的都成了眷属。"他认为爱情是婚姻的基础，只要男女间彼此"有情"，就应让他们同偕白首；而一切阻挠有情人成为眷属的行为、制度，则应受到鞭挞。

《西厢记》写了以老夫人为一方，和以莺莺、张生、红娘为一方的矛盾，亦即封建势力和礼教叛逆者的矛盾；也写了莺莺、张生、红娘之间性格的矛盾。这两组矛盾，形成了一主一辅两条线索，它们相互制约，起伏交错，推动着情节的发展。

三、《西厢记》的艺术特点

与同时期的戏剧作品相比，《西厢记》有其众所不及的深度，主要表现在以下几个方面：

首先，主题思想的普遍性和深刻性。《西厢记》提出了具有普遍意义、深得人心的主题思想——"愿天下有情的都成了眷属"，这是除《西厢记》之外任何作品都没有提出过的口号。关汉卿在《拜月亭》中提出过"愿天下心厮爱的夫妇永无分离"，白朴在《裴少俊墙头马上》里喊出了"愿普天下姻眷皆完聚"，都是对已婚夫妇的美好祝愿。而《西厢记》则是希望有情的未婚男女都应当如愿以偿，使作品的主题思想具有了其他作品所远远不如的普遍意义。

其次，与封建婚姻制度决裂的彻底性。白朴《裴少俊墙头马上》、郑光祖《迷青琐倩女离魂》等，在男女主人公之间，都加上一个由父母意志"指腹成婚"或"议结婚姻"的套子。显然，这是因为在这些作家看来，完全由青年男女自己决定终身大事，既不合"礼"，又不合"法"，他们一方面认为自由爱情是美好的，应当予以支持和歌颂，另一方面又觉得理不直气不壮，在支持自主婚姻方面产生了犹豫和畏难，于是便采取折中的办法，给主人公们自由恋爱披上一件有父母之命的合法外衣。《西厢记》则不然，它所歌颂的是由当事人完全自主选择的爱情婚姻。

再次，所写爱情的纯洁性。在《西厢记》里，感情重于门第和财产。论门第财产，"只留下四海一空囊"的张生，远远不如郑恒，但是莺莺偏偏选择了张生。老夫人赖婚之后，曾想用"多与金帛相酬"来报答张生，让他"拣豪门贵宅之女，别为之求"，却被张生拒绝了。中状元后，面对"塞满章台路"的"丝鞭仕女图"，张生如果不是以爱情为重，他完全可以像《莺莺传》中的同名人那样，抛弃莺莺，另结高门。他之所以没有堕落成为薄幸人，就是因为他同莺莺一样，把感情看得重于门第，重于功名利禄。这不仅与《李娃传》中把李娃助荥阳公子取得功名当成一件美事来写有质的区别，也与元代的诸如《谢金莲诗酒红梨花》《钱大尹智宠谢天香》等有明显的区别，在这类剧中，都流露了对不以爱情影响功名行为的赞扬，这么说来，爱情的纯洁性可以说是《西厢记》独到的地方。

四、《西厢记》的人物刻画

王实甫《西厢记》里的主要人物，虽然多与《会真记》《西厢记诸宫调》中的人物同名，但是莺莺、张生、红娘的性格，却与元稹、董解元所塑造的迥异。他们是王实甫刻画的新的人物形象。《西厢记》里的崔莺莺，强烈追求爱情只是她性格的一个方面。莺莺长期受到封建礼教的熏陶，加上对红娘有所顾忌，因此，她的性格显得热情而又冷静，聪明而涉狡狯。王实甫笔下的张生，也不同于《西厢记诸宫调》的张生。他被去掉了在功名利禄面前的庸俗，以及在封建家长面前的怯懦，被突出的则是对爱情执着、诚挚的追求。他是一个"志诚种"。志诚，是作者赋予这一形象的内核。在《西厢记》里，王实甫把红娘放置在一个相当微妙的位置上。老夫人让她服侍莺莺，让她"行监坐守"，但她从心底里不满封建礼教对年轻人的捆束，当觉察到崔、张彼此的情意后，一直有心促成其事。她愿意为莺莺穿针引线，又知道莺莺有"撮盐入火"的性子，有"心肠儿转关"的狡狯，只好处处试探、揣度，照顾着小姐的自尊心，忍受着怀疑和指责。她要对付小姐，又要对付老夫人，担承着种种压力，却义无反顾地为别人合理的追求竭心尽力，生动地表现出她机智倔强的个性。

五、《西厢记》的语言特色

戏剧是语言的艺术。王实甫在《西厢记》中驾驭语言的技巧，历来为人们称道。王骥德说《西厢记》"今无来者，后掩来哲，虽擅千古绝调"（《新校注古本西厢记》）；徐复祚赞叹它"字字当行，言言本色，可谓南北之冠"（《曲论》）。他们都把《西厢记》视为戏曲语言艺术的最高峰。《西厢记》的出现，深深地吸引了许多作者，人们纷纷效法学习。有人甚至依样画葫芦地模仿其文辞，套袭其情节，像元代的《东墙记》，简直像《西厢记》的翻版；《倩女离魂》写折柳亭送别，也因袭《西厢记》长亭送别的场景。有些作家则善于从《西厢记》中汲取营养，像汤显祖的《牡丹亭》、孟称舜的《娇红记》、曹雪芹的《红楼梦》，都在继承《西厢记》反抗封建礼教的思想基础上，发展创造，从而取得了新的成就。

第四编
明、清

第十七单元 明清小说

古典小说的高峰

中国古代的叙事文学，到了明清步入了成熟阶段。就文学理念、文学体式和文学表现手段而言，明清小说以其完备和丰富将叙事文学推向了极致。从明清小说所表现的广阔的社会生活场景、丰硕的艺术创作成果和丰富的社会政治理想而言，明清小说无疑铸就了中国古典文学的最后辉煌。

一、明清小说概说

明清是中国小说史上的繁荣时期。从明代始，小说这种文学形式充分显示出其社会作用和文学价值，打破了正统诗文的垄断地位，在文学史上，取得了与唐诗、宋词、元曲并列的地位。

小说是伴随城市商业经济的繁荣而发展起来的。明初经济的复苏和人民生活的相对安定，销蚀了士人的忧患意识；思想文化上的专制主义和特务统治，又平添了创作上的不安全感。知识分子在追求仕进和自我平衡的心态中，欣赏一种平稳和谐、雍容典雅的美。小说、戏曲创作受到了轻视和限制。到明代中期，官方认可的抑商政策出现了一定的松动，工商势力重新开始活跃，特别是江南一带发展较快。市民阶层迅速扩大且明代中后期文人与商人等市民的关系越来越密切。他们相互熟悉，相互影响，逐步产生了一批受到市民思想、感情和艺术趣味的熏陶，并愿意为市民阶层服务的文人士子。这批世俗化的平民文人同时又与商人、手工业者、艺人等市民相结合，形成了一批新的读者群。

文人的市民化和市民化读者群的形成，自然地改变了文学作品的面貌。市民的生活、市民的情趣、市民的形象在明代的小说、戏曲中越来越显得举足轻重。在小说和戏曲中，广泛而深刻地表现了市井生活，塑造了众多商人和作坊主的形象。在《金瓶梅》中，商人已成为一部长篇小说的主人公，而在以后的"三言""二拍"等短篇小说中，市井中的种种角色也被表现得淋漓尽致。作者不时地流露出对他们的同情、理解和赞美，并透出了对于世俗物质利益关注的价值取向。

明初，《三国演义》和《水浒传》相继问世，标志着中国小说史进入到了一个崭新的历史发展阶段。从此，中国小说史从以短篇小说为主进入到了以长篇小说为主的新时期。虽然短篇文言、白话小说一直在按照自身的规律发展前进，并且时有佳发，时有高潮，但总体说来，其成就与规模则无法与长篇小说相比拟。明代章回体长篇小说的崛起，标志着中国大型叙事文学体制的成熟。明代的四大奇书《三国演义》《水浒传》《西游记》《金瓶梅词话》，体现了明代长篇章回小说的演进历程。"四大奇书"在所属各类题材中独占鳌头。《三国演义》既是历史上第一部长篇小说，也是一部历史小说的典范；《水浒传》既是第一部全面描写农民起义的巨著，也是一部英雄传奇的典范；《西游记》既是第一部长篇神魔小说，也是神魔小说的典范；《金瓶梅词话》既是第一部写世情的长篇小说，又是第一部由文人独力创作的成功的长篇小说。它们各自开创了一个长篇小说的创作领域。"四大奇书"的巨大成就深刻地影响着长篇小说的创作，以至形成了长篇小说创作的几个系列：《三国》系列、《水浒》系列、《西游》系列、《金瓶梅》系列，也影响着整个社会，影响着文化思想，影响着人们的精神生活。

清代则是中国古典小说盛极而衰并向近现代小说转变的时期。清初的小说顺从明末小说的趋势，旧作新编仍不绝如缕，但作家独创的作品却日益增多，从总体上看是迈入了独创期。拟话本小说结束了改编旧故事的路子，取材于近世传闻和当代新事，贴近了实际生活，却渗入了文人意识；讽世的气味加重了，却缺乏艺术的酿造，并且愈来愈趋向伦理道德的说教。

长篇小说此时迈入个人独创期，作品纷繁多样。有的是沿着晚明世情小说的路子，在醒世的旗号下展示最世俗的人生图画，如《醒世姻缘传》颇为鲜活，叙写用民间口语，富有幽默之趣；有的是叙写近世朝野政事，艺术上大都比较粗糙，如《梼杌闲评》掺入了虚构的魏忠贤发迹史，才有了小说味道；有的是就明代几部著名小说作续书以写心，境界不一，如陈忱的《水浒后传》唤出水浒英雄进行抗金保宋的战斗，寄托了清初遗民的心迹，也给小说增添了抒情性质。

小说已成为社会的一种文化需要，康熙朝以后虽然屡有禁令，但神魔、公案类小说仍不断滋生，世情类小说也相继有新作出来，还出现了打破畛域集多类性质于一体的作品，以及杂陈学艺的小说、用文言文写成的小说，其中《镜花缘》颇有特色。清代的阶级矛盾、民族矛盾及思想文化领域的斗争给予小说深刻的影响。从清初到乾隆时期，是小说的全盛时期，代表民主倾向的、真实描写社会现实的作品是这个时期小说的主流，《红楼梦》代表着它的最高成就。除此以外，还有蒲松龄的《聊斋志异》是中国古代文言小说的压轴之作。它们标志着长篇章回白话小说和短篇文言小说达到了一个前所未有的高度。

《红楼梦》之后，由于时代的原因，小说创作走向了低谷。至晚清，小说才又繁荣起来。由于清廷的极端腐败，社会处于大变革时期；小说理论高度发达，众多杂志创刊问世，印刷事业的发达兴旺，为小说提供了创作面世的便利条件。据近人粗略统计，晚清长篇小说当在千种以上。晚清小说不论内容还是技法，都有许多新因素，体现了变革时期的特点。比较有名的是"四大谴责小说"，即李宝嘉（李伯元）的《官场现形记》、吴沃尧（吴趼人）的《二十年目睹之怪现状》、刘鹗的《老残游记》、曾朴的《孽海花》。

二、明清小说繁荣的原因

明清是中国小说史上的繁荣时期。这个时期的小说从思想内涵和题材表现上来说，最大限度地包容了传统文化的精华，而且经过世俗化的图解后，传统文化竟以可感的形象和动人的故事走进了千家万户。就题材而言，明清小说可谓是包罗万象，空前丰富。明清小说全方位地展现了那个时代的社会关系和生活方式，表达了人们的喜怒哀乐和理想追求。叙事文学和通俗文学的特点，使文学对社会生活的表现达到了从未有过的宽广和深度。随着城市经济和市民阶层的凸起，新的价值观念和新的社会理想又给文学注入了新的思想内涵。文学是历史的反映。明清小说的繁荣，有其社会历史和文学发展的原因。

就社会历史角度来看，首先，明中叶以后，逐渐产生了资本主义的萌芽，新的经济因素必然要在包括文学艺术在内的社会意识形态中得到反映，所以最能够反映市民阶层思想感情和复杂的社会生活的通俗文艺形式小说和戏曲，便打破正统诗文的一统天下的局面而得到长足的发展。其次，明清小说的繁荣符合科学技术的发展和人民生活的需要。明清两代，随着工商业市镇的繁荣和书坊、刊刻印刷业的迅速发展，适合广大平民欣赏的趣味性小说具有广阔的市场，因而能广泛流传。当时无论是士人还是商贾农工，都喜欢读小说、听说书，而清代时更有人将小说视为与儒、佛、道三教并列而影响更广的又一教。最后，明清两代统治阶级对知识分子采用笼络和高压两手政策，在这种情况下，许多文人心有余悸，不敢在诗文创作中触及现实政治，唐宋以来的正统诗文创作在明清时期发展受阻，文人墨客将创作的潜力发挥在小说创作上，客观上加强了小说创作的力量。

就文学发展角度来看，首先，中国古典小说经过由唐至元三代的酝酿、准备、发展，在艺术方法及情节、人物塑造、结构和语言诸方面都积累了相当丰富的艺术经验，为明清时期小说的繁荣打下了坚实的基础。同时，小说、戏曲以其自身的创作成就，显示了它们不容忽视的社会作用和文学价值。明中后期就有一些文学家如李贽、袁宏道等人，打破传统的文学偏见，起来为一向被人轻视的小说戏曲争文学地位，给予了小说戏曲极为崇高的评价，这就在理论上为小说戏曲的发展开拓了道路。

再次，明嘉靖、万历以后，以王艮、李贽为代表的进步思想家，批判程朱理学，反对"存天理，灭人欲"的说教。李贽又倡"童心说"，认为表现童心的作品才是好作品。这些进步思想对小说戏曲的创作都产生了积极的影响，这在《牡丹亭》和一些拟话本小说中就有鲜明的反映。明末清初顾炎武、黄宗羲、王夫之等人的进步思想，对《聊斋志异》《儒林外史》和《红楼梦》的创作也有不可忽视的影响。

三、明清小说重要作品

（一）"三言""二拍"

"三言""二拍"是我国古代流传颇广的短篇小说集。

"三言"是指明代冯梦龙所编纂的《喻世明言》《警世通言》和《醒世恒言》，是我国文学史上第一部规模宏大的白话短篇小说总集，也是白话短篇小说发展历程上由民间艺人的口头艺术转为文人作家的案头文学的第一座丰碑。这些作品题材广泛，内容复杂，从各个角度不同程度地反映了当时市民阶层的生活面貌和思想感情。它"极摹人情世态之歧，备写悲欢离合之致"（笑花主人《今古奇观序》），是宋元明三代最重要的一部白话短篇小说总集。它的出现，标志着古代白话短篇小说整理和创作高潮的到来。

"二拍"是指凌濛初所编的《初刻拍案惊奇》和《二刻拍案惊奇》，是作者根据野史笔记、文言小说和当时的社会传闻创作的，主体反映了市民生活中追求财富和享乐的社会风气，同时反映了资本主义萌芽时期人们渴望爱情和平等的自由主义思想。"二拍"是一部个人的白话小说创作专集。它的问世，标志着中国短篇小说的创作进入了一个新的阶段。

　　"二拍"所反映的思想特征与"三言"大致相同，艺术水平也在伯仲间，故在文学史上一般都将两书并称。"三言""二拍"总计四百多万字，收录故事近 200 篇。

（二）《三国演义》

　　《三国演义》全名《三国志通俗演义》，作者罗贯中。

　　《三国演义》描写了从东汉末年到西晋初年之间近百年的历史风云，以描写战争为主，叙说了东汉末年群雄割据混战，魏、蜀、吴三国之间展开政治和军事斗争，最终司马炎一统三国，建立晋朝的故事。反映了三国时期各类社会斗争与矛盾的转化，并概括了这一时期的历史巨变，塑造了一群叱咤风云的三国英雄人物。《三国演义》反映了丰富的历史内容，人物名称、地理名称、主要事件与《三国志》基本相同。人物性格也是在《三国志》留下的固定形象基础上进行再发挥，进行夸张、美化、丑化等，这也是历史演义小说的套路。《三国演义》一方面反映了较为真实的三国历史，照顾到读者希望了解真实历史的需要；另一方面，根据明朝社会的实际情况对三国人物进行了夸张、美化、丑化等。

　　全书可大致分为黄巾起义、董卓之乱、群雄逐鹿、三国鼎立、三国归晋五大部分。故事远起汉灵帝年间刘、关、张桃园结义，描述了东汉末年和三国时期近百年发生的重大历史事件和众多的叱咤风云的英雄人物。作者通过真实动人的故事，揭示了封建统治阶级内部的黑暗和腐朽，控诉了统治者的暴虐和丑恶。东汉末年，军阀混战，所谓"十八路"诸侯联军征讨董卓，打的是"扶持王室，拯救黎民"的旗号，干的是钩心斗角、尔虞我诈的勾当，都企图称王称霸。《三国演义》以没落的汉室宗亲刘备和以宗族起兵的曹操作为两条主线展开了中前期的故事，而中后期以大汉丞相诸葛亮率领汉军北伐，与魏国重臣司马懿斗智斗勇为主线，以三国归晋而告终。

（三）《水浒传》

　　《水浒传》，作者施耐庵。《水浒传》是中国历史上第一部用古白话文写成的歌颂农民起义的长篇章回体版块结构小说，以宋江领导的起义军为主要题材，通过一系列梁山英雄反抗压迫、英勇斗争的生动故事，暴露了北宋末年统治阶级的腐朽和残暴，揭露了当时尖锐对立的社会矛盾和"官逼民反"的残酷现实。

　　《水浒传》描写北宋末年以宋江为首的 108 位好汉在梁山聚义，以及聚义之后接受招安、四处征战的故事。全书以农民起义的发生、发展过程为主线，通过各个英雄被逼上梁山的不同经历，描写出他们由个体觉醒到走上小规模联合反抗，再到发展为盛大的农民起义队伍的全过程，表现了"官逼民反"这一封建时代农民起义的必然规律，塑造了农民起义领袖的群体形象，深刻反映出北宋末年的政治状况和社会矛盾。作者站在被压迫者一边，歌颂了农民起义领袖们劫富济贫、除暴安良的正义行为，肯定了他们敢于造反、敢于斗争的革命精神。宋江原是一位周急扶困的义士，当他被逼上梁山之后，"替天行道"，壮大了起义军的声威，取得了一系列胜利。但由于性格的二重性和思想的局限性，他在起义事业登上峰巅之时选择了妥协、招安，最终葬送了起义事业。小说通过宋江起义的失败客观上总结了封建时代农民起义失败的经验教训。小说以高俅发迹作为故事的开端，意在表明"乱自上作"，高俅是封建统治集团的代表人物。作者还写了大批的贪官污吏和地方恶霸，正是他们狼狈为奸，鱼肉百姓，才迫使善良而正直的人们不得不铤而走险，奋起反抗。小说深刻地挖掘出了封建时代农民起义的深层原因。

（四）《西游记》

《西游记》，作者吴承恩。《西游记》是古代长篇浪漫主义小说的高峰，在世界文学史上，它也是浪漫主义的杰作和魔幻现实主义的先驱开创者。

《西游记》以"唐僧取经"这一历史事件为蓝本，通过作者的艺术加工，深刻地描绘了当时的社会现实。全书主要描写了孙悟空出世及大闹天宫后，遇见了唐僧、猪八戒和沙僧三人，西行取经，一路降妖伏魔，经历了九九八十一难，终于到达西天见到如来佛祖，最终五圣成真的故事。《西游记》的内容在中国古典小说中是最为庞杂的。它融合了佛、道、儒三家的思想和内容，既让佛、道两教的仙人们同时登场表演，又在神佛的世界里注入了现实社会的人情世态，有时还插进几句儒家的至理名言，使它显得亦庄亦谐，妙趣横生使该书赢得了各种文化层次的读者的喜爱。作者吴承恩运用浪漫主义手法，展开无比丰富的想象，描绘了一个色彩缤纷、神奇瑰丽的幻想世界，创造了一系列妙趣横生、引人入胜的神话故事，成功地塑造了孙悟空这个超凡入圣的理想化的英雄形象。在奇幻世界中曲折地反映出世态人情和世俗情怀，表现了鲜活的人间智慧，具有丰满的现实血肉和浓郁的生活气息。

《西游记》的艺术特色，可以用两个字来概括，一是幻，一是趣；不是一般的幻，是奇幻，不是一般的趣，是奇趣。小说通过大胆丰富的艺术想象和引人入胜的故事情节，创造出一个神奇绚丽的神话世界。《西游记》的艺术想象奇特、丰富、大胆，在古今小说作品中是罕有其匹的。孙悟空活动的世界近于童话的幻境，十分有趣，而且在这个世界上，有各种各样稀奇有趣的妖怪，真是千奇百怪，丰富多彩。浪漫的幻想源于现实生活，在奇幻的描写中折射出世态人情。《西游记》的人物、情节、场面，乃至所用的法宝、武器，都极尽幻化之能事，但却都是凝聚着现实生活的体验而来，都能在奇幻中透出生活气息，折射出世态人情，让读者能够理解，乐于接受。《西游记》的出现，开辟了神魔长篇章回小说的新门类。书中将善意的嘲笑、辛辣的讽刺和严肃的批判巧妙结合的特点直接影响着讽刺小说的发展。

（五）《红楼梦》

《红楼梦》，原名《石头记》《金陵十二钗》《风月宝鉴》等，作者曹雪芹。《红楼梦》

前 80 回为曹雪芹所著，后 40 回相传为高鹗续写。

在康熙、雍正两朝，曹家祖孙三代四个人总共做了 58 年的江宁织造。曹家极盛时，曾办过四次接驾的阔差。曹雪芹生长在南京，少年时代经历了一段富贵繁华的贵族生活。但后来家渐衰败，雍正六年（1728）因亏空得罪被抄没，曹雪芹一家迁回北京。回京后，他曾在一所皇族学堂"右翼宗学"里当过掌管文墨的杂差，境遇潦倒，生活艰难。晚年移居北京西郊，生活更加穷苦，"满径蓬蒿"，"举家食粥酒常赊"。《红楼梦》一书是曹雪芹破产倾家之后，在贫困之中创作的。

《红楼梦》诞生于 18 世纪中国封建社会末期，当时清政府实行闭关锁国政策，举国上下沉醉在康乾盛世、天朝上国的迷梦中。这时期从表面看来，好像太平无事，但骨子里各种社会矛盾正在加剧发展，整个王朝已到了盛极而衰的转折点。小说以贾、史、王、薛四大家族的兴衰为背景，以贾府的家庭琐事、闺阁闲情为脉络，以贾宝玉、林黛玉、薛宝钗的爱情婚姻故事为主线，刻画了以贾宝玉和金陵十二钗为中心的正邪两赋有情人的人性美和悲剧美。《好了歌》和《红楼梦十二支曲》提示着贾宝玉所经历的三重悲剧。作者将贾宝玉和一群身份、地位不同的少女放在大观园这个既是诗化的、又是真实的小说世界里，来展示他们的爱情、青春、生命之美被毁灭的悲剧。作品极为深刻之处在于，并没有把这个悲剧完全归于恶人的残暴，其中一部分悲剧是封建势力的直接摧残，如鸳鸯、晴雯、司棋这些人物的悲惨下场，但是更多的悲剧是封建伦理关系中的"通常之道德、通常之人情、通常之境遇"所造成的，是几千年积淀而凝固下来的正统文化的深层结构造成的人生悲剧。小说描绘了上至皇宫、下及乡村的广阔历史画面，广泛而深刻地反映了封建末世复杂而深刻的矛盾冲突，显示了封建贵族的本质特征和必然衰败的历史命运。尤其深刻的是，在小说展示的贾府的生活图画里，显示出维持着这个贵族之家的等级、名分、长幼、男女等关系的礼法习俗的荒谬，揭开了封建家族"温情脉脉面纱"内里的种种激烈的矛盾和斗争。

《红楼梦》是一部具有世界影响力的人情小说作品，举世公认的中国古典小说巅峰之作，中国封建社会的百科全书，传统文化的集大成者。小说以"大旨谈情，实录其事"自勉，只按自己的事体情理，按迹循踪，摆脱旧套，新鲜别致，取得了非凡的艺术成就。在我国文学史上，还没有一部作品能把爱情的悲剧写得像《红楼梦》那样富有激动人心的力量；也没有一部作品能像它那样把爱情悲剧的社会根源揭示得如此全面、深刻，从而对封建社会做出了最深刻有力的批判。"真事隐去，假语村言"的特殊笔法更是令后世读者"脑洞"大开，揣测之说久而遂多。围绕《红楼梦》的品读研究形成了一门显学——红学。

（六）《聊斋志异》

《聊斋志异》，作者蒲松龄。蒲松龄自谓"喜人谈鬼""雅爱搜神"。他从青年时期便热衷记述奇闻逸事、写作狐鬼故事了。他在康熙十八年春，将已作成的篇章结集成册，定名为《聊斋志异》，并且撰写了情辞凄婉、意蕴深沉的序文——《聊斋自志》，自述创作的苦衷，期待为人理解。此后，他在毕家坐馆的日子里仍然执着地写作，直到年逾花甲，方逐渐搁笔。《聊斋志异》是蒲松龄大半生陆续写作出来的。

《聊斋志异》的意思是在书房里记录奇异的故事，"聊斋"是他的书斋名称，"志"是指记述的意思，"异"是指奇异的故事。全书共有短篇小说491篇，其中有简约记述奇闻异事如同六朝志怪小说的短章，也有故事委婉、记叙曲微如同唐人传奇的篇章。"神仙狐鬼精魅故事"的内容大致可以分为以下几类：一是才子佳人式的爱情故事；二是人与人或非人之间的友情故事；三是不满黑暗社会现实的反抗故事；四是讽刺不良品行的道德训诫的故事。在大部分的篇章里，与狐鬼花妖发生交往的是书生、文人，发生的事情与书生、文人的生活境遇休戚相关，即便是没有直接关系的，也没有超出他们的目光心灵所关注的社会领域，从这里也就体现了一种既宽广而又集中的独具的视角。由蒲松龄一生的境遇，不难感知他笔下的狐鬼故事大部分是由他个人的生活感受生发出来的，凝聚着他大半生的苦乐，表现了他对社会人生的思考和憧憬。

《聊斋志异》在艺术上代表着中国文言短篇小说的最高成就，它博采中国历代文言短篇小说及史传文学艺术精华，用浪漫主义的创作方法，造奇设幻，描绘鬼狐世界，从而形成了独特的艺术特色。

四、明清小说的影响

明清小说的繁荣对中国文学乃至世界文学都产生了深远的影响。自宋迄清，产生长篇小说三百余部，短篇小说数以万计。这些作品以前所未有的广度和深度反映了当时社会生活的各个方面，成为人民群众认识社会和文娱生活的主要文学样式。发端于讲唱的中国白话小说形成了单线结构，重视情节，通过动态刻画人物，语言生动上口，风格独特，而大规模的文人和群众密切融和的创作方法也为世界文学提供了少见的范例。这些白话小说不仅对中国后世的文学、戏剧、电影有巨大影响，也对日本、朝鲜、越南等国的文学创作产生过巨大影响，其中的优秀作品被翻译成十几种文字，为世界文化交流做出了重要贡献。

文学作品

《水浒传》（风雪山神庙）

施耐庵

话说当日林冲正闲走间，忽然背后人叫，回头看时，却认得是酒生儿李小二。

当初在东京时，多得林冲看顾；后来不合偷了店主人家钱财，被捉住了，要送官司问罪，又得林冲主张陪话，救了他免送官司，又与他陪了些钱财，方得脱免；京中安不得身，又亏林冲赍发他盘缠，于路投奔人，不想今日却在这里撞见。

林冲道："小二哥，你如何也在这里？"

李小二便拜，道："自从得恩人救济，发赍小人，一地里投奔人不着，迤逦不想来到沧州，投托一个酒店主人，姓王，留小人在店中做过卖。因见小人勤谨，安排的好菜蔬，调和的好汁水，来吃的人都喝采，以此卖买顺当，主人家有个女儿，就招了小人做女婿。如今丈人丈母都死了，只剩得小人夫妻两个，权在营前开了个茶酒店，因讨钱过来遇见恩人。恩人不知为何事在这里？"

林冲指着脸上，道："我因恶了高太尉，生事陷害，受了一场官司，刺配到这里。如今叫我管天王堂，未知久后如何。不想今日到此遇见。"

李小二就请林冲到家里坐定，叫妻子出来拜了恩人。

两口儿欢喜道："我夫妇二人正没个亲眷，今日得恩人到来，便是从天降下。"

林冲道："我是罪囚，恐怕玷辱你夫妻两个。"

李小二道："谁不知恩人大名！休恁地说，但有衣服，便拿来家里浆洗缝补。"当时管待林冲酒食，至夜送回天王堂。次日又来相请。因此，林冲得李小二家来往，不时间送汤送水来营里与林冲吃。林冲因见他两口儿恭敬孝顺，常把些银两与他做本钱。

且把闲话休题，只说正话。迅速光阴，却早冬来。

林冲的绵衣裙袄都是李小二浑家整治缝补。忽一日，李小二正在门前安排菜蔬下饭，只见一个人闪将进来，酒店里坐下，随后又一人入来；看时，前面那个人是军官打扮，后面这个走卒模样，跟着也来坐下。李小二入来问道："要吃酒？"只见那个人将出一两银子与李小二，道："且收放柜上，取三四瓶好酒来。客到时，果品酒馔，只顾将来，不必要问。"

李小二道："官人请甚客？"

那人道："烦你与我去营里请管营、差拨两个来说话。问时，你只说：'有个官人请说话，商议些事务。专等，专等。'"李小二应承了，来到牢城里，先请了差拨，同到管营家里，请了管营，都到酒店里。只见那个官人和管营、差拨，两个讲了礼。

戏说《水浒传》

管营道："素不相识，动问官人高姓大名？"

那人道："有书在此，少刻便知。且取酒来。"

李小二连忙开了酒，一面铺下菜蔬果品酒馔。那人叫讨副劝盘来，把了盏，相让坐了。小二独自一个，撺梭也似伏侍不暇。那跟来的人讨了汤桶，自行烫酒。约计吃过数十杯，再讨了按酒，铺放桌上。

只见那人说道："我自有伴当烫酒，不叫，你休来。我等自要说话。"

李小二应了，自来门首叫老婆道："大姐，这两个人来得不尴尬！"

老婆道："怎么的不尴尬？"

小二道："这两个人语言声音是东京人，初时又不认得管营，向后我将按酒入去，只听得差拨口里呐出一句'高太尉'三个字来，这人莫不与林教头身上有些干碍？我自在门前理会，你且去阁子背后听说甚么。"老婆道："你去营中寻林教头，来认他一认。"

李小二道："你不省得。林教头是个性急的人，摸不着便要杀人放火。倘或叫的他来看了，正是前日说的甚么陆虞候，他肯便罢？做出事来，须连累了我和你。你只去听一听，再理会。"老婆道："说得是。"

便入去听了一个时辰，出来说道："他那三四个交头接耳说话，正不听得说甚么。只见那一个军官模样的人去伴当怀里取出一帕子物事，递与管营和差拨。帕子里面的莫

不是金钱？只听差拨口里说道："都在我身上，好歹要结果他性命！'"正说之时，阁子里叫"将汤来。"

李小二急去里面换汤时，看见管营手里拿着一封书。小二换了汤，添些下饭。又吃了半个时辰，算还了酒钱，管营、差拨先去了；次后，那两个低着头也去了。转背不多时，只见林冲走将入店里来，说道："小二哥，连日好买卖？"

李小二慌忙道："恩人请坐；小二却待正要寻恩人，有些要紧话说。"

当下林冲问道："甚么要紧的事？"

李小二请林冲到里面坐下，说道："却才有个东京来的尴尬人，在我这里请管营、差拨，吃了半日酒。差拨口里呐出'高太尉'三个字来，小二心下疑惑，又着浑家听了一个时辰。他却交头接耳，说话都不听得。临了，只见差拨口里应道：'都在我两个身上。好歹要结果了他！'那两个把一包金银递与管营、差拨，又吃一回酒，各自散了。不知甚么样人。小人心疑，只怕在恩人身上有些妨碍。"

林冲道："那人生得甚么模样？"

李小二道："五短身材，白净面皮，没甚髭须，约有三十余岁。那跟的也不长大，紫棠色面皮。"

林冲听了大惊道："这三十岁的正是陆虞候！那泼贱贼敢来这里害我！休要撞着我，只教他骨肉为泥！"

李小二道："只要提防他便了，岂不闻古人云：'吃饭防噎，走路防跌。'"林冲大怒，离了李小二家，先去街上买把解腕尖刀带在身上，前街后巷一地里去寻。李小二夫妻两个捏着两把汗。

当晚无事。林冲次日天明起来，早洗漱罢，带了刀又去沧州城里城外，小街夹巷，团团寻了一日。牢城营里都没动静。林冲又来对李小二道："今日又无事。"

小二道："恩人，只愿如此。只是自放仔细便了。"

林冲自回天王堂，过了一夜。街上寻了三五日，不见消耗，林冲也自心下慢了。

到第六日，只见管营叫唤林冲到点视厅上，说道："你来这里许多时，柴大官人面皮，不曾抬举得你。此间东门外十五里有座大军草料场，每月但是纳草料的，有些常例钱取觅。原来是一个老军看管。我如今抬举你去替那老军来守天王堂，你在那里挣几贯盘缠。你可和差拨便去那里交割。"

林冲应道："小人便去。"

当时离了营中，径到李小二家，对他夫妻两个说道："今日管营拨我去大军草料场管事，却如何？"

李小二道："这个差使又好似天王堂：那里收草料时有些常例钱钞。往常不使钱时，不能勾这差使。"

林冲道："却不害我，倒与我好差使，正不知何意？"李小二道："恩人，休要疑心，只要没事便好了。正是小人家离得远了，过几时那工夫来望恩人。"

就在家里安排几杯酒请林冲吃了。话不絮烦。两个相别了，林冲自到天王堂，取了包裹，带了尖刀，拿了条花枪，与差拨一同辞了管营。两个取路投草料场来。正是严冬天气，彤云密布，朔风渐起，却早纷纷扬扬，卷下一天大雪来。大雪下得正紧，林冲和差拨两个在路上又没买酒吃处，早来到草料场外，看时，一周遭有些黄土墙，两扇大门。推开看里面时，七八间草屋做着仓廒，四下里都是马草堆，中间两座草厅。到那厅里，只见那老军在里面向火。

差拨说道："管营差这个林冲来替你回天王堂看守，你可即便交割。"

老军拿了钥匙，引着林冲，分付道："仓廒内自有官司封起。这几堆草，一堆堆都有数目。"

老军都点见了堆数，又引林冲到草厅上。

老军收拾行李，临了说道："火盆、锅子、碗碟，都借与你。"

林冲道："天王堂内，我也有在那里，你要便拿了去。"

老军指壁上挂一个大葫芦，说道："你若买酒吃时，只出草场投东大路去三二里，便有市井。"老军自和差拨回营里来。

只说林冲就床上放了包里被卧，就床边生些焰火起来。屋后有一堆柴炭，拿几块来，生在地炉里。仰面看那草屋时，四下里崩坏了，又被朔风吹撼，摇振得动。林冲道："这屋如何过得一冬？待雪晴了，去城中唤个泥水匠来修理。"

向了一回火，觉得身上寒冷，寻思："却才老军所说，二里路外有那市井，何不去沽些酒来吃？"

便去包里取些碎银子，把花枪挑了酒葫芦，将火炭盖了，取毡笠子戴上，拿了钥匙，出来把草厅门拽上。出到大门首，把两扇草场门反拽上锁了，带了钥匙，信步投东。雪地里踏着碎琼乱玉，迤逦背着北风而行。那雪正下得紧。

行不上半里多路，看见一所古庙，林冲顶礼道："神明庇佑，改日来烧纸钱。"

又行了一回，望见一簇人家。林冲住脚看时，见篱笆中，挑着一个草帚儿在露天里。林冲径到店里。

主人道："客人，那里来？"

林冲道："你认得这个葫芦么？"

主人看了道："这葫芦是草料场老军的。"

林冲道："如何便认的？"

店主道："既是草料场看守大哥，且请少坐。天气寒冷，且酌三杯，权当接风。"

店家切一盘熟牛肉，烫一壶热酒，请林冲吃。

又自买了些牛肉，又吃了数杯，就又买了一葫芦酒，包了那两块牛肉，留下些碎银子，把花枪挑了酒葫芦，怀内揣了牛肉，叫声"相扰"，便出篱笆门，仍旧迎着朔风回来。

看那雪，到晚越下得紧了。

再说林冲踏着那瑞雪，迎着北风，飞也似奔到草场门口，开了锁，入内看时，只叫得苦。

原来天理昭然，佑护善人义士，因这场大雪，救了林冲的性命。那两间草厅已被雪压倒了。

林冲寻思："怎地好？"放下花枪，葫芦在雪里，恐怕火盆内有火炭延烧起来，搬开破壁子，探半身入去摸时，火盆内火种都被雪水浸灭了。

林冲把手床上摸时，只拽得一条絮被。

林冲钻将出来，见天色黑了，寻思："又没打火处，怎生安排？"想起离了这半里路上有个古庙可以安身。"我且去那里宿一夜，等到天明，却作理会。"

把被卷了，花枪挑着酒葫芦，依旧把门拽上，锁了，望那庙里来。

入得庙门，再把门掩上。傍边正有一块大石头，拨将过来靠了门。入得里面看时，殿上塑着一尊金甲山神，两边一个判官，一个小鬼，侧边堆着一堆纸。团团看来。又没邻舍，又无庙主。

林冲把枪和酒！葫芦放在纸堆上，将那条絮被放开，先取下毡笠子，把身上雪都抖了，把上盖白布衫脱将下来，早有五分湿了，和毡笠放在供桌上，把被扯来盖了半截下身，却把葫芦冷酒提来便吃，就将怀中牛肉下酒。正吃时，只听得外面必必剥剥地爆响。林冲跳起身来，就壁缝里看时，只见草料场里火起，刮刮杂杂的烧着。

当时张见草场内火起，四下里烧着，林冲便拿了花枪，却待开门来救火，只听得外面有人说将话来，林冲就伏门边听时，是三个人脚步声。且奔庙里来。用手推门，却被林冲靠住了，推也推不开。

三人在庙檐下立地看火。数内一个道："这一条计好么？"一个应道："端的亏管营、差拨两位用心！回到京师，禀过太尉，都保你二位做大官。——这番张教头没得推故了！"

那人道："林冲今番直吃我们对付了！高衙内这病必然好了！"

又一个道："张教头那厮！三四五次托人情去说'你的女婿殁了'，张教头越不肯应承。因此衙内病患看看重了，太尉特使俺两个央浼二位干这件事，不想而今完备了！"

又一个道："小人直爬入墙里去，四下草堆上点了十来个火把，待走那里去！"

那一个道："这早晚烧个八分过了。"

又听得一个道："便逃得性命时，烧了大军草料场，也得个死罪！"

又一个道："我们回城里去罢。"

一个道："再看一看，拾得他一两块骨头回京，府里见太尉和衙内时，也道我们也能会干事。"

林冲听那三个人时，一个是差拨，一个是陆虞候，一个是富安，自思道："天可怜见林冲！若不是倒了草厅，我准定被这厮们烧死了！"

轻轻把石头掇开，挺着花枪，左手拽开庙门，大喝一声："泼贼那里去！"

三个人都急要走时，惊得呆了，正走不动，林冲举手肐察的一枪，先搠倒差拨。

陆虞候叫声："饶命！"吓的慌了手脚，走不动。

那富安走不到十来步，被林冲赶上，后心只一枪，又搠倒了。

翻身回来，陆虞候却才行得三四步，林冲喝声道："奸贼！你待那里去！"

批胸只一提，丢翻在雪地上，把枪搠在地里，用脚踏住胸脯，身边取出那口刀来，便去陆谦脸上搁着，喝道："泼贼！我自来又和你无甚么冤仇，你如何这等害我！正是'杀人可恕，情理难容！'"陆虞候告道："不干小人事，太尉差遣，不敢不来。"

林冲骂道："奸贼！我与你自幼相交，今日倒来害我！怎不干你事？且吃我一刀！"

把陆谦上身衣扯开，把尖刀向心窝里只一剜，七窍迸出血来，将心肝提在手里，回头看时，差拨正爬将起来要走。

林冲按住喝道："你这厮原来也恁的歹，且吃我一刀！"又早把头割下来，挑在枪上。

回来把富安、陆谦，头都割下来，把尖刀插了，将三个人头发结做一处，提入庙里来，都摆在山神面前供桌上。再穿了白布衫，系了搭膊，把毡笠子带上，将葫芦里冷酒都吃尽了。被与葫芦都丢了不要，提了枪，便出庙门投东去。走不到三五里，早见近村人家都拿了水桶、钩子来救火。

林冲道："你们快去救应！我去报官了来！"提着枪只顾走。那雪越下得猛。林冲投东走了两个更次，身上单寒，当不过那冷，在雪地里看时，离得草料场远了，只见前面疏林深处，树木交杂，远远地数间草屋，被雪压着，破壁缝里透出火光来。林冲径投那草屋来，推开门，只见那中间坐着一个老庄家，周围坐着四五个小庄家向火，地炉里面焰焰地烧着柴火。林冲走到面前，叫道："众位拜揖。小人是牢城营差使人，被雪打湿了衣裳，借此火烘一烘，望乞方便。"

庄客道："你自烘便了，何妨得。"林冲烘着身上湿衣服，略有些干，只见火炭里煨着一个瓮儿，里面透出酒香。林冲便道："小人身边有些碎银子，望烦回些酒吃。"

老庄客道："我们夜轮流看米囤，如今四更，天气正冷，我们这几个吃尚且不够，那得回与你。休要指望！"林冲又道："胡乱只回三两碗与小人荡寒。"

老庄客道："你那人休缠！休缠！"

林冲闻得酒香，越要吃，说道："没奈何，回去罢。"

众庄客道："好意着你烘衣裳向火，便要酒吃！去！不去时将来吊在这里！"林冲怒道："这厮们好无道理！"把手中枪看着块焰焰着的火柴头，望老庄家脸上只一挑将起来，又把枪去火炉里只一搅，那老庄家的髭须焰焰的烧着。众庄客都跳将起来，林冲把枪杆乱打，老庄家先走了，庄客们都动弹不动，被林冲赶打一顿，都走了。

林冲道："都走了！老爷快活吃酒！"

土坑上却有两个椰瓢，取一个下来倾那瓮酒来吃了一会，剩了一半，提了枪，出门便走。一步高一步低，跟跟跄跄，捉脚不住，走不过一里路，被朔风一掉，随着那山涧边倒了，那里挣得起来。凡醉人一倒便起不得。当时林冲醉倒在雪地上。

却说众庄客引了二十余人，拖枪拽棒，都奔草屋下看时，不见了林冲。却寻着踪迹赶将来，只见倒在雪地里。庄客齐道："你却倒在这里。"花枪丢在一边。众庄客一发上手，就地拿起林冲来，将一条索缚了，趁五更时分把林冲解投那个去处来。

那去处不是别处，有分教：蓼儿洼内，前后摆数千支战舰艨艟；水浒寨中，左右列百十个英雄好汉。搅扰得道君皇帝，盘龙椅上魂惊，丹凤楼中胆裂。

正是：说时杀气侵人冷，讲处悲风透骨寒。

毕竟看林冲被庄客解投甚处来，且听下回分解。

《作品简析》

《水浒传》是我国文学史上第一部以农民起义为题材的优秀长篇小说。本文选自《水浒传》第十回，是林冲由逆来顺受、委曲求全，走向反抗道路的重要章节，也是封建社会官逼民反的最典型的例子，可以帮助我们认识封建社会被压迫者走上反抗道路的必然性。写作特点：（1）刻画人物，鲜明生动；（2）景物描写和细节描写相当成功；（3）两处写偷听，详略有致，各具特色。

《三国演义》（失街亭）

罗贯中

却说魏主曹睿令张郃为先锋，与司马懿一同征进；一面令辛毗、孙礼二人领兵五万，往助曹真。二人奉诏而去。且说司马懿引二十万军，出关下寨，请先锋张郃至帐下曰："诸葛亮平生谨慎，未敢造次行事。若是吾用兵，先从子午谷径取长安，早得多时矣。他非无谋，但怕有失，不肯弄险。今必出军斜谷，来取郿城。若取郿城，必分兵两路，一军取箕谷矣。吾已发檄文，令子丹拒守郿城，若兵来不可出战；令孙礼、辛毗截住箕谷道口，若兵来则出奇兵击之。"郃曰："今将军当于何处进兵？"懿曰："吾素知秦岭之西，有一条路，地名街亭；傍有一城，名列柳城：此二处皆是汉中咽喉。诸葛亮欺子丹无备，定从此进。吾与汝径取街亭，望阳平关不远矣。亮若知吾断其街亭要路，绝其粮道，则陇西一境，不能安守，必然连夜奔回汉中去也。彼若回动，吾提兵于小路击之，可得全胜；若不归时，吾却将诸处小路，尽皆垒断，俱以兵守之。一月无粮，蜀兵皆饿死，亮必被吾擒矣。"张郃大悟，拜伏于地曰："都督神算也！"懿曰："虽然如此，诸葛亮不比孟达。将军为先锋，不可轻进。当传与诸将：循山西路，远远哨探。如无伏兵，方可前进。若是怠忽，必中诸葛亮之计。"张郃受计引军而行。

却说孔明在祁山寨中，忽报新城探细人来到。孔明急唤入问之，细作告曰："司马懿倍道而行，八日已到新城，孟达措手不及；又被申耽、申仪、李辅、邓贤为内应：孟达被乱军所杀。今司马懿撤兵到长安，见了魏主，同张郃引兵出关，来拒我师也。"孔明大惊曰："孟达做事不密，死固当然。今司马懿出关，必取街亭，断吾咽喉之路。"便问："谁敢引兵去守街亭？"言未毕，参军马谡曰："某愿往。"孔明曰："街亭虽小，干系甚重：倘街亭有失，吾大军皆休矣。汝虽深通谋略，此地奈无城郭，又无险阻，守之极难。"谡曰："某自幼熟读兵书，颇知兵法。岂一街亭不能守耶？"孔明曰："司马懿非等闲之辈，更有先锋张郃，乃魏之名将，恐汝不能敌之。"谡曰："休道司马懿、张郃，便是曹睿亲来，有何惧哉！若有差失，乞斩全家。"孔明曰："军中无戏言。"谡曰："愿立军令状。"孔明从之，谡遂写了军令状呈上。孔明曰："吾与汝二万五千精兵，再拨一员上将，相助你去。"即唤王平分付曰："吾素知汝平生谨慎，故特以此重任相托。汝可小心谨守此地，下寨必当要道之处，使贼兵急切不能偷过。安营既毕，便画四至八道地理形状图本来我看。凡事商议停当而行，不可轻易。如所守无危，则是取长安第一功也。戒之！戒之！"二人拜辞引兵而去。孔明寻思，恐二人有失，又唤高翔曰："街亭东北上有一城，名列柳城，乃山僻小路，此可以屯兵扎寨。与汝一万兵，去此城屯扎。但街亭危，可引兵救之。"高翔引兵而去。孔明又思：高翔非张郃对手，必得一员大将，屯兵于街亭之右，方可防之，遂唤魏延引本部兵去街亭之后屯扎。延曰："某为前部，理合当先破敌，何故置某于安闲之地？"孔明曰："前锋破敌，乃偏裨之事耳。今令汝接应街亭，当阳平关冲要道路，总守汉中咽喉：此乃大任也，何为安闲乎？汝勿以等闲视之，失吾大事。切宜小心在意！"魏延大喜，引兵而去。孔明恰才心安，乃唤赵云、邓芝分付曰："今司马懿出兵，与旧日不同。汝二人各引一军出箕谷，以为疑兵。如逢魏兵，或战、或不战，以惊其心。吾自统大军，由斜谷径取郿城；若得郿城，长安可破矣。"二人受命而去。孔明令姜维作先锋，兵出斜谷。

却说马谡、王平二人兵到街亭，看了地势。马谡笑曰："丞相何故多心也？量此山僻之处，魏兵如何敢来！"王平曰："虽然魏兵不敢来，可就此五路总口下寨；却令军士伐木为栅，以图久计。"谡曰："当道岂是下寨之地？此处侧边一山，四面皆不相连，且树木极广，此乃天赐之险也：可就山上屯军。"平曰："参军差矣。若屯兵当道，筑起城垣，贼兵总有十万，不能偷过；今若弃此要路，屯兵于山上，倘魏兵骤至，四面围定，将何策保之？"谡大笑曰："汝真女子之见！兵法云：凭高视下，势如劈竹。若魏兵到来，吾教他片甲不回！"平曰："吾累随丞相经阵，每到之处，丞相尽意指教。今观此山，乃绝地也：若魏兵断我汲水之道，军士不战自乱矣。"谡曰："汝莫乱道！孙子云：置之死地而后生。若魏兵绝我汲水之道，蜀兵岂不死战？以一可当百也。吾素读兵书，丞相诸事尚问于我，汝奈何相阻耶！"平曰："若参军欲在山上下寨，可分兵与我，自于山西下一小寨，为掎角之势。倘魏兵至，可以相应。"马谡不从。忽然山中居民，成群结队，飞奔而来，报说魏兵已到。王平欲辞去。马谡曰："汝既不听吾令，与汝五千兵自去下寨。待吾破了魏兵，到丞相面前须分不得功！"王平引兵离山十里下寨，画成图本，星夜差人去禀孔明，具说马谡自于山上下寨。却说司马懿在城中，令次子司马昭去探前路：若街亭有兵守御，即当按兵不行。

司马昭奉令探了一遍，回见父曰："街亭有兵守把。"懿叹曰："诸葛亮真乃神人，吾不如也！"昭笑曰："父亲何故自堕志气耶？男料街亭易取。"懿问曰："汝安敢出此大言？"昭曰："男亲自哨见，当道并无寨栅，军皆屯于山上，故知可破也。"懿大喜曰："若兵果在山上，乃天使吾成功矣！"遂更换衣服，引百余骑亲自来看。是夜天晴月朗，直至山下，周围巡哨了一遍，方回。马谡在山上见之，大笑曰："彼若有命，不来围山！"传令与诸将："倘兵来，只见山顶上红旗招动，即四面皆下。"

却说司马懿回到寨中，使人打听是何将引兵守街亭。回报曰："乃马良之弟马谡也。"懿笑曰："徒有虚名，乃庸才耳！孔明用如此人物，如何不误事！"又问："街亭左右别有军否？"探马报曰："离山十里有王平安营。"懿乃命张郃引一军，当住王平来路。又令申耽、申仪引两路兵围山，先断了汲水道路；待蜀兵自乱，然后乘势击之。当夜调度已定。次日天明，张郃引兵先往背后去了。司马懿大驱军马，一拥而进，把山四面围定。马谡在山上时，只见魏兵漫山遍野，旌旗队伍，甚是严整。蜀兵见之，尽皆丧胆，不敢下山。马谡将红旗招动，军将你我相推，无一人敢动。谡大怒，自杀二将。众军惊惧，只得努力下山来冲魏兵。魏兵端然不动。蜀兵又退上山去。马谡见事不谐，教军紧守寨门，只等外应。

却说王平见魏兵到，引军杀来，正遇张郃；战有数十余合，平力穷势孤，只得退去。魏兵自辰时困至戌时，山上无水，军不得食，寨中大乱。嚷到半夜时分，山南蜀兵

"失街亭"影视片段欣赏

大开寨门，下山降魏。马谡禁止不住。司马懿又令人于沿山放火，山上蜀兵愈乱。马谡料守不住，只得驱残兵杀下山西逃奔。司马懿放条大路，让过马谡。背后张郃引兵追来。赶到三十余里，前面鼓角齐鸣，一彪军出，放过马谡，拦住张郃；视之，乃魏延也。延挥刀纵马，直取张郃。郃回军便走。延驱兵赶来，复夺街亭。赶到五十余里，一声喊起，两边伏兵齐出：左边司马懿，右边司马昭，却抄在魏延背后，把延困在垓心。张郃复来，三路兵合在一处。魏延左冲右突，不得脱身，折兵大半。正危急间，忽一彪军杀入，乃王平也。延大喜曰："吾得生矣！"二将合兵一处，大杀一阵，魏兵方退。二将慌忙奔回寨时，营中皆是魏兵旌旗。申耽、申仪从营中杀出。王平、魏延径奔列柳城，来投高翔。此时高翔闻知街亭有失，尽起列柳城之兵，前来救应，正遇延、平二人，诉说前事。高翔曰："不如今晚去劫魏寨，再复街亭。"当时三人在山坡下商议已定。待天色将晚，兵分三路。魏延引兵先进，径到街亭，不见一人，心中大疑，未敢轻进，且伏在路口等候，忽见高翔兵到，二人共说魏兵不知在何处。正没理会，又不见王平兵到。忽然一声炮响，火光冲天，鼓起震地：魏兵齐出，把魏延、高翔围在垓心。二人往来冲突，不得脱身。忽听得山坡后喊声若雷，一彪军杀入，乃是王平，救了高、魏二人，径奔列柳城来。比及奔到城下时，城边早有一军杀到，旗上大书"魏都督郭淮"字样。原来郭淮与曹真商议，恐司马懿得了全功，乃分淮来取街亭；闻知司马懿、张郃成了此功，遂引兵径袭列柳城。正遇三将，大杀一阵。蜀兵伤者极多。魏延恐阳平关有失，慌与王平、高翔望阳平关来。

作品简析

《三国演义》是中国古典四大名著之一，是中国第一部长篇章回体历史演义小说，作者是元末明初的著名小说家罗贯中。"失街亭"是其中的一个故事情节，叙述蜀国参军马谡因刚愎自用而使军事要塞街亭失陷的故事。小说作者生动地刻画出主要人物的性格，诸葛亮足智多谋，对街亭布防十分细致周密，但知人不深、用人不当，不听刘备生前劝告，致使街亭失陷，全局被动；马谡虽能主动请缨，但只会纸上谈兵，而且麻痹大意，刚愎自用，目中无人。

《西游记》（三打白骨精）

吴承恩

　　却说三藏师徒，次日天明，收拾前进。那镇元子与行者结为兄弟，两人情投意合，决不肯放，又安排管待，一连住了五六日。那长老自服了草还丹，真似脱胎换骨，神爽体健。他取经心重，那里肯淹留，无已，遂行。

　　师徒别了上路，早见一座高山。三藏道："徒弟，前面有山险峻，恐马不能前，大家须仔细仔细。"行者道："师父放心，我等自然理会。"好猴王，他在那马前，横担着棒，剖开山路，上了高崖，看不尽：峰岩重叠，涧壑湾环。虎狼成阵走，麂鹿作群行。无数獐豝钻簇簇，满山狐兔聚丛丛。千尺大蟒，万丈长蛇。大蟒喷愁雾，长蛇吐怪风。道旁荆棘牵漫，岭上松楠秀丽。薜萝满目，芳草连天。影落沧溟北，云开斗柄南。万古常含元气老，千峰巍列日光寒。那长老马上心惊，孙大圣布施手段，舞着铁棒，哮吼一声，唬得那狼虫颠窜，虎豹奔逃。师徒们入此山，正行到嵯峨之处，三藏道："悟空，我这一日，肚中饥了，你去那里化些斋吃？"行者陪笑道："师父好不聪明。这等半山之中，前不巴村，后不着店，有钱也没买处，教往那里寻斋？"三藏心中不快，口里骂道："你这猴子！想你在两界山，被如来压在石匣之内，口能言，足不能行，也亏我救你性命，摩顶受戒，做了我的徒弟。怎么不肯努力，常怀懒惰之心！"行者道："弟子亦颇殷勤，何尝懒惰？"三藏道："你既殷勤，何不化斋我吃？我肚饥怎行？况此地山岚瘴气，怎么得上雷音？"行者道："师父休怪，少要言语。我知你尊性高傲，十分违慢了你，便要念那话儿咒。你下马稳坐，等我寻那里有人家处化斋去。"

行者将身一纵，跳上云端里，手搭凉篷，睁眼观看。可怜西方路甚是寂寞，更无庄堡人家，正是多逢树木少见人烟去处。看多时，只见正南上有一座高山，那山向阳处，有一片鲜红的点子。行者按下云头道："师父，有吃的了。"那长老问甚东西，行者道："这里没人家化饭，那南山有一片红的，想必是熟透了的山桃，我去摘几个来你充饥。"三藏喜道："出家人若有桃子吃，就为上分了，快去！"行者取了钵盂，纵起祥光，你看他筋斗幌幌，冷气飕飕，须臾间，奔南山摘桃不题。

却说常言有云：山高必有怪，岭峻却生精。果然这山上有一个妖精，孙大圣去时，惊动那怪。他在云端里，踏着阴风，看见长老坐在地下，就不胜欢喜道："造化！造化！几年家人都讲东土的唐和尚取大乘，他本是金蝉子化身，十世修行的原体。有人吃他一块肉，长寿长生。真个今日到了。"那妖精上前就要拿他，只见长老左右手下有两员大将护持，不敢拢身。他说两员大将是谁？说是八戒、沙僧。八戒、沙僧虽没甚么大本事，然八戒是天蓬元帅，沙僧是卷帘大将，他的威气尚不曾泄，故不敢拢身。妖精说："等我且戏他戏，看怎么说。"

好妖精，停下阴风，在那山凹里，摇身一变，变做个月貌花容的女儿，说不尽那眉清目秀，齿白唇红，左手提着一个青砂罐儿，右手提着一个绿磁瓶儿，从西向东，径奔唐僧。圣僧歇马在山岩，忽见裙钗女近前。翠袖轻摇笼玉笋，湘裙斜拽显金莲。汗流粉面花含露，尘拂峨眉柳带烟。仔细定睛观看处，看看行至到身边。

三藏见了，叫："八戒，沙僧，悟空才说这里旷野无人，你看那里不走出一个人来了？"八戒道："师父，你与沙僧坐着，等老猪去看看来。"那呆子放下钉钯，整整直裰，摆摆摇摇，充作个斯文气象，一直的觇面相迎。真个是远看未实，近看分明，那女子生得：冰肌藏玉骨，衫领露酥胸。柳眉积翠黛，杏眼闪银星。月样容仪俏，天然性格清。体似燕藏柳，声如莺啭林。半放海棠笼晓日，才开芍药弄春晴。

那八戒见他生得俊俏，呆子就动了凡心，忍不住胡言乱语，叫道："女菩萨，往那里去？手里提着是甚么东西？"分明是个妖怪，他却不能认得。那女子连声答应道：

"长老，我这青罐里是香米饭，绿瓶里是炒面筋，特来此处无他故，因还誓愿要斋僧。"八戒闻言，满心欢喜，急抽身，就跑了个猪颠风，报与三藏道："师父！吉人自有天报！师父饿了，教师兄去化斋，那猴子不知那里摘桃儿耍子去了。桃子吃多了，也有些嘈人，又有些下坠。你看那不是个斋僧的来了？"唐僧不信道："你这个夯货胡缠！我们走了这向，好人也不曾遇着一个，斋僧的从何而来！"八戒道："师父，这不到了？"

三藏一见，连忙跳起身来，合掌当胸道："女菩萨，你府上在何处住？是甚人家？有甚愿心，来此斋僧？"分明是个妖精，那长老也不认得。那妖精见唐僧问他来历，他立地就起个虚情，花言巧语来赚哄道："师父，此山叫做蛇回兽怕的白虎岭，正西下面是我家。我父母在堂，看经好善，广斋方上远近僧人，只因无子，求福作福，生了奴奴，欲扳门第，配嫁他人，又恐老来无倚，只得将奴招了一个女婿，养老送终。"三藏闻言道："女菩萨，你语言差了。圣经云：父母在，不远游，游必有方。你既有父母在堂，又与你招了女婿，有愿心，教你男子还，便也罢，怎么自家在山行走？又没个侍儿随从。这个是不遵妇道了。"那女子笑吟吟，忙陪俏语道："师父，我丈夫在山北凹里，带几个客子锄田。这是奴奴煮的午饭，送与那些人吃的。只为五黄六月，无人使唤，父母又年老，所以亲身来送。忽遇三位远来，却思父母好善，故将此饭斋僧，如不弃嫌，愿表芹献。"三藏道："善哉！善哉！我有徒弟摘果子去了，就来，我不敢吃。假如我和尚吃了你饭，你丈夫晓得，骂你，却不罪坐贫僧也？"那女子见唐僧不肯吃，却又满面春生道："师父啊，我父母斋僧，还是小可；我丈夫更是个善人，一生好的是修桥补路，爱老怜贫。但听见说这饭送与师父吃了，他与我夫妻情上，比寻常更是不同。"三藏也只是不吃，旁边却恼坏了八戒。那呆子努着嘴，口里埋怨道："天下和尚也无数，不曾象我这个老和尚罢软！现成的饭三分儿倒不吃，只等那猴子来，做四分才吃！"他不容分说，一嘴把个罐子拱倒，就要动口。

只见那行者自南山顶上，摘了几个桃子，托着钵盂，一筋斗，点将回来，睁火眼金睛观看，认得那女子是个妖精，放下钵盂，掣铁棒，当头就打。唬得个长老用手扯住道："悟空！你走将来打谁？"行者道："师父，你面前这个女子，莫当做个好人。他是个妖精，要来骗你哩。"三藏道："你这猴头，当时倒也有些眼力，今日如何乱道！这女菩萨有此善心，将这饭要斋我等，你怎么说他是个妖精？"行者笑道："师父，你那里认得！老孙在水帘洞里做妖魔时，若想人肉吃，便是这等：或变金银，或变庄台，或变醉人，或变女色。有那等痴心的，爱上我，我就迷他到洞里，尽意随心，或蒸或煮受用；吃不了，还要晒干了防天阴哩！师父，我若来迟，你定入他套子，遭他毒手！"那唐僧那里肯信，只说是个好人。行者道："师父，我知道你了，你见他那等容貌，必然动了凡心。若果有此意，叫八戒伐几棵树来，沙僧寻些草来，我做木匠，就在这里搭个窝铺，你与他圆房成事，我们大家散了，却不是件事业？何必又跋涉，取甚经去！"那长老原是个软善的人，那里吃得他这句言语，羞得个光头彻耳通红。

三藏正在此羞惭，行者又发起性来，掣铁棒，望妖精劈脸一下。那怪物有些手段，使个解尸法，见行者棍子来时，他却抖擞精神，预先走了，把一个假尸首打死在地下。唬得个长老战战兢兢，口中作念道："这猴着然无礼！屡劝不从，无故伤人性命！"行者道："师父莫怪，你且来看看这罐子里是甚东西。"沙僧挽着长老，近前看时，那里是甚香米饭，却是一罐子拖尾巴的长蛆，也不是面筋，却是几个青蛙、癞虾蟆，满地乱跳。长老才有三分儿信了，怎禁猪八戒气不忿，在旁漏八分儿唆嘴道："师父，说起这个女子，他是此间农妇，因为送饭下田，路遇我等，却怎么栽他是个妖怪？哥哥的棍重，走将来试手打他一下，不期就打杀了；怕你念甚么《紧箍儿咒》，故意的使个障眼法儿，变做这等样东西，演幌你眼，使不念咒哩。"

三藏自此一言，就是晦气到了：果然信那呆子撺唆，手中捻诀，口里念咒，行者就叫："头疼！头疼！莫念！莫念！有话便说。"唐僧道："有甚话说！出家人时时常要方便，念念不离善心，扫地恐伤蝼蚁命，爱惜飞蛾纱罩灯。你怎么步步行凶，打死这个无故平人，取将经来何用？你回去罢！"行者道："师父，你教我回那里去？"唐僧道："我不要你做徒弟。"行者道："你不要我做徒弟，只怕你西天路去不成。"唐僧道："我命在天，该那个妖精蒸了吃，就是煮了，也算不过。终不然，你救得我的大限？你快回去！"行者道："师父，我回去便也罢了，只是不曾报得你的恩哩。"唐僧道："我与你有甚恩？"那大圣闻言，连忙跪下叩头道："老孙因大闹天宫，致下了伤身之难，被我佛压在两界山，幸观音菩萨与我受了戒行，幸师父救脱吾身，若不与你同上西天，显得我知恩不报非君子，万古千秋作骂名。"原来这唐僧是个慈悯的圣僧，他见行者哀告，却也回心转意道："既如此说，且饶你这一次，再休无礼。如若仍前作恶，这咒语颠倒就念二十遍！"行者道："三十遍也由你，只是我不打人了。"却才伏侍唐僧上马，又将摘来桃子奉上。唐僧在马上也吃了几个，权且充饥。

却说那妖精，脱命升空。原来行者那一棒不曾打杀妖精，妖精出神去了。他在那云端里，咬牙切齿，暗恨行者道："几年只闻得讲他手段，今日果然话不虚传。那唐僧已此不认得我，将要吃饭。若低头闻一闻儿，我就一把捞住，却不是我的人了？不期被他走来，弄破我这勾当，又几乎被他打了一棒。若饶了这个和尚，诚然是劳而无功也，我还下去戏他一戏。"

好妖精，按落阴云，在那前山坡下，摇身一变，变作个老妇人，年满八旬，手挂着一根弯头竹杖，一步一声的哭着走来。八戒见了，大惊道："师父！不好了！那妈妈儿来寻人了！"唐僧道：

"寻甚人？"八戒道："师兄打杀的，定是他女儿。这个定是他娘寻将来了。"行者道："兄弟莫要胡说！那女子十八岁，这老妇有八十岁，怎么六十多岁还生产？断乎是个假的，等老孙去看来。"好行者，拽开步，走近前观看，那怪物：假变一婆婆，两鬓如冰雪。走路慢腾腾，行步虚怯怯。弱体瘦伶仃，脸如枯菜叶。颧骨望上翘，嘴唇往下别。老年不比少年时，满脸都是荷叶摺。

行者认得他是妖精，更不理论，举棒照头便打。那怪见棍子起时，依然抖擞，又出化了元神，脱真儿去了，把个假尸首又打死在山路之下。唐僧一见，惊下马来，睡在路旁，更无二话，只是把《紧箍儿咒》颠倒足足念了二十遍。可怜把个行者头，勒得似个亚腰儿葫芦，十分疼痛难忍，滚将来哀告道："师父莫念了！有甚话说了罢！"唐僧道："有甚话说！出家人耳听善言，不堕地狱。我这般劝化你，你怎么只是行凶？把平人打死一个，又打死一个，此是何说？"行者道："他是妖精。"唐僧道："这个猴子胡说！就有这许多妖怪！你是个无心向善之辈，有意作恶之人，你去罢！"行者道：
"师父又教我去，回去便也回去了，只是一件不相应。"唐僧道："你有甚么不相应
处？"八戒道："师父，他要和你分行李哩。跟着你做了这几年和尚，不成空着手回
去？你把那包袱里的甚么旧裰衫，破帽子，分两件与他罢。"行者闻言，气得暴跳道：
"我把你这个尖嘴的夯货！老孙一向秉教沙门，更无一毫嫉妒之意，贪恋之心，怎么要
分甚么行李？"唐僧道："你既不嫉妒贪恋，如何不去？"行者道："实不瞒师父说，
老孙五百年前，居花果山水帘洞大展英雄之际，收降七十二洞邪魔，手下有四万七千群
怪，头戴的是紫金冠，身穿的是赭黄袍，腰系的是蓝田带，足踏的是步云履，手执的是
如意金箍棒，着实也曾为人。自从涅盘罪度，削发秉正沙门，跟你做了徒弟，把这个金
箍儿勒在我头上，若回去，却也难见故乡人。师父果若不要我，把那个"松箍儿咒"念
一念，退下这个箍子，交付与你，套在别人头上，我就快活相应了，也是跟你一场。莫
不成这些人意儿也没有了？"唐僧大惊道："悟空，我当时只是菩萨暗受一卷《紧箍儿
咒》，却没有甚么'松箍儿咒'。"行者道："若无"松箍儿咒"，你还带我去走走罢。"
长老又没奈何道："你且起来，我再饶你这一次，却不可再行凶了。"行者道："再不
敢了，再不敢了。"又伏侍师父上马，剖路前进。

　　却说那妖精，原来行者第二棍也不曾打杀他。那怪物在半空中，夸奖不尽道："好
个猴王，着然有眼！我那般变了去，他也还认得我。这些和尚，他去得快，若过此山，
西下四十里，就不伏我所管了。若是被别处妖魔捞了去，好道就笑破他人口，使碎自家
心，我还下去戏他一戏。"好妖怪，按耸阴风，在山坡下摇身一变，变成一个老公公，
真个是：白发如彭祖，苍髯赛寿星，耳中鸣玉磬，眼里幌金星。手拄龙头拐，身穿鹤氅
轻。数珠掐在手，口诵南无经。唐僧在马上见了，心中欢喜道："阿弥陀佛！西方真是
福地！那公公路也走不上来，逼法的还念经哩。"

　　八戒道："师父，你且莫要夸奖，那个是祸的根哩。"唐僧道："怎么是祸根？"
八戒道："行者打杀他的女儿，又打杀他的婆子，这个正是他的老儿寻将来了。我们若
撞在他的怀里呵，师父，你便偿命，该个死罪；把老猪为从，问个充军；沙僧喝令，问
个摆站；那行者使个遁法走了，却不苦了我们三个顶缸？"行者听见道："这个呆根，
这等胡说，可不唬了师父？等老孙再去看看。"

　　他把棍藏在身边，走上前迎着怪物，叫声："老官儿，往那里去？怎么又走路，又
念经？"那妖精错认了定盘星，把孙大圣也当做个等闲的，遂答道："长老啊，我老汉
祖居此地，一生好善斋僧，看经念佛。命里无儿，止生得一个小女，招了个女婿，今早
送饭下田，想是遭逢虎口。老妻先来找寻，也不见回去，全然不知下落，老汉特来寻
看。果然是伤残他命，也没奈何，将他骸骨收拾回去，安葬莹中。"行者笑道："我是
个做吓虎的祖宗，你怎么袖子里笼了个鬼儿来哄我？你瞒了诸人，瞒不过我！我认得你
是个妖精！"那妖精唬得顿口无言。行者掣出棒来，自忖思道："若要不打他，显得他
倒弄个风儿；若要打他，又怕师父念那话儿咒语。"又思量道："不打杀他，他一时间
抄空儿把师父捞了去，却不又费心劳力去救他？还打的是！就一棍子打杀他，师父念起
那咒，常言道，虎毒不吃儿。凭着我巧言花语，嘴伶舌便，哄他一哄，好道也罢了。"
好大圣，念动咒语叫当坊土地、本处山神道："这妖精三番来戏弄我师父，这一番却要

打杀他。你与我在半空中作证，不许走了。"众神听令，谁敢不从？都在云端里照应。那大圣棍起处，打倒妖魔，才断绝了灵光。

那唐僧在马上，又唬得战战兢兢，口不能言。八戒在旁边又笑道："好行者！风发了！只行了半日路，倒打死三个人！"唐僧正要念咒，行者急到马前，叫道："师父，莫念！莫念！你且来看看他的模样。"却是一堆粉骷髅在那里。唐僧大惊道："悟空，这个人才死了，怎么就化作一堆骷髅？"行者道："他是个潜灵作怪的僵尸，在此迷人败本，被我打杀，他就现了本相。他那脊梁上有一行字，叫做'白骨夫人'。"唐僧闻说，倒也信了，怎禁那八戒旁边唆嘴道："师父，他的手重棍凶，把人打死，只怕你念那话儿，故意变化这个模样，掩你的眼目哩！"唐僧果然耳软，又信了他，随复念起。行者禁不得疼痛，跪于路旁，只叫："莫念！莫念！有话快说了罢！"唐僧道："猴头！还有甚说话！出家人行善，如春园之草，不见其长，日有所增；行恶之人，如磨刀之石，不见其损，日有所亏。你在这荒郊野外，一连打死三人，还是无人检举，没有对头；倘到城市之中，人烟凑集之所，你拿了那哭丧棒，一时不知好歹，乱打起人来，撞出大祸，教我怎的脱身？你回去罢！"行者道："师父错怪了我也。这厮分明是个妖魔，他实有心害你。我倒打死他，替你除了害，你却不认得，反信了那呆子谗言冷语，屡次逐我。常言道，事不过三。我若不去，真是个下流无耻之徒。我去我去！去便去了，只是你手下无人。"唐僧发怒道："这泼猴越发无礼！看起来，只你是人，那悟能、悟净就不是人？"那大圣一闻得说他两个是人，止不住伤情凄惨，对唐僧道声："苦啊！你那时节，出了长安，有刘伯钦送你上路；到两界山，救我出来，投拜你为师，我曾穿古洞，入深林，擒魔捉怪，收八戒，得沙僧，吃尽千辛万苦。今日昧着惺惺使糊涂，只教我回去：这才是鸟尽弓藏，兔死狗烹！罢罢罢！但只是多了那《紧箍儿咒》。"唐僧道："我再不念了。"行者道："这个难说。若到那毒魔苦难处不得脱身，八戒沙僧救不得你，那时节，想起我来，忍不住又念诵起来，就是十万里路，我的头也是疼的；假如再来见你，不如不作此意。"唐僧见他言言语语，越添恼怒，滚鞍下马来，叫沙僧包袱内取出纸笔，即于涧下取水，石上磨墨，写了一纸贬书，递于行者道："猴头！执此为照，再不要你做徒弟了！如再与你相见，我就堕了阿鼻地狱！"

行者连忙接了贬书道："师父，不消发誓，老孙去罢。"他将书摺了，留在袖中，却又软款唐僧道："师父，我也是跟你一场，又蒙菩萨指教，今日半途而废，不曾成得功果，你请坐，受我一拜，我也去得放心。"唐僧转回身不睬，口里唧唧哝哝的道："我是个好和尚，不受你歹人的礼！"大圣见他不睬，又使个身外法，把脑后毫毛拔了三根，吹口仙气，叫"变！"即变了三个行者，连本身四个，四面围住师父下拜。那长老左右躲不脱，好道也受了一拜。

大圣跳起来，把身一抖，收上毫毛，却又吩咐沙僧道："贤弟，你是个好人，却只要留心防着八戒言语，途中更要仔细。倘一时有妖精拿住师父，你就说老孙是他大徒弟。西方毛怪，闻我的手段，不敢伤我师父。"唐僧道："我是个好和尚，不题你这歹人的名字，你回去罢。"那大圣见长老三番两复，不肯转意回心，没奈何才去。

你看他：噙泪叩头辞长老，含悲留意嘱沙僧。一头拭迸坡前草，两脚蹬翻地上藤。上天下地如轮转，跨海飞山第一能。顷刻之间不见影，霎时疾返旧途程。你看他忍气别

明清小说

第十七单元

了师父，纵筋斗云，径回花果山水帘洞去了。独自个凄凄惨惨，忽闻得水声聒耳，大圣在那半空里看时，原来是东洋大海潮发的声响。一见了，又想起唐僧，止不住腮边泪坠，停云住步，良久方去。毕竟不知此去反复何如，且听下回分解。

《作品简析》

《西游记》是中国古代第一部浪漫主义章回体长篇神魔小说，节选部分为其经典回目。"三打白骨精"的艺术特色：（1）奇幻。小说大胆丰富的艺术想象，故事情节引人入胜，为读者创造了一个神奇绚丽的神话世界，同时又极具生活气息。（2）奇趣。《西游记》是中国古典小说中趣味性和娱乐性最强的一部，作者在人物形象的塑造中将神性、人性和自然性三者很好地结合起来，也是《西游记》奇趣的重要原因。如孙悟空身上的猴子属性，猪八戒身上具有的现实生活中猪的一些属性。（3）幽默、诙谐。

《杜十娘怒沉百宝箱》

冯梦龙

扫荡残胡立帝畿，龙翔凤舞势崔嵬；
左环沧海天一带，右拥太行山万围。
戈戟九边雄绝塞，衣冠万国仰垂衣；
太平人乐华胥世，永永金瓯共日辉。

这首诗，单夸我朝燕京建都之盛。说起燕都的形势，北倚雄关，南压区夏，真乃金城天府，万年不拔之基。当先洪武爷扫荡胡尘，定鼎金陵，是为南京。到永乐爷从北平起兵靖难，迁于燕都，是为北京。只因这一迁，把个苦寒地面，变作花锦世界。自永乐爷九传至于万历爷，此乃我朝第十一代的天子。这位天子，聪明神武，德福兼全，十岁登基，在位四十八年，削平了三处寇乱。那三处？

日本关白平秀吉，西夏哱承恩，播州杨应龙。
平秀吉侵犯朝鲜，哱承恩、杨应龙是土官谋叛，先后削平。
远夷莫不畏服，争来朝贡。真个是：
一人有庆民安乐，四海无虞国太平。
话中单表万历二十年间[1]，日该国关白作乱，侵犯朝鲜。朝鲜国王上表告急，天朝发兵泛海往救。有户部官奏准：目今兵兴之际，粮饷未充，暂开纳粟入监之例。原来纳粟入监的，有几般便宜：好读书，好科举，好中，结末来又有个小小前程结果。以此官家公子、富室子弟，到不愿做秀才，都去援例做太学生。自开了这例，两京太学生各添至千人之外。

内中有一人，姓李名甲，字干先，浙江绍兴府人氏。父亲李布政[2]，所生三儿，惟甲居长。自幼读书在庠，未得登科，援例入于北雍。因在京坐监，与同乡柳遇春监生同游教坊司院内，与一个名姬相遇。那名姬姓杜名媺，排行第十，院中都称为杜十娘，生得：

浑身雅艳，遍体娇香，两弯眉画远山青，一对眼明秋水润。脸如莲萼，分明卓氏文

君；唇似樱桃，何减白家樊素。可怜一片无瑕玉，误落风尘花柳中。

那杜十娘，自十三岁破瓜，今一十九岁，七年之内，不知历过了多少公子王孙。一个个情迷意荡，破家荡产而不惜。院中传出四句口号来，道是：

坐中若有杜十娘，斗筲之量饮千觞；

院中若识杜老媺，千家粉面都如鬼。

却说李公子，风流年少，未逢美色，自遇了杜十娘，喜出望外，把花柳情怀，一担儿挑在他身上。那公子俊俏庞儿，温存性儿，又是撒漫的手儿，帮衬的勤儿，与十娘一双两好，情投意合。十娘因见鸨儿贪财无义，久有从良之志，又见李公子忠厚志诚，甚有心向他。奈李公子惧怕老爷，不敢应承。虽则如此，两下情好愈密，朝欢暮乐，终日相守，如夫妇一般，海誓山盟，各无他志。真个：

恩深似海恩无底，义重如山义更高。

再说杜妈妈，女儿被李公子占住，别的富家巨室，闻名上门，求一见而不可得。初时李公子撒漫用钱，大差大使，妈妈胁肩谄笑，奉承不暇。日往月来，不觉一年有余，李公子囊箧渐渐空虚，手不应心，妈妈也就怠慢了。老布政在家闻知儿子嫖院，几遍写字来唤他回去。他迷恋十娘颜色，终日延捱。后来闻知老爷在家发怒，越不敢回。

古人云："以利相交者，利尽而疏。"那杜十娘与李公子真情相好，见他手头愈短，心头愈热。妈妈也几遍教女儿打发李甲出院，见女儿不统口，又几遍将言语触突李公子，要激怒他起身。公子性本温克，词气愈和。妈妈没奈何，日逐只将十娘叱骂道："我们行户人家，吃客穿客，前门送旧，后门迎新，门庭闹如火，钱帛堆成垛。自从那李甲在此，混帐一年有余，莫说新客，连旧主顾都断了。分明接了个锺馗老，连小鬼也没得上门。弄得老娘一家人家，有气无烟，成什么模样！"

杜十娘被骂，耐性不住，便回答道："那李公子不是空手上门的，也曾费过大钱来。"妈妈道："彼一时，此一时，你只教他今日费些小钱儿，把与老娘办些柴米，养你两口也好。别人家养的女儿便是摇钱树，千生万活，偏我家晦气，养了个退财白虎。开了大门七件事，般般都在老身心上。到替你这小贱人白白养着穷汉，教我衣食从何处来？你对那穷汉说，有本事出几两银子与我，到得你跟了他去，我别讨个丫头过活却不好？"

十娘道："妈妈，这话是真是假？"妈妈晓得李甲囊无一钱，衣衫都典尽了，料他没处设法，便应道："老娘从不说谎，当真哩。"十娘道："娘，你要他许多银子？"妈妈道："若是别人，千把银子也讨了。可怜那穷汉出不起，只要他三百两，我自去讨一个粉头代替。只一件，须是三日内交付与我，左手交银，右手交人。若三日没有银时，老身也不管三七二十一，公子不公子，一顿孤拐，打那光棍出去。那时莫怪老身！"十娘道："公子虽在客边乏钞，谅三百金还措办得来。只是三日忒近，限他十日便好。"妈妈想道："这穷汉一双赤手，便限他一百日，他那里来银子？没有银子，便铁皮包脸，料也无颜上门。那时重整家风，媺儿也没得话讲。"答应道："看你面，便宽到十日。第十日没有银子，不干老娘之事。"十娘道："若十日内无银，料他也无颜再见了。只怕有了三百两银子，妈妈又翻悔起来。"妈妈道："老身年五十一岁了，又奉十斋，怎敢说谎？不信时与你拍掌为定。若翻悔时，做猪做狗。"

从来海水斗难量，可笑虔婆意不良[3]；

料定穷儒囊底竭，故将财礼难娇娘。

是夜，十娘与公子在枕边，议及终身之事。公子道："我非无此心。但教坊落籍，其费甚多，非千金不可。我囊空如洗，如之奈何！"十娘道："妾已与妈妈议定只要三百金，但须十日内措办。郎君游资虽罄，然都中岂无亲友可以借贷？倘得如数，妾身遂为君之所有，省受虔婆之气。"公子道："亲友中为我留恋行院，都不相顾。明日只做束装起身，各家告辞，就开口假贷路费，凑聚将来，或可满得此数。"起身梳洗，别了十娘出门。十娘道："用心作速，专听佳音。"公子道："不须分付。"

公子出了院门，来到三亲四友处，假说起身告别，众人到也欢喜。后来叙到路费欠缺，意欲借贷。常言道："说着钱，便无缘。"亲友们就不招架。他们也见得是，道李公子是风流浪子，迷恋烟花，年许不归，父亲都为他气坏在家。他今日抖然要回，未知真假。倘或说骗盘缠到手，又去还脂粉钱，父亲知道，将好意翻成恶意，始终只是一怪，不如辞了干净。便回道："目今正值空乏，不能相济，惭愧！惭愧！"人人如此，个个皆然，并没有个慷慨丈夫，肯统口许他一十二十两。

李公子一连奔走了三日，分毫无获，又不敢回决十娘，权且含糊答应。到第四日又没想头，就羞回院中。平日间有了杜家，连下处也没有了，今日就无处投宿。只得往同乡柳监生寓所借歇。柳遇春见公子愁容可掬，问其来历。公子将杜十娘愿嫁之情，备细说了。遇春摇首道："未必，未必。那杜媺曲中第一名姬，要从良时，怕没有十斛明珠，千金聘礼。那鸨儿如何只要三百两？想鸨儿怪你无钱使用，白白占住他的女儿，设计打发你出门。那妇人与你相处已久，又碍却面皮，不好明言。明知你手内空虚，故意将三百两卖个人情，限你十日。若十日没有，你也不好上门。便上门时，他会说你笑你，落得一场亵渎，自然安身不牢，此乃烟花逐客之计。足下三思，休被其惑。据弟愚意，不如早早开交为上。"

公子听说，半晌无言，心中疑惑不定。遇春又道："足下莫要错了主意。你若真个还乡，不多几两盘费，还有人搭救；若是要三百两时，莫说十日，就是十个月也难。如今的世情，那肯顾缓急二字的！那烟花也算定你没处告债，故意设法难你。"公子道："仁兄所见良是。"口里虽如此说，心中割舍不下。依旧又往外边东央西告，只是夜里不进院门了。

公子在柳监生寓中，一连住了三日，共是六日了。杜十娘连日不见公子进院，十分着紧，就教小厮四儿街上去寻。四儿寻到大街，恰好遇见公子。四儿叫道："李姐夫，娘在家里望你。"公子自觉无颜，回复道："今日不得功夫，明日来罢。"四儿奉了十娘之命，一把扯住，死也不放，道："娘叫咱寻你。是必同去走一遭。"李公子心上也牵挂着娘子，没奈何，只得随四儿进院。见了十娘，嘿嘿无言。十娘问道："所谋之事如何？"公子眼中流下泪来。十娘道："莫非人情淡薄，不能足三百之数么？"公子含泪而言，道出二句："不信上山擒虎易，果然开口告人难。"

"一连奔走六日，并无铢两，一双空手，羞见芳卿，故此这几日不敢进院。今日承命呼唤，忍耻而来。非某不用心，实是世情如此。"十娘道："此言休使虔婆知道。郎君今夜且住，妾别有商议。"十娘自备酒肴，与公子欢饮。

睡至半夜，十娘对公子道："郎君果不能办一钱耶？妾终身之事，当如何也？"公子只是流涕，不能答一语。渐渐五更天晓。十娘道："妾所卧絮褥内藏有碎银一百五十两，此妾私蓄，郎君可持去。三百金，妾任其半，郎君亦谋其半，庶易为力。限只四日，万勿迟误！"

十娘起身将褥付公子，公子惊喜过望，唤童儿持褥而去。径到柳遇春寓中，又把夜来之情与遇春说了。将褥拆开看时，絮中都裹着零碎银子，取出兑时，果是一百五十两。遇春大惊道："此妇真有心人也。既系真情，不可相负。吾当代为足下谋之。"公子道："倘得玉成，决不有负。"当下柳遇春留李公子在寓，自出头各处去借贷。两日之内，凑足一百五十两交付公子道："吾代为足下告债，非为足下，实怜杜十娘之情也。"

李甲拿了三百两银子，喜从天降，笑逐颜开，欣欣然来见十娘，刚是第九日，还不足十日。十娘问道："前日分毫难借，今日如何就有一百五十两？"公子将柳监生事情，又述了一遍。十娘以手加额道："使吾二人得遂其愿者，柳君之力也！"两个欢天喜地，又在院中过了一晚。

次日，十娘早起，对李甲道："此银一交，便当随郎君去矣。舟车之类，合当预备。妾昨日于姊妹中借得白银二十两，郎君可收下为行资也。"公子正愁路费无出，但不敢开口，得银甚喜。说犹未了，鸨儿恰来敲门叫道："嫩儿，今日是第十日了。"公子闻叫，启门相延道："承妈妈厚意，正欲相请。"便将银三百两放在桌上。鸨儿不料公子有银，嘿然变色，似有悔意。十娘道："儿在妈妈家中八年，所致金帛，不下数千金矣。今日从良美事，又妈妈亲口所订，三百金不欠分毫，又不曾过期。倘若妈妈失信不许，郎君持银去，儿即刻自尽。恐那时人财两失，悔之无及也。"鸨儿无词以对。腹内筹画了半晌，只得取天平兑准了银子，说道："事已如此，料留你不住了。只是你要去时，即今就去。平时穿戴衣饰之类，毫厘休想！"说罢，将公子和十娘推出房门，讨锁来就落了锁。此时九月天气。十娘才下床，尚未梳洗，随身旧衣，就拜了妈妈两拜。李公子也作了一揖。一夫一妇，离了虔婆大门。

鲤鱼脱却金钩去，摆尾摇头再不来。

公子教十娘且住片时："我去唤个小轿抬你，权往柳荣卿寓所去，再作道理。"十娘道："院中诸姊妹平昔相厚，理宜话别。况前日又承他借贷路费，不可不一谢也。"乃同公子到各姊妹处谢别。姊妹中惟谢月朗、徐素素与杜家相近，尤与十娘亲厚。十娘先到谢月朗家。月朗见十娘秃髻旧衫，惊问其故。十娘备述来因，又引李甲相见。十娘指月朗道："前日路资，是此位姐姐所贷，郎君可致谢。"李甲连连作揖。月朗便教十娘梳洗，一面去请徐素素来家相会。十娘梳洗已毕，谢、徐二美人各出所有，翠钿金钏，瑶簪宝珥，锦袖花裙，鸾带绣履，把杜十娘装扮得焕然一新，备酒作庆贺筵席。月朗让卧房与李甲、杜嫩二人过宿。次日，又大排筵席，遍请院中姊妹。凡十娘相厚者，无不毕集，都与他夫妇把盏称喜。吹弹歌舞，各逞其长，务要尽欢，直饮至夜分。十娘向众姊妹一一称谢。众姊妹道："十姊为风流领袖，今从郎君去，我等相见无日。何日长行，姊妹们尚当奉送。"月朗道："候有定期，小妹当来相报。但阿姊千里间关，同郎君远去，囊箧萧条，曾无约束，此乃吾等之事。当相与共谋之，勿令姊有穷途之虑也。"众姊妹各唯唯而散。是晚，公子和十娘仍宿谢家。至五鼓，十娘对公子道："吾等此去，何处安身？郎君亦曾计议有定着否？"公子道："老父盛怒之下，若知娶妓而归，必然加以不堪，反致相累。展转寻思，尚未有万全之策。"十娘道："父子天性，岂能终绝？既然仓卒难犯，不若与郎君于苏、杭胜地，权作浮居。郎君先回，求亲友于尊大人面前劝解和顺，然后携妾于归，彼此安妥。"公子道："此言甚当。"次日，二人起身辞了谢月朗，暂往柳监生寓中，整顿行装。杜十娘见了柳遇春，倒身下拜，谢其周全之德："异日我夫妇必当重报。"遇春慌忙答礼道："十娘钟情所欢，不以贫窭易心，此乃女中豪杰。仆因风吹火，谅区区何足挂齿！"三人又饮了一日酒。次早，择了出行吉日，雇请轿马停当。十娘又遣童儿寄信，别谢月朗。临行之际，只见肩舆纷纷而至，乃谢月朗与徐素素拉众姊妹来送行。月朗道："十姊从郎君千里间关，囊中消索，吾等甚不能忘情。今合具薄赆，十姊可检收，或长途空乏，亦可少助。"说罢，命从人挈一描金文具至前，封锁甚固，正不知什么东西在里面。十娘也不开看，也不推辞，但殷勤作谢而已。须臾，舆马齐集，仆夫催促起身。柳监生三杯别酒，和众美人送出崇文门外，各各垂泪而别。正是：

他日重逢难预必，此时分手最堪怜。

再说李公子同杜十娘行至潞河，舍陆从舟，却好有瓜洲差使船转回之便，讲定船钱，包了舱口。比及下船时，李公子囊中并无分文余剩。你道杜十娘把二十两银子与公子，如何就没了？公子在院中嫖得衣衫蓝缕，银子到手，未免在解库中取赎几件穿着，又制办了铺盖，剩来只勾轿马之费。

公子正当愁闷，十娘道："郎君勿忧，众姊妹合赠，必有所济。"乃取钥开箱。公子在傍自觉惭愧，也不敢窥觑箱中虚实。只见十娘在箱里取出一个红绢袋来，掷于桌上道："郎君可开看之。"公子提在手中，觉得沉重，启而观之，皆是白银，计数整五十两。十娘仍将箱子下锁，亦不言箱中更有何物。但对公子道："承众姊妹高情，不惟途路不乏，即他日浮寓吴越间，亦可稍佐吾夫妻山水之费矣。"公子且惊且喜道："若不遇恩卿，我李甲流落他乡，死无葬身之地矣。此情此德，白头不敢忘也！"自此每谈及往事，公子必感激流涕，十娘亦曲意抚慰。一路无话。

不一日，行至瓜洲，大船停泊岸口，公子别雇了民船，安放行李。约明日侵晨，剪江而渡。其时仲冬中旬，月明如水，公子和十娘坐于舟首。公子道："自出都门，困守一舱之中，四顾有人，未得畅语。今日独据一舟，更无避忌。且已离塞北，初近江南，宜开怀畅饮，以舒向来抑郁之气，恩卿以为何如？"十娘道："妾久疏谈笑，亦有此心，郎君言及，足见同志耳。"公子乃携酒具于船首，与十娘铺毡并坐，传杯交盏。饮至半酣，公子执卮对十娘道："恩卿妙音，六院推首。某相遇之初，每闻绝调，辄不禁神魂之飞动。心事多违，彼此郁郁，鸾鸣凤奏，久矣不闻。今清江明月，深夜无人，肯为我一歌否？"十娘兴亦勃发，遂开喉顿嗓，取扇按拍，呜呜咽咽，歌出元人施君美《拜月亭》杂剧上"状元执盏与婵娟"一曲，名《小桃红》。真个：

声飞霄汉云皆驻，响入深泉鱼出游。

却说他舟有一少年，姓孙名富，字善赉，徽州新安人氏。家资巨万，积祖扬州种盐。年方二十，也是南雍中朋友。生性风流，惯向青楼买笑，红粉追欢，若嘲风弄月，到是个轻薄的头儿。事有偶然，其夜亦泊舟瓜洲渡口，独酌无聊。忽听得歌声嘹亮，凤吟鸾吹，不足喻其美。起立船头，伫听半晌，方知声出邻舟。正欲相访，音响倏已寂然。乃遣仆者潜窥踪迹，访于舟人。但晓得是李相公雇的船，并不知歌者来历。孙富想道："此歌者必非良家，怎生得他一见？"展转寻思，通宵不寐。捱至五更，忽闻江风大作。及晓，彤云密布，狂雪飞舞。怎见得，有诗为证：

千山云树灭，万径人踪绝。

扁舟蓑笠翁，独钓寒江雪。

因这风雪阻渡，舟不得开。孙富命艄公移船，泊于李家舟之傍。孙富貂帽狐裘，推窗假作看雪。值十娘梳洗方毕，纤纤玉手揭起舟傍短帘，自泼盂中残水，粉容微露，却被孙富窥见了，果是国色天香。魂摇心荡，迎眸注目，等候再见一面，杳不可得。沉思久之，乃倚窗高吟高学士《梅花诗》二句，道：

雪满山中高士卧，月明林下美人来。

李甲听得邻舟吟诗，舒头出舱，看是何人。只因这一看，正中了孙富之计。孙富吟诗，正要引李公子出头，他好乘机攀话。当下慌忙举手，就问："老兄尊姓何讳？"李公子叙了姓名乡贯，少不得也问那孙富。孙富也叙过了。又叙了些太学中的闲话，渐渐亲熟。孙富便道："风雪阻舟，乃天遣与尊兄相会，实小弟之幸也。舟次无聊，欲同尊兄上岸，就酒肆中一酌，少领清诲，万望不拒。"公子道："萍水相逢，何当厚扰？"孙富道："说那里话！'四海之内，皆兄弟也'。"喝教艄公打跳，童儿张伞，迎接公子过船，就于船头作揖。然后让公子先行，自己随后，各各登跳上涯。

行不数步，就有个酒楼。二人上楼，拣一副洁净座头，靠窗而坐。酒保列上酒肴。孙富举杯相劝，二人赏雪饮酒。先说些斯文中套话，渐渐引入花柳之事。二人都是过来之人，志同道合，说得入港，一发成相知了。

孙富屏去左右，低低问道："昨夜尊舟清歌者，何人也？"李甲正要卖弄在行，遂实说道："此乃北京名姬杜十娘也。"孙富道："既系曲中姊妹，何以归兄？"公子遂将初遇杜十娘，如何相好，后来如何要嫁，如何借银讨他，始末根由，备细述了一遍。孙富道："兄携丽人而归，固是快事，但不知尊府中能相容否？"公子道："贱室不足虑。所虑者老父性严，尚费踌躇耳！"孙富将机就机，便问道："既是尊大人未必相容，兄所携丽人，何处安顿？亦曾通知丽人，共作计较否？"公子攒眉而答道："此事曾与小妾议之。"孙富欣然问道："尊宠必有妙策。"公子道："他意欲侨居苏杭，流连山水。使小弟先回，求亲友宛转于家君之前，俟家君回嗔作喜，然后图归。高明以为何如？"孙富沉吟半晌，故作愀然之色，道："小弟乍会之间，交浅言深，诚恐见怪。"公子道："正赖高明指教，何必谦逊？"孙富道："尊大人位居方面，必严帷薄之嫌，平时既怪兄游非礼之地，今日岂容兄娶不节之人？况且贤亲贵友，谁不迎合尊大人之意者？兄枉去求他，必然相拒。就有个不识时务的进言于尊大人之前，见尊大人意思不允，他就转口了。兄进不能和睦家庭，退无词以回复尊宠。即使留连山水，亦非长久之计。万一资斧困竭，岂不进退两难！"

公子自知手中只有五十金，此时费去大半，说到资斧困竭，进退两难，不觉点头道是。孙富又道："小弟还有句心腹之谈，兄肯俯听否？"公子道："承兄过爱，更求尽言。"孙富道："疏不间亲，还是莫说罢。"公子道："但说何妨？"孙富道："自古道：'妇人水性无常。'况烟花之辈，少真多假。他既系六院名姝，相识定满天下；或者南边原有旧约，借兄之力，挈带而来，以为他适之地。"公子道："这个恐未必然。"孙富道："既不然，江南子弟，最工轻薄。兄留丽人独居，难保无逾墙钻穴之事。若挈之同归，愈增尊大人之怒。为兄之计，未有善策。况父子天伦，必不可绝。若为妾而触父，因妓而弃家，海内必以兄为浮浪不经之人。异日妻不以为夫，弟不以为兄，同袍不以为友，兄何以立于天地之间？兄今日不可不熟思也！"

公子闻言，茫然自失，移席问计："据高明之见，何以教我？"孙富道："仆有一计，于兄甚便。只恐兄溺枕席之爱，未必能行，使仆空费词说耳！"公子道："兄诚有良策，使弟再睹家园之乐，乃弟之恩人也。又何惮而不言耶？"孙富道："兄飘零岁余，严亲怀怒，闺阁离心，设身以处兄之地，诚寝食不安之时也。然尊大人所以怒兄者，不过为迷花恋柳，挥金如土，异日必为弃家荡产之人，不堪承继家业耳！兄今日空手而归，正触其怒。兄倘能割衽席之爱，见机而作，仆愿以千金相赠。兄得千金，以报尊大人，只说在京授馆，并不曾浪费分毫，尊大人必然相信。从此家庭和睦，当无间言。须臾之间，转祸为福。兄请三思，仆非贪丽人之色，实为兄效忠于万一也！"

李甲原是没主意的人，本心惧怕老子，被孙富一席话，说透胸中之疑，起身作揖道："闻兄大教，顿开茅塞。但小妾千里相从，义难顿绝，容归与商之。得其心肯，当奉复耳。"孙富道："说话之间，宜放婉曲。彼既忠心为兄，必不忍使兄父子分离，定然玉成兄还乡之事矣。"二人饮了一回酒，风停雪止，天色已晚。孙富教家僮算还了酒钱，与公子携手下船。正是：

逢人且说三分话，未可全抛一片心。

却说杜十娘在舟中，摆设酒果，欲与公子小酌，竟日未回，挑灯以待。公子下船，十娘起迎。见公子颜色匆匆，似有不乐之意，乃满斟热酒劝之。公子摇首不饮，一言不发，竟自床上睡了。

十娘心中不悦，乃收拾杯盘，为公子解衣就枕，问道："今日有何见闻，而怀抱郁郁如此？"公子叹息而已，终不启口。问了三四次，公子已睡去了。十娘委决不下，坐于床头而不能寐。

到夜半，公子醒来，又叹一口气。十娘道："郎君有何难言之事，频频叹息？"公子拥被而起，欲言不语者几次，扑簌簌掉下泪来。十娘抱持公子于怀间，软言抚慰道："妾与郎君情好，已及二载，千辛万苦，历尽艰难，得有今日。然相从数千里，未曾哀戚。今将渡江，方图百年欢笑，如何反起悲伤？必有其故。夫妇之间，死生相共，有事尽可商量，万勿讳也。"

公子再四被逼不过，只得含泪而言道："仆天涯穷困，蒙恩卿不弃，委曲相从，诚乃莫大之德也。但反覆思之，老父位居方面，拘于礼法，况素性方严，恐添嗔怒，必加黜逐。你我流荡，将何底止？夫妇之欢难保，父子之伦又绝。日间蒙新安孙友邀饮，为我筹及此事，寸心如割！"

十娘大惊道："郎君意将如何？"公子道："仆事内之人，当局而迷。孙友为我画一计颇善，但恐恩卿不从耳！"十娘道："孙友者何人？计如果善，何不可从？"公子道："孙友名富，新安盐商，少年风流之士也。夜间闻子清歌，因而问及。仆告以来历，并谈及难归之故，渠意欲以千金聘汝。我得千金，可藉口以见吾父母；而恩卿亦得所天。但情不能舍，是以悲泣。"说罢，泪如雨下。

十娘放开两手，冷笑一声道："为郎君画此计者，此人乃大英雄也！郎君千金之资既得恢复，而妾归他姓，又不致为行李之累，发乎情，止乎礼，诚两便之策也。那千金在那里？"公子收泪道："未得恩卿之诺，金尚留彼处，未曾过手。"十娘道："明早快快应承了他，不可挫过机会。但千金重事，须得兑足交付郎君之手，妾始过舟，勿为贾竖子所欺。"

时已四鼓，十娘即起身挑灯梳洗道："今日之妆，乃迎新送旧，非比寻常。"于是脂粉香泽，用意修饰，花钿绣袄，极其华艳，香风拂拂，光采照人。

装束方完，天色已晓。孙富差家僮到船头候信。十娘微窥公子，欣欣似有喜色，乃催公子快去回话，及早兑足银子。公子亲到孙富船中，回复依允。孙富道："兑银易事，须得丽人妆台为信。"公子又回复了十娘，十娘即指描金文具道："可便抬去。"孙富喜甚，即将白银一千两，送到公子船中。

十娘亲自检看，足色足数，分毫无爽。乃手把船舷，以手招孙富。孙富一见，魂不附体。十娘启朱唇，开皓齿道："方才箱子可暂发来，内有李郎路引一纸[4]，可检还之也。"

孙富视十娘已为瓮中之鳖，即命家僮送那描金文具，安放船头之上。十娘取钥开锁，内皆抽替小箱。十娘叫公子抽第一层来看，只见翠羽明珰，瑶簪宝珥，充牣于中，约值数百金。十娘遽投之江中。李甲与孙富及两船之人，无不惊诧。又命公子再抽一箱，乃玉箫金管；又抽一箱，尽古玉紫金玩器，约值数千金。十娘尽投之于大江中。岸上之人，观者如堵。齐声道："可惜，可惜！"正不知什么缘故。最后又抽一箱，箱中复有一匣。开匣视之，夜明之珠，约有盈把。其他祖母绿、猫儿眼，诸般异宝，目所未睹，莫能定其价之多少。众人齐声喝彩，喧声如雷。十娘又欲投之于江。李甲不觉大悔，抱持十娘恸哭，那孙富也来劝解。

十娘推开公子在一边，向孙富骂道："我与李郎备尝艰苦，不是容易到此。汝以奸淫之意，巧为谗说，一旦破人姻缘，断人恩爱，乃我之仇人。我死而有知，必当诉之神明，尚妄想枕席之欢乎！"又对李甲道："妾风尘数年，私有所积，本为终身之计。自遇郎君，山盟海誓，白首不渝。前出都之际，假托众姊妹相赠，箱中韫藏百宝，不下万金。将润色郎君之装，归见父母，或怜妾有心，收佐中馈，得终委托，生死无憾。谁知郎君相信不深，惑于浮议，中道见弃，负妾一片真心。今日当众目之前，开箱出视，使郎君知区区千金，未为难事。妾椟中有玉，恨郎眼内无珠。命之不辰，风尘困瘁，甫得脱离，又遭弃捐。今众人各有耳目，共作证明，妾不负郎君，郎君自负妾耳！"

于是众人聚观者，无不流涕，都唾骂李公子负心薄幸。公子又羞又苦，且悔且泣，方欲向十娘谢罪。十娘抱持宝匣，向江心一跳。众人急呼捞救。但见云暗江心，波涛滚滚，杳无踪影。可惜一个如花似玉的名姬，一旦葬于江鱼之腹！

三魂渺渺归水府，七魄悠悠入冥途。

当时旁观之人，皆咬牙切齿，争欲拳殴李甲和那孙富。慌得李、孙二人，手足无措，急叫开船，分途遁去。李甲在舟中，看了千金，转忆十娘，终日愧悔，郁成狂疾，终身不痊。孙富自那日受惊，得病卧床月余，终日见杜十娘在傍诟骂，奄奄而逝。人以为江中之报也。

却说柳遇春在京坐监完满，束装回乡，停舟瓜步。偶临江净脸，失坠铜盆于水，觅渔人打捞。及至捞起，乃是个小匣儿。遇春启匣观看，内皆明珠异宝，无价之珍。遇春厚赏渔人，留于床头把玩。是夜梦见江中一女子，凌波而来，视之，乃杜十娘也。近前万福，诉以李郎薄幸之事。又道："向承君家慷慨，以一百五十金相助，本意息肩之后，徐图报答。不意事无终始；然每怀盛情，悒悒未忘。早间曾以小匣托渔人奉致，聊表寸心，从此不复相见矣。"言讫，猛然惊醒，方知十娘已死，叹息累日。

后人评论此事，以为孙富谋夺美色，轻掷千金，固非良士；李甲不识杜十娘一片苦心，碌碌蠢才，无足道者。独谓十娘千古女侠，岂不能觅一佳侣，共跨秦楼之凤[5]，乃错认李公子。明珠美玉，投于盲人，以致恩变为仇，万种恩情，化为流水，深可惜也！有诗叹云：

不会风流莫妄谈，单单情字费人参；

若将情字能参透，唤作风流也不惭。

注　释

[1] 万历：明神宗的年号。

[2] 布政：即布政使。明初分全国为十三个布政使司，相当于十三个省，每司设一布政使，作为最高的行政长官。

[3] 虔婆：犹言贼婆，骂人语，此处指鸨母。

[4] 路引：出行时所领的执照，此处指国子监所发给的回籍证。

[5] "共跨"二句：神话传说，春秋时，萧史擅长吹箫，秦穆公把女儿弄玉嫁给他，夫妻住一楼上，萧史常教弄玉吹箫，感情很好，一日，正吹箫间，招来了赤龙、紫凤，于是，萧史骑龙，弄玉跨凤，一同飞升。

作品简析

《杜十娘怒沉百宝箱》是明代通俗小说家冯梦龙纂辑白话小说集《警世通言》中的名篇。它是中国古代文学史上最为杰出的短篇小说之一，其思想内容和艺术成就占据中国古代短篇小说的高峰。该小说以其细腻的笔触塑造一个执着追求自己心中美好愿望的女性形象，取得了非凡的、卓越的艺术效果，在文学史上被视为反封建反礼教的爱情小说。除了杜十娘这一悲剧人物形象感人以外，小说中的"百宝箱"这个具有多重功能和意义的意象创造也是其中的重要原因之一。作者对这个意象的处理，可谓匠心独运，具有很高的艺术价值。

《聊斋志异》（画皮）

蒲松龄

太原王生，早行，遇一女郎，抱襆独奔[1]，甚艰于步。急走趁之，乃二八姝丽[2]。心相爱乐，问："何凤夜踽踽独行[3]？"女曰："行道之人，不能解愁忧，何劳相问。"生曰："卿何愁忧？或可效力，不辞也。"女黯然曰："父母贪赂[4]，鬻妾朱门。嫡妒甚，朝詈而夕楚辱之，所弗堪也，将远遁耳。"问："何之？"曰："在亡之人[5]，乌有定所。"生言："敝庐不远，即烦枉顾。"女喜，从之。生代携襆物，导与同归。女顾室无人，问："君何无家口？"答云："斋耳[6]。"女曰："此所良佳。如怜妾而活之，须秘密勿泄。"生诺之。乃与寝合。使匿密室，过数日而人不知也。生微告妻。妻陈，疑为大家媵妾[7]，劝遣之。生不听。

偶适市，遇一道士，顾生而愕。问："何所遇？"答言："无之。"道士曰："君身邪气萦绕，何言无？"生又力白。道士乃去，曰："惑哉！世固有死将临而不悟者。"生以其言异，颇疑女；转思明明丽人，何至为妖，意道士借魇禳以猎食者[8]。无何，至斋门，门内杜，不得入。心疑所作，乃逾垝垣[9]。则室门亦闭。蹑迹而窗窥之[10]，见一狞鬼，面翠色，齿巉巉如锯[11]。铺人皮于榻上，执彩笔而绘之；已而掷笔，举皮，如振衣状，披于身，遂化为女子。睹此状，大惧，兽伏而出[12]。急追道士，不知所往。遍迹之，遇于野，长跪乞救。道士曰："请遣除之。此物亦良苦，甫能觅代者，予亦不忍伤其生。"乃以蝇拂授生[13]，令挂寝门。临别，约会于青帝庙[14]。生归，不敢入斋，乃寝内室，悬拂焉。一更许，闻门外戢戢有声，自不敢窥也，使妻窥之。但见女子来，望拂子不敢进；立而切齿，良久乃去。少时复来，骂曰："道士吓我。终不然宁入口而吐之耶[15]！"取拂碎之，坏寝门而入。径登生床，裂生腹，掬生心而去。妻号。婢入烛之，生已死，腔血狼藉[16]。陈骇涕不敢声。明日，使弟二郎奔告道士。道士怒曰："我固怜之，鬼子乃敢尔！"即从生弟来。女子已失所在。既而仰首四望，曰："幸遁未远。"问："南院谁家？"二郎曰："小生所舍也。"道士曰："现在君所。"二郎愕然，以为未有。道士问曰："曾否有不识者一人来？"答曰："仆早赴青帝庙，良不知。当归问之。"去少顷而返，曰："果有之。晨间一妪来，欲佣为仆家操作，室人止之[17]，尚在也。"道士曰："即是物矣。"遂与俱往。仗木剑，立庭心，呼曰："孽魅！偿我拂子来！"妪在室，惶遽无色，出门欲遁。道士逐击之。妪仆，人皮划然而脱[18]，化为厉鬼，卧嗥如猪。道士以木剑枭其首[19]。身变作浓烟，匝地作堆[20]。道士出一葫芦，拔其塞，置烟中，飗飗然如口吸气，瞬息烟尽。道士塞口入囊。共视人皮，眉目手足，无不备具。道士卷之，如卷画轴声，亦囊之，乃别欲去。陈氏拜迎于门，哭求回生之法。道士谢不能[21]。陈益悲，伏地不起。道士沉思曰："我术浅，诚不能起死。我指一人，或能之，往求必合有效。"问："何人？"曰："市上有疯者，时卧粪土中。试叩而哀之。倘狂辱夫人，夫人勿怒也。"二郎亦习知之。乃别道士，与嫂俱往。

见乞人颠歌道上，鼻涕三尺，秽不可近。陈膝行而前。乞人笑曰："佳人爱我乎？"陈告之故。又大笑曰："人尽夫也[22]，活之何为？"陈固哀之。乃曰："异哉！人死而乞活于我。我阎摩耶？"怒以杖击陈。陈忍痛受之。市人渐集如堵。乞人咯痰唾盈把，举向陈吻曰："食之！"陈红涨于面，有难色；既思道士之嘱，遂强啖焉。觉入喉中，硬如团絮，格格而下，停结胸间。乞人大笑曰："佳人爱我哉！"遂起，行已不顾。尾之，入于庙中。追而求之，不知所在；前后冥搜，殊无端兆，惭恨而归。既悼夫亡之惨，又悔食唾之羞，俯仰哀啼，但愿即死。方欲展血敛尸[23]，家人伫望，无敢近者。陈抱尸收肠，且理且哭。哭极声嘶，顿欲呕。觉鬲中结物[24]，突奔而出，不及回首，已落腔中。惊而视之，乃人心也。在腔中突突犹跃，热气腾蒸如烟然。大异之。急以两手合腔，极力抱挤。少懈，则气氤氲自缝中出。乃裂缯帛急束之。以手抚尸，渐温。覆以衾裯[25]。中夜启视，有鼻息矣。天明，竟活。为言："恍惚若梦，但觉腹隐痛耳。"视破处，痂结如钱，寻愈。

异史氏曰："愚哉世人！明明妖也，而以为美。迷哉愚人！明明忠也，而以为妄。然爱人之色而渔之[26]，妻亦将食人之唾而甘之矣。天道好还[27]，但愚而迷者不悟耳。可哀也夫！"

注 释

[1] 抱襆（fú）独奔：怀抱包袱，独自赶路。襆，同"袱"，包袱。奔，急行，赶路。

[2] 二八姝丽：十六岁上下的美女。姝，美女。

[3] 凤夜：早夜；天色未明。踽踽（jǔ）：孤独貌。《诗·唐风·杕杜》："独行踽踽，岂无他人，不如我同父。"

[4] 贪赂：贪财。赂，用作收买的财物；这里指纳聘的财礼。

[5] 在亡：处于逃亡境地。

[6] 斋：书斋，书房。

[7] 媵（yìng）妾：古代诸侯嫁女所陪嫁的姬妾。（见《公羊传·庄公十九年》）即后世所谓通房丫头。

[8] 魇禳（yǎn）（ráng）：镇压邪祟叫魇，驱除灾变叫禳，均属道教法术。猎食：伺机攫取所需，俗称骗饭吃。

[9] 块（guǐ）垣：残缺的院墙。块，坍塌。垣，外墙。

[10] 蹑迹而窗窥之：放轻脚步，靠近窗前窥视它。

[11] 巉巉（chán）：山势高峻貌，用以形容女鬼牙齿长而尖利。

[12] 兽伏而出：如兽伏地，爬行而出。

[13] 蝇拂：又名拂尘；用马尾之类制成的拂子，用以驱蝇、拂尘，俗称马尾（yǐ）甩子。旧时道士常手持之。

[14] 青帝：据《周礼·天官·大宰》"礼五帝"贾公彦疏，中国古代神话中有五位天帝，青帝是主宰东方的天帝。后来道教供奉五帝为神，称东方之帝为"苍帝"。（见《云笈七签》卷十八《老子中经》）

[15] 终不然宁入口而吐之耶：终不会宁愿把吃到嘴里的东西再吐出来吧！终不然，终不会这样，提示下面所说的情况不会发生。

[16] 狼藉：《通俗篇》引《苏氏演义》："狼藉草而卧，去则灭乱。故凡物之纵横散乱者，谓之狼藉。"此指血迹模糊。

[17] 室人止之：我的妻子把她留下了。室人，妻。止，留。

[18] 划然：犹言"哗的一声"，皮肉撕裂的声音。

[19] 枭其首：砍下他的头。古代斩人首悬于高竿，借以宣罪警众，叫枭首。

[20] 匝地作堆：旋绕在地，成为一堆。匝，环绕。

[21] 谢不能：推辞无能为力。谢，推辞。

[22] 人尽夫也：人人可以成为你的丈夫。《左传·桓公十五年》："人尽夫也，父一而已。"

[23] 展血敛尸：擦去血污，收尸入棺。展，展抹，拂拭。

[24] 鬲中：胸腹之间。鬲，通膈，胸腔腹腔之间的膈膜。

[25] 衾（qīn）裯（chóu）：被褥。

[26] 渔：贪取；这里指渔色，即贪婪地追求和占有女色。

[27] 天道好（hào）还：《尚书·汤诰》说："天道福善祸淫。"《老子》说："其事好还。""天道好还"，指天道往复还报，善有善报，恶有恶报；寓有警戒世人不要作恶之意。天道，天理。还，还报。

作品简析

《画皮》是清代小说家蒲松龄创作的文言短篇小说。这篇小说讲述的是一个面目狰狞的恶鬼，披上用彩笔绘画的人皮，装扮成一个令人心爱的美女，耍弄种种欺骗手段，以达到裂人腹、掏人心的目的。后来，恶鬼被一个道士识破，在木剑的逐击之下，他最终脱去"画皮"，露出本相，而死于一剑之下。这篇小说寓意深长，耐人寻味。

《聊斋志异》（聂小倩）

蒲松龄

宁采臣，浙人。性慷爽，廉隅自重[1]。每对人言："生平无二色[2]。"适赴金华[3]，至北郭，解装兰若。寺中殿塔壮丽；然蓬蒿没人[4]，似绝行踪。东西僧舍，双扉虚掩；惟南一小舍，扃键如新。又顾殿东隅，修竹拱把[5]；阶下有巨池，野藕已花。意甚乐其幽杳[6]。会学使案临[7]，城舍价昂，思便留止，遂散步以待僧归。日暮，有士人来，启南扉。宁趋为礼，且告以意。

士人曰："此间无房主，仆亦侨居。能甘荒落，旦晚惠教，幸甚。"宁喜，藉藁代床，支板作几，为久客计。是夜，月明高洁，清光似水，二人促膝殿廊[8]，各展姓字[9]。士人自言："燕姓，字赤霞。"宁疑为赴试诸生，而听其音声，殊不类浙。诘之，自言："秦人[10]。"语甚朴诚。既而相对词竭，遂拱别归寝。

宁以新居，久不成寐。闻舍北喁喁[11]，如有家口。起伏北壁石窗下，微窥之。见短墙外一小院落，有妇可四十余；又一媪衣黰绯[12]，插蓬沓[13]，鲐背龙钟[14]，偶语月下[15]。妇曰："小倩何久不来？"媪曰："殆好至矣。"妇曰："将无向姥姥有怨言否？"曰："不闻，但意似蹙蹙[16]。"妇曰："婢子不宜好相识。"

言未已，有一十七八女子来，仿佛艳绝。媪笑曰："背地不言人[17]，我两个正谈道，小妖婢悄来无迹响。幸不訾着短处。"又曰："小娘子端好是画中人，遮莫老身是男子[18]，也被摄魂去。"女曰："姥姥不相誉，更阿谁道好？"妇人女子又不知何言。宁意其邻人眷口，寝不复听。又许时，始寂无声。方将睡去，觉有人至寝所。

急起审顾，则北院女子也。惊问之。女笑曰："月夜不寐，愿修燕好[19]。"宁正容曰："卿防物议，我畏人言；略一失足，廉耻道丧。"女云："夜无知者。"宁又叱之。女逡巡若复有词。宁叱："速去！不然，当呼南舍生知。"女惧，乃退。至户外复返，以黄金一锭置褥上。宁掇掷庭墀，曰："非义之物，污吾囊橐！"女惭，出，拾金自言曰："此汉当是铁石。"

诘旦，有兰溪生携一仆来候试，寓于东厢，至夜暴亡。足心有小孔，如锥刺者，细细有血出。俱莫知故。经宿，仆一死[20]，症亦如之。向晚，燕生归，宁质之[21]，燕以为魅。宁素抗直[22]，颇不在意。宵分，女子复至，谓宁曰："妾阅人多矣，未有刚肠如君者。君诚圣贤，妾不敢欺。小倩[23]，姓聂氏，十八夭殂，葬寺侧，辄被妖物威胁，历役贱务；觍颜向人，实非所乐。今寺中无可杀者，恐当以夜叉来[24]。"宁骇求计。女曰："与燕生同室可免。"问："何不惑燕生？"曰："彼奇人也，不敢近。"问："迷人若何？"曰："狎昵我者，隐以锥刺其足，彼即茫若迷，因摄血以供妖饮；又或以金，非金也，乃罗刹鬼骨[25]，留之能截取人心肝。二者凡以投时好耳。"宁感谢。问戒备之期，答以明宵，临别泣曰："妾堕玄海[26]，求岸不得。郎君义气干云[27]，必能拔生救苦。倘肯囊妾朽骨，归葬安宅[28]，不啻再造。"宁毅然诺之。因问葬处，曰："但记取白杨之上，有乌巢者是也。"言已出门，纷然而灭。

明日，恐燕他出，早诣邀致。辰后具酒馔，留意察燕。既约同宿，辞以性癖耽寂[29]。宁不听，强携卧具来。燕不得已，移榻从之，嘱曰："仆知足下丈夫，倾风良切[30]。要有微衷，难以遽白。幸勿翻窥箧襆，违之，两俱不利。"宁谨受教。既而各寝，燕以箱箧置窗上，就枕移时，齁如雷吼。宁不能寐。近一更许，窗外隐隐有人影。俄而近窗来窥，目光睒闪[31]。宁惧，方欲呼燕，忽有物裂箧而出，耀若匹练，触折窗上石棂，欻然一射，即遽敛入，宛如电灭。燕觉而起，宁伪睡以觇之。燕捧箧检征[32]，取一物，对月嗅视，白光晶莹，长可二寸，径韭叶许[33]。已而数重包固，仍置破箧中。自语曰："何物老魅，直尔大胆，致坏箧子。"遂复卧。宁大奇之，因起问之，且以所见告。燕曰："既相知爱，何敢深隐。我，剑客也。若非石棂，妖当立毙；虽然，亦伤。"问："所缄何物？"曰："剑也。适嗅之，有妖气。"宁欲观之。慨出相示，荧荧然一小剑也。于是益厚重燕。明日，视窗外有血迹。遂出寺北，见荒坟累累，果有白杨，乌巢其颠。迨营谋既就，趣装欲归。燕生设祖帐[34]，情义殷渥[35]。以破革囊赠宁，曰："此剑袋也，宝藏可远魑魅。"宁欲从授其术。曰："如君信义刚直，可以为此。然君犹富贵中人，非此道中人也。"宁乃托有妹葬此，发掘女骨，敛以衣衾，赁舟而归。

宁斋临野，因营坟葬诸斋外。祭而祝曰："怜卿孤魂，葬近蜗居，歌哭相闻，庶不见陵于雄鬼[36]。一瓯浆水饮，殊不清旨，幸不为嫌！"祝毕而返。后有人呼曰："缓待同行！"回顾，则小倩也，欢喜谢曰："君信义，十死不足以报。请从归，拜识姑嫜[37]，媵御无悔[38]。"审谛之，肌映流霞，足翘细笋，白昼端相，娇艳尤绝。遂与俱至斋中。嘱坐少待，先入白母。母愕然。时宁妻久病，母戒勿言，恐所骇惊。言次，女已翩然入，拜伏地下。宁曰："此小倩也。"母惊顾不遑。女谓母曰："儿飘然一身，远父母兄弟。蒙公子露覆[39]，泽被发肤[40]，愿执箕帚，以报高义。"母见其绰约可爱[41]，始敢与言，曰："小娘子惠顾吾儿，老身喜不可已。但生平止此儿，用承桃绪[42]，不敢令有鬼偶。"女曰："儿实无二心。泉下人既不见信于老母，请以兄事，依高堂，奉晨昏[43]，如何？"母怜其诚，允之。即欲拜嫂。母辞以疾，乃止。女即入厨下，代母尸饔[44]。入房穿榻，似熟居者。日暮，母畏惧之，辞使归寝，不为设床褥。女窥知母意，即竟去。

过斋欲入，却退，徘徊户外，似有所惧。生呼之。女曰："室有剑气畏人。向道途中不奉见者，良以此故。"宁悟为革囊，取悬他室。女乃入，就烛下坐。移时，殊不一语。久之，问："夜读否？妾少诵《楞严经》[45]，今强半遗忘。浼求一卷，夜暇，就兄正之。"宁诺。又坐，默然，二更向尽，不言去。宁促之。惆然曰："异域孤魂，殊怯荒墓。"宁曰："斋中别无床寝，且兄妹亦宜远嫌。"女起，眉颦蹙而欲啼[46]，足儃儃[47]而懒步，从容出门，涉阶而没。宁窃怜之，欲留宿别榻，又惧母嗔。女朝旦朝母，捧匜沃盥[48]，下堂操作，无不曲承母志。黄昏告退，辄过斋头，就烛诵经。觉宁将寝，始惨然去。

先是，宁妻病废，母劬不可堪；自得女，逸甚，心德之。日渐稔，亲爱如己出，竟忘其为鬼；不忍晚令去，留与同卧起。女初来，未尝食饮，半年，渐啜稀人弃饩[49]。母子皆溺爱之，讳言其鬼，人亦不之辨也。无何，宁妻亡。母阴有纳女意，然恐于子不利。女微窥之，乘间告母曰："居年余，当知儿肝鬲。为不欲祸行人，故从郎君来。区区无他意[50]，止以公子光明磊落，为天人所钦瞩[51]，实欲依赞三数年，借博封诰[52]，以光泉壤。"母亦知无恶，但惧不能延宗嗣。女曰："子女惟天所授。郎君注福籍[53]，有亢宗子三[54]，不以鬼妻而遂夺也。"母信之，与子议。宁喜，因列筵告戚党。或请觌新妇，女慨然华妆出，一堂尽眙[55]，反不疑其鬼，疑为仙。由是五党诸内眷[56]，咸执贽以贺，争拜识之。女善画兰梅，辄以尺幅酬答，得者藏什袭[57]，以为荣。

一日，俯颈窗前，怊怅若失[58]。忽问："革囊何在？"曰："以卿畏之，故缄置他所。"曰："妾受生气已久，当不复畏，宜取挂床头。"宁诘其意，曰："三日来，心怔忡无停息[59]，意金华妖物，恨妾远遁，恐旦晚寻及也。"宁果携革囊来。女反复审视，曰："此剑仙将盛人头者也。敝败至此，不知杀人几何许！妾今日视之，肌犹粟粟[60]。"乃悬之。次日，又命移悬户上。夜对烛坐，约宁勿寝。歘有一物，如飞鸟堕。女惊匿夹幕间[61]。

宁视之，物如夜叉状，电目血舌，睒闪攫拏（同"拿"）而前。至门却步，逡巡久之，渐近革囊，以爪摘取，似将抓裂。囊忽格然一响，大可合簏[62]；恍惚有鬼物，突出半身，攫夜叉入，声遂寂然，囊亦顿缩如故。宁骇诧。女亦出，大喜曰："无恙矣！"共视囊中，清水数斗而已。后数年，宁果登进士。女举一男。纳妾后，又各生一男，皆仕进，有声[63]。

注 释

[1] 廉隅：棱角，喻品行端方。《礼记·儒行》："近文章，砥厉廉隅。"

[2] 无二色：旧指男子不娶妾，无外遇。色，女色。

[3] 金华：府名，府治在今浙江省金华市。

[4] 没（mò）：遮蔽；淹没。

[5] 拱把：一手满握。

[6] 幽杳（yǎo）：清幽静寂。

[7] 学使案临：学使，督学使者，即提督学政，简称学政，为封建时期中央政府派驻各省督察学政的长官。科举时代，各省学使在三年任期内，依次巡行所辖各府考试生员，称"案临"。

[8] 促膝：古人席地而坐，或据榻相近时坐，膝部相挨，因称促膝。

[9] 姓字：犹言姓名。字，表字，正名以外的别名。

[10] 秦：古秦国之地，春秋时奄有今陕西省之地，故习称陕西为秦。

[11] 喁喁（yú yú）：低语声。

[12] 衣黦绯（yè fēi）：穿件褪了色的红衣。衣，穿。绯，红绸。

[13] 插蓬沓：簪插着大银栉。蓬沓，古时越地妇女的头饰。苏轼《于潜令刁同年野翁亭》诗自注："于潜妇女皆插大银栉，长尺许，谓之蓬沓。"于潜，旧县名，其地在今浙江杭州西。

[14] 鲐（tái）背：也作"台背"，驼背。龙钟：行动不灵；形容老态。

[15] 偶语：相对私语；对谈。

[16] 蹙蹙：忧愁；不舒畅。

[17] 背地：据青柯亭刻本，稿本及诸抄本均作"齐地"。

[18] 遮莫：假如。

[19] 修燕好：结为夫妇。燕好，亲好，指夫妇闺房之乐。

[20] 仆一死：三会本《校》："疑作'仆亦死'。"

[21] 质：询问。

[22] 抗直：刚直。抗，同"亢"。

[23] 小倩：此据铸雪斋抄本，原无"小"字。

[24] 夜叉：梵语，义为凶暴丑恶。佛经中的一种恶鬼。

[25] 罗刹：梵语音译。佛教故事中食人血肉的恶鬼。慧琳《一切经音义》："罗刹此云恶鬼，食人血肉，或飞空或地行，捷疾可畏也。"

[26] 玄海：佛家语，指苦海。

[27] 干云：冲天。

[28] 安宅：安定的居处。《诗·小雅·鸿雁》，"虽则劬劳，其究安宅。"这里指安静的葬地，即墓穴。

[29] 耽寂：极爱静寂。

[30] 倾风：仰慕、倾倒。

[31] 睒（shǎn）闪：闪烁。

[32] 征：迹象。

[33] 径韭叶许：宽约一韭菜叶。径，宽。

[34] 祖帐：为出行者饯别所设的帐幕，引申为饯行送别。祖，祭名，出行以前，祭祀路神。

[35] 殷渥：情谊恳切深厚。

[36] 雄鬼：强暴之鬼。

[37] 姑嫜（zhāng）：丈夫的母亲和父亲，俗称公婆。

[38] 媵（yìng）御：以婢妾对待。媵，泛指婢妾。

[39] 露覆：亦作"覆露"，喻润恩泽。《国语·晋语》："是先主覆露子也。"

[40] 泽被发肤：恩泽施于我身。被，覆盖。《孝经》："身体发肤，受之父母。"发肤，指全身。

[41] 绰约：也作"约"。温柔秀美。

[42] 承祧（tiāo）绪：传宗接代。祧绪，祖宗余绪。祧，祖庙。

[43] 奉晨昏：指对父母的侍奉。《礼记·曲礼上》："冬温而夏清，昏定而晨省。"

[44] 尸饔（yōng）：料理饮食。《诗·小雅·祈父》："胡转予于恤，有母之尸饔。"尸，主持。饔，熟食。

[45]《楞（léng）严经》：佛经名，全称为《大佛顶如来密因修证了义诸菩萨万行首楞严经》。

[46] 眉颦蹙：底本无"眉"字，据二十四卷抄本补。

[47] 恇儴（kuāng ráng）：同"匡勷"，惶急胆怯。

[48] 捧（yí）沃盥：侍奉盥洗。古盥器，用以盛水。沃盥，浇洗。

[49] 饻（yí）：同"酏"，稀粥汤。

[50] 区区：自称的谦辞。

[51] 钦瞩：钦敬重视。

[52] 封诰：明、清制度，一至五品官员，皇帝授予诰命，称为"封诰"。这里指因丈夫得官，妻子受封。

[53] 注福籍：意谓命中注定有福。注，载入。福籍，迷信传说的记载人间福禄的簿籍。

[54] 亢宗子：旧时称人子能扩展宗族地位者为亢宗之子。亢宗，庇护宗族，光宗耀祖。

[55] 胎（chì）：瞪目直视，形容惊诧。

[56] 五党：不详，疑为"五宗"，指五服内的亲族。

[57] 什袭：珍藏。语本《艺文类聚》六《阙子》。

[58] 招（chāo）怅若失：感伤失意之状。宋玉《高唐赋》："悠悠忽忽，怊怅自失。"

[59] 怔忡（zhēng chōng）：心悸；恐惧不安。

[60] 粟栗：因恐惧，起了鸡皮疙瘩。

[61] 夹幕：帷幕。

[62] 大可合簣（kuì）：约有两个竹筐合起来那么大。簣，盛土的竹器。

[63] 有声：有政声，指为官声誉很好。

《作品简析》

　　《聂小倩》是清代小说家蒲松龄文言短篇小说集《聊斋志异》中的一篇。聂小倩是一个美貌的女鬼，生前只活到十八岁，死后葬在浙江金华城北的荒凉古寺旁，不幸被妖怪夜叉胁迫害人。后浙江人宁采臣助她逃脱魔爪。文章很好地刻画了两个主要的人物形象：聂小倩是一个美丽、娇弱又不失智慧狡黠、善良正直又有追求的女子，她渴望幸福生活，最终摆脱了凶恶势力的要挟控制，由鬼成"仙"；宁采臣是一个慷慨正直，不为色利所诱，能急人之困的正义之士。

古汉语通论

古代常识之衣、食

一、古代常识之衣

　　衣有广狭二义。广义的衣指一切蔽体的织品，包括头衣、胫衣、足衣等。狭义的衣指身上所穿的；当衣和裳并举的时候，就只指上衣而言。下面分别叙述。

上古的头衣主要有冠、冕、弁三种。

冠是贵族男子所戴的"帽子"，但是它的样式和用途与后世所谓的帽子不同。《说文解字》说："冠，絭也，所以絭发。"（juàn，束缚）古人蓄长发[1]，用发笄绾住发髻后再用冠束住。据说早先的冠只有冠梁，冠梁不很宽，有褶子，两端连在冠圈上，戴起来冠梁像一根弧形的带子，从前到后覆在头发上。由此可以想见，上古的冠并不像后世的帽子那样把头顶全部盖住。冠圈两旁有缨，这是两根小丝带，可以在额下打结。《史记·滑稽列传》记载："淳于仰天大笑，冠缨索绝。"缨和緌（ruí）是同义词。区别开来说，是结余下垂的部分，有装饰的作用。

古代冠不止一种，质料和颜色也不尽相同。秦汉以后，冠梁逐渐加宽，和冠圈连成覆杯的样子。冠的名目和形制也愈益复杂化了。

冠又是冕和弁的总名。冕，黑色，是一种最尊贵的礼冠。最初天子、诸侯、大夫在祭祀时都戴冕，所以后来有"冠冕堂皇"这个成语。"冠冕"又可以用作仕宦的代称，它又被用来比喻"居于首位"。冕的形制和一般的冠不同。冕上面是一幅长方形的版，叫延，下面戴在头上。延的前沿挂着一串串的小圆玉，叫作旒。据说天子十二旒[2]，诸侯以下旒数各有等差。后来只有帝王可以戴冕，所以"冕旒"可以用作帝王的代称。王维《和贾至舍人早朝大明宫之作》："万国衣冠拜冕旒。"弁也是一种比较尊贵的冠，有爵弁，有皮弁。爵弁据说就是没有旒的冕。皮弁是用白鹿皮做的，尖顶，类似后世的瓜皮帽。鹿皮各个缝合的地方缀有一行行闪闪发光的小玉石，看上去像星星一样，所以《诗经·卫风·淇奥》说"会弁如星"。

冕弁加在发髻上时都要横插一根较长的笄（不同于发笄），笄穿过发髻，把冕弁别在髻上。然后在笄的一端系上一根小丝带，从颔下绕过，再系到笄的另一端。这根带子不叫缨而叫紘（hóng），此外，笄的两端各用一条名叫紞（dǎn）的丝绳垂下一颗玉来，名叫瑱（zhèn）。因为两瑱正当左右两耳，所以一名充耳，又叫塞耳。《诗经·卫风·淇奥》说"充耳琇莹"，就是指瑱说的。

附带说一说，古时贵族才能戴冠乘车，车有车盖，所以古人以"冠盖"为贵人的代称。"冠盖"又指仕宦的冠服和车盖，所以也用作仕宦的代称。

庶人的头衣和统治阶级不同。他们不但没有财力制置冠弁，而且统治阶级还不让他们有戴冠弁的权利。《释名·释首饰》："士冠，庶人巾。"可见庶人只能戴巾。《玉篇》："巾，佩巾也，本以拭物，后人著之于头。"可见庶人的巾大约就是劳动时擦汗的布，一物两用，也可以当作帽子裹在头上。直到汉代，头巾仍用于庶人和隐士。

帻（zé），就是包发的巾。蔡邕《独断》："帻者，古之卑贱执事不冠者之所服也。"庶人的帻是黑色或青色的，庶人既不许戴冠，只许戴巾帻，在头衣的制度上就有深刻的阶级内容。所以秦称人民为黔首（黔，黑色），汉称仆隶为苍头（苍，青色），都是从头衣上区别的（依陶宗仪《辍耕录》说）。

帻有压发定冠的作用，所以后来贵族也戴帻，那是帻上再加冠。这种帻，前面高些，后面低些，中间露出头发。现在戏台上王侯将相冠下也都有帻，免冠后就露出帻来了。此外还有一种比较正式的帻，即帻之有屋（帽顶）者。戴这种帻可以不再戴冠。帻本覆额，戴帻而露出前额，古人叫作岸帻（岸是显露的意思），这表示洒脱不拘礼节。《晋书·谢奕传》："岸帻笑咏，无异常日。"帽，据说是没有冠冕以前的头衣，《荀子·哀公》："哀公问舜冠于孔子"，"孔子对曰：古之王者有务而拘领者矣"，杨倞注"务读为冒"，意思是说务就是帽。《说文》说，月是小儿及蛮夷的头衣，月是古帽字。但是上古文献中很少谈及帽。魏晋以前汉人所戴的帽只是一种便帽，《世说新语·任诞》说，谢尚"脱帻著帽"，"酣饮于桓子野家"，可见当时的帽还是一种便帽。后来帽成为正式的头衣，杜甫《饮中八仙歌》说，张旭"脱帽露顶王公前"，脱帽没有礼貌，可见戴帽就有礼貌了。

上文说过，古代衣裳并举时，衣只指上衣，下衣叫作裳。《诗经·邶风·绿衣》说："绿衣黄裳。"《诗经·齐风·东方未明》说："颠倒衣裳。"但是裳并不是裤而是裙[3]。《说文》说："常（裳），下（裙）也。"衣裳连在一起的叫作深衣。

古人衣襟向右掩（右衽），用绦系结，然后在腰间束带。《论语·宪问》："微管仲，吾其被发左衽矣。"[4]可见左衽不是中原的习俗[5]。带有两种：一种是丝织的大带，一种是皮做的革带。大带是用来束衣的，叫作绅，绅又特指束余下垂的部分。古人常说"绅"，意思是把上朝时所执的手版（笏）插在带间[6]。这样，"绅"就成了仕宦的代称，而"绅士"的意义也由此发展而来。革带叫作鞶（pán），这是用来悬佩玉饰等物的。

古人非常珍视玉。玉器不但用于祭祀、外交和社交等方面，而且用于服饰。《礼记·玉藻》说："古之君子必佩玉。"又说："君子无故，玉不去身。"可见佩玉是贵族很看重的衣饰。据说礼服有两套相同的佩玉，腰的左右各佩一套。每套佩玉都用丝绳系联着。上端是一枚弧形的玉叫珩（衡），珩的两端各悬着一枚半圆形的玉叫璜，中间缀有两片玉，叫作琚和瑀（yǔ），两璜之间悬着一枚玉叫作冲牙。走起路来冲牙和两璜相触，发出铿锵悦耳的声音。《诗经·郑风·女曰鸡鸣》说："杂佩以赠之。"据旧注，"杂佩"就是这套佩玉。此外，古书上还常常谈到佩环、佩玦（玦 jué，指有缺口的佩环）。妇女也有环佩。

裘和袍是御寒的衣服。《诗经·桧风·羔裘》说："羔裘如膏，日出有曜。"《诗经·小雅·都人士》说："彼都人士，狐裘黄黄。"可见古人穿裘，毛是向外的，否则不容易看见裘毛的色泽。在行礼或接见宾客时，裘上加一件罩衣，叫作裼（xī）衣，否则被认为不敬。裼衣和裘，颜色要相配，所以《论语·乡党》说："缁衣，羔裘；素衣，麑裘；黄衣，狐裘。"平常家居，裘上不加裼衣。庶人穿犬羊之裘，也不加裼衣。

袍是长袄，据说里面铺的是乱麻[7]。一般说来，穷到穿不起裘的人才穿袍。《论语·子罕》："衣敝袍，与衣狐貉者立，而不耻者，其由也与？"可见穿袍穿裘体现贫富的差别。汉以后有绛纱袍、皂纱袍，袍成了朝服了。

衮，这是天子和最高级的官吏的礼服。据说衮上绣有蜷曲形的龙，后代所谓"龙袍"就是衮的遗制。

上古时期还不懂得种棉花。所谓"絮"，所谓"绵"，都只是丝棉[8]。因此，上古所谓布并不是棉织品，而是麻织品或葛织品。帛则是丝织品的总称。布与帛也形成了低级衣服与高级衣服的对比，贫贱的人穿不起丝织品，只能穿麻织品，所以"布衣"成了庶人的代称。最粗劣的一种衣服称为"褐"，这是用粗毛编织的，所以贫苦的人被称为"褐夫"。《孟子·滕文公上》说，许行之徒"皆衣褐，捆屦织席以为食"[9]，这是说过着劳动人民的生活。扬雄《解嘲》说"或释褐而傅"[10]，这是说脱掉粗劣的衣服做大官去了。后世科举新进士及第授官，也沿称"释褐"。

上古时期，男女服装的差别似乎不是很大。直到中古，男女服装也还不是严格分开的。试举"襦""裙"为例[11]，乐府诗《陌上桑》："缃绮为下裙，紫绮为上襦。"这里"襦"和"裙"是妇女的服装。但是《庄子·外物》"未解裙襦"，并非专指妇女。《南史·张讥传》载梁武帝以裙襦赐给张讥，可见男人也是穿着裙襦的。只有袿（guī）被解释为妇女的上衣[12]。这大概是可信的。宋玉《神女赋》"被裳"，曹植《洛神赋》"扬轻之绮靡"，可以为证。唐宋以后，妇女着裙之风大盛，男以袍为常服，女以裙为常服。

上古有裳无裤。上古文献中有个绔字，又写作袴（kù），按字音说，也就是后代的裤字。但是上古所说的裤（绔），并不等于今天所谓的裤。《说文》："绔，胫衣也。"可见当时所说的，很像今天的套裤，所不同者，它不是套在裤子外面的。袴的作用是御寒，《太平御览》引《列士传》"冯援（冯谖）经冬无袴，面有饥色"，又引《高士传》"孙略冬日见贫士，脱袴遗之"，都可为证。

有裆的裤子叫裈（kūn），又写作裩。《释名·释衣服》说："裈，贯也，贯两脚，上系腰中也。"此外有一种，类似后世的短裤衩，形似犊鼻，叫犊鼻裈[13]，穿起来便于劳动操作。《史记·司马相如列传》说，司马相如在临邛"身自著犊鼻裈"，和奴婢们一起洗涤食具。

古人用一块布斜裹在小腿上，叫邪幅或幅。《左传·桓公二年》："带裳幅舄。"《诗经·小雅·采菽》："邪幅在下。"郑玄注："邪幅，如今行縢也；束其胫，自足至膝，故曰'在下'。"上古的邪幅如同汉代的行縢，相当于后世的裹腿。

上古的鞋叫屦，有麻屦、葛屦等。据说葛屦是夏天穿的，冬天穿皮屦。一般的屦是用麻绳编成的。编时要边编边砸，使之结实。所以《孟子·滕文公上》说"捆屦织席"。[14]舄（xì）是屦的别名。区别开来说，单底叫屦，复底叫舄。《方言》说，屦中有木者叫复舄，可以走到泥地里去，不怕泥湿。

履字本是动词，是践的意思。《诗经·魏风·葛屦》说："纠纠葛屦，可以履霜。"战国以后"履"字渐渐用为名词。《荀子·正名》："麤（粗）布之衣，麤紃（xún，鞋带）之履，而可以养体。"《史记·留侯世家》："孺子，下取履。"古人的草鞋叫蹝（屣 xǐ）[15]，又叫屩（蹻jué）。

《孟子·尽心上》："舜视弃天下犹弃敝蹝也。"敝蹝就是破草鞋。《史记·虞卿列传》说虞卿"蹑蹻檐簦说赵孝成王"[16]，就是穿着草鞋，掮着长柄笠（相当于后世的雨伞）去游说赵孝成王。

屐是木头鞋。屐和舄不同，舄的底下只衬一块薄板，甚至只是复底，而屐底下是厚板，而且前后有齿。《宋书·谢灵运传》记载，谢灵运常著木屐，上山则去前齿，下山则去后齿。可见屐是有齿的。战国时代就开始有屐。《庄子·天下》提到墨子之徒"以跂蹻为服"，"跂蹻"就是屐。但不知当时的屐有没有齿。

古书上用皮屦、革舄、革履、韦履等词来指用皮做的鞋子。皮鞋比较贵重，一般人穿不起。《说文》："鞮，革履也，胡人履连胫谓之络鞮（dī）。"络鞮就是后代所谓的靴，可见靴是由少数民族传入的。

鞋字古作鞵（xié）。《说文》："鞵，生革也。"可见是鞋的一种。后来鞋字变成了鞋类的总称，所以有麻鞋、草鞋、芒鞋、丝鞋等。

最后说一说韤（wà 袜）。《说文》说是足衣。大约是用皮做的，所以写作韤。古人以跣足为至敬，登席必须脱。《左传·哀公二十五年》："褚师声子韤而登席。"这是对人君无礼。

"韤"字后来又写作袜，这暗示韤的质料改变了。

谈服饰便要谈到颜色。古时常见有"五色"之说：青相当于温和的春天，为草木萌芽之色，为日出时；赤相当于炎热的夏天，为火燃之色，其方位为南，为正午时；黄相当于四季交替的季节，为土色，其方位为中央；白相当于清凉的秋天，为金属光泽之显色，其方位为西，为日没时；黑相当于寒冷的冬天，为水，为深渊之色，其方位为北，为深夜时。

此五色又各有特殊意义。

青：永久，平和；赤：幸福，喜；黄：力，富，皇帝；白：悲哀，和平；黑：破坏。

二、古代常识之食

上古的粮食作物有所谓五谷、六谷和百谷。按照一般的说法，五谷是稷、黍、麦、菽、麻；六谷是稻、稷、黍、麦、菽、麻。六谷比起五谷来只多了一种稻，这显然是因为水稻本是南方作物，后来才传到北方来的[17]。至于百谷，不是说上古真有那么多的粮食品种，而是多种谷物的意思。

稷是小米，又叫谷子[18]。稷在古代很长一段时期内是最重要的粮食。古人以稷代表谷神，和社神（土神）合称为社稷，并以社稷作为国家的代称。由此可见稷在上古的重要性。黍是现代北方所说的黍子，又叫黄米。《诗经》里常见黍稷连称，可见黍在上古也很重要。上古时代，黍被认为是比较好吃的粮食，所以《论语·微子》说："杀鸡为黍而食之。"[19]麦有大麦、小麦之分。古代大麦叫麰。菽就是豆。上古只称菽，汉以后叫豆。麻指大麻子，古代也供食用，后世还有吃麻粥的。《诗经·豳风·七月》："九月叔苴。"苴就是麻子。麻不是主要的粮食作物，古代以丝麻或桑麻并称，那是指大麻的纤维。现在说一说谷、禾、粟、粱。谷是百谷的总称。禾本来专指稷，后来逐渐变为一般粮食作物的通称。粟本来是禾黍的籽粒，后来也用作粮食的通称。粱是稷的良种，古人常以稻粱并称，认为这两种谷物好吃。《诗经·大雅·公刘》："乃裹糇粮。"[20]粮字本身也指的是干粮，行军或旅行时才吃粮。所以《庄子·逍遥游》说："适千里者，三月聚粮。"[21]

古人以牛羊豕为三牲。祭祀时三牲齐全叫太牢；只用羊豕不用牛叫少牢。牛最珍贵，只有统治阶级吃得起，比较普遍的肉食是羊肉，所以美（美味）羞（馐）等字从羊，羹字从羔从美。古人也吃狗肉，并有以屠狗为职业的，汉代樊哙还"以屠狗为事"。《汉书·樊哙传》颜师古注："时人食狗，亦与羊豕同，故哙专屠以卖。"可见唐人已经不吃狗了。上古干肉叫脯（fǔ），叫脩（xiū），肉酱叫醢（hǎi）。本来醢有多种：醓（tǎn）醢（肉酱）外，还有鱼醢、蜃醢（蛤蜊酱）等。但一般所谓醢则指肉酱而言。上古已有醋，叫作醯（xī）。有了醯，就可制成酸菜、泡菜，叫作菹（zū）。细切的瓜菜做成的叫齑（jī）。腌肉腌鱼也叫菹，所以有鹿菹、鱼菹等。在这个意义上，菹与醢相近。除了干肉（脯）和肉酱（醢）以外，上古还吃羹。据说有两种羹，一种是不调五味不和菜蔬的纯肉汁，这是饮的。《左传·桓公二年》："大羹不致，粢食不凿，昭其俭也。"所谓"大（太）羹"，就是这种羹。另一种是肉羹，把肉放进烹饪器里，加上五味煮烂。所谓五味，据说是醯、醢、盐、梅和一种菜。这菜可以是葵，可以是葱，可以是韭。另一说牛羹用藿，羊羹用苦（苦菜），豕羹用薇。《尚书·说命》："若作和羹，尔惟盐梅。"可见咸与酸是羹的主要的味道。《孟子》所谓"一箪食，一豆羹"，大概就是这种羹。《左传·隐公元年》载郑庄公赐颖考叔食，颖考叔"食舍肉。公问之。对曰：'小人有母，皆尝小人之食矣，未尝君之羹。请以遗之'"。[22]大概也是这一类的肉羹。

上古家禽有鸡、鹅、鸭。鹅又叫作雁（有野雁，有舒雁，舒雁就是鹅）。鸭字是后起的字，战国时代叫作鹜，所以《楚辞·卜居》说："将与鸡鹜争食乎？"[23]鸭又叫作舒凫，和野凫（野鸭）区别开来。上古人们所吃的糖只是麦芽糖之类，叫作饴。饴加上糯米粉（饊），可以熬成饧（íng）。饴是软的，饧是硬的。饧是古代的糖。但当时的糖并不是后代的砂糖。砂糖（甘蔗糖）不是中原所旧有。白砂糖叫作石蜜，也是外国进贡的东西。一般人所吃的饴或饧是麦芽糖。宋初宋祁《寒食》诗"箫声吹暖卖饧天"，卖的就是麦芽糖。

古人很早就知道酿酒。殷人好酒是有名的，出土的觚爵等酒器之多，可以说明当时饮酒之盛。不过古代一般所谓酒都是以黍为糜（煮烂的黍），加上曲蘖（niè）（酒母）酿成的，不是烧酒。烧酒是后起的。酒在不同地区、不同时代的区别非常大。读古书时看到某人饮了多少酒，应该加以分别。举例而言：地区的差异如中国与印度。印度文明很早就传入了中国，古印度一些修炼人士戒酒的传统也就随之融进了中国人的生活习惯之中。但实际上，印度所戒之物是以"苏摩"药草酿成之浆，此物中国古来稀见，直到近世才有少许进口，中国僧侣出于本国国情，取传统之酒为其替代品而戒之虽无不可，但却失去了此事在印度的本旨。烧酒是元代由外国引进的，始见于忽思慧《饮膳正要》。茶是我国主要的特产之一。

茶是我国主要的特产之一，《尔雅·释木》："槚（jiǎ），苦茶。"茶、荼本是同一个字。但是上古没有关于饮茶的记载。王褒《僮约》里说到"烹茶""买茶"，可见茶在汉代某些地区不但是一种饮料，而且是一种商品。《三国志·吴书·韦曜传》载，孙皓密赐韦曜茶以当酒[24]，《续博物志》说南人好饮茶，大概饮茶的风气是从江南传开的。南北朝时饮茶风气渐盛。唐宋以后，茶更成为一般文人的饮料了。茶的功用和饮用方法也在不停地变化。唐代陆羽《茶经》引《本草》说："茶，味甘苦，微寒而无毒，主瘘疮，利小便，去痰热，令人少睡，秋采之苦，主下气消食。"而同时期的陈藏器亦称茶为"万病之药"，可见当时强调的是茶的药用功能。中唐以后，茶成为家常饮料，宋代的宫廷中更是盛行斗茶、挑茶之事，但那却是将茶叶磨成粉，团成茶饼，"煮之百沸"，与明清以后通行的散叶茶区别甚大。

古代汉族不吃乳类的饮料和食品。《史记·匈奴列传》："得汉食物皆去之，以示不如湩（dòng）酪之便美也。"湩是牛马乳。酪有干湿两种。依《史记》看来，饮食乳酪都不是汉族的习惯。酥油古称为酥，本来也是胡人的食品，所以唐玄宗嘲安禄山说："堪笑胡儿但识酥。"醍醐是上等的乳酪，依《涅盘经》说，牛乳成酪，酪成生酥，生酥成熟酥，熟酥成醍醐，醍醐是最上品。凡此都可证明，饮食乳类的习惯是从少数民族传来的。

注 释

[1]《左传·哀公七年》说吴人"断发文身"，《左传·哀公十一年》说"吴发短"，《史记·越王勾践世家》也说越人"文身断发"，可见剪短头发在上古被认为是所谓"蛮夷"的风俗。至于剃光头，那是一种相当重的刑罚，叫作"髡"。

[2] 一说皇帝的冕前后各有十二旒。

[3] 古代男女都着裙，见下文。

[4] 微，（如果）没有。被（pī），通"披"。衽（rèn），衣襟。左衽，衣襟左掩。被发左衽，指当时所谓"夷狄"（四方外族）的风俗，意思是说中原被夷狄所占。

[5] 上古殓死者才左衽。

[6] 笏是古代君臣朝见时所执的狭长的板子，用玉、象牙或竹子制的，用来指画或在上面记事。绅又作缙绅、荐绅。《史记·五帝本纪》："荐绅先生难言之。"

[7] 现在单袍也叫袍，上古没有这种说法。一说袍里面铺的新棉和旧絮。

[8] 依《广韵》，精的叫棉，粗的叫絮。其实上古一般都叫絮。

[9] 褐（hè），粗毛编织的衣服，是当时贫苦人的衣服。

[10] 释，指脱掉。释褐，脱去粗毛衣服，指登仕。傅，太傅，三公之一。这里指傅说的故事，相传傅说曾在傅岩（地名）为人筑墙，殷武丁访得，任为相。

[11] 襦，短袄（依段玉裁说）。

[12] 见《释名·释衣服》。今天的褂字大约是字的音变。

[13] 钱大昕《十驾斋养新录》卷四"犊鼻"条说，无裆者谓之，突犊声相近，重言为犊鼻，单言为突，后人加衣旁作。这是另一种解释。

[14] 捆，砸。屦，鞋。捆屦，即做鞋。以为食，即是以此为生。

[15]《说文》说，是舞履，字亦作屣。

[16] 檐，当作（担）。

[17] 五谷还有别的说法，例如《孟子·滕文公上》："树艺五谷。"赵岐注："五谷为稻黍稷麦菽。"六谷也有别的说法，这里不列举。

[18] 有人说稷和黍是一类，黍的籽粒黄色，有黏性，稷的籽粒白色，没有黏性。

[19] 为黍，做黄米饭。

[20] 裹，包。糇（hóu）粮，干粮。

[21] 出发前三个月就聚集粮食。

[22] 遗（wèi），给，这里指留给。之，指其母。

[23] 鹜（wù），鸭。

[24] 韦曜就是韦昭，史为避晋文帝讳改。《尔雅》郭注："今呼早采者为荼，晚取者为茗，一名荈（chuǎn）。"

文史拓展

从《三国志》到《三国演义》

一、三国历史

三国（公元 220 年—公元 280 年）是上承东汉下启西晋的一段历史时期，分为曹魏、蜀汉、东吴三个政权。赤壁之战时，曹操被孙刘联军击败，奠定了三国鼎立的雏形。

220 年，曹丕篡汉称帝，国号"魏"，史称曹魏，三国历史正式开始。次年刘备在成都延续汉朝，史称蜀汉。222 年刘备在夷陵之战中失败，孙权获得荆州大部。223 年刘备去世，诸葛亮辅佐刘备之子刘禅与孙权重新联盟。229 年孙权称帝，国号"吴"，史称东吴，至此三国正式成立。此后的数十年内，蜀汉诸葛亮、姜维多次率军北伐曹魏，但始终未能改变三足鼎立的格局。曹魏后期的实权渐渐被司马懿掌控。263 年，曹魏的司马昭发动魏灭蜀之战，蜀汉灭亡。两年后司马昭病死，其子司马炎废魏元帝自立，建国号为"晋"，史称西晋。公元 280 年，西晋灭东吴，统一中国，至此三国时期结束，进入晋朝时期。

三国反映了东汉末年的一段雄浑厚重的历史，在这段特殊的历史时期，人才辈出，这也是她的魅力所在。三国时期，各种英雄人物众多，且各类人物各有共性，同类人物各有个性。因此在三国历史基础上创作的历史、杂记、遗闻轶事、野史小说和民间传说一直层出不穷。

二、从《三国志》到《三国演义》的史学素材

最早系统记载三国时期历史的是西晋著名史学家陈寿的《三国志》。280 年，晋灭东吴，结束了分裂局面。陈寿当时 48 岁，开始撰写《三国志》。在此之前已有王沈的《魏书》、鱼豢的《魏略》、韦昭的《吴书》，此三书当是陈寿依据的基本材料。《三国志》成书后，最早以《魏志》《蜀志》《吴志》三书单独流传，直到北宋咸平六年三书才合为一书。《三国志》是一部纪传体史书，追求文笔简洁，达到了史学叙事"文约而事丰"的审美标准，它以魏国为"正统"，魏国君主均立为《纪》，蜀汉、孙吴的君主则低一个规格，立为《传》。从总体上看，陈寿在记载三国的历史时，态度较为公允持平，基本上能秉笔直书。陈寿的《三国志》的不足之处在于记载过于简略，对一些重要的历史事件和人物，有的语焉不详，有的甚至遗漏，当时人的若干记载，他没有采用。例如，对三国历史影响极大的赤壁之战，陈寿的记载就不够完整全面，有关材料分散于《魏书·武帝纪》《蜀书·先主传》《诸葛亮传》《吴书·吴主传》《周瑜传》《鲁肃传》等不同人物的《纪》《传》中，每一篇的文字都相当简略，对战役的过程、各方的决策和战术的记载显得零乱琐碎，有的记载存在矛盾。

南朝宋文帝认为晋代陈寿撰修的《三国志》太过简略，故诏令裴松之作注。裴松之

收集各家史料，弥补《三国志》记载之不足，他的注释方法有补缺、备异、惩妄、辩论四大原则。裴松之的注也是陈寿《三国志》不可缺少的组成部分。裴松之在注《三国志》时，为了鲜明地刻画人物特征，尽量还原历史的原貌，大量地引用较为翔实的史料和趣味性浓厚的野史杂传。最新研究成果表明，裴注引用书目多达 296 个。由于大量征引，裴松之的注文共达 36.7 万余字，比陈寿正文的 32 万余字多出八分之一，弥补了《三国志》原来记载简略的缺陷，增强了《三国志》叙事的完整性和文学性。裴松之的《三国志注》不仅开创了注史的新例，而且对研究三国历史具有重要的参考价值。这也是后来《三国演义》故事形成的重要资料来源。后人谈到《三国志》，一般都会提到裴松之的注，认为它是三国史学创作和文学创作开始分流的里程碑。

宋文帝元嘉九年，范晔开始撰写《后汉书》，至元嘉二十二年，以谋反罪被杀止，写成了十纪，八十列传。《后汉书》全书主要记述了上起东汉光武帝建武元年，下至汉献帝建安二十五年，共 196 年的史事。由于《后汉书》成书晚于《三国志》百余年，是记录东汉一朝的史书，其中涉及汉末三国时期的内容有限，许多关于三国事件和人物的描写均可看到《三国志》影响的痕迹。但是《后汉书》作为前四史之一，除了史学价值的可信度之外，对人物的描写和评鉴也备受推崇，不少内容对《三国志》来说，也具备史料上的佐证和增补的意义。有些内容和文字，在小说《三国演义》中，甚至是被直接引用，或被略做修改引用。

唐贞观二十年，由太宗李世民下令编纂，由房玄龄等人合著的《晋书》记载了上起三国时期司马懿早年，下至东晋恭帝元熙二年，刘裕废晋帝自立的历史。《三国志》有纪、传而无志。而《晋书》中的志，多从三国时期写起。对于曹魏屯田、兴修水利发展农业、经营西北及晋朝的占田制多有着墨。特别是《食货志》记述了东汉、三国时代的经济发展状况，可补《后汉书》《三国志》之不足。《晋书》的编撰者主要只采用臧荣绪的《晋书》作为蓝本，并兼采笔记小说的记载，稍加增饰。对于其他各家的晋史和有关史料，虽曾参考，但却没有充分利用。因此唐代《晋书》成书之后，即受到当时人的指责，认为它"好采诡谬碎事，以广异闻；又所评论，竞为绮艳，不求笃实"，刘知几在《史通》里也批评它不重视史料的甄别去取，只追求文字的华丽。的确，作为史书这样的做法确实有失偏颇，但是如果作为文学作品却无可厚非。由此可见，到了唐代，史书的写作已经不再完全遵循史实和考据，而是大胆地加入了文学元素，明显地体现出唐代小说创作上猎奇、夸张等要素的影响。《晋书》对三国故事和人物的描写，对于《三国志》的内容进一步加深了在细节、情感上的把握与想象，增加了文学加工的成分。这标志着三国史的写作向文学创作的转变。

从北宋熙宁四年开始，著名史学家、政治家司马光和他的助手历时十九年编纂的一部规模空前的编年体通史巨著《资治通鉴》，记载了从战国到五代共 1362 年的史实，其中《魏纪》十卷、《晋纪》四十卷、《后汉纪》四卷，均有叙写三国的内容。《通鉴》继承了《左传》编年体的体例，这种写法虽然利于展现历史进程的原貌和叙述故事情节，但在人物的描写上难以与《史记》的纪传体抗衡。不过这对历史小说的发展产生了重要影响。《三国演义》情节的展开就是按照历史的先后进行的。此外，宋代是儒学发展的高峰，司马光更是儒家思想教化下的典范。所以司马光对人物的评判标准更着眼于忠奸的程度，善恶的标准更多地在于儒家的君臣大义。既然写史的目的最终是服务于统治，那就不仅要总结成败的经验以提供借鉴，更要在教化世道人心方面担负起责任。因此，北宋时期的《通鉴》对三国历史的解读，不仅提供了编年体的长篇叙事体裁，还增加了君臣大义的儒家思想。如果说小说《三国演义》中尊刘贬曹的意识早在裴注《三国志》中就开始形成，那么《通鉴》通过对人物爱憎分明的褒贬和评价，使这一观念在北宋时期得以强化和最终确立。

三、从《三国志》到《三国演义》的民间文学素材

《三国演义》故事情节的设计与人物塑造，正史方面的素材来源我们已经在第一部分整理得很清晰，那就是《三国志》→裴注《三国志》→《后汉书》→《晋书》→《资治通鉴》。具体来说，就是由严紧简约的正史到史注的考证解读，到断代史少量的佐证和补允，再到笔记小说的浸染，最后实现了编年体长篇历史叙事的尝试，完成了正史、断代史，编年史的史料准备和纪传体与编年体创作的尝试。从裴松之对《三国志》作注到三国历史的最后一次重新修订，前后间隔六百余年。这为小说《三国演义》提供了大量可供选择的、有史可考的创作素材。

此外，民间文学对《三国志》的理解和融合，也在随着时代的演进不断地发展，形成了大量的、百姓们喜闻乐见的、内容丰富的民间三国素材。按时代发展顺序，可分为：采录三国民间传说与故事的魏晋志人小说；隋代的水饰；唐代三国传奇小说；由唐代开始兴起，经宋元发展起来的三国说唱文学等。

在唐代以前，三国历史以故事传说的形式在民间流传。在口耳相传的过程中，被民间百姓根据个人爱憎进行不断的加工，故事情节虽日渐精彩，但与事实之间的偏差也日渐加大。史书和笔记小说的零散记录，呈现出与文人视角的不同，表现出明显的传奇色彩和神仙志怪倾向。刘义庆《世说新语》、殷芸《小说》、裴启《裴子语林》等志人笔记小说也以诙谐戏谑的笔触描写了一些三国初期人物的轶事趣谈，反映出魏晋南朝时期文人审美的某些平等、诙谐、个性张扬的特色。隋唐时期的三国故事在前代的基础上得到了更为广泛的传播与发展。隋代的水饰是根据神话传说和历史故事制造的各种水上游戏器械，也被称为《水饰图经》。《隋书》中就有水饰图二十卷，《小说家类》有水饰一卷，鲁迅的《古小说钩沉》也有水饰一卷。《水饰》中涉及三国的历史人物有四位，分别是曹操、曹丕、孙权和刘备。

唐代的工商业极为发达，开始形成最初的市民阶层和市井文化。说话作为一种技艺开始兴起。中唐时说话艺人已成为一种职业，晚唐时期的说话已经成为专业的说唱艺术形式。李商隐《娇儿诗》"或谑张飞胡，或笑邓艾吃"的记载体现了儿童听完三国说话后竞相模仿嬉闹的憨态。这说明三国故事通过说话艺术在晚唐社会传播之广，影响之深。此外，唐代佛教经疏、笔记小说，甚至一些诗歌作品中也有三国故事的记载。到了宋代，说唱艺术在唐代说话、佛教讲经变文的基础上，随着宋代城市经济的极大发展而进一步繁荣起来。其中讲史类说唱最为流行，在宋徽宗时期出现了专门系统说唱三国故事的"说三分"。到了元代，三国讲史在两宋"说三分"的基础上进一步发展，许多诗词散曲均有"说三分"的痕迹。其他说唱艺术形式诸如"皮影戏三国""词曲三国"等都很受欢迎，

十分活跃。宋元"说三分"的繁荣最终导致了"说三分"话本的出现。

目前所存最早的三国话本是元代刊刻的《三分事略》和《三国志平话》。根据相关研究，《三分事略》刻本要比《三国演义》的成书早近三十年。《三国志平话》多达七八万字，是《三国演义》成书前最完整的说唱话本。全书以三国历史为题材，以民间三国故事和三国话本为参照，将丰富的三国故事衔接起来，相较于正史内容更为丰富详细，虚构的情节反映了民间爱憎与审美倾向，对英雄人物的描写充满夸张、猎奇、神怪的色彩。有着朴素公正的历史观。《三国演义》的创作，无论从故事的衔接、细节的把握、善恶的判断，还是整体结构的设计、章节题目的命名上，无一处不带着《三国志平话》的影响。

四、《三国志》与《三国演义》之间的关联

在史传文学与通俗文艺这两大系统长期互相影响、互相渗透的双向建构的基础上，元末明初的伟大作家罗贯中，依据《三国志》（包括裴注）、《后汉书》提供的历史框架和大量史料，参照《资治通鉴》的编年体形式，对通俗文艺作品加以吸收改造，并充分发挥自己的艺术天才，终于写成雄视百代的《三国演义》，成为三国题材创作的集大成者和最高典范。

三国之所以成为中国人最熟悉的一段历史，陈寿《三国志》的记载功不可没。不过，应该看到，绝大多数中国人并未通读过《三国志》，他们对三国史事和三国人物的了解，主要来自小说《三国演义》。尽管这种了解与历史的本来面目有所区别，但其基本轮廓却是大致可见的，更是生动可感的。陈寿所著的《三国志》虽在中国史学领域地位卓著，但是其文笔简洁的风格也决定了其对《三国演义》直接的影响十分有限，因为中间缺少了从历史到小说转化的一两个中间环节。研究结果表明在诸多有关三国的史料典籍中裴松之的《三国志注》资料最为详尽，内容最为丰富，对《三国演义》的影响最大。《三国志》成书后，《魏志》《蜀志》《吴志》以单行本的形式流传至北宋才合并为一，也在一定程度上促进了三国史料在民间的扩散。魏晋南北朝的三国志人小说既说明了文人对《三国志》的解读，也反映了民间百姓对三国历史人物的理解。这些理解形成最初的民间三国故事传说，开启了三国故事在民间传播的发端。虽不能说《三国志》就是魏晋时期民间三国故事传说的源头，但一定会对这些源头的产生和发展产生一定的促进作用。可以说正史《三国志》的成书与流传在早期推动了民间三国故事的发展。

综上所述，《三国志》虽然可以称之为《三国演义》的正史原典，但是并未对《三国演义》的内容产生很强的直接影响力。《三国演义》能够成书一方面是后代历史典籍对《三国志》的解读和增补完成了《三国演义》史料素材的积累，另一方面，正史《三国志》成书后，在流传过程中，通过对民间故事和神话传说进行历史知识的渗透，推动了相关的传说、神话、说唱文学等民间文学与艺术的蓬勃发展，形成了无数精彩纷呈、百姓们喜闻乐道的民间三国故事和说唱话本。最终在《三国演义》成书前，奠定了浓郁的民间三国文化艺术氛围，为其提供了丰富的民间文学素材。

第十八单元 明清诗文

诗文的多元化格局

一、明清诗歌

明代诗歌创作流派较多，无论诗人还是诗作数量，都超过前代。面对正统诗歌的衰微，明代诗人提出了不少诗歌创作方面的理论主张。明代诗歌在反映现实生活的广度和深度方面，既不如唐诗，又逊于宋诗。清代的诗人、诗歌流派众多。清代诗人善于借鉴前代，扬长补短，对于古典诗歌有所发展，诗歌风格多样，其成就超过元明两代。

（一）明代诗坛

《明史·文苑传》说"明初文学之士"，"高、杨、张、徐、刘基、袁凯以诗著"。这些作家在明初诗坛颇具代表性。其中的"高、杨、张、徐"分别指高启、杨基、张羽、徐贲，四人均为吴人，人称"吴中四杰"，以比拟"初唐四杰"。明初的文人大多生活在元明交替时期，经历过元末动荡的战乱与明初整饬政策下的高压统治，不少作品表现了时代的创伤及作家个人在特殊环境中所产生的愁苦郁闷的心态与反思人生的内容，格调凝重悲怆。自明永乐至成化年间，文学的发展步入一个低潮期，在文坛占主导地位的是"台阁体"。台阁主要指当时的内阁与翰林院，又称为"馆阁"。台阁体则指以当时馆阁名臣杨士奇、杨荣、杨溥等为代表的一种文学创作风格。台阁体诗文的内容大多比较贫乏，多为应制、题赠、酬应而作，题材常是"颂圣德，歌太平"，艺术上追求平正典丽，"肤廓冗长，千篇一律"（《四库全书总目提要》），无艺术生命力可言。台阁体的流行一方面与作家的生活遭际有关，另一方面明初社会呈现出比较安定繁荣的局面，给台阁体营造了一种创作的氛围。从成化到弘治年间，台阁体诗文的创作趋向衰落与消退，这一时期对文坛有着重要影响的则是茶陵诗派。茶陵派以李东阳为主，成员有谢铎、张泰、陆钱、邵宝、鲁铎、石瑶等人。李东阳等人的崛起，从某种意义上是对台阁体文学的一次冲击。针对台阁体卑冗委琐的风气，李东阳提出诗学汉唐的复古主张，他们主张从文学本身立场出发去探讨文学的艺术审美特征，对当时的文坛产生了很大的影响。

明代中期文学复古思潮始于"前七子"的文学活动。以李梦阳为核心代表的"前七子"文学群体，成员还有何景明、王九思、边贡、康海、徐祯卿、王廷相。"前七子"的诗歌创作中，除了大量的拟古之作外，还体现出对时政题材的重视、对民间生活的关注。他们以复古自命，重寻文学出路，借助复古手段而欲达到变革的目的。但他们过多地重视古人诗文的法度格调，在一定程度上束缚了自己的创作手脚，限制了作品中情感的自然流露。至嘉靖中期，以李攀龙、王世贞为首的"后七子"重新在文坛举起了复古的大旗，为众人所瞩目。其成员除李、王外，还有谢榛、吴国伦、宗臣、徐中行、梁有誉。"后七子"中以王世贞声望最显，影响最大。他的创作量最大，诗文集合起来接近四百卷。就创作风格而言，拟古的习气在他的作品中仍然显得比较浓厚。不过与李攀龙等人相比，他的一些拟古之作更显得锤炼精纯、气韵雄厚，或时寓变化，神情四溢，乐府及古体诗更是如此。"后七子"的复古主张在很大程度上承接李梦阳等"前七子"的文学思想，而比起"前七子"，"后七子"在学古过程中对法度格调的讲究更趋于强化和具体化。与"前七子"相类似的是，"后七子"创作的弊病也在于过分注重对古体的揣度模拟，以至于难脱蹈袭的窠臼。

　　明代末年，社会动荡不安，明朝政府面临覆灭的危机。特殊的时代环境给文坛带来新的影响。以陈子龙等为代表的一些文人，重新举起复古旗帜，力图挽救明王朝的危亡，多有表现国变时艰的作品，带有鲜明的时代特征。在晚明文学领域，公安派是一个具有相当影响的文学派别。公安派以袁宏道为首，主要人物有袁宗道、袁宏道、袁中道三兄弟，因他们是湖北公安人，所以人称公安派。公安派以"性灵说"作为文学主张的内核，在创作上注重有感而发、直写胸臆。所谓"独抒性灵，不拘格套"，就是从诗歌创作的角度强调真实表现作者个性化思想情感的重要性，反对各种条条框框的约束和"粉饰蹈袭"。他们追求一种清新洒脱、轻逸自如、意趣横生的创作效果。但一些作品因过于率直浅俗，加上作者不经意的创作态度，不恰当地插入大量俚语俗语，破坏了作品的艺术美感。继公安派之后，以钟惺、谭元春为代表的竟陵派崛起于文坛，并产生了较大的影响。钟、谭均为湖北竟陵人，因名竟陵派。在文学观念上，竟陵派受到过公安派的影响，提出重"真诗"，重"性灵"，重视作家个人性情流露的体现。竟陵派提倡学古要学古人的精神，在总体上追求一种幽深奇僻、孤往独来的文学审美情趣，但他们偏执地将这种超世绝俗的境界当作文学的全部内蕴，将创作引上奇僻险怪、孤峭幽寒之路，缩小了文学表现的视野，也减弱了在公安派作品中所能看到的那种直面人生与祖露自我的勇气，显示出晚明文学思潮中激进活跃精神的衰落。崇祯初年，太仓人张溥、张采等发起带有政治团体性质的文社——复社。与此同时，松江人陈子龙和同邑夏允彝、徐孚远等创建几社，与复社彼此呼应。这是两个在当时有较大影响的文人团体，以"复古学"为宗旨，企图从文化上复兴传统精神，挽救明朝的危亡。

（二）清代诗坛

　　清初最富有时代精神的诗歌是明代遗民的作品。著名的诗人有顾炎武、黄宗羲、王夫之、吴嘉纪、屈大均等。遗民诗人的诗篇，具有抒发家国之悲和同情民生疾苦的共同主题，体验深切，感情真挚，反映易代之际惨痛的史实与民族共具的感情，笔力遒劲，沉痛悲壮，肇开清诗发展的新天地。清初诗坛沿袭明代余绪，云间派、虞山派、娄东派鼎足而三，而虞山派和娄东派为钱谦益和吴伟业主领，出现了新的局面，影响最大。钱谦益自觉地致力于清诗建设，被称为清诗的开山宗匠。这个诗派学古而不拟古，积极主张诗歌革新并能取诸家之长而自成风格，对清初诗坛产生了巨大的影响。在清初诗坛上，吴伟业与钱谦益并称。吴伟业才华出众，他最大的贡献在七言歌行，他在继承元、白诗歌的基础上，自成一种具有艺术个性的"梅村体"。梅村体的题材、格式、语言情调、风格、韵味等具有相对稳定的规范，以故国怆怀和身世荣辱为主，又突出叙事写人，多了情节的传奇化。它以人物命运浮沉为线索，叙写实事，映照兴衰，组织结构，设计细节，极尽俯仰生姿之能事。产生"梅村体"叙事诗约有百首，把古代叙事诗推到新的高峰，对当时和后来的叙事诗的创作产生起了很大的影响。继遗民诗人之后崛起的诗人有王士禛、朱彝尊、施闰章等人，最负盛名的是王士禛。他的诗以神韵为宗。所谓神韵，即要求诗歌具有含蓄深蕴、言尽意不尽的特点。他以此为宗旨，对清幽淡远、不可凑泊而富有诗情画意的诗特别推崇，唐代王维、孟浩然的诗正是其创作的典范。康熙诗坛上，朱彝尊和王士禛并称"南朱北王"，施闰章、宋琬也称"南施北宋"，四人由明入清，在新朝应举仕进，统领诗坛。

康熙末年，清朝开始步入中期，雍正、乾隆两朝号称"盛世"。这一时期，社会上读书风气高涨，文学创作活跃，差不多历代出现过的风格和流派，都有回应和接响。乾嘉诗坛，人才辈出，各领风骚。沈德潜、翁方纲，或主格调，或言肌理，固守儒雅复古的阵地；厉鹗扩大浙派的门户；袁枚、赵翼、郑燮标榜性灵，摆脱束缚，追求诗歌解放；黄景仁等抒写落寞穷愁，吟唱出盛世的哀音。其中，袁枚独树一帜，标举性灵说，与沈德潜、翁方纲的格调说和肌理说相抗衡，影响甚大，形成了性灵派。所谓"性灵"，其含义包括性情、个性和诗才。性情是诗的本源和灵魂，个性是审美价值的核心，艺术构思中的灵机与才气、天分与学识要结合并重。这一在"吟咏性情"的基点上构成完整体系的诗歌理论，冲击了传统与时代风尚，对格调模拟复古、肌理考据学问、神韵纤巧修饰的情形，给予有力的冲击，是晚明文艺思潮的隔代重兴，为清诗开创了新的局面。乾嘉诗坛上，吟唱盛世悲歌，可视为性灵派外围的是郑燮、黄景仁等。郑燮的诗提倡"真气""真意""真趣"三真，其诗多反映民生疾苦，揭露现实黑暗，直率大胆，为一般诗人所少有。他的抒发才情之作也较多，表现出磊落高尚的人格精神。黄景仁敏锐地感觉到世事殆将有变的征兆，写出个人对社会变迁的忧患。诗人能博采唐人而自出机杼，"自作声"以发"不平鸣"。

从鸦片战争前后到中日甲午战争的近代前期是"千古未有之变局"的前一阶段。此时诗歌创作流派纷呈，新旧交错。本时期成就显著，反映时代新变化，并对后来产生深远影响的是异军突起的一些经世派作家，他们以符合时代前进步伐的新思潮和高度的爱国激情，在诗歌创作方面唱出了新声，改变了文坛旧貌，翻开了近代文学的新篇章。龚自珍、魏源、王韬等是其代表，龚自珍尤为其中的佼佼者。龚自珍是在近代历史开端之际得风气之先的杰出思想家与文学家。他具有鲜明的个性解放倾向，崇尚今文经学，密切关注现实，他的诗歌是其批判社会的产物，紧密围绕社会政治这个轴心，彻底打破了嘉庆以来文坛的平庸风气，体现出时代精神，成为近代文学的开山。西方国家的入侵，引起中华民族的极大愤慨与震惊，成为诗心歌怀所系。与龚自珍同时或稍后而经历了鸦片战争的一批诗人，如魏源、林则徐、张维屏等，无不表现出激烈的反侵略情绪，形成汹涌澎湃的爱国诗潮。他们的作品除反映民生疾苦外，还痛斥侵略，抨击投降，讴歌抗战，表现了中华民族反对侵略、热爱祖国的崇高感情。爱国诗潮中的作家以充实的时代内容反映了一个时期的诗歌风貌。其中魏源、林则徐的思想表现出新因素，他们与龚自珍一起成为这一时期进步文学潮流的核心力量。在传统诗歌领域，有以祁寯藻、程恩泽为首的偏于宋诗格调的流派兴起，一般称之为"宋诗派"。这个诗派以杜甫、韩愈、苏武、黄庭坚为宗，主张诗歌要有独创性，自成面目。宋诗派的主要成就，是在描写具体生活方面的艺术开拓。

从中日甲午战争前后到1919年五四运动爆发，是近代后期。这一时期的显著特点是，登上政治舞台的资产阶级相继发动了改良主义运动和民主革命运动，文学成为资产阶级改良派和革命派进行维新与革命斗争的武器，因此激起文学领域中的广泛"革命"，涌现了以黄遵宪、梁启超、柳亚子为代表的一批作家。"诗界革命"使诗歌创作面貌一新，将近代诗歌的发展推向了高峰。近代后期的诗作中，改良派作家大体笼罩在"诗界革命"之下，个别作者仍固守同光体，革命派则以高昂的激情发出民主革命的高歌。改良派的作家除黄遵宪外，主要有康有为、梁启超、丘逢甲等，陈三立、刘光第、林旭则属于同光体，严复、林纾也颇受同光体影响。其中康有为、丘逢甲的诗歌成就尤为突出。康有为作为改良派的政治领袖，表现出横扫陈腐诗坛、开拓诗歌新境的叱咤文坛的气概，他的诗突出地表现了这种胸怀与气势。康有为的诗富于浪漫主义色彩，重在抒发主观感受，而在抒情写怀中，高视阔步，气魄宏伟，感情奔放，艺术上又出以雄奇的想象，瑰丽的语言，磅礴的意象，有一种雄奇壮丽的美。丘逢甲是台湾省人，清廷割让台湾，他抗日失败内渡，所写诗歌突出反映了失台的悲愤和光复乡国的心志。诗中的切肤之痛，啼血之悲，填海之志，感人至深。如《送颂臣之台湾》八首、《铁汉楼怀古》、《往事》、《秋日过谒张许二公及文丞相祠》、《梦中》等，无不如此。他诗笔雄健凌厉，气足势刚，很受当时人的称誉。

（三）明清诗歌的文学史地位

中国的古典文学在明清时期已进入到文学的总结时期，表现在诗歌领域，主要呈现这样四点：一是对创作范式的总结；二是对诗歌性情的体认；三是对诗歌新变的追求；四是对诗歌才气的称许。

明代诗歌在发展过程中，形成的创作流派众多，除了具有重大影响的全国性流派前七子、后七子、公安派、竟陵派之外，历朝还有许多地域性的小流派。与前代相比，明代无论诗人还是诗作的数量，都超过前代。面对正统诗文的衰微，明代诗人提出了不少诗歌创作方面的理论主张。比如，前后七子主张要学习汉魏盛唐，提倡复古；公安派则主张要"独抒性灵"等。这些看法均有一定道理，涉及诗歌创作如何学习前人、如何掌握诗体特点、如何表现诗人主体感情等问题。但是，他们中大多数人缺乏应有的辩证态度，不能正确总结汉魏盛唐以至宋元以来诗歌发展的经验与教训，没有到现实生活中寻求诗情。所以，这些理论主张都未能挽救正统诗文的衰微，反而将诗歌创作引向更深的危机。总之，明代诗歌在反映现实生活的广度和深度方面，既不如唐诗，又逊于宋诗。这里固然有八股取士，使"明代功名富贵在时文，全段精神，俱在时文用尽，诗其暮气为之"（吴乔《答万季墅诗问》）等原因，但更重要的是诗人创作指导思想上存在偏颇。前后七子的模拟成风，公安派的诗意浅露，竟陵派的诗境狭小，都是诗人不能深刻认识生活的重要性而结出的苦果。

清代诗歌虽然拟古主义和形式主义盛行，但仍不乏反映社会矛盾、暴露现实黑暗的作品，现实主义传统在一些具有进步思想和民族意识的作家中仍有继承和发展。不断追求技巧形式的创新，也为诗歌的发展积累了一定的艺术经验。清初"遗民"诗人的作品大都敢于正视现实，反映那个时代的民族斗争，表现不忘故国的思想感情。清代诗人善于借鉴前代，扬长补短，对于古典诗歌有所发展。但清代的文字狱，使有些诗人畏惧政治的迫害，同时又迷惑于表面的承平，冲淡了对社会矛盾的深入观察和揭露，限制了清诗更高成就的获得。总体而言，清代诗人不满于元诗的绮弱和明诗的复古、轻浅、狭窄的毛病，在技巧上兼学唐宋诗的长处，不断追求创新，并在不同程度上反映了当时的现实，流派纷呈，风格多样，其成就超过元明两代，足以下启近代而成为中国古典诗歌的后劲。清代诗歌，是中国古典诗歌的总结和转型期。

二、明清散文

散文的发展，源远流长。先秦诸子的散文，奠定了中国古典散文的基础。两汉、魏晋文章朴茂华美，其中，司马迁的《史记》对我国传记体的散文影响甚大。唐宋两朝的散文成就，在"古文运动"的推动下，达到了光辉的高峰，后来的大多数文学家都深受"唐宋八大家"影响。明清散文中诸派迭起，名家辈出，虽然其成就不如唐宋突出，但它从一个侧面传播了明清历史和时代的声音，影响了五四新文学。

（一）明代散文

明代初年文学发展有生气蓬勃的景象。宋濂、刘基等由元入明的作家，经历了元末的大动乱。"当大乱之后，士皆无意于功名，埋身读书，而光芒卒不可掩。"（黄宗羲《明文案序》）宋濂专长散文，《送东阳马生序》描述他的苦学生活，为其代表作品。刘基诗文兼长，他的《卖柑者言》揭露元代官僚的腐朽本质，是传颂久远的名篇。他们富有现实意义的作品，思想浑厚，内容坚实，大都脱去元末纤秾浮艳的习气，对当时的文风颇有影响。永乐至天顺（1403—1464）是"台阁体"诗文盛行时期。明中叶以后，发生了拟古和反拟古的斗争。当时出现了"前七子""后七子"、唐宋派、公安派、竟陵派及晚明小品文作家和"复社"爱国主义作家。明代散文在这种起伏消长的文艺思想和文艺派别的斗争中曲折发展。"台阁体"的代表是称为"三杨"的杨士奇、杨荣和杨溥。在他们的作品里，充塞着大量的"应制""颂圣"和题赠、应酬之作，内容平庸，艺术上亦无可取之处。

明代中期，在散文发展过程中，出现了以前后七子为代表的复古派，以及以王慎中、归有光等为代表的唐宋派。"前七子"倡导"文必秦汉"，"诗必盛唐"。至嘉靖中，"后七子"继起，把复古运动推向高潮。前后七子反台阁，讲学问，但他们一味拟古学古，甚至到了"物不古不灵，人不古不名，文不古不行，诗不古不成"（李开先《昆仑张诗人传》）的程度，给文学发展带来了更消极的影响。唐宋派以王慎中、唐顺之、茅坤、归有光等为代表。其中散文成就最高的当推归有光。归有光善于抒情、记事，能把琐屑的事委曲写出，不事雕琢而风味超然、其代表作有《寒花葬志》《项脊轩志》等。他们推崇韩、柳、欧、曾、王、苏古文的既成传统，主张"文道合一"，文章要直抒胸臆，具有自己的本色面目，并做到文从字顺，对复古派文风展开了针锋相对的斗争。

继唐宋派之后，猛烈抨击复古派并在散文创作上做出新成就的是李贽和受他影响的以袁宗道、袁宏道、袁中道为代表的公安派。李贽主张文学要真实坦率地表露作者内心的情感和人生欲望。他的散文摆脱传统古文格局，思想大胆开放，笔锋犀利深刻。公安派主张"独抒性灵，不拘格套"（袁宏道《叙小修诗》）。三袁的散文清新俊逸、自然率真，特别是有关传状、书简、游记、读书笔记的散文，都写得真情畅达、个性显露，语言流利洁净、活泼生动，对晚明及以后的小品散文产生了几乎支配性的影响。与此同时，以竟陵人钟惺、谭元春为代表的竟陵派，别开一种"幽深孤峭"的艺术风格，刻意雕琢字句，求新求奇，语言佶屈，形成艰涩隐晦的风格，留下了一些新奇隽永的可读之作。晚明小品文之集大成者是张岱。他兼有各派之长，独成一种风格，有《石匮书》《西湖梦寻》《琅嬛文集》等代表作流传于世。

（二）清代散文

清初散文，主要包括顾炎武、黄宗羲、王夫之等的学者之文，以及侯方域、魏禧和汪琬等的文人之文。学者之文具有重道轻文的特点，文人之文具有纵横之气。顾炎武、黄宗羲、王夫之三人都曾参加抗清活动，志在反清复明，明亡不仕。他们的文学主张各有侧重，共同点是强调经世致用。他们的文章以关系国家大事的论说文最为著名，如顾炎武的《郡县论》、黄宗羲的《明夷待访录》、王夫之的《读通鉴论》等。这些文章言谈大胆，识见精深，表现了强烈的民族感情，有的还表现出进步的民主思想，对文采则不够重视。清初作家以散文见称的有侯方域、魏禧和汪琬三大家。三人的散文都富有时代特色和现实针对性，各人的风格则有不同。侯文以才气见长，富有激情，行文纵横恣肆，人称"才子之文"。他的传记文和论文书札都闻名于世。传记文以《李姬传》《马伶传》为代表。魏禧为文强调积理、练识，有用于世，长于议论，人称"策士之文"。汪文疏淡迂回，雍容尔雅，人称"儒者之文"。

清中叶理学抬头，考据成风，太平盛世出现盛世之文，其典型代表是桐城派。桐城派是清代散文影响最大的一个流派，由方苞始创于康熙朝，一直绵延至清末。创始人方苞、刘大櫆和姚鼐都是安徽桐城人，故得名。该派文学主张近宗明代的唐宋派，远接唐宋八大家，以"义法"为中心，逐渐形成一个完整的体系，在前人的基础上做了一次全面系统的总结。桐城派作家毕生研读古文，总的特点是雅洁，各人风格也有不同。方苞是桐城派的奠基者。他提出"义法"主张：文章要有内容，有条理跟形式技巧。他的文章以碑铭传记一类写得最为讲究，但最有价值的当数《狱中杂记》。刘大櫆上承方苞，下启姚鼐，他发展了桐城派的理论，提出"神气"说，"文之道，神为主，气辅之"。其文章抒发怀才不遇的感慨，指摘时弊，才气较足，奇宕雄肆，清丽多变，但有拟古痕迹。姚鼐在桐城派中地位最高，是桐城派散文理论的集大成者，既扩大了方苞的"义法"说，主张"义理、考据、辞章"三者的统一，又继承发扬了刘大櫆的"神气"说，提出了"神、理、气、味"与"格、律、声、色"相统一的理论；同时，他还总结概括历代文章的风格论，发展了"阳刚阴柔"相反相成的美学观。姚鼐著有《惜抱轩集》等，所编《古文辞类纂》流传极广。其散文简洁严整，纡徐明润，《登泰山记》是他的代表作。

清代后期，在鸦片战争前后的著名散文家如朱琦、龙启瑞、吴敏树、曾国藩等人的主张与风格虽各有出入，但都与桐城派有渊源关系。桐城派的影响，自康熙以后一直延伸到鸦片战争以后，可以说大致和清朝的国祚相始终。鸦片战争前夕，以龚自珍、魏源为代表的启蒙思想家，讲求经世致用之学，不株守儒家思想，文章糅合子、史和佛家言，力求生新奇奥，声光璀璨，打破陈规旧貌，为清文的一大变化，开了近代散文的先河。此后以康有为、梁启超为代表的改良派也成了散文创作的新生力量。戊戌变法以前，康有为为阐述自己的政治主张，曾经写下了不少政论性散文。这些散文突破了古文形式的束缚，充满政治激情，说理透彻，富有生气，对梁启超产生了直接的影响。在康有为的影响下，梁启超积极参加改良变法，同时，也写下了大量政论性散文。梁启超的散文形式灵活，杂以俚语、韵语及外国语法，热烈瑰丽，充满感情，相对于桐城派古文是一种解放了的新体散文，因此称之为"新文体"。"新文体"或称"报章体"，其基本特征为：平易畅达，俚语、韵语、外国语法杂用，笔调自由，条理明晰，笔锋常带情感，句法参差多变，常用排句及偶句。梁启超的文章，特别是他在《时务报》和《新民丛报》上发表的时事政治评论，充分地体现了"新文体"的特色。因此，人们也称这种新文体为时务体、新民体。这种文体服务于改良运动，一时风靡全国，开五四白话文运动先河。新文体的出现，预示着白话文统治文坛的时代即将到来。

（三）明清散文的影响

尽管明清两代没有出现像司马迁那样伟大的作家，也没有取得唐宋散文那样突出的成就，但优秀的散文还是为数不少。明清散文承续古代散文的优秀传统，随着社会的发展而形成自己的一些特色。

明清散文在中国散文发展史上有一定的地位。明初散文家如宋濂、刘基、方孝孺等，关心时事，同情人民，留下了不少批判揭露之作。明代中叶，在拟古派和反拟古的反复斗争中，出现了像归有光这样有代表性的作家。晚明作家所传散文仍以有思想内容的居多。凡是在明代文学史上占据一席之地的作家，都留有不少单篇的优秀散文。清代散文最大的流派桐城派，著述丰厚清正，文论博大精深，风靡全国，影响深远，在中国古代文学史上占有显赫地位。

明清散文在散文理论建设上有所建树。明代散文在拟古反古的斗争中，形成了各种派别。例如：唐宋派主张文学作品当直抒胸臆，富有本色。公安派提倡抒发性灵，文必贵质等等。各派的主张和理论既推动指导了当时的散文创作，又丰富了散文的理论内容，提高了散文的创作水平。清代几乎对历代创作都做了一定总结，文学理论更为发达，文论、曲话等十分丰富。散文理论以桐城派的"义法"说最为完备。义是文章的思想内容，法是文章的表现形式。两者要高度统一，才能成为完美的文学作品。后来，刘大櫆从神气、音节方面，把"义法"说具体化。姚鼐的"阴阳刚柔说"将"义法"理论，从文艺作品内部规律和风格上加以确定和深化。

明清散文在艺术上也有独特的成就，具体体现在内容的创新、体裁的凝练、语言表现力的提高三个方面。如归有光表现日常生活体裁的抒情、记事散文，袁枚展示思想解放、独抒性灵的论艺文章等。明清以来，大量的散文都是短制小品。明清散文大量吸取和改造书面语言，多方面提炼并吸取当代口语，使散文的语言更流畅通俗、更新奇简练。

文学作品

吊岳王墓[1]

高 启

大树无枝向北风，十年遗恨泣英雄。
班师诏已来三殿[2]，射虏书犹说两宫[3]。
每忆上方谁请剑，空嗟高庙自藏弓[4]。
栖霞岭上今回首[5]，不见诸陵白露中[6]。

注 释

[1] 岳王墓：岳飞之墓，在杭州。
[2] 三殿：指南宋朝廷。
[3] 两宫：指被金所俘的宋徽宗、宋钦宗二帝。
[4] 高庙：指赵构。庙号高宗，故称。
[5] 栖霞岭：在杭州西湖滨，岳坟所在地。
[6] 诸陵：指南宋六个皇帝的陵墓。在今浙江绍兴东三十六里之宝山（又名攒宫山）。

作品简析

本诗是诗人高启亲临栖霞岭岳飞墓，有感而作。高启（1336—1374），明代文学家，字季迪，号青丘子，长洲（今属江苏省苏州市）人，"吴中四杰"之一。他主张取法于汉魏晋唐各代，诗歌风格多种多样，诗歌数量较多，后自编为《岳鸣集》，存937首。

这是一首七言律诗。首联中，树枝随风摇曳，纷纷奋然指向南方（人们认为是他的忠义所感）。诗人亲见岳飞墓，想起令人痛心的往事，于是无限悲愤，见于笔端。颔联中，朝廷已经向岳飞下了班师的命令，而韩世忠仍然投书斥军，表达其恢复之决心。两者形成强烈对比。颈联化用朱云、韩信的典故，诗人由岳飞被害想到朱云请尚方宝剑铲除佞臣，想到汉高祖忘恩负义诬陷谋杀忠臣。字里行间流露出对这一历史事件的悲哀和感伤。尾联中，诗人在岳飞墓前回首北望，只见茫茫白露，不见远方宋代诸帝王的陵墓。这一联含而不露，是全诗的诗眼，更加强烈地表达了诗人对岳飞的怀念之情和对南宋王朝杀害岳飞的痛恨。

入 塞

于 谦

将军归来气如虎，十万貔貅争鼓舞[1]。
凯歌驰入玉门关[2]，邑屋参差认乡土。
兄弟亲戚远相迎，拥道拦街不得行。
喜报成悲还堕泪，共言此会是更生。
将军令严不得住，羽书催入京城去[3]。
朝廷受赏却还家，父子夫妻保相聚。
人生从军可奈何，岁岁防边辛苦多。
不须更奏胡笳曲，请君听我《入塞歌》。

《注 释》

[1] 貔貅：一种猛兽，比喻勇猛的战士。

[2] 玉门关：在今甘肃省敦煌市西面。玉门关外当时也受瓦剌侵扰，但不是作者指挥作战的地区，这里是借用。

[3] 羽书：古代插有鸟羽的紧急军事文书。

《作品简析》

本诗是于谦在和瓦剌侵略者作战得胜回朝后所写。于谦（1398—1457），字廷益，号节庵，杭州府钱塘县（今浙江省杭州市上城区）人，明朝名臣、爱国将领，谥忠肃，有《于忠肃集》。《明史》称赞其"忠心义烈，与日月争光"。诗中描写了将军得胜后领兵归来的场景：将士们无不欢欣鼓舞，迎接的亲友流下喜悦的泪水。军书催促队伍迅速上京，受赏还家，好与亲人团聚。边患平定，不再出兵，诗人愿意高唱一曲《入塞歌》。从诗中我们可以看出作者虽然对于外来侵略主张坚决抵抗，并在实际上取得成功，但是并不好战和好大喜功，他从爱护人民出发，非常热爱和平。

竹枝词

何景明

十二峰头秋草荒[1]，冷烟寒月过瞿塘[2]。
青枫江上孤舟客[3]，不听猿啼亦断肠。

《注 释》

[1] 十二峰：指巫山十二峰。

[2] 瞿塘：即瞿塘峡，险峻为三峡之首。

[3] 孤舟客：作者自指。

作品简析

　　竹枝词是由古代巴蜀间的民歌演变而来的一种诗体。唐代刘禹锡把民歌变成文人的诗体，对后代影响很大。借竹枝词格调而写出的七言绝句，文人气较浓，仍冠以"竹枝词"。本诗是明代何景明的作品。何景明（1483—1521），字仲默，号白坡，又号大复山人，信阳浉河区人，"前七子"之一，与李梦阳并称文坛领袖。其诗取法汉唐，一些诗作颇有现实内容，有《大复集》。这首竹枝词为作者舟过瞿塘峡的旅思之作。作者此时孤舟过峡，眼见秋草荒芜，寒月当空，冷烟萦绕，峡深流急，令人胆寒心悸。这样写来更见出瞿塘峡之险。"断肠"并非是凄厉的猿声，而是这阴森恐怖的江峡，江峡之险才是令人"断肠"的真正原因。

秋山二首

顾炎武

其一

秋山复秋山，秋雨连山殷[1]。
昨日战江口[2]，今日战山边[3]。
已闻右甄溃，复见左拒残[4]。
旌旗埋地中，梯冲舞城端[5]。
一朝长平败[6]，伏尸遍冈峦[7]。
北去三百舸，舸舸好红颜[8]。
吴口拥橐驼[9]，鸣笳入燕关[10]。
昔时鄅郫人，犹在城南间[11]。

顾炎武与《秋山二首》

注　释

　　[1]"秋雨"一句：清兵攻嘉定时，秋雨把江南一带的山也染红了。以战士流血之多，衬战事之烈。殷，红。

　　[2]"昨日"句：指陈明遇等守城之战。江口，长江口。

　　[3]"今日"一句：指吴淞总兵吴志葵等守金山之战。山边，指金山（在今上海市金山区东南海中）边。

　　[4]"已闻"二句：右甄，军队的右翼。左拒，军队的左翼。拒，通"矩"，方阵。这二句写南京城陷后昆山的战事。

　　[5]"旌旗"二句：旌旗一句，表示与城池同存亡，与敌人决一死战的决心。梯冲，云梯与冲车，古代攻城之具。这两句借指清兵攻城的情景。

明清诗文

第十八单元

249

［6］长平败：长平，古城名。诗中借长平之战指江阴、昆山、嘉定等地战败后，清兵屠戮百姓，制造血腥的江阴大屠杀、嘉定三屠等惨案事。

［7］"伏尸"一句：清兵攻陷江南后，对江南人民进行了血腥的屠杀，仅嘉定一地，就接连于七月初四、二十六、二十七进行了三次大规模的屠杀，死难者数万。

［8］"北去"二句：指当时清兵所到之处，掳掠汉族女子北去。舸，船。

［9］"吴口"一句：吴口，吴地的丁口。橐（tuó）驼，骆驼。

［10］"鸣箛"一句：箛，古管乐器，相当于军号。燕关，指燕地的关隘。燕，今河北省，周时为燕旧地。

［11］"昔时"二句：鄢郢（yān yǐng），战国时郑、楚二国的国都。鄢郢人，本指郑、楚亡于秦以后的遗臣，诗中指明遗民。

<h3 style="text-align:center">其二</h3>

秋山复秋水，秋花红未已。
烈风吹山冈，磷火来城市[12]。
天狗下巫门[13]，白虹属军垒[14]。
可怜壮哉县[15]，一旦生荆杞。
归元贤大夫，断脰良家子[16]。
楚人固焚麇，庶几歆旧祀[17]。
勾践栖山中，国人能致死[18]。
叹息思古人，存亡自今始[19]。

注　释

［12］磷火：即鬼火。

［13］"天狗"一句：天狗，星名。旧时以天狗星现为不祥的征兆。巫门，旧时苏州府城门。这句和下一句，都是指灾难降临苏州一带。

［14］"白虹"一句：语出庾信《哀江南赋》："白虹贯垒，长星属地。"白虹，白色虹霓。旧时以为它的出现为不祥之兆。属，连接。

［15］壮哉县：诗中指被毁前嘉定等县繁盛的景象。

［16］"归元"二句：写侯峒曾等死节事。归元，死亡的代称。脰（dòu），颈项。良家子，此处指一般的兵士。

［17］"楚人"二句：自注：《左传·定公五年》："吴师居麇。子期将焚之。子西曰：'父兄亲暴骨焉，不能收，又焚之，不可。'子期曰：'国亡矣，死者若有知也，可以故旧祀，岂惮焚之？'"诗中借用此典，是寄希望于明朝复国，可以让这些死难者重享祭祀。麇，春秋时国名。庶几，也许。歆，飨，是说祭祀时神灵先享其气。歆旧祀，谓死者的亡灵能重享祭祀。

［18］"勾践"二句：引用勾践卧薪尝胆于会稽山中为报仇雪耻事，表现诗人恢复明朝的决心。致死，献出生命。

［19］存亡：已亡之国使之存，即复国之意。

作品简析

《秋山二首》是清代文学家顾炎武创作的组诗作品。顾炎武（1613—1682），初名绛，字宁人，被学者尊为亭林先生，江苏昆山人。他是明清之际杰出的思想家、学者兼诗人。他提倡"经世致用"，做有关国计民生的实际学问。主张学行合一。他的诗学杜甫，风格沉郁苍凉，多悲壮激昂之音，大多抒写亡国之痛、故国之思和人民疾苦。有《亭林集》《日知录》等著作传世。

这两首诗，记述清兵南渡后，南明将领坚守嘉定等城抗击清兵的事迹，表达了作者对清军兽行的控诉，对南明覆亡的痛楚，以及立志恢复明朝的决心。

诗的第一首主要叙写了抗清战事的连连失利和失败后的惨烈情形。开篇以秋山、秋雨起兴，点出作战时间和主战场，奠定全诗的情感基调。接着写战争的情势发展：明军作战连连失利，节节败退，防线全面崩溃。战局危急，城池将溃，明军将士戮力一心，做出了最后的血搏。战争结束尸横遍野，妇女财物遭到掳掠，男丁被充作奴隶遭到驱赶。诗中的"鄜鄜人"是坚贞刚毅、舍身报国的民族志士，这个志士就是作者自己。这首诗结构井然有序，构思奇巧工致，托出了惊心动魄的战争大场面，借亡国的男儿和女子的悲惨命运，震慑人心，呼唤着民族精神的勃发。

诗的第二首，首先描写酷烈的抗清战争的惨败结局，表现南明臣民在抗战中英勇壮烈的民族精神。然后作者借古谏今，希望南明君臣能像子期焚麋那样，为挽救国家危亡而不顾一切；像勾践兴越那样，为复明而率励国人，面对残局，振怀斗志。最后两句是作者的誓言：从今以后，他将像前人那样，以存亡国为己任。本诗首先描写战败的情景，着力渲染战前浓重的酷烈氛围。然后以"一旦生荆杞"顿笔，托出战后的惨状。在此基础上，作者以归元、断脰、焚麋、致死这些元素，连续列出了君、臣、民、己，同仇敌忾的整体面貌。

前一首悲愤，以层层阶进的笔墨行文，后一首壮烈，以同响共振的奏鸣谱曲，然而两首诗的结笔都是作者形象的呈现，这一形象感人肺腑，具有强烈的号召力。

马 嵬[1]

袁 枚

莫唱当年长恨歌[2]，人间亦自有银河[3]。
石壕村里夫妻别[4]，泪比长生殿上多[5]。

注 释

[1] 马嵬：即马嵬坡，在陕西省兴平市西。安史之乱时，唐玄宗逃到这里，在随军将士的胁迫下，赐死杨贵妃。

[2] 长恨歌：唐代诗人白居易所作之诗，描写唐玄宗宠幸杨贵妃而造成的爱情悲剧。

[3] 银河：天河。神话传说中，牛郎织女被银河隔开，不得聚会。

[4] 石壕村：唐代诗人杜甫《石壕吏》诗，写在安史之乱中，官吏征兵征役，造成石壕村中一对

老年夫妻惨别的情形。

[5] 长生殿：旧址在陕西骊山华清宫内。

《作品简析》

　　本诗是清代诗人袁枚创作的一首七言绝句。袁枚（1718—1798），字子才，号简斋，晚年自号随园老人，浙江钱塘（今杭州）人，乾、嘉年间重要的诗人之一。他论诗主张抒写性情，创"性灵说"，著有《小仓山房诗文集》《随园诗话》等作品。作品中，诗人借吟咏马嵬抒情，提倡诗歌要多反映人民苦难生活的主张，表现了他进步的文学创作观点。诗人将唐玄宗、杨贵妃的爱情悲剧放在民间百姓悲惨遭遇的背景下加以审视，强调广大民众的苦难远非帝妃可比。前两句表现了诗人对下层百姓疾苦的深切同情，后两句揭露了社会上的种种不幸迫使诸多夫妻不能团圆的现实。

圆圆曲

吴伟业

鼎湖当日弃人间[1]，破敌收京下玉关[2]，
恸哭六军俱缟素[3]，冲冠一怒为红颜[4]。
红颜流落非吾恋，逆贼天亡自荒宴[5]。
电扫黄巾定黑山[6]，哭罢君亲再相见[7]。
相见初经田窦家[8]，侯门歌舞出如花[9]。
许将戚里箜篌伎[10]，等取将军油壁车[11]。
家本姑苏浣花里[12]，圆圆小字娇罗绮[13]。
梦向夫差苑里游[14]，宫娥拥入君王起[15]。
前身合是采莲人[16]，门前一片横塘水[17]。
横塘双桨去如飞，何处豪家强载归。
此际岂知非薄命，此时唯有泪沾衣。
薰天意气连宫掖[18]，明眸皓齿无人惜。
夺归永巷闭良家[19]，教就新声倾坐客[20]。
坐客飞觞红日暮[21]，一曲哀弦向谁诉？
白皙通侯最少年[22]，拣取花枝屡回顾[23]。
早携娇鸟出樊笼，待得银河几时渡[24]？
恨杀军书抵死催[25]，苦留后约将人误。
相约恩深相见难，一朝蚁贼满长安[26]。
可怜思妇楼头柳[27]，认作天边粉絮看[28]。
遍索绿珠围内第[29]，强呼绛树出雕阑[30]。
若非壮士全师胜[31]，争得蛾眉匹马还[32]？
蛾眉马上传呼进，云鬟不整惊魂定[33]。
蜡炬迎来在战场，啼妆满面残红印。

专征萧鼓向秦川^[34]，金牛道上车千乘^[35]。

斜谷云深起画楼^[36]，散关月落开妆镜^[37]。

传来消息满江乡，乌柏红经十度霜^[38]。

教曲伎师怜尚在，浣纱女伴忆同行^[39]。

旧巢共是衔泥燕，飞上枝头变凤凰。

长向尊前悲老大^[40]，有人夫婿擅侯王^[41]。

当时只受声名累，贵戚名豪竞延致^[42]。

一斛明珠万斛愁^[43]，关山漂泊腰肢细^[44]。

错怨狂风飐落花，无边春色来天地。

尝闻倾国与倾城^[45]，翻使周郎受重名^[46]。

妻子岂应关大计，英雄无奈是多情。

全家白骨成灰土，一代红妆照汗青^[47]。

君不见，馆娃初起鸳鸯宿^[48]，越女如花看不足^[49]。

香径尘生乌自啼^[50]，屟廊人去苔空绿^[51]。

换羽移宫万里愁^[52]，珠歌翠舞古梁州^[53]。

为君别唱吴宫曲^[54]，汉水东南日夜流^[55]！

注 释

[1] 鼎湖：传说黄帝铸鼎于荆山下，鼎成，有龙垂胡须下迎黄帝，黄帝即乘龙而去。后世因称此处为"鼎湖"（《史记·封禅书》）。常用来比喻帝王去世。此指崇祯帝自缢于煤山（今景山）。

[2] 敌：指李自成起义军。玉关：即玉门关，这里借指山海关。

[3] 恸（tòng）哭：放声痛哭，号哭。缟（gǎo）素：丧服。

[4] 冲冠一怒：即怒发冲冠，典出《史记·廉颇蔺相如列传》。红颜：美女，此指陈圆圆。

[5] 天亡：天意使之灭亡。荒宴：荒淫宴乐。

[6] 黄巾、黑山：汉末农民起义军，这里借指李自成。

[7] 君：指崇祯帝。亲：吴三桂亲属。吴三桂降清后，李自成杀了吴父一家。

[8] 田窦（dòu）：西汉时外戚田蚡、窦婴。这里借指崇祯宠妃田氏之父田弘遇。

[9] 侯门：指显贵人家。

[10] 戚里：皇帝亲戚的住所，指田府。箜篌伎（kōng hóu jì）：弹箜篌的艺妓，指陈圆圆。

[11] 油壁车，指妇女乘坐的以油漆饰车壁的车子。

[12] 姑苏：即苏州。浣（huàn）花里：唐代名妓薛涛居住在成都浣花溪，这里借指陈圆圆在苏州的住处。

[13] 娇罗绮（qǐ）：长得比罗绮（漂亮的丝织品）还娇艳美丽。

[14] 夫差（chāi）：春秋时代吴国的君王。

[15] 宫娥：宫中嫔妃、侍女。

[16] 合：应该。采莲人：指西施。

[17] 横塘：地名，在苏州西南。

《圆圆曲》解读

［18］熏天：形容权势大。宫掖（yè）：皇帝后宫。

［19］永巷（yǒng xiàng）：古代幽禁妃嫔或宫女的处所。良家：指田弘遇家。

［20］倾：使之倾倒。

［21］飞觞（shāng）：一杯接一杯不停地喝酒。

［22］白晳通侯：肤色白净的通侯，指吴三桂。

［23］花枝：比喻陈圆圆。

［24］银河几时渡：借牛郎织女渡河相会的传说喻陈圆圆何时能嫁吴三桂。

［25］抵死：拼死，拼命。

［26］蚁贼：对起义军的诬称。长安：借指北京。

［27］可怜思妇：意谓陈圆圆已是有夫之人，却仍被当作妓女来对待。

［28］天边粉絮：指未从良的妓女。粉絮：白色的柳絮。

［29］遍索：意谓李自成部下四处搜寻陈圆圆。绿珠：晋朝大臣石崇的宠姬。内第：内宅。

［30］绛（jiàng）树：汉末著名舞伎。

［31］壮士：指吴三桂。

［32］争得：怎得，怎能够。蛾眉：喻美女，此指陈圆圆。

［33］云鬟（huán）：高耸的环形发髻。

［34］专征：指军事上可以独当一面，自己掌握征伐大权，不必奉行皇帝的命令。秦川：陕西汉中一带。

［35］金牛道：从陕西勉县进入四川的古栈道。千乘（shèng）：这里指千辆，虚指车辆之多。

［36］斜谷：陕西眉县西褒斜谷东口。画楼：雕饰华丽的楼房。

［37］散关：在陕西宝鸡西南大散岭上。

［38］乌柏（jiù）：树名。

［39］浣纱女伴：西施入吴宫前曾在绍兴的若耶溪浣纱。这里指陈圆圆早年做妓女时的同伴。

［40］尊：酒杯。老大：年岁老大。

［41］有人：指陈圆圆。

［42］延致：聘请。

［43］斛（hú）：古代十斗为一斛。

［44］细：指瘦损。

［45］倾国与倾城：形容极其美貌的女子。典出《汉书·李夫人传》："北方有佳人，绝世而独立。一顾倾人城，再顾倾人国。"

［46］周郎：指三国时吴国名将周瑜，因娶美女小乔为妻而更加著名。这里借喻吴三桂。

［47］一代红妆：指陈圆圆。照汗青：名留史册。

［48］馆娃：即馆娃宫，在苏州附近的灵岩山，吴王夫差为西施而筑。

［49］越女：指西施。

［50］香径：即采香径，在灵岩山附近。

［51］屧（xiè）廊：即响屧廊，吴王让西施穿木屐走过以发出声响来倾听、欣赏的一条走廊，在馆娃宫。

［52］羽、宫：都是古代五音之一，借指音乐。这皇是用音调变化比喻人事变迁。

[53]珠歌：指吴三桂沉浸于声色之中。古梁州：指明清时的汉中府，吴三桂曾在汉中建藩王府第，故称。

[54]别唱：另唱。吴宫曲：为吴王夫差盛衰所唱之曲，此指《圆圆曲》。

[55]汉水：发源于汉中，流入长江。此句语出李白《江上吟》诗："功名富贵若长在，汉水亦应西北流。"暗寓吴三桂覆灭的必然性。

作品简析

本诗是清初诗人吴伟业的一首七言歌行。吴伟业（1609—1672），字骏公，号梅村，别署鹿樵生、灌隐主人、大云道人，太仓（今属江苏省苏州市）人，诗词文曲均有较深造诣，与钱谦益、龚鼎孳并称"江左三大家"，又为娄东诗派开创者。他长于七言歌行，初学"长庆体"，后自成新吟，后人称之为"梅村体"。有《梅村家藏稿》。

此诗通过清初名妓陈圆圆与吴三桂的聚散离合，反映了明末清初一系列重大的历史事件，委婉曲折地谴责了吴三桂的叛变行为。全诗巧妙地将吴三桂、陈圆圆同吴王夫差、西施联系起来，同时又以不少史书典故入诗，使诗篇笼罩了一种深沉的历史感。诗作虽以天亡逆贼、电扫黄巾开始，但实际却包含着无法言说的亡国隐痛。这首不失风人意旨的诗中，突出地呈示出一如史家直笔一样的严厉的讽刺。

作品的艺术特色在于以下几个方面：第一、叙事结构。本诗是清诗中享有最高声誉的七言歌行。它的结构安排十分别致，独具匠心。全诗先是倒叙，再是顺叙，最后是总括与抒情。第二、蝉联技巧。蝉联技巧的运用使全诗首尾连贯，层次分明，艺术感染力强。诗歌段落之间的过渡显得非常自然，连成一气。第三、修辞手法：诗人在《圆圆曲》中，同时运用了比喻、双关等多种修辞手法，把历史和现实有机地组合在一起，更加有力地鞭挞了吴三桂重色卖国的罪行。第四、语言特点。《圆圆曲》的语言生动形象，色彩鲜明。此外，《圆圆曲》既吸取了近体诗格律严整、节奏鲜明的特点，又吸取了古体诗转韵自由的长处，熔为一炉，读来琅琅上口。

今别离（其一）

黄遵宪

别肠转如轮，一刻既万周[1]。

眼见双轮驰，益增中心忧。

古亦有山川，古亦有车舟。

车舟载离别，行止犹自由。

今日舟与车，并力生离愁[2]。

明知须臾景，不许稍绸缪[3]。

钟声一及时，顷刻不少留。

虽有万钧柁[4]，动如绕指柔[5]。

岂无打头风[6]？亦不畏石尤[7]。

送者未及返，君在天尽头。

望影倏不见[8]，烟波杳悠悠[9]。

去矣一何速？归定留滞不[10]。

所愿君归时，快乘轻气球[11]。

注释

[1]"别肠"两句：离情别思就像那轮船的双轮一样飞转，顷刻间已经绕了千万圈。轮，早期蒸汽机轮船两侧的双轮。

[2]并立：合力，一起。

[3]"明知"两句：（轮船和火车）明明知道人们分手的时刻那么短暂、宝贵，却不让人们稍有缠绵之意。须臾，片刻、短时间。绸缪，这里形容缠绵不断的离别之情。

[4]万钧柁：几万斤重的船舵。万钧，形容分量重或力量大。钧，古代重量单位之一，三十斤为一钧。柁，即舵。这里指轮船后面的发动机。

[5]绕指柔：这里形容发动机转动之灵活。

[6]打头风：迎面吹来的风，逆风。

[7]石尤：即石尤风。传说古代有商人尤某娶石氏女，情好甚笃。尤远行不归，石思念成疾，临死叹曰"吾恨不能阻其行，以至于此，今凡有商旅远行，吾当作大风为天下妇人阻之"。后因称逆风、顶风为石尤风。

[8]倏：疾速，忽然。

[9]此句化用了唐人崔颢《黄鹤楼》诗中"白云千载空悠悠""烟波江上使人愁"两句，形容轮船驰去之迅疾，让人远望兴叹。

[10]留滞：路途阻塞。

[11]轻气球：指海上飞的汽艇。

作品简析

《今别离》既是乐府旧题，又反映了今人——近代人别离的意识，是当时"诗界革命"和黄遵宪"新派诗"的代表作品。黄遵宪（1848—1905），汉族客家人，字公度，别号人境庐主人，清朝诗人，外交家、政治家、教育家。他擅长写诗，喜以新事物熔铸入诗，有"诗界革新导师"之称。其作品有《人境庐诗草》《日本国志》《日本杂事诗》等。他被誉为"近代中国走向世界第一人"。

《今别离（其一）》以轮船、火车载人远去，表现"今别离"的特点和近代人相思别离的全过程。古、今别离的不同，首先在于别离时所用交通工具的不同。不同的交通工具所激发的离情别绪，就有快慢、浓烈、强度和类型的不同。本诗以古代车舟反衬火车、轮船，以当今火车、轮船的准时、迅速，表现近代人离情别绪的突发与浓烈。故其离情并不缓慢、从容，而是倏忽之间，人已不见。诗人以其深厚的古典诗歌修养，将新事物成功地融入古典诗歌的氛围中。

己亥杂诗（其五）

龚自珍

浩荡离愁白日斜[1]，
吟鞭东指即天涯[2]。
落红不是无情物[3]，
化作春泥更护花。

《己亥杂诗（其五）》解读

《注　释》

[1]浩荡：广阔深远的样子，也就是浩茫之意。白日斜：夕阳西下的黄昏时分。

[2]吟鞭：即马鞭；作者在途中，一边策马行进，一边吟诗，故言。东指：出城门向东；天涯：原意是天边，此指遥远的地方。

[3]落红：落花，作者自况。龚自珍因被迫辞官回乡，故自比为落花。后一"花"字，当指一代新人。

《作品简析》

《己亥杂诗》共 315 首，是龚自珍创作的一组诗篇，是一组自叙诗，写了平生出处、著述、交游等，题材极为广泛。龚自珍（1792—1841），字璱人，号定庵，又号羽琌山民。仁和（今浙江杭州）人。清代思想家、文学家和改良主义的先驱者。著有《定庵文集》，留存文章 300 余篇，诗词近 800 首，今人辑为《龚自珍全集》。

这首诗是作者最著名的代表作之一，写诗人离京的感受。其含义主要体现在两个方面：一是抒发离京南返的愁绪，二是表示自己虽已辞官，但仍决心为国效力，流露了作者深沉丰富的思想感情。诗中的"落红不是无情物，化作春泥更护花"是世代传颂的经典名句，一方面是诗人言志抒怀的心声，另一方面也可以作为广泛意义上的崇高人格道德境界的出色写照。本诗将政治抱负和个人志向融为一体，将抒情和议论有机结合，形象地表达了诗人复杂的情感。

就义诗

杨继盛

浩气还太虚[1]，丹心照千古[2]。
生平未报国[3]，留作忠魂补[4]。

《注 释》

[1] 浩气：正气。正大刚直的精神。还：回归。太虚：太空。

[2] 丹心：红心，忠诚的心。千古：长远的年代，千万年。

[3] 生平：一辈子，一生。报国：报效国家。

[4] 忠魂：忠于国家的灵魂，忠于国家的心灵、精神。魂，作者的原意是指死后的魂灵，这是古人的看法。

《作品简析》

本诗是明代诗人杨继盛所写的一首五言诗。杨继盛（1516—1555），明代著名谏臣，字仲芳，号椒山，直隶容城（今河北省容城县北河照村）人，著有《杨忠愍文集》。他因揭发奸相严嵩被处死，这首诗是他临刑前所作，原诗没有题目，诗题由后人代拟。诗人在诗中表示，自己的报国之心不但至死不渝，即使死后也不会改变。全诗一气呵成，如吐肝胆，如露心胸，感人肺腑。

与江进之

袁宏道

弟暂栖真州城中[1]，房子宽阔可住。弟平生好楼居，今所居房，有楼三间，高爽而净，东西南北，风皆可至，亦快事也。又得季宣为友[2]，江上柳下，时时纳凉赋诗，享人世不肯享之福，说人间不敢说之话，事他人不屑为之事，颇觉受用，过陶元亮、王无功日子[3]。天盖见弟两年吃苦已甚[4]，故用此相偿，不然，何故暴得清福如此哉？近日读古今名人诸赋，始知苏子瞻、欧阳永叔辈见识[5]，真不可及。夫物始繁者终必简，始晦者终必明，始乱者终必整，始艰者终必流丽痛快[6]。其繁也，晦也，乱也，艰也，文之始也。如衣之繁复，礼之周折，乐之古质，封建井田之纷纷扰扰是也[7]。古之不能为今者也，势也。其简也，明也，整也，流丽痛快也，文之变也。夫岂不能为繁，为乱，为艰，为晦，然已简安用繁[8]？已整安用乱？已明安用晦？已流丽痛快，安用赘牙之语、艰深之辞？辟如周书大诰、多方等篇[9]，古之告示也，今尚可作告示不？毛诗郑、卫等风[10]，古之淫词媟语也[11]，今人所唱银柳系、挂针儿之类[12]，可一字相袭不？世道既变，文亦因之，今之不必摹古者也，亦势也。张、左之赋，稍异杨、马，至江淹、庾信诸人，抑又异矣[13]。唐赋最明白简易。至苏子瞻直文耳，然赋体日变，赋心益工，古不可优，后不可劣。若使今日执笔，机轴尤为不同[14]。何也？人事物态，有时而更，乡语方言，有时而易，事今日之事，则亦文今日之文而已矣。卢楠诸君不知赋为何物[15]，乃将经史海篇字眼，尽意抄誊，谬谓复古，不亦大可笑哉！

《注 释》

[1] 真州：明、清以来，是仪征县治所在地，如今为县级市仪征市治所。

[2] 季宣：李枟，仪征人。曾任山东济阳令，后辞官归里。工诗文，著有《青莲馆》《摄山草》等。

[3] 陶元亮：陶渊明，字元亮，又名潜，浔阳柴桑（今江西省九江市）人。东晋末至南朝宋初期伟大的诗人、辞赋家，中国第一位田园诗人，有《陶渊明集》。王无功：王绩（约589—644），字无功，号东皋子，古绛州龙门县（山西省万荣县通化镇）人，唐代诗人。贞观初，躬耕东皋（今宿州市五柳风景区），自号"东皋子"。性简傲，嗜酒，能饮五斗，自作《五斗先生传》，撰《酒经》《酒谱》，注《老》《庄》。

[4] 盖：表示推测，相当于"大约""大概"。

[5] 苏子瞻：苏轼，字子瞻，号东坡居士，世称苏东坡，眉州眉山（今属四川省眉山市）人，北宋文学家、书法家、画家，有《东坡七集》《东坡易传》《东坡乐府》等传世。欧阳永叔：欧阳修，字永叔，号醉翁、六一居士，吉州永丰（今江西省吉安市永丰县）人，北宋政治家、文学家。他曾主修《新唐书》，并独撰《新五代史》。有《欧阳文忠公集》传世。

[6] 流丽：流畅而华美。常用以形容诗文、书法等。

[7] 封建：一种分封的政治制度。君主把土地分给宗室和功臣，让他们在这块土地上建国。井田：具有一定规划、亩积和疆界的方块田。井田制是中国奴隶社会的土地国有制度，西周时盛行。

[8] 安：疑问代词，怎么。

[9] 周书：即《尚书》中的周书部分，介绍周代典、谟、训、诰、誓、命等文献。大诰、多方为其中篇目。

[10] 毛诗：西汉时，鲁国毛亨和赵国毛苌所辑和注的古文《诗》，即现在流行于世的《诗经》。风指十五国风，即十五国的民歌。郑风、卫风指当时郑国、卫国的民歌。

[11] 淫词媟语：放荡淫秽、低级趣味的话。

[12] 银柳系、挂针儿：指当时的里巷民谣。

[13] 张、左：张衡（78—139），字平子，汉赋四大家之一。中国东汉时期伟大的天文学家、发明家、文学家，文学作品以《二京赋》《归田赋》等为代表。左思（约250—305），字太冲，西晋著名文学家，其《三都赋》颇被当时称颂，后人辑有《左太冲集》。杨、马：杨雄与司马相如。司马相如，字长卿，西汉辞赋家，其代表作品为《子虚赋》。作品辞藻富丽，结构宏大。扬雄，字子云，西汉学者，长于辞赋，是继司马相如之后西汉最著名的辞赋家，有《甘泉赋》《解嘲》等流传于世。《江淹（444—505），字文通，南朝著名政治家、文学家，代表作品有《恨赋》《别赋》等。庾信（513—581），字子山，小字兰成。南北朝时期文学家、诗人，有《庾子山集》传世，主要作品有《枯树赋》《哀江南赋》等。

[14] 机轴：比喻诗文的构思、词采、风格。

[15] 卢楠：生于1507，卒于1560，字子木、次楩、少楩，大名浚县人。自称浮丘山人，且恃才傲物，愤世嫉俗，当地人称其为卢太学。卢楠自幼才华横溢，诗词曲赋出口成章。

《作品简析》

本文选自《袁中郎全集》。袁宏道（1568—1610），字中郎，又字无学，号石公，又号六休，湖广公安（今属湖北省公安县）人。与其兄袁宗道、弟袁中道并有才名，其文学流派世称"公安派"，诗文体例称"公安体"。他是明代文学反对复古运动的主将，他既反对前后七子模拟秦汉古文的主张，亦反对唐顺之、归有光模拟唐宋古文的主张，认为文章与时代有密切关系。袁宏道在文学上反对"文必秦汉，诗必盛唐"的风气，提出"独抒性灵，不拘格套"的性灵说。

江进之为袁宏道好友，本文是袁宏道写给他的一封书信。作者在文中先赞叹好友生活快意，然后开始探讨文学创作的问题。他在文中列举、评价前人作品，提出自己的主张："世道既变，文亦因之。今之不必摹古者也，亦势也。"强调文学要随时代而变化，反对前、后七子的拟古倾向。本文体现袁宏道反对盲目拟古，主张文随时变的文学思想。

登泰山记

姚　鼐

泰山之阳[1]，汶水西流[2]；其阴，济水东流[3]。阳谷皆入汶[4]，阴谷皆入济。当其南北分者[5]，古长城也[6]。最高日观峰[7]，在长城南十五里。

余以乾隆三十九年十二月[8]，自京师乘风雪[9]，历齐河、长清[10]，穿泰山西北谷，越长城之限[11]，至于泰安[12]。是月丁未[13]，与知府朱孝纯子颖由南麓登[14]。四十五里，道皆砌石为磴[15]，其级七千有余[16]。

泰山正南面有三谷。中谷绕泰安城下，郦道元所谓环水也[17]。余始循以入[18]，道少半[19]，越中岭[20]，复循西谷，遂至其巅。古时登山，循东谷入，道有天门[21]。东谷者，古谓之天门溪水，余所不至也。今所经中岭及山巅崖限当道者[22]，世皆谓之天门云[23]。道中迷雾冰滑，磴几不可登[24]。及既上，苍山负雪，明烛天南[25]；望晚日照城郭，汶水、徂徕如画[26]，而半山居雾若带然[27]。

戊申晦[28]，五鼓[29]，与子颖坐日观亭[30]，待日出。大风扬积雪击面。亭东自足下皆云漫[31]。稍见云中白若摴蒱数十立者[32]，山也。极天云一线异色[33]，须臾成五采[34]。日上，正赤如丹[35]，下有红光，动摇承之。或曰，此东海也[36]。回视日观以西峰，或得日，或否[37]，绛皓驳色[38]，而皆若偻[39]。

亭西有岱祠[40]，又有碧霞元君祠[41]；皇帝行宫在碧霞元君祠东[42]。是日，观道中石刻，自唐显庆以来[43]，其远古刻尽漫失[44]。僻不当道者[45]，皆不及往。

山多石，少土；石苍黑色，多平方，少圜[46]。少杂树，多松，生石罅[47]，皆平顶。冰雪，无瀑水[48]，无鸟兽音迹。至日观数里内无树，而雪与人膝齐。

桐城姚鼐记。

《 注　释 》

[1] 阳：山的南面。

[2] 汶（wèn）水：也叫汶河。发源于山东莱芜东北原山，向西南流经泰安东。

[3] 济水：发源于河南济源市西王屋山，东流到山入海东。后来下游被黄河冲没。

[4] 阳谷：指山南面谷中的水。谷，两山之间的流水道，现通称山涧。

[5] 当其南北分者：在那（阳谷和阴谷）南北分界处的。

[6] 古长城：指春秋时期齐国所筑长城的遗址，古时齐鲁两国以此为界。

[7] 日观峰：在山顶东岩，是泰山观日出的地方。

[8] 以：在。乾隆三十九年：即 1774 年。

[9] 乘：趁，这里有"冒着"的意思。

[10] 齐河、长清：地名，都在山东省。

[11] 限：门槛，这里指像一道门槛的城墙。

[12] 泰安：即今山东省泰安市，在泰山南面，清朝为泰安府治所。

[13] 丁未：丁未日，即十二月二十八日。

[14] 朱孝纯子颖：朱孝纯，字子颖。当时是泰安府的知府。

[15] 蹬（dèng)：石级。

[16] 级：石级。

[17] 环水：即中溪，俗称梳洗河，流出泰山，傍泰安城东面南流。

[18] 循以入：顺着（中谷）进去。

[19] 道少半：走了不到一半。

[20] 中岭：即黄岘岭，又名中溪山，中溪发源于此。

[21] 天门：泰山峰名。《山东通志》："泰山周回一百六十里，屈曲盘道百余，经南天门，东西三天门，至绝顶，高四十余里。"

[22] 崖限当道者：挡在路上的像门槛一样的山崖。

[23] 云：语气助词。

[24] 几：几乎。

[25] 苍山负雪，明烛天南：青山上覆盖着白雪，（雪）光照亮了南面的天空。负，背。烛，动词，照。

[26] 徂徕（cú lái）：山名，在泰安东南。

[27] 居：停留。

[28] 戊申晦：戊申这一天是月底。晦，农历每月最后一天。

[29] 五鼓：五更。

[30] 日观亭：亭名，在日观峰上。

[31] 漫：迷漫。

[32] 樗蒲（chū pú）：又作"樗蒲"，古代的一种赌博游戏，这里指博戏用的"五木"。五木两头尖，中间广平，立起来很像山峰。

[33] 极天：天边。

[34] 采：通"彩"。

[35] 丹：朱砂。

[36] 东海：泛指东面的海。这里是想象，实际上在泰山顶上看不见东海。

[37] 或得日，或否：有的被日光照着，有的没有照着。

[38] 绛皓驳色：或红或白，颜色错杂。绛，大红。皓，白色。驳，杂。

[39] 若偻：像脊背弯曲的样子。引申为鞠躬、致敬的样子。日观峰西面诸峰都比日观峰低，所以这样说。偻，驼背。

[40] 岱祠：东岳大帝庙。

[41] 碧霞元君：传说是东岳大帝的女儿。

[42] 行宫：皇帝出外巡行时居住的住所。这里指乾隆登泰山时住过的宫室。

[43] 显庆：唐高宗的年号。

[44] 漫失：模糊或缺失。漫，磨灭。

[45] 僻不当道者：偏僻，不在道路附近的。

[46] 圜：通"圆"。

[47] 石罅：石缝。

[48] 瀑水：瀑布。

作品简析

　　本文是姚鼐最著名的一篇文章，也是中国文学史上脍炙人口的游记佳作。姚鼐（nài）（1731—1815）字姬传，一字梦谷，室名惜抱轩（在今桐城中学内），世称惜抱先生、姚惜抱，安徽桐城人。清代著名散文家，与方苞、刘大櫆并称为"桐城三祖"。著有《惜抱轩全集》等，曾编选《古文辞类纂》。

　　他在文中介绍泰山的地理位置和形势，叙说登山经过，描写泰山夕照和日出佳景，综述名胜古迹。最后一段"桐城姚鼐记"，交代作者，这是游记常见的格式。文章既再现了隆冬时节泰山的壮丽景色，又抒发了作者对祖国山河的热爱赞颂之情。本文的艺术特点在于：第一，语言简洁、生动。这篇文章全文不足五百字，却充分表现出雪后登山的特殊情趣。第二，修辞巧妙，手法得当。这篇文章有多处使用比喻和拟人手法，各具特点。此外，本文描写景物多是直接描写；但也有采用侧面烘托的办法，给人想象空间，又生动有趣。

报刘一丈书

宗 臣

　　数千里外，得长者时赐一书，以慰长想，即亦甚幸矣；何至更辱馈遗，则不才益将何以报焉？书中情意甚殷，即长者之不忘老父，知老父之念长者深也。

　　至以"上下相孚[1]，才德称位"语不才，则不才有深感焉。夫才德不称，固自知之矣；至于不孚之病，则尤不才为甚。

　　且今之所谓孚者，何哉？日夕策马，候权者之门。门者故不入，则甘言媚词，作妇人状，袖金以私之[2]。即门者持刺入，而主人又不即出见；立厩中仆马之间，恶气袭衣袖，即饥寒毒热不可忍，不去也。抵暮，则前所受赠金者，出报客曰："相公倦，谢客矣！客请明日来！"即明日，又不敢不来。夜披衣坐，闻鸡鸣，即起盥栉[3]，走马抵门；门者怒曰："为谁？"则曰："昨日之客来。"则又怒曰："何客之勤也？岂有相公此时出见客乎？"客心耻之，强忍而与言曰："亡奈何矣，姑容我入！"门者又得所赠金，则起而入之；又立向所立厩中。幸主者出，南面召见，则惊走匍匐阶下。主者曰："进！"则再拜，故迟不起；起则上所上寿金。主者故不受，则固请。主者故固不受，则又固请，然后命吏纳之。则又再拜，又故迟不起；起则五六揖始出。出揖门者曰："官人幸顾我，他日来，幸无阻我也！"门者答揖。大喜奔出，马上遇所交识，即扬鞭语曰："适自相公家来，相公厚我[4]，厚我！"且虚言状。即所交识，亦心畏相公厚之矣。相公又稍稍语人曰："某也贤！某也贤！"闻者亦心许交赞之。

此世所谓上下相孚也，长者谓仆能之乎？前所谓权门者，自岁时伏腊[5]，一刺之外，即经年不往也。闲道经其门，则亦掩耳闭目，跃马疾走过之，若有所追逐者，斯则仆之褊衷[6]，以此长不见怡于长吏，仆则愈益不顾也。每大言曰："人生有命，吾惟有命，吾惟守分而已。"长者闻之，得无厌其为迂乎[7]？

乡园多故[8]，不能不动客子之愁。至于长者之抱才而困，则又令我怆然有感[9]。天之与先生者甚厚，亡论长者不欲轻弃之，即天意亦不欲长者之轻弃之也，幸宁心哉！

[1] 孚：信任，信服。

[2] 袖：藏在衣袖里。

[3] 栉：梳头。

[4] 厚：优待，重视，厚待。

[5] 岁时：一年四季。伏腊：伏日和腊日。

[6] 褊衷：褊狭（biǎn xiá）的内心，狭隘的心怀。

[7] 迂：言行或见解陈旧不合时宜，迂腐。

[8] 故：意外，灾祸。

[9] 怆然（chuàng rán）：悲伤的样子。

作品简析

本文是宗臣答复刘一丈的一封书信。宗臣（1525—1560），明代文学家。字子相，号方城山人。兴化（今属江苏省兴化市）人。南宋末年著名抗金名将宗泽后人。其诗文主张复古，与李攀龙等齐名，为"嘉靖七子"（后七子）之一，著有《宗子相集》。刘一丈，名介，字国珍，号墀石。"一"，表排行居长，即老大。"丈"，是对男性长辈的尊称。刘一丈，即一个名叫刘介的长者，排行老大。他也是江苏兴化人，与宗臣家是世交。作者在文中，推心置腹地谈了自己对世俗的看法，大胆揭露了相府中的丑事，真正表达了对刘一丈的深情厚谊。

本文是一篇书信体优秀散文。这封信通过描绘官场的丑恶，深刻地揭示了统治阶级

263

的腐败丑恶和当时社会的黑暗。文章紧紧围绕"上下相孚""才德称位"两方面展开，但对后者只是一笔带过，对前者却做了详细的描述。本文运用对比手法，形象地揭露了进谒者的奴颜婢膝、曲意逢迎和权贵骄横跋扈、倨傲做作的丑态。文章在讽刺鞭挞丑恶的同时，也表达出作者不屑巴结权贵的正直态度和可贵品质。

其艺术特点表现在三个方面：第一，本文虽是书信体的记叙文，但它的形象性和讽刺性十分突出。第二，运用对比手法，揭示深刻的社会内容。文中有三组对比，通过对比，所谓"上下相孚"的一致，昭然若揭。第三，本文具有很强的讽刺力量。作者在描写中倾注了他对丑恶事物的痛恨之情，具有一定的现实性和启发性。

黄生借书说[1]

袁 枚

黄生允修借书。随园主人授以书[2]，而告之曰：

"书非借不能读也。子不闻藏书者乎[3]？七略、四库，天子之书[4]，然天子读书者有几？汗牛塞屋，富贵家之书[5]，然富贵人读书者有几？其他祖父积[6]，子孙弃者无论焉[7]。非独书为然[8]，天下物皆然。非夫人之物而强（qiǎng）假（jiè）焉[9]，必虑人逼取，而惴惴焉摩玩之不已[10]，曰："今日存，明日去，吾不得而见之矣。"若业为吾所有[11]，必高束焉[12]，庋（guǐ）藏焉[13]，曰"姑俟（sì）异日观"云尔[14]。

余幼好书，家贫难致[15]。有张氏藏书甚富。往借，不与，归而形诸梦[16]。其切如是[17]。故有所览辄（zhé）省记[18]。通籍后[19]，俸去书来[20]，落落（luò luò）大满[21]，素蟫（yín）灰丝时蒙卷轴[22]。然后叹借者之用心专，而少时之岁月为可惜也[23]！"

今黄生贫类予[24]，其借书亦类予；惟予之公书与张氏之吝书若不相类[25]。然则予固不幸而遇张乎，生固幸而遇予乎？知幸与不幸，则其读书也必专，而其归书也必速[26]。

为一说，使与书俱[27]。

《 注 释 》

[1] 本文选自《小仓山房文集》。随园，在江苏省南京市北小仓山上，袁枚中年辞官后居住的别墅。生：古时对读书人的通称。

[2] 授：授给，给予。

[3] 子：你。

[4] 七略、四库，天子之书：七略、四库是天子的书。西汉末学者刘向整理校订内府藏书。刘向的儿子刘歆（xīn）继续做这个工作，写成《七略》，分为辑略、六艺略、诸子略、兵书略、诗赋略、术数略、方技略七部。唐朝，京师长安和东都洛阳的藏书，由《经》《史》《子》《集》编成《四库》。这里七略四库都指内府藏书。

[5] 汗牛塞屋：搬运起来累得牛流汗，放在家里塞满了屋子。这里形容藏书很多。汗，名词作动词，使……流汗。

[6] 祖父：祖父和父亲。"祖父"相对"子孙"说。

[7] 弃者：丢弃的情况。无论：不用说，不必说。

[8] 然：这样。

[9] 强（qiǎng）：勉强。

[10] 惴惴（zhuì）焉：忧惧的样子。摩玩：摩挲（suō）玩弄，抚弄。

[11] 业：已经。

[12] 高束：捆扎起来放在高处。束，捆，扎。

[13] 庋（guǐ）：放置、保存。

[14] 姑：姑且，且。俟（sì）：等待。异日：另外的日子。尔：语气词，罢了。

[15] 难致：难以得到。

[16] 形诸梦：形之于梦。在梦中现出那种情形。形，动词，现出。诸，等于"之于"。

[17] 切：迫切。如是：像这样。

[18] 故有所览辄（zhé）省记：（因为迫切地要读书，又得不到书。）所以看过的就记在心里。省，记。

[19] 通籍：出仕，做官。做了官，名字就不属于"民籍"，取得了官的身份，所以说"通籍"。这是封建士大夫的常用语。籍，民籍。通，动词，表示从民籍到仕宦的提升。

[20] 俸：官俸，官吏的薪水。

[21] 落落：形容多而连续不断地堆集。

[22] 素蟫（yín）：指蛀食书籍的银白色蠹虫。素，白色。灰丝：指虫丝。卷（juàn）轴：书册。古代还没有线装书的时期，书的形式是横幅长卷，有轴以便卷起来。后世沿用"卷轴"称书册。

[23] 少时：年轻时。岁月：指时间。

[24] 类：似、像。

[25] 公：动词，同别人共用。吝：吝啬。

[26] 归：还。

[27] 为一说，使与书俱：作一篇说，让（它）同书一起（交给黄生）。

作品简析

　　袁枚通过本文告诫年轻人要珍惜读书的机会，好好读书。作者袁枚（1716—1798），字子才，号简斋，自称随园主人、随园老人、仓山居士，清代文学家、诗论家，钱塘（今浙江省杭州市）人。所作散文感情真切，论诗主张抒写性情。著作有《小仓山房文集》《随园诗话》《新齐谐》《续新齐谐》等。

　　本文就青年黄允修向作者借书一事发表议论，提出了"书非借不能读也"的观点，勉励青年化弊为利，努力为自己创造条件，发奋求学。文章围绕中心，夹叙夹议，层次清楚地阐明事理。其中，为了论证"书非借不能读也"这一观点，作者从三个方面做了对比。这三个方面的对比是：藏书（物）者和借书（物）者对书的不同态度和心理的对比；"我"年少时借书苦读与做官后有书不读的对比；"我"幼时遇张氏吝书之不幸与黄生遇"我"公书之幸的对比。最后一段照应开头，点出写这篇"说"的目的：勉励他应该珍惜年少时光，勤奋学习。

古汉语通论

古代礼仪

古代礼仪指的是中国古代的礼仪。中国的礼仪文化源远流长，早在西周时期，中国传统礼仪文化就已十分完备，其礼仪制度《周礼》被后世奉为古制，延续了几千年。《周礼》中有对礼法、礼仪的权威记载和解释，并出现了礼仪制度的基本结构。礼分为五类，称为五礼：祭祀之事为吉礼，冠婚之事为嘉礼，宾客之事为宾礼，军旅之事为军礼，丧葬之事为凶礼。后世修订礼典，大体都依吉、凶、军、宾、嘉五礼为纲，对历代礼制有着深远的影响。

一、吉礼

中国古代宇宙观最基本的三要素为天、地、人，《礼记·礼运》称："夫礼，必本于天，殽于地，列于鬼神"。吉礼为五礼之冠，即祭祀之礼。《周礼·春官·宗伯》记载："以吉礼祀邦国之鬼、神、示（祇 qí）。"吉礼为敬奉神与鬼的典礼，祭祀对象分为天神、地祇、人鬼等三类，主要有祭天地、祭日月星辰、祭先王、祭先祖、祭社稷、祭宗庙等礼仪活动。

（一）天神

天神只能由天子来祭祀，受祀的天神不仅多，而且有尊卑之别，第一等为昊天上帝，或称天皇大帝、百神之君等。天子选择在冬至这天，阴尽阳生之日，在国都南郊圜丘圆形的祭天之坛（阴阳五行中南方为阳位），祀昊天上帝。第二等为日月星辰。日月为天之明，星辰指"五纬"（金、木、水、火、土五行）及十二辰和二十八星宿，即与民生关系最为密切的天体。第三等为除第二等之外，凡是职所有司、有功于民的列星，如司中、司命、风师、雨师等。

此外还有祈谷于天的雩（yú）祭。雩祭分为"常雩"和"因旱而雩"两种。常雩为固定的祭祀，即使没有水旱之灾，都会在固定的时间进行祭祀。常雩的时间，《左传》曰"龙见而雩"。所谓"龙见"，是指苍龙七宿在建巳之月（夏历四月）昏时出现在东方，此时万物始盛，急需雨水，故每年此时有雩祭。"因旱而雩"是指因旱灾而临时增加的雩祭，多在夏、秋两季，雩祭的对象，除上天外，还有"山川百源"即地面上所有的水源。祀天神的各种仪式与祭祀用品都经过精心设计，一名一物，无不含着深意和敬意，在祭天仪式中，天子通过虔诚地祈福，希望风调雨顺、五谷丰登、国泰民安。

（二）地祇

远古时已有对土地的崇拜，大地生长五谷，养育万物，犹如慈爱的母亲，因此，古代有"父天而母地"的说法。祭地示时，也依照尊卑分为三等。第一等为社稷、五祀、五岳。社为土地，稷为百谷之主；五祀在此为五行之神；五岳为东岳泰山、南岳衡山、西岳华山、北岳恒山、中岳嵩山，此五山被认为是天下五方的镇山。第二等为山林、川泽。此类祭祀的对象还包括社稷、城隍、四方山川、五祀、六宗等，主要祭祀四方的大河、大山。第三等是四方百物。所谓四方百物指的是，掌管四方百物的各种小神，包括户、灶、霤（liù）、门、行等五祀。《礼记·月令》中称：春祀户，夏祀灶，中央祀中霤，秋祀门，冬祀行。此五者与人们的生活密切相关，厚于民生，故要祭五者之神。

（三）人鬼

祭祀人鬼，主要是对祖先的祭祀。祭必于庙，《礼记·王制》记载："天子七庙，三昭三穆，与太祖之庙合而为七。诸侯五庙，二昭二穆，与太祖之庙合而为五。大夫三庙，一昭一穆，与太祖之庙合而为三。士一庙。庶人祭于寝。"昭、穆是指宗庙的排列次序，各个庙都向南，昭庙在左，穆庙在右，依次排列。《诗·小雅·天保》云："禴（yuè）祠尝烝，于公先王。"禴、祠、尝、烝分别是春夏秋冬四时的祭名，所谓四时祭，就是每逢岁时之首，用时令蔬果祭祖。对父祖的祭祀还大量集中在丧礼中，有奠、虞、卒哭、袝、小祥、大祥、禫（dàn）等名目，甚为复杂，并包括历代帝王、先圣先师、贤臣、先农、先蚕、先火、先炊、先医、先卜等。

关于先圣先师的祭祀，中国古代重视礼教，对于在伦理教化上有突出表现者，即所谓"礼乐读书"之官，国家将其纳入祭奠"先圣先师"的祀典。最初的祭奠没有特定的对象，至汉代，先圣定为周公，孔子定为先师。到唐太宗时期，从国学角度出发，尊孔子为先圣。此后，孔子在国学祭祀中的独尊地位再也没有变化。配享先师的人，后来渐渐增加到四配、十哲。四配为颜回、曾参、子思、孟轲，十哲指颜回、闵子骞、冉伯牛、仲弓、宰予、子贡、冉有、季里、子游、子夏（后来颜回升为配享后，升颛孙师为十哲之一）。他们都是孔门弟子中非常优秀的人。到清代，增加有若和朱熹为十二哲。此外，在孔庙中还有一些受祭者，他们的级别低于四配、十二哲，被称为先贤（仍是孔门弟子）、先儒（历代儒家杰出学者）。祭祀这些先圣先师的地点在学宫孔庙，每年春秋行祭祀大礼。

总之，吉礼是古代五礼之一。即祭祀天神、地祇、人鬼等的礼仪活动。历代兴革不一，但极为统治阶级所重视。

二、凶礼

凶礼即有关哀悯、吊唁、忧患的典礼。《周礼·春官·宗伯》记载："以凶礼哀邦国之忧，以丧礼哀死亡，以荒礼哀凶札，以吊礼哀祸灾，以禬（guì）礼哀围败，以恤礼哀寇乱。"意为以凶礼哀吊救助邦国的忧患，以丧礼来哀吊死亡，以荒礼来救助饥荒与疫病的流行，以吊礼哀吊发生的严重自然灾害、水火灾祸，以禬礼相助被围而遭祸败的盟国，以恤礼慰问国内的动乱或曾遭寇乱的邻国。

（一）丧礼

以丧礼哀死亡。《礼记·曲礼下》记载："居丧未葬，读丧礼。既葬，读祭礼。"丧礼是古代礼仪中最为重要的礼仪之一，其核心是通过对死者遗体的各种处理仪式，来表达对死者的敬爱之情。丧礼仪式，有停尸仪式、报丧仪式、招魂、送魂仪式、做"七"仪式、吊唁仪式、入殓仪式、丧服仪式、出丧择日仪式、哭丧仪式、下葬仪式，各种仪式都非常郑重其事。与丧礼密不可分的是丧服制度，根据与死者的亲疏关系，依次有斩衰（cuī）、齐衰、大功、小功、缌（sī）麻等五种服期不等的丧服。几千年来人们形成的丧葬礼仪，如同生者与死者的对话，揭示了中国人生死观的深层内涵。

（二）荒礼

荒礼即为遇灾荒时所行之礼，凶礼之一。《周礼·春官·宗伯》曰："以荒礼哀凶札。"札，谓疫疠。郑玄注："荒，人物有害也。"《礼记·曲礼》曰："岁凶，年谷不登，君膳不祭肺，马不食谷，驰道不除，祭事不县，大夫不食粱，士饮酒不乐。"意指水旱灾害之年，五谷不成；天子少食减膳，不杀生；天子的御道不除草，以省民力且可采摘野生植物充饥；凶年不以钟磬作乐；大夫食黍稷而以粱为餐；士虽饮酒但不作乐，与民同忧。《逸周书·籴匡》将农业丰歉分为成年、年俭、年饥、大荒四种情况，灾荒时直接贷给饥民粮食。《国语·鲁语》记载："国有饥馑，卿出告籴，古之制也。"《周礼·秋官·司寇》："若国札丧，则令赙（fù）补之；若国凶荒，则令赒委之。"此处所记载的荒还包括疫病流行在内，当邻国出现灾荒或传染病、民众面临生存危机时，应该以一定的方式表示同忧，当有赒补之礼，亦属荒礼。先秦荒礼大致有祷神、变礼、减缮减用，以及提供财物赒补等几种形式。《周礼·地官·大司徒》则更加全面系统地提出了救荒的对策："以荒政十有二聚万民：一曰散利，二曰薄征，三曰缓刑，四曰弛力，五曰舍禁，六曰去几，七曰省礼，八曰杀哀，九曰蕃乐，十曰多婚，十有一曰索鬼神，十有二曰除盗贼。"灾荒之年举行荒礼，不仅可以安抚民心，维护社会安定，同时也有效地节省了财物，有利于人民的生产生活。故而，先秦以后荒礼仍受到社会各阶层的重视。

（三）吊礼

《周礼·春官·宗伯》记载大宗伯（官名，春官之长为大宗伯，掌礼制，爵为卿）"以吊礼哀祸灾"。《周礼·秋官·司寇》记载小行人（官名，掌邦国宾客之礼籍，招待四方使者等）"若国有祸灾，则令哀吊之"。鲁庄公十一年秋，宋国发生大水，鲁君派人前往吊问，曰："天作淫雨，害于粢盛，如何不吊？"（《左传·庄公十一年》）《宋史·徽宗本纪》载，崇宁三年二月丁未，置"漏泽园"，瘗（yì）埋人骨，无使暴露。这些都是代表天子吊慰抚恤各国诸侯及人民的描述。

（四）襘（guì）礼

诸侯国因外来侵略或内部动乱灾祸，蒙受经济、财产、人员的损失，天子或盟国汇合财货予以救助，称为襘礼。《春秋》襄公三十一年冬，"会（襘）于澶渊，宋灾故"。《谷梁传》云："更宋之所丧财也。"即为补充宋国因为灾祸而丧失的财物，使之尽快恢复正常的社会生活。

（五）恤礼

恤是忧的意思，春秋时，诸侯国因外来侵略或内部动乱灾祸，蒙受经济、财产、人员的损失时，派遣使者慰问、存恤，称为恤礼。《周礼·秋官》中"大行人"之职，为"致恤以补诸侯之灾"；"小行人"之职，为"若国师役则令犒恤之"，都是恤礼。

总之，凶礼是古代五礼之一，指用于吊慰家国忧患方面的礼仪活动，包括丧葬礼、荒礼、吊礼、恤礼、襘礼等。后多特指丧葬、持服、谥号等礼仪。虽然近代礼仪中，省去了很多凶礼的礼节，但是古礼的内在精神依旧对现代文明有着深远的意义。俗云："天有不测风云，人有旦夕祸福。"人皆乐生恶死，好治厌乱。洪荒之世，人类与自然相需而存，敬天法地而礼生，文明得以进化。于今亦然，困顿危难之时，如果社会各阶层，从上至下都能伸出关爱的手，那么爱心和团结的力量，便有助于人们尽快恢复信心，渡过难关。此敬天法地爱民之心，无论何时何境都历久弥新。

三、军礼

军礼即有关军事活动的礼仪。王者以礼治国，使天下归于大同，难免会遇到内部和外部的干扰，甚至兵火的威胁。《礼记·月令》记载："以征不义，诘诛暴慢，以明好恶，顺彼远方。"礼乐与征伐，犹如车之两轮，不可偏废。

而军队的组建、管理等，也都离不开礼的原则。例如军队的规模，天子为六军，根据礼有等差的原则，诸侯的军队不得超过六军，而必须与国力相称，大国三军，次国二军，小国一军。当时的军力往往用战车的多少来衡量，故而，又有天子万乘、诸侯千乘、大夫百乘的说法。军队必须按照礼的原则，严格训练，严格管理，《礼记·曲礼》云："班朝治军，莅官行法，非礼威严不行。"

军礼分为大师之礼、大均之礼、大田之礼、大役之礼、大封之礼，《周礼·春官·大宗伯》记载："大师之礼，用众也；大均之礼，恤众也；大田之礼，简众也；大役之礼，任众也；大封之礼，合众也。"包括用兵征伐、均土地和征赋税、田猎、营建土木工程、定疆封土等活动中的礼仪。

（一）大师之礼

大师之礼，指王者出征讨伐，其军队行止动容，自有其礼法。天子御驾亲征，威仪盛大，旨在调动国民为正义而战的热情，故《周礼》云："大师之礼，用众也。"郑玄注："用其义勇也。"

（二）大均之礼

大均之礼指校正户口，调节赋征等。清末经学家孙诒让言："此主王国而言，盖欲均地政地守地职之等，须属聚众庶，大平计事，故属军礼。"根据《周礼·地官·小司徒》记载，古代的军队建制，以五人为一伍，五伍（二十五人）为一两，四两（一百人）为一卒，五卒（五百人）为一旅，五旅（二千五百人）为一师，五师（一万二千五百人）为一军。国家根据这一建制"以起军旅"（征兵），同时"以令贡赋"（分摊军赋）。也就是说，应征的士兵必须自备车马、盔甲等。这种做法与当时兵农合一的社会现状相适应，出则为兵，入则为民。大均之礼意在平摊军赋，使民众负担均衡。唐宋以后，随着社会的变化，军礼中不再有这一条。

明清诗文　第十八单元

（三）大田之礼

古代诸侯都亲自参加四时田猎，以及因田习兵，检阅车徒等。春蒐（sōu）、夏苗、秋狝（xiǎn）、冬狩，称之为大田之礼。其主要目的是检阅战车与士兵的数量，士兵的作战能力，训练士兵在未来战争中的协调配合能力。

田猎不但是一项具有军事意义的生产活动，且与祭祀有关。殷商甲骨文中有大量的田猎记录，在以农业经济为主的社会，田猎不再是以糊口果腹为目的的生产手段，周代更是如此。田猎的作用，一则为田除害，保护农作物不受禽兽的糟蹋。二则供给宗庙祭祀。三则为了驱驰车马，弯弓骑射，兴师动众，进行军事训练。礼法规定，田猎不捕幼兽，不采鸟卵，不杀有孕之兽，不伤未长成的小兽，不破坏鸟巢。另外，围猎捕杀要围而不合，留有余地，不能一网打尽，斩草除根。这些礼法对于保护野生动物资源，维持自然界生态平衡有积极意义。

（四）大役之礼

大役之礼指国家为建筑王宫城邑等营造、修建土木工程，而大兴徒役。大役之礼要求根据民力的强弱分派任务，也就是孔子所说"为力不同科"的思想。

（五）大封之礼

大封之礼指勘定封疆，树立界标。郑注云："正封疆沟涂之固。按古者封国各有疆界，若有侵越，或错互不正，则以兵征治之也。故亦属军礼。"诸侯相互侵犯，争夺对方领土，使民流离失所。当侵略的一方受到征讨之后，要确认原有的疆界，聚集失散的居民。古代疆界都要封土植树，故称大封之礼。

此外，军队的车马、旌旗、兵器、军容、营阵、校阅等无不依一定的仪节进行。军队的日常训练，包括校阅、车战、舟师、马政等，都有严格的礼仪规定。得胜之后，还有凯旋、告庙受降等。后代礼书又有将射礼、軷祭道路、日月食伐鼓相救等作为军礼内容的记载。

总之，军礼是古代五礼之一，即国家有关军事方面的礼仪活动。如《周礼》所举大师（召集和整顿军队）、大均（校正户口，调节赋征）、大田（检阅车马人众，亲行田猎）、大役（因建筑城邑征集徒役）、大封（整修疆界、道路、沟渠），以及《开元礼》的告太庙、命将、出师、宣露布、大射、马祭、大傩等。中国兵学思想发源较早且著述颇丰，亦是中国传统文化的重要组成部分，军礼亦在兵学体系中有着举足轻重的作用。如今时代不同，人类的活动范围扩大，人口增多，衣食住行之生活迥异，处今之世，欲行古之礼，或有不合时宜处。古云："随时而变，因俗而动。"（《管子·正世》）对于通乎人情，诚而不伪的中国古礼，择其善者而从之，加以必要的改进予以传承和发扬，不但是中华文化传承的需要，亦是社会安定和谐的需要。

四、宾礼

宾礼即为天子接见诸侯、宾客，以及各诸侯国之间相互交往时的礼仪。《周礼·春官·大宗伯》记载"以宾礼亲邦国"。其中春见曰朝，夏见曰宗，秋见曰觐（jìn），冬见曰遇，时见曰会，殷见曰同，时聘曰问，殷覜（tiào）曰视，有着朝、聘、盟、会、遇、觐、问、视、誓、同、锡命等一系列礼仪制度。"时见"：指天子有征讨等大事时，一方之诸侯见天子之礼，此无一定之期日，有事而会；"殷见"：殷，众也。指天下四方六服诸侯毕至见天子之礼；"时聘"：指天子有事而诸侯未来朝时，派遣使者存问看望；"殷覜"：殷，众也；覜，视也，即来视王之起居，指多国使者同时聘问。时聘无常期，殷覜则有规定的日期。后代则将皇帝遣使藩邦，外来使者朝贡、觐见及相见之礼等都归入宾礼，如下略述历朝宾礼礼仪。

（一）朝觐之礼

朝觐之礼用意在于明君臣之义，通上下之情。《周礼·秋官·大行人》说："春朝诸侯而图天下之事，秋觐以比邦国之功，夏宗以陈天下之谟（谋），冬遇以协诸侯之虑。"这是从天子的角度而言。若从诸侯的角度讲，则如《孟子·梁惠王下》所说："诸侯朝于天子曰述职。述职者，述所职也。"王畿（古代在行政上由京城管理的整个地区）之内的诸侯，一年朝觐四次。封于远方的诸侯则分为"六服"，朝觐的时间以各自服数不同而不同。

诸侯朝觐天子的史料，先秦古籍《尚书》《诗经》《春秋》《竹书纪年》等保存甚多。秦平天下，废诸侯，立郡县，朝觐之礼废弃不用。两汉时，诸侯王或一年一朝，或数年一朝，或长期滞留京都，没有严格的制度。同姓诸侯王来朝，常以家人之礼相待，有时宴饮言谈不大讲究君臣礼数。以后晋武帝泰始时期规定，诸侯王每三岁一朝，朝礼皆执璧。后周时，梁王萧詧以藩国身份入朝，当时方依据礼经制定朝觐之礼。

唐《开元礼》有藩主来朝礼。藩主到达时，在门前皇帝派使者用束帛"迎劳"（迎接，劳问）。朝觐前，遣使警戒。至期，由通事舍人（古代官名）引导藩主由承天门至太极殿阁外。鼓乐齐奏，皇帝即御座。藩主入门，亦用鼓乐，乐止，藩主再拜稽首行礼。侍中宣读制书，宣敕命，引藩主升坐，劳问藩主。礼毕，鼓乐奏鸣，藩主再拜稽首行礼。他日，皇帝宴藩主。宴前，藩主奉贽（古时初次求见人时所送的礼物，见面礼），献贡物。宴后，皇帝常有赏赐。宋代外国君长来朝，采用唐制。元代受朝之事虽史书有载，唯仪制未详。

明代洪武初，规定亲王每岁朝觐，但不得同时来京，须等一王朝觐完毕回国之后，再通报另一王。自长至幼，自嫡及庶。嫡者朝毕，方及庶者，也按照长幼序次，周而复始。居边诸王，边境安宁则依期来朝，边境有事则不拘常规。朝觐时，大朝八拜行礼，常朝一拜叩头。伯、叔、兄辈见天子，在朝行君臣之礼，在便殿行家人之礼。清初，藩王分为两类，凡处于中国西、北方如内外蒙古科尔沁、喀尔喀诸部及新疆额鲁特部等，由理藩院掌管；而处于东、南方如越南、朝鲜、琉球等属礼部的主客司掌管，二者亲疏有别。朝觐礼大多参照礼经制定，但较为简略。如遇到大朝、常朝，藩王列于班末行礼如仪，非朝期则单独召见。

（二）会同之礼

朝觐是天子个别接见一方一服来朝诸侯，会同则是四方齐会，六服皆来，而且既可以在京师，也可以在别地，甚至在王国境外。由于会同是各方诸侯同聚一堂，因此也就成为诸侯大国炫耀实力的大好时机。通常是在国门之外建坛壝（古代祭坛四周的矮墙）、宫室，举行典礼。春会同建于东方，夏会同建于南方，秋会同建于西方，冬会同则建于北方。

天子与诸侯举行会同典礼，事先告祭宗庙、社稷、山川。会同之日，要预先持各诸侯国的旗帜置于宫中各自的位置上。天子在坛上依屏风而立，公、侯、伯、子、男皆立于自己的旗下。天子走下坛来，南向向诸侯三揖行礼。礼毕，回到坛上，设傧者传话，命诸侯升坛奠玉享币行礼。享献后，天子乘龙马之车，载太常之旗，率诸侯拜日于东门之外，然后祭祀方明。会同时常有盟誓之仪，要"北面诏明神"而盟，方明就是"明神"。参加会同典礼的天子、诸侯还要分别祭祀日、月、四渎（江、河、淮、济为四渎）、山川丘陵。会同也有大、小之分，天子诸侯各自派遣卿大夫参加的，称"小会同"；天子、诸侯亲自参加的，称"大会同"。

1. 诸侯聘于天子之礼

《礼记·王制》说："诸侯之于天子也，比年一小聘，三年一大聘。"即在诸侯定期朝觐天子的间隔，派遣卿大夫为使者，到京都做礼仪性的问候，并报告邦国的情况。

春秋时诸侯各国遣卿大夫聘于周天子。秦汉以来，不再有诸侯聘于天子之礼；历代礼书皆以藩国聘使朝贡进表之仪当于此礼。西汉时先后有南越、匈奴及西域于阗等国遣使朝献。史书说，武帝时"殊方异物，四面而至"，当时迎来送往必有盛大的典礼，但是史籍不载仪制。至唐《开元礼》方有"受藩国使表及币""皇帝宴藩国使"等礼。宋代，辽、金使者往来频繁。《宋史·礼志》有"契丹国使入聘见辞仪""金国聘使见辞仪"，大体沿用唐制。明代设会同四夷馆，负责接待藩国及外邦使节。朝贡之日，文武百官在殿内两侧侍立。朝贡后，礼部官员奉旨赐宴于会同馆。除朝见皇帝外，还要在东宫朝见皇太子。清初对一般藩使沿用明制，但对西洋各国使节逐渐改变礼制。顺治、康熙时，有俄国、葡萄牙及英国使者入贡，觐见皇帝仍用三跪九叩之礼。雍正时，罗马教皇遣使来京，特许其用西洋礼仪，皇帝同使者握手。乾隆末，英国使者入觐，也采用了西礼。嘉庆二十一年（1816 年），英国使节因拒绝行拜跪礼，谎称生病而不入觐。仁宗皇帝大为恼怒，因此而停止筵宴和赏赐。

2. 相见礼

《礼记·王制》云："司徒修六礼以节民性"，这里所谓的"六礼"是"冠、婚、丧、祭、乡（饮酒）、相见"之礼。《仪礼》有《士相见礼》一篇，以士礼为主，兼及士见大夫、大夫相见、士大夫庶人见君以及言谈、视看、侍食等内容。

宋以前各朝礼书皆无相见礼，宋太祖乾德二年（964 年），始定内外群臣相见之礼。主要内容是，下级见上级，按照职位、品级分别行礼。明代品官相见，揖拜行礼。公、侯、驸马相见，各行两拜礼。下级见上级，下级居西先行拜礼，上级居东答拜。如果本是亲戚而有尊卑之分，则应按私礼行礼。如果上下级官员品级相差二、三级，则下级居下方，上级居上方；如果品级相差四级，则下级居下方拜，有事须跪着陈述，上级坐而受拜。大小衙门官员每日见长官行揖礼，见副长官行肃揖礼（直身推手）。庶人相见，依长幼行礼，幼者先施礼。子孙弟侄甥婿等晚辈见尊长，学生见老师，奴婢见家长，如久别不见则四拜行礼，近别则行揖礼。其余亲戚久别行二拜礼，近别行揖礼。政府官员居于乡里，宗族家人之外，与异姓无官者相见，不行答礼；筵宴时，专设别席，不得坐于无官者之下。清代内外王公相见，宾主二跪六叩行礼，饮茶叙语毕，宾离席跪叩，主人答叩，送宾下阶。如是外藩郡王、贝勒、贝子见宗室亲王，主人答礼规格依等级递减。

朝廷官员相见，宾主再拜行礼，饮茶叙语毕，相揖告辞，主人送来宾于大门之外，至来宾登舆上马乃退。下级见上级，仪制递减。官员途中相见，同级分道而行，次等让道而行，再次等勒马等待上级先行，又次者下马而立。遇到钦使应回避。士庶相见，主人出迎，相揖而入，登堂再拜行礼。饮茶叙语完毕，客人退，行揖礼，主人送至大门外，相揖而别。卑幼见尊长，尊长不送。

总之，宾礼是古代古礼之一，即邦国间的外交往来及接待宾客的礼仪活动。如天子受诸侯朝觐、天子受诸侯遣使来聘、天子遣使迎劳诸侯、天子受诸侯国使者表币贡物、宴诸侯或诸侯使者。此外，王公以下直至士人相见礼仪，也属宾礼。中国自古就有"礼仪三百，威仪三千"之说，孟子曰："有礼者敬人……敬人者，人恒敬之"（《孟子·离娄章句下》）。而事业非礼不能兴旺，社会非礼不能安定，国家非礼不能强盛，礼之用，难以尽述。礼以伦理道德的外化形式对人们的行为规范进行指导，不但是一种文化积累，更是社会秩序稳定的保障。时至今日，礼之具体仪式，虽已随时代改革有所损益，而礼之原理和精神，不可偏废。

五、嘉礼

《周礼·春官·大宗伯》记载："以嘉礼亲万民。"嘉礼为古代礼仪中内容最丰富的部分，上至王位承袭，下至乡饮酒礼，婚冠、贺庆等无所不包，其最主要的内容有饮食之礼、婚冠之礼、宾射之礼、飨燕之礼、脤膰之礼、贺庆之礼、即位改元礼等。关于嘉礼，郑注云："嘉，善也，所以因人心所善者而为之制。"嘉礼旨在规范秩序与导正人心。《周礼》中嘉礼的几项内容，后代也有不少变化。这里从飨燕、饮食、冠、射、乡饮酒、养老优老、帝王庆贺等七个方面略加介绍。

（一）飨燕饮食之礼

1. 飨燕礼

《周礼·春官·大宗伯》云："以飨燕之礼，亲四方之宾客。"上古时，飨、燕是有区别的。飨礼在太庙举行，烹太牢（祭祀时使用的祭品）以饮宾客，但并不真吃真喝，有一定之规，重点在礼仪往来而不在饮食。燕礼在寝宫举行，亦有一定之规，燕，通"宴"，为吃喝之宴。

2. 饮食之礼

《周礼·春官·大宗伯》云："以饮食之礼，亲宗族兄弟。"这里说的"饮食"也是宴饮，通常专指宗族之内的"宴饮"，而不是日常家居的饮食。宗族兄弟合族宴饮，大抵有两种，一种逢祭而宴，一种以时而宴。

（二）冠礼、笄（ㄐㄧ）礼

1. 冠礼

冠礼是成人礼，是给跨入成年人行列的男子加冠的礼仪。在氏族社会，男女青年发育成熟时要参加一种"成丁礼"，这样才能成为自己部落的正式成员，享受应有的权利和履行应尽的义务。冠礼应当是从这种"成丁礼"演变而来的。《礼记·冠义》说，冠礼是"成人之道也"，"将责成人礼焉也"，要按照"为人子，为人弟，为人臣，为人少者"四个方面的礼的规范加以约束，使之成为具有"孝、悌、忠、顺"完美品德的人。故古人重冠礼，行之于宗庙，告于先祖，民族之新生命已由幼苗而长成，负担继往开来之责任。

2. 笄礼

男子二十而冠，女子十五而笄。女子在 15 岁许嫁之时举行笄礼，结发加笄。结发是将头发梳成发髻，盘在头顶，以区别童年时代的发式。梁代贺场说，笄礼由主妇为笄者结发着笄，由女宾以醴酒礼之。女子到了 20 岁，虽然还未许嫁，这时也要举行笄礼，表示今后要以成人相待。《宋史·礼志》记载，公主举行笄礼后，聆听训辞："事亲以孝，接下以慈；和柔正顺，恭俭谦仪；不溢不骄，毋诐（bì，偏颇，邪僻）毋欺；古训是式，尔其守之。"然后，笄者再接受皇后、妃嫔的祝贺。笄礼至明代即废而不用。民间女子婚嫁时将头发挽束成髻，用簪子固定，与婚前发式明显不同。这也算保留了些许笄礼遗风。

（三）射礼

射礼有四种。一是大射，即天子、诸侯祭祀前选择参加祭祀人而举行的射礼；二是宾射，即诸侯朝见天子或诸侯相会时举行的射礼；三是燕射，即平时燕息之日举行的射礼；四是乡射，是地方官为荐贤举士而举行的射礼。射礼前后，常有燕饮，乡射礼也常与乡饮酒礼同时举行。大射前燕饮依燕礼，纳宾、献宾、酬酢及奏乐歌唱娱宾，宴毕而后射。

与射礼相仿的还有投壶之礼。有人推测投壶乃是射礼的变异，或者由于庭院不够宽阔，不足以张侯置鹄；或者由于宾客众多，不足以备官比耦，因而以投壶代替弯弓，投壶，以箭矢投入壶中为胜。以乐嘉宾，以习礼仪。

（四）乡饮酒礼

乡饮酒礼是敬贤尊老之礼。《周礼·地官·乡大夫》说："三年则大比，考其德行道艺而兴贤者能者，乡老及乡大夫，帅其吏与其众寡，以礼礼宾之。"郑玄归纳乡饮酒礼的意义有四项：一是选拔贤能；二是敬老尊长；三是乡射，即州长习射饮酒；四是卿大夫款待国中贤者。（《仪礼·乡饮酒礼》孔颖达疏）乡饮酒是基层行政管理工作的一项重要内容。

（五）养老、优老之礼

我国有养老、优老的传统，古礼中对此有详细规定。《礼记·王制》云："五十养于乡，六十养于国，七十养于学，达于诸侯，八十拜君命，一坐再至……九十使人受。"这虽是儒家的理想制度，但对历代都有很大影响。优老是指对老年人的优待政策，往往由国家颁布律令加以施行。如在田役方面，规定 80 岁以上的老人，家庭中可免除一名男丁的田役；90 岁以上的老人，全家免除田役。在道路交通方面，规定车辆、行人见到老人要主动让路躲避。在刑律方面，规定 70 岁以上不得为奴，80、90 岁虽然有罪，亦不加刑。北魏时，还有为高年老人授名誉官职的办法，也表示了一种恭敬之意。礼经的这些主张，对后世的优老制度具有一定的指导意义。金代天德三年（1151年），沂州一名男子犯罪应处以死刑，但家中老母有病而别无侍奉之人，海陵王特准免予一死，命在家奉养老母。这是"独子留养"制度之始，后来定为法令，历代多沿用其例。康熙时又规定，给百岁老人"升平人瑞"匾额，赐银建牌坊；节妇百岁给"贞寿之门"匾额，也赐银建牌坊。历代养老、优老的法令和规定，体现了社会文明与进步的一个方面。

（六）帝王庆贺之礼

1. 帝王即位改元

《尚书》之《顾命》《康诰》篇写到周成王死后，康王告殡宫而即位的典仪，这是文献中最早的关于帝王即位礼的记载。与即位相关的是"纪元"。所谓"纪元"，就是"纪一君之终始"（清秦蕙田编《五礼通考》）。新君改元，自有肇兴代终之义。第一年称为元年。我国历史上最早改元的可靠记载的是西周共和元年，相当于公元前841年。后代帝王在位期间改元，往往因为有某种祥瑞或灾异，或者是为了纪念某一事件。

2. 朝礼

朝礼是帝王与大臣上朝办理政务之礼，主要涉及听朝之场所，听朝之时间，以及与听朝相关的仪式。朝之所以称为朝，因为通常都是在清晨入宫廷理事。《孟子·公孙丑》云："朝将视朝。"《诗经·齐风·鸡鸣》云："鸡既鸣矣，朝既盈矣。"古之君臣鸡鸣天明之时入朝，而未明之时即已起身上路。群臣俟君王临朝，拜揖行礼，王答礼，就位，然后听事理政。事毕，退朝入路寝。群臣各自回到各自的治事之所。

3. 朝贺之礼

常朝为治理国政而设，除此之外又有大朝，又有节日庆贺，礼仪规格皆高于常朝，故"朝贺之礼"另有一套礼规。唐代元旦、冬至两大朝会，合称"正至"。元旦朝会，由皇太子献寿，中书令奏诸州上表，黄门侍郎奏祥瑞，户部尚书奏诸州贡献，礼部尚书奏诸番国贡献，百官上殿高呼万岁。乐舞有"三大舞"，即七德舞、九功舞、上元舞。朝贺毕，皇帝宴飨群臣。

4. 千秋万寿节

帝王诞辰称为"千秋节"或"万寿节"，庆贺典礼始于唐玄宗。上古有祝寿之辞，但无庆贺生日之活动。如《诗经》"跻彼公堂，称彼兕觥，万寿无疆"（《豳风·七月》）；"虎拜稽首，天子万年"（《大雅·江汉》）；燕饮祝酒，也多用上寿之辞。唐玄宗时，宰相率群臣上表称贺，要求将玄宗生日定为"千秋节"，置酒张乐，大宴百僚。玄宗登花萼楼受贺，全国放假三天。晚唐诸帝过生日多邀集沙门、道士讲论祈福，也没有举行朝贺之礼仪。唐、宋时，每一皇帝诞辰往往各立节日名称，如唐玄宗生日称"千秋节"，又称"天长节"；明宗生日称"应圣节"；宋真宗生日称"承天节"等。元代则一般统称"天寿节"或"圣诞节"；明、清称"万寿节"。

可列入"嘉礼"的典礼制度还有许多，如"尊亲礼"，皇帝追尊已故的先祖父考，给他们加上种种尊号，或者给禅位的太上皇，给皇太后、太皇太后加上种种尊号、徽号；又如"巡狩礼"，帝王巡行天下，察吏治，观民风等等。在古代礼书中，还有将"观象授时"（天文历法）、"体国经野"（地理）、"设官分职"（官制），以及学校、科举、取士等列入"嘉礼"的，兹不赘述。

总之，嘉礼是古代五礼之一。即国家具有喜庆意义及一部分用于亲近人际关系、联络感情的礼仪活动。如君主登基、节日受朝贺、公侯大夫士婚礼、冠礼、宴飨、乡饮酒等。有时特指婚礼。

"礼"是中华传统文化的核心要素，是一种寓教于"美"的文明教化方式，有着民族特有的人文传统。礼乐文化强调秩序与和谐，故而回归民族文化传统，无疑将增添中华民族屹立风雨的底气。诚然，如今时代不同，对古人追求的"礼义"不需要完全生搬硬套，然而按照"礼"的内涵，恭敬而恰如其分地发扬，对中华传统文化而言便是一种可贵的传承。

文史拓展

明清的科举制度

科举，科举制、科举制度，是中国古代通过考试选拔官吏的制度。由于采用分科取士的办法，所以叫作科举。士子应举，原则上允许呈递文辞、自谋仕进，不必非得由公卿大臣或州郡长官特别推荐，这一点是科举制最主要的特点，也是与察举制最根本的区别。科举制改善了之前的用人制度，彻底打破血缘世袭关系和世族的垄断；使得部分社会中下层有能力的读书人进入社会上层，获得施展才智的机会。但后期从内容到形式严重束缚了应考者，使许多人不讲求实际学问，束缚了思想。科举制诞生于隋炀帝时期，真正成形于唐朝。科举制从隋朝开始实行，直至清光绪三十一年（1905 年）举行最后一科进士考试为止，前后经历一千三百余年，成为世界延续时间最长的选拔人才的办法。

明清时期是中国科举考试史上的成熟期与鼎盛期，科举考试的形式越来越完善，同时也越来越烦琐，与唐宋相比有许多新发展，但又是它的衰落期与终结期，科举制从内容到形式都走进了死胡同，科举制度与科举考试的规范化与程式化，最终促使其走向极端封闭和衰亡。可谓成熟之余陷入僵化，绚烂之极趋于腐朽。与前代相比，明清科举考试具有以下五大特征：

一、科举考试与学校教育高度一体化

科举与学校历来关系密切。早在唐代，中央各学的生徒就是科举考生的主要来源之一。到了宋代，"天下取士，悉由学校升贡，其州郡发解及试礼部法并罢"。（《宋史·选举志一》）但自唐至元，科举与学校关系时密时疏，统治者时而重科举，时而重学校，学校教育自成系统，一般保持相对独立。但到了明代，"科举必由学校……学校以教育之，科目以登进之"。（《明史·选举志》）清顺治十年（1654 年），朝廷上谕："国家崇儒重道，各地方设立学官，令士子读书，各治一经，选为生员……贡明经、举孝廉、成进士，何其重也！"（《清世祖实录》）。

明代以前，学校教育是人才培养的重要途径，获得生徒资格，是参加科举的条件之

一，但生徒并非唯一资格。非有学校出身者，也可以由乡贡（不经学馆考试而由州县推荐应科举的士子）参加考试。

明清时期，学校仍分国家和地方两类。国家学校称为国子监；地方学校有府、州、县学。国子监是全国最高的学府，其学生统称监生，但监生根据其出身不同有举监、贡监、荫监、例监之分。国子监的学生待遇和地位都很高，可以直接出来做官，不用参加科举考试，但要做高一些的官，可以参加进士考试。进士及第比监生入仕声望更高。府、州、县入学者也要经过入学考试。共分两种：童生试——学生入学前的选拔性考试，由县和府举行。及格者称为"童生"，意为小学生。这是科举道路上的第一关。如果有人投考一生，直到头白始考中，也仍称童生。院试——在府或直隶州进行的选拔性考试，或称"进学"考试。由省学政主持，学政称提督学院，故称院试，考生资格须是童生。由于府、州学有固定的录取名额，童生不能全部入学。只有考试优秀者方能进入府、州学。府、州学的学生，成绩优异者由国家发给伙食补助费，称廪膳费，这些学生被称之为"廪生"。有些地方学校，可以视地方条件在规定名额之外，再增加一些非廪生名额，称为"增生"。初进学者称附学生员，简称"附生"。"廪生""增生""附生"，此三种人皆是民间俗称的秀才。明清时期尊重读书人，秀才见知县可以不必下跪，遇有刑事诉讼，亦不能随便对秀才用刑。

有了秀才的身份就有了参加科举考试的资格。明清正规的科举考试分为三级：首先是乡试。乡试每三年举行一次，常规定在逢子、卯、午、酉年举行。因考期在八月，故称"秋闱"。乡试由各省主持，在各省的贡院举行。乡试取中的称举人，第一名举人，俗称"解元"。其二是会试。会试，是由礼部主持的全国性考试，于乡试的次年，即丑、辰、未、戌年在京师举行。资格是中试的举人。会试第一名，俗称"会员"。最后是殿试。殿试，是由皇帝亲自主持的考试。殿试的内容，主要是考策问。殿试结果，取一甲三名，为赐进士及第。其中，一甲第一名为状元（唐代应礼部试者皆投状于礼部，居首者称"状元"）；二名为榜眼（宋代二、三名为榜眼，意为榜中双眼，后专属第二名）；三名为探花（唐代进士赐"探花宴"，以少年俊秀者为探花使，折取花名，后以称第三名）。二甲若干名赐进士出身；三甲若干名，称赐同进士出身。中了进士，就算走完了科考的历程。在科举考试中，能连中"三元"，即解元、会员、状员者，最了不起，常被人们视之为天之骄子，传为佳话。然而，能够顺利地走完科考历程，考中进士者，在千千万万应考者中，毕竟是少数。中国古代许多知识分子，都终生在科举道路上跋涉，消磨才华，终身无获。

明清科举考试与学校教育合二为一，形成一体，后者成为前者的附庸。这种一体化具体表现为：

（一）学校教育的目的是给科举考试提供合格的考生

早在洪武年间，御史赵仁等人就说："学校之设，本以作养人才，穷理正心，俾有实效……若其言有可取，仍命题考试文字，中试者不次擢用"（《明太祖实录》），提出了学校育才供科举选官的构想。在校诸生成绩不佳者不能参加科举考试，学校必须为科举培养和输送合格的考生，学校成为科举考试的试验田与训练场。明宣德年间的礼部尚书胡澍明确指出，学校教育的目标是"务在成材，以备贡举"（《明宣宗实录》）。《明史·选举志一》所说"学校以培养之，科目以登进之"，正说明了这样一种关系。

（二）学校教育的教学内容依据科举考试的内容制定

明清科举主要以八股取士，那么学校就自然以八股文为教学的中心与重心，造成"上之所以教，下之所以学，惟科举之文而已。道德性命之学，古今治乱之体，朝廷礼乐之制，兵刑、财赋、河渠、边塞之利病，皆以为无与于己，而漠不关心。"（《皇朝经世文续编》）学校教育紧紧围绕科举考试，举业成了教学的重心，其他内容则被废弃。如明宣德四年（1429 年），北京国子监助教王仙忧心忡忡地说："近年生员止记诵文字，以备科贡，其于字学、算法，略不晓习。"（《明宣宗实录》）这件事后来又被正统二年（1437 年）江西乐安县教谕郑颙和正统七年（1442 年）国子监祭酒李时勉屡次上书提及，但直到清末废除科举时也未能解决。明清教育的目的只是让学生科举中试，致使教育的重心完全落在科举考试上，学校只为科举预演热身，所谓"自明科举之法兴，而学校之教废矣"（《皇朝经世文续编》）。

（三）学校考试考核完全依据科举考试

这可以分为三个方面：第一，明清学校教育的内容与操作程序深刻体现了学校与科举一体化。学校教育的内容和形式依据科举考试而定，如洪武十六年（1383 年），朱元璋钦定国子监"试法一如科举之制"（《大明会典》）。明清学校中比较规范的考试，如月考、季考与岁考，无一例外都以八股文等科举考试内容为中心，清代甚至在最低级的童生试命题中也遵照科举考试。康熙四十五年（1706 年）议准："儒童正考时，仍作四书文二篇，复试四书文一，小学论一。"（《钦定学政全书》）此类规定在后来历朝都被三令五申。第二，科举法不仅用来测试学生的成绩，而且用来考核学官的业绩。明代根据科举考试考中举人的生员人数，并结合对学官本人的学术水平考试，来衡量学官的工作业绩，以决定其提拔、留用与降黜。这种将学官的业绩简单地量化为中举人数的做法，驱使各地官学不得不追求更高的生员中举率，将官学的教学真正推向科举附庸的可悲境地，学官也被利诱逼迫成为科举的奴隶与工具。除了生员中举率，对学官学识的考核同样离不开科举内容，据《大明会典》载，凡教官考满，"初场考四书、本经义各一篇，二场论、策各一道"，这与科举考试并无多大区别。清乾隆七年（1742 年）更是明文规定："考试教官，题目与生员同。"（《钦定礼部则例》）第三，学官的任职资格与科举出身密切相关。据《南雍志》和《明太学志》中的祭酒、司业名录，他们大部分出身进士，祭酒当中 90%以上的人出身进士，不少人甚至是魁科人物，清代的国子监祭酒更是规定非科甲不用，由科举考试成绩决定的功名等级始终是任用学官的主要标准。

二、主要以八股文取士

唐代科举考试的内容因科目而异，各有所重，丰富多彩，如明经科考试，"先帖文，然后口试，经问大义十条，答时务策三道"（《新唐书》）；进士科的考试主要包括帖经、杂文与对策。宋代科举考试的内容也很丰富，以进士科为例，据《宋史·选举志一》载："凡进士，试诗、赋、论各一首，策五道，帖《论语》十帖，对《春秋》或《礼记》墨义十条。"

到了明清时期，八股文成为最主要、最关键的考试内容，它是童试、乡试、会试必须完成的文体，也称制义、制艺、时文、八股文，流行于宋代，到了明代有固定格式，到了清代更为盛行，是知识分子做官的敲门砖。八股就是指文章的八个部分，文体有固定格式：由破题、承题、起讲、入手、起股、中股、后股、束股八部分组成。开始先揭示题旨，为"破题"。接着承上文而加以阐发，叫"承题"。然后开始议论，称"起讲"。再后为"入手"，作为起讲后引出正文的突破口。以下再分"起股""中股""后股"和"束股"四个段落，而每个段落中，都有两股排比对偶的文字，合共八股，故称八股文。八股文章就四书五经取题，其所论内容，都要根据宋代朱熹《四书集注》等书代圣贤立言，并且必须用古人的语气，绝对不允许自由发挥，而句子的长短、字的繁简、声调高低等也都要相对成文，字数也有限制。

八股文是明清考试制度所规定的一种特殊文体。明清时"科举"考试时写的八股文对内容有诸多限制，观点必须与朱熹相同，极大地制约了丰富内容的出现。若有与之不同的观点则无法通过考试。文章的每个段落死守在固定的格式里，连字数都有一定的限制，尤其是起股、中股、后股、束股的部分要求严格对仗，类似于骈文，书写难度甚高。

据《明史·选举志》载："科举定式为初场试四书义三道，经义四道"，二、三场试论、判、策、诏、诰等。四书义与经义就是以"四书五经"命题的八股文。《清史稿·选举志》载："有清科目取士，承明制用八股文。"八股文居于中心地位。明清科举考试的文体其实并不单一，有论、判、诏、诰、表、时务策、试帖诗等，但关键在于首场八股文。钱大昕说：明代"乡会试虽分三场，实止一场。士子所诵习，主司所鉴别，不过四书文而已。"（《明史》）考官阅卷也只看首场三篇四书文，清代照旧，"名为三场并试，实则首场为重，首场又四书艺为重……然考官、士子重首场，轻三场，相沿积习难移"（《清史稿》）。由于明清科举考试只重首场八股文，造成士子普遍不屑于二、三场的考试内容，如张溥说："二三场之不得其说也，皆由于人之易视之。其易视之者，非以为不足学也，以为学之而不及于用，则相与弃之也已。弃之日久，而其说弥下。"（《七录斋诗文合集》）顾炎武也说："主司阅卷，复护初场所中之卷，而不深求其二三场。"（《日知录集释》）因此，可以说明清科举就是八股取士。

三、科目高度单一

唐代科举考试科目繁多，分为常科与制科两大类。常科"有秀才，有明经，有俊士，有进士，有明法，有明字，有明算，有一史，有三史，有开元礼，有道举，有童子。而明经之别，有五经，有三经，有二经，有学究一经，有三礼，有三传，有史科。此岁举之常选也"。（《新唐书》）制举科目也是五花八门，有文、武、吏治、长才、不遇、儒学、贤良忠直 7 类。其中"文"类又有 15 科，"武"类有 8 科，"吏治"类计 12 科。宋代的科目也十分丰富，常科考试主要有进士、九经、五经、开元礼、三史、三礼、三传、学究、明法、说书及武举等科。宋代制科曾设有"景德六科""天圣十科""天圣九科"等众多名目。此外，宋代还设有恩科、荫补、童子科、八行取士、十科取士等入仕之途，形式多样，构成了一个既能满足不同类型人才的需要，又能兼顾社会各阶层利益的庞杂的选士系统。

而明清科举的科目高度单一。明人黄淮说："历代取士之途不一，独进士一科久而愈盛……爰及我朝，稽古右文，而进士为尤重。"（《介庵集》）明代科举由此前的多科考试变为进士一科。清代为八旗、宗室和蒙古子弟特设一套影响甚微的八旗、宗室科举与翻译科，又在康熙、乾隆年间各开一博学宏词科，光绪年间开过一次经济特科。除此以外，也仅有进士科，科目同样单一。早在洪武三年（1370 年），朱元璋诏云："使中外文武，皆由科举而进，非科举毋得与官"（《明史》），以致"无论文武，总以科甲为重，谓之正途，否则胸藏韬略，学贯天人，皆目为异路"。不仅如此，显宦必出科举正途，所谓"非进士不入翰林，非翰林不入内阁，南、北礼部尚书、侍郎及吏部右侍郎，非翰林不任"（《明史》）。由进士组成的庶吉士，从入翰林院那一刻起，"已群目为储相，通计明一代宰辅一百七十余人，由翰林者十九"（《明史》）。进士在明清的政权结构中占有绝对的优势，而被视为乙科出身的举人则低人一等。清人赵翼说："有明一代终以进士为重，凡京朝官清要之职，举人皆不得与，即同一外选也，繁要之缺，必待甲科，而乙科仅得遥遥简小之缺……积习相沿，牢不可破。"（《陔馀丛考》）可见进士与举人的待遇、前程有天壤之别。清代亦是如此，进士所授官职级别远比举人为高为贵，从而造成众多举子都挤向独木桥，竞争空前激烈。

四、以程朱理学为指导思想与精神内核

程朱理学亦称程朱道学，是宋明理学的主要派别之一，也是理学各派中对后世影响最大的学派之一。其由北宋"二程"（程颢、程颐）兄弟开始创立，其间经过弟子杨时，再传罗从彦，三传李侗的传承，到南宋朱熹集为大成。理学，基本是由周敦颐、张载、邵雍、二程创立的新儒学，传承于子思、孟子一派的心性儒学。程颐更重理，朱熹创造性地发展了程颐的理学，最后形成了程朱理学体系。程朱理学在南宋并没有多少优越的地位，自元朝程朱理学被统治者定为官学兴盛以后，程朱理学在日本、朝鲜、琉球、越南影响也颇大。

理学是中国古代最为精致、最为完备的理论体系，其影响至深至巨。理学的天理是道德神学，理学专求"内圣"的经世路线，以及"尚礼义不尚权谋"的致思趋向，将传统儒学的先义后利发展成为片面的重义轻利观念。其基本观点包括：理一元论的唯心主义体系，认为理或天理是自然万物和人类社会的根本法则。理一分殊，认为万事万物各有一理，此为分殊；物、人各自之理都源于天理，此为理一。存天理、灭人欲，天理构成人的本质，在人间体现为伦理道德"三纲五常"。"人欲"是超出维持人之生命的欲求和违背礼仪规范的行为，与天理相对立。

理学的根本特点就是将儒家的社会、民族及伦理道德和个人生命信仰理念，构成更加完整的概念化及系统化的哲学及信仰体系，并使其逻辑化、心性化、抽象化和真理化。这使得理学具有极强的自主意识，形成了理高于势，道统高于治统的政治理念，为抑制君权，让中国政治在宋明两朝走向了平民化和民间参政议政提供了理论支持。也使得逻辑化抽象化系统化的伦理道德化的主宰"天理""天道"，取代了粗糙的"天命"观和人格神，是中国及世界哲学思想的一次巨大飞越。

明清时期，科举考试对程朱理学的尊崇到了无以复加的地步。洪武十五年（1382年），朱元璋明令国子监诸生"一宗朱子之学，非'五经'、孔孟之书不读，非濂洛关闽之学不讲"。（陈鼎《东林列传》）洪武十七年（1384年）颁布科举成式，明确规定考试的范围及标准："'四书'主朱子《集注》，《易》主程《传》、朱子《本义》，《书》主蔡氏《传》及古注疏，《诗》主朱子《集传》……"（《明史》）明成祖于"永乐十五年三月乙未，颁《五经四书》《性理大全》书于六部，并与两京国子监及天下郡县学。"（《明太宗实录》）三部《大全》的修撰，奠定了程朱理学唯我独尊的统治地位，造成"世之治举业者，以'四书'为先务，视'六经'为可缓；以言《诗》《易》非朱子之传义弗敢道；以言《礼》非朱子之家礼弗敢行也……科举行之久矣，言不和朱子，率鸣鼓百面攻之"。（朱彝尊《曝书亭集》）尽管在明代中后期，程朱理学受到陆王心学的冲击，但统治者对程朱理学依然情有独钟，万历年间的宰辅张居正奏云："国家明经取士，说书者以宋儒传注为宗。"（《张太岳集》）清朝自顺治初就把程朱理学奉为统治思想，责令科举考试"说书以宋儒传注为宗"（《钦定学政全书》），又重新确立了程朱理学在教育与科举考试中的至尊地位。

五、防范和惩治作弊制度空前严备

唐代科举防范舞弊的制度还不成熟，请托、行卷之风盛行，时人习以为常。宋代有了改观，废除通榜公荐，实行弥封和誊录等制度。到了明清时期，防范和惩治作弊制度空前严备。为防范作弊，实行锁院及内外帘官隔离制度，考官回避制度，考生入场搜检制度，巡绰监考制度，考卷弥封、誊录和对读制度，使用异色笔答卷、誊录和阅卷制度，考官会审落卷制度，填榜前提调、考官和监临官共同核对朱、墨卷制度，乡试后解送和复查中式考卷制度等等。如洪武十七年（1384年）科举程式第一条就对提调官、监试官、供给官等任职资格做出严格规定，并设巡绰监门、搜检怀挟官四员。十一条规定细致入微，不厌其烦，对可能出现作弊的每一个环节都制定了相应的防范措施，可谓严防死守，周详缜密。在此后历朝，科场条例都会根据最新出现的问题对症下药，不断修订增补，与时俱进。到了清代，统治者更加重视科场风气，《清史稿》称："有清以科举为抡才大典，虽初制多沿明旧而慎重科名，严防弊窦，立法之周，得人之盛，远轶前代。"清人杜受田编有《钦定科场条例》六十卷，制度上滴水不漏，无懈可击。如关于挟书之禁，顺治二年（1645年）明确规定："生儒入场，细加搜检，如有怀挟片纸只字者，先于场前枷号一个月，问罪发落……搜检官役知情容隐者同罪。"康熙五十三年（1714年）又规定："凡考试，举人入闱，皆穿拆缝衣服，单层鞋袜，止带篮筐、小凳、食物、笔砚等项，其余别物，皆截留在外，如违治罪。"乾隆年间又进一步详细规定："士子服式，帽用单层毡，大小衫袍褂，俱用单层，皮衣去面，毡衣去里，裤裤绸布皮毡听用，止许单层，袜用单毡，鞋用薄底，坐具用毡片……至于士子考具，卷袋不许装里，砚台不许过厚，笔管镂空，水注用瓷，木炭止许长二寸；蜡台用锡，止许单盘，柱必空心通底，糕饼饽饽，各要切开，至考篮一项……应照南式考篮，编成玲珑格眼，底面如一，以便搜检。""士子点名时，头、二门内，令搜役两行排立，士子从中鱼贯而入，以两人搜检一人，细查各士子衣服、器具、食物，以杜怀挟之弊。若二门搜出怀挟，即将头门不能搜出之官役，照例处治。"（《钦定科场条例》）其细密严谨之程度，不仅堪称我国考试制度之最，甚至在世界历史上也是无与伦比的。邓嗣禹先生在考察自汉至清历代考试方法后感叹地说："知明清方法之严密，不惟足以冠古今，亦并足以法中外。英美之文官考试制度……亦未有如明清之严重及其周密者。中国盛行考试，已千有余年。历代继绳，时加改革，积千余年之心思才智，殚精竭思，兴利除弊，制度严密，良有以也。"（《中国考试制度史》）所论确当。至于惩治作弊，明清时期也远比前代严厉残酷，如考生作弊，前代一般处以"罚科"，即取消其参加下科或下几科考试的资格。明代自嘉靖后，则例处"枷号"，即身负重枷"于礼部前"示众一月，然后削为民；万历后，又定为"重枷三个月，发极边烟瘴地方充军"。官员作弊，绝大部分严惩不贷，即使如弘治礼部侍郎程敏政、嘉靖阁臣翟銮也被罢官。至于清代因科场弊案而被充军、抄斩的更屡见不鲜，如顺治朝的"乙酉南北闱案"，不仅受贿的考官与行贿的考生立即被斩，而且株连亲属，父母妻子全遭流放，惩处之严酷惨烈在科举史上前所未有。

总之，明清科举制度的积极作用有以下几点：首先，明清时期的科举制比奴隶社会官职世袭的"世卿世禄"制，汉代的"任子"制度之类的选人制度是一大进步。其次，它按照封建统治阶级的要求，德智体育全面考核检测，有严格的政治条件的审查，给每一个人提供了可以进入仕途的均等机会。最后，为通过考试，读书人最重要的事就是掌握和领悟中国古代文化知识，并进而发扬和丰富其内容，它在一定程度上推动了我国古代文化及教育的发展。但是，明清科举制度同样有其弊端。它束缚士子的思想创造力，使他们思想僵化，故步自封，并且由于举业盛而学术衰微，士人只懂"代圣人立言"，八股以外的学识则置之不顾，同时考科举只为追求功名利禄，士子争相攀附权贵，拜高官显宦为师，务求升官发财。

第十九单元　明清戏剧

明清戏剧概说

明代戏剧的剧种有杂剧和传奇。明前期戏剧处于新旧形式的嬗变期，基本上仍然是元之余波，并有一个很长的萧条期；明中期为复苏期，传奇已经取代杂剧的地位；明后期为繁荣期，汤显祖等戏剧大家多出现在这一时期。戏剧作为清代文学的主要样式，作家作品数量都十分可观。清代戏剧样式中，杂剧的数量尽管多于传奇，但艺术质量却每况愈下。清代戏剧文学的成就主要体现在传奇创作方面，其中以清初传奇为重头戏，它达到了清代戏剧文学的高峰，当时出现了李渔、洪昇、孔尚任等戏曲大家。乾隆以后，清代中期戏剧开始出现雅与俗两极分化的倾向：要么执意追求雅化而脱离现实，成为只供阅读的案头剧；要么完全走向民间，与地方戏融为一体。清代戏剧发展到后期，地方戏繁荣，京剧诞生，戏剧改良运动之后，大量表现新思想的传奇杂剧发表于报刊，并诞生了话剧这一新剧种。

一、明代戏剧

明代戏剧数量众多，题材多样，审美风雅化。据傅惜华《明代杂剧全目》和《明代传奇全目》统计，明代有姓名可考的作家和无名氏的杂剧作品总共有 520 多种，传奇作品更高达 950 种，而无从查考者不计。当时的剧作种类繁多，包括爱情剧、历史剧、公案剧、神仙道化剧、隐居乐道剧、时事剧和讽刺戏剧。戏剧的诗文化，一部分作品从场上演出变成只供阅读的案头剧，表现出审美风格雅化的特征。明代戏剧的发展可分为前、中、后三期。前期为明初至嘉靖之前，这时以杂剧为主流，具有浓厚的道德伦理色彩和神仙道化倾向；传奇正在孕育之中。戏剧新旧形式嬗变，创作基本处于停滞、沉寂、萧条期。中期为嘉靖、隆庆时期，这时传奇成为主流，戏剧创作的社会现实意义大大增强，出现讽刺剧和时事剧，这是戏剧创作的复苏期。后期为万历至崇祯时期，这时出现了具有人文主义精神的作品，传奇的主导地位巩固，杂剧已成强弩之末，戏曲理论也取得空前成就，这是戏剧创作的繁荣期。

明初的杂剧作家大多与朝廷有着千丝万缕的联系，所以其作品缺乏元杂剧直面现实的基本抗争精神，而将元杂剧后期愈演愈烈的封建说教、神仙道化乃至风花雪月等种种倾向加以张扬，在一定意义上具有粉饰太平的浓厚色彩。明代中叶嘉靖前后是杂剧发展的转折期，成就突出的作家有王九思、康海等。王九思的杂剧《中山狼》开辟了明代单折短剧的体制。康海的《中山狼》共4折，取材于老师马中锡的《中山狼传》。此剧语言生动传神，结构首尾连贯，对人心不古、品行大坏的上流社会现状予以了艺术的概括和辛辣的讽刺。在当时的剧坛上形成了以康海为代表的中山狼题材创作热。从中山狼题材热发端，以徐渭作为主将，明代中后期的杂剧创作以社会伦理批判等讽刺性杂剧作为重要内容，使杂剧成为一种极富战斗力的文体。从创作倾向上看，明代中后期的杂剧打破了风花雪月、伦理教化和神仙道化的偏狭局面，题材不断拓宽，思想渐次深化，张扬个性、愤世嫉俗的社会批判剧与伦理反思剧都不在少数。

明代传奇在嘉靖时期更为盛行，成为剧坛上的主流艺术。当时作家的创作也更为自觉，更能直面现实，更加具备战斗精神。从嘉靖年间开始，明代传奇无论是在内容题材还是声腔演变上都发生了根本性变化。这种转变的标志是李开先的《宝剑记》、王世贞的《鸣凤记》及梁辰鱼的《浣纱记》。万历至崇祯年间，传奇创作进入了高潮期和繁荣期。一方面是以沈璟为领头人的吴江派曲学家群体的产生，另一方面是以汤显祖为楷模的"至情派"剧作家风格的融聚，这两大戏剧流派的形成与竞争，是明代后期传奇繁荣的重大标志，也是中国戏剧史上的一大盛事。

吴江派重音律、重本色，又称格律派，以沈璟为代表。吴江派主张语言应当通俗本色，重视讲求音律，要求"合律依腔"。吴江派作家大都重形式轻内容，过分崇尚音律而束缚了思想发挥，创作成就都不高。这一派推崇沈璟的戏曲理论。沈璟在20年的戏曲创作和研究中著有《南九宫十三调曲谱》，其中编辑、整理可供演唱的昆曲曲牌达七百种左右，使之成为曲家填谱法则。他创作了17本昆剧，合称为《属玉堂传奇》。其中流传至今的有《红蕖记》《埋剑记》《双鱼记》等。沈璟是与戏剧创作大师汤显祖齐名的明代曲学大家。

临川派的领袖人物是汤显祖。汤显祖于万历二十六年（1598）辞官，归隐于临川玉茗堂中。隐居之后，汤显祖先后创作了《牡丹亭》《南柯记》《邯郸记》，连同以前所写的《紫钗记》在内，合称为"临川四梦"或"玉茗堂四梦"。汤显祖作为明代成就最高、影响最大的剧作家，其"临川四梦"达到了同时代戏剧创作的顶峰。戏曲史上往往将宗汤、学汤较为明显并有所成就的剧作家们，如吴炳、孟称舜、阮大铖等称为"临川派"或者称以汤显祖室名为题的"玉茗堂派"。汤显祖重"情"、重"意趣神色"。他强调"曲意"，主张"意趣说"，反对吴江作家"按字模声""宁协律而不工"的主张。总之，就戏曲理论方面而言，吴江派重音律、重舞台性，格律至上，推崇"本色"；而临川派重意趣、重文学性，重视情感，提倡语言自然。

在明代，无论是朝廷大臣还是文人名士甚至皇帝都无法抗拒戏曲这一新兴艺术品种给人们的消遣娱乐所带来的前所未有的审美快感。这在客观上破坏了传统的文化政策，为戏曲地位的提高及其繁荣创造了条件。李梦阳、何景明、王慎中、唐顺之等一批名士在理论上明确肯定了戏曲文学的价值，这成为当代戏曲繁荣的理论条件。此外，市民阶层的壮大、新的读者群和作家群的形成，文学的世俗化和商业化等因素结合在一起，促进了戏曲的繁荣。

二、清代戏剧

清代戏剧的声腔剧种基本上承续明代，传统的雅部声腔逐渐由盛而衰，而代表各地方剧种的花部诸声腔却日益兴旺，昆曲在清初成为最大的剧种，到十九世纪前期分化，地方戏迅速成长。戏剧作家作品十分可观，但艺术质量每况愈下，乾隆后戏剧艺术出现雅与俗两极分化倾向。

清初戏曲创作保持了明末的旺盛势头。清初戏剧创作有三种流派：以李玉为代表的苏州派，以吴伟业、尤侗为代表的文人派和以李渔为代表的形式派。继三派之后代表清代戏剧最高成就，并代表清初感伤审美思潮重要实绩的，是被称为"南洪北孔"的历史剧作家洪昇和孔尚任。洪昇作《长生殿》，是写唐明皇杨贵妃之情事，《长生殿》上下两卷的做法和风格不尽一致。作品的前一部分是写实，是爱情的悲剧，后一部分是写幻，是鼓吹真情。孔尚任的《桃花扇》是一部最接近历史真实的历史剧。全剧以清流文人侯方域和秦淮名妓李香君的离合之情为线索，展示弘光小王朝兴亡的历史面目，寄寓着兴亡之感。作者的褒贬、爱憎颇有分寸，表现出清醒、超脱的历史态度。

清中叶，在"盛世"繁荣景象的背后，清廷对文化的压制非常严酷，文字狱频繁发生，文人们处在苦闷、彷徨中。戏剧创作进入低潮。这时期的作家，从历史人物和传说故事中取材，宣传封建伦理道德和描写男女风情的作品居多。成就较大并值得注意的传奇作家是蒋士铨，他通过戏曲创作，写民族英雄、志士仁人或社会习俗等，不肯落入才子佳人的俗套。他的剧作现存以《红雪楼九种曲》最有名，以《桂林霜》《冬青树》《临川梦》三种受人重视。其剧作人物刻画细致，语言娴雅蕴藉。他以诗歌的才情写作曲辞，使之优美富有文采，有汤显祖的遗风。杂剧作家以杨潮观《吟风阁杂剧》为代表。《吟风阁杂剧》在体制结构、表现手法等方面力求创新，大多数剧本构思新颖，故事简洁完整，宾白流畅，曲词爽朗生动，富有诗意，有一定成绩，缺点是舞台效果不佳，案头化的文人气息太重。

这一时期，戏曲内容被强调风化的道德说教笼罩，很多戏曲专以宣扬忠孝节烈为目的；戏曲艺术本身的规律被忽视，很多戏曲作家以写作诗文的思维方式和表现手法来进行戏曲创作；以剧本创作为主体的戏剧活动被搬演前代剧目的舞台演出活动取代，戏曲表演的地位超过了戏曲创作的地位；花部各地方戏的蓬勃兴起在很大程度上占据了戏曲市场，使戏曲文学创作很快走向衰落。

地方戏的繁荣和京剧的产生，标志着中国戏曲进入一个新的发展阶段。从康熙末至乾隆朝，地方戏似雨后春笋，纷纷出现，蓬勃发展，以其关目排场和独特的风格，赢得观众的喜爱和欢迎，与昆曲一争长短，出现花部与雅部之分。李斗《扬州画舫录》说："雅部即昆山腔；花部为京腔、秦腔、弋阳腔、梆子腔、罗罗腔、二黄调，统谓之乱弹。"但地方戏不登大雅之堂，被统治者排抑，昆腔则受到钟爱，给予扶持。花部诸腔则在广大人民的喜爱和民间艺人的辛勤培育下，以新鲜和旺盛的生命力，不停地冲击和争夺着昆腔的剧坛地位。最早花部剧种处在附属地位，主要在民间演出。乾隆年间"花部"的地方戏从全国范围内的周旋，转为集中在北京与昆曲争奇斗胜。花部最终取得了绝对优势，雅部逐渐消歇。

嘉庆、道光年间，地方剧种的高腔、弦索、梆子和皮黄与昆腔合称五大声腔系统。其中梆子和皮黄最为发达。皮黄腔是由西皮和二黄结合而成。道光初年，楚调演员王洪贵、李六等搭徽班在北京演出，二黄、西皮再度合流，同时吸收昆、京、秦诸腔的优点，采用北京语言，适应北京风俗，形成了京剧。此后又经过无数艺人的不断努力和发展，京剧逐渐流行到各地，成为全国影响最大的剧种。地方戏的剧目，绝大多数出自下层文人和民间艺人之手，靠师徒口授和艺人传抄，在戏班内流传，刊印机会极少，大都散佚。从目前见到的刻本、抄本、曲选、曲谱、笔记和梨园史料的记载可以发现，剧目十分丰富。

三、近代戏曲

近代以 1840 年鸦片战争为开端，到 1919 年"五四"新文化运动兴起为止。近代前期是中国戏曲发生重要变化的阶段。雅部昆腔已然衰微，花部则蓬勃发展，并形成了全国性的大型剧种京戏，它最终取代了昆腔的剧坛盟主地位。嘉、道以后，作为昆曲剧本的传奇杂剧呈现重曲轻戏的倾向，向案头文学发展。鸦片战争前后的民族危机影响了作家的创作心态，文坛上出现伤时忧世的沉烈悲凉之音。这一时期比较重要的作家作品有：黄燮清《倚晴楼七种曲》、杨恩寿《坦园六种曲》、陈良《玉狮堂十种曲》、刘清韵《小蓬莱仙馆传奇》十种等。京剧发展到了近代，经过无数艺人的不断努力，更加兴盛，成为全国影响最大的一个剧种。京剧确立了规范化的板式音乐体系。以板式变化为主的板腔体，以一种曲调为基础，运用各种板式（节拍形式）的变化，将这一基本曲调做种种不同的变奏以构成唱腔。它始由梆子、皮黄发展，后由京戏集其大成，使我国的戏曲音乐发展到了一个新阶段。板腔体的曲文大都质朴、通俗、本色，不同于传奇杂剧曲文的典雅华美，这导致了戏剧审美意识由重曲到重戏的变化，它以角色的唱念做打的舞台表演艺术为主，从而与古典式的传奇杂剧分道扬镳。京剧拥有十分丰富的剧目，其中一些成为京剧传统剧目，历时不衰。京剧流行剧目很多，如三国剧目《击鼓骂曹》《群英会》《定军山》《空城计》等，东周列国剧目《文昭关》《搜孤救孤》等，隋唐剧目《当锏卖马》《罗成叫关》等，施公案剧目《恶虎村》《连环套》等，源于话本小说的剧目《玉堂春》《鸿鸾禧》等。不少剧目，经过几代艺人的琢磨，达到了技艺精湛的水平。

伴随着资产阶级改良运动和革命运动的兴起与发展，以及资产阶级启蒙宣传的加强，近代后期成为中国戏曲转型嬗替的重要时期。此时，戏曲改良运动全面展开，大量表现新思想的传奇杂剧发表于报刊，并诞生了新的剧种——话剧。辛亥革命以后，民众的政治热情锐减，出现了以消闲、游戏为创作宗旨的鸳鸯蝴蝶派，体现了现代都市娱乐消费的文化品位。戏曲改良运动推动传奇杂剧创作出现新的繁荣局面，作品数量多、题材广，且多关系时局大事。适应谱写新的内容的需要，传统的传奇杂剧体制也开始被超越。新的作品打破了生旦俱全作为贯穿全剧主人公的传奇惯例，同时说白增多，曲文减少，服饰、道具与动作等也开始由古典化、程序化趋于现代化、写实化。传奇杂剧创作大多载于报刊，成为特定时期产生的一种报刊戏。而京剧和地方戏的表演艺术家汪笑侬、剧作家黄吉安等，则将戏剧改良由案头、报刊推向舞台。20 世纪初叶，在戏剧改良运动勃然兴起的过程中诞生的话剧是一种不同于中国传统戏曲的新型剧种。它不用歌唱，以对话和动作为主要表现手段，着时装，分幕，采用灯光布景等，属于写实主义的戏剧类型。

中国早期话剧的诞生当以春柳社的成立为标志。春柳同人陆续演出了《黑奴吁天录》《热血》等剧目。春柳社在艺术方面整齐严肃的做法，对中国早期话剧的发展产生了很好的影响。此后踏上文坛的则是"五四"文学革命时期罗家伦等翻译的易卜生的《娜拉》和胡适创作的《终身大事》等话剧剧本。

四、戏剧的作用

戏剧是通过演员表演故事来反映社会生活的一种综合艺术。它是以演员艺术为中心同时又融合了文学、音乐、舞蹈等艺术的综合体。我国的戏剧经历了漫长的发展。中国传统戏剧渊源于秦汉时的俳优、乐舞和百戏，成熟于南宋，经元、明、清三个朝代几百年的发展，逐渐形成了不同于其他民族的具有独特风貌的东方戏剧美学体系。在这一漫长的发展过程中，出现了关汉卿、王实甫、汤显祖、李玉、洪昇、孔尚任等具有世界影响的优秀戏剧作家，在宋元戏文、元代杂剧、明清传奇及各种地方戏曲中，都有一批堪入世界文化宝库的佳作。

纵观中国戏曲发展史，戏曲的主要作用是审美、娱乐。孙玫先生在《中国戏曲跨文化研究》一书中指出，"就中国传统戏曲而言，尽管在传统社会里也曾有文人把儒家'文以载道'的传统引进戏曲，借高台以施教化，但这种'教化'首先也还得服从于戏剧的娱乐和审美。"戏剧是最善于表达思想的舞台艺术形式之一，这种艺术形式很容易被人们理解和接受。戏剧的娱乐和审美所带来的文化作用在于它能通过扩大和优化人们的生活空间，丰富或诗化人们的生活内容，以此来表现人的精神追求。

戏剧受众群体广泛，在揭示社会矛盾、反映社会生活等方面具有无可比拟的独特作用。一方面，戏剧艺术通过戏剧创作——戏剧演出——戏剧欣赏的全过程，影响着人们的思想感情，对社会生活的各个方面产生作用和影响，最终实现其社会功能。另一方面，戏剧艺术所具有的社会功能始终建立在其最本质的审美娱乐功能的基础之上，具有"以情感人""寓教于乐""潜移默化"的独特之处。这是戏剧和其他艺术形态最根本的区别。正是因为具有这种独特的社会功能，才使得戏剧艺术有了更高的存在价值，始终保持着旺盛的生命力。

文学作品

《牡丹亭》（惊梦）[1]

汤显祖

【绕池游】[2]〔旦上〕[3] 梦回莺啭，乱煞年光遍[4]。人立小庭深院。〔贴〕[5] 炷尽沉烟，抛残绣线，恁今春关情似去年[6]？〔乌夜啼〕"〔旦〕晓来望断梅关，宿妆残。〔贴〕你侧着宜春髻子恰凭阑[7]。〔旦〕翦不断，理还乱，闷无端。〔贴〕已分付催花莺燕借春看。"〔旦〕春香，可曾叫人扫除花径？〔贴〕分付了。〔旦〕取镜台衣服来。〔贴取镜台衣服上〕"云髻罢梳还对镜，罗衣欲换更添香。"镜台衣服在此。

【步步娇】〔旦〕袅晴丝吹来闲庭院，摇漾春如线。停半晌、整花钿。没揣菱花[8]，偷人半面，迤逗的彩云偏[9]。〔行介[10]〕步香闺怎便把全身现！〔贴〕今日穿插的好。

【醉扶归】〔旦〕你道翠生生出落的裙衫儿茜，艳晶晶花簪八宝填，可知我常一生儿爱好是天然[11]。恰三春好处无人见。不堤防沉鱼落雁鸟惊喧，则怕的羞花闭月花愁颤。〔贴〕早茶时了，请行。〔行介〕你看："画廊金粉半零星，池馆苍苔一片青。踏草怕泥新绣袜[12]，惜花疼煞小金铃[13]。"〔旦〕不到园林，怎知春色如许！

【皂罗袍】原来姹紫嫣红开遍，似这般都付与断井颓垣。良辰美景奈何天，赏心乐事谁家院！恁般景致，我老爷和奶奶再不提起[14]。〔合〕朝飞暮卷，云霞翠轩；雨丝风片，烟波画船——锦屏人忒看的这韶光贱[15]！〔贴〕是花都放了，那牡丹还早。

【好姐姐】〔旦〕遍青山啼红了杜鹃[16]，荼蘼外烟丝醉软。春香啊，牡丹虽好，他春归怎占的先！〔贴〕成对儿莺燕啊。〔合〕闲凝眄，生生燕语明如翦[17]，呖呖莺歌溜的圆[18]。〔旦〕去罢。〔贴〕这园子委是观之不足也。〔旦〕提他怎的！〔行介〕

【隔尾】观之不足由他缱[19]，便赏遍了十二亭台是枉然[20]。到不如兴尽回家闲过遣[21]。〔作到介〕〔贴〕"开我西阁门，展我东阁床。瓶插映山紫，炉添沉水香。"小姐，你歇息片时，俺瞧老夫人去也。〔下〕〔旦叹介〕"默地游春转，小试宜春面[22]。"春啊，得和你两留连，春去如何遣？咳，恁般天气，好困人也。春香那里？〔作左右瞧介〕〔又低首沉吟介〕天呵，春色恼人，信有之乎！常观诗词乐府，古之女子，因春感情，遇秋成恨，诚不谬矣。吾今年已二八，未逢折桂之夫；忽慕春情，怎得蟾宫之客？昔日韩夫人得遇于郎[23]，张生偶逢崔氏[24]，曾有《题红记》《崔徽传》二书。此佳人才子，前以密约偷期[25]，后皆得成秦晋[26]。〔长叹介〕吾生于宦族，长在名门。年已及笄[27]，不得早成佳配，诚为虚度青春，光阴如过隙耳。〔泪介〕可惜妾身颜色如花，岂料命如一叶乎[28]！

【山坡羊】没乱里春情难遣[29]，蓦地里怀人幽怨。则为俺生小婵娟，拣名门一例、一例里神仙眷。甚良缘，把青春抛的远！俺的睡情谁见？则索因循腼腆[30]。想幽梦谁边，和春光暗流传？迁延，这衷怀那处言！淹煎，泼残生[31]，除问天！身子困乏了，且自隐几而眠[32]。〔睡介〕〔梦生介[33]〕〔生持柳枝上〕"莺逢日暖歌声滑，人遇风情笑口开。一径落花随水入，今朝阮肇到天台[34]。"小生顺路儿跟着杜小姐回来，怎生不见？〔回看介〕呀，小姐，小姐！〔旦作惊起介〕〔相见介〕〔生〕小生那一处不寻访小姐来，却在这里！〔旦作斜视不语介〕〔生〕恰好花园内，折取垂柳半枝。姐姐，你既淹通书史，可作诗以赏此柳枝乎？〔旦作惊喜，欲言又止介〕〔背想〕这生素昧平生，何因到此？〔生笑介〕小姐，咱爱杀你哩！

【山桃红】则为你如花美眷，似水流年，是答儿闲寻遍[35]。在幽闺自怜。小姐，和你那答儿讲话去。〔旦作含笑不行〕〔生作牵衣介〕〔旦低问〕那边去？〔生〕转过这芍药栏前，紧靠着湖山石边。〔旦低问〕秀才，去怎的？〔生低答〕和你把领扣松，衣带宽，袖梢儿揾着牙儿苫也，则待你忍耐温存一晌眠[36]。〔旦作羞〕〔生前抱〕〔旦推介〕

〔合〕是那处曾相见，相看俨然，早难道这好处相逢无一言[37]？〔生强抱旦下〕〔末扮花神束发冠，红衣插花上[38]〕"催花御史惜花天[39]，检点春工又一年。蘸客伤心红雨下[40]，勾人悬梦采云边。"吾乃掌管南安府后花园花神是也。因杜知府小姐丽娘，与柳梦梅秀才，后日有姻缘之分。杜小姐游春感伤，致使柳秀才入梦。咱花神专掌惜玉怜香，竟来保护他，要他云雨十分欢幸也。

【鲍老催】〔末〕单则是混阳蒸变，看他似虫儿般蠢动把风情扇。一般儿娇凝翠绽魂儿颠[41]。这是景上缘[42]，想内成，因中见。呀，淫邪展污了花台殿[43]。咱待拈片落花儿惊醒他。〔向鬼门丢花介[44]〕他梦酣春透了怎留连？拈花闪碎的红如片。秀才才到的半梦儿；梦毕之时，好送杜小姐仍归香阁。吾神去也。〔下〕

【山桃红】〔生、旦携手上〕〔生〕这一霎天留人便，草借花眠。小姐可好？〔旦低头介〕〔生〕则把云鬟点，红松翠偏。小姐休忘了啊，见了你紧相偎，慢厮连，恨不得肉儿般团成片也，逗的个日下胭脂雨上鲜。〔旦〕秀才，你可去啊？〔合〕是那处曾相见，相看俨然，早难道这好处相逢无一言？〔生〕姐姐，你身子乏了，将息，将息。〔送旦依前作睡介〕〔轻扣旦介〕姐姐，俺去了。〔作回顾介〕姐姐，你可十分将息，我再来瞧你那。"行来春色三分雨，睡去巫山一片云。"〔下〕〔旦作惊醒，低叫介〕秀才，秀才，你去了也？〔又作痴睡介〕〔老旦上〕"夫婿坐黄堂，娇娃立绣窗。怪他裙衩上，花鸟绣双双。"孩儿，孩儿，你为甚瞌睡在此？〔旦作醒，叫秀才介〕咳也。〔老旦〕孩儿怎的来？〔旦作惊起介〕奶奶到此！〔老旦〕我儿，何不做些针指，或观玩书史，舒展情怀？因何昼寝于此？〔旦〕孩儿适在花园中闲玩，忽值春暄恼人，故此回房。无可消遣，不觉困倦少息。有失迎接，望母亲恕儿之罪。〔老旦〕孩儿，这后花园中冷静，少去闲行。〔旦〕领母亲严命。〔老旦〕孩儿，学堂看书去。〔旦〕先生不在，且自消停[45]。〔老旦叹介〕女孩儿长成，自有许多情态，且自由他。正是："宛转随儿女，辛勤做老娘。"〔下〕〔旦长叹介〕〔看老旦下介〕哎也，天那，今日杜丽娘有些侥幸也。偶到后花园中，百花开遍，睹景伤情。没兴而回，昼眠香阁。忽见一生，年可弱冠[46]，丰姿俊妍。于园中折得柳丝一枝，笑对奴家说："姐姐既淹通书史，何不将柳枝题赏一篇？"那时待要应他一声，心中自忖，素昧平生，不知名姓，何得轻与交言。正如此想间，只见那生向前说了几句伤心话儿，将奴搂抱去牡丹亭畔，芍药阑边，共成云雨之欢。两情和合，真个是千般爱惜，万种温存。欢毕之时，又送我睡眠，几声"将息"。正待自送那生出门，忽值母亲来到，唤醒将来。我一身冷汗，乃是南柯一梦[47]。忙身参礼母亲，又被母亲絮了许多闲话。奴家口虽无言答应，心内思想梦中之事，何曾放怀。行坐不宁，自觉如有所失。娘呵，你教我学堂看书去，知他看那一种书消闷也。〔作掩泪介〕

【绵搭絮】雨香云片[48]，才到梦儿边。无奈高堂，唤醒纱窗睡不便。泼新鲜冷汗粘煎，闪的俺心悠步躯[49]，意软鬟偏。不争多费尽神情[50]，坐起谁忺[51]？则待去眠。〔贴上〕"晚妆销粉印，春润费香篝[52]。"小姐，薰了被窝睡罢。

【尾声】〔旦〕困春心游赏倦，也不索香薰绣被眠。天呵，有心情那梦儿还去不远。

春望逍遥出画堂，（张说）间梅遮柳不胜芳。（罗隐）
可知刘阮逢人处？（许浑）回首东风一断肠。（韦庄）

《 注 释 》

[1]《惊梦》是明代著名戏剧家汤显祖昆曲《牡丹亭》的第十出。由【绕池游】和【山坡羊】两套曲子组成：前者为游园，后者为惊梦。【绕池游】这套曲最后一支曲子是【尾】，"隔"表示唱至此为一段落，但尚未唱完，故下面还接【山坡羊】一套。

[2]【绕池游】【步步娇】等是曲牌名，曲牌是昆曲中最基本的演唱单位，其音乐结构和文字结构统一。

[3] 旦：戏曲表演行当中，女角色之统称。旦行也可细分为老旦、正旦等六种。此指杜丽娘。

[4] 乱煞年光遍：意谓到处是眼花缭乱的春光。煞，极尽，非常。年光，春光。

[5] 贴：贴旦，指丫鬟春香。

[6]"恁今"句：为什么今年怀春之情胜过去年。恁，即恁地，怎么、为什么的意思。关情，心中怀春之情。似，即胜似、胜过、甚于。

[7] 宜春髻子：相传古代妇女于立春时，以彩剪成燕子形，戴于髻上，上贴"宜春"二字，故称。

[8] 没揣菱花：没揣，意想不到。菱花，镜子。

[9]"迤逗"句：意谓照镜子看到自己的美貌，感到害羞而慌乱中引惹得发髻也弄歪了。实际上是不好意思再看镜子，把头一侧，照进镜子的发髻就侧向一边了。迤逗，引惹。彩云，美丽的发髻。

[10] 介：在古戏曲剧本中，指示角色表演动作时的用语。

[11]"可知"句：意谓要知道一生爱美正是我的本性。可知，要知道。常，即常好，亦作畅好，正好意。好，美。天然，天赋、本性。

[12] 泥：沾污。

[13]"惜花"句：意谓因为爱惜花，怕鸟雀来损害它们，于是常掣铃以防之，由于拉得频繁，小金铃也感到疼痛。

[14] 老爷和奶奶：老爷，古代对官绅或有权势者的敬称。奶奶，本是对女主人的尊称，此杜丽娘对其父母的敬称。

[15]"锦屏人"句：意谓杜丽娘一向太辜负了美丽的春光，感到多么惋惜。锦屏人，幽居深闺的人，指杜丽娘。忒，太。韶光，春光。

[16] 啼红了杜鹃：开遍了杜鹃花。用"啼红"是联想到"杜鹃泣血"的传说，以此增添悲痛的感情色彩。

[17]"生生"句：意谓清脆的燕语明快如剪。生生，形容声音清脆。

[18]"呖呖"句：意谓黄莺流利的歌声那么圆润。呖呖，形容声音流利。溜，滑溜。圆，圆润。

[19] 缠：留恋。

[20] 十二：虚指，谓所有。

[21] 闲过遣：闲，喻百无聊赖的愁怀。过遣，排遣。

[22] 宜春面：指新妆。参看注 [7]。

[23] 韩夫人得遇于郎：唐人传奇故事：唐僖宗时，宫女韩氏以红叶题诗，从御沟中流出，被于佑拾到。于佑也以红叶题诗，投入上流，寄给韩氏。后来两人结为夫妇。见《青琐高议》前集卷五《流红记》。汤显祖的同时代人王骥德曾以这个故事写成戏曲《题红记》，见王骥德《曲律·杂论》第三十九下。

[24] 张生偶逢崔氏：即张生和崔莺莺的爱情故事，见唐元稹《会真记》后来《西厢记》演的就是这个故事。下文说的《崔徽传》是另外一个故事，见《丽情集》：妓女崔徽和裴敬中相爱，分别之后不再相见。崔徽请画工画了一幅像，托人带给敬中说："崔徽一旦不及卷中人，徽且为郎死矣！"这里《崔徽传》疑是《莺莺传达室》或《西厢记》的笔误。

[25] 偷期：幽会。

[26] 得成秦晋：得成夫妇。春秋时代，秦、晋两国世代联姻，后世称联姻为秦晋。

[27] 及笄：古代女子十五岁开始以笄（簪）束发，叫及笄。见《礼记·内训》。及笄，意指女子已成年，到了婚配的年龄。

[28] "岂料命如一叶"句：元好问《鹧鸪天·薄命妾》词："颜色如花画不成，命如叶薄可怜生。"

[29] 没乱里：形容心绪很乱。

[30] 腼腆：害羞。上文只索，只得。索，要，须。

[31] 淹煎，泼残生：淹煎，受熬煎，遭磨折；泼残生，苦命儿。泼，表示厌恶，原来是骂人的话。

[32] 隐几：靠着几案。

[33] 生：戏曲表演行当中的角色名。生行也可细分为官生、巾生等，此指柳梦梅。

[34] 阮肇到天台：见到爱人。用刘晨和阮肇在天台山桃源洞遇到仙女的故事。

[35] 是答儿：到处。是，凡。下文，那答儿，那边。

[36] 一晌：一会儿。

[37] 早难道：这里就是难道，但证据较强。

[38] 末：传统戏曲里的一种角色，该行当多为中年以上的男性。实际"末"行专司引戏的职能，如打头出场者，反其意而称为"末"。

[39] 催花御史：《说郛》卷二十七《云仙散录》引《玉尘集》："唐穆宗，每宫中花开，则以重顶帐蒙蔽栏槛，置惜花御史掌之。"

[40] 蘸：指红雨（落花）落在人的身上。

[41] 单则是混阳蒸变……魂儿颤：形容幽会。

[42] 景上缘：景上缘，想内，喻姻缘短暂，是不真实的梦幻。因中见（现），佛家认为一切事物都由因缘造合而成。景，影；与下文的想、因都是佛家的廉洁。

[43] 展污：沾污、弄脏。

[44] 鬼门：一作古门，戏台上演员的上、下场门。

[45] 消停：休息。

[46] 弱冠：二十岁。《礼·曲礼》上："人生十年曰幼，学；二十曰弱，冠；三十曰壮，有室……。"冠，男子到二十岁行冠礼表示已经成人。

[47] 南柯一梦：唐人传奇故事：淳于棼梦见自己被大槐安国国王招为驸马，做南柯太守。历尽了富贵荣华，人世浮沉。醒来，才发现槐安国不过是大槐树下的一个蚁穴，南柯郡则是南面树枝下的另一个蚁穴。见《太平广记》卷四七五引李公佐《淳于棼》。南柯，后来被用作梦的代称。

[48] 雨香云片：云雨，指梦中的幽会。

[49] 步躲（duǒ）：脚步不动。躲，偏斜。上文闪得俺，弄得我，害得我。

[50] 不争多：差不多，几乎。

[51] 忺（xiān）：惬意。

[52]香篝：即薰笼，薰香用。

《作品简析》

《惊梦》是《牡丹亭》中的一出重戏。这出戏前半出写游园，后半出才是惊梦。作者通过杜丽娘要求冲破封建礼教牢笼的强烈愿望和对自由爱情的热烈追求，表达以"情"反"理"的进步思想。游园一段，写出了大好春光、良辰美景对深闺少女杜丽娘心理的影响，表现了她在封建礼教束缚下内心的痛苦和对自由幸福的向往。游园后的惊梦部分，描写梦境中杜丽娘与柳梦梅真挚、热烈的爱情，表现了她对幸福爱情的追求和对封建家教的不满。

《惊梦》的艺术特点体现在以下三个方面：《惊梦》表现了杜丽娘青春的觉醒，为因梦生病直至伤春而亡的情节提供了可信的依据。刻画杜丽娘的内心世界，准确把握人物的心理脉搏，是《惊梦》一出在艺术方面最值得称道的地方。这部分体现出了层次的丰富性和表现手段的多样化两大主要特点。此外，曲词尖新工巧，绚丽多彩，富于诗情画意。

《长生殿》（埋玉）

洪 昇

【南吕过曲·金钱花】（末扮陈元礼引军士上）拥旄仗钺前驱[1]，前驱；羽林拥卫銮舆[2]，銮舆。匆匆避贼就征途。人跋涉，路崎岖。知何日，到成都。

下官右龙武将军陈元礼是也[3]。因禄山造反，破了潼关。圣上避兵幸蜀，命俺统领禁军扈驾[4]。行了一程，早到马嵬驿了。（内鼓噪介）（末）众军为何呐喊？（内）禄山造反，圣驾播迁[5]，都是杨国忠弄权，激成变乱。若不斩此贼臣，我等死不扈驾。（末）众军不必鼓噪，暂且安营。待我奏过圣上，自有定夺。（内应介）（末引军重唱"人跋涉"四句下）（生同旦骑马，引老旦、贴、丑行上）

【中吕过曲·粉孩儿】匆匆的弃宫闱珠泪洒，叹清清冷冷半张銮驾，望成都直在天一涯。渐行来渐远京华，五六搭剩水残山，两三间空舍崩瓦。

（丑）来此已是马嵬驿了，请万岁爷暂住銮驾。（生、旦下马，作进坐介）（生）寡人不道，误宠逆臣，致此播迁，悔之无及。妃子，只是累你劳顿，如之奈何！（旦）臣妾自应随驾，焉敢辞劳。只愿早早破贼，大驾还都便好。（内又喊介）杨国忠专权误国，今又交通吐蕃，我等誓不与此贼俱生。要杀杨国忠的，快随我等前去。（杂扮四军提刀赶副净上，绕场奔介）（军作杀副净，呐喊下）（生惊介）高力士，外面为何喧嚷？快宣陈元礼进来。（丑）领旨。（宣介）（末上见介）臣陈元礼见驾。（生）众军为何呐喊？（末）臣启陛下：杨国忠专权召乱，又与吐蕃私通。激怒六军，竟将国忠杀死了。（生作惊介）呀，有这等事。（旦作背掩泪介）（生沉吟介）这也罢了，传旨起驾。（末出传旨介）圣旨道来，赦汝等擅杀之罪。作速起行。（内又喊介）国忠虽诛，贵妃尚在。不杀贵妃，誓不扈驾。（末见生介）众军道，国忠虽诛，贵妃尚在，不肯起行。望陛下割恩正法。（生作大惊介）哎呀，这话如何说起！（旦慌牵生衣介）（生）将军。

【红芍药】国忠纵有罪当加，现如今已被劫杀。妃子在深宫自随驾，有何干六军疑讶。（末）圣谕极明，只是军心已变，如之奈何！（生）卿家，作速晓谕他，恁狂言没些高下。（内又喊介）（末）陛下呵，听军中恁地喧哗，教微臣怎生弹压！（旦哭介）陛下呵！

【耍孩儿】事出非常堪惊诧。已痛兄遭戮，奈臣妾又受波查[6]。是前生事已定，薄命应折罚。望吾皇急切抛奴罢，只一句伤心话……（生）妃子且自消停。（内又喊介）不杀贵妃，死不扈驾。（末）臣启陛下：贵妃虽则无罪，国忠实其亲兄，今在陛下左右，军心不安。若军心安，则陛下安矣。愿乞三思。（生沉吟介）

【会河阳】无语沉吟，意如乱麻。（旦牵生衣哭介）痛生生怎地舍官家！（合）可怜一对鸳鸯，风吹浪打，直恁的遭强霸！（内又喊介）（旦哭介）众军逼得我心惊唬，（生作呆想，忽抱旦哭介）贵妃，好教我难禁架！

（众军呐喊上，绕场、围驿下）（丑）万岁爷，外厢军士已把驿亭围了。若再迟延，恐有他变，怎么处？（生）陈元礼，你快去安抚三军，朕自有道理！（末）领旨。（下）（生、旦抱哭介）（旦）

【缕缕金】魂飞飏，泪交加。（生）堂堂天子贵，不及莫愁家。（合哭介）难道把恩和义，霎时抛下！（旦跪介）臣妾受皇上深恩，杀身难报。今事势危急，望赐自尽，以定军心。陛下得安稳至蜀，妾虽死犹生也。算将来无计解军哗，残生愿甘罢，残生愿甘罢！

（哭倒生怀介）（生）妃子说那里话！你若捐生，朕虽有九重之尊，四海之富，要他则甚！宁可国破家亡，决不肯抛舍你也！

【摊破地锦花】任灌哗，我一谜妆聋哑，总是朕差。现放着一朵娇花，怎忍见风雨摧残，断送天涯。若是再禁加，拼代你陨黄沙。

（旦）陛下虽则恩深，但事已至此，无路求生。若再留恋，倘玉石俱焚，益增妾罪。望陛下舍妾之身，以保宗社。（丑作掩泪，跪介）娘娘既慷慨捐生，望万岁爷以社稷为重，勉强割恩罢。（内又喊介）（生顿足哭介）罢罢，妃子既执意如此，朕也做不得主了。高力士，只得但、但凭娘娘罢！（作硬咽、掩面哭下）（旦朝上拜介）万岁！（作哭倒介）（丑向内介）众军听着，万岁爷已有旨，赐杨娘娘自尽了。（众内呼介）万岁，万岁，万万岁！（丑扶旦起介）娘娘，请到后边去。（扶旦行介）（旦哭介）

【哭相思】百年离别在须臾，一代红颜为君尽！

（转作到介）（丑）这里有座佛堂在此。（旦作进介）且住，待我礼拜佛爷。（拜介）佛爷，佛爷！念杨玉环呵。

【越恁好】罪孽深重，罪孽深重，望我佛度脱咱。（丑拜介）愿娘娘好处生天。（旦起哭介）（丑跪哭介）娘娘，有甚话儿，分付奴婢几句。（旦）高力士，圣上春秋已高，我死之后，只有你是旧人，能体圣意，须索小心奉侍。再为我转奏圣上，今后休要念我了。（丑哭应介）奴婢晓得。（旦）高力士，我还有一言。（作除钗、出盒介）这金钗一对，钿盒一枚[7]，是圣上定情所赐。你可将来与我殉葬，万万不可遗忘。（丑接钗盒介）奴婢晓得。（旦哭介）断肠痛杀，说不尽恨如麻。（末领军拥上）杨妃既奉旨赐死，何得停留，稽迟圣驾。（军呐喊介）（丑向前拦介）众军士不得近前，杨娘娘即刻归天了。（旦）唉，陈元礼，陈元礼，你兵威不向逆寇加，逼奴自杀。（军又喊介）（丑）不好了，军士每拥进来了。（旦看介）唉，罢、罢，这一株梨树，是我杨玉环结果之处了。（作腰间解出白练，拜介）臣妾杨玉环，叩谢圣恩。从今再不得相见了。（丑泣介）（旦作哭缢介）我那圣上啊，我一命儿便死在黄泉下，一灵儿只傍着黄旗下。

（做缢死下）（末）杨妃已死，众军速退。（众应同下）（丑哭介）我那娘娘啊！（下）（生上）六军不发无奈何，宛转蛾眉马前死。（丑持白练上，见生介）启万岁爷，杨娘娘归天了。（生作呆不应介）（丑又启介）杨娘娘归天了。自缢的白练在此。（生看大哭介）哎哟，妃子，妃子，兀的不痛杀寡人也！（倒介）（丑扶介）（生哭介）

【红绣鞋】当年貌比桃花，桃花；（丑）今朝命绝梨花，梨花。（出钗盒介）这金钗、钿盒，是娘娘分付殉葬的。（生看钗盒哭介）这钗和盒，是祸根芽。长生殿，恁欢洽；马嵬驿，恁收煞！

（丑）仓卒之间，怎生整备棺椁？[8]（生）也罢，权将锦褥包裹。须要埋好记明，以待日后改葬。这钗盒就系娘娘衣上罢。（丑）领旨。（下）（生哭介）

【尾声】温香艳玉须臾化，今世今生怎见他！（末上跪介）请陛下起驾。（生顿足恨介）咳，我便不去西川也值什么！（内呐喊、掌号，众军上）

【仙吕入双调过曲·朝元令】（丑暗上，引生上马行介）（合）长空雾粘，旌斾寒风刮[9]。长征路淹，队仗黄尘染。谁料君臣，共尝危险。恨贼寇横兴逆焰，烽火相兼，何时得将豺虎歼。遥望蜀山尖，回将凤阙瞻[10]，浮云数点，咫尺把长安遮掩，长安遮掩。

翠华西拂蜀云飞，（章碣）天地尘昏九鼎危。（吴融）

蝉鬓不随銮驾起，（高骈）空惊鸳鸯忽相随。（钱起）

注 释

[1] 拥、仗：拿着。旄：用牦牛尾装饰的旗子，古代军旗的一种。钺：古兵器，像斧。

[2] 銮舆：又名銮驾，皇帝的车驾。

[3] 左右龙武将军：唐代禁军将领，左右龙武军属官。

[4] 扈驾：随侍帝王的车驾。

[5] 播迁：迁徙；流离。

[6] 波查：本指困苦、危害。后泛指艰辛；磨折。

[7] 钿盒：即钿合，镶嵌金、银、玉、贝的首饰盒子。钿合金钗：钿盒和金钗，相传为唐玄宗与杨贵妃定情之信物。泛指情人之间的信物。

[8] 棺椁（guān guǒ），即棺材和套棺（古代套于棺外的大棺），泛指棺材。

[9] 旌斾（jīng pèi）：亦作"旌旆"，旗帜。

[10] 凤阙：原意是汉代宫阙名称，引申为皇宫、朝廷。

作品简析

《埋玉》是清初剧作家洪升所作的剧本《长生殿》第二十五出。洪昇（1645—1704），字昉思，号稗畦，又号稗村、南屏樵者，钱塘（今浙江省杭州市）人，清代戏曲作家、诗人。他与《桃花扇》作者孔尚任并称"南洪北孔"，著有诗集《稗畦集》《稗畦续集》《啸月楼集》，杂剧《四婵娟》，传奇《长生殿》，其他戏剧作品如《回文锦》《回龙记》

等均已失传。今人辑有《洪升集》。

其代表作《长生殿》历经十年，三易其稿，于康熙二十七年（1688）问世后引起社会轰动。作品取材自唐代诗人白居易的长诗《长恨歌》和元代剧作家白朴的剧作《梧桐雨》。他在原来题材上加以发挥，极大地增加了当时的社会和政治方面的内容，改造和充实了唐玄宗和杨玉环之间的爱情故事。《长生殿》规模宏大，全景式反映历史，是一部唐朝天宝年间史诗性的鸿篇巨制；描述了广阔的社会生活，内容丰富而复杂，人物命运烙印上时代悲剧色彩；用现实主义和浪漫主义相结合的手法，现实与幻景交错，史实与演绎结合，构思奇特；文字优美，情景交融，堪称不朽的艺术精品。

《埋玉》一段中，唐明皇奔逃蜀中避难，在马嵬坡，军士哗变，杀杨国忠，更逼杨妃。唐明皇无奈，被迫赐杨妃自尽。李、杨之间尽管缠绵缱绻，也不可避免地出现波折和污点。洪升在剧中表现了对唐玄宗和杨玉环之间的爱情的同情，寄托了对美好爱情的理想。他对杨玉环既有批判，又有所同情。尽管她在马嵬坡下自尽，承担了一切罪恶，但作者并没有把安史之乱的全部罪责归之于她。在她身上，体现出一个帝王宠妃既骄纵、悍妒又温柔、软弱的典型性格。

《桃花扇》（却奁）

孔尚任

癸未三月[1]

（杂扮保儿掇马桶上[2]）龟尿龟尿，撒出小龟；鳖血鳖血，变成小鳖。龟尿鳖血，看不分别；鳖血龟尿，说不清白。看不分别，混了亲爹；说不清白，混了亲伯。（笑介）胡闹，胡闹！昨日香姐上头[3]，乱了半夜；今日早起，又要刷马桶，倒溺壶，忙个不了。那些孤老、表子[4]，还不知搂到几时哩。（刷马桶介）

【夜行船】（末）人宿平康深柳巷[5]，惊好梦门外花郎。绣户未开，帘钩才响，春阻十层纱帐。

下官杨文骢[6]，早来与侯兄道喜。你看院门深闭，侍婢无声，想是高眠未起。（唤介）保儿，你到新人窗外，说我早来道喜。（杂）昨夜睡迟了，今日未必起来哩。老爷请回，明日再来罢。（末笑介）胡说！快快去问。（小旦内问介[7]）保儿！来的是那一个？（杂）是杨老爷道喜来了。（小旦忙上）倚枕春宵短，敲门好事多。（见介）多谢老爷，成了孩儿一世姻缘。

（末）好说。（问介）新人起来不曾？（小旦）昨晚睡迟，都还未起哩。（让坐介）老爷请坐，待我去催他。（末）不必，不必。（小旦下）

【步步娇】（末）儿女浓情如花酿，美满无他想，黑甜共一乡[8]。可也亏了俺帮衬，珠翠辉煌，罗绮飘荡，件件助新妆，悬出风流榜。

（小旦上）好笑，好笑！两个在那里交扣丁香[9]，并照菱花[10]，梳洗才完，穿戴未

毕。请老爷同到洞房，唤他出来，好饮扶头卯酒[11]。（末）惊却好梦，得罪不浅。（同下）（生、旦艳妆上）

【沈醉东风】（生、旦）这云情接着雨况[12]，刚搔了心窝奇痒，谁搅起睡鸳鸯。被翻红浪，喜匆匆满怀欢畅。枕上余香，帕上余香，消魂滋味，才从梦里尝。

（末、小旦上）（末）果然起来了，恭喜，恭喜！（一揖，坐介）（末）昨晚催妆拙句[13]，可还说的入情么。（生揖介）多谢！（笑介）妙是妙极了，只有一件。（末）那一件？（生）香君虽小，还该藏之金屋[14]。（看袖介）小生衫袖，如何着得下？（俱笑介）（末）夜来定情，必有佳作。（生）草草塞责，不敢请教。（末）诗在那里？（旦）诗在扇头[15]。（旦向袖中取出扇介）（末接看介）是一柄白纱宫扇。（嗅介）香的有趣。（吟诗介）妙，妙！只有香君不愧此诗。（付旦介）还收好了。（旦收扇介）

【园林好】（末）正芬芳桃香李香，都题在宫纱扇上；怕遇着狂风吹荡，须紧紧袖中藏，须紧紧袖中藏。

（末看旦介）你看香君上头之后，更觉艳丽了。（向生介）世兄有福，消此尤物[16]。（生）香君天姿国色，今日插了几朵珠翠，穿了一套绮罗，十分花貌，又添二分，果然可爱。（小旦）这都亏了杨老爷帮衬哩。

【江儿水】送他缠头锦[17]，百宝箱，珠围翠绕流苏帐[18]，银烛笼纱通宵亮，金杯劝酒合席唱。今日又早早来看，恰似亲生自养，赔了妆奁，又早敲门来望。

（旦）俺看杨老爷，虽是马督抚至亲[19]，却也拮据作客，为何轻掷金钱，来填烟花之窟？在奴家受之有愧，在老爷施之无名；今日问个明白，以便图报。（生）香君问得有理，小弟与杨兄萍水相交，昨日承情太厚，也觉不安。（末）既蒙问及，小弟只得实告了。这些妆奁酒席，约费二百余金，皆出怀宁之手[20]。（生）那个怀宁？（末）曾做过光禄的阮圆海。（生）是那皖人阮大铖么？（末）正是。（生）他为何这样周旋？（末）不过欲纳交足下之意。

【五供养】（末）美你风流雅望，东洛才名[21]，西汉文章[22]。逢迎随处有，争看坐车郎[23]。秦淮妙处[24]，暂寻个佳人相傍，也要些鸳鸯被、芙蓉妆；你道是谁的，是那南邻大阮[25]，嫁衣全忙。

（生）阮圆老原是敝年伯[26]，小弟鄙其为人，绝之已久。他今日无故用情，令人不解。（末）圆老有一段苦衷，欲见白於足下。（生）请教。（末）圆老当日曾游赵梦白之门[27]，原是吾辈。后来结交魏党，只为救护东林[28]，不料魏党一败，东林反与之水火。近日复社诸生[29]，倡论攻击，大肆殴辱，岂非操同室之戈乎[30]？圆老故交虽多，因其形迹可疑，亦无人代为分辩。每日向天大哭，说道："同类相残，伤心惨目，非河南侯君，不能救我。"所以今日谆谆纳交。（生）原来如此，俺看圆海情辞迫切，亦觉可怜。就便真是魏党，悔过来归，亦不可绝之太甚，况罪有可原乎。定生、次尾[31]，皆我至交，明日相见，即为分解。（末）果然如此，吾党之幸也。（旦怒介）官人是何等说话，阮大铖趋附权奸，廉耻丧尽；妇人女子，无不唾骂。他人攻之，官人救之，官人自处於何等也？

孔尚任与《桃花扇》

【川拨棹】不思想，把话儿轻易讲。要与他消释灾殃，要与他消释灾殃，也隄防旁

人短长。官人之意，不过因他助俺妆奁，便要徇私废公；那知道这几件钗钏衣裙，原放不到我香君眼里。（拔簪脱衣介）脱裙衫，穷不妨；布荆人[32]，名自香。

（末）阿呀！香君气性，忒也刚烈。（小旦）把好好东西，都丢一地，可惜，可惜！（拾介）（生）好，好，好！这等见识，我倒不如，真乃侯生畏友也[33]。（向末介）老兄休怪，弟非不领教，但恐为女子所笑耳。

【前腔】（生）平康巷，他能将名节讲；偏是咱学校朝堂，混贤奸不问青黄。那些社友平日重俺侯生者，也只为这点义气；我若依附奸邪，那时群起来攻，自救不暇，焉能救人乎。节和名，非泛常；重和轻，须审详。

（末）圆老一段好意，也还不可激烈。（生）我虽至愚，亦不肯从井救人[34]。

（末）既然如此，小弟告辞了。（生）这些箱笼，原是阮家之物，香君不用，留之无益，还求取去罢。（末）正是"多情反被无情恼[35]，乘兴而来兴尽还[36]"。（下）（旦恼介）（生看旦介）俺看香君天姿国色，摘了几朵珠翠，脱去一套绮罗，十分容貌，又添十分，更觉可爱。（小旦）虽如此说，舍了许多东西，倒底可惜。

【尾声】金珠到手轻轻放，惯成了娇痴模样，辜负俺辛勤做老娘。（生）些须东西，何足挂念，小生照样赔来。（小旦）这等才好。

（小旦）花钱粉钞费商量[37]，（旦）裙布钗荆也不妨。

（生）只有湘君能解佩[38]，（旦）风标不学世时妆。

注 释

[1] 癸未：指明崇祯十六年（1643）。

[2] 杂：杂角，泛指生旦净丑等主要角色之外的一般"群众演员"，京剧中称为"龙套"。保儿：即鸨儿。

[3] 上头：旧时女子出嫁，因要改变发型并加笄，故称。

[4] 孤老：妓院中对长期包站的嫖客的称呼。表子：表通"婊"，这里指妓女。

[5] 平康：唐代长安城之里弄（lòng）的名字，即平安里，妓女聚居处，后世多泛指妓院。

[6] 杨文骢：即杨龙友，南明弘光朝曾任常州、镇江二府巡抚，他是混迹于各种政治势力之中间的人物，曾不辨是非出面替阉党阮大铖等开脱游说，也曾在关键时刻做出正义之举，多次保护李香君，后参与抗清，兵败而死。

[7] 小旦：传奇中旦角之一种，这里扮香君假母李贞丽，李贞丽也是明末秦淮名妓。

[8] 黑甜共一乡：指夜间两人熟睡在一起。俗以熟睡为"黑甜乡"。

[9] 丁香：花名，这里以丁香花蕾形容衣服的纽扣。

[10] 菱花：镜子。古代铜镜常饰以菱图案，故往往以菱花来代指。

[11] 扶头卯酒：即扶头酒，早晨喝的酒。扶头，振奋提神的意思。卯：卯时，早晨五点至七点。

[12] 云情接着雨况：指男女交欢时的情况。

[13] 催妆拙句：祝贺女子出嫁时的诗句，指本剧第六出《眠香》中杨龙友所做的《催妆》诗："生小倾城是李香，怀中婀娜袖中藏；缘何十二巫女峰，梦里偏来见楚王。"

[14] 藏之金屋：用汉武帝金屋藏娇之典。据《汉武故事》：汉武帝做太子时，其姑母欲将女儿阿娇嫁给他，他高兴地说："若得阿娇做妇，当作金屋储之。"金屋：华丽精美的房屋。

[15] 诗在扇头：指本剧中第六出中侯方域题于纱扇上的定情诗："夹道朱楼一径斜，王孙初御富平车。青溪尽是辛夷树，不及东风桃李花。"

[16] 尤物：指具有特殊姿色的美人。

[17] 缠头锦：指代赠给歌姬的服务报酬。

[18] 流苏帐：用流苏装饰的帷帐。流苏：用彩色丝线或羽毛制作的一种垂式品。

[19] 马督抚：指马士英，当时任凤阳总督。南明弘光朝的专权人物。

[20] 怀宁：即阮大铖，号园海，明天启明年间依附阉党头目魏忠贤，崇祯时被革职，南明弘光朝，又投靠权奸马士英，任兵部尚书，大肆迫害东林党即复社诸人，后投降清朝。

[21] 东洛才名：古时东都洛阳，以出才子而著名，如近代左思的《三都赋》一出，人们争相传抄。一时"洛阳纸贵"（见《晋书·文苑传》）。这里用以称誉侯方域的才名很大。

[22] 西汉文章：西汉文章出了许多名家名作，如司马迁、司马相如、扬雄等人的作品。

[23] 争看坐车郎：晋代潘安貌美，他坐车出游，总引得妇女争看，并投以果饵（见《晋书·潘安传》）。

[24] 秦淮：秦淮河，流经南京，城南河之两侧古时多为妓女所居，为歌舞声乐繁之地。

[25] 兰陵大阮：晋代有南北阮，南阮指阮籍、阮咸叔侄，他们并有文名，同为"竹林七贤"之一，世称大小阮。大阮指阮籍，此指代阮大铖。

[26] 敝：敝人，侯方域自称。年伯，父亲的同年。阮大铖与侯方域之父侯恂同年考中进士，故称之。

[27] 赵梦白：即赵南星，字梦白，明末天启间吏部尚书，东林党领袖之一。因反对魏忠贤专权而被贬。

[28] 东林：明末万历年间顾宪成、高攀龙等在无锡东林书院讲学，抨击宦官政治及魏忠贤，世称东林党。

[29] 复社：明末由张溥等人组织的文人政治社团，继东林党后与阉党魏忠贤等对立。南明弘光时，复社遭到权奸马士英等的打击。顺治九年（1652），复社正式被清政府取缔。

[30] 操同室之戈：本指兄弟间自相残杀，这里指同一派人互相攻击。

[31] 定生：明末著名文人陈贞慧之字。次尾：明末著名文人吴应箕之字。二人均为复社后期的重要人物。

[32] 布荆：布衣与荆钗，指普通人家妇女的穿戴。

[33] 畏友：令人敬畏的朋友。指品行端正，能够律己，更能规劝他人的朋友。

[34] 从井救人：言其救不了别人，反而害了自己。此指不能丢起自己的名节操守去帮助阮大铖之流。

[35] 多情反被无情恼：语出苏轼词《蝶恋花》（花退残红青杏小），原句为"笑渐不闻声渐悄，多情却被无情恼"。

[36] 乘兴而来尽兴还：语出《晋书·王徽之传》。王徽之，字子猷，王羲之之子。曾于雪夜乘舟访友人戴安道，至门而返。人问其故，答曰："乘兴而来，尽兴而返，何必见安道耶？"与《世说新语·人诞》中之"王之猷居山阴"所载大同。

[37] 花钱粉钞：即花粉钱，指妓女的化妆品开支。

[38] 湘君能解佩：这里借指湘君的却奁。《楚辞·九歌·湘君》："遗余佩兮澧浦。"湘君：与"香

君"谐音。佩：本指衣带之类的装饰物，此指嫁妆。

作品简析

《却奁（lián）》是孔尚任传奇剧本《桃花扇》第七出。《桃花扇》是一部表现亡国之痛的历史剧。作者通过侯方域、李香君的爱情故事，集中地反映了明末腐朽、动荡的社会现实及统治阶级内部的矛盾和斗争。剧作打破了才子佳人的大团圆结局，"借离合之情，写兴亡之感"。剧中成功地塑造了李香君这一光彩的艺术形象。李香君虽命运不济、沦落风尘，却有自己的人生理想和生活目标，她能节操自守，真正做到出淤泥而不染。她有着清醒的政治头脑，深明大义，能在民族的生死存亡之际，辨别出清浊忠奸，坚持正确的立场。

《却奁》讲述的是：李香君、侯方域定情次日，适逢友人来访，香君问及妆奁花销，得知是阮大铖所赠，立时摘下珠翠，卸下罗衫，请友人退还阮大铖。作者在《却奁》中把侯方域和李香君的爱情生活和当时的政治斗争紧密联系在一起，在激烈的矛盾冲突中表现人物性格，使得此剧在刻画人物上大别于一般的才子佳人戏剧，取得了卓绝不凡的艺术效果。

《雷峰塔》（断桥）

方成培

【商调·山坡羊】〔旦、贴上〕〔旦〕顿然间鸳鸯折颈，奴薄命孤鸾照命[1]。好教我心头暗哽，怎知他一旦多薄幸。〔贴〕娘娘，吃了苦了。〔旦〕青儿，不想许郎，听信法海言语，竟不下山。我和他争斗，奈他法力高强，险被擒拿。幸借水遁，来到临安。哎呀，不然险遭一命。〔贴〕娘娘，仔细想将起来，都是许宣那厮薄幸。若此番见面，断断不可轻恕！〔旦〕便是。〔贴〕如今我每往那里去藏身才好？〔旦〕我向闻许郎有一姐姐，嫁与李仁，在此居住。我和你且投奔到彼。〔贴〕只是从未识面，倘不相留，如何是好？〔旦〕我每到彼，再作区处[2]。〔贴〕如此，娘娘请。〔旦行作腹痛介〕哎哟！〔贴〕娘娘为什么呵？〔旦〕青儿，我腹中疼痛，寸步难行，怎生捱得到彼。〔贴〕只怕要分娩了。前面已是断桥亭，待我且扶到亭内，少坐片时，再行便了〔旦〕咳，许郎呵，我为你恩情非小，不想你这般薄幸，阿呀，好不凄惨人也！〔贴〕可怜。

【续·山坡羊】〔旦〕歹心肠铁做成，怎不教人泪雨零。奔投无处形怜影，细想前情气怎平？〔合〕凄清，竟不念山海盟；伤情，更说甚共和鸣。〔同下〕〔生随外上〕〔外〕许宣，你且闭着眼。

【前腔】一程程钱塘将近，蓦过了千山万岭。锦重重遥望层城，虚飘飘到来俄顷[3]。许宣，来此已是临安了。〔生惊介〕果然是临安了。奇啊！〔外〕你此去若见此妖，不必害怕。待他分娩之后，你可到净慈寺来，付汝法宝收取便了。〔生〕是。待弟子相送到彼。〔外〕不消。你可作速归家，方才之言不可忘了！

【续·前腔】记此行漏言祸匪轻[4]。〔下〕〔生〕前情往事重追省，只怕他怨雨愁云恨未平。萍梗[5]，叹陟危命欲顷[6]；伤情，痛遭魔心暗惊。〔旦、贴内〕许宣，你好狠心也！

〔生跌介〕阿呀，吓吓死我也。你看那边，明明是白氏青儿，哎哟，我今番性命休矣！

【仙吕宫引·五供养】今朝蹭蹬[7]。〔旦、贴内白〕许宣，你好薄情也！〔生唱〕忽听他怒喊连声，遥看妖孽到，势难撄，空叫苍天，更没处将身遮隐。怎支撑？不知拼命向前行。〔奔下〕

【仙吕过曲·玉交枝】〔贴扶旦上〕〔旦〕轻分鸾镜，那知他似狼心性，思量到此真堪恨，全不念伉俪深情。〔贴〕娘娘，你看许宣见了我每，略不回头，潜身逃避，咦，好不可恨！〔旦〕不必多言，我和你急急急赶上前去！

【续·玉交枝】恶狠狠裴航翻欲绝云英[8]，喘吁吁叹苏卿倒赶不上双渐的影[9]。〔闪介〕〔贴白〕娘娘看仔细。〔旦唱〕哎哟，望长堤疾急前征，顾不得绣鞋帮褪。〔同下〕

〔生上〕阿呀！阿呀！

【川拨棹】真不幸，共冤家狭路行。吓得我气绝魂惊，吓得我气绝魂惊。且住，方才禅师说：此去若遇妖邪，不必害怕。那、那、那、看他紧紧追来，如何是好？也罢，我且上前相见，生死付之天命便了！

【续·川拨棹】我向前时，又不觉心中战兢。〔旦、贴上〕〔旦〕谢伊家曩日多情[10]，恨奴家平日无情。〔见生扯住介〕许宣，你还要往那里去？你好薄幸也！〔哭介〕〔生〕阿呀娘子，为何这般狼狈？〔旦、贴〕你听信谗言，把夫妇恩情，一旦相抛，累我每受此苦楚，还来问什么？〔生〕娘子，请息怒。你且坐了，听卑人一言相告。〔贴〕那，那，他又来了。〔生〕那日上山之时，本欲就回，不想被法海那厮，将言煽惑，一时误信他言，致累娘子受此苦楚，实非卑人之故嘘〔贴〕啐！你且收了这假慈悲。走来，听我一言。〔生〕青姐，有何话说？〔贴〕我娘娘何等待你？〔生〕娘子是好的呵。〔贴〕可又来，也该念夫妻之情，亏你下得这般狠心！〔生〕阿呀冤哉！〔贴〕于心何忍呢？〔生〕青姐，这都是那妖僧不肯放我下山。〔贴回头不理介〕〔生〕娘子，望恕卑人之罪！〔旦〕咳，许郎呵！〔贴代旦挽发介〕

【商调集曲·金落索】【金梧桐】〔旦〕我与你嗹嗹弋雁鸣，永望鸳交颈。不记当时，曾结三生证，如今负此情，【东瓯令】背前盟。〔生白〕卑人怎敢？〔旦唱〕贝锦如簧说向卿[11]，因何耳软轻相信？〔拭泪起唱介〕【针线箱】摧挫娇花任雨零，【解三酲】真薄幸。【懒画眉】你清夜扪心也自惊。〔生白〕是卑人不是了。【寄生子】〔旦〕害得我飘泊零丁，几丧残生，怎不教人恨、恨！〔转坐哭介〕〔贴揉旦背介〕娘娘，不要气坏了身子。

【前腔】〔生〕愁烦且暂停，念我诚堪悯。连理交枝，实只愿偕欢庆。风波意外生，望委曲垂情。〔旦白〕你既知夫妇之情，怎么听信秃驴言语？〔生唱〕巨耐妖僧忒煞狠，教人怎不心儿惊。听他一划胡言[12]，我合受惩。〔旦白〕阿哟，气死我也。〔生〕只看平日恩情呵。〔唱〕求容忍。〔旦拉拉扯扯〕啐！〔贴〕这时候赔罪，可不迟了？〔生唱〕善言劝解全赖你娉婷，蹙眉山泪雨休零，且暂消停。〔跪介〕〔旦〕下次可再敢如此？〔生〕再不敢了。〔旦〕起来，起来，起来耶。〔生〕多谢娘子。〔贴气介〕咳！〔旦〕只是如今我每向何处安身便好？〔生〕不妨，请娘子权且到我姐丈家中住下，再作区处。〔旦〕此去切不可说起金山之事，倘若泄漏，我与你决不干休！〔贴〕与你定不干休！〔生〕谨依尊命。青姐，我和你扶娘娘到前面去。〔贴不应介〕〔生〕娘子，你看青姐，总是怨着卑人，怎么处？〔旦〕青儿，青儿！〔贴〕娘娘。〔旦〕我想此事，非关许郎之过，都是法海那厮不好，你也不要太执性了。〔贴〕娘娘，你看官人，总是假慈悲，假小心，可惜辜负娘娘一点真心。〔旦〕咳。〔生〕娘子请。〔旦〕哎哟，只是我腹中十分疼痛，寸步难行。〔生〕不妨，我和青姐且扶到前面，唤乘小轿而行便了。

【尾声】〔旦〕此行休似东君泄漏柳条青，〔生〕还学并蒂芙蓉交映，〔合〕再话前欢续旧盟。

〔旦〕还恐添成异日愁，（温庭筠）
〔贴〕朝成恩爱暮仇雠。（翁绶）
〔生〕当年顾我长青眼，（许浑）
〔生〕纵杀微躯未足酬。（方干）

注　释

[1] 孤鸾：本意为孤单的鸾鸟，比喻失去配偶或没有配偶的人。

[2] 区处：处理，筹划安排。

[3] 俄顷：片刻、一会儿的意思。

[4] 漏言：泄漏密言或情况，引申为失言。

[5] 萍梗：比喻行踪如浮萍断梗一样，漂泊不定。

[6] 阽危（diàn）：临近危险。

[7] 蹭蹬（cèng dèng）：困顿、失意，倒霉、倒运。

[8] 裴航、云英：出自唐代裴铏所作小说《传奇·裴航》。裴航路过蓝桥驿，遇见云英，以玉杵臼为聘，捣药百日，娶了云英。婚后夫妻双双入玉峰，成仙而去。

[9] 苏卿、双渐：据《醉翁谈录》载：双渐与苏小卿相爱。小卿父母亡故，流落于扬州为娼。后苏小卿嫁人。一夜，双渐泊舟豫章城下，适值小卿与其夫泊舟于此，双渐与小卿以诗相唱和，伺机同逃，遂得结为夫妇。

[10] 曩日（nǎng）：往日，以前。

[11] 贝锦：指像贝的文采一样美丽的织锦。喻诬陷他人、罗织成罪的谗言。

[12] 一划（chàn）：总是，一味。

作品简析

《断桥》是清代戏曲作家方成培《雷峰塔》传奇第二十六出。方成培（1713—约1808），字仰松，号岫云，安徽歙县人。他善词曲，著有《香研居词麈》《香研居谈咫》《听奕轩小稿》等；此外，还著有传奇《双泉记》和《雷峰塔》，前者在清代被列为"违碍书籍"，今不传，后者今存。《雷峰塔》是方成培的代表作。20世纪中期，方本《雷峰塔》传奇树立了它在世界戏剧史中的地位，成为中国古典十大悲剧之一。

剧作以白娘子和许仙的爱情波折为主线，展示了深刻的社会矛盾。白娘子的所作所为违反和破坏了封建统治秩序，因此，以法海为首的一系列社会和神权势力视她为"妖邪"，必欲剪除置之死地而后快。《水斗》就是两种势力之间你死我活的生死搏斗。《断桥》是《水斗》的继续，是全剧艺术创造上成就最高的一出戏。它深刻、细致地刻画了白氏对许仙薄幸的责难，而又对他痴心不死、无限爱怜的矛盾的思想感情，也写出了青儿刚介正义的性格。清代石坪居士看了《断桥》演出，题绝句云："恩爱夫妻见面时，似嗔似怨各攸宜。相逢毕竟情难割，恨杀旁观一侍儿。"可谓知此戏矣。本折曲词、宾白，几乎没有一句不贴合剧中三个人物的处境与心情。剧情的发展既移步换形，又合情合理。它是民间艺人在长期演出中精雕细琢出来的珍品。

古汉语通论

古代常识之住

为了了解古代的房屋建筑和人们的生活起居情况，我们可以综合参考儒家经典、学者考证、古代礼制，并考察诗文作品，核以古代建筑遗址地下挖掘情况，对其进行整体把握。

一、宫室

从原始人利用天然崖洞以避雨雪风霜，发展到在平地上建造浅穴式的房屋。我们的祖先，最早是穴居。《周易·系辞下》："上古穴居而野处，后世圣人易之以宫室，上栋下宇，以待风雨。"《尔雅·释宫》："宫谓之室，室谓之宫"，宫和室是同义词。宫是总名，指整所房子，室只是其中的一个居住单位。上古时代，宫指一般的房屋住宅，无贵贱之分。秦汉以后，只有王者所居才称为宫。

古代住宅用墙垣围住，垣有门；门内有第二重院落，第二道门较小。《尔雅·释宫》："宫中之门谓之闱，其小者谓之闺。"主人起居的建筑中最前面的是堂，堂前有阶，堂后有户，由户通室，室中布席。现在我们依次对住宅的这些部位略加叙述。

（一）庭院

周代的大门一般是三开间。三间中当中一间为明间，为出人之门，左右各一间，类似后代的门房、传达室，叫塾。过去私人聘请教师来家教授子弟叫家塾或私塾，可能即由于最初以塾为教室。门字在这一时期专指大门。《说文》："门，闻也。"段玉裁说："闻者，谓外可闻于内、内可闻于外也。"指出了大门的作用。

门内为庭，即院子。讲究的住宅还要设一道二门，即闱，又叫寝门。闱、寝门在大门与居室之间。大门与二门之间的院落为外庭、外朝，二门以内的院落为内庭、内朝（后来宫廷建筑复杂了，内外朝又有所指）。

文献上的朝或庭一般都是指内庭。二门以内为主人居住之所，外人（客人或臣下）一进入二门双方就要严格地按"礼"行事。因此闱可指内宅。在封建时代女子"大门不出二门不迈"，因此女子所居之地谓之闺阁、闺房，未婚者为闺女。

内庭、外庭之"庭"又写作"廷"，庭是群臣朝见君王的地方，所以君王之庭又叫朝、朝廷。但这个庭都是在闱门以内。庭都较大。例如，《史记·张仪列传》："王虽许公（指犀首），公请毋多车，以车三十乘，可陈之于庭，明言之燕赵。"三十套车马陈于庭中，庭的面积不小。庭中要植树，君王的庭中还设火炬，叫庭燎。据说天子百燎，公五十，侯伯子男三十（见《大戴礼记》）。庭燎不全是为了照明，也是为了接待宾客显得隆重、有气派。

（二）堂室

从大门走过庭院，就来到居住的主体建筑前。主体建筑由堂、室、房组成，都建在高台上。而且一般都是坐北朝南。

堂在最前面，因此"堂下"就是庭（内庭）。《晏子春秋·内篇问上》："晏子辞不为臣，退而穷处。堂下生蓬蒿，门外生荆棘。"意即来客很少，门里门外一片荒芜。堂既然建在高台上，所以堂前有阶梯，左右各一，称西阶、东阶。古人在室外尊左，因此宾客走西阶。阶又叫除、陛。文陛、赤涂、法坐，全是皇帝所专有；登（升）陛、涉涂，即走到堂上去。古代称皇帝为陛下，就是因为表示谦恭不敢直呼对方而与在阶下伺候的官员、卫士说话。尊者在场，卑者不能升堂。

堂有东西两面墙，称作东序、西序；堂的南面没有墙，只有两根柱子，叫东楹、西楹。后代房前的廊子及现在有些地区前后开门的"堂屋"，即来源于堂。堂既没有南墙，因而敞亮，于是又名堂皇。也是因为堂一面无墙，其边沿暴露于外，所以有个专名叫廉。廉必直，所以常用以比喻形容人的正直，说廉正、廉洁。

堂是房屋的主人平时活动、行礼、待客的地方。达官贵人的堂都较高。堂后是室，有户相通。要入室必先登堂，后代以"升堂入室"表示得到某人学问的要谛、真传，即来源于此。户为由堂入室的通道，保护主人不受风寒与盗贼侵袭。《礼记·礼运》描写理想中的大同世界的情景为"谋闭而不兴，盗窃乱贼而不作，故外户而不闭"。外户即户向外开，闭指插上门栓。由此可知在古代户是向内开，这样才便于闭紧防盗。古代诗文中说到户一般都指房室之门。《木兰诗》："唧唧复唧唧，木兰当户织。"当户即在室内正对房门，此处敞亮便于操作。《孔雀东南飞》："府吏默无声，再拜还入户。"户指焦仲卿夫妇所居之室的门。

室、堂之间有窗称牖。户偏东，牖偏西。《列子·汤问》："昌以氂悬虱于牖，南面而望之。"牖南向，明亮，所以借以练习目力。室的北墙还有一个窗子，叫向。《说文》："北出牖也。"《诗经·豳风·七月》："穹室（堵塞室壁的孔隙）熏鼠，塞向墐户（用泥把门的漏缝抹住）。"在堂的北边、室的户与牖之间这块地方有个专名叫扆（yǐ）。《淮南子·氾论训》："武王崩，成王幼少，周公继文王之业……负扆而朝诸侯。"负扆，即背对着扆。也就是在户、牖之间向南的位置。因此古代即以"南面"（面向南）为称王为帝的代名词。若在户牖之间立屏风，也叫扆。《礼记·曲礼下》："天子当依而立。"《释文》："扆状如屏风，画为黼文。"扆作为屏风的名称，又称斧扆、斧依。《仪礼·觐礼》："天子设斧依于户牖之间。"

（三）其他建筑

门外的影壁古代叫屏，叫树，又叫萧墙。《荀子·大略》："天子外屏，诸侯内屏，礼也。外屏，不欲见外也；内屏，不欲见内也。"《尔雅·释宫》："屏谓之树。"《论语·季氏》写鲁国的掌权大夫季氏要伐鲁的属国颛臾，孔子说："吾恐季孙之忧不在颛臾，而在萧墙之内也。"萧墙以内即住宅本体，这是孔子看到了季氏的家臣阳货已经把持了季氏的家政，暗示臣将危主，家起内乱。后代称家族内讧为萧墙之祸，即本此。

古代也有房。《说文》："房，室在旁也。"段玉裁说："凡堂之内，中为正室，左右为房，所谓东房、西房也。"东房、西房，很像后代一明两暗的房子中的东套间、西套间。《汉书·晁错传》："先为筑室，家有一堂二内，门、户之闭。"张晏注："二内，二房也。"这个"房"，可能已经是简化了的住宅的内室，类似现在一明两暗的暗间、套间。

廊庑即庭院两侧建的房子（庭院南边有门，北边有堂，所以只剩下东西两侧）。廊与庑为同义词，古代都解为"堂下周（四周的）屋"。《史记·魏其武安侯列传》："乃拜婴为大将军，赐金千斤……所赐金，陈之廊庑下，军吏过，辄令财取为用。"因为古代君王的前堂（前殿）也叫庭，所以廊庭连称以指朝廷。

（四）室内

室有四角，古称角为隅。《论语·述而》："举一隅不以三隅反，则不复也。"意思是给他讲室的一角而对方不能联想类推另三个角，就不再重复指点了。室角必须九十度，所以"廉隅"连言表示正直不阿。室内四角都有专名。《尔雅·释宫》："西南隅谓之奥，西北隅谓之屋漏，东北隅谓之宧（yí），东南隅谓之窔（yào）。"奥与窔都有幽深、黑暗的意思。阳光自户、牖入室，室内自然是北边亮南边暗，所以南边两角以奥、窔为名。对屋漏与宧这两个名字的来源历来说法很多，大多附会礼制，难以自圆其说。四隅中以奥为最尊。所以《礼记·曲礼上》说："夫为人子者居不主奥。"奥是室内的主要祭祀之所。古人迷信，又是泛神论，单说居室中所要祭的神就有户、雷、门、灶等。在奥祭就是总祭上述诸神。灶一般在屋子的中央，这样既便于使室内四面的温度均匀，同时进火口对着户、牖可以保证烧火所需的自然气流，而进入室内的冷空气也立即得到加热。在照明困难的时代，灶火也是夜晚光亮的主要来源。

二、陈设和起居

（一）室内陈设

南北朝以前没有桌椅凳，人们坐在地上，坐时在地上铺张席子，所以说"席地而坐"。如若稍讲究一点，坐时在大席子上再铺一张小席，谓之重席。大家睡觉也在席子上面，所以又有"寝不安席""择席之病"的说法。但是贫苦人，包括下级士卒却没有席子。《史记·孙子列传》："起之为将，与士卒最下者同衣食，卧不设席，行不骑乘，亲裹赢粮，与士卒分劳苦。"不设席是同甘苦的内容之一，可见士卒之最下者行军打仗就睡在地上。此外，还有晏婴说明"不席"的几种情况：《晏子春秋·谏下九》："臣闻介胄坐陈（临阵）不席，狱讼不席，尸坐堂上不席，三者皆忧也。"

古代还在堂上室内设帷幕。帷与幕有别。《说文》："在旁曰帷"，"帷在上曰幕"。堂上也可以张帷，但最初一般是丧礼的需要。《仪礼·士丧礼》："奠脯、醢、醴、酒，升自阼阶，奠于尸东，帷堂。"这是对士刚刚死去时的规定，这时死者尚未穿寿衣，用帷遮住，准备迎接宾客的吊唁。在实际生活中其实并非全按"礼"行事，如果需要，堂上也随时可以施帷。

古代室内设几。几为长方形，不高，类似现在北方的炕桌或小茶几。但作用却与炕桌等不同，主要是为坐时凭倚以稍休息。《诗经·大雅·公列》："俾筵俾几，既登乃依。"意思是让人给宾客铺设好席、几，客人们登上了筵席，靠在几上。古人在一般情况下不倚几。诸侯间相聘问时应该"正襟危坐"，否则就不"礼"。其实平时亲友相见，对客坐而倚几，是一种不严肃、懒散的表现，因而也为礼所不许。但对于上了年纪的人来说隐几（yìn jī）则是理所当然的。

古代室内有床，但与现代的床不同，较矮，较小，主要供人坐。但床偶尔也当卧具，特别是不在房子里住宿时。大约到南北朝时期床即已坐卧两用。从东汉末年起出现了一种"胡床"，大约是北方游牧民族为迁徙方便而创制，中原地区在民族交往中引进，因为跟中原所习用的床有同有异，所以加"胡"字以示区别。胡床的床面系用绳带交叉贯穿而成，可以折起，类似今天的马扎，所以又称绳床、校（交）椅。因为胡床轻巧便于搬动，所以常常移至室外使用。后来的木质交椅、今之折叠椅、凳，即由胡床发展而来。古书上还常提到榻。榻跟床差不多，可坐，可卧。在床或榻上坐时与席地而坐一样，还是"跪坐"。

（二）起居习惯

古人坐时两膝着地，两脚的脚背朝下，臀部落在脚踵上。现在朝鲜、日本还保留着这种坐法。因膝盖着地（或坐具），所以管宁的木榻"当膝处皆穿"。如果将臀部抬起，上身挺直，就叫长跪，又叫跽，这是将要站起身的准备姿势，也是对别人尊敬的表示。《史记·项羽本纪》："哙遂入……项王按剑而跽，曰：'客何为者？'"樊哙突然闯进而又怒容满面，使得项羽一惊，"按剑"与"跽"是同时产生的下意识准备起身自卫的动作。跽之所以又叫长跪，是因为上身耸起，身子便长了。古乐府《饮马长城窟行》："长跪读素书，书中竟何如？"这个长跪，则是妻子怀念久征在外的丈夫，一旦丈夫来信，不禁惊喜得直起了身。古人还有一种"不规矩"的坐法，叫箕踞，或单称箕或踞。其姿势为两腿平伸，上身与腿成直角，形似簸箕。有他人在而箕踞是对对方的极不尊重。《礼记·曲礼上》规定："坐毋箕。"这符合当时社会的风俗和习惯。

坐在席上也还有些讲究。《礼记·曲礼上》："为人子者……坐不中席。"据说一张席子，独坐时以中为尊，既为人子，即使独坐也只能靠边。又："群居五人则长者必异席。"一张席子只能坐四人，四人中的尊者应居席端（合坐以端为上），多了一个人，不能尊卑挤在一起，于是请其中的尊者到另一张席上去独坐（当然，坐时要居中）。已经坐在席上，如果有尊者进来或离席走到跟前来，就用"避席"（又叫违席）的办法自表谦卑，而且要伏地。

席子在室堂中要放正，即席的四边要与室堂的边、壁平行。《论语·乡党》："席不正，不坐。"《晏子春秋·内篇杂上》："客退，晏子直席而坐，废朝移时。"直席也就是正席，表示心情的郑重严肃。尊者在堂则卑者在庭。宾客受尊重，所以凡以宾主之礼相待的上堂，而宾客的从者也须站在庭中。

古人在室内很讲究座次。因为奥在四隅中最尊，所以在室内以坐西向东的位置为最尊，其次是坐北向南，再次是坐南向北，坐东向西的位置最卑。就几个人同一张席上而言，《礼记·曲礼上》："席南乡（向）北乡，以西方为上；东乡西乡，以南方为上。"这与上述的室内摆席的尊卑次第相合。《史记·项羽本纪》中"鸿门宴"的坐法就是一幅完整、清楚的位次图："项王即日因留沛公与饮。项王、项伯东乡坐。亚父南乡坐——亚父者，范增也，张良西乡侍。"这个宴会在军帐中举行，其排列方法一如室内。项羽自坐东向，是其自尊自大的表现；范增虽是谋士，却号称亚父，因此南向，司马迁偏偏在这里加上对"亚父"一词的注解，也有说明他何以南向坐的意思；刘邦北向，说明项羽根本没把他当成客人平等地对待，其地位还不如项羽手下的谋士；张良的地位更低，当然只能西向，而且要加一"侍"字。项伯是项羽的叔叔，在家里他尊，在军中则侄儿尊，只好稍加权变，与项羽同坐东向。按照上述的"席东乡西乡南方为上"的原则，此时项羽应该坐在那张席的右端，也就是奥之所在，项伯坐在左端，也就是靠近范增的位置。

古人所立的一些规矩，联系古人生活的环境、条件来考察，其中不少都是生活中的必然现象，是合理的。例《礼记·曲礼上》规定："将上堂，声必扬；户外有二屦，言闻则入，言不闻则不入。""侍坐于长者，屦不上于堂。"上堂之前必先扬声者，是让室内的人有所准备，如果有人在私语，可以不被碰见。户外有二屦言闻乃入，听得到室内的谈话声，说明室内二人没有谈机密事，便可以进去，否则便有窃听之嫌，弄得双方尴尬。孔颖达正义："长者在堂而侍者屦贱，故脱于阶下，不著上堂；若长者在室则侍者得著屦上堂，而不得入室。"其实屦不上堂、入室，并不在于鞋的高贵与卑贱。鞋上带着泥土，会使堂室地面不洁，人们席地而坐，衣服也会弄脏；再者堂上室内坐着许多人，身边放着一堆鞋，总是不雅。正因为如此，所以在起居条件没有彻底改变时，这个规矩一直被严格遵守。

古代常识之行

我国古代陆行的主要工具是车马，水行的主要工具是木质舟船。车船最早出现于何时已无可考。根据文献的记载和地下挖掘，我们可以断定：远在商代之前车船就已经经过了一个很长的发展演进阶段。

最初的车船非常简陋。《淮南子·说山训》："见窾（kuǎn，中空）木浮而知为舟，见飞篷转而知为车。"在几千年的封建社会中船的发展变化不大，水行工具的飞跃要靠机械动力的出现，在这以前只有量变。车的变化则较迅速，因为可以使用牲畜以代人，并由此产生多种用途。车子的发展大体经过这样的程序：人力——畜力——多种用途、多种形式。与此相应。道路设施也越来越发达完善。

下面我们就车与马、车的部件和马饰、战车和步行等几个问题分别叙述。舟船则从略。

一、车与马

商周时期用于行路、狩猎和作战的车一般用马牵引。因此在先秦文献中经常车、马连言，说到马就意味着有车，说到车也就包括马。用马驾车，可能经历了用两马的阶段，但从文献上看，应该是以驾四马为常。出土的车、马也以四马一车（"驷"）为多。据说夏代以六马拉车（见《荀子》《公羊传》《白虎通》），但无实物证明。大约到汉代，才出现了六匹马拉的车，只有天子才能享用。这大概是仿古的结果而并非从车马的实际应用考虑。在当时车制、道路等条件限制下，四马最为实用。因为以四马为常，所以古人常以驷为单位计数车马。《论语·季氏》说"齐景公有马千驷"，这不只是说他有四千匹马，也指他有一千辆车。一车为一驷，说到多少乘也就意味着多少组与之相应的马。

古代的马车只有一根辕，驾辕的一般是两匹马。叫服马，两旁的马叫骖马。骖马类似现在牲口车的"长套"，马不用辕驾驭，而用皮条与车体相连。古人在室外尚左，所以如果需要解下马来另作他用就解左骖，这是对别人的尊重。古代的达官贵人都要乘车。车，已经成为等级制度的一个部分，因此历代帝王都要对车服品级制度作出规定，任何人不得僭越。另一方面，该乘车而不乘为礼制和社会舆论所不允许。

二、车的部件和马饰

（一）车的部件

车厢叫舆。舆的左右两边立木板或栏杆可以凭倚，轙叫（yǐ）。前边的横木可以手扶，叫式，通常写作轼。行车途中对所遇见的人表示敬意就扶轼低头，这个动作也叫轼。舆后边的横板或栏杆叫轸。古人从车的后部上车，因此轸留有缺口，为登车处。车舆中有一根固定的绳供上车时拉手用，叫绥。不用绥，或拉不好就会出危险。

车辕又叫辀（zhōu），为一根稍曲的木杠（也有用直木）。辕的后端连在车轴上，前端拴着一根横木，叫衡。衡上再加轭，卡在马颈上。轭是个叉形的木枝，稍稍外曲。衡与辕相连接靠的是销子，古代叫輗（ní，大车上用）、轨（yuè，小车上用）。轭岔开的两支曲木叫軥（qú）。

现在说到车的运转部分。车轮的辐条一般为三十根。《老子》："三十辐共一毂（gǔ）。"毂是车轮中心有孔的圆木，用以贯轴。车轮贯在轴端上后，为防止脱落，要用辖插在轊（wèi，古代套在车轴头的铜制圆筒）、轴中。辖可以拔下，没有了辖车就不能行驶。车轴横在舆下，固定的方法是在舆的底部安上两块木头，把轴用绳索绑在上面。因其形状像趴着的兔子，所以叫伏兔，又叫輹（fù）。脱輹则舆、轮分离。两轮之间的距离为轨。车轨相同则车辙也等宽，车同轨实际是公路标准化的一个措施，这在都是土路面的时代尤为重要。引申之，车辙也叫轨。

（二）车的附件

盖是由一根木柱支撑的伞形物，立于舆上。其主要功用是遮阳避雨。车上立盖，这是有一定地位、财富的人享用的待遇。盖无形中成了一定地位的标志，例如说"冠盖"即代表士大夫。"倾盖"被用以形容途中相遇亲切谈话，也是指有地位者。皇帝的车盖有特别的质料和形制，叫"黄屋"。古代的车没有制动装置，为防止车轮自己滑动，停车后用木头阻碍车轮，这木头就叫轫。所以后代以发轫为出发、启程。进而凡以物阻挡车轮的滚动也叫轫。现在在车轮前垫块石、木以防车动，即古代的轫。辅是车轮外边另加上夹毂的两根直木，为的是增强轮子的承重能力。辂（lù）既是绑在车衡上以备人牵挽的横木，又是一种车子的名称，在这个意义上辂又写作路。

车舆中可以铺席，车席叫茵。茵后来也泛指一般的席垫。车舆的四周可以施帷，据说在上古是妇人之车。《诗经·卫风·氓》："淇水汤汤，渐（浸润）车帷裳。"裳是车帷下垂的部分，因像人之下裳，故名。后代的车围子就是古代的车帷。后来车盖被取消，帷加了顶，就叫缦（màn，又写作幔），很像后代的车棚。

（三）马饰

古人讲究马身上的饰物。马饰与驾驭用的马具不可分，多数就是在马具上加上金属或玉石的饰片。例如《左传·僖公二十八年》："晋车七百乘，韅、靷、鞅、靽。"这就是因为两千八百匹马的驭具整齐鲜明，因而连用这四个名词以显现晋军军容的肃整。韅是马腹带。靷是引车的皮带。鞅是套在马颈上的皮带，靽是套在马臀部的皮带。另有靳，是服马当胸的皮带。勒是整套的笼头。其中马所含的"嚼口"叫衔（衔、含古代音义相同）马缰绳叫辔。

三、乘车的礼俗

（一）立乘与驭马

上古乘车是站着的。乘车的位置是舆的前部、轼木之后。御车者把辔汇总分握在两手中。《礼记·曲礼上》："执策分辔，驱之五步而立（试行）。君出就车，则仆并辔授绥。"古代每马两辔，赶马行进时辔分在两手持握，如果一只手要干别的事，辔绳即并于另一只手。赶马的竹杖叫策，皮条的叫鞭。今语"鞭策"即由抽打马而变为指对人的鼓励。鞭、策都是御者所执，而御者是乘车者的臣下，因而"执鞭"一语即指服从他人、为其驱使。

古人十分重视驭马的技术。在孔子的教学体系中设有"御"这一科。《左传》记述战争，总要交代交战双方主将的驭手是谁和如何选定。这在以车为交通、作战的主要工具，而路面、车体的条件都还较原始的时代极必要。古书中有很多关于驾车高手的记载，其技术之高超的确达到了惊人的地步。

（二）乘车位次与超乘

古代乘车一般是一车三人。三人的位次是：尊者在左，御者在中，车右在右。如果车中尊者是国君或主帅，则居于当中，御者在左。车右又叫骖乘，任务是执戈御敌，车遇险阻时下去排除障碍、推车。车右都是勇而有力的人。超即跳，为了表示对车所路过处主人的敬意，车上站在左右两侧的人在车行进时跳下，随后又跳上去。这需要高超的技术和勇气，因此又是示勇的方式。

四、车的种类

（一）牛车、羊车

自古也有牛车。《周易·系辞下》："服牛乘马，引重致远，以利天下。"牛能负重耐劳，但速度慢，所以牛车多用以载物。魏晋以后坐牛车成为一种时尚。《南齐书·陈显达传》："家既豪富，诸子与王敬则诸儿并精车牛、丽服饰。"当时连皇宫里也养牛。这种乘牛车的习惯直至南宋还可看到。《老学庵笔记》卷二："成都诸名族妇女，出入皆乘犊牛。"牛车既为妇女所专用，陆游又以为新奇而予以记录，可见当时乘牛车的已不多了。古代还以羊拉车。《周礼·考工记·车人》曾提到羊车，据学者考证，那只是较小的车，并非真用羊拉。汉魏以后才有真正的羊车但其实用价值不大。

（二）栈车、辎车、安车、温车、传车、辇

车子因质料、用途的不同而有许多种。常见的有以下几种：

栈车，栈又写作辁，是以木条编舆的轻便车。由于栈车似碎材所拼，所以又叫柴车、辁车。即有帷幔的车子，多用于载物，帷幔可以遮蔽风雨，防止货物损害，人也可以在里面寝卧。凡有帷幔、供坐卧或载物的车，御者都在帷幔之外、车舆的最前边，居中，而且是跪坐。安车是一匹马拉的小车，可以在舆内安坐。如果君王用安车征聘某人（一般都是读书人），则是一种"殊荣"，以安车送行也是一样的道理。温车又叫辒辌（wēn liáng）车，是一种卧车，有帷幔，有窗子，可以根据气温开闭调节车内气温。后来辒辌车被用作丧车。传车也可简称传，是用于传递消息法令的车，为驿站所专用，较为轻快，在先秦叫驲（rì）。辇是人推挽的车。辇者，即挽车人。后来辇成为皇帝、皇后的专用车。辇毂下或辇下都指皇帝所居之地，也就是京师。

五、兵车

戎是古代兵器的总称，兵车古称戎车。在上古，贵族平时乘的车子遇有战事就开上战场，兵车与一般车子没有区别，但拉车的马在打仗时要披上铠甲。同时，兵车上要放武器如弓、矢、戈等，因而车上有櫜、韔等盛武器的容器，以及扃（兵车上搁置兵器和插旗的横木）、旆（旌旗）等兵车必备之物。旗与鼓是指挥作战的信号，因此主帅的车上必有。与平时乘车相反，战车不求其舒适，而求其轻快，因而没有车盖、帷幔之类。

行军过程中兵车还有一个特殊的用途：宿营时用车围成圆圈，以防备敌人的偷袭或野兽的侵扰。《孙膑兵法》："车者，所以当垒。"《三国志·魏志·武帝纪》："连车树栅，为甬道而南，既为不可胜，且以示弱。""连车"，也就是用车为营，"不可胜"，说明这种自卫方法不易击破，"示弱"，即让军队躲在里面好像不敢出战。营垒之门，就是车所围成的圆周留有缺口，并把两辆车的辕相对而向上斜立，形成门形。因此军门又称辕门。

兵车中又有不同的种类和名称。《周礼·车仆》提到戎路、广车（大车或战车）、阙（quē）车（古时供填补空缺的兵车）、革车、轻车五种。戎路是天子及诸侯所乘。轻车即一般的战车，为进攻敌军的主力。战车的易损部位需用皮革包裹，因而轻车又名革车。钝（tūn）车其形制已不可考，是一种防御性的兵车，可能不像轻车那样便于驰骋，但却不易为敌人车马所攻破，因而较为笨重。

六、步行

古代的达官贵人行则有车，但是人的两脚总不能永远不沾地，于是关于走路，古人又留下了许多规矩。这是君王贵族们"礼"的一部分。虽然历代百姓未必照规定的那一

套去走路，但文献中却时时可以看到与之相合的记载。

古人对走路的动作分辨得很细。例如《释名》说："两脚进曰行。徐行曰步。疾行曰趋。疾趋曰走。奔，变也，有急变奔赴之也。"如果古代单说"行"，就是走；如果"行"跟"步"相对而言，行就是正常速度的走，步就是慢走。安步当车、漫步、踱步等词语中的步字还是古义。古代的"走"相当于现在的跑。《释名》以"变"释奔，是用声音相近的字词相训，意在说明奔这个词来源于变，而它说"有急变奔赴之也"倒是描绘出了奔的特点：拼命地跑。有了紧急情况时跑的速度要比平时快得多。这是着眼于走路的不同速度所做的解释，很好理解。《尔雅》从走路的地点方面，有另一番解释：《尔雅》说："室中谓之时，堂上谓之行，堂下谓之步，门外谓之趋，中庭谓之走，大路谓之奔。""时"是峙（chí）的借字，峙与踌、踟同，即后来常说的踟蹰、踌躇，是徘徊、来回走动的意思。室内狭窄，在室中"走路"的特点是不能"一往而不复"，要想持续地走下去，只能在短距离内不断往复。大凡人走路急促时步子就比较小，舒缓时步子比较大。堂上的长度、面积都不大，走路时步子应该小一些；堂上既近于室，又是行礼之所，走路的速度也不应太快。堂下的地方较大，走路可以迈大步，速度也可以加快一些。"堂上谓之行"是说在堂上要像正常行路那样步子不大不小；"堂下谓之步"也是说每步的距离：在堂下可以迈出像漫步那样较大的步子。这是以通常表示速度的步、行说明迈步距离的大小。"堂下"也就是庭，为什么《尔雅》又说"中庭（即庭中）谓之走"呢？堂是一般的宅院都有的建筑，这里的中庭指的是宫廷之庭。《尔雅》并不是说在朝廷上一定要跑，而是说只有在朝中之庭那样开阔的地方才有"走"的条件。"大路谓之奔"也是同样的道理。《释名》和《尔雅》的解释初看起来有点矛盾（堂上行、堂下步，堂上比堂下快），但若结合起来看，二者还是一致的，而且只有沟通二者我们才能对步、行、走等有全面的认识。

古人对行路动作的规定主要是在不同的时间、地点应有不同的走法。《礼记·曲礼上》："堂上接武，堂下布武，室中不翔。"武是足迹，接武即向前迈的一只脚应该在紧挨着另一只脚处落地，脚印一个接一个。布即散布、分布，布武即足迹不相连接。翔的本义是飞翔，在这里是比喻的说法，意思是在室内走路时双臂的摆动要小，不要像鸟飞那样挥动，也就是不要大摇大摆。显然，这些规定其实跟《尔雅》《释名》一致，也跟室内、堂上、堂下的空间状况相适应。《曲礼》还说："帷薄之外不趋，堂上不趋，执玉不趋。"堂上地方小，不能也不必趋；执玉而趋容易脱手，把玉摔坏；帷薄之外看不到里面的人，不见则不施礼，也无须趋。

《曲礼》明确规定"三不趋"，也就等于告诉人们：在其他地方都可以趋或必须趋。在尊者面前要趋，特别是在君王的面前，趋更是不可少的。例如《曲礼》说："遭先生于道，趋而进；""先生与之言则对，不与之言则趋而退。"趋进、趋退，是对"先生"的尊敬。《战国策·赵策》："左师触龙言愿见太后……入而徐趋，至而自谢：'老臣病足，曾不能疾走，不得见久矣，窃自恕。'"对方即使不是国君，也并非尊贵年长者，只要值得尊重，也要趋。《史记·万石君列传》："庆及诸子弟入里门，趋至家。"这是因为里中还有邻居、同族人，自己地位高，对他们也要表示敬重。即使在战场上趋的礼节也不可少。《左传·成公十六年》："却至三遇楚子之卒，见楚子，必下，免胄而趋风。"晋楚交战，却至见到敌国国君还要致敬，这符合春秋时代的惯例。他致敬的方式一共三个：下车、免胄、趋。趋风者，疾趋如风。在官场中，下级见上司当然要趋。但要求最为严格的还是臣在君前。首次明文规定臣见君趋大约是在汉初叔孙通为刘邦制定的朝仪。此后的封建王朝基本上沿袭这一规矩。如果谁被批准免去这一礼节，那就是独沐皇恩、特殊的荣耀了。更有甚者，《汉书·贾谊传》上说："过阙则下，过庙则趋，孝子之道也。"敬人扩展到该人所居和死后受祭之地，这也是人为制造威严的手法。在封建社会中对于行路还有许多规定，例如"行不中道，立不中门"，"人临（进门凭吊死者）不翔"（并见《曲礼》）等等。

七、道路

古代有关道路的名称要比今天多。《尔雅·释宫》："一达谓之道路，二达谓之歧旁，三达谓之剧旁，四达谓之衢，五达谓之康，六达谓之庄，七达谓之剧骖。八达谓之崇期，九达谓之逵。"所谓达即通，一达指没有岔道，三达指丁字形街，四达是两路十字交叉。但是《尔雅》所列的道路名称有些在文献中得不到证明，如歧旁、剧旁、剧骖、崇期。有些虽然常见于文献，可是到底所指为几达之道也很难说。例如衢，也有人说是五达，有人说是六达，甚至有说九达的。康、庄、逵是不是五达、六达、九达从文献中也很难看得出来。大约道、路为通名，凡人、车常走的地方都叫道或路，比较宽阔的叫康、庄，岔路多的叫衢、逵。

此外还有一些道路的名称也应知道。小路叫径。径又称间道，意思是避开众人的路。因而间行也是指走小道。蹊（xī）也是小路。《释名》说："步所用道曰蹊。"冲是交通要道。要冲则通常专指军事上重要的地方。

为了行人，首先是为了君王的使者和官员走在路上能及时得到休息，沿着国家的主要道路设有若干亭馆，有人看管，备有粮柴。《周礼·大行人》和《掌客》说天子境内沿途为诸侯前来朝聘准备粮食、马料，并且定量供应。其所述的具体条例并不可信，但行人在亭舍"打尖"则确是古已有之。《三国志·魏志·张鲁传》："诸祭酒（五斗米教的正式成员）皆作义舍，如今之亭传，又置义米肉，悬于义舍，行路者量腹取足。"这已完全是民间自发的服务设施，但其性质与《周礼》所说一样。大约秦汉之际这种路上的馆舍就叫亭。亭者，停也。意即供行路者停下休息的地方。后代又有长亭、短亭的区别，据说十里一长亭，五里一短亭。这时的亭已经纯粹成为供人歇脚的地方。

文史拓展

临川四梦

临川四梦，又称玉茗堂四梦，是临川文学的经典名作，指明代剧作家汤显祖的《牡丹亭》《紫钗记》《邯郸记》《南柯记》四剧的合称。前两个是儿女风情戏，后两个是社会风情剧。

一、《牡丹亭》

《牡丹亭》，全名《牡丹亭还魂记》，改编于明代话本小说《杜丽娘慕色还魂记》。《牡丹亭》是明代剧作家汤显祖的代表作，也是他一生最得意之作，他曾言"吾一生四梦，得意处唯在《牡丹》。"《牡丹亭》是一部兼悲剧、喜剧、趣剧和闹剧因素于一体的复合戏。作品中各种审美意趣调配成内在统一的有机体。全剧共 55 出，前 28 出大体属于以喜衬悲的悲剧，后 27 出属于以悲衬喜的喜剧。

《牡丹亭》是一部爱情剧。汤显祖在该剧《题词》中有言："如杜丽娘者，乃可谓之有情人耳。情不知所起，一往而深。生者可以死，死亦可生。生而不可与死，死而不可复生者，皆非情之至也。"少女杜丽娘虽长期深居闺阁中，接受封建伦理道德的教育，但仍免不了有思春之情。她梦中与书生柳梦梅幽会，后因情而死，死后与柳梦梅结婚，并最终还魂复生，与柳在人间结成夫妇。剧本通过杜丽娘和柳梦梅生死不渝的爱情，歌颂了男女青年在追求自由幸福的爱情生活上所做的不屈不挠的斗争，表达了挣脱封建牢笼、粉碎宋明理学枷锁，追求个性解放、向往理想生活的朦胧愿望。从内容上来说，《牡丹亭》表现的还是古老的"爱欲与文明的冲突"这一主题，不过，在《牡丹亭》里，"文明"具有特殊的内涵，那就是明代官方所极力宣扬的理学、礼教。杜丽娘对爱情的向往是天生的，虽然她被长期看管，但仍然免不了具有强烈的思春之情，并最终获得了爱情。《牡丹亭》的意义在于用形象化的手法肯定了爱欲的客观性与合理性，并对不合理的"文明"提出了强烈批判。《牡丹亭》在思想上与《西厢记》有类似之处，但是，《西厢记》是先情后欲，《牡丹亭》则是先欲后情；《西厢记》描述的是情感的自然发展，更多的是表达"愿普天下有情的都成了眷属"的美好愿望，而《牡丹亭》则特别突出了情（欲）与理（礼）的冲突，强调了情的客观性与合理性。《牡丹亭》是汤显祖最著名的剧作，在思想和艺术方面都达到了其创作的最高水准。

作为影响极大的主情之作，《牡丹亭》虽然表现出激情驰骋、辞采华丽的浪漫主义戏剧风格，但它其实还未从根本上跳出"发乎情，止乎礼义"的传统轨道。特别是后半部戏在总体上还是遵理复礼的篇章，作者并没有彻底实现其以情代理的哲学宣言。他的个性解放思路尚未从根本上脱离封建藩篱，而只是对其中某些特别戕杀人性、极其违背常情的地方进行了理想化的艺术处理。尽管如此，汤显祖还是封建时代中勇于冲破黑暗，打破牢笼，向往烂漫春光的先行者。《牡丹亭》也成为古代爱情戏中继《西厢记》以来影响最大、艺术成就最高的一部杰作，杜丽娘已经成为人们心中青春与美艳的化身，至情与纯情的偶像。

二、《紫钗记》

《紫钗记》是汤显祖创作的第一本完整的传奇。该剧主要以唐传奇《霍小玉传》为本事，并借鉴了《大宋宣和遗事》中的部分情节。全剧共 53 出，演述唐代诗人李益在长安流寓时，于元宵夜拾得霍小玉所遗紫玉钗，遂以钗为聘礼，托媒求婚。婚后，李益赴洛阳考中状元，从军立功。卢太尉再三要将李益招为娇婿，反复笼络并软禁李益，还派人到霍小玉处讹传李益已被卢府招赘。小玉相思成疾，耗尽家财。无奈中典卖了紫玉钗，却又为卢太尉所购得。太尉以钗为凭，声言小玉已经改嫁。豪杰之士黄衫客路见不平，将李益扶持到染病已久的小玉处，夫妻遂得重圆。该剧热情讴歌了爱情的真挚与执着，深刻揭露了强权的腐败与丑恶。

《紫钗记》着重塑造了霍小玉和黄衫客两位令人敬重的人物形象。正如汤显祖在本剧《题词》中所云："霍小玉能作有情痴，黄衫客能作无名豪。余人微各有致。第如李生者，何足道哉！"如霍小玉一般忠贞不贰、痴情到底的女子，在封建社会的底层之中显得善良、纯情、委曲而高尚。而黄衫客的豪侠仗义行为既玉成了情人的团圆，又对破坏李、霍婚姻的卢太尉的丑恶行径予以了警示。汤显祖通过一位幻想中的壮士表达了对现实的失望，殷切地呼唤着社会的良知。

从结构上看，《紫钗记》仍然有散漫拖沓的倾向，像"折柳阳关""冻卖珠钗"和"怨撒金钱"之类较为抒情的场面，显得太少而缺乏规模。唱词与说白没有完全摆脱骈俪辞章的痕迹，本色晓畅的戏曲味道不够醇厚。但鉴于剧本产生的时代，本剧所宣扬的自由恋爱、与黑暗势力斗争到底的精神，实为时代的进步，人性的解放，也反映了时代人性的呼唤，以及汤显祖的进步思想倾向和独特个性的创作风格。

三、《南柯记》

《南柯记》共 44 出，取材于唐传奇《南柯太守传》。剧中淳于棼酒醉于古槐树旁，梦入蚂蚁族所建的大槐安国，成为当朝驸马，后任南柯太守，政绩卓著。他被召回后，升为左相，还朝途中，其妻瑶芳公主终因惊变病亡。他权倾一时，在京中淫逸腐化，为右相所嫉妒，为皇上所防范，最终被夺了官职，遣回故里。结尾处淳于棼醒来发现原是南柯一梦，被契玄禅师度化出家。

《南柯记》在汤显祖的剧作中有鲜明的特色。"四梦"虽然都写梦，但唯有《南柯记》中的意象最为奇特。它以超现实的蝼蚁王国作为戏剧主人公活动的主要环境，作为剧作家言志抒怀的主要依托。但是，汤显祖在艺术形象的选择和塑造上，并不立足于形象的奇特，不强调蝼蚁的自然特性，而是着眼于蝼蚁王国深刻、形象的比喻意义。全剧以讲佛论禅贯穿始终，最后，借淳于棼之口，点出题旨："人间君臣眷属，蝼蚁何殊？一切苦乐兴衰，南柯无二。"作品生动地阐述了"人生如梦"这一主题，体现了汤显祖的人生感受和对现实的认识。其中既叙官场倾轧、君心难测，亦状情痴转空，佛法有缘。在古代文人笔下，以梦境喻人生，其意旨是否定向来被崇尚、追逐的修身养性、克己治国的人生目标的意义。这常常表现为两层含义，一是对达到这一目标之可行度的怀疑，二是对追求这一目标的价值的否定。淳于棼作为一位外来客之所以高官任做，主要是凭借夫人的裙带关系。右相段功是一个嫉妒心强、阴谋意深的官僚，是他一步步借国王之手钳制淳于棼，最终将这位不可一世的驸马爷轰出本国。"太行之路能摧车，若比君心是坦途；黄河之水能覆舟，若比君心是安流"的深深感叹，使人联想到汤显祖本人的从政经历，以及他主动挂冠归去时对于官场的彻悟。

《南柯记》剧情简洁，曲白趋于本色。该剧的主体部分采用单线结构，许多出戏都很简洁，剧情进展利索、畅达。由于剧作家注意运用暗示、铺垫、呼应等手法，戏剧情境的转换不显突兀。该剧虽然长达 44 出，且描写尘世、佛界与蚁国三种戏剧情境，刻画了自然的，以及超自然的多重人物关系，剧情在佛界与俗世，人间与蚁国之间几度转换，人物在虚幻与真实之间交替出现，虚虚实实，真真假假，但不生枝蔓，不显延宕，松紧有致，一气呵成。《南柯记》诞生后，不仅剧本不断被重刻，成为文人士大夫们案头的珍品，而且其中的一些折子戏经常在民间和清代宫廷里演出，这证明了《南柯记》历久不衰的文学魅力和艺术生命力。

四、《邯郸记》

临川四梦中，艺术成就仅次于《牡丹亭》的剧作是《邯郸记》。全剧 30 折，本事源于唐沈既济的传奇《枕中记》。穷途潦倒的书生卢生在邯郸的一个小客店遇到来世间超度凡人的仙人吕洞宾，卢生抱怨自己命运不济，吕仙于是给他一个瓷枕入睡。卢生在梦中经历了一连串宦海风波，五十余年人我是非，一梦醒来，店小二为他们煮的黄小米饭尚未熟。作品通过卢生的命运，深刻揭露了封建社会官场的丑恶现实。《邯郸记》以外结构套内结构的方式展开，借卢生的黄粱一梦，表现对明代官场社会的深刻鞭挞和总体否定。

本剧以卢生作为中心贯穿人物，以大量笔墨刻画封建政治中帝王昏聩、权贵互相倾轧、群臣趋炎附势的种种丑态，描摹了官场之上无好人的整幅朝廷群丑图。卢生既是封建官场丑恶世象的见证人，同时也是积极参与者。早在全剧外框架引出时，他就表达了出将入相的强烈政治欲望。他凭借崔氏四门贵戚的裙带关系，再靠着金钱开路，广施贿赂、平步青云，被钦点为头名状元。他得志便猖狂，欢乐乃纵欲，这是卢生及官僚社会中上行下效、腐化堕落的本性。得意忘形、恣意享乐、追名逐利真正成为他毕生紧抓不放的最高原则。卢生的形象在封建社会的官场黑幕中具备一定的代表性。

《邯郸记》中的其他官僚也多面目可憎。宇文融丞相因为卢状元唯独忘了送钱物给他，拒绝融入他的关系网络，所以他才时时播弄并陷害卢生。"性喜奸谗"是其表象，顺我者昌、逆我者亡，不断扩充势力范围是其本性。汤显祖写足了宇文相之奸险毒辣，这是对明代官场从总体上感到失望的曲折宣泄。剧中看似老实的大臣萧嵩，明知丞相在陷害卢状元，却慑于其淫威，在奏本上也签上自己的名字。但他在用自己的表字"一忠"签名之后，又偷偷在"一"字下加上两点，成为草书的"不忠"。这样做的结果，既参与伙同陷害卢状元的事件，又能在以后皇帝为卢生昭雪平反时开脱自家罪责。他缺乏起码的正直人格，属于官场上为数最多的不倒翁。另外如皇帝唐玄宗，剧本描摹出他糊涂和好色两大本性。他糊里糊涂地取了金钱铺路的卢状元，又糊里糊涂地在卢状元为夫人请封诰的文件上签字，还糊里糊涂地要结果卢状元的性命。他只对为之摇橹的一干美女产生浓厚的兴趣。作为一位大明子民，汤显祖不仅鞭挞奸官，而且讥弄皇上，虽说这皇上是大唐天子，但终不免给人以影射当朝之感。这正是汤显祖挂冠归去后的冲天勇气和战斗精神的体现。

本剧中真正可爱的人物，是那些虽寥寥数笔但却可钦可敬的下层人民。为卢生开河而拼死拼活的民工群像，挺身而出、解救上吊驿丞的犯妇，精通番语、为卢生反间计奠定成功基础的小士卒，以及为掩护卢生而葬身虎口的小仆童，鬼门关上搭救并扶助卢生的樵夫舟子，这些最不起眼的平头百姓构成了《邯郸记》艺术天地中的点点亮色。

五、临川四梦之比较

综观"临川四梦"，可以大致做一些比较：

从题材内容上看，《紫钗记》和《牡丹亭》属于儿女风情戏，《南柯记》和《邯郸记》属于官场现形戏或称政治问题戏。儿女风情戏主要以单向型或双向型的爱情中人为描摹对象，例如霍小玉对李益是十分强烈的单向恋爱，杜丽娘与柳梦梅则是奇幻而又统一的双向恋爱。在风情戏中，女性占主体地位，男子则相对处于从属地位。在封建社会中，女性的社会地位比较卑微，所受禁锢更为严密。霍小玉因为是已故霍王的庶出之女，所以才常常有八年之爱或宁愿为妾的降格以求。而杜丽娘在少女时代只能见到严父和迂师这两位男人，她从未有过闺房之外、花园行走的起码权利。但这种严酷、封闭的恶劣环境并不能泯灭她们对爱与美的追求，一旦机缘到来，她们的全部青春能量必然一触即发，无可遏止。在政治戏中，男子则是占主要和绝对的位置。尽管淳于梦和卢生都扯着老婆的裙带往上爬，但裙带也只不过是男性中心世界的引线而已。

从审美倾向上看，风情戏的主要基点是对人物发自内心的肯定，充满热情的赞颂。对霍小玉爱郎、盼郎乃至恨郎的过程推进，都是为树立起这一痴情女的正面形象与可贵风采。杜丽娘与柳梦梅的生死恋，有若金童玉女的般配，更堪称青春的偶像、挚爱的化身。而政治戏的基点在于对主要人物及其所处环境的整体否定。《邯郸记》中自上而下，权贵者无一不贪婪，发迹者无一不腐败，所以政治戏始终以揭露和批判作为审丑手段。风情戏中的儿女情往往是真善爱的体现，政治戏中的官僚行径则无一不是假恶丑的典型。前者寄寓着作者对人生的肯定与期望，后者则表现了对生存环境无可救药的痛心疾首。

从哲学主张和理想皈依上看，汤显祖的风情戏时刻高举真情、至情的旗帜，而政治戏则反映出矫情、无情的可憎可恶。风情戏不仅在主要人物身上体现出充沛的理想，而且这种理想和最后权威的裁决一致。霍、李的团圆最后还是借助圣旨的权威才得以成就，杜丽娘亦是让皇上充当了证婚人的角色。这说明汤显祖对最高统治者还抱有一定幻想。政治戏中的官僚社会整体腐败不洁，汤显祖便在很大程度上把仙佛两家的出世理想与终极权威联系了起来。然而封建王朝和仙家佛国都没能让汤显祖真正心折。他也看出了时代的衰微和仙佛的虚幻。汤显祖曾向朋友表达过其痛苦莫名、出路难知、悲哀难告的心曲："词家四种（"临川四梦"），里巷儿童之技。人知其乐，不知其悲！"（《答李乃始》）

从曲词风格上看，汤显祖的风情戏妙在艳丽多姿，政治戏则显得尖锐深刻。曹雪芹在《红楼梦》第二十三回中称赞汤剧中的风情戏极品为"《牡丹亭》艳曲警芳心"，引得林黛玉"心动神摇""益发如痴如醉，站立不住"。政治戏《邯郸记》则与此不同，如《邯郸记·西谍》中的"词陇逼西番，为兵戈大将伤残。争些儿，撞破了玉门关。君王西顾切，起关东挂印登坛，长剑倚天山"，其壮阔的境界与《牡丹亭》中的缠绵婉转大异其趣。

将"四梦"做比较，各有千秋，但"四梦"之翘楚，还是汤显祖自己的评价较准确："一生四梦，得意处唯在《牡丹》。"

附　录

古代汉语常用同义词辩析

附录 1-34

附录 35-68

附录 69-102

附录 103-136

附录 137-170